Ariana Godoy

HEIST

wattpad
by Montena

Papel certificado por el Forest Stewardship Council®

MIXTO
Papel procedente de fuentes responsables
FSC® C117695

Penguin Random House Grupo Editorial

Primera edición: mayo de 2021
Segunda reimpresión: mayo de 2021

Printed in Spain – Impreso en España

ISBN: 978-84-18318-83-2
Depósito legal: B-2.751-2021

Compuesto en Compaginem Llibres, S. L.

Impreso en Black Print Ibérica, S. L.
Sant Andreu de la Barca (Barcelona)

GT 1 8 8 3 A

Para Glady, mi madre, sin tus sacrificios
y apoyo constante, no estaría aquí hoy.
Te amo, mamá.

¿Alguna vez te has enfrentado a un monstruo?

No, no hablo de esos monstruos de fantasía, hablo de uno de carne y hueso, uno que por fuera es hermoso, con una sonrisa atrayente y un encanto que deslumbra a cualquiera. Uno que posee una cubierta perfecta para ocultar a la bestia que en realidad es.

Todos creemos que, al enfrentarnos a un monstruo, tendremos miedo, temblaremos y huiremos para salvar nuestras vidas cuando, en realidad, ni siquiera nos daremos cuenta de que nos estamos enfrentando a él. Seremos incapaces de identificarlo hasta que ya sea demasiado tarde; hasta que nuestra sangre esté manchando su perfecto rostro y sus labios formen una sonrisa sádica que nos revelará que el monstruo ha estado ahí, en nuestras narices todo este tiempo, y hemos sido tan ciegos que no lo hemos visto.

Él puede infiltrarse entre nosotros con facilidad, puede imitar nuestras emociones, aunque no pueda sentir ninguna en absoluto. Él manipula, miente y hace lo necesario para conseguir lo que quiere. Nosotros somos solo piezas en su juego y si resultamos heridos o muertos, es daño colateral; no perderá el sueño por eso porque no le importa.

¿Está solo o hay más como él?

Eso tendremos que averiguarlo juntos, pero, ¡cuidado!, una vez que entras en el juego de un monstruo, la única salida es la muerte.

Comisaría de Wilson
21 de diciembre
Hora: 10.58 pm
Denuncia recibida por: Oficial Jones

—¿Leigh?

Silencio.

El oficial Jones suspiró y se pasó la mano por la cara. La frágil figura de Leigh se estremecía mientras permanecía sentada al otro lado de su escritorio, con los hombros desnudos manchados de sangre al igual que su pálido rostro.

—¿Qué fue lo que pasó, Leigh? ¿De quién es toda esta sangre?

—Yo... él... —Leigh se calló y su rostro se contrajo al recordar algo—. Fue él.

—¿Quién?

—Ya se lo he dicho.

—¿Heist?

Ella asintió.

—¿Tienes alguna prueba de lo que estás diciendo? Esta acusación es muy seria, Leigh.

—Ya le he dado la foto, ¿qué más prueba necesita?

—Necesito mucho más que eso para acusarlo.

—¿Y no tiene suficiente con lo que ha pasado esta noche? ¿Con la sangre?

—No puedo hacer nada hasta que lleguen los resultados del laboratorio, pero tú lo sabes, ¿no, Leigh? ¿De quién es la sangre?

—No lo sé, debería preguntárselo a él.

El oficial Jones abrió su boca para contestar cuando los ojos de Leigh se agrandaron por la sorpresa, al fijar la vista en algo detrás de él. El oficial se giró en su silla y a través del vidrio transparente de su oficina pudo verlo: Heist. El chico venía esposado con un policía a cada lado, y sangre seca en algunas partes de su ropa, que también oscurecía su cabello rubio. Los ojos de Heist se cruzaron con los de Leigh y sus labios se curvaron hacia arriba en una siniestra y torcida sonrisa. Leigh apartó la mirada de inmediato. El oficial sabía que algo estaba pasando, pero ni él ni nadie en el pueblo de Wilson estaba preparado para la magnitud de lo ocurrido. Nadie nunca lo estaría para algo que tuviera que ver con Heist.

1

Perfección fragmentada

Tres meses antes
22 de septiembre

LEIGH

—Mantente alejada de esa familia, Leigh.

Eso solo hizo que quisiera acercarme más a ellos. ¿Es que mi madre aún no entendía el principio de que cuanto más se opusiera a algo, más curiosidad tendría? Crecí rodeada de noes.

No juegues con niños, solo niñas.

No uses ropa reveladora.

No te desveles.

No digas malas palabras.

No escuches música extraña.

No leas nada que no sea apropiado.

No tengas amigas que yo no apruebe.

No puedes salir después de las siete de la tarde.

No puedes tener acceso a internet y debo autorizar todos los programas de televisión que veas.

No.

Mi madre tenía tendencia a prohibirme cosas sin darme ninguna razón, su respuesta era que ella era mi madre y sabía lo que era mejor para mí; eso o me daba una charla al respecto. Mi hogar era sumamente religioso, de hecho, todo el pueblo lo era. No existía ninguna familia que no asistiera a la iglesia, y aquellos que se atrevían a descarriarse eran aislados y tratados como bichos raros hasta que se rendían y volvían al redil. El pueblo de Wilson había creado su propia religión hacía más de cincuenta años y aún nos regíamos por ella.

El pueblo no tenía una población muy grande así que no fue difícil que la comunidad se volviera cerrada y estuviera entrelazada por nuestra religión.

Todas las tiendas, negocios y restaurantes estaban controlados por la gente del pueblo. Wilson atraía a muchos turistas: en verano, cuando nuestros manantiales y cascadas naturales se tornaban frescos, y también en invierno, cuando nuestras montañas se cubrían de blanca nieve. La comunidad era muy permisiva con los turistas, total, según nuestros líderes, eran extranjeros que no sabían comportarse y que solo permitíamos en nuestro territorio para que mantuvieran nuestra economía.

«No se dejen influenciar por las costumbres libertinas que muestren los turistas.»

Ese sermón dominical estaba grabado en mi mente.

—No sabemos nada de ellos, esa familia aún no se ha incorporado a la iglesia —me recordó mi madre—. Hasta que no sean miembros activos y creyentes de nuestra iglesia...

—... no existen para nosotros —terminé la frase por ella.

No tenía que recordármelo; ya no tenía nueve años, sino diecisiete. Mamá probablemente tenía razón, no sabíamos nada de ellos. ¿Serían malas personas? ¿O personas libertinas como los turistas?

Cada vez que alguien se mudaba a Wilson causaba todo un revuelo, desde murmuraciones en los supermercados hasta conversaciones en la iglesia cuando nuestro líder terminaba su sermón. Hice una mueca, balanceando mis pies hacia delante y hacia atrás debajo de la silla alta en la que estaba sentada frente a la mesa de la cocina. Mamá estaba al otro lado, preparando la cena. Su cabello castaño estaba sujeto en una cola alta y llevaba puesto un vestido floreado con mangas que le llegaba por debajo de las rodillas —¡que el Altísimo no permitiera que mostrara algo de piel ni siquiera en casa!— y que protegía con un delantal. Cuando revisó el horno, un delicioso aroma se escapó de él.

—Hummm, ¿sábado de lasaña? —le comenté, poniéndome de pie.

Ella me sonrió y unas ligeras arrugas se le acentuaron en las comisuras de la boca y de los ojos.

—Sí, aún no entiendo cómo no te aburres de la lasaña.

—Es imposible.

—Ve a lavarte las manos, tu padre debe de estar a punto de llegar.

—Sí, señora.

Obedientemente, fui al baño pequeño situado a un lado de las escaleras de la casa y me lavé las manos. Papá era un abogado muy prestigioso y trabajaba en la ciudad. Su carrera nunca tuvo mucho futuro en un pueblo tan pequeño como ese, así que todos los días conducía durante una hora para llegar a su despacho de abogados. Nunca me había querido llevar a sus oficinas, supuse que tenía sus razones. Me conformaba con saber que le estaba yendo muy bien y, gracias a él, podíamos permitirnos vivir con muchos lujos y tener una casa grande y bonita en el mejor vecindario del pueblo.

Gracias al Altísimo por darnos tanto.

No eran muchos los que podían vivir en este barrio, la mayoría de las personas del pueblo tenían trabajos allí mismo con una remuneración estable, pero no suficiente como para comprarse una casa como esta. Muchas de las casas de nuestro alrededor se hallaban vacías, solo algunas estaban ocupadas por familias que, como papá, exploraron la ciudad en busca de mejores opciones.

Por esa razón, nuestros nuevos vecinos llamaron mucho la atención. No solo porque nadie los conocía cuando se mudaron aquí, sino porque un año atrás habían comprado la casa de al lado, la más cara del vecindario, y la habían estado reformando durante todo ese tiempo. Ahora lucía como una mansión de película. Ellos no se mudaron hasta que las remodelaciones terminaron, hacía poco más de una semana.

El día de la mudanza solo vi a una señora rubia treintañera, muy elegante, coordinando al personal que contrataron para bajar las cosas que en su mayoría se veían nuevas, bien empaquetadas. Nadie sabía nada de ellos. Incluso habían contratado a una empresa de afuera para las remodelaciones, así que nadie del pueblo había puesto un pie en esa casa con excepción de la señora Till, la agente inmobiliaria encargada del proceso de venta.

—Tienen mucho dinero, Lilia —le había susurrado la señora Till a mi madre el pasado domingo en la iglesia—. Tienen un acento muy profundo, son alemanes. Solo he visto a la pareja, pero creo que tienen hijos. No tienes ni idea de cómo han remodelado esa casa, con mucho lujo, como esos programas de la televisión donde muestran la casa de los famosos, pura avaricia, Lilia.

Me quedé mirando mi reflejo en el espejo del baño, mi cabello negro estaba recogido en un moño desordenado porque suelto me llegaba a la parte baja de mi espalda, así que me veía obligada a sujetarlo de esa forma si quería que mi cuello respirara un poco. Los ojos negros que había heredado de mi padre lucían llenos de curiosidad en mi reflejo.

«Vamos a jugar, Leigh...»

Esa siniestra voz resonó en mi recuerdo y sacudí la cabeza, cerrando los ojos con fuerza.

Basta, no, ahora yo soy perfecta. Soy completamente normal, todo está bien.

Abrí los ojos, una sonrisa forzada se formó en mis labios, ignorando todo lo demás.

Salí del baño, suspirando y cerré la puerta con el pie. Al llegar a la cocina, estaba a punto de decirle algo a mamá cuando el timbre de la casa sonó, sorprendiéndonos. No porque nunca tuviéramos visita, sino porque en Wilson la gente no se visitaba a la hora de la cena a menos que fueran invitados.

Mi madre se quitó los guantes de cocina y el delantal.

—¿Esperas a alguien?

Meneé la cabeza.

Ambas caminamos hacia la puerta y mi madre echó un vistazo por el agujero.

—¿Quién es? —pregunté, inquieta.

—No los conozco —susurró, antes de levantar la voz—. ¿Quién es? —gritó a las personas que estaban al otro lado de la puerta.

—Buenas noches —contestó una voz femenina—. Somos sus nuevos vecinos.

Oh, la señora Till tenía razón, su acento era profundo.

Mi madre y yo compartimos una mirada y pude ver la duda en su expresión; a ella no le gustaba recibir visitas a esta hora y menos sin la presencia de mi padre, pero tampoco quería parecer descortés.

—Es un poco tarde para visitas —respondió mi madre. La oímos conversar en un idioma que supuse que era alemán con una voz masculina antes de hablar.

—Oh, lo siento, vecina. Es que apenas son las seis, no he tenido en cuenta su horario. Le hemos traído un pastel. Lo he horneado yo misma.

Y eso fue suficiente para que mi madre cediera: si una mujer cocinaba era porque sabía cuál era su lugar como esposa según ella.

—Quédate detrás de mí en todo momento, Leigh.

Asentí.

Mi madre abrió la puerta y me moví un poco a un lado para poder ver a nuestros vecinos. Lo primero que me sorprendió fue la altura y la deslumbrante sonrisa de la mujer. Su largo cabello rubio le caía a ambos lados de su cara. Inconscientemente, mi madre se acomodó el cabello.

—Buenas noches —dijo mi madre con cortesía.

La vecina sostenía una torta con fresas y crema que parecía deliciosa. A su lado, había un hombre de cabello negro con buen aspecto y completamente diferente a ella. Llevaba un traje negro con una corbata azul.

—Mis disculpas por la hora —contestó la mujer—. Somos Mila y Valter Stein. Nos mudamos hace un poco más de una semana, pero no habíamos tenido tiempo de presentarnos.

—Mucho gusto. Nosotras somos Leigh y Lilia Fleming —dijo mi madre. Yo les sonreí, saludando con la mano. Mamá no perdía tiempo en observarlos con cautela—. Bienvenidos al vecindario, me disculpo por no haberlos recibido como se debe, no quería incomodarlos con la mudanza.

—No te preocupes, Lilia. —Mi madre se tensó ante el hecho de que la llamara por su nombre y no señora Fleming—. He preparado este pastel con mucho cariño, espero que nos llevemos bien.

Mi madre recibió el pastel con una sonrisa forzada. Toda la situación se escapaba de su zona segura, lidiar con extraños no era algo que manejara bien.

Parecía que el encuentro fugaz estaba llegando a su fin cuando escuchamos unas voces que se acercaban desde un lado de la casa, seguidas de una risa femenina y luego de más voces. Fruncí el ceño porque no entendía nada de lo que decían, de nuevo ese idioma rudo y vocal.

—Oh. —La señora Stein se giró—. No se preocupen, solo son mis hijos.

¿Hijos?

Tres figuras aparecieron a un lado del porche rodeando la casa para llegar a la puerta, eran dos chicos y una chica que no podía ver bien en la oscuridad, venían bromeando en lo que supuse que era alemán.

El señor Stein se giró hacia ellos y les susurró algo en alemán que sonaba como una regañina. Los tres se callaron y subieron las escaleras del porche obedientes. Ahora, visibles bajo la luz, pude fijarme en ellos.

Los tres eran altos, de mi edad aproximadamente y muy atractivos, como sus padres. La chica tenía el cabello negro, una melena corta que le llegaba por la mandíbula, ojos de color azul oscuro y una cara fina y perfilada muy bonita. Llevaba puesta una falda que apenas le llegaba a las rodillas y una camiseta que marcaba de manera obvia sus generosos pechos. Solo su forma de vestir ya sería todo un escándalo en el pueblo.

—Esta es Kaia —presentó la mujer.

Kaia nos sonrió, sus ojos se cruzaron con los míos por un segundo y bajé la mirada.

Uno de los chicos se puso al lado de Kaia y en ese momento me percaté de lo parecidos que eran: él parecía una versión masculina de ella, con el mismo cabello negro, los mismos ojos azules oscuros y muy parecidas facciones.

—Y este es su mellizo, Frey.

Frey asintió a modo de saludo, con una expresión fría.

Sentí unos ojos sobre mí y me atreví a levantar la mirada, pero no eran los mellizos, sino el chico que estaba detrás de ellos quien me estaba observando. Un poco más alto que sus hermanos, su cabello rubio rebelde se escapaba de la capucha negra que llevaba puesta. Tenía unos ojos azules claros que parecían grises bajo esa luz. Su cara era mucho más varonil que la de Frey, de pómulos bien marcados y unos labios tintados de rojo por lo que parecía un chicle que mascaba casualmente. Él hizo una burbuja con el chicle y la explotó, aún mirándome.

—Y este es mi hijo mayor Heist.

Heist...

No sabía por qué su mirada estaba haciendo que mi corazón latiera de esa forma. Ni siquiera lo conocía. Aparté los ojos de él, escondiéndome un poco detrás de mamá.

Heist dio un paso al frente, se colocó en medio de sus hermanos y sonrió a mi madre, extendiendo su mano hacia ella.

—Mucho gusto.

Su voz era demasiado profunda para su edad. Mi madre tomó su mano brevemente y la soltó.

Heist me echó un vistazo y yo miré hacia otro lado.

—¿Y ella es...? —Él dejó la pregunta en el aire.

—Es mi hija, Leigh. —Mi madre cortó de inmediato.

—¿Y Leigh no habla?

—No me gusta que hable con desconocidos. —Mi madre estaba perdiendo su actitud de cortesía.

Heist abrió la boca para decir algo, pero su madre lo sujetó de un brazo, haciéndolo retroceder.

—Ha sido un placer —dijo la señora Stein—. Gracias por recibirnos sin avisar y por aceptar mi pastel. Esperamos verlas pronto, que tengan una linda noche.

—Buenas noches. —Mi madre no disimuló su tono cortante y cerró la puerta, pero antes de que se cerrara por completo, mis ojos se encontraron con los de Heist y una leve sonrisa curvó sus labios antes de perderlo de vista.

Algo me decía que la llegada de esa familia complicaría no solo las cosas en el pueblo, sino también en mi vida, y tenía razón.

Y todo comenzó con un suicidio.

2

Costumbres rotas

LEIGH

—La tragedia ha golpeado nuestra preciada comunidad.

Suspiré con tristeza al escuchar a nuestro líder. Estábamos en la iglesia y había un ataúd blanco frente a él.

—Payton era una jovencita brillante, con un futuro increíble por delante. Hoy la despedimos con tristeza y le pedimos al Altísimo que la reciba en sus brazos, brindándole su perdón y su amor.

Payton Fowler, de diecinueve años, fue encontrada sin vida en su habitación tras ingerir dos botes de pastillas tranquilizantes. La nota suicida no fue revelada por consideración a los padres. Era la primera vez que algo así pasaba en Wilson y el pueblo estaba anonadado. Nadie quería creerlo, el suicidio era un tema intocable allí.

No podía negar que estaba triste; nunca había hablado mucho con Payton, pero al ser casi de mi edad, siempre coincidíamos en los mismos eventos juveniles de la iglesia y en el instituto. Era una chica muy obediente, recatada y con una sonrisa amable para todo el mundo, ella era la líder de las Iluminadas, el grupo al que se unían las jóvenes de nuestra iglesia cuando cumplían dieciocho años.

«Espero que estés en paz, Payton, que el Altísimo te bendiga.»

Jugué con las manos sobre mi regazo, mientras escuchaba a nuestro líder. Mi vestido negro me llegaba por debajo de las rodillas y mi cabello estaba recogido en una cola apretada y bien peinada. Nada de maquillaje o pintura de uñas, no era apropiado para un velorio.

Al terminar en la iglesia, fuimos al cementerio para el entierro. Nubes negras oscurecían el cielo como si el clima también se uniera a la despedida de Payton. El fresco aire del otoño ya nos envolvía, anunciando la despedida del verano.

Permanecí de pie al lado de mi madre mientras observábamos al señor y a la señora Fowler llorar desconsolados por su hija, su ataúd listo para ser enterrado, rodeado por todos los asistentes vestidos de negro.

Mis ojos recayeron sobre la familia líder de nuestra iglesia: los Philips. La señora Philips llevaba un vestido negro y el señor Philips, nuestro líder, un elegante traje. Mi mirada se centró en su hijo menor: Carter Philips, el chico de ojos dulces y cara linda por el que siempre le había pedido a nuestro Altísimo. Él me dedicó una sonrisa de simpatía y yo se la devolví, sonrojándome un poco.

De pronto, el silencio reinó en el lugar y todo el mundo empezó a mirar por detrás de nosotros. Mi madre y yo nos giramos para ver qué pasaba y mis labios se abrieron por la sorpresa.

Los Stein.

La señora Stein llevaba puesto un vestido rojo muy elegante, que le llegaba a las rodillas y dejaba sus hombros al descubierto. Llevaba su cabello rubio suelto, algo ondulado en las puntas. Su maquillaje era impecable; su pintalabios, rojo fuego, y caminaba con mucha habilidad con unos tacones altos oscuros. Ella sonrió al ver toda la atención que despertaba; llevaba un ramo de rosas rojas inmenso en sus manos. Su marido iba a su lado. Vestía un traje oscuro con una corbata roja como si quisiera hacer juego con la ropa de su esposa. Su cabello negro, peinado hacia atrás a la perfección.

Detrás de ellos, venían sus hijos.

Kaia también iba con un vestido rojo, el mismo pintalabios fuego que llevaba su madre; su cabello negro corto realzaba los perfilados rasgos de su cara. Frey la llevaba de la mano, él también vestido con traje oscuro y corbata roja, como su padre; su cabello negro estaba ligeramente desordenado.

Y Heist...

No sabía qué era lo que tenía ese chico que llamaba tanto mi atención; a la luz del día podía observarlo mejor y realmente era muy atractivo tan fuera de lo común allí en el pueblo.

Heist llevaba puesto un traje oscuro con una corbata roja como su padre y su hermano. Su cabello rubio estaba bien peinado hacia atrás, revelando sus marcadas facciones y su mandíbula. A plena luz del día, sus ojos azulados claros se veían un poco más grises.

La señora Stein pasó por nuestro lado, sonriéndonos a mi madre y mí y asintiendo a modo de saludo.

Mis ojos se encontraron con los de Heist por un segundo y, de nuevo, esa sonrisa ligera curvó sus labios hacia arriba hasta que también pasó por nuestro lado.

«¿Por qué me sonríe de esa forma? ¿Qué le parece tan divertido?»

La señora Stein le susurró algo a los padres de Payton y puso las flores sobre el ataúd que estaban comenzando a bajar para enterrarlo. La madre de

Payton la miró molesta al ver su vestimenta y su maquillaje. De hecho, todos a nuestro alrededor estaban cuestionando y criticando a la familia Stein por atreverse a romper nuestro código de vestimenta y respeto.

El silencio fue reemplazado por murmullos, críticas y sacudidas de cabeza.

«¿Cómo se atreven?»

«Ni siquiera conocían a la chica.»

«¿Por qué han venido?»

«Las mujeres de esa familia no conocen el respeto.»

«Ellas mostrando toda esa piel, qué vergüenza.»

Los Stein se dieron la vuelta, alejándose del ataúd para venir a nuestro lado y quedarse ahí, presenciando el entierro. Frey se paró a mi lado y no pude evitar echarle unas cuantas miradas.

¿Cómo es que todos en esa familia son tan... diferentes a nosotros?

Parecían salidos de un retrato familiar antiguo, la perfección y simetría de sus atuendos, sus rostros atractivos, como esculpidos en mármol sin defectos. La clase y la elegancia que todos portaban.

«Ellos no pertenecen a este pueblo.»

Estaba segura de que después de ese día, la gente hablaría de ellos y los repudiaría tratándolos como a una plaga. Intenté no quedármelos mirando como una idiota. De repente, el teléfono de mi madre comenzó a vibrar y ella me hizo señas de que enseguida volvía, probablemente era mi padre.

Con mi madre lejos, me atreví a girar la cara para mirar a Frey, que no se movía en absoluto y mantenía sus ojos al frente en todo momento.

Pero entonces, Heist caminó detrás de su familia, silencioso como un depredador cazando, y se quedó detrás de nosotros, entre Frey y yo. Lo podía sentir detrás de mí y dejé de mirar a Frey de inmediato.

El líder prosiguió con la despedida a Payton, con palabras de aliento para sus familiares y pidiéndole al Altísimo que la recibiera en su reino, a pesar de todo.

Heist chasqueó la lengua.

Apreté mis manos en mis costados. ¿Se estaba burlando de nuestro líder? ¿Para eso habían venido? ¿Para burlarse de nuestras costumbres? ¿Por eso iban vestidos así?

Por encima del hombro, le eché un vistazo a Heist, quien mostraba esa típica sonrisa torcida que me había dedicado antes. Lo vi dar un paso hacia delante, quedando tan cerca de mí que solo tendría que moverse un poco para que nuestros cuerpos se rozaran.

Miré hacia el frente de inmediato sin saber qué hacer. Todos a mi alrededor estaban escuchando al líder atentamente.

—Leigh —susurró él en mi oído con esa voz profunda que tenía.

Di un pequeño brinco porque no lo esperaba, lo ignoré por completo.

—Eres como un ave enjaulada, Leigh —me susurró tan cerca del oído que estaba segura de que solo yo podía escucharle, su acento saliendo a relucir—. Pero en vez de metal y rejas, te encarcelan doctrinas y creencias cuestionables.

¿De qué estaba hablando? ¿Quién se creía que era para hablarme? No lo conocía.

—Me pregunto si debería liberarte —su voz adquirió un hilo de diversión— o destruirte.

Un escalofrío recorrió mi cuerpo ante sus palabras.

¿Destruirme? ¿Me estaba amenazando?

Estaba a punto de girarme para confrontarlo cuando él habló de nuevo.

—Ojos al frente, Leigh, no seas irrespetuosa.

El sarcasmo en su voz me indignó, lo absurdo de la situación me tenía confundida, no estaba acostumbrada a lidiar con personas así de groseras y que me hablaran sin conocerme.

Necesitaba que mamá volviera, sabía que Heist me estaba hablando porque me vio sola. El líder culminó con el entierro y cuando creí que las cosas no podían empeorar, lo hicieron.

Comenzó a llover y la lluvia centró la atención de todos. Algunas personas empezaron a irse; otras sacaban sus paraguas. Oh no, mamá tenía el paraguas. Sin embargo, en ese momento me di cuenta de que llovía, pero yo no me estaba mojando.

Alcé la mirada para ver un paraguas inmenso sobre mí, me giré y me quedé frente a Heist, quien lo sostenía con una expresión arrogante en su rostro.

—Hola, Leigh.

Él habló como si no acabara de decirme todas esas cosas sin sentido hacía unos minutos. Era la primera vez que lo tenía frente a mí de esa forma. Su atractivo rostro me inquietaba y me estaba poniendo nerviosa, pero eso no me haría olvidar lo que acababa de decir.

—¿Qué ha sido todo eso?

—¿Qué? —fingió inocencia.

—Todo lo que me has dicho.

—No sé de qué hablas. —Se encogió de hombros.

Heist dio un paso hacia mí y ambos quedamos debajo del paraguas; era muy grande.

—Tengo que irme —dije dando un paso para alejarme, pero Heist bloqueó mi camino, aún cubriéndome con su paraguas.

—Estoy siendo cortés al no dejar que te mojes —me informó—. ¿Por qué no me dejas escoltarte hasta allá? —Señaló la iglesia, nuestro cementerio quedaba justo al lado de ella.

Ya estaba lloviendo a cántaros, el agua que golpeaba la tierra chispeaba en mis zapatos y en mis piernas.

En silencio, caminé a su lado lo más rápido que pude. Heist me ponía muy nerviosa, había algo en él que me aterraba, pero que también me despertaba mucha curiosidad.

—No hablas mucho, Leigh.

—No suelo hablar con desconocidos.

—¿Repites todo lo que tu madre dice? —Soltó una risita de burla—. ¿No tienes tu propia personalidad?

Me detuve abruptamente, estábamos a mitad de camino, pero ya no había nadie a nuestro alrededor, solo tumbas.

—¿Quién te crees que eres? Si tengo o no personalidad, no es tu problema, así que deja de hacer comentarios arrogantes como si me conocieras.

La sonrisa de Heist se ensanchó.

—Ahí está.

—¿Qué?

—Esa rabia, esa personalidad volátil que debes de tener, reprimir tantas cosas por tanto tiempo tiene su precio, puedo imaginarme el volcán que en realidad eres, Leigh Fleming.

—¿Así le hablas a las personas que apenas conoces? Suenas como un loco.

—*Fuchsteufelswild*.

—¿Qué?

—«Loco» no sería el adjetivo que yo usaría. —Él se acercó más a mí. La lluvia golpeaba con fuerza el paraguas sobre nuestras cabezas y todo a nuestro alrededor lucía blanco por la potencia del agua. Estaba segura de que nadie podía vernos—. Sin embargo, ¿no te muestras demasiado confiada con alguien que piensas que está loco?

—¿Estás tratando de asustarme?

—No. —Él se inclinó hacia mí, sus ojos azulados atravesando los míos—. Aquí estás, Leigh, a solas con un chico en medio de la lluvia donde nadie puede vernos. ¿No tienes prohibido estar a solas con chicos?

¿Cómo sabía eso?

—Solo me estoy protegiendo de la lluvia. ¿Crees que quiero estar aquí contigo? Sigamos caminando, terminemos con esto. —Pero Heist no se movió.

—Solo tengo una pregunta antes de irnos.

Lo miré de frente, cruzando los brazos sobre mi pecho.

—¿Qué?

—¿Qué harías si te beso, Leigh?

Me lo quedé mirando, sorprendida, y cuando se inclinó hacia mí, me tapé la boca con la mano.

Heist se echó a reír.

—Sabía que tu reacción sería divertida.

—Estás loco.

—Ya lo has dicho. —Extendió la mano hacia el camino—. Después de ti, señorita.

Estábamos a punto de llegar a la iglesia y Heist se detuvo, me dio el paraguas y salió del mismo. La lluvia que caía sobre él lo empapó en segundos. Su cabello rubio lucía oscuro al mojarse y pegarse a los lados de su cara.

—¿Qué estás haciendo? —pregunté, confundida. Por el Altísimo, llevaba un traje que no se veía barato.

—A tu madre no le gustaría vernos llegar juntos a la iglesia —explicó—; no quiero causarte problemas. Además —señaló el paraguas—, eso te dará una excusa para verme de nuevo. Tendrás que devolvérmelo, ¿no?

Abrí la boca para decir algo, pero él me cortó.

—Nos vemos por ahí, Leigh. —Se despidió con la mano—. Ah, y hoy lo he confirmado.

—¿Qué?

—Que me voy a divertir mucho contigo.

Y con eso se dio media vuelta, desapareciendo en la lluvia.

3

Mala reputación

LEIGH

«¡Escuché que no han ido a la iglesia!»
«Son alemanes, ¿no?»
«¡Tienen mucho dinero!»
«¡Fueron al entierro de Payton!»
«¡La señora y la hija iban de rojo, qué irrespetuoso!»
«¡Ellas mostraron tanta piel, desvergonzadas!»

Los Stein eran el tema principal de los susurros en los pasillos del instituto cuando volví a clases. En realidad, lo habían sido toda la semana. Y los entendía, esa familia era diferente, y con sus acciones en el entierro solo llamaron más la atención.

—¡Leigh! —Mary, una de mis amigas, me llamó. Apareció en el pasillo, agitando su mano en el aire.

Le dediqué una sonrisa amable y la esperé.

—Que el Altísimo esté contigo. —Tomó mi mano.

—Que así sea.

—Tenemos que hablar —comentó al soltarme—. ¿Estuviste en el entierro ayer?

Ya sabía por dónde iba eso.

—¿Los viste? —preguntó, curiosa—. ¿Es verdad que la señora y la hija fueron de rojo, incluso maquilladas?

Asentí.

—Oh, por el Altísimo, qué falta de respeto. ¿Los señores Fowler no los echaron de allí de inmediato?

—Creo que estaban ocupados enterrando a su hija, Mary.

—Claro, claro, tienes razón. —Mary se acercó para susurrar—: Oye, ¿es verdad que los chicos son muy *atractivos*? —susurró la última palabra como si fuera un delito.

—Mary.

—¿Qué? Es solo curiosidad.

—Son atractivos —le confirmé—. Pero —recordé la sonrisa torcida de Heist—, no lo sé, no me dan buena espina.

—Nada de esa familia da buena espina: el misterio, cómo faltan al respeto a nuestras costumbres abiertamente..., escuché que hicieron un numerito en uno de los supermercados también, es como si estuvieran retándonos.

Eso me hizo recordar las palabras de Heist.

«Eres como un ave enjaulada, Leigh, pero en vez de metal y rejas, te encarcelan doctrinas y creencias cuestionables.»

Doctrinas y creencias cuestionables. ¿Eso eran nuestras creencias para ellos?

—¿Leigh?

—¿Ah?

—Te has quedado en blanco. ¿Estás bien?

—Sí, sí.

—Bueno, al parecer, los hijos Stein comienzan la semana que viene.

—¿Cómo sabes eso?

—Soy Mary, lo sé todo.

—Claro.

Entramos en nuestra clase, la mayoría de nuestros compañeros ya estaban ahí.

—¿Has estudiado para el examen?

Mary no respondió, haciéndose la loca.

—Mary, necesitas sacar buena nota en esta evaluación.

Mary suspiró.

—¿Crees que no lo sé? —Hizo un puchero—. Es que no puedo, Leigh, lo intento y lo intento, pero las matemáticas no son lo mío.

La miré con comprensión, porque sabía que ella lo había intentado. Hasta yo había intentado explicárselo, pero le resultaba muy difícil. Ella era muy buena en química, así que cada una tenía habilidades diferentes.

Al salir de clase, nos encontramos en el pasillo con Natalia y Jessie. Natalia solía ser mi mejor amiga en el colegio, pero el año anterior nuestra amistad llegó a su fin por culpa de un chico: Rhett. Natalia estaba loca por él y cuando él se me declaró una tarde después de una reunión juvenil en la iglesia, todo cambió drásticamente. La familia de Natalia redujo su participación en la iglesia, lo que le dio más libertad. Ella quería romper las reglas mientras que yo, por mi parte, las seguía, así que comenzamos a distanciarnos.

Ella se distanció poco a poco hasta que nos volvimos dos desconocidas.

Su nuevo grupo de amigas era conocido por andar en las calles después de las siete, ir con chicos e, incluso, tener sexo. A veces me moría de curiosidad por preguntarles si todo eso era cierto, qué hacían y si de verdad ya habían hecho algo tan pecaminoso como tener sexo, pero me contuve, sabía que mis preguntas no serían bien recibidas. Eran cinco chicas, pero me alegraba que no anduvieran todas juntas en ese momento; todas juntas eran insoportables. Solo estaban Jessie y Natalia ese día.

—Oh, pero si es la virgen Mary y su lacaya Leigh —nos saludó Jessie; Natalia permaneció callada a su lado—. Leigh, creo que enseñas tus piernas demasiado.

Instintivamente, bajé la mirada para revisar la falda de mi uniforme, que me llegaba por las rodillas correctamente. Ellas se echaron a reír.

—¿En serio que te lo has revisado? Ah, no cambias.

Mary les hizo frente, apretando las manos a sus costados.

—Déjennos pasar.

—¿O qué, idiota? —preguntó Jessie—. ¿Nos van a acusar? Ya saben cómo terminará eso.

Habíamos denunciado por acoso a ese grupo muchas veces a la directora, pero no les pasaba nada, solo reprimendas y alguna que otra suspensión de un día. Era inútil.

—Oye, Leigh. —Jessie echó su cabello a un lado sobre sus hombros—. Tienes nuevos vecinos, ¿no? Mis chicas los vieron ayer en el entierro; lamentablemente, no pude asistir y verlos por mí misma. ¿Ya los conoces? Tal vez nos podrías presentar.

—No los conozco.

—Ah, es que eres inútil hasta los huesos —dijo ella mientras sacaba algo de su bolsillo: un teléfono. ¡Guau, Jessie sí que tenía libertades! No era común dejar tener teléfonos móviles a los jóvenes en el pueblo ya que eso significaba tener acceso ilimitado a internet, que estaba lleno de provocaciones. Ella me mostró la pantalla del teléfono.

La página decía Facebook y abajo había un evento.

A todo el pueblo de Wilson, la familia Stein los invita a conocer su hogar y su familia.
Lugar: Casa Stein
Fecha y hora: Viernes, 8 pm

Mis ojos bajaron del teléfono móvil a la muñeca de Jessie, a un colorido tatuaje de un pequeño corazón rodeado de pájaros volando como si salieran del mismo. No me podía creer que tuviera un tatuaje.

Jessie bajó su teléfono móvil.

—Invita a Natalia a tu casa esta noche, viernes de pijamada, y así podrán escaparse e ir a la fiesta.

—Estás loca si crees que la invitaré a mi casa.

Natalia alzó una ceja, pero fue Jessie la que siguió hablando.

—Oh, pero lo harás, mi querida Leigh. —Me pasó el dedo por el rostro en una caricia amenazante—. Esta tarde llegarás a casa y le dirás a la señora Fleming que Natalia ha recapacitado, que quiere volver a ser una niña buena y que la has invitado a una pijamada para hablarle del buen camino que debemos seguir.

Mary le echó una mirada de pocos amigos.

—La única razón por la que no te digo que me invites es porque todas conocemos a Lilia, jamás te dejaría tener una pijamada con una desconocida para ella como yo, pero Natalia es diferente, ¿no?

—¿Por qué no va ella sola si tanto quiere ir? Déjenme fuera de esto.

Me molestaba que Natalia no hablara por sí misma. ¿Es que ya no tenía voz propia?

—Su familia le da libertades, sí, pero digamos que no aprecian demasiado a los Stein después de la fama que se han ganado de ser irrespetuosos, así que no la dejarán ir. En cambio, una pijamada con su ex mejor amiga, que es una santa, es fácil.

—¿Por qué debería hacer lo que tú dices?

—Tú sabes por qué. ¿Quieres hacerme enojar, Leigh? ¿Quién sabe qué podría revelar Natalia si nos haces enojar?

Chantaje.

Natalia sabía muchas cosas de mí y había una en concreto que me aterraba. Si lo revelaba, mi vida sería un caos. Nadie podía enterarse.

Sentí la mirada de Mary sobre mí. Ella le tenía miedo a Jessie, apenas le respondía pero me habló, confundida.

—¿Leigh? No tienes que hacerlo, no...

—De acuerdo —respondí, mirando a Natalia—, llega a las seis. Mamá sirve la cena a las siete.

Pasé por su lado, la rabia incendiando mi pecho.

«¿Cómo pueden usar mis secretos más vulnerables de esta forma?»

—¡Gracias, querida amiga! —escuché gritar a Jessie detrás de mí.

La impotencia corrió por mis venas con libertad, no entendía cómo Natalia se había hecho amiga de Jessie. ¿Acaso eso era lo que nos pasaba cuando nos alejábamos de nuestra religión?

Que el Altísimo la haga entrar en razón.

Mi día siguió como si nada, pero mi humor estaba arruinado y solo pensar que tendría que dormir con Natalia me indignaba.

A la hora de la salida me pidieron que fuera a la oficina de la directora. La señora Philips era la esposa del líder de nuestra iglesia; como he dicho, éramos una comunidad muy cerrada.

«¿He hecho algo malo?»

«¿Acaso me vio conversando con Natalia y quiere regañarme por eso?»

Entré en la oficina y la directora y yo nos dimos la mano.

—Que el Altísimo esté contigo.

—Que así sea —dije, sonriendo al soltar su mano.

—Toma asiento, Leigh —me indicó, volviendo a su silla al otro lado del escritorio—. ¿Quieres tomar algo? ¿Agua? ¿Té?

—No, gracias.

«Solo dígame que no estoy metida en problemas.»

—Bueno, Leigh, la razón por la que te he llamado esta tarde —hizo una pausa, sonriendo—, la verdad, estoy muy emocionada, ¡el tiempo ha pasado tan rápido!, creciste de un día para otro.

La miré confundida.

—En fin, tu cumpleaños es muy pronto —me informó, yo lo había olvidado por completo—, dieciocho años, Leigh, ya casi eres una joven adulta. ¿Estás emocionada?

Jugué con las manos sobre mi regazo.

—Supongo.

—Bueno, como miembro de nuestra iglesia, sabes lo que eso significa, ¿no?

Asentí.

—Es hora de que te unas al grupo de las Iluminadas.

—Que así sea —dije en modo de agradecimiento.

—Mi esposo y yo estamos muy orgullosos de tu desempeño en la iglesia hasta ahora y, con la trágica partida de Payton, queremos que seas la líder de las Iluminadas.

—¿Yo? —Me señalé. No cualquiera se convertía en líder de alguno de los grupos de nuestra iglesia. Era un honor y mi madre se moriría de orgullo—. ¿De verdad?

—Sí, Leigh, estamos muy complacidos contigo. Eres una jovencita brillante que ha llevado nuestras creencias en alto. —No lo podía creer—. Eres la indicada para liderar el grupo; grandes cosas os esperan a ti y a tu familia.

—Que así sea —dije, conteniendo mi alegría.

—¿Aceptas, Leigh?

—Por supuesto, es un honor servir a nuestro Altísimo como líder.

Ella se puso de pie de golpe y rodeó el escritorio para abrazarme.

—Bienvenida al equipo de liderazgo.

Mamá estaba tan contenta que me dejó usar el ordenador de la sala para utilizar internet por una hora. La mayoría de las páginas con contenido inapropiado estaban bloqueadas, pero pude entrar en la aplicación de Messenger que usábamos las de mi grupo de la iglesia cuando podíamos acceder a internet. Solo tenía agregadas a las chicas de mi grupo juvenil.

Mary dice: ¡Felicitaciones, Leigh!
Adriana dice: ¡Es una bendición del Altísimo!
April dice: ¡Nadie se lo merece más que tú!

Cuando terminé de hablar con ellas, subí a mi habitación. Mamá ya había comenzado a preparar la cena y volví a la realidad de que Natalia vendría a cenar, posiblemente a causarme problemas que no quería en esos momentos.

Me paré frente a la ventana para ver el atardecer, una costumbre que siempre había tenido. Olvidé que la casa de al lado ya no estaba desocupada y no esperaba captar movimiento en su patio. Eso atrajo mi atención y el cielo anaranjado del atardecer quedó olvidado.

Él estaba de espaldas, pero por la sudadera con capucha negra que llevaba puesta sabía que era Heist. Vestía una parecida la noche que su familia vino a nuestra casa. Alzó sus brazos con un hacha en las manos y la bajó de golpe, cortando un pedazo de madera por la mitad. Despegó el hacha del tronco que había usado como apoyo y dio un paso atrás para recoger otro pedazo de madera y ponerlo en el tronco de apoyo y hacer lo mismo.

El movimiento repetitivo hizo que la capucha se deslizara y dejara su cabello rubio expuesto, confirmándome que era él. Arrugué mis cejas. ¿Por qué estaba cortando madera en esa época del año? Aunque el otoño ya había comenzado, aún no hacía frío como para usar la chimenea. De hecho, ese día había sido inusualmente caluroso.

«¿Y a ti qué más te da, Leigh? Tal vez quiere guardar la leña para más adelante; tiene sentido, así no tendrá que congelarse cortando leña en pleno otoño o, peor aún, en invierno.»

Ni siquiera sabía por qué perdía mi tiempo observándolo hacer algo así. Estaba a punto de alejarme de la ventana cuando pasó.

Heist puso el hacha a un lado y agarró el extremo de su sudadera y se la quitó por encima de la cabeza, los músculos de su espalda contrayéndose cuando se la sacó por completo.

Mi primer instinto fue apartar la mirada. Sentía mis mejillas calentándose. Sin embargo, mis ojos curiosos volvieron a esa vista. Heist se amarró la sudadera en la cintura, la piel pálida de su espalda al descubierto y tomó el hacha de nuevo.

Se giró para buscar otro pedazo de madera a su lado, quedando de perfil. Pude ver los músculos de sus brazos, de su pecho, de su abdomen. Él puso la madera en el tronco de apoyo y estiró su brazo con el hacha, dejando la punta de esta sobre la madera, y caminó alrededor del tronco hasta quedar frente a mí. Por un momento pensé que me vería, pero mantuvo sus ojos sobre la madera en todo momento.

Él alzó el hacha y partió el pedazo de madera en dos de un solo golpe y entonces levantó su mirada y esos ojos azulados se encontraron con los míos.

Un jadeo de sorpresa salió de mis labios y Heist ladeó su cabeza, curvando solo un lado de su boca en una ligera sonrisa.

De inmediato, aparté la mirada, cerré las cortinas y me alejé de esa ventana. Podía sentir mi corazón desbocado en mi pecho.

No sabía qué era lo que tenía ese chico, pero solo sabía que me traería problemas involucrarme con él o su familia, y tenía que evitarlo, sería una líder ejemplar de la iglesia. Bien, ayudaría a Natalia esa noche, pero después de eso, me mantendría alejada de los Stein.

En especial de Heist Stein.

4

Hogar perfecto

LEIGH

—¡Agáchate! —me ordenó Natalia.

Después de cenar con mis padres y decir que íbamos a dormir, nos habíamos escapado de la casa y estábamos pasando frente a la ventana del cuarto de mis padres, así que teníamos que ser muy cuidadosas.

Natalia llevaba puestos unos tejanos y una camiseta escotada que hacía que sus pechos se vieran más pronunciados. Su cabello ondulado caía a los lados de su cara, su piel morena contrastaba con su colorida camiseta. Debido a su insistencia, me puse un vestido de flores con mangas que, por supuesto, quedaba un poco por debajo de mis rodillas. Mi cabello negro enrollado en círculos hasta hacer un moño perfecto.

«No me puedo creer que esté haciendo esto.»

No me gustaba romper las reglas, no servía para eso, y el hecho de que lo estuviera haciendo en contra de mi voluntad me molestaba aún más.

También estaba el hecho de que, si había gente del pueblo ahí, seguro que le contarían a mi madre que me habían visto. Nadie se guardaba nada por aquí, en especial, cuando me vieran con Natalia y sin mis padres. La reputación de Natalia estaba por los suelos.

El jardín de la casa de los Stein era hermoso, con una fuente en el medio que tenía una estatua peculiar de un ángel con la mano estirada hacia arriba, como si quisiera alcanzar el cielo, y las alas rotas a sus pies.

¿Un ángel caído?

Al llegar a la gran puerta de madera fue cuando sentí el peso de lo que iba a hacer. No me había puesto nerviosa hasta ese momento, pero ahora sabía que estábamos a un toque del timbre de enfrentarnos a esa familia tan extraña.

Solo una puerta me separaba de ver a Heist otra vez.

«Me pregunto si debería liberarte o destruirte.»

«Que me voy a divertir mucho contigo.»

Ese chico me daba malas vibras, pero por alguna extraña razón también sentía mucha curiosidad por saber qué tipo de persona era Heist. ¿Era por su atractivo? ¿O por la forma enigmática y arrogante en la que hablaba como si lo supiera todo?

Natalia tocó el timbre, acomodando sus pechos y yo volteé los ojos.

La señora Stein, elegante como siempre, con un vestido negro que se ajustaba a su figura y su cabello rubio en un moño trenzado muy bonito, abrió la puerta.

—Oh, Leigh. —No podía creer que recordara mi nombre—. No esperaba que vinieras, pero me alegra mucho.

Natalia me dedicó una mirada de «¿No los conocías? Mentirosa» antes de extenderle su mano a la señora Stein.

—Mucho gusto, soy Natalia. Una amiga de Leigh.

La señora Stein evaluó el atuendo de Natalia y pareció sorprenderle que una chica del pueblo se vistiera así y no la culpaba, no era lo usual. Ella nos sonrió.

—Bienvenidas, chicas, gracias por venir, adelante.

Entramos en la casa y vi que la señora Till tenía razón, esa mansión parecía de otro mundo. Había un candelabro de cristales inmenso en medio de la sala, una ondulante escalera de escalones de madera bien pulidos a un lado. Los cuadros, las paredes, los bordes de una chimenea hermosa y las decoraciones eran una combinación de dorado con blanco muy distinguida.

«Esta gente es más que adinerada. ¿Por qué han venido a vivir aquí? ¿Por qué vendrían a un pueblo tan poco conocido con una comunidad tan cerrada como la nuestra?»

Para mi sorpresa y alivio, la sala estaba vacía. La señora Stein caminó delante de nosotras para señalarnos una mesa con una variedad de comida para probar.

—Honestamente, no pensé que alguien vendría, he estado esperando un buen rato. —Ella suspiró—. Supongo que la gente del pueblo no revisa mucho el Facebook.

«En realidad, le están aplicando la ley del hielo, señora. Y no pararán hasta que se adapte a nuestras costumbres.»

Quise decirlo pero me contuve. Natalia no podía disimular, su boca abierta, ojeando todo el lugar.

—Tiene una casa muy hermosa, señora Stein.

—Gracias, Heist diseñó las remodelaciones.

—¿Heist? —preguntó Natalia.

—Mi hijo mayor, Heist, se interesó por el diseño de interiores el año pasado así que dejamos que se encargara él. Nos encantó el resultado pero, al parecer, ha dejado de interesarle. Heist tiende a aburrirse de las cosas con facilidad, a pesar de que no hay nada que no pueda hacer bien si se lo propone. Mi hijo es un genio. —La señora Stein se cubrió la boca, apenada—. Lo siento, una vez que comienzo a hablar de mis hijos no paro.

—No se preocupe. —Natalia tenía su expresión de falsa amabilidad puesta a toda potencia—. Y si me permite decirlo, sus hijos son tan atractivos como usted.

Me aguanté las ganas de voltear los ojos.

La señora Stein soltó una risita.

—Gracias, lo sé, son mi orgullo. En especial, mi Heist, que sacó mi cabello y mis ojos.

Heist. Heist. Heist.

Enseguida vi quién era el hijo favorito de esa señora.

Escuché voces que provenían de un pasillo al lado de la chimenea y mi corazón comenzó a latir desesperado por la anticipación. No sabía si era miedo, emoción o nervios; no entendía el efecto que Heist tenía sobre mí.

Frey y Kaia salieron del pasillo, sus caras de facciones tan parecidas mostraron sorpresa al vernos.

—Oh, hola, se ha cumplido tu sueño, madre, han venido a visitarte —dijo Kaia; su acento no era tan notable como su sarcasmo.

Natalia se presentó, con sus ojos sobre Frey la mayor parte del tiempo y yo aproveché mi silencio para fijarme bien en los gemelos. Frey era un poco más alto que Kaia, su cabello negro caía desordenado a ambos lados de su cara y sus ojos de color azul oscuro eran algo más profundos que los de su hermana. Su expresión impasible era fría y me daba la impresión de que Frey no era de muchas palabras con personas ajenas a su familia. Al sentir mi mirada, Frey me ojeó por un segundo, con una expresión clara de indiferencia.

Kaia se paró frente a mí.

—Qué bueno verte de nuevo, Leigh, y sin tu madre —comentó—. Entre nosotras, ella me asusta un poco. Es muy estricta, ¿no?

—Solo protege nuestras creencias muy bien. —No quise sonar a la defensiva, pero no me gustó el tono con el que se refirió a mi madre, como si la juzgara. Algo de los Stein desataba mi lado defensivo, casi grosero.

—¿Dónde está Heist? —preguntó la señora Stein.

Kaia se encogió de hombros.

—Como si lo supiera, ya sabes cómo es.

«¿Por qué me desilusiona la posibilidad de que no esté aquí? Debo de estar loca, tal vez la locura de ese ser se me pegó en el cementerio.»

Pero si él estaba allí hace unas horas, cortando leña. Lo recordaba muy bien. Meneé la cabeza. Frey subió las escaleras, desapareciendo de nuestra vista. Natalia tomó asiento al lado de la señora Stein en el sofá en forma de L de la sala. Natalia no paraba de hablar, diciendo lo que hiciera falta para ganarse el aprecio de la señora Stein.

Yo aproveché para observar los retratos encima de la chimenea, había una foto en particular donde había seis niños, no tres. Pude reconocer a Frey y a Kaia por su parecido, a Heist por lo rubio, pero ¿quiénes eran los otros dos niños de cabello negro? ¿Y la niña con ojos de colores diferentes? Uno de los niños de cabello negro me parecía muy familiar. ¿Lo había visto antes en algún lado?

Kaia tomó mi mano y me sacó de mi distracción.

—Ven conmigo, hay algo que quiero mostrarte.

Miré alarmada a Natalia, pero ella estaba muy ocupada impresionando a la señora de la casa. Kaia estiró de mí por un pasillo hasta que entramos en una hermosa cocina con mesas de mármol impecables. Había varias ollas y un montón de comida servida allí.

—Prueba un poco de cada cosa, lo he cocinado todo yo. —La emoción en su voz era contagiosa—. El pastel de fresas que le llevamos a tu madre también lo hice yo; mamá no cocina, en cambio, a mí me encanta.

«Lo he horneado yo misma.» Su madre mintió aquella noche.

Me quedé observando todos los platos, se veían estéticamente perfectos, no quería arruinar nada.

—¿Siempre eres tan callada? —Su pregunta me hizo aclararme la garganta.

—No, solo... se ven muy bien, no quiero arruinarlos.

—Vamos, es comida, creo que hice demasiada, pensé que la casa se llenaría de gente, pero al parecer, no somos muy populares aquí.

Probé algunas cosas y no pude evitar cerrar los ojos ante algunos sabores. No había mucha variedad de comida en el pueblo y, aunque adoraba a mi madre, en su cocina tampoco. Y Kaia sabía lo que hacía.

—Están... deliciosos.

—Come todo lo que quieras.

—¡Kaia! —La voz de la señora Stein sonó desde la sala—. Llamada de tu padre, contesta en el teléfono del pasillo.

—¡Enseguida vuelvo! Sigue comiendo.

Di la vuelta a la mesa para probar otros platos; sin Kaia allí, me podía permitir desatar mis ganas de probarlo todo. Casi me atraganto con un pedazo de pollo endulzado cuando escuché una puerta detrás de mí. Me giré para ver la puerta de atrás de la cocina que daba al patio.

Heist.

Él entró en la cocina, sacudiendo sus zapatos deportivos blancos en la pequeña alfombra, llevaba unos shorts negros y una camiseta blanca holgada que permitía ver lo definido que era su pecho y dejaba sus brazos ligeramente musculosos a la vista. Su cabello rubio lucía oscuro, mojado por el sudor y se pegaba a su frente. Tenía unos auriculares negros en los oídos conectados a un dispositivo colocado en una banda alrededor de uno de sus brazos.

Era obvio que venía de hacer ejercicio.

Me quedé congelada porque había bajado la guardia por primera vez en esa casa; estaba comiendo como si el mundo se fuera a acabar al día siguiente y lo que menos esperaba era ver a Heist.

Cuando Heist me vio, esa sonrisa que ya conocía muy bien se formó en sus labios. Se quitó los auriculares y los enrolló en sus manos.

—Vaya, vaya, ¿qué tenemos aquí?

Pasé saliva, tratando de mantenerme calmada. Heist no era como los chicos del pueblo, era diferente y no solo físicamente. Tenía un aire de experiencia y seguridad que no había visto en ningún chico antes. Y por alguna razón la imagen de él sin camisa de hacía un rato no salía de mi mente.

—Hola —solté porque me negaba a dejarle saber cuánto me intimidaba.

Heist se dirigió hacia mí, sus ojos azulados brillando de una manera que no pude identificar, y se detuvo justo enfrente. Tuve que alzar los ojos para mirarlo a la cara.

—No pensaba que ibas a venir, de otra forma, te habría esperado.

—¿Por qué?

Él se mordió el labio inferior.

—Porque quiero tener una buena relación con mis vecinos, por supuesto.

«No lo creas.»

Heist estiró su mano hacia mí y la golpeé antes de que pudiera tocar mi cara.

—No me toques.

—Tienes algo aquí. —Se limpió la comisura de su boca indicándome.

Oh.

—¿Siempre eres tan hostil, Leigh?

—¿Y tú siempre eres tan atrevido?

Heist se rio un poco.

—¿Atrevido?

—Sí, no puedes ir por la vida tocando a las personas como si nada.

—Solo quería limpiarte.

—No tenemos esa confianza, te conocí hace unos días, apenas hablé contigo en el cementerio y tampoco fue la mejor conversación del mundo.

—Tienes razón, lo siento. —Levantó las manos en el aire—. No volveré a tocarte, Leigh —prometió antes de agregar—: A menos que tú me lo pidas.

Como si yo fuera a pedírselo.

¿Por qué parecía estar divirtiéndose? Estaba segura de que mi expresión no era para nada amigable.

—Sigue comiendo —comentó él, dirigiéndose a la nevera—. No era mi intención interrumpir.

Decidí no darle importancia a su presencia, aunque me afectaba mucho, no estaba acostumbrada a estar a solas con chicos. Si mamá lo supiera, me mataría. Le di la espalda para seguir probando otros platos. Mastiqué un pedazo de carne bien cocinada con un aderezo de arándanos que era simplemente delicioso. Casi me atraganté cuando sentí a Heist detrás de mí. Él estiró su mano y la pasó a un lado de mi cintura para tomar una cereza que estaba encima de un pastel.

—Las cerezas me encantan. —Su respiración acariciaba la parte de atrás de mi cuello.

«¿Es que no sabe respetar el espacio personal de los demás?»

Disimulé al moverme a un lado como si estuviera rodeando la mesa para alejarme de él. Heist tomó otra cereza y se sentó en una de las sillas altas al otro lado de la mesa.

—Y cuéntame, Leigh, ¿por qué somos tan poco populares en este pueblo?

«¿Ya lo ha notado?»

—No es nada personal, somos una comunidad cerrada.

Heist alzó una ceja.

—¿Una comunidad cerrada por... la religión?

No le respondí.

Heist observaba cada uno de mis movimientos sin perderse un detalle como si estuviera buscando algo, analizando algo.

—¿Te pongo nerviosa, Leigh?

—No.

Él me sonrió.

—Yo creo que sí.

—No me importa lo que tú creas.

Su sonrisa se ensanchó.

—Me pregunto si eres así de grosera con otras personas o si es una actitud que solo tienes conmigo. De ser así, me sentiría halagado.

—Eres tan extraño...

Él soltó una risita burlona.

—Tienes razón, no te he dado una buena primera impresión.

Se puso de pie y rodeó la mesa, pasando sus dedos por su superficie con lentitud al acercarse a mí.

—¿Comenzamos de nuevo? —Se detuvo frente a mí y extendió su mano—. Mucho gusto, Leigh, soy Heist.

Miré su mano con cautela antes de apretarla y soltarla tan rápido como pude. Heist se inclinó hacia mí y su cara quedó a escasos centímetros de la mía.

—Sé que nos vamos a llevar muy bien, Leigh.

Así de cerca, podía notar cada facción de su rostro y lo bonito que era el azul mezclado con gris de sus ojos.

«Aléjate de él, Leigh, es peligroso.»

Por alguna razón, no podía apartar la mirada. Nunca había tenido a un chico tan cerca y mucho menos a un chico como él. Me hacía preguntarme cómo podía tener un rostro tan perfecto, sin defectos. Eso no era justo.

Sin saber cuánto tiempo nos quedamos así, agradecí escuchar pasos que venían del pasillo. Eso me sacó del trance que me habían provocado los ojos de Heist y di un paso atrás, finalmente, alejándome de él.

En ese momento, grabé el recordatorio en mi mente de no dejarme atrapar por el atractivo de Heist porque, sin importar lo perfecto que pareciera, había algo en él que me hacía querer salir corriendo en la dirección contraria.

5

Miradas oscuras

LEIGH

—¡Heist!

La voz de la señora Stein en la puerta de la cocina sonó como música para mis oídos. Natalia la seguía, obediente.

—Aquí estás, casi te pierdes la visita.

—Eso le estaba diciendo a Leigh. —Me echó un vistazo y yo fingí estar concentrada en la comida—. No sabía que teníamos visita, madre.

—La fiesta de bienvenida, ¿recuerdas?

Natalia estaba perpleja, sus ojos indagando cada parte del cuerpo de Heist. La lujuria en su expresión era tan obvia que casi dije una oración en su honor.

—Soy Natalia. —Ella extendió su mano hacia él. Heist la tomó, plantando un beso sobre la parte de atrás de su mano.

—Heist Stein —susurró y Natalia se lamió los labios.

«Son tal para cual.»

—Natalia me ha caído de maravilla, Heist, es una jovencita muy extrovertida y conversadora —comentó la señora Stein.

—Oh gracias, señora Stein, usted también me ha caído muy bien. Espero seguir viéndola.

—Bueno, los dejo para que charlen, sé que los jóvenes prefieren estar a solas. Kaia enseguida vuelve, está hablando con su padre.

Y con eso salió de la cocina, dejándonos solos.

«Esto va a ser muy incómodo para mí.»

Heist y Natalia no paraban de hablar, así que me dediqué únicamente a comer.

De vez en cuando, les echaba un vistazo. Natalia estaba recostada en la pared de la cocina y Heist frente a ella, demasiado cerca. Definitivamente ese chico no sabía de espacio personal, por lo menos no le pasaba solo conmigo.

—Eres muy bonita, Natalia. —No sabía si era su acento, pero la voz de Heist era tan intensa...—. Me alegra que hayas venido hoy.

Natalia se sonrojó y apartó la vista. En el pueblo no había chicos tan atractivos como Heist así que, aunque su experiencia al tratar con chicos fuera amplia, nunca había lidiado con uno como él.

Lo que tenía de bueno lo tenía de extraño para mí.

Me aclaré la garganta.

—Se está haciendo tarde, Natalia, creo que deberíamos irnos —dije. Heist me miró por encima de su hombro.

—Solo un poco más, Leigh. Natalia y yo lo estamos pasando bien, ¿no es así?

—Sí, Leigh. Tú sigue comiendo, que te gusta.

Suspiré.

Heist se inclinó y le susurró algo a Natalia en el oído.

—Leigh, ya venimos, espérame aquí, ¿sí?

Eso me alarmó.

—¿Adónde van?

—Solo le voy a mostrar algo, tranquila —me respondió Heist antes de salir con ella de la cocina y de tropezar por el camino con Kaia, quien se hizo a un lado para dejarlos pasar. Kaia me miró cansada y se encogió de hombros.

—Nadie puede resistirse a los encantos de mi hermano, ¿eh?

—¿Adónde crees que van?

—Probablemente a besuquearse en algún pasillo oscuro de la casa.

«No, Natalia... se acaban de conocer, ni siquiera ella haría eso.»

«¿Y por qué me molesta si lo hacen?»

«Solo estoy preocupada por ella. A pesar de que se ha convertido en una persona diferente, fue mi amiga durante mucho tiempo y se ha ido a hacer quién sabe qué con un desconocido.»

—¿Te ha gustado la comida?

—Está deliciosa. —Mis ojos seguían puestos en el pasillo por el que se acababan de ir esos dos.

—¿Algún plato favorito?

—La carne con la salsa de arándanos.

Traté de olvidarme de Natalia y Heist y me centré en Kaia, quien hasta ese momento era la que mejor me caía de esa familia porque incluso la señora Stein tenía algo que no me terminaba de gustar.

—Es uno de mis favoritos, tenemos eso en común. —Me sonrió abiertamente—. ¿Qué tal es el instituto aquí? No puedo esperar a integrarme, me encanta hacer nuevas amigas.

Dudaba que fueran muy amables con ella en el instituto, de hecho, dudaba que fueran amables con ella en cualquier lugar del pueblo, lo cual me hizo sentir mal por un momento. Kaia era amable, ella no tenía esa mala vibra que Heist desprendía.

—Será un poco difícil al principio, pero luego se acostumbrarán —le dije honestamente.

—Oh, eso lo sé, este lugar no acepta a las personas diferentes con mucha facilidad. No te preocupes. —Levantó su brazo, marcando el músculo de su bíceps—. Tengo piel dura, soy más fuerte de lo que parezco.

Eso me hizo sonreír.

—Es una de las ventajas de creer con hermanos —continuó diciendo, bajando su brazo.

—Puedo imaginarlo.

—¿Eres hija única, Leigh?

Yo solo asentí.

—¡Qué afortunada! —Suspiró dramáticamente—. No, mentira, aunque me quejo como loca, no sé qué haría sin esos dos idiotas.

Recordé la mirada fría de Frey.

—Frey no es muy amigable, ¿no?

—Él es... —pareció buscar la palabra adecuada— diferente.

—Tú eres tan sociable y él es tan... callado, es raro que sean tan diferentes siendo gemelos.

—Mellizos —me corrigió Kaia—, ese es el término correcto, Frey y yo somos mellizos.

—Oh, no lo sabía.

—¡Kaia! —La voz de su madre chilló desde la sala—. Tu padre te llama.

¿Otra vez?

—¡Voy! —Ella me sonrió—. Lo siento, esto de tener tres padres es agotador.

¿Tres padres?

¿A qué se refería?

Abrí la boca para preguntar, pero ella ya se había ido.

El tiempo pasaba con una lentitud agonizante; ya habían pasado más de veinte minutos, así que me aventuré en el pasillo por el que había visto irse a Natalia y a Heist. Ya era suficiente, si mamá descubría que no estábamos en la cama, se arruinaría todo. Esto tendría que ser suficiente para Natalia.

Había dos pasillos: el que daba a la sala por donde Kaia acababa de irse y otro oscuro por el que se habían ido esos dos.

Mi corazón comenzó a latir con desespero por lo desolado y oscuro que estaba el pasillo. La vibración de esa casa me aterraba. Mis ojos se posaron sobre una puerta de metal que destacaba en la sutilidad de las paredes, ¿la puerta de un sótano, tal vez? Pero lo que llamó mi atención fueron las múltiples cerraduras que tenía esa puerta, incluso un candado.

¿Quién resguarda un sótano o un cuarto de esa forma?

El sonido de la risita de Natalia me trajo de vuelta a la realidad y seguí caminando. Doblé una esquina y me quedé paralizada. Había ventanas a un lado del pasillo y la luz de la luna, colándose por ellas, iluminaba el lugar ligeramente, pero no era eso lo que me había congelado.

Heist tenía a Natalia contra la pared, sostenía su cara con ambas manos y la besaba apasionadamente. Sus labios se movían con agilidad contra los de ella, sus respiraciones aceleradas se escuchaban claramente al igual que el roce de sus labios mojados.

Nunca había visto a nadie besarse así, solo había presenciado besos cortos y con los labios cerrados.

Me cubrí la boca, sin saber qué hacer. Torpemente, di un paso atrás, el ruido de mis zapatos contra el suelo llamó la atención de Heist pero no de Natalia, quien parecía ahogada en sus besos.

Heist despegó a Natalia de la pared, girándola para que quedara de espaldas a mí y él de frente, girando su cabeza a un lado para profundizar el beso, y, aún besándola, abrió sus ojos.

Esos ojos se encontraron con los míos y dejé de respirar, sintiéndome descubierta. Sin dejar de mirarme, él la siguió besando con pasión, bajando sus manos de la cara de Natalia a sus caderas para apretarlas. Él dejó de besarla para lamer la curva del cuello, con esa sonrisa en sus labios.

—Heist. —Natalia gimió, acariciando el cabello de Heist, quien me observaba con diversión.

Mis piernas decidieron reaccionar y salí de allí rápidamente, volviendo a la cocina con el corazón en la boca y mi respiración agitada.

¿Qué acababa de ver?

«Altísimo, limpia mis ojos de esa escena lujuriosa, no dejes que corrompa mi alma, que así sea, que así sea.»

Repetí esa frase una y otra vez en mi mente con los ojos cerrados por un buen rato.

—¿Leigh? —La voz de Natalia me hizo abrir los ojos—. ¿Estás rezando? ¿En serio?

Estaba de pie frente a mí, con la respiración aún acelerada. Heist se hallaba detrás de ella con los brazos cruzados sobre el pecho. Su cabello rubio estaba desordenado, mechones apuntando en direcciones diferentes, y sabía que era porque Natalia se había agarrado de su cabello mientras lo besaba. Ambos tenían los labios enrojecidos y yo sabía por qué.

—No, solo... estaba... pensando con los ojos cerrados.

—Es que eres bien rara —dijo Natalia, y Heist se lamió los labios, mirándome.

—¿Nos vamos? —le pregunté, rogando que dijera que sí.

Natalia asintió.

—Me iré adelantando. —Salí de esa cocina rápidamente y, agitando mi mano en el aire, me despedí de Kaia y de la señora Stein al pasar por la sala.

Apenas salí de esa casa, sentí que podía respirar de nuevo. No podía creer lo que había visto en tan poco tiempo. Natalia salió de la casa unos minutos después.

Ella me sonrió al pasar por mi lado.

Le eché una última mirada a la casa antes de seguirla.

Cuando ya estábamos en mi cama, cubiertas bajo las sábanas, me di cuenta de que sería difícil arrancarme esas imágenes de la cabeza. Los ojos de Heist sobre mí mientras besaba a Natalia, mientras la tocaba y besaba su cuello.

Cerré los ojos, comenzando a rezarle al Altísimo dentro de mi cabeza. Sin embargo, el susurro de Natalia me interrumpió:

—Es guapo, ¿verdad?

—¿Qué?

—Heist.

No le respondí nada con la esperanza de que se quedara tranquila y me dejara con mis oraciones mentales en paz.

—Él no es como los chicos de aquí, Leigh. —Eso lo sabía—. Su voz, cómo actúa, esa seguridad en sí mismo... es tan sexy.

No se lo negaba, pero Heist tenía algo malo. No sabía qué era o tal vez estaba teniendo una reacción defensiva como mi madre ante gente nueva. Natalia no quería callarse, por supuesto.

—Aún tengo el corazón acelerado, no puedo creer que un chico como él se haya fijado en mí.

En ese momento, Natalia no sonaba odiosa, solo vulnerable, y por un segundo sentí que estaba hablando con mi mejor amiga de nuevo, que era una noche más de pijamas donde nos quedábamos hablando en la oscuridad hasta dormirnos.

La extrañaba.

A pesar del tiempo, era imposible no admitirlo y aunque ella se dedicaba a hacerme la vida de cuadritos, aún la quería. Habíamos crecido juntas, odiaba que hubiéramos tomado caminos diferentes y que todo se complicara por culpa de Rhett.

—Leigh, ¿estás dormida? —La voz de Natalia era un susurro que interrumpía mis pensamientos.

—No.

—No te sientes cómoda con esa familia, ¿verdad?

—No.

—Ellos no son como nosotros, pero no significa que sean malos, ¿o es que ahora juzgas a las personas sin permitirte conocerlas? Eso no es lo que promueve tu religión, ¿o sí?

Tu religión.

No, *nuestra.*

Eso me entristeció, ya ni siquiera la consideraba parte de su vida.

—Solo... —Las caras de la señora Stein, de Kaia, de Frey y, por último, de Heist vinieron a mi mente—. No sé.

—¿Acaso necesitas más...? —Sabía a lo que se refería.

—No, y mis sospechas con los Stein no tienen nada que ver con eso —aclaré.

—¿Cuánto hace que no pasa?

—Hace meses, estoy bien.

—No tienes que fingir conmigo.

—Suenas como si yo te importara.

Silencio.

—Buenas noches, Leigh.

—Buenas noches, Natalia.

Esa noche nos fuimos a dormir como si nada, como si yo no hubiera roto un montón de reglas y como si mi curiosidad por Heist no se hubiera incrementado aún más. Cada vez que intentaba interpretar sus palabras, sus acciones o la forma en la que actuaba no conseguía más que confundirme.

Y también estaba Natalia, quien por momentos parecía ser esa amiga que tanto quise, pero que también podía ser cruel conmigo al usar mi mayor secreto en mi contra. Aunque me costaba admitirlo, Natalia aún tenía un lugar en mi corazón, sin importar cuánto había cambiado. Quizá la había querido demasiado como para dejar de hacerlo a pesar de todo.

Esa noche dormimos tranquilas, ignorando lo que nos esperaba a la mañana siguiente, ajenas a la magnitud de lo que nos enteraríamos a primera hora de la mañana.

Otro suicidio.

Otra chica de nuestra comunidad.

Algo muy malo estaba pasando en Wilson.

6

Sospecha inicial

LEIGH

Otra ceremonia en la iglesia.

Otro entierro.

Otra pareja llorando la pérdida de su hija.

Otro suicidio en tan corto tiempo.

¿Era la única que pensaba que eso era extraño?

El funeral de Sophie, la chica que se suicidó, fue tranquilo y silencioso, sin los Stein, sin lluvia cegadora. Caminando del cementerio a la iglesia, no pude evitar recordar a Heist y sus palabras cuando me acompañó con su paraguas.

«Su paraguas, ah, aún lo tengo.»

Estaba tan perdida en mis pensamientos que no me di cuenta de que alguien caminaba a mi lado hasta que se aclaró la garganta. Giré la cabeza para mirarlo.

Era Carter Philips, el hijo de nuestro líder.

Él tomó mi mano con una leve sonrisa.

—Que el Altísimo esté contigo.

—Que así sea.

Solté su mano, devolviéndole la sonrisa con nerviosismo. Para mí, Carter era el chico perfecto, jamás lo admitiría en voz alta, pero Carter fue el primer chico que me había gustado. Tenía el cabello negro, ojos claros de color café y una piel morena muy bonita. Además de que su sonrisa era encantadora. Él y yo siempre habíamos tenido una relación simple, pero cordial. No podría decir que éramos amigos, pero nos llevábamos bien. Muchas veces había deseado que el Altísimo lo seleccionara a él como mi esposo, pero sabía que aún era joven para pensar en eso.

—¿En qué pensabas? —me preguntó, poniendo sus manos a su espalda mientras caminábamos juntos.

—Solo... cosas deprimentes, no me esperaba otro funeral.

Él suspiró.

—Yo tampoco y mucho menos el de Sophie, ella era tan... —una oleada de tristeza cruzó su rostro, oh, había olvidado que Carter era cercano a ella— alegre. Jamás pensé que pudiera hacer algo así.

—Lo siento, debe de ser muy duro para ti. —Me abracé, la brisa fresca de otoño atacaba sin piedad, debí traer chaqueta.

—Primero Payton y ahora Sophie, no sé qué pasa, Leigh. —Él se detuvo y quedamos uno enfrente del otro para hablar mejor, en medio de las tumbas—. Llámame loco, pero tengo un mal presentimiento sobre todo esto.

—Yo también.

—¿De verdad? Pensé que era el único.

—No lo eres, dos suicidios en tan poco tiempo..., algo pasa.

—Intenté hablar con el comisario, pero me dijo que lo dejara hacer su trabajo y que aunque ambas eran situaciones desafortunadas, no había nada extraño ni relación entre ellas.

Dos suicidios desde que llegaron los Stein. No quería especular, pero ¿era coincidencia? ¿Qué estaba pasando? Payton y Sophie no eran chicas solitarias ni personas tristes. ¿Por qué harían algo así? Claro que, tal vez se nos escapaba alguna cosa y ellas estaban pasando por algo de lo que nadie nunca se enteró.

Yo sabía mejor que nadie los grandes secretos que se podían guardar a puerta cerrada; también yo cargaba con uno inmenso.

—Solo espero que el Altísimo tenga misericordia de ella.

—Que así sea. —Carter se pasó la mano por la cara y luego por el cuello, las ojeras claras bajo sus lindos ojos.

—Te ves cansado.

—Mis padres se enteraron a media noche y fuimos a casa de Sophie a darles apoyo a sus padres y a bendecir su alma mientras esperábamos a la funeraria. No he dormido nada, aún no me lo creo, Leigh.

—Lo sé, creo que mucha gente todavía está asimilando todo esto.

Comenzamos a caminar de nuevo hacia la iglesia.

—¿Tú cómo estás? Mi madre me contó que pronto es tu cumpleaños y que serás la líder de las Iluminadas, ¿no? Felicidades.

—Gracias. —Le dediqué una sonrisa—. Aunque todo este asunto lo complica todo.

—Lo harás muy bien, Leigh.

—Eso espero, poder servir al Altísimo y a nuestra comunidad como debe ser.

Al llegar a la puerta de la iglesia, Carter se giró hacia mí, lamiéndose los labios antes de hablar.

—Sé que este es el peor momento, pero me preguntaba si un día de estos te gustaría ir a tomar un batido conmigo...

El calor se apresuró a invadir mis mejillas de inmediato.

—Eh, yo... tendría que consultarlo con mamá, ya sabes cómo... es ella.

Él asintió.

—Lo sé, y pienso ir a tu casa y pedirle permiso personalmente. Creo que la señora Fleming lo preferiría de esa forma, pero antes de hacerlo, quería saber si tú querías.

—Sí, por supuesto.

Una sonrisa se expandió por su lindo rostro y dio la vuelta para adentrarse en la iglesia dejándome en la puerta. Suspiré, recordando la sonrisa amable de Sophie, y le eché un último vistazo a su tumba en la distancia. Sin embargo, mis ojos captaron movimiento y fruncí el ceño cuando lo vi.

Llevaba unos pantalones negros, una camisa abotonada y una chaqueta del mismo color. Su cabello negro enmarcaba su rostro inexpresivo y su piel resaltaba entre tanta oscuridad.

Frey.

¿Qué estaba haciendo él allí?

Di unos cuantos pasos para ocultarme detrás de un árbol a un lado de la iglesia; la distancia entre nosotros no era demasiada, así que podía verlo con detalle. Sus ojos estaban enfocados en la tumba de Sophie y se detuvo frente a ella. Fue entonces cuando me fijé en la rosa roja que llevaba en sus manos.

Frey se inclinó para colocar la rosa sobre la lápida de Sophie y se quedó ahí de pie, sin moverse. Quisiera decir que había algún tipo de expresión en su rostro, pero no había ninguna. ¿Por qué había venido? ¿Conocía a Sophie? Y si era así ¿por qué no se veía triste en absoluto?

Volví a sentir la brisa fresca en mis brazos; aunque llevaba un vestido negro de manga larga, la tela era demasiado fina para ese clima. No era mi culpa, el clima de Wilson era demasiado inestable. Necesitaba entrar al calor de la iglesia y estaba a punto de hacerlo cuando la campana sonó anunciando el inicio del servicio y eso llamó la atención de Frey, quien se giró en mi dirección. Me oculté detrás del árbol rápidamente, con el corazón acelerado, esperando que no me hubiera visto.

Consideré volver a caminar hacia la puerta, pero si él aún estaba mirando en esa dirección me vería.

«Vamos, Leigh, no pasa nada, tú puedes caminar por donde sea.»

Asomé la cabeza fuera del árbol.

—¡Por el Altísimo! —solté un chillido al ver a Frey justo ahí, frente a mí, no en la distancia. Tenía las manos dentro de los bolsillos de sus pantalones—. Me... me has asustado —admití con los labios temblorosos sin saber si era por el miedo o por el frío.

Frey no dijo nada, pero ya no me cabía duda de que poseía la mirada más helada que había visto en mi vida. Me tenía totalmente paralizada.

¿Por qué no dices nada, Frey?

Él sacó las manos de los bolsillos y se acercó a mí. Bajé la mirada a su pecho porque no podía tenerlo tan cerca. Su colonia, algo suave, llegó a mi nariz. Frey se quitó la chaqueta y me envolvió con ella, su agradable olor cubriéndome.

Levanté la mirada para decir algo, para darle las gracias, pero las palabras se me atragantaron al encontrarme con esos ojos profundos. Sin decir nada, él se dio la vuelta y se fue, dejándome ahí, con su chaqueta caliente y su olor cubriéndome.

Solo pude verlo desaparecer en la distancia entre todas esas tumbas.

«Leigh...»

Una mano negra aprieta mi cuello. Un gemido de dolor escapa de mis labios.

«Mírame, Leigh.»

«Tú puedes ver los monstruos de carne y hueso, ¿o no?»

«No.»

«No puedes escapar de mí, Leigh.»

Basta.

Me desperté de golpe, sentándome en la cama. Agarré mi cuello, revisándolo por instinto.

Me levanté y abrí la ventana de mi habitación. Me senté en el poyete con cuidado, respirando el aire nocturno para calmarme. Quería sacar esas imágenes de mi cabeza. No sabía cuánto tiempo había pasado ahí, pero después de un rato, cuando ya estaba más calmada y a punto de volver a la cama, lo vi.

Heist.

Le eché un vistazo al reloj de mi mesilla de noche: las 3.45 am. Heist llegaba a su casa, vestido todo de negro, incluso tenía puestos unos guantes oscuros. Las luces exteriores de la vivienda se reflejaban en su cabello rubio, que, junto a su pálida piel, era lo que más resaltaba entre tanta ropa oscura.

¿De dónde venía a esa hora? ¿Y vestido así?

Heist estaba a punto de girar la esquina de su casa para entrar por la puerta de atrás cuando se detuvo de golpe y se volvió hacia mí. Sus ojos se encontraron con los míos y un jadeo de sorpresa se escapó de mis labios.

Él se quedó ahí de pie, observándome, con esa sonrisa torcida a la que ya me había acostumbrado en sus labios. Sus ojos indagaron mi rostro y bajaron a mi cuello. Y entonces me di cuenta de que las tiras de mi camisón se habían caído, exponiendo mis hombros y mi clavícula. Me cubrí con ambas manos; sabía que eso estaba mal, que no debía mostrar mi cuerpo así.

Heist hizo una reverencia y, al enderezarse, su boca se movió como si me dijera algo antes de desaparecer de mi vista.

Me alejé de la ventana y la cerré, sin poder quitarme de la cabeza la imagen de Heist ahí de pie, todo de negro, mirándome, atormentándome con sus ojos sobre mi piel expuesta. Sacudí la cabeza y me fui a la cama, extinguiendo esos pensamientos con oración.

Por la mañana, durante el desayuno descubrí que mamá estaba furiosa y no me quería decir por qué. Al principio, llegué a pensar que se había enterado de mi pequeño encuentro fugaz con Heist la noche anterior o de que había ido a la casa de los Stein con Natalia hacía unas noches, pero me dijo que no tenía nada que ver conmigo.

El instituto había decretado unos días de luto por lo de Sophie, así que sin poder salir de casa, evité a mi madre cuanto pude. Ella parecía un león hambriento, enjaulado, esperando que llegara mi padre del trabajo.

¿Había hecho algo mi padre?

Cuando llegó la hora de la cena, comí rápido para dejar a mis padres solos; era obvio que mamá tenía que hablar con él con urgencia. Sin embargo, yo sabía qué hacer para que creyeran que ya me había ido. Subí las escaleras y cerré la puerta de mi habitación con suficiente fuerza desde afuera para que pensaran que había entrado en ella. Me quité los zapatos silenciosamente y, de puntillas, bajé hasta la mitad de las escaleras y me senté en un escalón.

—¿Me estás escuchando, Thomas? —preguntó mi madre, la indignación en su voz—. No tienes idea de lo que vi, esa familia está podrida.

¿Qué familia? ¿Los Stein?

—Tal vez no lo viste bien, por favor, no comiences con tus exageraciones.

—Te estoy diciendo lo que vi, no hay confusión, esa familia libertina es una pésima influencia para Leigh, que pronto será la líder de las Iluminadas. No voy a permitir que manchen a mi hija con su suciedad.

—Estoy seguro de que Leigh se mantendrá alejada de ellos.

—¡Somos vecinos, Thomas! Leigh solo tiene que asomarse por su ventana y quién sabe qué verá en esa casa.

—Entonces ¿qué quieres? ¿Que sellemos las ventanas de Leigh? Creo que ya ha vivido con suficientes restricciones.

—Thomas —le advirtió mi madre—, Leigh ha vivido bajo las reglas del Altísimo, no son restricciones, es como deben ser las cosas.

Mi padre suspiró.

—¿Qué quieres que haga?

—Habla con ellos.

—¿Qué?

—Quiero que hables con el esposo o lo que sea que ese señor es y les digas que ellos tienen todo su derecho a hacer lo que quieran en su casa pero que, por favor, no lo hagan en su patio, que respeten nuestras creencias y nuestra comunidad.

—¿Estás hablando en serio?

—Si no lo haces tú, lo haré yo. Tú tienes mucho más tacto para estas cosas, así que preferiría que lo hicieras tú.

¿Qué era lo que mi madre había visto para que estuviera así?

—No pienso avergonzarme de esa forma, si quieres hacer eso, hazlo, tienes mi permiso, pero a mí no me involucres. —El ruido de la silla de mi padre echándose hacia atrás me hizo levantarme de un brinco. Oí sus pasos acercándose a las escaleras.

Corrí con cuidado a mi habitación, abrí la puerta con cautela y la cerré detrás de mí una vez dentro. Me senté en mi cama y tomé un libro, como si estuviera leyendo. Llamaron a la puerta suavemente.

—Adelante.

Mi padre entró con esa sonrisa tan amable que siempre tenía cuando me veía. Él llevaba uno de sus trajes elegantes, una incipiente barba asomaba en su cara. Papá siempre conseguía cumplidos por su aspecto y por su estilo.

—Extraño a mi pequeña.

Le sonreí abiertamente.

—Yo también te extraño, papá, ya casi no te veo.

Él caminó hasta estar a mi lado y tomó el borde de mi libro girándolo para enderezarlo, lo tenía al revés.

—Nunca has sido buena espía, Leigh.

Hice una mueca culpable.

—Lo siento.

—No te disculpes. Debías de estar preocupada por tu madre preguntándote por qué estaba así. —Él suspiró—. Ambos sabemos que puede exagerar las cosas.

—¿Qué fue lo que pasó, papá?

—Si te lo digo, ella me colgará. Solo puedo decirte que no fue algo agradable.

—¿Crees que ella irá a hablar con los Stein?

—Sí, y deberías ir con ella para asegurarte de que no arme un alboroto.

—Dudo que ella quiera que vaya, ni siquiera me ha contado lo que pasó.

Mi padre se sentó a mi lado y acarició mi mejilla.

—¿Cómo estás?

Sabía a lo que se refería.

—Muy bien, es como si fuera una persona normal.

—Lo eres, ya sabes que no me gusta que digas lo contrario.

—Lo sé.

—¿Necesitas algo? ¿Tienes suficiente por ahora?

—Sí, no te preocupes. Y muchas gracias por apoyarme con esto.

Papá se inclinó y besó mi frente.

—Todo para mi princesa.

Él se puso de pie y estiró sus brazos.

—Es hora de descansar, esto de conducir dos horas todos los días es agotador.

—Gracias por todo lo que haces por mí, por nosotras, papá.

—De nada, princesa, no te desveles, buenas noches.

«Leigh.»

La voz de Heist pronunciando mi nombre con ese acento profundo me despertó. Abrí los ojos y vi a Heist de pie en la esquina de mi habitación. Ahogué un grito de sorpresa, sentándome de golpe. Parpadeé una y otra vez con la esperanza de que desapareciera, pero él seguía ahí, observándome.

¿Cómo había entrado en mi habitación?

Quería hablar, pero las palabras no salían de mis labios. Natalia apareció a su lado, besando su cuello con desesperación. Sin embargo, Heist mantuvo sus ojos sobre mí.

¿Qué está pasando?

Heist agarró a Natalia por el cuello y apretó con fuerza. Ella empezó a emitir sonidos guturales que me pusieron los pelos de punta hasta que cayó al suelo, muerta.

Heist se sacudió las manos y me miró.

«Tu turno.»

«No.»

«No.»

Él dio unos cuantos pasos hacia mí y, por más que quisiera gritar, no podía. Su mano se enroscó alrededor de mi tobillo y grité, encontrando mi voz.

Me desperté de golpe, sudando y respirando agitadamente. Mis ojos viajaron a esa esquina vacía en mi habitación.

Solo había sido una pesadilla.

Pesadilla.

Por alguna razón, Heist Stein se había convertido en parte de mis pesadillas.

7

Conversaciones necesarias

LEIGH

—Mamá, ¿estás segura de esto? —pregunté, de pie frente a la puerta principal de los Stein.

Mamá acomodó su suéter y se puso el cabello detrás de sus orejas, con actitud determinada. Suspiré, sabía que la situación sería muy incómoda. La señora Stein abrió la puerta, sonriendo por la sorpresa al vernos. Llevaba unos tejanos y una camiseta azul que resaltaba el color de su piel. Su cabello rubio estaba recogido en un moño alto que revelaba su bonito cuello. Qué señora tan atractiva.

—¡Vecinas! —Ella dio un paso afuera y abrazó a mi madre ligeramente. Hice una mueca ante la expresión incómoda en la cara de mi madre. Cuando la señora Stein se separó de ella, se hizo a un lado—. Pasen, estábamos a punto de desayunar, hay suficiente comida para todos.

Mi madre y yo compartimos una mirada. Mamá se aclaró la garganta.

—No, de hecho, solo hemos venido a...

—Oh, vamos, Lilia. —La señora Stein la tomó de la mano, estirando de ella dentro de la casa. No me quedó otra que seguirlas.

Llegamos a la cocina que yo ya conocía y en la mesa del comedor estaba la familia Stein. Kaia estaba de pie, sirviendo algunos platos con la ayuda de Frey. Evité la mirada de este a toda costa porque aún tenía su chaqueta. No había forma de traerla para devolvérsela estando siempre mi madre a mi lado; ella no sabía nada de mis interacciones con los Stein.

El señor Stein, a la cabeza de la mesa, llevaba un traje negro con una corbata azul muy elegante. Supuse que iba a trabajar. ¿Acaso ya tenía un trabajo allí? Quizá en la ciudad. Heist no estaba por ninguna parte.

—Familia, tenemos compañía para desayunar. Por fin, Lilia ha venido a visitarnos. —La señora Stein aplaudió por un segundo—. Tomen asiento. Kaia ha preparado un delicioso menú para hoy.

El señor Stein nos sonrió abiertamente, señalando la mesa.

—Vamos, tomen asiento. —A la luz del día, podía ver claramente el color de sus ojos. Tenía unos ojos negros muy profundos.

Eso me hizo recordar mi clase de biología en el instituto, las leyes de Mendel, la genética..., siempre pensé que el color negro de ojos era dominante sobre los ojos claros. Entonces ¿por qué ninguno de sus hijos tenía los ojos negros? Bueno, Frey y Kaia habían sacado su cabello negro, eso era algo. La genética no era exacta todo el tiempo.

Mamá y yo nos sentamos. Yo tenía a un lado al señor Stein y a mamá al otro. Kaia nos sirvió un plato y nos dijo que podíamos escoger lo que quisiéramos comer de la mesa: había huevos revueltos, frutas, panqueques, waffles, yogur, leche y cereales, y un montón de cosas. Esta familia sí que tenía variedad a la hora de comer.

Kaia y Frey se sentaron frente a nosotras y la señora Stein al otro lado del señor Stein, justo delante de mí, ya que él estaba en la cabecera de la mesa.

—Bueno, Lilia —la señora Stein comenzó—, ya que has venido, ¿te gustaría bendecir esta comida?

Eso tomó por sorpresa a mi madre, pero lo hizo y los Stein cerraron sus ojos respetuosamente. No sabía por qué me parecía tan extraño. Ellos nunca me dieron la impresión de ser religiosos, en especial, después de los numeritos que habían hecho en el cementerio y en otros lugares del pueblo.

¿Por qué el cambio?

Al terminar la oración, todos comenzamos a comer en silencio. Pude sentir unos ojos sobre mí y cuando levanté la vista, me encontré con la mirada azulada y fría de Frey.

Escuchamos pasos y en la puerta de la cocina apareció Heist. Con su cabello rubio despeinado y su rostro aún ligeramente hinchado, era obvio que se acababa de levantar. Llevaba puesto un pijama gris: pantalones largos y una camisa con mangas.

—Heist —le reprochó su madre al ver su atuendo—. Tenemos visita.

Heist nos vio y clavó sus ojos en mí.

—Buenos días, señora Fleming —dijo cordialmente—. Buenos días, Leigh. Mis disculpas, no sabía que estaban aquí, iré a cambiarme.

Y, tras decir esto, se fue por el pasillo por el que había venido. La señora Stein conversó con mi madre animadamente. Heist volvió, esta vez peinado y con unos tejanos y una camisa negra abotonada. Se sentó al lado de Kaia. Bajo la luz del sol mañanero que se colaba por la ventana tenía muy buen aspecto.

Ya estábamos a punto de terminar de comer cuando escuchamos la puerta principal. Alguien entró en la casa y se dirigía con pasos pesados a la cocina.

Arrugué mis cejas porque según mis cálculos, la familia al completo estaba allí. ¿Quién podría ser?

El silencio reinó en la mesa a la expectativa. Kaia y Frey compartieron una mirada al igual que el señor y la señora Stein. Heist era el único que seguía comiendo como si nada.

Mantuve los ojos sobre la entrada de la cocina, los pasos acercándose. Un señor alto de cabello negro peinado hacia atrás entró, llevaba puesto un uniforme negro y encima del mismo un chaleco negro antibalas con unas botas altas oscuras militares que le llegaban hasta casi las rodillas, un arma negra descansaba en una funda en su cadera. ¿Policía? Tenía aspecto de tener un rango superior y era mucho más sofisticado que los policías del pueblo.

Su rostro era rudo y definido pero, sin duda, era muy atractivo, mucho más que el señor Stein. Sus ojos grises tenían un aire helado al igual que su expresión.

Mis ojos recayeron sobre Heist por un segundo. ¿Era mi imaginación o, con la excepción del color de cabello, había cierto parecido entre ellos?

«Deja de imaginar cosas, Leigh.»

Mi madre se tensó y se puso seria al verlo. Algo me decía que ese señor tenía que ver con la razón por la que habíamos venido a esta casa.

—Oh —la señora Stein se puso de pie—, no sabía que llegarías tan temprano, tenemos visita. Estas son Leigh y Lilia, nuestras vecinas. —Ella nos miró—. Él es Peerce Stein.

El señor de ojos grises nos miró a mí y a mi madre, asintiendo en forma de saludo. Su frialdad me recordaba a la de Frey.

«¿Por qué este señor se parece tanto a los hijos de los Stein?»

El hombre procedió a quitarse el chaleco antibalas y lo puso sobre la mesa, sacó el arma de su funda antes de guardarla en un cajón para irse a lavar las manos en el fregadero.

Kaia se puso de pie, lo siguió y lo abrazó desde atrás.

—Te hemos echado de menos, papá.

Me ahogué con un pedazo de panqueque. Mamá me pasó un vaso de agua mientras Heist me miraba divertido, sin dejar de masticar su comida.

«¿Papá?» Ya me había perdido.

Después de tragar un largo sorbo de agua, puse el vaso sobre la mesa. El señor de ojos grises se giró, se secó las manos y acarició el cabello de Kaia, suavizando su inexpresivo semblante.

—Vamos a comer. —Su voz era firme y directa.

El hombre se sentó al otro lado de la mesa, frente al señor Stein, como si ambos fueran el cabeza de esta familia.

Y yo estaba muy confundida.

Cuando terminamos de comer, Kaia y Frey se levantaron a recoger todo con la ayuda del señor Stein. Dejándonos en la mesa a mamá y a mí, con el señor de ojos grises, la señora Stein y Heist.

—Lilia —la señora Stein comenzó en un tono muy suave—, sé por qué estás aquí. Soy consciente de que lo que presenciaste el otro día pudo causarte una sorpresa increíble.

Mi madre no dijo nada.

—No pido que lo entiendas porque en estos días he comprendido muchas cosas de esta comunidad de las cuales no tenía ni idea. No es mi intención faltarles al respeto o incomodarlos en absoluto. Queremos adaptarnos a su comunidad con la mayor facilidad posible.

—¿De verdad? Creo que sus acciones desde que llegaron han dicho lo contrario. —Mi madre ya había dejado la máscara de amabilidad a un lado.

—Lo sé y pedimos disculpas por eso —dijo la señora Stein con una sonrisa triste—, estamos aprendiendo, Lilia.

—Para ser honesta, no entiendo lo que pasa en esta familia, señora Stein.

—Eso es compresible, solo quiero que sepa que aunque para mis esposos y para mí ya no haya vuelta atrás, tenemos la esperanza de que nuestros hijos puedan ser miembros de esta comunidad. Los jóvenes aún son moldeables, ¿no?

«Espera..., ¿ha dicho esposos?»

Mis ojos viajaron a la mano del señor de ojos grises: el anillo de matrimonio estaba ahí, en su dedo. ¿Esta señora estaba casada con ambos? ¿Qué? ¿Era eso posible?

—¿Quiere que sus hijos formen parte de la iglesia? —preguntó mi madre, dudosa.

—Sí, creo que Leigh puede ayudarlos a integrarse. He escuchado que es una miembro ejemplar.

Heist disimuló una sonrisa.

—Lo es, mi Leigh pronto será la líder del grupo de jóvenes en la iglesia.

La señora Stein estiró su mano sobre la mesa para tomar la mía.

—Felicidades, Leigh, espero que puedas ser de mucha ayuda para mis hijos. Si eso, claro, no es mucha molestia para ti, Lilia.

—La verdad es que estaba muy enojada después de esa escena —mi madre cruzó una mirada con el señor de ojos grises—, pero el Altísimo siempre nos ha enseñado a tener esperanzas en la salvación y el hecho de que usted quiera ayudar a sus hijos es un comienzo.

—Oh, Lilia. —La señora Stein apretó sus labios conmovida—. Muchas gracias por tu compresión y por no cerrarte a nosotros, sé que no es fácil para ti. Y no te preocupes, nos aseguraremos de que nunca tengas que presenciar algo así.

Olvidé hasta parpadear, sentí una mirada sobre mí y le eché un vistazo a Heist, quien estaba masticando tranquilamente. Sus ojos y la sonrisa disimulada en sus labios mostraban claramente que se estaba divirtiendo.

Sabía que estaba disfrutando al ver mi reacción.

Lo que más me sorprendía era la tranquilidad con la que mamá se estaba tomando todo. En esa familia había dos esposos para una sola esposa. ¿Cómo funcionaba eso? Y, entonces, ¿de quién era hijo Heist? ¿Y Frey y Kaia? Ellos tenían que saberlo, ¿no?

Mi cerebro procesaba todo con mucha lentitud. Mis dedos acariciaban el tenedor en mi mano y la comida se quedó fría en mi plato. Tenía muchas preguntas, pero jamás abriría mi boca delante de todos.

—¿Leigh?

La voz de mi madre me trajo a la realidad.

—Voy a hablar un momento a solas con la señora Stein; enseguida vuelvo.

La señora Stein se levantó y guio a mi madre por uno de los pasillos al lado de la cocina. Me quedé sola en la mesa con la familia, comiendo sigilosamente, pero el silencio era tan asfixiante que podía escuchar el sonido de mis dientes masticando la comida. Evité la mirada de Heist a toda costa, pero eso provocó que mirara al señor de ojos grises sentado al final de la mesa. Él comía con tranquilidad como si yo no estuviera ahí. Su aura era mucho más fría que la de Frey y Frey era ártico.

Unos minutos más tarde, mi madre volvió con el semblante algo más relajado.

—¿Ya has terminado? —me preguntó, ojeando mi plato. Sabía lo que esa pregunta significaba: mi madre quería irse.

Asentí.

—Muchas gracias por el desayuno, estaba delicioso, pero debemos irnos a comenzar nuestro día.

—Oh, se van muy pronto —dijo la señora Stein amablemente—, las acompañaré a la puerta.

Seguí a mi madre y a la señora Stein hasta la puerta, y eché un último vistazo a la familia que dejaba atrás en esa mesa. Al salir, la señora Stein le dio un abrazo a mi madre.

—Muchas gracias, Lilia, yo sé que no es fácil para ti todo esto y agradezco que aceptes ayudar a mis hijos.

—Los jóvenes son la esperanza del futuro —le respondió mi madre con una sonrisa.

—Así es. —La señora Stein se despidió con la mano mientras nos alejábamos de su puerta.

De vuelta a nuestra casa, no pude evitar abrir la boca.

—Mamá, ¿qué es lo que pasa en esa casa?

—No sé qué clase de cultura libertina tenían en Alemania, pero esa señora tiene múltiples esposos.

—¿Múltiples? ¿No son dos?

Mi madre meneó la cabeza.

—Son tres, pero al parecer el tercero está de viaje.

¿Tres esposos? Entonces...

—Sus hijos...

—Ella dice que son hijos de los tres, nunca se han hecho pruebas de paternidad ni nada por el estilo, los tres son sus padres para ellos.

Oh.

Mi madre se detuvo al llegar a la acera junto a la calle y puso ambas manos sobre mis hombros.

—Solo he querido que sepas esto para que te des cuenta de cómo es esa familia, Leigh. Sin embargo, y a pesar de los pecados de sus padres, eso no quiere decir que sus hijos no tengan salvación y necesito que ayudes con eso, ¿de acuerdo? Como líder de los jóvenes, puedes guiarlos al bien. Recuerda las palabras en nuestro libro sagrado, todos tenemos la capacidad de ser luz u oscuridad en este mundo.

—Que así sea —dije honestamente.

Mi madre besó mi frente.

—Que así sea. —Me sonrió al separarse de mí y caminar hacia nuestra casa.

Para nuestra sorpresa, en las escaleras de nuestro porche estaba sentado Carter.

—Señora Fleming. —Él me miró—. Leigh.

—Oh, Carter. —Mi madre le sonrió, envolviéndolo en un abrazo—. Que el Altísimo esté contigo.

—Que así sea —repuso Carter al separarse de ella. Mi madre había visto crecer prácticamente a todos los jóvenes de nuestra iglesia.

—Qué alegría tu visita, ¿te gustaría tomar una taza de té? —Carter asintió y nos adentramos en la casa.

La última vez que Carter estuvo en mi casa fue hace unos meses, cuando acompañó a nuestro líder en una cena de luz, que era como llamábamos a la cena en la que la familia líder de nuestra religión asistía a nuestros hogares. Dos veces por semana la familia de líderes cenaba en casas diferentes de los miembros de la iglesia para bendecirlas y también para socializar con los creyentes fuera de la iglesia.

En nuestra sala, Carter tomó un sorbo de su té. Estaba tan nerviosa que mi corazón no dejaba de latir desesperado. Carter presentaba un aspecto muy atractivo con su camisa azul, abotonada hasta el cuello, y sus elegantes pantalones. Su cabello, peinado hacia atrás, revelaba su rostro por completo.

—¿Qué te ha traído por aquí, Carter?

Carter puso su taza de té sobre la mesa que había entre nosotros y me echó una mirada rápida.

—He venido a pedirle que me deje cortejar a Leigh.

Tragué saliva con fuerza y el rostro de mi madre se estiró de la sorpresa.

—Sé que aún somos jóvenes, pero Leigh pronto cumplirá dieciocho años y, honestamente, ella me interesa desde hace más de un año, señora Fleming.

Mi madre se quedó callada por unos segundos. Yo sabía que estaba escogiendo sus palabras con cuidado. Incluso si iba a decirle que no, tenía que hacerlo de la manera más respetuosa posible; rechazar a un miembro de la familia de nuestro líder podía ser un insulto si no se hacía de buena manera.

—Carter, me has pillado por sorpresa —admitió mi madre.

—Lo sé, señora Fleming, pero usted me ha visto crecer y conoce mi dedicación a nuestra religión. Quiero pensar que soy digno de su consideración para Leigh.

—Oh, por supuesto que eres más que digno, Carter, eso no lo dudo —aclaró mi madre—, es solo que Leigh es mi única hija, así que no es fácil para mí.

—Lo entiendo perfectamente y no quiero que piense que creo que merezco una aceptación por ser parte de la familia líder. Aceptaré y respetaré su decisión sin peros, señora Fleming.

Mi madre suspiró y se giró hacia mí.

—¿Leigh?

Sabía que me estaba consultando mi opinión; ella no sabía que Carter ya lo había hablado conmigo.

Bajé la cabeza, sonrojándome.

—Mis sentimientos son los mismos que los de Carter, mamá. Él siempre me ha interesado.

Silencio.

Tan abrumador que podía escuchar las manillas del reloj gigante de madera a un lado de la sala.

—Bien. —Mi madre soltó un largo suspiro—. Tienes mi aprobación, Carter.

Apreté los labios, aguantando una sonrisa.

Así fue como Carter consiguió permiso para invitarme a nuestra primera cita, que sería el domingo después de la iglesia. Lo acompañé a la puerta y nos quedamos en el porche, ambos sonriendo como dos tontos nerviosos.

—Te veré el domingo —me dijo con ese brillo en sus ojos de color café tan bonitos.

—De acuerdo.

Carter se dio la vuelta y se fue, echándome un vistazo por encima del hombro de vez en cuando para sonreírme. Me despedí con la mano hasta que lo vi desaparecer calle abajo.

Capté movimiento con el rabillo del ojo en casa de los Stein y giré la cabeza para mirar. Heist estaba de pie, observándome divertido, con las manos metidas en los bolsillos de sus pantalones. Él me sonrió antes de darse la vuelta y regresar a su casa, y fue cuando recordé que los Stein irían conmigo a la iglesia el domingo.

Ah, no.

Tenía que encontrar la forma de deshacerme de ellos después de que terminaran las actividades en la iglesia para poder tener mi primera cita con Carter.

Ya me las arreglaría para hacer eso, aunque algo me decía que deshacerme de Heist no iba a ser fácil.

8

Charla interesante

HEIST

Pasé la página del libro que sostenía frente a mí. Estaba acostado en la *chaise longue* de la sala de mi casa. Mi madre permanecía sentada en el sofá al otro lado; la mesa decorativa con sus flores favoritas en medio de nosotros.

—Heist.

Su voz demandaba mi atención, pero ella ya sabía que la tenía, aunque no la observara.

—No conviertas esto en otro de tus juegos.

Cerré el libro, sentándome para mirarla a los ojos. Sabía que le molestaba que no la mirara cuando hablábamos.

—No estoy jugando.

El fantasma de una sonrisa se dibujó en sus labios perfectamente delineados por su usual labial rojo.

—¿Intentas mentirme a mí?

Como si pudiera hacer eso. Mi madre podía ver a través de mí con una claridad que a veces me incomodaba. Supuse que ella estaba muy acostumbrada a lidiar con alguien como yo. Mis padres se habían encargado de volverla tan perspicaz y observadora como ellos. Había aprendido de los mejores.

Suspiré.

—Bien, dejaré de jugar. ¿Qué quieres que haga?

Una sonrisa completa terminó de formarse en sus labios.

—Ya te lo he dicho.

—¿Crees que eso es diferente de un juego, madre?

—Sí, porque me incluye. Pensaba que nuestros juegos eran tus favoritos.

Lo eran, mi madre era una jugadora increíble, mucho más divertida que mis padres. Podía usar toda esa apariencia de señora perfecta para lograr muchas cosas.

—Bien, pero Frey queda fuera de esto.

Mi madre mantuvo las manos sobre su regazo, calmada.

—Aún molesto por lo que pasó la última vez, ¿eh?

—Frey es inestable y lo sabes, un paso en falso y todo esto puede volverse mucho más sangriento de lo necesario.

—Eres su hermano mayor, ¿no deberías enseñarle a controlarse en vez de apartarlo?

—Frey no es como yo.

—No he dicho que lo fuera.

—Entonces no lo trates como tal. —Me puse de pie—. Si empeora, supongo que somos afortunados de tener un padre psiquiatra, ¿no? Lo puede tratar aquí mismo, en la casa, sin que nadie se entere.

—Heist.

—Eso sería posible si dicho padre hiciera acto de presencia. ¿Cuánto tiempo ha pasado desde la última vez que lo vimos? ¿Cuatro, cinco meses?

Mi madre se levantó.

—No uses ese tono sarcástico conmigo, Heist, sabes lo mucho que me disgusta.

Bufé.

—¿Por qué? ¿Te recuerdo a él? —Me acerqué a ella lentamente—. Cada vez me parezco más a él, ¿no, madre?

Mi intento de hacerla enojar falló como de costumbre. Mi madre estiró su mano hacia mí, ahuecando mi mejilla con gentileza.

—Tú no eres como ninguno de ellos. —Su sonrisa fue tan amable como su caricia en mi mejilla—. Tú eres único, Heist.

—¿Por qué no puedo hacerte enojar?

—No quieres hacerme enojar, Heist.

La amenaza fue sutil, delicada, como todo lo que tenía que ver con ella. Le sonreí antes de dar un paso atrás, rompiendo el contacto entre nosotros.

—*Gute Nacht, mutter*.

Le di la espalda después de desearle buenas noches.

—*Schlaf gut!* —oí que me decía que soñara algo bonito mientras me alejaba de ella. Aunque ella sabía claramente que dormir no entraba en mis planes por el momento.

Al llegar a mi habitación, cerré la puerta con seguro detrás de mí. La chica que estaba en mi cama aún dormía plácidamente. Su piel morena contrastaba con mis sábanas carmesí, que cubrían algunas partes de su cuerpo desnudo y escondían otras. Puse el libro en la mesilla de noche, y observé su título por un rato. Mi única tía, Jazmine, me lo recomendó la última vez que la vi hace meses. La extrañaba, y aunque no era realmente hermana de mi madre, siempre había sido como si lo fuera, era parte de la familia.

Suspiré. Me quité la camisa por encima de la cabeza, observándola y procedí a bajarme los pantalones. Solo con mis bóxeres, me acosté a su lado como si nunca hubiera salido de la cama ni hubiera pasado unas cuantas horas leyendo en la sala mientras ella dormía.

Natalia.

A simple vista, parecía una chica experta y segura de lo que hacía, pero a puerta cerrada, estaba llena de inseguridades y miedos. Pasé el dedo por su espalda desnuda y besé su mejilla con gentileza como un amante enamorado.

«Y puedo serlo, puedo convertirme en lo que sea necesario para tener el control total sobre alguien. Puedo leer a las personas con facilidad, indagar qué es lo que necesitan para dárselo, complacerlos, atarlos a mí, volverlos adictos a lo que les doy o represento para ellos. Los seres humanos son capaces de muchas cosas una vez que han encontrado justo lo que necesitan.»

Natalia necesitaba un amante, sentirse valorada y amada y, sobre todo, ser follada como se merecía, no inexpertamente como esos pueblerinos lo habían hecho hasta ese momento. Habían sido un par de días divertidos, enseñándole lo bueno y la variedad de cosas que se podían hacer durante el sexo para llevarla a la locura. La chica ni siquiera había tenido un orgasmo follando, vaya, que me lo puso fácil.

Pero mamá tenía razón, no más juegos, era hora de ir al grano.

Natalia se despertó y se giró. Al verme, una sonrisa dulce se formó en sus labios. Imité su sonrisa.

—Hola, dormilona.

Ella no dijo nada y me besó, sus pechos rozando mi torso desnudo. La aparté con amabilidad.

—Eres insaciable.

Ella se sonrojó.

—Es tu culpa, lo haces tan bien —admitió— que me entran ganas solo de recordarlo.

«Por supuesto que lo hago bien, sexo extraordinario es lo que necesitas de mí y tu conocimiento es lo que yo necesito de ti, Natalia. Un intercambio bastante justo, ¿no?»

—¿Quién iba a pensar que una chica de este pueblo sería tan insaciable?

Ella soltó una risita.

—Pensaba que tu iglesia era muy estricta.

Ella soltó una larga bocanada de aire, acostándose sobre su espalda y clavando sus ojos en el techo.

—No tienes ni idea.

—¿Cómo es que estás aquí en mi cama, entonces?

—Mis padres se alejaron de la iglesia, me han dado más libertades desde entonces.

—Oh, entiendo. —No dije nada más porque si la presionaba corría el riesgo de que no compartiera nada más. Ella hablaría sola, es la naturaleza de las personas. Querer contar las cosas que las afligen cuando se siente en confianza, cuando quieren establecer lazos duraderos con otra persona.

«Qué pena que establecer lazos no sea algo que me interese.»

El silencio reinó entre nosotros durante unos segundos y pensé que no me contaría nada más, pero su voz volvió a oírse, apenas un susurro.

—Pasaron algunas... cosas... con Leigh y con... —Ella dejó de hablar y el tono de su voz me revelaba que le había pasado algo doloroso. Se quedó callada unos segundos antes de contarme lo que le había pasado con mucho detalle. Absorbí y memoricé cada detalle de esa valiosa información.

Interesante.

Muy interesante.

Necesitaba saber quién más lo sabía.

—¿Y Leigh lo sabe? ¿Se dio cuenta?

Natalia me miró con los ojos entornados.

—¿Por qué estás tan interesado en ella?

—Ella dijo que eran amigas cuando vinieron a la casa la otra noche, ¿mintió?

Natalia descansó la mirada, abandonando su actitud defensiva. No le gustaba que mencionara a otras chicas. Si supiera que yo jamás sería solo de ella...

—Leigh no sabe nada, no pude contárselo, ella es... en ese momento, ella estaba pasando por algo y no creía que pudiera manejarlo, así que simplemente me alejé.

«Vamos, Natalia, necesito un poco más que eso.»

—¿Estaba pasando por algo?

—Lo siento, es algo privado, no soy quién para contarlo.

Fingí una sonrisa comprensiva.

—No te preocupes.

—Aunque ya no tenga el valor de estar a su lado, Leigh es alguien muy especial para mí. La única manera de mantenerla alejada de mí es siendo cruel con ella porque no quiero manchar su reputación.

—Eres una buena amiga.

—No, soy todo menos eso, pero supongo que la protejo a mi manera. Leigh es mucho más frágil de lo que ella piensa.

«Frágil»...

Ese no era el adjetivo que venía a mi mente cuando pensaba en Leigh. Recordé la ferocidad en esos ojos negros, cómo mantuvo su mentón en alto al hablar conmigo, su actitud defensiva y grosera como si pudiera ver claramente lo que yo era detrás de mi fingida sonrisa.

«¿Puedes ver a los monstruos que salen en plena luz del día, Leigh?»

—Ella no se ve frágil —comenté—, no parece tener ningún problema.

—No todo es lo que parece.

Giré mi rostro hacia ella, una sonrisa expandiéndose en mis labios.

—Eso es muy cierto.

Nos besamos y volvimos a hacerlo, dejando esa conversación atrás. Había obtenido buena información, pero aún necesitaba saber algo sobre Leigh, algo que me diera poder sobre ella. Por lo menos, ya sabía que la perfecta chica que ella proyectaba tenía sus grietas y que ocultaba algo.

Y por supuesto, lo descubriría.

Acompañé a Natalia a la puerta trasera y al parecer la vida me lo estaba poniendo fácil porque Leigh estaba ahí, en su ventana de nuevo. Mantuve a Natalia a mi lado, bloqueando la vista de la ventana de Leigh para que Natalia no la viera, pero Leigh sí la vio a ella. Sus pequeños labios se abrieron por la sorpresa. ¡Cómo me divertían sus expresiones!

Cuando Natalia se fue, caminé hacia la pequeña cerca de madera que separaba nuestras casas. Metí las manos en los bolsillos de mis shorts y la observé. Ella llevaba puesto un camisón blanco de mangas largas que no revelaba nada de su piel, pero su cabello negro caía a ambos lados de su cara y le llegaba a la cintura. Era la primera vez que se lo veía suelto. Leigh era hermosa, no podía negarle eso, y ahí en la ventana lucía pura e inalcanzable.

«Por ahora.»

Ella se veía como una jodida princesa de un cuento de hadas, con la diferencia de que ningún príncipe vendría por ella, sino algo mucho más oscuro, más peligroso.

Decidido a descubrir algo más sobre ella, me subí a una silla y salté la cerca. Leigh me observó alarmada, sin saber qué hacer. Su mirada iba saltando de un lado a otro, me miraba a mí y luego al interior de su habitación. Sabía que las otras habitaciones quedaban al otro lado de la vivienda, conocía la estructura de las casas de ese vecindario, yo había diseñado las remodelaciones de la nuestra después de todo.

Me acerqué hasta quedar justo debajo de su ventana.

—¿Ahora me espías, Leigh?

—Ya quisieras.

—¿Qué haces despierta?

—Eso no es problema tuyo.

La respuesta me hizo sonreír abiertamente; era como un león herido, siempre a la defensiva conmigo. Esa no era una reacción a la que estuviera acostumbrado. Las personas podían ser muy superficiales; el hecho de que fuera atractivo y encantador solía ser suficiente para tenerlas a mis pies con facilidad. Pero esa chica no, era como si ella pudiera ver claramente a través de mi fachada, lo cual me parecía muy interesante. La única que era capaz de hacer eso había sido mi madre.

—¿Qué he hecho para que me trates así?

Ella dudó por un segundo.

—¿Qué has hecho para que no te trate así?

Buen punto.

Mis primeros encuentros con ella no fueron los mejores del mundo, por alguna razón, partes de mi verdadera naturaleza había salido a la superficie cuando hablé con ella por primera vez. Me resultaba difícil mantener mi fachada, falsa y encantadora, con Leigh. ¿Por qué?

Ella no tenía nada de especial.

Quizá era la desconfianza en sus ojos desde el día que nos conocimos en la puerta de su casa. Me divertían las personas que no caían tan fácilmente en mis juegos. Leigh me divertía.

—Tampoco creo que haya hecho algo tan malo para ganarme tu odio eterno —le dije, levantando mis manos en el aire en señal de rendición.

Ella miró mis manos y torció sus labios.

—Ya que estás aquí, te devolveré tu paraguas. —Ella se puso de pie.

—No hace falta. ¿Piensas lanzármelo desde ahí?

—¿Qué? ¿No puedes atrapar algo si te lo lanzan? Lo lanzaré con suavidad si lo prefieres.

La condescendencia en su tono de voz encendía una parte de mí que ella no quería despertar.

—Sí puedo atraparlo, pero me parece de mal gusto que me lo lances. ¿Acaso yo te lo lancé cuando te lo presté? —Meneé la cabeza—. Dar y recibir de la misma forma, ¿no te enseñan eso en la iglesia? No pensé que tuvieras tan malos modales.

Ella apretó la mandíbula.

—No voy a bajar a dártelo.

—¿Por qué? ¿No puedes devolver algo si te lo prestan?

—Son casi las cuatro de la mañana, Heist.

Me gustaba la forma en la que decía mi nombre, con ese tono que era una mezcla entre molestia e incomodidad.

—¿Y?

—Estas no son horas para recibir visitas.

—Suenas como tu madre; te he dicho que tengas tu propia personalidad.

—Como si me importara lo que tú me dices...

Mi sonrisa se ensanchó.

«Ah, Leigh, no deberías retar a un monstruo, solo harás que quiera convertirte en su presa.»

—Necesito mi paraguas ahora, mañana lloverá y no quiero que me lo lances.

Ella me dedicó una mirada llena de impotencia y molestia hasta que se rindió.

—Espera en la puerta de atrás.

Victoria.

Volví a meter las manos en los bolsillos mientras caminaba hacia la puerta, sin poder borrar la sonrisa arrogante en mis labios porque sabía que por primera vez en mucho tiempo me iba a divertir mucho.

9

Compartir nocturno

LEIGH

Apreté el paraguas en mi mano mientras bajaba las escaleras silenciosamente. Si mis padres me descubrían, estaría metida en problemas. Sin embargo, no quería parecer maleducada, sobre todo después de que mi madre me presentara como la miembro ejemplar de nuestra comunidad y me pidiera que ayudara a los jóvenes Stein a integrarse.

Llegué a la cocina y a través de los vidrios de la puerta de atrás, podía ver la alta silueta de Heist ahí esperando.

Tomé una respiración profunda y abrí la puerta, perdiendo un poco de mi valentía ahora que Heist estaba frente a mí.

Estiré mi mano con el paraguas hacia él, Heist le echó un vistazo a mi mano y ladeó su cabeza.

¿Qué?

Heist tomó mi muñeca, estirando de mí hacia fuera mientras un chillido silencioso se escapó de mis labios. Él usó su mano libre para cerrar la puerta de la casa, dejándonos a ambos afuera.

—¿Qué crees que haces? —susurré, molesta, liberando mi muñeca de su mano.

—Sacándote de tu jaula —dijo él como si nada—, ¿no crees que hasta las aves más bonitas necesitan un poco de aire de vez en cuando?

¿Me estaba llamando bonita? ¿Y a qué se debía su obsesión con decir que yo vivía en una jaula?

Le di su paraguas y él lo aceptó.

—Gracias —murmuré.

—De nada, Leigh.

La luz del patio de mi casa se reflejaba en sus ojos, dándole un brillo muy bonito, pero eso no era suficiente para desviar mi necesidad de volver adentro, donde estaba segura, lejos de Heist.

Sin embargo, una parte de mí quería hablarle de Natalia, quería dejarle claro que si le rompía el corazón a mi mejor amiga, bueno, a mi ex mejor amiga, se las vería conmigo.

—¿Te vienes a tomar un chocolate caliente conmigo? —Señaló su casa.

—Heist, son...

—... las cuatro de la mañana, ya lo sé, pero no creo que tengas sueño y yo tampoco. Volveremos rápido, hay algo de lo que quiero hablarte.

Dudé, le eché un vistazo a mi puerta y de nuevo a Heist, quien esperaba una respuesta.

—No creo que sea una buena idea.

—Será rápido, de verdad, necesito hablar contigo.

—¿No puede esperar hasta mañana?

—Mejor olvídalo, de todas formas no debería decírtelo. —Estaba a punto de girarme cuando él habló de nuevo—. Natalia me dijo que no te contara nada.

Torcí mis labios y Heist se dio la vuelta.

—Buenas noches, Leigh.

—Espera.

Él se detuvo, de espaldas a mí.

—¿Prometes que será rápido?

—Claro, te doy mi palabra.

De mala gana, lo seguí, rodeamos mi casa para salir por delante y luego ir a la suya porque no había manera de que yo saltara la cerca.

Entramos en su casa por la puerta de atrás, la cocina estaba a oscuras y Heist solo encendió una lámpara que estaba en una esquina, que le daba un tono semioscuro al lugar.

—Toma asiento —me indicó al comenzar a preparar todo. Me senté frente a la mesa y Heist quedó al otro lado.

—¿De qué querías hablar?

—Directa al grano siempre, ¿no, Leigh?

No dije nada y él tampoco.

Heist se pasó los dedos por el pelo, los músculos de su brazo contrayéndose antes de poner ambas manos sobre la mesa y mirarme directamente a los ojos. No sabía si era la luz de la lámpara o el hecho de que estábamos solos en su cocina de nuevo, pero en ese momento me permití *verlo*. Siempre lo había mirado de forma general sin permitirme observarlo con detenimiento.

Pero esa vez no.

Pude fijarme con detalle y era como si cada vez que eso pasaba me volviera consciente de una parte específica de él que era muy atractiva. En este caso fueron sus labios. Heist tenía unos labios carnosos que cuando los mojaba resultaban muy tentadores.

La verdad es que podía entender a Natalia. El chico era guapísimo, no la culpaba por ceder a sus encantos. Recordarla me hizo caer en la cuenta de que estaba mirando a Heist de una forma que no debía, en especial, cuando él estaba liado con ella.

Me aclaré la garganta.

—¿Qué querías decirme?

—A Natalia le importas mucho y creo ustedes dos deberían retomar su amistad.

—Ella me odia.

—Tú sabes que no es así; ella tuvo sus razones para alejarse de ti.

—¿De qué estás hablando?

—Ella se alejó por una razón, Leigh.

¿De qué estaba hablando?

—¿Y tú sabes esa razón?

Él asintió y esperé una explicación, pero cuando vi que no me la iba a dar, hablé de nuevo.

—¿Vas a decirme cuál es?

—No, ella misma debería contártelo; solo puedo decirte que deberías intentar arreglar las cosas con Natalia.

—Suenas como si ella de verdad te importara.

Él alzó una ceja.

—¿Y quién ha dicho que no me importa?

Su pregunta me tomó por sorpresa porque no sabía por qué había dicho eso.

«¿Por qué desconfío tanto de Heist?»

No lo entendía, era algo que me salía de manera natural. Dudar de él era algo automático en mí, y era la primera vez que me pasaba eso con alguien.

Heist me observó, esperando una respuesta y yo tragué con dificultad porque no sabía qué decir, así que cambié de tema.

—¿Irás conmigo a la iglesia este fin de semana?

—Por supuesto, tengo toda la intención de adaptarme.

—Pensé que mis creencias y doctrinas eran cuestionables.

Usé sus palabras contra él; fue lo primero que me dijo cuando me habló en el cementerio aquella vez.

Heist bufó, sonriendo.

—No olvidas nada, ¿no? Creo que por eso no hemos podido tener un nuevo comienzo.

—No es culpa mía que seas pésimo teniendo primeras conversaciones con la gente.

—No soy así con toda la gente, Leigh.

—Oh, entonces, soy privilegiada de conocer el lado extraño de Heist Stein.

Sus ojos se oscurecieron, la intensidad en ellos era palpable.

—Eres privilegiada de conocer la única parte de mí que es real.

Abrí la boca para decir algo, pero él habló primero:

—Hora de preparar el chocolate caliente.

Heist me dio la espalda para prepararlo todo. Me quedé observándolo mientras servía el chocolate caliente en dos tazas. Cuando se giró hacia mí nuevamente, me pasó una taza de la que salía vapor caliente.

—Gracias.

—De nada.

Llevé la taza a mis labios y cuando tomé un sorbo, sentí un dolor punzante en mi labio inferior, lo que me hizo apartar la taza y gemir de dolor. En cuestión de segundos, Heist había rodeado la mesa y estaba frente a mí, alarmado.

—¿Qué pasa? ¿Te has quemado?

Le eché un vistazo al borde de la taza y vi que estaba desportillada. Me había cortado el labio y había una gota de sangre sobre la misma. Heist me quitó la taza y la puso sobre la mesa.

—Lo siento, no vi que estaba astillada, debí encender todas las luces. —Él parecía genuinamente arrepentido—. Déjame ver.

Heist tomó mi mentón y presionó su pulgar en el medio de mi labio inferior para revisar su interior, hasta donde se extendía el pequeño corte. El contacto me hizo dejar de respirar, Heist estaba tan cerca que su aliento achocolatado rozaba mis labios.

Nuestros ojos se encontraron y mi corazón se desbocó, su pulgar acarició mi labio lentamente como si estuviera memorizando su forma, su textura. Sus ojos bajaron a mis labios y un brillo apareció en ellos.

—*Herrlich* —murmuró por lo bajo.

¿Qué?

Me tomó un segundo reaccionar e intenté apartar mi rostro, pero Heist agarró con más fuerza mi mentón, impidiéndomelo.

—Solo estoy revisando la herida, Leigh. —El tono de su voz se había vuelto suave.

Envolví con mis dedos su muñeca, despegando su mano de mi mentón.

—Estoy bien.

Heist dio un paso atrás, alzando sus manos.

—Entendido.

Él rodeó de nuevo la mesa, sirviéndome el chocolate caliente en otra taza. La puso sobre la mesa y la deslizó hasta que quedó frente a mí.

—Esta sí está en perfecto estado.

—Eso espero —repuse tomando un sorbo. El líquido caliente en contacto con mi reciente herida hizo que me ardiera un poco, pero nada que no pudiera soportar.

Heist me observó sin decir nada y sentí la necesidad de llenar ese silencio.

—¿Qué tal es Alemania? —pregunté, curiosa.

Heist suspiró.

—Histórica, melancólica, artística.

—¿La extrañas?

—Siempre será mi hogar.

—Suenas como si no quisieras haberla dejado.

—Supongo.

—Entonces ¿por qué se mudaron a Wilson?

«Bien, eso ha sido sutil, Leigh, bien hecho.»

—Esa es una muy buena pregunta —me dijo, sonriendo.

—¿No lo sabes?

—La verdadera pregunta es, ¿por qué deberías saberlo tú?

—Solo curiosidad.

—La curiosidad es peligrosa, sobre todo cuando se trata de mí o de mi familia.

—¿Por qué presiento que hay muchos secretos en esta familia?

—Porque los hay.

Lo sabía. Sin embargo, Heist continuó:

—Pero no es tu papel indagar, Leigh. Hay cosas que es mejor no saber, por tu propio bien.

—¿Eso es una advertencia? Creo que amenazarme es tu hobby, esta ya es la segunda vez —repuse, recordando que en el cementerio dudaba entre liberarme o destruirme.

—De nuevo con eso de no olvidar nada...

No dije nada y tomé un sorbo de mi chocolate caliente. A ese paso si seguía hablando no me iba a terminar el chocolate e iba a amanecer. Me había dejado llevar por mi curiosidad y había olvidado la razón por la que había ido a su casa. Hacía rato que habíamos dejado de hablar de Natalia.

Estaba punto de abrir la boca cuando se escuchó un estruendo que venía del pasillo donde seguí a Natalia y Heist la otra noche. Heist se tensó, apretando sus labios.

—¿Qué ha sido eso? —pregunté, mis ojos saltando de Heist al pasillo.

—Nada, seguro que es Frey entrenando en el gimnasio.

—¿Tienen un gimnasio dentro de la casa?

—Sí.

¿Por qué siento que miente?

«Porque lo hace.»

—Me gustaría verlo.

—Frey no es fan de las visitas inesperadas.

—Entiendo.

O simplemente, no existe dicho gimnasio.

«No hagas esto, Leigh, lo que sea que oculta esta familia no tiene nada que ver contigo.»

Recordé esa puerta, la que vi aquel día que seguí a Natalia y a Heist por ese pasillo. Esa puerta que estaba tan resguardada, con candados y demás, ¿venía de ahí ese ruido?

Sentí la mirada pesada de Heist sobre mí y lo miré. Él había notado mi interés por ese pasillo.

—¿Leigh?

—¿Sí?

Su expresión se endureció. Un brillo incendió sus ojos, haciéndolos resaltar aún más. Él torció sus labios ligeramente como si dudara sobre qué decir.

—Creo que deberías irte a tu casa.

Oh.

—Sí, tienes razón.

«¿Eso es todo lo que quieres decir, Heist?»

Antes de que pudiera moverme, el sonido de una puerta abriéndose en ese pasillo a un lado de la cocina captó mi atención y me detuve.

Heist apretó su mandíbula.

Frey salió de ese pasillo, endureciendo su fría expresión al verme. Ahogué un chillido y me llevé la mano a la boca al ver el estado en el que estaba. Frey iba todo de negro, el color haciendo juego con su cabello desordenado a ambos lados de su cara y él...

Sangre...

Una de sus manos sostenía su nariz, de la que salía sangre. Su labio inferior tenía un corte, que también sangraba un poco. Me quedé paralizada al verlo inclinarse sobre el fregadero frente a mí, abriendo el grifo mientras la sangre goteaba de su cara, para dejar correr el agua y limpiar su rostro.

La frialdad y tranquilidad con la que lo hacía me tenía sin palabras, no había muecas de dolor ni ningún indicio de emoción detrás de esos ojos azules. Me di cuenta de que se trataba de golpes; alguien lo había golpeado con mucha fuerza para causar tanto daño.

Apreté las manos y dejé los puños sobre mi regazo, sin saber qué hacer. Busqué la mirada de Heist y él parecía enojado al observar a su hermano, pero cuando sus ojos se encontraron con los míos, me dedicó una sonrisa tranquilizadora.

—Has jugado a la lucha de nuevo con papá, ¿eh? —le dijo a Frey, pero la incredulidad debió de notarse en mi cara—. Frey y mi padre tienen esta mala costumbre de boxear en el gimnasio.

Frey bufó.

Y cuando mis ojos volvieron a él, ya se había enderezado y estaba justo frente a mí al otro lado de la mesa de la cocina con un trapo rojo apretado contra su nariz y mirándome. Era la primera vez que estábamos frente a frente y que él me miraba directamente.

Oscuridad...

Había mucha oscuridad en Frey.

Lanzó el trapo a un lado dentro del cubo de la basura sin despegar sus ojos de mí, dos líneas de sangre salieron de su golpeada nariz y se deslizaron sobre sus labios, los cuales formaron una siniestra sonrisa.

—¿Alguna vez te has enfrentado a un monstruo?

Su voz era terciopelo oscuro y sombrío.

—Frey. —La advertencia en el tono de Heist era obvia.

El ambiente en la cocina cambió, un aire oscuro y de peligro nos rodeó, impidiéndome respirar con normalidad.

—¿Estás bien? —Me sentí estúpida al preguntar eso, pero no sabía qué decir después de esa pregunta tan extraña que me había hecho. La sonrisa de Frey se acentuó aún más.

—¿Te gusta jugar, Leigh?

—Frey. —El tono de Heist se volvió aún más serio.

—¿Jugar? ¿Te refieres a videojuegos? ¿A algún deporte? —respondí confundida.

Frey miró a su hermano, que estaba tan tenso que se le marcaban las venas en sus brazos y en su cuello.

—Tan inocente... —Frey rodeó la mesa mientras Heist observaba cada uno de sus movimientos.

No despegué mis ojos de él porque ya estaba en mi lado de la mesa y se estaba acercando a mí. Frey se detuvo justo enfrente de mí, aún con sangre sobre sus labios. El miedo comenzó a correr por mis venas y quería retroceder, pero al parecer cuando me encontraba asustada, no podía moverme.

Frey estiró su mano hacia mi rostro, pero antes de que pudiera tocarme, sentí que estiraban de mi brazo para apartarme de él. Era Heist quien había estirado de mí para colocarme detrás de él.

—Leigh ya se iba. —El tono helado de Heist me sorprendió.

Tomó mi mano y ambos pasamos al lado de Frey para dirigirnos a la puerta de la cocina. No pude evitar mirar atrás. Frey se había girado para vernos marchar y esa sonrisa aún estaba en sus sangrientos labios cuando se despidió con la mano.

Heist no se detuvo hasta que llegamos a la puerta de atrás de mi casa. El cielo ya se estaba aclarando, pronto iba a amanecer. Me soltó y se giró para irse.

—Heist, espera.

Él se detuvo de espaldas a mí, su pecho subía y bajaba con cada acelerada respiración. ¿Por qué estaba tan enojado?

—Solo entra en tu casa, Leigh.

—No puedes esperar que no tenga preguntas después de lo que acaba de pasar.

Heist se giró hacia mí y se acercó en largas zancadas, así que retrocedí hasta que mi espalda chocó con la puerta de atrás de mi casa y él quedó justo frente a mí.

—No tengas preguntas, no analices, no le busques explicación, no hagas nada.

—¿Por qué?

—Porque hasta las aves más bonitas se pueden perder y marchitar en la oscuridad.

Y tras decir eso, se fue, con los puños apretados como si quisiera controlarse, dejándome con palabras confusas que solo dieron vida a más preguntas en mi cabeza.

Frey y Heist.

«¿Qué es lo que pasa con ustedes dos?»

10

Fría crueldad

«Me gusta silbar cuando atormento a alguien.»

El suave silbido resonaba por todo el pequeño sótano y llegaba a confundirse con los casi inaudibles sollozos de la persona que estaba encadenada a la pared, justo en el rincón. Sus ropas desgarradas en algunas partes, moretones viejos y algunos nuevos formándose, marcaban su pálida piel. Su cabello tan sucio, grasoso y pegado a su cráneo que ya no se distinguía su color.

Aun así, se la veía preciosa. Y eso me molestaba. Sin importar lo que hiciera, cuánto manchara su alma, ella seguía siendo hermosa. Tomé una silla, la giré y me senté a horcajadas en ella, apoyando mis brazos sobre el respaldo. Estaba justo frente a ella y la observé un buen rato. Sin embargo, ella se mantenía en silencio. ¡Qué bueno que haya aprendido a quedarse callada!

—¿Me has echado de menos? —pregunté con una sonrisa burlona danzando en mis labios.

Ella solo me lanzó una mirada de odio puro, logrando ensanchar mi sonrisa.

—Estás de mal humor hoy.

—Vete a la mierda.

Me reí un poco.

—Qué grosera, *Göttin*.

Esperaba que me dijera que ella no era ninguna diosa, que su nombre era Jessie, pero ella ya sabía que no le convenía llevarme la contraria o hacerme enojar. Ella me tenía fascinado, generalmente no me tomaba mucho tiempo quebrantar la voluntad de mis víctimas, hacer que me rogaran por sus vidas, pero Jessie había superado mis expectativas. Era más fuerte de lo que pensaba.

—¿Vas a rogar hoy, *Göttin*?

—¿Vas a matarme hoy, loco de mierda? —Me encantaba cuando me hablaba con tanto desprecio.

—Suenas impaciente por morir. —Me levanté y ella se tensó, aunque trató de disimularlo.

Caminé hasta arrodillarme frente a ella, sus ojos siguiendo cada uno de mis movimientos con precaución. Estiré mi mano hacia su rostro y ella no me detuvo, me dejó acariciar su mejilla a pesar de estarme asesinando de mil formas con su mirada.

—Eres tan hermosa...

—Y tú eres un jodido enfermo.

Tomé su mentón con fuerza, apretando lo suficientemente fuerte para que ella hiciera una mueca de dolor.

—No me provoques, *Göttin*. —La solté pero me quedé arrodillado frente a ella—. Además, debo recordarte que estás aquí por tu culpa, tú eras la que seguía viniendo a mí, abriendo tus piernas para mí cuando me daba la gana.

—No sabía que eras un maldito psicópata en ese momento.

—¿Segura? —Pasé mi dedo índice por el contorno de sus labios—. Creo que sí lo sabías, sabías que yo era peligroso y aun así seguías volviendo a mí cada vez, ansiosa por desatar tus deseos más oscuros. Creo que, en el fondo, anhelabas ser corrompida por mí.

Ella apartó su cara y mis dedos quedaron en el aire sin contacto con su piel.

—Tenía una idea errónea de ti, es todo.

—Aún recuerdo todas esas noches, *Göttin*. —Ella ya no me miraba—. Recuerdo la forma en la que gemías mi nombre, cómo rogabas más, lo bien que...

—¡Cállate! —me gritó, volviendo a mirarme, con furia en sus ojos—. No hables del peor error de mi vida.

Las lágrimas rodaron por sus mejillas amoratadas.

—Eres un...

Mis labios se curvaron en una sonrisa cínica.

—¿Monstruo? —Me pasé el dedo por el labio inferior—. Tengo curiosidad. ¿Qué se siente al saber que gemiste el nombre de un monstruo una y otra vez?

Ella no dijo nada, así que continué:

—¿Qué es lo que te duele más, *Göttin*? ¿Haberlo disfrutado? ¿Haberte involucrado con un hombre como yo? ¿O haberme entregado tu virginidad?

Ella mantuvo su silencio, apartando sus ojos de mí de nuevo. Me puse de pie, suspirando.

—Supongo que lo de la virginidad. —Le di la espalda—. Está sobrevalorada, ¿no crees?

—Van a buscarme, encontrarán este lugar y todos sabrán la clase de monstruo que eres.

Eso me hizo reír.

—Subestimas mi inteligencia, nadie va a encontrarte, por lo menos no mientras aún respires.

Ella me miró de nuevo, tratando de mantener una expresión impasible, pero yo podía ver a través de ella claramente. Podía leer cada gesto, cada mueca por minúscula que fuera en su rostro, en su lenguaje corporal: estaba asustada.

—¿Te asusta morir, *Göttin*?

—No.

Meneé la cabeza.

—¿No te enseñaron a no decir mentiras de pequeña? Sabes que no me gustan las mentiras. ¿Debería castigarte? —La agarré de un tobillo para atraerla hacia mí. Ella soltó un chillido que se mezcló con el ruido de sus cadenas al moverla tan bruscamente. Debajo de mí ya no se veía valiente, temblaba como una presa bajo las garras de su depredador.

—Por favor, no.

Pero ella no luchó en absoluto.

Ella volteó la cara para no mirarme, podía actuar con toda la dignidad que quisiera, pero el hecho era que ella seguía sintiéndose atraída por mí a pesar de la situación. Jessie tenía un lado masoquista extremo que estaba seguro de que desconocía. Lo descubrí al hacerlo con ella tantas veces; cada vez ella revelaba una parte retorcida de sus fetiches. Así que, en el fondo, ella quería que la tomara de nuevo, pero jamás lo admitiría. Bendita moralidad inútil que tienen algunos, me alegra estar por encima de eso.

Jessie tembló debajo de mí, pero su respiración ya se había tornado irregular y sus pezones, visibles a través de la tela delicada que usaba, se habían endurecido. Ni siquiera la había tocado y sabía que ya estaba excitada.

Qué divertido.

Le sonreí y me levanté, poniéndome de pie a su lado. Ella se sentó, abrazándose a sí misma.

—Tranquila, sabes bien que no tengo intenciones de follarte —comenté, observando su reacción. La desilusión en su rostro fue tan obvia que no pude evitar soltar una risita.

—Te odio.

—No, de hecho, no puedes odiarme y eso hace que te odies a ti misma —expliqué—. A pesar de que te he secuestrado, de que estás encadenada como un animal en mi sótano, no puedes odiarme, sigues fantaseando con que te folle de nuevo y te aborreces a ti misma por eso.

—Estás loco.

—Solo constato los hechos, *Göttin*, apuesto que esta era una de tus fantasías, estar encadenada y que un hombre apuesto hiciera lo que quisiera contigo.

—Deja de decir cosas sin sentido, no te deseo y eso jamás cambiará. Van a encontrarme y todos sabrán la clase de psicópata que eres, incluyéndola a ella.

De golpe, me incliné sobre ella para agarrarla del cuello, levantarla y estamparla contra la pared. Ella gimió de dolor.

—No hables de ella con esa boca impura.

—¿Por qué? —Ella habló tratando de respirar cuando apreté su cuello aún más—. En realidad no la quieres.

—¿Estás celosa, *Göttin*?

—Claro que no. —Su mirada se desplazó de un lugar a otro. Estaba mintiendo.

—Los celos no te quedan bien. —Solté su cuello y di un paso atrás, ella tosió un poco—. Creo que he subestimado mis habilidades en la cama. ¿Tanto lo disfrutaste?

—Solo déjame en paz.

Volví a mi silla, sentándome frente a ella, y saqué un cigarro del paquete de mi bolsillo para encenderlo y al lograrlo, ella solo me observó darle una calada, inhalando para luego soplar el humo hacia un lado.

—Aunque estés de mal humor, aún necesito información, *Göttin*; aún necesito que me des información sobre ella.

—¿Para qué? ¿Para que puedas envolverla en uno de tus juegos enfermizos? ¿Por qué estás tan obsesionado con ella? No tiene nada de especial.

Sacudí la cabeza.

—Te he dicho que los celos no te quedan bien.

Ella bufó.

—Estás muy jodido si crees que estoy celosa.

Puse el cigarrillo entre mis dientes para meter mi mano dentro de mis vaqueros y sacar su teléfono. Sin decir una palabra, giré la pantalla encendida hacia ella.

—Por fin se ha cargado por completo, ¿lista para darme la contraseña?

—No hay nada ahí que te interese.

Le dediqué una falsa sonrisa.

—Eso lo decido yo.

Ella no dijo nada y apretó sus labios incómoda.

—¿Qué pasa, *Göttin*? ¿Tienes miedo de alguna otra perversión tuya que pueda descubrir?

Ella murmuró mi nombre como si eso me hiciera sentir algún tipo de remordimiento o lástima por ella.

—Contraseña ahora.

—Ya te la he dicho.

Fruncí el ceño confundido, pero lo comprendí:

—¿Mi nombre es tu contraseña?

Ella no me miraba en absoluto.

—Guau, ¿tan obsesionada estabas conmigo? —Sonreí mientras escribía mi nombre y el teléfono se desbloqueó delante de mis ojos—. Me siento halagado.

Indagué sus mensajes, sus llamadas, sus redes sociales, todo lo que pude mientras ella esperaba en silencio como la chica buena que había entrenado.

No había nada interesante hasta que vi los mensajes con su querida mejor amiga Natalia, esos sí que tenían un montón de información relevante para mí. Entorné mis ojos cuando encontré mensajes con un chico al que ella llamaba «su señor», «su dueño». ¿Qué clase de juego sexual era ese? Molesto, devolví el teléfono a mi bolsillo y tiré el cigarrillo a un lado.

—Tu dueño, ¿eh?

Ella se tensó cuando lo dije y se abrazó a sí misma como si supiera lo que venía.

—Solo eran juegos.

—Juegos donde le decías que le pertenecías, que estabas pensando en él, incluso algunas noches que estabas conmigo. —Solté una risa falsa—. He subestimado lo jodida que estás.

—¿Lo jodida que estoy? ¿Te has visto en un espejo, loco de mierda?

Ah, desearía que no me hubiera provocado, ya estaba lo suficientemente molesto como para que ella me insultara. Me acerqué a donde estaba en dos largos pasos y ella se cubrió con ambas manos, cayendo de rodillas.

—¡No! ¡Por favor! ¡Lo siento! —suplicó a mis pies—. Tú eres mi dueño, soy solo tuya.

—De pie.

—Por favor...

—¡De pie! ¡Ahora!

Temblando, ella obedeció, el miedo era evidente en su rostro.

—Date la vuelta.

—Por favor.

—¡Que te des la vuelta!

Ella se giró, quedando de espaldas a mí, sus manos contra la pared. Sabía lo que venía a continuación y, aunque lo negara hasta la muerte, lo anticipaba y lo deseaba.

Habiendo tenido mi entretenimiento del día, me di la vuelta y me alejé de ella. Apagué las luces dejándola en la oscuridad de mi sótano, mi lugar de juegos donde las personas eran el entretenimiento principal. Cerré la puerta de metal con un candado y sacudí el polvo de mi ropa.

La perfección es mi fuerte, la gente a mi alrededor es tan ingenua..., ignoran el hecho de que un ser superior a ellos como yo se mezcla con ellos con tanta facilidad.

—Me sorprende que aún no la hayas matado. —Mi hermana comentó al verme salir del pasillo. Estaba recostada contra la pared, con los brazos cruzados sobre su pecho.

—No te metas en mis juegos. —Pasé por su lado.

—Qué delicado. —Ella bufó mientras me seguía—. ¿Puedo jugar solo un poco?

—Los juegos compartidos no son lo mío y lo sabes.

—Eres tan aburrido.

La ignoré y seguí caminando hacia la puerta.

—¿Adónde vas? —Su curiosidad era tan molesta...

Me giré hacia ella, pronunciando su nombre con lentitud y frialdad antes de advertirle:

—Mantente fuera de mis juegos.

Ella puso los ojos en blanco y levantó las manos en señal de paz.

—De acuerdo, entendido. —Su rostro se endureció, mostrando su verdadera naturaleza—, pero cuando tenga mi propio juego y sea más divertido que el tuyo no vengas a pedirme que te deje jugar.

Como si eso fuera a pasar, sus juegos eran patéticos, ¡le faltaba tanto para estar a mi nivel...!

Salí de casa, con las manos metidas en los bolsillos y una sonrisa expandiéndose por mi rostro al recordar que la pieza principal, la protagonista de mi juego, pronto estaría bajo mi poder. Y, una vez que eso pasara, ella jamás dejaría de estar a mi lado, sin importar las cadenas que tuviera que usar para mantenerla ahí. Ya fueran cadenas emocionales o reales, ella sería mía.

Absolutamente mía.

11

Domingo interesante

LEIGH

Los Stein lo tenían difícil para encajar en nuestra reunión dominical en la iglesia. No solo por el hecho de que eran nuevos, desconocidos para todos, sino porque, aunque iban vestidos más recatados para venir a la iglesia, la elegancia de su estilo y de su ropa los hacía resaltar entre la gente.

Me paré al lado de Frey, quien ni siquiera me había saludado en el camino a la iglesia. Era la primera vez que lo veía desde aquella noche; su sonrisa, con esa sangre sobre sus labios, aún estaba clara en mi mente.

«¿Alguna vez te has enfrentado a un monstruo?»

Me dio un escalofrío y dejé de mirarlo antes de que notara que lo observaba. Kaia estaba a mi otro lado, con un vestido negro sencillo pero muy bonito que se ajustaba a su figura con facilidad. Heist estaba al otro lado de Frey y agradecí que estuviera lejos de mí.

El líder les dio la bienvenida en su sermón, trayendo aún más atención a ellos y por consiguiente a mí, todos me habían visto llegar con ellos. Lo que menos quería es que mi imagen se viera afectada por eso, pero me tranquilicé cuando el líder explicó que yo estaría a cargo de hacerlos sentir bienvenidos y eso apaciguó las miradas juzgadoras de todos sobre mí.

Estábamos en la segunda fila de personas; Carter, sus hermanas y su madre estaban en la primera fila. Mis ojos se posaron sobre Carter: llevaba puesta una camisa blanca abotonada hasta arriba y el cabello peinado perfectamente. Su perfil se veía muy atractivo desde ese punto. Me sonrojé como una tonta al recordar que tendríamos una cita después de todo aquello. Era mi primera cita y no podía creerme que fuera con él, para mí, siempre había sido él.

Kaia, que pareció notar el enrojecimiento de mis mejillas y mi mirada, se inclinó ligeramente hacia mí para susurrarme:

—El chico de la iglesia es el típico primer amor, ¿eh?

No dije nada, pero mi sonrisa se lo dijo todo. Aunque sus palabras me recordaron a otro chico, a uno que había bloqueado de mi memoria y que no me atrevía a recordar. «Él es parte de mi pasado», pensé, alejando esos pensamientos con la ayuda de la fortaleza que me había dado el Altísimo.

Salimos de la iglesia hacia el patio de detrás para la pequeña media hora de charla libre que solíamos tener después de cada sermón del domingo. La iglesia ofrecía bocadillos y algunas bebidas, sin alcohol por supuesto.

Sin embargo, la atención seguía sobre nosotros. La mayoría de las jóvenes estaban colgadas de Frey y Heist y, ¿cómo culparlas? Ellos se veían perfectos con esas camisas elegantes, dudaba que algo les pudiera quedar mal a esos dos. No sabía si era porque ya había interactuado con ellos, pero, de alguna forma, ya me estaba acostumbrando a su atractivo.

Por su parte, los chicos estaban embobados con Kaia. Incluso vi a Carter echarle unas cuantas miradas de curiosidad, lo que provocó que mi estómago se encogiera un poco.

—Debo admitir que eso no ha estado mal. —La voz de Heist me sacó de mi momento de celos.

—¿Qué? —Me giré hacia él.

Heist tenía las manos en los bolsillos de sus pantalones negros, un reloj negro en una de sus muñecas resaltaba contra su piel.

—El sermón.

—Oh, me alegra oírlo. —Mi mente aún estaba estancada en Carter y su mirada sobre Kaia.

—No puedo creer que vaya a decir esto —dijo Kaia poniendo su mano sobre el hombro de Heist—, pero estoy de acuerdo con mi hermano.

Heist le dedicó una sonrisa poco sincera a la cual Kaia respondió con una sacada de lengua. Frey se mantuvo a un lado de nosotros como una estatua hasta que se inclinó sobre Kaia y le dijo algo al oído. Kaia asintió y Frey comenzó a caminar, alejándose de nosotros.

Kaia notó mi confusión.

—Ya se va a casa, a Frey no le gustan los lugares con mucha gente —me explicó.

«En mi opinión, a Frey parece no gustarle nada.»

—Bueno, iré por unos bocadillos. —Abrí la boca para protestar porque no quería que me dejara sola con Heist, pero Kaia ya había desaparecido entre la gente.

Levanté mi mirada para encontrarme con esos ojos azulados que me miraban con diversión.

—¿Por qué nunca llevas el cabello suelto?

—Lo prefiero de esta forma.

Heist frunció el ceño.

—¿Igual que lo llevan todas las chicas de la iglesia? Qué original, Leigh.

—¿Y a ti qué más te da cómo llevo el cabello? Creo que a la única que le tiene que gustar o importar es a mí.

Al terminar de hablar, me di cuenta de lo directa y grosera que podía llegar a ser con Heist; era como si él me hiciera perder el temperamento con facilidad. Esperaba algún tipo de reproche, pero Heist solo sonrió divertido.

—Entendido.

—Heist...

—No, no te disculpes por decir la verdad, tu cuerpo, tu cabello, tus decisiones... —Él dejó de sonreír, su expresión era seria—. Supongo que la cuestión a la que quería llegar es que te ves muy bonita con el cabello suelto.

Ok, eso no me lo esperaba, me lo quedé mirando, esperando que se riera a carcajadas o que me dijera que bromeaba pero cuando no lo hizo, cuando vi la honestidad en sus ojos, me quedé sin aire. Nos quedamos ahí, mirándonos a los ojos, en medio de la gente. Y por unos segundos, me olvidé de Carter, de Natalia, de las Iluminadas y de todas las personas de la comunidad a mi alrededor.

Solo estábamos este chico alemán, que sacaba mi lado grosero a la luz, y yo.

—Tienen que probar los panecillos rellenos. —La voz de Kaia me trajo de vuelta a la realidad y aparté la mirada de Heist—. ¡Qué delicia! Necesitaré que me consigas la receta.

—Claro. —Mi voz salió más débil de lo que esperaba, así que hablé un poco más fuerte—. La señora Till es la encargada de eso.

—¿La señora Till? Ella fue la agente inmobiliaria que tramitó lo de nuestra casa —recordó Kaia—. Muy agradable.

Si supiera lo mal que hablaba la señora Till de ellos a sus espaldas.

—¡Leigh! —Mary apareció a mi lado y tomó mi mano—. Que el Altísimo esté contigo.

—Que así sea.

—Te estaba buscando. —Sus ojos cayeron sobre Heist y Kaia y sus mejillas se sonrojaron. Mary no era muy buena con desconocidos, en realidad, nadie en el pueblo lo era—. Bienvenidos.

Heist le mostró esa sonrisa encantadora que estaba segura de que conseguía muchas cosas, pero ¿por qué a mí me parecía tan falsa?

«Eres privilegiada de conocer la única parte de mí que es real.»

—Mucho gusto, somos Heist y Kaia Stein —dijo él, suavizando su tono de voz.

—Mary. —Mi pobre amiga luchó por mantener un semblante neutro.

Mis ojos recayeron sobre un grupo de chicas que se encontraban a unos pasos de nosotros: las Iluminadas o, por lo menos, algunas de ellas. Entre ellas destacaban cuatro chicas: Anesha, Jaeda, Rina y Lyna. Era el momento de saludarlas; después de todo, en unas semanas sería su líder, así que aproveché que estaba Mary.

—Mary les mostrará los alrededores —les dije a los Stein—, enseguida vuelvo.

Me alejé de ellos, caminando lentamente hasta el grupo de chicas. Me aclaré la garganta cuando llegué a su lado y todas me sonrieron amablemente.

—Futura líder, que el Altísimo esté contigo y te guíe para liderarnos como debe ser —comentó Jaeda antes de envolverme en un abrazo.

—Que así sea —murmuré contra su cuello.

Todas las chicas de mi comunidad eran como mis hermanas, siempre lo consideré de esa forma, no solo porque nuestro líder lo expresaba así, sino porque siendo hija única, siempre busqué ese cariño filial en mis compañeras de iglesia.

—¿Cómo están? —les pregunté porque sabía que la partida de Payton y Sophie les había afectado mucho. Las Iluminadas era un grupo aún más cerrado y unido que el grupo de jóvenes en general de la iglesia.

—Sobrellevándolo —confesó Anesha—, hay días en los que me despierto y pienso en ir a la casa de Sophie a tomar un café mañanero y charlar con ella, y solo cuando llego a la puerta recuerdo que ella... —su voz se rompió un poco— ya no está.

Acaricié sus brazos y le dediqué una sonrisa triste. Sophie era su mejor amiga, siempre habían estado juntas, algo así como Natalia y yo antes de que todo se dañara. Las palabras de esa conversación con Heist volvieron a mi mente.

«A Natalia le importas mucho y creo ustedes dos deberían retomar su amistad.»

«Ella me odia.»

«Tú sabes que no es así; ella tuvo sus razones para alejarse de ti.»

¿Razones? ¿Rhett? La forma en la que Heist lo había dicho sugería que había algo más que eso, pero ¿qué podría ser?

—¿Cómo estás tú? No debe de ser fácil estar a cargo de integrar a los Stein. —Jaeda cambió de tema porque sabía que Anesha rompería a llorar si seguíamos hablando de Sophie—. ¿Difícil?

Suspiré.

—No es tan difícil como parece, solo tienen una gran carencia de conocimientos sobre nuestra religión y nuestro estilo de vida.

—Apuesto a que dicen que somos anticuados y que vivimos en el siglo pasado, etcétera.

—La verdad es que no, no tienen mucha fe, pero espero que asistiendo a la iglesia eso pueda cambiar.

Charlé un rato más con las Iluminadas, preparando algunas cosas para mi cumpleaños. Ya faltaban solo dos semanas, no podía creerlo.

Cuando llegó la hora de irnos, Heist nos trajo de vuelta a casa en la camioneta de los Stein. Kaia iba en el asiento del copiloto y no paraba de hablar en el camino sobre lo bonitas y agradables que eran las chicas y lo tímidos y tiernos que eran los chicos de la iglesia.

Yo solo asentía y sonreía como respuesta. Varias veces me encontré con los ojos de Heist en el espejo retrovisor mientras él conducía.

«¿Qué es lo que tienes, Heist? ¿Por qué me das miedo, pero, aun así, siento la necesidad de acercarme a ti? ¿Acaso es curiosidad? ¿Necesidad de entenderte, de descifrarte?»

Aparté los ojos del retrovisor y me centré en las casas que veía pasar por la ventanilla del auto. Necesitaba llegar a casa, sabía que Carter estaría esperándome ahí. Le había dicho que se adelantara porque quería volver con los Stein; yo los había llevado conmigo a la iglesia y creía que era justo que regresara con ellos. No quería que pensaran que no me estaba tomando en serio lo de integrarlos.

Jugué con las manos sobre mi regazo mientras Heist estacionaba frente a su casa. El auto negro de Carter estaba frente a la mía y él estaba de manos cruzadas, recostado contra el mismo esperando. Mi corazón se aceleró, así que tomé una respiración profunda.

—Vaya, Leigh tiene visita —comentó Kaia, girándose ligeramente en su asiento para mirarme. No dije nada, pero por alguna razón mis ojos recayeron sobre Heist, quien apretó el volante antes de mirarme fríamente por el retrovisor.

—Eres tan predecible, Leigh... —susurró Heist y yo fruncí el ceño.

Kaia puso los ojos en blanco antes de abrir la puerta y bajar de la camioneta.

—No lo escuches, Heist es alérgico al amor —me aconsejó ella. Después de salir cerró la puerta y nos dejó solos. Ella saludó a Carter con la mano en la distancia antes de dirigirse a la entrada de su casa. Sabía que debía bajarme, pero no podía moverme.

Heist bufó.

—¿Cómo puedo ser alérgico a algo que no existe?

—¿No crees en el amor?

«Solo bájate, Leigh. Carter está esperando.»

Heist se recostó en su asiento, sus ojos sobre mí en el retrovisor.

—Hay sensaciones mucho más profundas que un término sobrevalorado y manipulado por la humanidad a lo largo del tiempo.

—Tienes una manera muy cínica de ver la vida.

Heist se rio un poco.

—Diría que tú tienes una forma ingenua de ver la vida, pero eso ya lo sabes.

—No tiene nada de malo creer en algo, como el Altísimo, como el amor, ¿no es asfixiante no tener nada en que creer, Heist?

Sus ojos se clavaron en los míos a través del retrovisor y él se quedó en silencio durante un momento que se me hizo eterno.

—¿Quién ha dicho que no tengo nada en que creer, Leigh?

—Puedo verlo en tus ojos, ese vacío, esa falta de esperanza.

—Y déjame adivinar, ¿quieres arreglarme? ¿Quieres llenar el vacío en mis ojos? —La burla en su tono era obvia, pero por alguna razón podía ver más allá de eso.

—Las burlas y el sarcasmo son a lo que recurres cuando alguien amenaza con descifrarte, ¿eh? ¿Qué es lo que escondes, Heist?

Su expresión se endureció, la burla se desvaneció de su rostro.

—¿Por qué estás tan interesada en mí, Leigh? Creo que antes de descifrar a alguien más, deberías empezar por ti misma. ¿Qué haces aquí conmigo cuando tu príncipe azul está esperándote?

Carter.

Por el Altísimo, lo había olvidado por completo.

—Tienes razón, pierdo el tiempo. —Comencé a acercarme a la puerta y mi mano ya estaba en la manilla cuando Heist habló.

—Él nunca será suficiente para ti.

Apreté la manilla sin mirarlo.

—No me conoces para saber lo que es o no suficiente para mí.

Él no dijo nada así que me bajé de la camioneta. Noté el aire fresco del otoño a nuestro alrededor, así que metí las manos en mi chaqueta de lana al caminar hacia Carter. Sin embargo, podía sentir la mirada de Heist detrás de mí, desde su camioneta. Sacudí la cabeza porque ese día no se trataba de él, se trataba de Carter y de mi primera cita.

12

Encuentros inesperados

«Estoy tan nerviosa...»

Mis manos no dejaban de sudar sobre mi regazo. Carter me trajo al restaurante popular del pueblo con sus grandes luces de neón ya encendidas. Él se sentó al otro lado de la mesa, justo frente a mí. Había una ventana inmensa a nuestro lado; la vista no era la mejor ya que solo podíamos ver el estacionamiento, pero el cielo con destellos naranjas del atardecer lo mejoraba.

Kate nos sirvió nuestros batidos, sonriéndonos. Ella era parte del grupo de las Iluminadas, ese era su trabajo a tiempo parcial. Nos saludamos como correspondía cuando tomó nota de lo que queríamos.

—Espero que los disfruten —nos deseó antes de darse media vuelta e irse.

—Gracias —le dije, ojeando mi batido.

¿Por qué es tan difícil mirarte a los ojos, Carter?

Me esforcé en levantar la mirada y encontrarme con esos ojos claros de color café que siempre había admirado en secreto. Carter tenía un aspecto tan estupendo como siempre, con su camisa abotonada sin ninguna arruga. La piel de su rostro se veía perfecta, sin marcas de nada. Su cabello negro peinado hacia atrás estaba intacto. Sus labios carnosos dibujaron una sonrisa.

—No puedo creer que por fin haya tenido el valor de invitarte a salir. —Él se sonrojó un poco y yo apreté mis labios, conteniendo una sonrisa nerviosa.

—Estoy... —me aclaré la garganta— muy feliz de que lo hayas hecho.

—Bueno. —Él levantó su batido—. ¿Salud?

Eso me hizo reír un poco.

—Salud. —Chocamos nuestros batidos y les dimos un sorbo.

—¿Cómo te preparas para tu cumpleaños?

—Bien. —Suspiré—. Para ser honesta, la ceremonia para convertirme en la líder de las Iluminadas es lo que me tiene un poco inquieta. Estar frente a toda la congregación nunca es fácil.

—Lo harás genial, ya has estado frente a todos muchas veces.

—Solo para cantar en el coro y no es lo mismo estar cantando rodeada de todos que estar yo sola ahí y recitar mi iniciación como líder.

Carter extendió su mano y la puso sobre la mía en la mesa. Mi corazón se desbocó en mi pecho.

—Lo harás bien. Te lo mereces, Leigh.

—Bueno, no hablemos más de mí, ¿qué hay de ti? —Disimulé los estragos que su mano sobre la mía me estaba causando.

—¿Qué puedo decir? —Su dedo trazó círculos sobre el dorso de mi mano y a mí se me olvidó respirar—. Instituto, casa e iglesia, esa es mi vida, servir y ayudar a la gente como mi padre lo hace.

—Sí, escuché que la semana pasada le llevaron alimentos a la gente sin hogar que vive en el refugio.

—Sí, y arreglamos su calefacción. Estaba muy averiada, pero ya estamos en otoño y pronto vendrá el invierno. No podemos dejarles pasar frío.

—Lo sé, admiro cómo tu familia pone su propio dinero para esas cosas.

—El dinero solo es eso, dinero. Nuestro deber con el Altísimo es mayor, es ayudar al prójimo, en especial a aquellos que lo necesitan más que nada.

—Que así sea.

Me lo quedé mirando en silencio porque no me había permitido notar la fuerza de lo que sentía por Carter. La forma en la que hablaba, su sonrisa, su lindo rostro, su dedicación al Altísimo, todo en él me encantaba.

«Él nunca será suficiente para ti.»

Las palabras de Heist no podían estar más equivocadas. Carter era todo lo que yo le había pedido al Altísimo.

—¿Qué pasa? —me preguntó al notar lo callada que me había quedado.

—Yo... —me armé de valor—, estoy muy feliz de estar aquí contigo.

Carter se mojó los labios antes de sonreír abiertamente como si le hubiera dicho algo maravilloso. Él entrelazó su mano con la mía.

—Yo también, Leigh.

Conversamos durante un buen rato, me reí mucho, me sonrojé y hasta molesté a Carter con muchas cosas. Estábamos ganando confianza, ya no me sentía tan nerviosa, todo estaba fluyendo muy bien. Terminamos nuestros batidos, pero seguimos hablando un buen rato.

Mi primera cita estaba saliendo tan bien que no podía evitar sonreír a cada rato.

Pero entonces pasó.

Las campanas que sonaban al abrirse la puerta del restaurante llamaron mi atención. Mi mirada se centró en los recién llegados al local.

No podía ser.

Una chica y un chico que conocía muy bien. Ellos se habían ido del pueblo hacía seis meses para hacer un curso de un idioma que no podía recordar; eran un par de hermanos cuyo regreso temía porque podían complicar toda mi vida.

Él iba todo de negro, con su chaqueta de cuero negra que dejaba visible el tatuaje de la parte de atrás de su cuello. Su pálido rostro estaba lleno de piercings, tenía uno en la ceja, otro en la nariz y finalmente uno debajo de los labios. Su cabello negro apuntaba en direcciones diferentes y masticaba chicle mientras le sonreía a todos los que se le quedaban mirando.

Rhett.

Rhett había cambiado mucho en esos seis meses, eso era seguro, antes de irse de viaje se había alejado de la iglesia, al igual que Natalia. Pero incluso cuando asistía a la iglesia y no tenía todos esos piercings, Rhett siempre tuvo esa vibración peligrosa al igual que su hermana.

Cindy. Ella estaba junto a él, llevaba unos tejanos desgastados y una camiseta negra pegada que dejaba su ombligo a la vista. Su cabello negro con mechones azules estaba desordenado alrededor de su cara y llevaba su típico sombrero negro puesto. Le susurró algo al oído a Rhett y este sacudió la cabeza.

Un recuerdo llegó a mi mente y tragué con dificultad, sintiendo una presión en mi pecho.

Me tensé y separé mi mano de la de Carter por instinto. Carter me miró con extrañeza antes de echar un vistazo sobre su hombro justo en el momento en que los ojos negros de Rhett se fijaban en nosotros y, con una sonrisa descarada, se acercó a nuestra mesa.

«¡Rhett! ¡No! ¿Qué estás haciendo?»

«Tenemos que hacerlo, Leigh.»

«No.»

«Es la única forma de mantenerte a salvo.»

Ese recuerdo llegó a mi mente de nuevo. Bajé mis manos de la mesa y las puse sobre el regazo, apretándolas con fuerza. Rhett era parte del pasado, de momentos que no quería recordar, era como un fantasma que surgía de vez en cuando para atormentarme.

—¡Leigh! —Su voz seguía siendo igual de ronca, Rhett aún se veía muy atractivo, incluso con esos piercings—. Carter. —Le hizo una reverencia burlona y Carter apretó su mandíbula.

—Pero ¿qué tenemos aquí? —dijo Cindy en un tono juguetón—, Carter y Leigh, la perfección hecha carne de nuestra iglesia, ¡cómo los hemos extrañado!

—¿Les molesta si nos sentamos? —planteó Rhett, pero antes de que pudiéramos decir algo se sentó a mi lado y Cindy al lado de Carter.

—¿Cómo están? —preguntó Rhett. Sentí el calor de su cercanía en mi brazo, así que me moví más hacia la ventana, manteniendo la distancia con él.

—Bien —respondió Carter. La tensión en el ambiente era evidente, pero a Cindy y a Rhett no parecía molestarles—. Que el Altísimo esté con ustedes —terminó Carter, recordándoles nuestro saludo, a pesar de que ya no eran parte de nuestra iglesia.

Rhett cruzó una mirada con Cindy antes de susurrar:

—Que así sea.

—Es un placer verlos de nuevo —declaró Carter amablemente—, pero Leigh y yo tenemos una cita y nos gustaría estar a solas. —Rhett se tensó a mi lado ante la mención de la palabra «cita».

No me atreví a mirarlo.

—¿Cita, eh? —Podía sentir la mirada intensa de Rhett sobre mí—. Me alegro mucho y, ya lo has oído, Cindy, debemos irnos.

—Pero antes de eso, ¿me darías un abrazo, Leigh? Es que te he extrañado tanto... —me pidió Cindy al levantarse. Fruncí el ceño, pero no me atreví a negarme, así que cuando Rhett se levantó pasé por su lado para abrazar a Cindy.

Su voz fue un susurro en mi oído mientras me abrazaba.

—Medianoche. —Ella se separó con una sonrisa y se despidió de Carter con la mano.

Los vi alejarse y buscar una mesa en la distancia. Sabía lo que esa palabra significaba.

—Ha sido realmente incómodo —comentó Carter mientras me sentaba de nuevo—. Ese curso fuera del pueblo no los ha ayudado mucho con sus actitudes.

Asentí.

«Medianoche.»

«No.»

«Los fantasmas del pasado tienen que quedarse en el pasado. Rhett es parte del pasado.»

—¿Leigh?

—Lo siento, me distraje un poco.

—Estás un poco pálida, ¿estás bien?

—Sí, sí.

El rostro de Carter se contrajo en un gesto de preocupación y se veía completamente adorable.

«Eso es, Leigh. Esto es perfecto, Carter es perfecto, tú eres perfecta, son el uno para el otro, nada va a arruinar eso.»

Carter y yo volvimos a tomar un ritmo agradable en nuestra conversación y se nos pasó el tiempo volando. Mamá me había dado permiso hasta las ocho de la noche, así que cuando se acercó la hora, Carter me llevó a mi casa y estacionó frente a ella.

—Me lo he pasado muy bien, Leigh —me dijo, girándose en su asiento para mirarme de frente.

—Yo también, muchas gracias por el batido.

—De nada.

Nos quedamos mirándonos a los ojos y mis labios se abrieron ligeramente captando la atención de Carter, quien los observó en silencio.

—¿Puedo... —él se detuvo, inseguro—, puedo darte un beso de despedida?

Asentí.

Carter se acercó a mí lentamente y el corazón me empezó a latir tan fuerte que pensé que se me iba a salir por la garganta. Sus labios estaban cada vez más cerca y cerré los ojos con fuerza. Sin embargo, sentí su cálido aliento en mi mejilla, donde me dio el beso, para después subir y besar mi frente.

Cuando se despegó de mí, abrí los ojos y él me sonrió.

—Eres perfecta, Leigh. —Su mano acarició el contorno de mi rostro—. Eres una de las personas más preciadas que el Altísimo ha puesto en mi camino.

Eso me hizo sonreír.

—Buenas noches, Carter.

—Buenas noches, Leigh.

Al entrar en la casa, me sorprendió ver a mi madre caminando de un lado al otro de la sala con su bata de dormir. Su cara se iluminó al verme. ¿Estaba preocupada por mí?

Mi madre me envolvió en un abrazo y tomó mi rostro entre sus manos.

—Me alegra tanto que estés aquí... —Sus manos temblaban.

Algo no estaba bien.

—¿Qué pasa, mamá?

Mi madre bajó sus manos de mi rostro y apretó sus labios, dudando.

—¿Mamá?

—Jessie ha desaparecido.

—¿Qué? ¿De qué estás hablando? —Recordé haberla visto por ahí hacía unos días con Natalia.

—Acabo de hablar con su madre por teléfono, no saben nada de Jessie desde hace tres días. La policía inició la búsqueda ayer.

A pesar de que la familia de Jessie se había alejado de la iglesia un poco, seguíamos siendo una comunidad muy cerrada, donde todos nos conocíamos y nos preocupábamos por el bienestar de los demás.

—¿Cómo es que nadie se había enterado? Nuestro líder no ha dicho nada en el sermón de hoy.

—Él no lo sabía. Al parecer, Joana estaba esperando que su hija apareciera por sí sola. Por lo visto, Jessie a veces pasa la noche fuera, pero jamás más de una noche. Natalia está destrozada, no se ha movido de la casa de Jessie desde ayer.

La entendía, Jessie era la amiga más cercana que tenía. Una parte de mí quería estar ahí con Natalia, pero no sabía si mi apoyo sería bien recibido.

—Así que de ahora en adelante, nada de salir de noche, Leigh. Tengo un mal presentimiento sobre todo esto, hay algo malo en el pueblo.

La sonrisa sangrienta de Frey vino a mi mente junto con la falsedad de la sonrisa de Heist y la extraña vibración que emanaba esa familia.

Todo comenzó cuando ellos llegaron. Los perfectos Stein, con su estilo elegante y sonrisas cálidas, con ese carisma que parecía fingido.

«Mienten. Fingen. Es todo lo que saben hacer.»

«Pero ¿cómo sabes que mienten, Leigh?»

Sacudí mi cabeza ante esos pensamientos. Me acerqué a mi madre y le di un fuerte abrazo.

—Todo irá bien, mamá. —Me despegué de ella para acariciarle los hombros—. Rezaremos esta noche por Jessie, ¿de acuerdo?

Ella asintió y yo me esforcé en sonreír para tranquilizarla.

«Sabes que mienten y fingen porque tú también puedes hacerlo muy bien, ¿no, Leigh?»

Me di la vuelta y le deseé las buenas noches a mi madre antes de subir a mi habitación. Sabía que no podría dormir ni un poco hasta que llegara la medianoche.

Apagué todas las luces de mi habitación por si mi madre pasaba al lado de la puerta y me quedé sentada sobre mi cama con las manos sobre el regazo, rezándole al Altísimo para que me diera fuerza y por Jessie.

La medianoche llegó mucho más rápido de lo que esperaba. Ya había perdido la calma y caminaba en mi cuarto de un lado al otro, mordiéndome las uñas. ¿Por qué tenían que regresar justo ahora? ¿Por qué?

El Altísimo estaba probándome, esa tenía que ser una de sus pruebas. No quería asomarme a mi ventana porque sabía lo que vería.

Tenía que enfrentarme a ello, no tenía otra opción, así que abrí las cortinas y ahí estaba: Rhett. De pie, a lo lejos, donde el final del césped de nuestro patio se encontraba con el bosque detrás del mismo. Permanecía de pie donde estaban sembradas mis flores favoritas, la única parte del jardín que mamá no tocaba.

Donde estaba enterrado mi mayor secreto.

Bajé las escaleras y salí de la casa en completo silencio antes de echar un vistazo a la casa de los Stein y asegurarme de que nadie anduviera por fuera; en especial Heist, quien parecía muy nocturno. Aunque no vi a nadie, no podía arriesgarme, así que caminé por el otro lado de la casa, donde los Stein no podían verme y le hice señas a Rhett para que caminara hasta ahí.

Rhett tenía las manos en los bolsillos de su chaqueta y a cada paso que daba la presión en mi pecho era mayor. Él se paró justo frente a mí y el olor familiar de su colonia invadió mis sentidos. De alguna forma, se veía más maduro que la última vez que lo vi.

«Altísimo, dame sabiduría para manejar esta situación de la mejor manera.»

—Hola, Leigh. —Su voz me trajo tantos recuerdos que apreté mis labios.

—Hola.

—Carter, ¿eh?

—Así es.

—Quisiera decir que estoy sorprendido, pero no es así. La chica perfecta con el chico perfecto, ¿no te parece aburrido?

—No, en absoluto.

Rhett se lamió los labios y se pasó la mano por el mentón.

—¿A qué has venido, Rhett? Sabes bien que no puedes venir a mi casa de esta forma a medianoche.

—¿No puedo a visitar a mis amigos?

—Tú y yo no somos amigos.

—Ayyy, Leigh, eso ha dolido.

—¿Qué quieres?

—¿Cómo es que te has puesto más bonita en seis meses? —Él alzó su mano para tocar mi rostro, pero di un paso atrás.

—Rhett.

—¡Qué fría! —Su expresión juguetona desapareció y una de tristeza tomó su lugar—. Solo quería asegurarme de que estuvieras bien, ¿estás bien?

Sabía a lo que se refería.

—Estoy bien, no tienes nada de que preocuparte. —Me sonrió y alzó sus manos en señal de derrota.

—Bien, eso era lo que quería saber, es bueno verte tan bonita y saber que estás bien.

—Gracias por preocuparte; ahora debo irme —dije y le di la espalda.

Caminé tan rápido como pude hacia la puerta de atrás de mi casa; aún podía sentir su mirada sobre mi espalda, sabía que estaba ahí de pie observando cómo me alejaba. Las lágrimas brotaron en mis ojos y sentía mi pecho ardiendo.

«Altísimo, dame fuerza, por favor.»

Tomé la manilla de la puerta y me congelé sin poder avanzar un paso más.

Me di la vuelta y lo vi ahí en la oscuridad, seguía al lado de la casa sin moverse, sus ojos rojos por la agonía y me mordí el labio inferior.

«Lo siento tanto, Altísimo...»

Me volví caminando rápidamente hacia él. Con cada paso se aceleraba mi corazón, el fuego en mi pecho ardía y quemaba todo en su camino. Lo agarré del cuello de su chaqueta y estampé mis labios contra los suyos.

Rhett no tardó ni un segundo en besarme con todo lo que tenía, era un beso que sabía a prohibido, a «te extrañé», a todas las mentiras que me dije a mí misma cuando lo rechacé la primera vez que se me declaró por la amistad que me unía a Natalia, y los besos robados detrás de la iglesia que vinieron después de eso.

Rhett tomó mi rostro en sus manos mientras me besaba como si yo fuera lo más preciado para él; así me sentía cada vez que nos besábamos, que me abrazaba, que bromeábamos juntos.

Al detener el beso, él descansó su frente contra la mía.

—Sé que prometí alejarme, hasta me fui a hacer un curso de mierda para no meterme en tu vida y arruinarlo todo, pero no puedo, Leigh.

No sabía qué decirle, el conflicto en mi mente era desastroso y solo una cosa me había quedado clara: el idiota de Heist tenía razón.

Mientras Rhett se negase a salir de mi vida, Carter nunca sería suficiente.

13

Descubrimiento súbito

LEIGH

Dos semanas pasaron como si nada.

Dos semanas sin noticias de Jessie, catorce días llenos de búsquedas sin éxito, de investigaciones, de desesperación en todas las personas cercanas a ella y angustia en el resto de nuestra comunidad.

A mediados de octubre llegaron las bajas temperaturas. Los árboles perdían la mayoría de sus hojas mientras el otoño los preparaba para el invierno.

Mi rutina había sido algo mecánica, del instituto a casa y los fines de semana a la iglesia o al servicio caritativo; nuestra iglesia realizaba labores de caridad por lo menos una vez por semana. En los meses fríos todos los sábados servíamos comida y bebidas calientes en un refugio para los desafortunados, personas sin hogar o sin dinero para comprar comida. No era una solución permanente pero, por lo menos, ellos sabían que un día a la semana comerían con seguridad.

Como una solución más duradera, nuestro líder estaba construyendo un refugio amplio con pequeños cuartos que podría funcionar como un minihogar para las personas sin casa. Estaba ya casi terminado. No podría explicar con palabras lo mucho que llenaba ayudar a los demás.

No vi a Carter después de nuestra primera cita porque se fue a un retiro durante unos días y había vuelto hacía poco. Esperaba verlo pronto. Esquivé a Rhett como si fuera la peste, esa noche que nos vimos no se repetiría, solo había sido la nostalgia, la impresión de verlo de nuevo, eso fue todo.

El Altísimo me había hecho entrar en razón.

Yo tenía mis metas que cumplir y me mantendría pegada a ellas. Sería la líder ejemplar de la iglesia y la novia perfecta para Carter, así es como debían ser las cosas.

Tampoco supe mucho de los Stein, me mantuve alejada de ellos a propósito. Ni siquiera los había llevado conmigo a la iglesia los dos últimos domingos; ellos fueron solos y mantuvieron la distancia.

Ese lunes, día de clase, bajé en mi bicicleta por una colina. Los árboles estaban perdiendo sus hojas marrones y amarillas a ambos lados de la carretera. El frío de la mañana me hizo arrepentirme de no llevar mi chaqueta; mi suéter —aunque grueso— no parecía ser suficiente.

Me bajé de la bicicleta al llegar al instituto y la dejé en su lugar junto a otras en línea.

Ajusté mi mochila sobre mis hombros y comencé a caminar hacia la entrada, donde divisé a un grupo de estudiantes horrorizados. Al acercarme a ellos, me di cuenta de que sus ojos estaban enfocados en la azotea del instituto. Seguí sus miradas y me llevé la mano a la boca. Me había quedado sin aire.

Jessie.

En el extremo de la azotea del instituto, su vestido blanco se ondeaba con el viento al igual que su cabello. Sus ojos se veían vacíos.

No.

—¡Jessie! ¡Jessie! —La voz de Natalia sonó detrás de mí y me giré para verla. Ella lanzó su mochila a un lado para correr hacia nosotros—. ¡Qué estás haciendo, Jessie!

Me pasó por el lado y yo la seguí corriendo dentro del instituto y empezamos a subir las escaleras, rezando para que llegáramos a tiempo. Al abrir la puerta del terrado, nos encontramos con la directora Philips, que se hallaba a unos pasos de Jessie, hablándole, rogándole que se bajara de ahí.

—¡Jessie! —Ante la voz de Natalia, Jessie nos miró por encima del hombro. ¡Por el Altísimo! Sus ojos..., era como si no hubiera nada en ellos.

«¿Qué te ha pasado estas dos semanas, Jessie?»

Natalia quiso correr hacia ella, pero la señora Philips la detuvo.

—¡No! Cada vez que me he acercado se ha movido más al extremo; habla con ella, Natalia.

Los ojos de Natalia se llenaron de lágrimas.

—Jessie, escúchame, por favor. Estoy aquí, estoy aquí, Jessie. —Su voz se rompió un poco—. Sea lo que sea lo que haya pasado, podemos superarlo juntas, ya lo hemos hecho antes, Jessie.

Solo viendo el perfil de Jessie, podíamos distinguir cómo sus labios temblaban, cómo rodaba una lágrima por su pálida mejilla mientras apretaba las manos a sus costados.

—Por favor, baja de ahí, Jessie, por favor, no hagas esto, te lo ruego. —Natalia, con su voz rota, era un mar de lágrimas y yo solo pude llorar en silencio porque no sabía qué decir. Si Jessie iba a escuchar a alguien sin duda era a Natalia—. Hemos superado tanto juntas, Jessie, tú sabes que podemos con todo, por favor.

—No puedo. —La voz de Jessie era apenas un susurro, ronca como si hubiera pasado mucho tiempo sin hablar. Sus ojos cayeron al vacío como si mirara a alguien ahí abajo—. Él... No puedo.

«¿Él? ¿Estás mirando a alguien, Jessie?»

—Sí puedes, Jessie —le aseguró Natalia, liberándose del agarre de la señora Philips para dar un paso hacia ella y extender su mano—. Por favor, Jessie, mírame.

Jessie no la miró, giró su rostro al frente y apretó sus manos formando puños. Las sirenas de las patrullas y los bomberos se podían oír en la distancia. Mientras Natalia le hablaba, me fui acercando al extremo de la azotea, a un lado de Jessie, pero manteniendo la distancia con ella para no ponerla nerviosa. Eché un vistazo hacia abajo y estaba repleto de estudiantes, asustados y sorprendidos, todos con sus uniformes. Era imposible distinguir si Jessie estaba mirando a alguien en concreto, pero entre el montón de gente resaltaban algunos para mí.

Heist: con las manos en los bolsillos de los pantalones de su uniforme, no parecía preocupado o afectado en lo más mínimo.

Frey: estaba de pie al lado de su hermano, sin ninguna expresión en su rostro.

¿Acaso no sentían nada?

Rhett: estaba comentando algo con Cindy, su semblante lleno de tristeza.

Carter: tenía la mano sobre sus labios; se lo veía completamente horrorizado.

Volví a mirar a Jessie, con el corazón en la garganta. Natalia estaba cada vez más cerca de ella.

«Por favor, no saltes, Jessie.»

—Jessie, necesito que me mires —suplicó Natalia, con su voz ronca de tanto llorar—, por favor, mírame, Jessie.

Pero Jessie se negaba a mirarla, su vista seguía fija al frente, en alguien allá abajo que yo no podía distinguir entre tanta gente.

«¿A quién miras, Jessie?»

—No tengo opción —susurró Jessie tan bajo que apenas la oímos—, es la única forma.

—No, no, Jessie, siempre hay una solución, siempre hay una forma y no estás sola, lo sabes, me tienes a mí, a tu familia, por favor.

—Te quiero mucho, Natalia —murmuró Jessie.

—Jessie...

—Nunca lo olvides.

Mi corazón se detuvo en mi pecho al ver la decisión en su voz.

—¡No! —gritamos todas tratando de llegar a ella, pero Jessie saltó al vacío antes de que alguna pudiera alcanzarla.

—¡Nooo! —El grito desgarrador de Natalia sería algo que recordaría siempre. Yo caí sobre mis rodillas, sosteniendo mi pecho.

«Esto no puede estar pasando, es mentira, no.»

La señora Philips envolvió sus brazos alrededor de Natalia, quien se había desplomado en el suelo, llorando, gritando, retorciéndose. Y yo solo podía llorar abiertamente al verla así, al sentir la cruel realidad de lo que acababa de presenciar. Golpeé mi pecho ligeramente porque sentía que me faltaba el aire.

—Jessie, no, Jessie, no —murmuraba Natalia una y otra vez entre lágrimas. Yo intenté levantarme, pero mis piernas no me respondían.

«Jessie acaba de... no, eso no puede ser posible.»

La imagen de Jessie saltando al vacío se repetía una y otra vez en mi mente, acortando mi respiración. Quería ponerme de pie, porque Natalia estaba destrozada en el suelo a unos cuantos pasos de mí, tenía que ser fuerte por ella. En esos momentos no me importaba nuestra separación, en esos momentos ella solo era alguien a quien quería mucho y que me necesitaba.

—Vamos, Natalia, levántate —suplicó la señora Philips, con la intención de que bajáramos de la azotea, no era seguro estar allí.

Pero Natalia solo la apartó para seguir llorando de rodillas en el suelo. Con toda la fuerza que pude, me levanté, mis piernas temblaban y me arrodillé detrás de ella para abrazarla desde atrás.

—Estoy aquí —le susurré, con lágrimas en los ojos—. No estás sola, estoy aquí.

—Leigh... —Lloró, apoyándose contra mí, sus manos aferradas alrededor de mis brazos—. Jessie...

—Lo sé, lo siento mucho. —Soplé, mis mejillas mojadas de lágrimas—. Lo siento mucho, Natty.

Natalia temblaba en mis brazos mientras lloraba y había algo desgarrador en tener a alguien a quien quieres llorando así. Mi pecho se encogió.

—Jessie... no, Leigh, dime que esto no ha pasado, que ella estará bien, que... tal vez... sobrevivió a la caída, ella es fuerte, Leigh.

Mis ojos recayeron sobre la señora Philips, quien se había asomado hacia abajo, donde vio a Jessie en el suelo y, cuando nuestras miradas se encontraron, meneó su cabeza.

Abracé a Natalia aún más fuerte.

—Lo siento mucho.

—Ella no puede estar... —Sabía que no podía decir la palabra.

Después de un rato, bajé con Natalia pegada a mi lado, sosteniéndola como si estuviera rota y yo mantuviera sus piezas juntas con mi abrazo. Desafortunadamente, cuando salimos del instituto, Joana, la madre de Jessie, acababa de llegar y los bomberos se estaban llevando el cuerpo de su hija en una bolsa negra sobre una camilla.

—¡Mi niña! —gritó Joana y Natalia se estremeció a mi lado al ver la bolsa negra y el gran charco de sangre que había quedado en el pavimento—. ¡Ay no, mi niña! ¡Mi chiquita! ¡Jessie! ¡Hija!

Natalia se giró, llorando, y enterró su cara en mi cuello para evitar ver todo eso. No la culpaba, era demasiado.

—Mi niña, no, mi chiquita, no, Jessie. —Joana se aferró a la bolsa intentando abrirla—. Déjenme verla por favor, mi bebé, se lo suplico, déjenme verla.

Natalia me apretó al escuchar eso y mi vista se nubló por completo con lágrimas de nuevo.

—Por favor, un segundo, déjenme ver a mi bebé.

Los bomberos cedieron y la dejaron verla. Joana metió las manos en la bolsa como si sostuviera el rostro de Jessie.

—Mi niña, ¿qué ha pasado? Ay, no, esto no es verdad. Mi reina, párate de ahí, ¿sí? Dime que soy una intensa como siempre, que estás bien, Jessie. Por favor, hija, no me hagas esto. Ay, mi pecho —Joana dio un paso atrás, golpeando su pecho—, esto no es verdad.

Joana se tambaleó un poco y uno de los bomberos la sostuvo y la llevó hacia la ambulancia, pero, antes de llegar, Joana se desmayó. Los paramédicos la atendieron enseguida.

El lugar fue mayormente desalojado por la policía de inmediato. Era hora de irnos a casa, aunque con Natalia a mi lado, a punto del colapso, no sabía cómo hacerlo. No podía llevarla en mi bicicleta. La señora Philips se alejó de nuestro lado para ir a hablar con la policía y los bomberos. Carter no dudó en acercarse, con su rostro rojo, lágrimas en sus mejillas.

—No puedo creerlo. —Nos abrazó a ambas y al separarse, miré por encima de su hombro y vi a Rhett en la distancia.

Sus labios me preguntaron en silencio si estaba bien y yo solo asentí.

—Las llevaré a casa —se ofreció Carter y se lo agradecí, pero antes de que pudiéramos movernos, una voz familiar nos detuvo.

—Eh. —Heist apareció detrás de Carter; su altura era más notable al lado de él—. ¿Están bien? —preguntó y Natalia al escuchar su voz se despegó de mis brazos y fue a los de él. Heist la recibió con gentileza.

—Heist, ella... mi Jessie... —murmuró Natalia contra su pecho. Heist nos dedicó una sonrisa de simpatía, mientras acariciaba la cabeza de Natalia.

—Lo siento mucho, Nat. —Él besó su cabello, ¿Nat? Ya tenían sobrenombres entre sí, ¿eh?

Frey se quedó a unos cuantos pasos de Heist. ¿Dónde estaba Kaia?

—Las llevaré a casa —informó Heist, comenzando a caminar con Natalia. Abrí la boca para decir algo, pero Carter tomó mi mano.

—Está bien, deja que él las lleve, Natalia los necesita a ambos a su lado. —No dije nada, así que Carter me abrazó y el olor suave de su colonia me invadió. Él era tan cálido...—. Todo estará bien —me susurró al oído. Mis ojos se encontraron con los de Frey, quien permaneció ahí de pie, con esa gélida expresión en su rostro hasta que se giró para seguir a su hermano.

El camino fue corto ya que mi casa no quedaba muy lejos, pero Natalia estuvo pegada a mí durante el mismo en el asiento de atrás mientras Heist conducía y Frey iba en el asiento del copiloto. Al llegar, abracé de lado a Natalia hasta que entramos en la casa, seguidas por Heist, Frey se fue a su casa sin mirar atrás.

—¡Leigh! —gritó mi madre, corriendo a recibirnos, su rostro rojo por las lágrimas, estaba segura de que la noticia ya estaba en la estación de radio local. Ella se detuvo al vernos.

—Lilia... —murmuró Natalia—, Jessie...

El rostro de mi madre se contrajo en una mueca de tristeza.

—Ay, mis niñas. —Mamá nos abrazó, y había algo en el abrazo de una madre que te hacía querer llorar aún más.

Cuando nos separamos, mamá limpió nuestras lágrimas.

—Vamos, les prepararé un té. —Ella acarició el rostro de Natalia, que tenía los ojos hinchados—. Llora, mi niña, deja salir todo ese dolor.

Los labios de Natalia temblaron al llorar.

—Te tomas el té y luego descansas, ¿de acuerdo?

Natalia solo asintió. Mi madre miró a Heist por un segundo, pero no dijo nada, no era el momento. Además, ella había estado de acuerdo en ayudar a los Stein a integrarse.

Después del té y de informar a sus padres de que estaba con nosotros, Natalia se durmió en el sofá, con la cabeza sobre el regazo de Heist, quien acariciaba su cabello con gentileza.

Caminé a la cocina, donde mamá me recibió con un abrazo.

—Ha debido de ser horrible, Leigh —me dijo al separarnos—. ¿Estás bien? La señora Philips dijo que ustedes lo presenciaron todo.

—No lo sé... estoy... ha sido algo difícil de ver, muy... doloroso.

—Me imagino, hija, vamos, termina tu té para que vayas a descansar un rato.

Después de tomarme el té, me recosté en el otro sofá, enfrente de aquel en el que estaba durmiendo Natalia. No quería perderla de vista, aunque no estuviera sola.

—Tengo que ir a apoyar a Joana, está en el hospital —informó mamá—, cuiden de Natalia, por favor.

—No se preocupe, cuidaré de ambas —respondió Heist, echándome un vistazo.

Me acosté por completo de lado en el sofá, usando una manta para cubrir mis piernas porque tenía puesta la falda del uniforme del instituto. Puse mis manos juntas debajo de mi cara y suspiré.

—¿Estás bien? —La voz de Heist fluyó suavemente en el silencio de la sala.

No dije nada, sus ojos sin despegarse de los míos.

Heist Stein.

El chico que sacaba mi lado grosero a la luz y que salía con mi mejor amiga se veía genuinamente afectado por todo aquello, pero ¿era así realmente? ¿Por qué yo lo ponía en duda todo el tiempo?

Recordé esa pose relajada que él tenía cuando miré desde la azotea, tratando de encontrar la persona a la que Jessie estaba mirando. Heist había mantenido las manos en los bolsillos, sin ningún rastro de emoción en su rostro, a diferencia de ahora, que mostraba un semblante triste.

«¿Cuál es la versión real de ti, Heist?»

«¿El que no siente nada al ver a una chica al borde del suicidio? ¿O el que está sentado aquí frente a mí, consolando a mi amiga como si le afectara todo esto?»

—Deja de pensar tanto y descansa, Leigh —me recomendó él, reclinándose en el sofá ligeramente con cuidado de no mover mucho a Natalia, antes de cerrar los ojos.

No podía dejar de mirarlo, parecía diferente con sus ojos cerrados, casi vulnerable. Al cabo de un rato, sin parar de darle vueltas a todo, me senté y me levanté.

«Necesito aire.»

Salí al porche de la casa, cerrando la puerta con cuidado detrás de mí y tomé una respiración profunda, sentándome en las escaleras. Me abracé a mí misma ante el aire frío mañanero.

«Es que aún no me creo todo esto.»

Mi mente era un desastre de imágenes que se repetían y mi cuerpo repleto de sensaciones desagradables.

Otro suicidio, no podía ser.

«Tú sabes que no han sido suicidios.»

Esa voz susurró en mi mente.

«Hay un asesino suelto, tú lo sabes, Leigh. Puedes sentir su oscuridad, su maldad.»

Mi mente viajó a los Stein. Parecía que ellos no hubieran llegado solos, como si la muerte hubiera venido con ellos. Recordé las cosas extrañas de Heist, sus palabras esa noche del chocolate caliente: «No tengas preguntas, no analices, no le busques explicación, no hagas nada».

También recordé a Frey, con su nariz ensangrentada, con su sonrisa sangrienta, su voz fría y cargada de oscuridad.

Y ese pasillo, esa puerta con candados.

No era muy ilógico que relacionara a los Stein con esas muertes, ¿por qué la policía no los investigaba? ¿Por qué la policía estaba tan segura de que las dos primeras muertes habían sido suicidios?

Solo sabía que iba a descubrir si los Stein estaban involucrados en todo esto; tres muertes, tres jóvenes en tan poco tiempo, no era coincidencia. Nada de eso lo era.

El tacto de una tela cálida envolviendo mi espalda y mis hombros me devolvió a la realidad y me encontré a Frey inclinado frente a mí, con la chaqueta de su uniforme cubriéndome. Sin decir nada, se enderezó quedándose ahí.

—Gracias —susurré y él no dijo nada—. Siempre salvándome del frío —bromeé, pero él no sonrió.

Habría jurado fácilmente que Frey podría ser una estatua, ¿cómo podía mantenerse tan quieto?, ¿en silencio?

—Aunque creo que es hora de que te devuelva la chaqueta que me prestaste en el cementerio —dije poniéndome de pie—, espera aquí.

Me di la vuelta pero me sorprendió sentir la mano de Frey en mi muñeca, deteniéndome.

—Él te hará daño. —Esa voz oscura que recordaba con claridad me hizo dejar de respirar.

—¿Quién?

Su mano apretó mi muñeca e hice una mueca de dolor.

—Frey, me estás lastimando.

Él me soltó, se dio media vuelta y comenzó a alejarse con pasos apresurados.

—¿Frey? —No sabía qué mierdas estaba pensando, pero corrí detrás de él—. ¡Frey!

Él no se detuvo en absoluto. Incluso traté de agarrar su brazo para detenerlo, pero apartó mi mano.

Frey sabe algo.

Llegamos a la entrada principal de su casa y Frey entró sin preocuparse en cerrar la puerta detrás de él. Dudé al entrar pero, después de lo de Jessie, necesitaba respuestas, no sabía de qué tipo o de qué exactamente, pero los Stein estaban en mi lista de sospechosos.

Frey subió las escaleras y, en contra de todo respeto a la propiedad ajena, lo seguí. Al llegar a un largo pasillo, Frey se metió en lo que supuse que era su habitación. De nuevo, había dejado la puerta abierta, así que entré hasta quedar en medio de la habitación, pero, para mi sorpresa, estaba vacía. ¿Adónde se había ido? Estaba segura de que lo había visto entrar allí.

El sonido chirriante de la puerta al cerrarse me hizo saltar de la sorpresa y girarme justo a tiempo para ver a Frey contra la pared al lado de la puerta, estirando su mano para terminarla de cerrar. Ya no lo veía con ganas de alejarse de mí, por primera vez, vi una expresión en su rostro.

Parecía complacido.

Y el peso de la situación cayó sobre mí, estábamos en una habitación, en su casa, los dos solos.

Mamá me mataría si lo supiera; estar a solas en una habitación con un chico no era bien visto en nuestra religión.

Los ojos azules de Frey observaban cada uno de mis ligeros movimientos, mis manos inquietas a los costados, mi acelerada respiración por perseguirlo. ¿En qué estaba pensando?

—¿Quién va a hacerme daño, Frey?

Los labios de Frey formaron una siniestra sonrisa, como la de aquella noche, y me congelé, con el miedo corriendo helado por mis venas.

—Yo.

14

Recuerdos macabros

Un año antes
Septiembre
Munich, Alemania

HEIST

Las hojas y ramas caídas crujían bajos mis pies mientras corría a toda velocidad por ese bosque que conocía tan bien, el patio de práctica de tiro de mi familia, donde muchos objetivos habían caído bajo la puntería implacable de mis padres, en especial de Peerce.

«Tengo que llegar a tiempo.»

Las ramas rozaban mis brazos, rasguñando, rompiendo la piel, pero no me molestaba. El dolor era algo que había aprendido a tolerar con el paso de los años. Las víctimas se podían poner violentas al intentar defenderse, así que había recibido mi cantidad considerable de dolor para ser capaz de tolerarlo tan bien.

En la distancia, las luces de mi casa destacaban en la oscuridad de la noche.

Debí saberlo, ah, mierda, nunca debí dejar la casa. Toda mi familia se había ido a nuestra cabaña en las montañas a pasar el fin de semana dejando la casa sola, todos menos Frey.

Y yo sabía por qué, por esa razón no me había despegado de él. Odiaba las complicaciones y Frey tenía la capacidad de convertirse en una complicación más rápido de lo que cualquiera pudiera imaginar.

Fue culpa mía por ir a buscar algo de comer a la ciudad cuando sabía que él tramaba algo. Salí de la casa y, apenas había recorrido unas cuantas millas, cuando el auto se paró de repente. Al revisarlo me di cuenta de que alguien lo había manipulado.

Frey.

«¿Querías deshacerte de mí, hermanito? ¿Dejarme varado en medio de la nada?»

Así fue como terminé corriendo como desquiciado en medio de la noche. Agradecí mi excelente condición física, que me permitía correr por el bosque con rapidez y acortar el camino. A pesar de que corría, mi mente calculaba todas las posibilidades de lo que podía estar pasando en la casa. Frey había tenido más de media hora desde que me había ido.

Eso era suficiente para él.

Eso era todo lo que él necesitaba para hacer lo que fuera que había planeado. Ah, maldición, odiaba limpiar el desastre de los demás.

Al acercarme a la casa, comencé a gritar su nombre con la intención de que eso lo detuviera, como si algo pudiera detener a ese idiota impulsivo.

—¡Frey! —Mi grito hizo eco por todo el lugar—. ¡Frey!

Sin aliento, abrí la puerta principal y entré en la casa, deteniéndome en seco en la sala, mi pecho subiendo y bajando por mi acelerada respiración.

Frey.

Él estaba sentado en el mueble, inclinado hacia delante, sus manos ensangrentadas sosteniendo su cabeza, mojando su cabello negro. No podía ver su cara.

Mierda.

Mis ojos bajaron a sus pies y fue cuando la vi: Marlene, una chica que había caído en las garras de Frey y que a veces se metía a escondidas en la casa para verlo. Su vestido floreado resaltaba en el charco de sangre sobre el que yacía, pálida. Me arrodillé frente a ella para comprobar su pulso: no había.

Frey comenzó a balancearse hacia delante y hacia atrás.

—Mierda, Frey —murmuré, mirando a la chica—, esa es la alfombra favorita de mamá.

Frey no dijo nada y yo me eché hacia atrás, sentándome por completo en el suelo frente al cadáver de Marlene. Su muerte no me afectaba, pero Frey podría tener problemas con mis padres.

«No matamos inocentes. De eso no se ocupa esta familia.»

Vaya, que a Frey le gustaba pasarse nuestro legado por el culo.

Al ver a mi hermano al borde de un colapso emocional, suspiré y comencé a analizar, a buscar la manera de que mis padres no se enteraran de lo ocurrido. Los adolescentes de las familias normales ocultaban sus salidas nocturnas, besos y alcohol; Frey y yo ocultábamos cadáveres.

En su defensa, hay que decir que Frey había sido diagnosticado con un montón de cosas cuando era pequeño y crecer en esta familia definitivamente no le hizo ningún bien. Solo le llevó a desarrollar arranques de violencia inexplicables. Mamá siempre intentó mantenerlo alejado de todo lo que pasaba en el sótano, pero traviesos como éramos, Frey y yo nos colábamos allá abajo. Yo lo llevaba conmigo porque sentía curiosidad por ver cómo le afectaría.

La curiosidad iba de la mano de mis ganas de explorarlo todo, de saber cómo reaccionarían ciertas personas expuestas a alguna situación, como si todos fueran piezas sobre un tablero que podía alterar a mi antojo.

Supongo que Frey fue el resultado de uno de mis primeros juegos.

Le eché un vistazo a mi hermano, quien seguía balanceándose y supe que eso le tomaría tiempo, que esa era su forma de calmarse. Si me acercaba a él o lo tocaba en esos momentos, se pondría violento; aún recordaba la vez que casi me rompió la nariz, Frey tenía más fuerza de lo que cualquiera pensaría.

En silencio, envolví el cuerpo de Marlene en la alfombra y lo cargué fuera de la casa, dejándolo en el patio. Ya me encargaría de enterrarlo luego. Cuando volví a la sala, la madera donde había estado la alfombra tenía manchas de sangre. Por supuesto que la sangre había traspasado la alfombra.

Bajé a nuestro sótano para buscar los productos químicos que usaban mis padres para limpiar en el sótano cuando asesinaban o torturaban personas, nunca inocentes, siempre eran delincuentes, violadores, pedófilos, asesinos, etcétera. Diría que mi familia hacía justicia a su manera en aquellos casos en que las leyes nos fallaban.

De día, éramos los perfectos Stein, dignos de portadas de revistas, la familia perfecta. De noche, capturábamos y nos deshacíamos de las escorias del mundo, aquellos que no merecían vivir. Éramos un poco versátiles, debía admitir.

Al soltar todos los candados y bajar las escaleras del sótano, crucé a mi izquierda para buscar lo que necesitaba. Con el rabillo de ojo, le eché un vistazo a ella.

Estaba inconsciente en un colchón en el suelo, una cadena alrededor de su tobillo derecho. Esperaba que la droga no fuera demasiado fuerte. Me acerqué y me arrodillé frente a ella para quitarle el cabello de la cara. Sus labios estaban entreabiertos mientras respiraba suavemente.

—Dulce sueños —le susurré antes de inclinarme y besar su frente.

Me levanté de ahí, recogí lo que necesitaba y subí las escaleras, cerrando los candados detrás de mí. Al volver a la sala, rocié los productos sobre el punto ensangrentado. Tendría que dejarlo húmedo un buen rato y pasarme toda la noche limpiando ese desastre. ¡Y yo que quería cenar pollo frito! Mis planes de un fin de semana tranquilo se habían ido a la mierda.

Gracias a mi hermanito.

Cuando limpié todo, me metí en internet a buscar esa alfombra. Por suerte, yo era el que se encargaba de decorar y remodelar nuestras casas cuando nos mudábamos. Yo sabía dónde podía encontrar otra alfombra como esa, unos cuantos clics aquí y allá y con el pago de un envío bastante costoso nos la podían entregar al día siguiente por la mañana.

Perfecto.

Ahora solo quedaba resolver el desastre sangriento que era mi hermano en estos momentos, ah, y el cadáver.

Detalle importante.

Con paciencia, llevé a Frey al baño, lo metí en la ducha y tomé su ropa para quemarla. Lo dejé solo, él ya había reaccionado un poco y sabía lo que tenía que hacer.

«Bien, hora de deshacernos de un cadáver.»

Al día siguiente, cuando mis padres regresaron fue como si no hubiera pasado nada. Yo los recibí con una sonrisa y Frey con su semblante frío y silencioso.

Como siempre, porque para Frey y para mí, nada había pasado.

Unos días después decidí ir a la ciudad para divertirme un poco en la vida nocturna. Me entretenía ir a los bares más populares de Munich. En especial ese que era muy reconocido por su atracción para los turistas. Me gustaba observar a los extranjeros, sus expresiones de sorpresa y su atrevimiento a hacer cosas que probablemente no harían en sus países. Lo que pasaba en otro país durante las vacaciones, ahí se quedaba, los había escuchado decir un montón de veces.

Eran fascinantes las excusas que se podían inventar para desinhibirse y mostrar sus verdaderos colores. Tomé un sorbo de mi cerveza, agradeciendo mentalmente las leyes alemanas porque después de los dieciséis años ya podías beber.

—¿Solo esta noche? —Aranela, la camarera de turno, me preguntó, limpiando la barra frente a mí—. Esperando a tu próxima víctima.

«Víctimas...»

«Interesante elección de palabras, Aranela.»

—No son víctimas, no es mi culpa que me elijan cuando se ve a la legua que solo quiero pasar el rato.

—Claro, claro, es que no ven más allá de ese atractivo rostro y esos ojos que prometen una noche salvaje e inolvidable.

—¿Estás coqueteando conmigo?

—Ya quisieras. —Ella bufó y desvió su vista a alguien que en ese momento se sentaba a mi lado.

—Lo de siempre —le pidió esa voz familiar y Aranela se sonrojó ligeramente antes de ir por la bebida.

Tomé un sorbo de mi cerveza sin mirarlo. ¿Qué estaba haciendo allí?

—No me gusta que me subestimen.

La frialdad y claridad en el tono de su voz me hicieron apretar mis labios. El temor no era algo que yo conociera bien, pero si alguien lo despertaba en mí, era él.

Mayne Stein.

Mi tercer padre.

No dije nada, no había nada que pudiera decir para defenderme.

Aranela le trajo su bebida y le sonrió antes de irse. Mi padre tomó un sorbo de su bebida.

—¿Quién era? —su pregunta no me sorprendió.

—Marlene.

—Fue Frey, ¿no es así? Tú no eres tan impulsivo.

—Sí.

—¿Por qué lo dejaste solo?

Ni siquiera me molestaría en preguntarle cómo lo sabía.

—Porque... —no me gustaba admitir que había sido estúpido, que mi padre pensara que no soy tan inteligente como él—, no lo sé.

—¿Qué hiciste con el cuerpo?

—Lo incineré y esparcí sus cenizas en el lago.

—¿Alguien sabe que ella estaba en casa esa noche?

—No, su relación con Frey siempre fue secreta.

—Bien, no eres tan estúpido como pensaba.

Eso me hizo tensarme, la aceptación de Mayne Stein era algo que yo siempre buscaba. Él pasaba algunos meses en casa y otros meses fuera, supuse que desde niño quise llamar su atención durante esos meses que pasaba con nosotros.

—Tu madre no puede enterarse.

Lo sé.

—Ni tampoco Valter y Peerce. —Él se bebió todo su trago y bajó su vaso de golpe en la barra, dejando salir un largo suspiro—. Yo me encargaré de Frey.

—Mamá sospechará si vuelves a intervenir con Frey, sabrá que algo pasó.

—¿Me estás poniendo en duda, Heist? —Él se levantó y puso su mano sobre mi hombro—. Yo, a diferencia de ti y de tu hermano, sé hacer las cosas. —Se inclinó para hablarme al oído—. Y deja de buscar mi aceptación como un niño, es molesto.

Y con eso se fue.

Salí a tomar aire fresco y a fumarme un cigarro, el humo dejando mis labios con lentitud antes de apagarlo y volver dentro del bar. La noche estaba tranquila, no había tantos turistas como de costumbre. Estaba a punto de irme cuando las vi.

Un grupo de tres chicas se adentraban entre la multitud del bar, parecían incómodas, fuera de lugar. También parecían muy jóvenes, sus expresiones atemorizadas despertaron mi curiosidad. Varios chicos se les acercaban agresivamente, pero ellas sacudían la cabeza y seguían caminando.

Le di el último trago a mi cerveza y me puse de pie.

Usé todo mi encanto y mi mejor sonrisa con ellas al hablarles para sacarlas de ese lugar. Se veían demasiado vulnerables ahí, con todos esos chicos listos para ofrecerles bebidas que probablemente venían cargadas de drogas. Los había visto hacerlo varias veces y los había denunciado, pero los bastardos solo pasaban unos días en la cárcel y salían como si nada.

Por eso siempre estuve de acuerdo con mis padres, «las leyes a veces nos fallan».

Las saqué de ese lugar porque no estaban nada cómodas allí y las llevé a un café tranquilo cercano. Ellas se sentaron al otro lado de la mesa.

—Me llamo Heist —les dije, ofreciéndoles mi mano. Ellas me dedicaron una sonrisa tímida antes de presentarse cada una.

—Payton.

—Sophie.

—Jessie.

Les devolví la sonrisa.

—Mucho gusto, chicas.

15

Funeral sombrío

LEIGH

—Frey —pronuncié su nombre con lentitud, luchando por mantenerme calmada. Mantenía una mano detrás de él, contra la manilla de la puerta—, no es gracioso.

Frey bufó antes de estirar sus labios y formar una sonrisa que me sorprendió, nunca lo había visto sonreír así, su rostro se veía muy diferente con una sonrisa divertida, no con una siniestra.

—¿Te he asustado? —Él permanecía ahí, bloqueando la cerrada puerta.

«Tienes que salir de aquí, Leigh.»

—Has dicho que vas a hacerme daño, creo que estar asustada es normal, ¿no?

—¿Y tú eres normal? —Ladeó la cabeza y su sonrisa desapareció.

Esa pregunta me incomodó de muchas formas y por razones que él nunca sabría.

—Claro que soy normal. —Estiré mis manos a ambos lados—. No tengo dos cabezas ni cuatro brazos —bromeé, mi voz quebrándose un poco.

«No le muestres miedo.»

«Los monstruos se alimentan del miedo.»

Mis ojos buscaron el azul de los suyos pero Frey mantenía la mirada en mi cuello, no había contacto visual directo.

«¿Y Frey es un monstruo?»

—Creo que debería irme —le dije, pero no me atreví a dar un paso porque la puerta estaba justo detrás de él. Frey no dijo nada y dio un paso hacia mí, y aunque fue solo uno y la distancia entre nosotros aún era considerable, retrocedí al instante y la parte de atrás de mis rodillas chocó con el borde de la cama, su cama.

«No debería estar aquí.»

¿En qué estaba pensando al meterme en la habitación de un chico del que no sabía nada? Me había vuelto loca.

—Leigh Fleming —susurró, dando otro paso hacia mí. Apreté mis puños a mis costados, inquieta. Ya se había despegado de la puerta, así que podía rodearlo y salir de ahí. Sin embargo, como si él leyera mi mente, habló de nuevo—: Te atraparía antes de que pudieras tocar la puerta.

Y esa sonrisa siniestra que conocía bien volvió a sus labios.

Sentí cada latido acelerado de mi corazón en mi pecho, pero disimulé lo mejor que pude, ¿debería gritar?

—Frey, tengo que irme y... —tragué, levantando mi dedo para señalar la puerta— me iré.

—No.

Él dio otro paso hacia mí y otro más hasta que estuvo demasiado cerca para mi asustado corazón. A diferencia de Heist, que era ridículamente alto, Frey era casi de mi tamaño, solo un poco más alto. Nunca lo había tenido tan cerca, ahora podía ver las ojeras bajo sus ojos y una pequeña cicatriz apenas notable en su mentón.

—¿Por qué me tienes tanto miedo?

—No te tengo miedo —mentí.

—Deberías.

—¿Qué es lo que estás haciendo, Frey? ¿Por qué estás tratando de asustarme? —pregunté al no encontrar nada en su expresión o lenguaje corporal que me dijera que iba a atacarme.

No hubo respuesta durante un rato. Luego habló:

—Tú has venido a mí.

Él alzó su mano y, por un segundo, pensé que tocaría mi rostro, pero la bajó antes de hacerlo.

—Nunca vengas a mí, Leigh.

—¿Me harás daño si lo hago? —recordé sus palabras.

Él asintió y mi estómago se encogió un poco.

—¿Cómo puedes admitir algo como eso? Podría denunciarte a la policía por amenazarme.

—Pero no lo harás.

—¿Por qué no?

—Porque aún no estás segura de la verdad detrás de mis palabras. Puedo estar bromeando, ¿no es así?

—¿Estás bromeando?

Él no dijo nada.

—Eres... muy extraño, Frey Stein.

—«Extraño» no es el adjetivo que usaría.

—¿Cuál usarías? —presioné, indagando.

—Pronto lo descubrirás. —Él se hizo a un lado, ofreciéndome la puerta—. No vuelvas a seguirme, Leigh.

De inmediato, caminé hacia la puerta y la abrí mientras le echaba un vistazo a Frey sobre mi hombro. Él me sonrió y me giré para salir cuando le escuché llamarme.

—¿Leigh?

—¿Sí?

—No estaba bromeando.

Salí de allí lo más rápido que pude. Volví a mi casa para atender a Natalia y lidiar con Heist, intentando olvidar mi extraño encuentro con Frey.

Al día siguiente, el funeral de Jessie fue discreto y lleno de lágrimas silenciosas, la gente del pueblo dolida e incrédula ante otra pérdida. Al final, Natalia se fue con sus padres y Carter se ofreció a llevarme a casa.

—¿Estás bien? —me preguntó, conduciendo su auto de regreso a mi casa. Yo iba en el asiento del copiloto.

—No lo sé.

—Yo aún no puedo creerlo.

—Lo sé, es tan... —No sabía cómo explicarlo.

—¿Extraño? Cosas así no pasaban en Wilson, siento como si estuviéramos en una pesadilla sin poder despertar.

Carter estacionó frente a mi casa.

—Y le doy vueltas, Leigh, y todo esto comenzó desde que llegaron los Stein al pueblo, no puede ser una coincidencia.

—También he pensado en eso, pero la policía ha dicho que las dos primeras muertes son suicidios y lo de Jessie... —Era doloroso decir su nombre.

—Lo sé, no sé qué pasa, pero ten mucho cuidado; sé que tienes que estar cerca de ellos porque los estás ayudando a integrarse en nuestra comunidad, pero mantente alerta.

Carter puso su mano sobre la mía en el portavasos del medio, entre nuestros asientos, y me sonrojé. Sus labios formaron una sonrisa tierna.

—Cuídate mucho, ¿sí?

Asentí.

Él levantó mi mano, besó la parte de atrás de la misma y dejé de respirar por un segundo.

—Descansa, Leigh.

—Tú también.

Me bajé de su auto, sintiéndome mal por sentir todo eso con Carter cuando acababa de llegar de un funeral. Caminé a la entrada de mi casa, mis ojos sobre el suelo, repasando cada mirada, cada palabra de Carter.

—¿Sin beso de despedida? —La voz de Heist me hizo saltar del susto.

Y cuando levanté la mirada, ahí estaba, sentado en los escalones del porche de mi casa, vestido con un traje, todo de negro, y su cabello peinado hacia atrás de manera elegante, haciéndole parecer mayor.

—¿Qué haces aquí?

—¿Cómo está Natalia?

—Devastada —fui honesta—. ¿Por qué no has ido al funeral?

—Sus padres.

Claro, olvidé que Heist o cualquier Stein no era bien recibido por los padres de Natalia. ¿Cuánto tiempo había estado Heist esperando ahí fuera con ese frío?

Mi lado cortés salió a la luz.

—¿Quieres pasar a tomar un té? —Mamá aún tardaría en volver del funeral, estaba dándole apoyo a la madre de Jessie.

—De acuerdo.

Le abrí la puerta y ambos caminamos hacia la cocina. Heist se sentó a un lado de la isla central de la cocina mientras yo preparaba el té. Me recordó a aquella noche que me hizo chocolate caliente, la situación era opuesta ahora. Aunque habíamos pasado días sin interactuar directamente de esa forma, el ambiente era cómodo; era como si ya estuviéramos acostumbrados a la presencia del otro.

Cuando me giré hacia él, Heist me observaba con mucha intensidad al hablar.

—Te preguntaría cómo estás, pero después de esa escena en el auto creo que sobrevivirás.

Me aclaré la garganta, luchando con el calor en mis mejillas.

—Es de mala educación espiar a los demás.

Heist chasqueó la lengua.

—Mala educación fue la que tú tuviste para tener unos estándares tan bajos con los chicos.

—¿Disculpa? Primero que...

—Ya, ya, lo siento, no quise insultar a tu príncipe perfecto, que el Altísimo no permita que me burle del estilo de la época pasada que tiene.

—No menciones el Altísimo en vano, ni mucho menos para burlarte, Heist —le advertí con rabia.

Heist sonrió.

—Ahí esta —dijo él victorioso, señalándome con el dedo—, ese brillo en tus ojos. Cuando lo miras a él, tu mirada es aburrida y simple, pero cuando me miras a mí, brillan y están cargados de muchas emociones. ¿Por qué crees que eso pasa, Leigh? —Él se levantó y rodeó la isla de la cocina hasta quedar frente a mí. Mis ojos se posaron sobre su pecho y la elegancia de su traje—. ¿Es que acaso te sientes atraída hacia mí?

—¿Qué? —Bufé—. Ahora sí has perdido la cabeza.

Empujé su pecho con ambas manos para alejarlo, pero Heist agarró mis muñecas. Noté sus palmas cálidas contra mi piel y luché por soltarme.

—Suéltame, Heist.

Sus labios se movieron lentamente enunciando cada palabra.

—¿Por qué no me miras, Leigh?

—¡Que me sueltes! —alcé la voz, tirando de mis muñecas para liberarlas sin éxito. Heist me arrinconó contra la isla, aún sosteniéndome, con un agarre firme pero sorprendentemente gentil.

—¿Qué te pasa?

—Mírame a los ojos, Leigh, y dime que no te sientes atraída hacia mí en lo más mínimo.

—Estás loco.

—Mírame.

Lo miré a los ojos, ese azul grisáceo que ya conocía tan bien. Su atractivo rostro a escasos centímetros del mío.

—No me siento atraída hacia ti en absoluto —le dije claramente.

—Estás mintiendo.

—No esperaba que fueras el tipo de chico que no toma un «no» por respuesta.

Heist dio un paso atrás, liberándome.

—Acabas de volver esto aún más interesante, Leigh.

—¿Porque he dicho que no me atraes? —pregunté incrédula—. Estás saliendo con Natalia, ni siquiera deberíamos estar teniendo esta conversación.

Heist se recostó de lado contra la isla, cruzando los brazos sobre su pecho.

—Oh, es eso. ¿Natalia? ¿Lealtad a tu amiga? Eso es lo que te hace negar que me encuentras atractivo.

—No, simplemente —me encogí de hombros—, no me resultas atractivo.

—¿Sabes que cuando dices mentiras te agarras de tu ropa nerviosamente?

Bajé la mirada para confirmar que mis manos apretaban la tela de mi camisa y la solté de inmediato.

—¿Sabes que puedes ser increíblemente molesto cuando te lo propones?

—Y también que respondes una pregunta con otra cuando te sientes descubierta.

Silencio.

Esos ojos analizadores sobre mí, «¿Qué es lo que buscas, Heist?».

Le pasé su taza de té y él la tomó volviendo a sentarse del otro lado. Lo agradecí porque Heist era alguien a quien debía mantener a distancia. Tomé un sorbo de mi té.

—Tres suicidios —Heist meneó la cabeza—, trágico, ¿no?

Entorné los ojos antes de darle una respuesta.

—Sí, más que trágico diría que sospechoso.

—Oh. —Heist bajó su taza, poniéndola sobre la isla, como si se pusiera cómodo para escuchar—. ¿Sospechoso? ¿De qué forma, Leigh?

Me lamí los labios, no estaba segura de qué decirle pero decidí tantearlo un poco. No sabía qué era lo que él tenía que me hacía sacar mi lado valiente y directo.

—No lo sé —me encogí de hombros—, pongámoslo de esta forma: había una vez un pueblo tranquilo donde la mayor novedad era a quién le tocaba la cena con la familia líder cada semana, sin desapariciones, ni muertes, todo fluyendo a la perfección como siempre.

Los labios de Heist se curvaron en una sonrisa cínica.

—Por favor, continúa, estoy curioso por conocer el desenlace.

Su desdén me motivó a seguir sin miedo:

—Hasta que un día una familia se mudó a dicho pueblo. Ellos no respetaban las costumbres de la comunidad y causaron todo un revuelo. Luego, por alguna razón, de repente decidieron adaptarse, un cambio de actitud repentino, ¿extraño, no?, y de pronto, un suicidio se convirtió en dos y luego un tercero, como si la muerte fuera la compañía oculta de esa familia, como si hubieran traído con ellos un ángel de la muerte invisible o, tal vez, un ángel de la muerte que reside en uno de ellos.

Me habría gustado decir que la sonrisa de Heist desapareció, que algo en su expresión divertida cambió. ¡Por el Altísimo, acababa de decirle que sospechaba de su familia! Pero no fue así, su sonrisa creció.

—Vaya, muy entretenida tu historia. —Se inclinó hacia delante, sus manos unidas sobre la isla—. ¿Qué pasaría si ese ángel de la muerte estuviera frente a ti?

Tragué con dificultad sin despegar mis ojos de los suyos.

—Le haría pagar muy caro si ha tenido algo que ver con esos suicidios.

—¿Qué te hace pensar que llegarías a tan siquiera tocarlo sin resultar muerta en el intento?

—Porque soy la única que puede verlo, que sabe lo peligroso que es, que no se cree del todo que esas muertes fueron solo suicidios.

—¿Y eso no te hace la candidata perfecta para morir? Ya sabes, si eres la única con estas ideas, lo ideal sería acabar contigo, ¿no?

—¿Me estás amenazando, Heist?

—¿Yo? —Bufó—. No, solo estoy ayudándote con tu historia, soy inofensivo.

—No te creo.

—Lo prometo. —Se puso la mano en el pecho—. Solo creo que es muy arrogante por tu parte asumir que no serías otra muerte más del montón si metes tu nariz donde no debes.

—¿Estás admitiendo que no fueron suicidios?

—No, solo estoy siguiendo el hilo de tu historia, Leigh, sentido común. Hipotéticamente hablando, si yo fuera ese ángel de la muerte que dices y tú fueras la única que puede verme, ¿no sería lógico eliminarte?

Mi corazón se aceleró ligeramente por el miedo, pero no dejé que me asustara. Heist nunca me había asustado y no dejaría que me afectara de esa forma ahora.

—Esta historia te ha interesado mucho más de lo que pensé.

—¿Qué puedo decir? Me gustan los finales trágicos.

—¿Por qué? ¿Porque tú los causas?

Las palabras dejaron mis labios antes de que pudiera controlarlas.

—¿Me estás acusando de algo, Leigh?

—¿Y tú me estabas amenazando, Heist?

—Creo que solo hablábamos de la historia, ¿no?

—Eso creo.

—¿Sabes? Esto de las historias me gusta, creo que quiero contar una ahora.

Me tensé y solo pude observarlo.

—Había una vez una chica que vivía en un pueblo bastante cerrado por su religión, una chica cuya perfección podría hacer envidiar a cualquiera. Sin embargo, detrás de esa fachada ella ocultaba muchas cosas, invisibles y poco notables para muchos. —Apreté mis manos a mis costados—. Ella buscaba explicaciones y respuestas, acusando a otros como mecanismo de defensa, como un escudo para que nadie indagara sobre ella. Lo que olvidó es que si, como decía, ella podía ver a ese ángel de la muerte, eso quería decir que él la podía ver a ella también y al verla *realmente*, podía ver que ocultaba cosas con mucha facilidad.

—Qué creativo.

Heist me sonrió.

—Algunas personas suelen olvidar que si puedes ver a un monstruo, puede que este también pueda verte a ti.

No sabía qué decir. No había forma de que él supiera nada de mí, ¿o sí? No, nadie lo sabía y yo jamás había dejado evidencia alguna. Él era nuevo en el pueblo, no podía saber nada.

—Ahora tengo curiosidad, prometiste integrarnos en la iglesia y no has vuelto a ir con nosotros, ¿nos estás evitando, Leigh? ¿Acaso te crees esta historia que me acabas de contar?

—Tal vez.

—Creo que tienes problemas para separar la ficción de la realidad; solo es una coincidencia todo lo que ha pasado.

«No te creo.»

—Claro —repliqué porque sabía que él jamás admitiría nada. Además no podía evitar sentirme un poco mal por decir todo eso; la policía había declarado dos suicidios y yo misma había presenciado el tercero, entonces ¿por qué dudaba tanto de los Stein?

Heist se puso de pie.

—Esto ha sido más entretenido de lo que esperaba, pero debo irme —me informó, rodeando la isla de la cocina.

Se acercó a mí nuevamente, con un movimiento tan inesperado que apenas me dio tiempo de retroceder un poco. Sus ojos buscaron los míos.

—¿Puedo confesarte algo, Leigh? —Su voz había dejado ese tono burlón para volverse suave.

—¿Qué?

La parte de atrás de su mano acarició mi mejilla con gentileza, paralizándome porque no me lo esperaba. Lentamente deslizó su mano por mi mejilla y la bajó hasta tomar mi mentón, su pulgar rozó mi labio inferior en una caricia demasiado íntima que me cortó la respiración, mis labios abriéndose ligeramente.

—Yo sí me siento atraído por ti, Leigh. —Sonrió para sí mismo—. Y no tienes idea de lo peligroso que eso es para ti.

Y tras decir eso, se dio la vuelta y se fue, dejándome sin palabras en medio de mi cocina, con la sensación cálida de su mano sobre mi rostro.

16

Ceremonia impecable

LEIGH

—¡Nuestro Altísimo está enaltecido el día de hoy! —exclamó nuestro líder ante toda la congregación en nuestra iglesia.

Yo estaba de pie a su lado y todos vestían de blanco en esa ocasión especial: mi cumpleaños número dieciocho. En primera fila estaba la familia líder: la señora Philips con un vestido blanco que le llegaba a sus talones, sus hijas vestidas de manera similar y Carter llevaba puesto un traje blanco muy bonito.

Unas filas más atrás estaban los Stein: la señora Stein con su cabello sujeto en una coleta alta, su rostro expuesto por completo y un labial de un color rosa pálido, a diferencia del usual rojo. Ella de verdad estaba poniendo empeño para adaptarse a nuestras costumbres y reglas: nada de labiales oscuros o maquillajes llamativos en nuestras congregaciones.

Valter Stein estaba a su lado con un traje blanco, el cabello negro peinado hacia atrás y una expresión tranquila. Kaia llevaba puesto un vestido blanco que le llegaba a las rodillas y una chaqueta muy elegante del mismo color y tela. Su cabello corto, colocado detrás de sus orejas, revelaba aún más lo perfilado de su rostro.

Frey iba con unos pantalones negros y una camisa blanca abotonada hasta arriba, lo que le daba un aire del estilo de Carter o de la mayoría de los chicos de la iglesia. Pero aunque usara las camisas de la misma forma, Frey no encajaba con los demás chicos, él simplemente tenía algo que lo hacía resaltar, no sabía si era su personalidad, su silencio o su actitud. O tal vez era todo eso junto.

«Nunca vengas a mí, Leigh.»

El recuerdo de esos ojos azules indagando en los míos vino a mi mente. Su rostro cerca del mío, la pequeña cicatriz en su mentón. Algo me decía que tenía que hacer caso de sus palabras y mantener la distancia.

Mis ojos se desviaron hacia el otro lado de la congregación, donde estaba Heist. Llevaba la misma combinación de pantalones negros y camisa blanca que su hermano, pero los primeros botones de su camisa estaban desabotonados, lo que le daba un aspecto casual y despreocupado. Su cabello rubio caía de forma desordenada alrededor de su cara y me habría gustado decir que su estilo le quedaba mal, pero no era el caso. Heist Stein se veía bien todo el tiempo.

«Yo sí me siento atraído por ti, Leigh.»

Decidí olvidar esas palabras, bloquearlas y actuar como si nunca hubieran dejado sus labios. ¿Por qué? Por la chica que estaba a su lado, mirándolo como si él fuera la persona más importante de su vida: Natalia.

Ella y yo nos habíamos acercado de nuevo después de lo que pasó con Jessie. Natalia necesitaba todo el apoyo posible y yo se lo daría; aunque las cosas entre nosotras no fueran las mismas, íbamos por buen camino para retomar nuestra amistad. No permitiría que eso se arruinara por un chico, no cometería el mismo error dos veces y mucho menos por Heist, que me daba tan mala espina.

¿Qué clase de chico me decía que se sentía atraído por mí cuando claramente estaba saliendo con mi amiga? ¿Acaso no tenía ningún tipo de conciencia, de respeto por los sentimientos de Natalia?

«No los tiene.»

Mi mente como siempre me daba las respuestas que yo quería escuchar. Además, Heist me había amenazado, no podía olvidar lo que había dicho después de que me dijera que se sentía atraído hacia mí.

«Y no tienes idea de lo peligroso que es eso para ti.»

Si de algo estaba segura era de que Frey y Heist eran peligrosos, ambos de maneras diferentes, pero lo eran. Y yo tenía que mantenerme alejada de ellos, no dejarme llevar por mi curiosidad o mis ganas de descubrir si esos suicidios no eran lo que parecían.

Sin embargo, la imagen de Jessie saltando al vacío, sus ojos sobre alguien en la multitud del instituto y su voz susurrando «Él...» aún me atormentaba y me mantenía ahí, queriendo investigar más, porque si alguien estaba involucrado con todo lo que había pasado tenía que pagar por ello. Si alguien había obligado a Jessie a saltar...

—¿Leigh? —La voz de nuestro líder me trajo de vuelta a la realidad y me di cuenta de que todos me estaban mirando, esperando para culminar la ceremonia.

«Pero ¿qué estoy pensando en el día de mi cumpleaños?»

Bajé la cabeza en señal de respeto antes de recitar las palabras:

—Hoy con mi corazón lleno humildad, con fe en mis creencias y mi capacidad, creyendo en su misericordia y toda su bondad, al Altísimo he de servir por toda la eternidad.

—¡Que así sea! —gritó mi líder, animando a todo el mundo.

—¡Que así sea! —repitieron todos y yo les sonreí.

Al terminar la ceremonia, las Iluminadas fueron las primeras en acercarse a mí para felicitarme y abrazarme. Luego mi madre me dio un abrazo fuerte, separándose solo para besar mi frente y decirme lo orgullosa que estaba de mí. La gente hizo fila para darme sus bendiciones y felicitarme.

—Estoy muy orgullosa de ti —susurró Mary en mi oído al abrazarme. Cuando se separó, se hizo a un lado para que la persona que estaba detrás de ella avanzara.

Mi sonrisa se desvaneció cuando mis ojos se encontraron con esos ojos negros que torturaban mis pensamientos frecuentemente.

Rhett.

Él me sonrió, no llevaba puestos sus piercings, los minúsculos agujeros apenas eran visibles, e iba de blanco como todo el mundo. Su camisa blanca de manga larga cubría sus tatuajes, el único visible era el que tenía en el cuello. Hasta parecía un buen chico vestido así. Me sorprendió verlo allí. Rhett y su familia se habían alejado de la iglesia antes de que él y su hermana se fueran seis meses atrás a hacer ese curso.

Rhett pasó sus manos a los lados de mi cintura y me abrazó, obligándome a subir mis brazos alrededor de su cuello, creando un abrazo demasiado íntimo delante de tanta gente. Su familiar olor a colonia suave llegó a mi nariz y mi corazón se aceleró, martilleando en mi pecho al disfrutar de aquello.

—Te lo mereces —me dijo al oído—, me alegra que estés logrando todo lo que siempre soñaste.

Mi pecho se encogió ante la sinceridad de sus palabras.

Él se separó, pero se quedó muy cerca de mí, su voz un susurro para que nadie más escuchara.

—Ojalá yo pudiera ser parte de tus sueños para que lucharas por mí con la misma ferocidad y dedicación.

La tristeza en su voz no me pasó desapercibida y por un momento quise volver a abrazarlo, así que apreté mis manos para contenerme. Carter venía detrás de él, por lo que con mi mejor sonrisa fingida hablé en un tono alto para que Carter lo escuchara.

—Muchas gracias por tus felicitaciones, Rhett. Me alegra verte de nuevo en la iglesia, que el Altísimo esté contigo. —Rhett arrugó sus cejas y torció sus labios antes de responderme.

—Que así sea, líder de luz. —Y se dio la vuelta para irse, dejándome frente a Carter.

Este puso sus brazos alrededor de los míos en un abrazo que no me permitía levantar los míos para devolvérselo. No fue un abrazo cómodo ni íntimo. Lo sentí mecánico y extraño. Odiaba compararlo con Rhett, pero mi mente lo hacía sin mi consentimiento.

«Acaban de comenzar a salir, Leigh, toda esta incomodidad desaparecerá finalmente.»

Pero mis primeros abrazos con Rhett no los sentí así.

Basta.

Era un día de celebración dedicado al Altísimo, a mi comienzo como líder de las Iluminadas, a mis primeros pasos en un camino recto y perfecto al lado de Carter, de las Iluminadas y del Altísimo. Rhett no podía distraerme, no ahora, que estaba exactamente donde quería.

Natalia venía después de Carter y me dio un abrazo fuerte y lleno de cariño. Al separarse me sonrió abiertamente.

—¡Felicidades! Aunque no me sorprende, creo que no hay nadie más indicada para ser la líder de las Iluminadas que tú.

—¿Eso quiere decir que volverás a unirte?

Ella meneó la cabeza.

—No, pero lo pensaré por ti.

Natalia estaba asistiendo a la iglesia más a menudo, pero aún no formaba parte de ningún grupo y no quería presionarla y alejarla. Ella tomaría la decisión si así lo quería.

Se hizo a un lado, revelando al chico alto que iba detrás de ella. Heist dio un paso hacia mí, con esa sonrisa encantadora que siempre me parecía tan falsa.

—Felicidades, líder de luz. —Ese desdén en su tono, en su expresión, me irritaba tanto...

Era como si él portara una máscara todo el tiempo y yo sintiera la necesidad de arrancársela.

—Muchas gracias, Heist. —Le devolví esa sonrisa falsa y él lo notó porque sus ojos brillaron con diversión; era como si nuestras miradas tuvieran una conversación secreta.

«¿Me estás imitando, Leigh?»

«¿Me estás retando, Heist?»

Natalia se aclaró la garganta y aparté la mirada de su novio al darme cuenta de que nos habíamos quedado unos cuantos segundos mirándonos a los ojos.

—¿Qué vamos a hacer para celebrar tu cumpleaños? ¿Tienes planes? —Natalia me preguntó emocionada. Planear salidas y cosas divertidas era algo que a ella le encantaba.

—La verdad es que no, después de la ceremonia mamá dijo que podía ir por un helado o lo que quisiera. —En nuestra religión no se celebraba con pastel ni nada de eso, nuestros cumpleaños eran celebrados en la iglesia y eso era todo. La mayoría de los jóvenes iban al restaurante del pueblo o al parque para charlar y celebrarlo después de las ceremonias de cumpleaños.

—¡Genial! ¿Quieres ir al parque al atardecer? Puedo correr la voz a todos los jóvenes de la iglesia.

El parque quedaba un poco apartado, en una colina con vista al pueblo entero que se veía precioso al atardecer. Natalia estaba tan emocionada que no pude decirle que no.

Mamá no dudó al darme permiso con la promesa de que volvería a casa antes de las once de la noche. Sabía que estaba siendo permisiva porque era mi cumpleaños. Eso sí, no me dio permiso sin antes soltarme la larga charla de que no cayera en ningún tipo de conversación o juego de Halloween.

Así es, mi cumpleaños era el 31 de octubre, el famoso día donde en otros lugares en el mundo celebraban la pagana tradición de Halloween, pero no en nuestro pueblo.

Jamás en nuestro pueblo.

17

Palabras acertadas

LEIGH

Después de salir de la iglesia, fui a casa a cambiarme y ponerme unos vaqueros, unas botas y un suéter. Carter pasó a buscarme para llevarme al parque. Y ahí estaba ahora, sentada en una roca frente a la vista del pueblo, regocijándome en el atardecer.

Precioso.

La ceremonia había salido bien, no había hecho el ridículo frente a todos, ya me había librado de ese estrés y ahora solo me quedaba una sensación de paz y metas cumplidas que me permitía sonreír para mí misma frente a la vista del pequeño pueblo que tanto amaba.

Natalia se sentó a mi lado, pasándome una Coca-Cola de sabor a fresa en una lata bien fría.

—Gracias —le dije honestamente ante el hecho de que ella recordara que ese era mi sabor favorito. Ella y Heist habían traído bebidas en una refrigeradora portátil con mucho hielo.

—Es hermoso, ¿no es así? —murmuró Natalia, con la vista puesta sobre las montañas en la distancia del pueblo, las pequeñas luces de las casas y negocios comenzando a brillar ante la inminente próxima oscuridad. El cielo ya se estaba volviendo gris, destellos naranjas, amarillos y rosas desvaneciéndose con el sol.

—Lo es.

Natalia echó su cabello ondulado detrás de sus hombros antes de destapar su lata de Pepsi y ofrecérmela para chocarla con la mía, en un brindis.

—Feliz cumpleaños, Leigh.

—Gracias.

Chocamos nuestras latas para tomar un sorbo, me la quedé mirando con una sonrisa porque la había extrañado tanto...

—Yo también te he echado de menos, Leigh —me comentó, mirándome. Me gustaba cuando parecía saber lo que pensaba, era como si nuestra conexión, nuestra amistad, nunca se hubiera roto.

Nos sonreímos como tontas, la luz del atardecer contrastaba contra su piel morena. Natalia definitivamente era una de las chicas más bonitas del pueblo. Supuse que tenía sentido que un chico tan atractivo como Heist saliera con ella, eran el uno para el otro.

Igual que Carter y yo éramos perfectos juntos, ellos también lo eran. Las cosas funcionaban y parecían ser correctas de esa forma, así era como debía ser todo.

Cada uno de nosotros estaba con quien debía estar.

Sentí una mirada sobre mí y eché un vistazo detrás de nosotras. Heist estaba sentado en un tronco con Frey, de pie a su lado. Ambos me estaban mirando, así que volví a mirar al frente, tomando un sorbo rápido de mi Coca-Cola.

De alguna forma, había llamado la atención de los hermanos Stein ya fuera con mi curiosidad o mis acusaciones sin pruebas, pero sabía que eso no era bueno, nada bueno.

—Leigh. —La voz de Anesha resonó a mi lado y me giré para verla junto a Jaeda, Rina y Lyna, el grupo principal de las Iluminadas, parte de las chicas que debía liderar. Ellas ni siquiera miraron a Natalia, hablaron como si ella no estuviera ahí, aún resentidas por su partida hacía un año—. Esta ha sido una idea maravillosa, pero las chicas y yo nos retiraremos.

—¿Tan rápido? —pregunté. Me contuve las ganas de decir que acabábamos de llegar.

—Sí —respondió Jaeda—, no nos parece apropiado celebrarlo de esta forma después de la partida de Jessie.

Natalia se tensó, bajando la mirada.

—Aunque no asistiera a la iglesia, la queríamos mucho —agregó Rina— y respetamos su alma.

Lyna nos sonrió, con sus ojos clavados sobre Natalia, quien tenía los puños apretados sobre su regazo.

—Supongo que a la persona que organizó todo esto no le importaba mucho Jessie. —Lyna se encogió de hombros.

De golpe, me puse de pie, sorprendiéndolas.

—¿Cómo se atreven? —Mi voz había dejado ese tono pasivo y tranquilo para volverse fría—. ¿Cómo se atreven a hacer sentir mal a alguien que finalmente ha vuelto a asistir a nuestra iglesia? ¿Y frente a su líder? ¿No tienen ningún tipo de respeto por nuestro Altísimo y sus palabras de aceptación y regocijo cuando alguien decide volver a nuestra congregación?

—Leigh...

—No —las interrumpí—, ahora mismo están dando un mal ejemplo con sus palabras y actitudes condescendientes y malintencionadas. Ustedes como Iluminadas deberían dar un buen ejemplo; de hecho, el mejor de los ejemplos. ¿O es que estar unas semanas sin líder les ha hecho olvidar las creencias por las que nos regimos?

—No —se apresuró a responder Jaeda—. Nuestras más sinceras disculpas. —Bajó la cabeza y luego miró a Natalia a mi lado—. Lo siento, Natalia. Nos dolió mucho cuando dejaste el grupo hace un año, así que lo hemos exteriorizado de la peor manera hoy. No hemos sabido manejarlo bajo las creencias del Altísimo.

—Está bien —les aseguró Natalia—, no pasa nada.

Después de disculparse, todas comenzaron a alejarse. Estaba viendo cómo se marchaban cuando mi mirada se encontró con la de Heist, quien me observaba con una ceja levantada como si con su expresión me dijera «Tienes carácter, ¿eh?». Dejé de mirarlo de inmediato.

A su alrededor ya había más gente que hacía un rato; al parecer, todos los jóvenes de la iglesia habían venido. No los culpaba, no había mucho que hacer en el pueblo. Natalia se puso de pie.

—Iré a saludar a Cindy —me comentó antes de desaparecer. Natalia era cercana a Cindy, la hermana de Rhett, antes de que ellos se fueran a hacer ese curso. Eran el grupo de los desterrados como Mary los llamaba dramáticamente.

Al quedarme sola, busqué entre la gente a Carter; no tenía ni idea de dónde se había metido. Pasé por el lado de Heist y Frey como si no estuvieran ahí.

Las luces naranjas del parque se encendieron automáticamente ante la oscuridad que el sol dejó atrás al desaparecer por completo. Pasé al lado de un grupo de chicos que me saludaron cordialmente y entonces lo vi. Mi estómago se encogió al ver a Carter conversando animadamente con Kaia al lado de un árbol, apartados de los demás. Ella le sonreía y él se la quedaba mirando embobado.

Di un paso hacia ellos, pero una mano tomó la mía y me hizo girar, quedando frente a la persona que estaba detrás de mí: Heist.

—Una escena de celos es de mal gusto y te haría parecer insegura.

Mis ojos bajaron a nuestras manos unidas y se me acortó la respiración; la suave piel de su palma y su calor me hacían sentir demasiado cómoda para mi gusto. Heist me apartó de los demás y nos quedamos detrás de un árbol, a un lado del parque. ¿Qué planeaba? Como si nada, siguió hablando:

—Además te aseguro que Kaia no está interesada.

—No estoy celosa.

—Lo que no puedo asegurar es que él no lo esté. —Heist me dedicó esa sonrisa burlona que me molestaba tanto y de un tirón arranqué mi mano de la suya.

—Creo que te entretiene demasiado meterte en la vida de los demás.

—Eso no es cierto, Leigh. —Dio un paso hacia mí—. Me entretiene meterme en tu vida.

—Oh, qué afortunada soy. —La amargura en mi voz no era tan obvia como mi sarcasmo.

—Ah, no puedo negar que disfruto al ver lo nerviosa y grosera que te pones conmigo —admitió, pasándose la mano por detrás del cuello—, en especial porque sé que no eres así con todo el mundo.

—¿Crees que eso es algo de lo que deberías estar orgulloso? ¿O es que eres el tipo de chico que le gusta que lo traten mal?

—¿Y tú eres el tipo de chica que trata mal al chico que le gusta? —Apreté mis labios.

—Pensé que lo de responder una pregunta con otra era lo mío.

—Lo es, cuando te sientes descubierta.

—Entonces, te has sentido descubierto, ¿eh? ¿Te gusta que te traten mal?

Heist se inclinó sobre mí, su rostro a escasos centímetros del mío.

—Me gusta que tú me trates mal.

Tragué con dificultad y di un paso atrás, él se enderezó con esa sonrisa en sus carnosos labios y metió las manos en los bolsillos de sus pantalones.

—Estás loco, Heist Stein.

—*Fuchsteufelswild* —respondió con esa palabra como lo había hecho aquel día en el cementerio y noté que su voz se volvía más ronca cuando hablaba en alemán.

Heist se acercó a mí de nuevo, obligándome a retroceder hasta que mi espalda chocó con el árbol detrás de mí.

—Heist. —Puse mis manos sobre su pecho deteniéndolo. Mis ojos se encontraron con los suyos y su intensidad aceleró mi corazón. Apreté los puños sobre su pecho.

—Me entretiene ver la capacidad con la que te niegas a ti misma lo que sientes.

—No sé de qué estás hablando.

Él envolvió con sus manos las mías y las apretó contra su pecho.

—Pero la negación es algo que se te da muy bien, ¿no, Leigh? —Su voz se tornó suave y persuasiva—. Es una habilidad que tuviste que adquirir al criarte en este lugar, imagino.

Traté de bajar mis manos, pero él las apretó aún más contra su pecho. Su rostro estaba tan cerca del mío que ya nuestras respiraciones se mezclaban.

—Porque admitir que sientes cosas que no debes es ir contra las reglas, ¿no? Puedo imaginar cuántas veces te has frenado o has negado alguna emoción. —Tragué, sus ojos bajando a mis labios por un segundo antes de volver a encontrarse con los míos—. Una persona que es experta en fingir puede reconocer a otra con mucha facilidad, ¿por eso puedes verme, Leigh? ¿Por eso puedes ver al verdadero yo?

Mis labios se abrieron lentamente porque, aunque sus palabras eran extrañas, las entendía y sabía a lo que se refería. Yo parecía ser la única que no caía en esa imagen encantadora y perfecta que Heist transmitía; me parecía falsa y vacía.

Y entonces toda expresión de burla o encanto dejó su rostro, sus ojos se entornaron un poco y sus labios formaron una línea seria. Apretó su mandíbula y todo en su lenguaje corporal gritaba peligro, era como si lo estuviera viendo por primera vez.

—¿Quién eres realmente, Heist? —La pregunta dejó mis labios, mi voz nerviosa y entre respiraciones agitadas.

—Creo que ya lo sabes. —Incluso su voz había abandonado ese tono de burla, era fría y seria.

—Eres peligroso.

—Sí.

—Debería alejarme de ti.

—Sí.

—Pero no lo haré.

—No.

—¿Por qué no? —pregunté, aunque yo debería preguntarme eso a mí misma, no a él. No sabía qué estábamos haciendo, pero era como si estuviéramos en un trance donde él y yo estuviéramos mostrando nuestros verdaderos colores.

—Porque somos iguales, Leigh, y podemos vernos realmente. Cuando alguien experto en fingir encuentra a otro con la misma habilidad, es un respiro de aire fresco, ¿no es así? Alguien con quien puedes ser tú mismo sin frenos, sin negaciones.

—No soy como tú.

Heist se acercó aún más, su nariz rozando la mía, y dejé de respirar, casi perdiéndome en esos ojos fascinantes que tenía. Un poco más y sus labios tocarían los míos.

—Lo sé, en el mundo de las mentiras, yo soy el rey. —Se detuvo un momento antes de seguir hablando—: Pero tú eres una reina disfrazada de súbdita común. Creo que eso te hace más peligrosa.

—¿Yo? Soy inofensiva.

Usé las mismas palabras que él me había dicho hacía unos días. Heist soltó mis manos sobre su pecho y cayeron a mis costados. Se separó de mí ligeramente, pero su rostro aún estaba cerca del mío. Él enroscó su mano alrededor de mi cuello, presionándome contra el árbol, su pulgar sobre mi pulso.

—¿Quién eres, Leigh?

Una sonrisa burlona se formó en mis labios, tan igual a la de él. Me gustaba usar sus palabras y sus expresiones contra él.

—Creo que ya lo sabes.

—¿Crees que puedes imitarme?

—¿Crees que puedes asustarme?

Heist no pudo evitar la sonrisa que rompió su semblante serio, sin embargo, esa no era una sonrisa falsa, era genuina y le quedaba tan bien que sentí la necesidad de estampar mis labios contra los suyos, pero me contuve.

«No puedes desear a un monstruo, Leigh.»

—¿Quién ha dicho que quiero asustarte? —me preguntó, su mano cerrándose alrededor de mi cuello ligeramente. Pero, por alguna razón, no estaba nada asustada, me había vuelto tan loca como él—. Quiero hacerte muchas cosas, pero asustarte no es una de ellas.

Un calor invadió todo mi cuerpo, extendiéndose por cada nervio, asentándose en la parte baja de mi estómago. Sabía que necesitaba salir de ahí y alejarme de él, pero mi cuerpo no me respondía. Mi mirada se posó sobre sus labios y fue un grave error. Heist los mojó con su lengua antes de morder su labio inferior.

—Quiero escucharte negar lo que sientes, Leigh —me dijo, dejando de morder su labio—. Dime que no quieres que te bese ahora mismo.

—No... —mi voz dudó y me aclaré la garganta, sin dejar de mirarlo a los ojos—, no quiero que me beses, ni ahora ni nunca.

—¿Quién te enseñó a mentir tan bien? Pocas personas pueden mentir mirando a los ojos.

Enrosqué mi mano alrededor de su muñeca, obligándolo a liberar mi cuello y recuperé un poco de mi cordura.

—No es mi culpa que no puedas aceptar que no eres irresistible para mí.

—¿Oh? —Su expresión juguetona volvió a su rostro.

—Debería irme —dije porque ya podía sentir el corazón en mi garganta, necesitaba alejarme de él. Rodeé el árbol y comencé a caminar, pero él me siguió, sin dejar de hablar.

—Leigh. —Me detuve y me giré hacia él, impaciente.

—¿Qué?

Heist volvió a meter las manos en los bolsillos de sus pantalones casualmente.

—No puedo evitar preguntarme por qué no soy irresistible para ti como tanto aseguras.

Arrugué mis cejas y Heist se detuvo frente a mí, sonriendo con malicia.

—Supongo que es porque no tengo tatuajes o piercings.

Mi mundo se detuvo ahí mismo, mi boca abriéndose en obvia sorpresa.

Él se inclinó hacia mí, su voz era un susurro en mi oído.

—Creo que ese es tu tipo de chico, ¿no?

Estaba muda, paralizada, él no podía estar hablando de Rhett, él... no había forma de que él supiera nada de Rhett.

Heist se enderezó, la victoria clara en sus ojos y en esa estúpida sonrisa.

—Ah, Leigh, estoy en la misma encrucijada que aquel día del cementerio —me dijo al pasar por mi lado—, aún no sé si liberarte o destruirte.

Y se alejó, dejándome fría en medio del parque, el día de mi cumpleaños, un cumpleaños que nunca olvidaría gracias a Heist Stein.

18

Juegos retorcidos

Asesinar ya me aburría.

Al principio, la emoción y la adrenalina por terminar una vida eran suficientes para mí, me llenaba, me excitaba, me daba ese golpe de energía que necesitaba, pero llegó un punto donde hasta eso me aburrió. Todos suplicaban, morían y sangraban de la misma forma, sus expresiones de miedo tan parecidas que ya no sentía nada al causarlas.

Necesitaba algo más.

Y por un momento pensé que mis días sangrientos llegarían a su fin, que ya nada me llenaría, que viviría mi vida vacía sin adrenalina hasta que me di cuenta de que me entretenía mucho más la tortura, jugar con mis víctimas, incrustarme en sus mentes como un puto parásito que destruye todo a su paso.

Ese proceso lento, doloroso, era tan entretenido que dudaba que algún día me aburriera.

Esa era mi fuente eterna de adrenalina: su sufrimiento, verlos quebrarse frente a mí hasta que solo quedaba lo más frágil, lo más puro de sus seres. Aunque la muerte seguía siendo mi compañera, eran los momentos que llevaban a ella lo que me motivaba a seguir siendo lo que era: un autoproclamado ángel de la muerte. Era superior a ellos después de todo.

Exhalé el humo de mi cigarro lentamente, estaba sentado en una silla, inclinado hacia atrás, mis ojos clavados en el techo. Ahogándome en el recuerdo satisfactorio de hacía unos días.

Jessie.

Una sonrisa victoriosa se desplegó en mis labios al recordar su mirada desde allá arriba, desde la altura de la azotea del instituto. Por un segundo, ella había dudado, había considerado no hacerlo, pero le bastó con encontrarme entre la multitud para estar segura de saltar. Tenía que saltar.

Estar ahí de pie en medio de la gente, a plena luz del día, expuesto, fue alucinante, increíble, solo de recordarlo me daban escalofríos de emoción. Y que ella no pudiera decir nada, que yo estuviera controlándola como una estúpida marioneta humana, había sido lo mejor que había hecho hasta ese momento. Me había superado a mí mismo esa vez. Tanto lo había disfrutado que ese golpe de emoción me había durado un par de semanas, me había quedado tranquilo, pero ya había sido suficiente.

«Quiero más.»

«Pronto tendré más.»

Porque mi próxima víctima no estaba lejos de caer en mis garras, mi próximo juego estaba a punto de comenzar, otra mente que romper, otra chica que quebrantar. Otro juguete para entretenerme hasta que llegue el momento de tener a mi atracción principal, hasta que llegue el momento de tenerla a *ella.*

Exhalé el humo del cigarro nuevamente, viéndolo esparcirse y desvanecerse encima de mí. Al terminarlo, lo apagué en el cenicero y me puse de pie, caminé hasta el mural que estaba a mi derecha, lleno de fotos de *ella*, no de mi próxima víctima, sino de la única persona que quería a mi lado para siempre: la escogida para mí, la meta de mis juegos.

Todas las fotos las había tomado sin que ella se diera cuenta, se veía perfecta, pura y hermosa en cada una de ellas. Ella necesitaba permanecer a mi lado para siempre, era la única forma en la que podía salvarla, alejarla de todo mal y suciedad de este mundo. Yo era su salvador, sonreí, pasando mi dedo por el contorno de su rostro en la fotografía, yo sería su Dios.

Ella no lo sabía, pero necesitaba ser salvada. Y yo era el único que podía hacerlo y para eso necesitaba hacer mucho más, necesitaba que estuviera orgullosa de mí.

Y mi próxima víctima serviría para eso y para entretenerme también en mi aburrimiento, tendría doble uso, me encantaba cuando las cosas eran tan productivas. Una simple chica me serviría de mucho y ¡vaya que era simple!, nada comparada con ella.

Ella era el premio principal, el trofeo anhelado.

En los últimos días me había dado cuenta de que para obtenerla tendría que lidiar con ellos, esos que la rodeaban como moscas hambrientas. Ella tenía el potencial de ser la perfección, la obsesión de muchos, pero ella era mía.

Mi teléfono móvil vibró en el bolsillo de mis pantalones y lo saqué para responder la llamada, mis ojos sobre las fotos.

—¿Qué quieres?

Silencio.

—No lo hagas.

Eso me hizo bufar.

—¿Quién eres para darme órdenes?

—Es muy peligroso. —Ella dijo mi nombre en un susurro—. Lo de Jessie es muy reciente.

—Estás mintiendo.

—¿Qué?

—No estás preocupada por mí —repuse honestamente— y no deberías usar el teléfono para decirme cosas como esa, ¿eres idiota?

Ella colgó.

Guardé mi teléfono móvil para tomar mi chaqueta y salir del lugar. El aire fresco y nocturno del otoño movía las hojas marrones y naranjas sobre el suelo, los árboles ya exponiendo su desnudez, anticipando el invierno que se acercaba. Metí las manos en los bolsillos de mi chaqueta, caminando calle abajo hasta el lugar detrás de unos árboles donde había estacionado mi auto. Entré en él, lo encendí y conduje hacia el centro del pueblo de Wilson.

Revisé mi reloj: las 8.55 pm. Ya casi era la hora.

Era la hora de que mi próxima víctima terminara su turno en el restaurante del pueblo. Estacioné mi auto frente al mismo y la observé a través de las ventanas transparentes, sirviendo mesas y sonriéndoles a los clientes antes de desaparecer de mi vista. Sabía que había ido a cambiarse porque ya era hora de irse a casa.

Esperé, la paciencia era una de mis cualidades.

Ella salió del restaurante con su mochila y caminó hacia su bicicleta, que se hallaba a un lado del estacionamiento. Se subió a ella y pedaleó calle arriba en el sentido contrario a donde estaba mi auto.

Puse en marcha mi coche y la seguí con las luces encendidas hasta que la alcancé. Cuando me situé a su lado en la calle, toqué mi bocina y ella brincó del susto. Me miró y frunció el ceño al verme.

—¿Necesitas un empujón?

Ella meneó la cabeza.

—Estoy bien.

—¿Segura?

Ella siguió pedaleando, adelantándose, así que tuve que acelerar para quedar nuevamente a su lado.

—Oye —suavicé el tono de mi voz—, solo estoy siendo amable.

—Lo sé, pero no necesito un empujón, mi casa está al bajar la colina.

Había olvidado lo tímida que era. Eso era algo que había notado al observarla. Jamás se metería en un auto con un chico.

—¿Puedo acompañarte así entonces? Es tarde y me sentiré mal si te dejo ir sola —le dije, conduciendo a su lado, la luz de mi auto iluminando la calle oscura para ella.

—Estaré bien —aseguró sin mirarme. Eso me hizo sonreír, ah, las tímidas eran tan divertidas...

La acompañé hasta que llegó frente a su casa y se bajó de su bicicleta. Se quedó ahí parada sin saber qué decir, sus manos nerviosas sobre su bicicleta, no estaba acostumbrada a la atención del sexo opuesto. Ella no era particularmente atractiva y su timidez no ayudaba con ese hecho, pero a mí me parecía adorable y una presa fácil para mí.

—Eh, bueno —ella dudó al hablar—, gracias por acompañarme, aunque no era necesario.

—De nada. —Fingí mi mejor sonrisa y ella apartó la mirada—. ¿Puedo acompañarte así todas las noches cuando salgas del trabajo?

—No, no, no es necesario.

—Siempre estoy por aquí a esas horas, así que no es problema.

Ella sacudió la cabeza.

—No, de verdad, estoy bien. Debes de tener cosas más importantes que hacer. —Sus ojos evitaban los míos a toda costa. Ah, las tímidas llevaban mucho trabajo, pero yo contaba con tiempo; de hecho, lo necesitaba para que la gente se olvidara de la chica que había saltado de la azotea del instituto.

Qué buen recuerdo.

—No realmente, no hay mucho que hacer en Wilson y creo que lo sabes. —Me encogí de hombros—. Así tendría algo que hacer todos los días y ayudarías a una persona aburrida, ¿sí? —Usé mi mejor sonrisa y ella me la devolvió con disimulo.

—Está bien, pero si un día no quieres, o estás ocupado, por favor, no te preocupes por mí. No quiero incomodarte.

—Es un placer acompañarte. Bueno, ¿nos vemos mañana? —Ella asintió y se despidió con la mano antes de darse la vuelta y caminar a su casa.

Mi sonrisa se desvaneció apenas se fue y arranqué mi auto con rapidez. El juego ya había comenzado.

No me sorprendió encontrar a mi hermana esperándome en mi habitación cuando llegué a casa. Ella estaba sentada en mi cama, con las piernas cruzadas y las manos sobre la cama a sus costados. La ignoré con la esperanza de que eso la hiciera dejarme en paz.

—Has comenzado, ¿no es así? —me preguntó mientras me quitaba la chaqueta y la ponía en el gancho de la puerta de mi armario.

—Te he dicho que me dejes en paz.

—Y yo te he dicho que te estás volviendo descuidado.

—Para —le dije, quitándome la camisa por encima de la cabeza—, deja de meterte en mis asuntos.

—¿Qué es lo que te ha desestabilizado de esta forma? Nunca has sido tan descuidado.

—No estoy siendo descuidado. —Me giré para quedar frente a ella, sus ojos bajaron de mi pecho desnudo a mis abdominales y meneé la cabeza—. Para.

—No estoy diciendo que debas parar, pero que te tomes un tiempo, deja que las cosas se calmen.

—Me estoy tomando mi tiempo, acabo de empezar mi juego, me toma tiempo quebrantarlas y lo sabes.

—No quiero que sea ella.

Bufé, riendo con sarcasmo, ¿quién se creía que era ella para decidir? Habló de nuevo, poniéndose de pie:

—Puedes escoger a otra víctima, no tiene que ser ella.

—¿Por qué no?

Mi hermana dudó.

Di un largo paso hacia ella y, sorprendentemente, retrocedió. Había algo que no me estaba diciendo. Dije su nombre con lentitud y ella apartó la mirada.

—¿Qué pasa? —Indagué su rostro, buscando la razón, lo que estaba escondiendo con tanto cuidado.

—Me gusta.

—¿Qué? —Fruncí el entrecejo.

—Ella me gusta.

Al oír eso me di la vuelta y reí abiertamente. Eso iba a ser mucho más divertido de lo que pensaba.

—¿Me estás jodiendo? —le pregunté al volver a mirarla, pero ella aún evitaba mis ojos. Estaba diciendo la verdad, de verdad le gustaba. Lo cual no me sorprendía porque era bisexual y me daba igual quién le gustara. Pero que a ella le gustara la persona que yo había escogido como mi próxima víctima me parecía trágicamente gracioso.

—Por favor, hay muchas otras chicas en el pueblo, no tiene que ser ella —me suplicó, y yo ladeé la cabeza.

—¿No has pensado que al decirme eso solo has logrado volverla aún más interesante para mí?

Sus ojos se encontraron con los míos y la rabia brillando en ellos ensanchó mi sonrisa.

—¿Quieres que te lo suplique? —Puso sus manos en su cintura, molesta.

Me rasqué un lado de mi frente como si pensara.

—No lo sé, hermanita. —Esa respuesta la molestó aún más y ella se tensó.

—Ambos sabemos que no tiene que ser ella. Nunca te he pedido nada.

—Por divertido que sea esto, no te entrometas en mis planes; ya lo he decidido así y no tengo que cambiar nada por ti.

—Lo he intentado por las buenas —su rabia se intensificó, caminó hacia la puerta pasando por mi lado—, supongo que me tocará abrir la boca y contar algunas cosas.

De golpe, la seguí, la agarré del pelo y la estampé contra la puerta. Ella gimió de dolor, su rostro contra la madera, de espaldas a mí. Me incliné para hablarle al oído.

—Que sea la última vez que me amenazas.

—Suéltame —dijo entre dientes.

—Tú mejor que nadie sabes de lo que soy capaz. No me provoques.

—No te tengo miedo. —Agarré su pelo con más fuerza, presionando su cara aún más contra la madera.

—Que no me tengas miedo no quiere decir que no pueda acabar contigo.

Ella no dijo nada así que continué:

—Además, las palabras no funcionan conmigo. Tú sabes cómo puedes convencerme, ¿o no?

Mi mano libre bajó al extremo de su falda, escabulléndose dentro. Ella se mantuvo en silencio mientras la tocaba. Di un paso atrás liberándola porque sabía que ella haría lo que fuera por esa simple chica que le gustaba.

Ella se giró con una mirada asesina en sus ojos. Se arregló el cabello y se arrodilló frente a mí. Sus manos se deslizaron para desabrochar mi cinturón y luego hizo lo mismo con los botones de mis pantalones.

Me preparé para disfrutar el momento, supuse que podía escoger otra chica. ¡Las cosas que hacía por mi hermana...! Nadie podría decir nunca que yo no era alguien de familia.

19

Verdades imprevistas

LEIGH

La suave melodía de música clásica resonaba por toda la sala, mezclándose con el sonido crispante de la madera quemándose en la chimenea. Las velas mantenían la oscuridad a raya con sus llamas, el aroma que emanaban era dulce y agradable.

Estaba sentada en el suelo de madera en medio de la sala de una preciosa cabaña; Jaeda estaba detrás de mí sentada en el sofá, trenzando mi largo cabello. Rina y Lyna estaban haciendo lo mismo al otro lado de la sala: Rina haciendo una trenza de lado muy linda a Lyna. El resto de las Iluminadas estaban por ahí, en la cocina o charlando sentadas en las escaleras. Algunas ya estaban dormidas.

El retiro de iniciación de las Iluminadas.

Al día siguiente de la ceremonia de mi cumpleaños, nos habíamos ido a una cabaña en las montañas solas, el grupo contaba con veinticinco chicas. Era tradición hacer este retiro cada vez que las Iluminadas recibían una chica nueva. Era necesario para conocernos más, familiarizarnos, hacer sentir bienvenida a la nueva chica y, en mi caso, era mucho más que requerido ya que sería su líder.

Pero yo no era la única nueva en el grupo.

Teníamos dos miembros nuevos. Como si supiera que estaba pensando en ellas, Natalia salió del pasillo, seguida de Kaia.

—Oh, trenzas, me encantan —comentó Kaia antes de que ambas se sentaran en el suelo al lado de la mesita en medio de los sofás, quedando frente a mí.

Aún no me podía creer que Natalia hubiera cambiado de parecer tan repentinamente. El día de mi cumpleaños, ella había asegurado que no quería volver a formar parte de las Iluminadas. Mis ojos se encontraron con los de ella y me sonrió.

«¿Has venido aquí porque te lo pedí? Si no tienes tu corazón en esto... no...»

«Basta, Leigh, estoy aquí porque así lo he decidido.»

Habíamos tenido esa conversación la primera noche del retiro. Quería asegurarme de que ella no estuviera allí por obligación ni que se sintiera presionada porque habíamos retomado nuestra amistad. Me alegraba mucho que decidiera unirse de nuevo, pero si no era algo que ella de verdad quería de corazón, jamás aceptaría que estuviera aquí.

En cuanto a Kaia, me sorprendió mucho cuando mi líder me informó de que se nos uniría. Ni siquiera sabía que ya tenía dieciocho años. Aparentaba menos edad, tal vez era su estatura, sus facciones perfiladas o su corto cabello, pero no parecía de nuestra edad. Además, eso quería decir que Heist tenía más de dieciocho años porque él era mayor que ella y Frey. Y aunque Heist actuara como si fuera el dueño del mundo y fuera el más maduro de todos, no lucía de veinte años.

«Ellos mienten, todo el tiempo», susurró esa voz en mi mente, «¿es qué no te das cuenta?»

Ignoré esos pensamientos. Esa era nuestra última noche en el retiro y todo había ido de maravilla. Durante la semana aquí, me tomé mi tiempo charlando con cada una de las chicas, conociéndolas, ganándome su confianza, dándoles a entender que me esforzaría por ser su líder.

Estos días me habían servido para evitar a dos chicos que se las ingeniaban para perturbar mi vida: Rhett y Heist. No podía negar que le había dado muchas vueltas a toda la conversación que tuve con Heist el día de mi cumpleaños. Era obvio que sabía lo de Rhett, pero ¿cómo? ¿Y qué sabía exactamente? Tal vez me había atrapado mirando a Rhett o había notado algo y simplemente hizo ese comentario para molestarme.

«Sí, claro, como si Heist hiciera algo sin razón.»

Me parecía increíble lo mucho que ya sentía que sabía de él cuando lo había conocido un par de semanas atrás. Era como si de alguna forma automática tuviéramos una conexión y eso me incomodaba. Yo no debería tener nada con un chico como él. Heist era peligroso y mis alarmas me decían que debía mantener la distancia, sin contar las veces que él mismo me había amenazado directamente.

«Porque somos iguales, Leigh y podemos vernos realmente. Cuando alguien experto en fingir encuentra a otro con la misma habilidad, es un respiro de aire fresco, ¿no es así? Alguien con quien puedes ser tú mismo sin frenos, sin negaciones.»

Él y yo no éramos iguales, en absoluto.

Unos pequeños golpes en la puerta principal me sorprendieron, ya eran más de las siete y nadie visitaba después de esa hora, en especial, en esa cabaña que estaba tan retirada del pueblo y con las Iluminadas en un retiro. Arrugué mis cejas, todas compartimos una mirada de extrañeza hasta que Kaia se puso de pie.

—Oh, olvidé decirles que ordené pizza para cenar.

Eso me alivió porque por lo menos sabíamos que no era alguien extraño, pero Kaia no debió hacer esto, en la cabaña teníamos suficiente comida y la idea de ir allí era mantenernos alejadas del resto del mundo.

Kaia nos sonrió, acomodando su bonito vestido color pastel y caminó hacia la puerta. Sin embargo, ella se detuvo al llegar al pasillo y se giró hacia nosotros.

—Leigh, ¿te importaría acompañarme?

Eso me sorprendió, pero disimulé, asintiendo. Jaeda, Rina y Lyna compartieron una mirada incómoda y yo les susurré que todo estaba bien, que no pasaba nada antes de seguir a Kaia a la puerta. Ella la abrió, el frío nocturno del otoño colándose en la cabaña y dejé de respirar ahí mismo.

Él llevaba puesto su informe azul y rojo de la pizzería del pueblo y maldije en mi mente porque había olvidado por completo que su familia era la dueña de ese negocio, de que él hacía entregas para ayudar a sus padres algunas noches.

Rhett.

Mi corazón latió como loco al verlo enfrente. Sus ojos negros llenos de esa intensidad que conocía tan bien. A diferencia del día de la ceremonia de mi cumpleaños, sus piercings estaban de nuevo en su cara, uno en su ceja, otro en su nariz y uno debajo de sus labios. Odiaba que le quedaran tan bien. Su desordenado cabello negro escapaba ligeramente bajo la gorra con el logo de la pizzería.

Por unos segundos, nadie dijo nada, él y yo nos quedamos mirándonos como si Kaia no estuviera ahí, como si las Iluminadas no estuvieran al final del pasillo en la sala. Agradecí que la puerta no quedara visible desde donde estaban ellas porque no quería que lo vieran, no quería que presenciaran el efecto que Rhett tenía en mí.

Kaia se aclaró la garganta.

—¿Hola? —le llamó, frunciendo el entrecejo.

Rhett reaccionó y esos labios que ya había probado tantas veces se estiraron en una sonrisa amable.

—Entrega para Kaia Stein. —Su voz siempre tan ronca.

—Esa sería yo —le dijo Kaia con entusiasmo.

—Tres pizzas pepperoni, cuatro servicios de alitas y una Pepsi de dos litros. —Rhett leyó la orden en un papelito que llevaba en su mano libre, en la otra tenía las tres cajas de pizza—. Aquí están las pizzas —Kaia las recibió—, debo ir por las alitas y la bebida al auto un segundo.

—Leigh, ¿por qué no vas con él y lo ayudas? —me dijo Kaia comenzando a caminar dentro de la cabaña—, voy a buscar el dinero para pagarle, ya vuelvo.

Y así nos dejó solos.

Rhett se quedó ahí parado por un segundo antes de girarse para caminar a su auto, que estaba a unos metros de la cabaña, había que cruzar el jardín frontal de la misma para llegar al estacionamiento.

«No vayas.»

«No vayas, Leigh.»

«Él no necesita ayuda, son solo dos bolsas.»

Sin poder controlarme, lo seguí, solo lo ayudaría como una buena integrante de nuestra religión. Eso era todo. La oscuridad me recibió al alejarme de la cabaña, solo había árboles alrededor y la carretera por donde habíamos llegado.

Rhett estaba cerrando el maletero del auto, después de sacar las dos bolsas, y se quedó muy quieto cuando me vio a un lado del vehículo.

—Oh, veo que no necesitas ayuda, yo... —Me di la vuelta para regresar; efectivamente, él no necesitaba mi ayuda.

Escuché el ruido de las bolsas al caer al suelo y lo siguiente que sentí fueron sus brazos a mi alrededor, abrazándome desde atrás. Su calor corporal se expandió por la parte de atrás de mi cuerpo, su respiración en mi oído.

—Rhett, no, ¿qué estás haciendo? —le reproché tratando de liberarme, aunque me encantara sentirle ahí.

—Te extraño, Leigh, te extraño tanto que me estoy volviendo loco —me susurró al oído antes de darme pequeños besos en mi cuello.

Tragué con dificultad al sentirlo contra mí.

«Yo también te he extrañado tanto, lloré tantas noches cuando te fuiste a ese curso, sufrí al verte regresar, al escucharte de nuevo y darme cuenta de que el tiempo no ha debilitado todo lo que me haces sentir.»

Pero nunca se lo diría porque él y yo no podíamos estar juntos y decírselo no cambiaría ese hecho. Juntando toda mi fuerza de voluntad, aparté sus brazos y me giré, dando un paso atrás, manteniendo la distancia entre nosotros. Él intentó acercarse de nuevo y yo levanté mi mano, deteniéndolo.

—Kaia puede salir en cualquier momento, vamos —comencé a caminar de vuelta a la puerta, pero Rhett me agarró del brazo, forzándome a quedar frente a él de nuevo. Sujetó mi rostro con su mano libre y la intensidad de su mirada acortó mi respiración. Sus labios rozaron los míos y mis rodillas se debilitaron.

—Leigh... —me dio un beso corto, nuestros labios encontrándose por un segundo que me hizo querer más, mucho más—, ¿cómo puedes hacer esto? ¿Cómo puedes seguir con tu vida como si nada? ¿Echarme a un lado así?

Con su mano ahuecando mi rostro, estiró su pulgar, rozando mi labio inferior con deseo. Su respiración ya era pesada e inconstante.

—Rhett...

Él no dudó más y estampó sus labios contra los míos. Quisiera decir que lo aparté, que lo empujé, pero, en vez de eso, envolví mis manos alrededor de su cuello, respondiendo al beso con todas las ganas. La familiaridad de esa sensación, lo bien que me sentía provocó que un jadeo de sorpresa escapara de mi boca. Rhett movió su cabeza a un lado, profundizando el beso, mi respiración era un desastre, el anhelo entre los dos flotaba en el aire, encendiendo cada parte de mí.

Rhett me giró para presionarme contra el lado de su auto, nuestros labios moviéndose desesperados, ansiosos al sentirse nuevamente.

—Oh.

La voz de Kaia me hizo empujar a Rhett de golpe. Con mi respiración aún acelerada, mis ojos se encontraron con los de ella, que estaba a unos pasos de nosotros con el dinero para pagar en su mano. Nos miraba divertida, ella no parecía sorprendida en absoluto.

—No quise interrumpir, pero las otras ya se estaban preguntando qué nos tomaba tanto tiempo —se excusó amablemente. Rhett se quedó en silencio, sus hombros subiendo y bajando con su pesada respiración, los efectos del beso aún no habían pasado.

—Puedo explicarlo —fue lo primero que dije.

Kaia nos sonrió abiertamente de forma divertida y esa sonrisa me recordó mucho a la de Heist.

—¿De qué hablas? —me preguntó, arrugando sus cejas—, yo he venido a pagarle a Rhett y tú a ayudarlo con las bolsas, no hay nada que explicar porque no ha pasado *nada* —recalcó esa palabra—, *nada*, Leigh.

La miré confundida y ella pasó por nuestro lado para recoger las bolsas del suelo a un lado del maletero.

—Me muero de hambre —nos dijo al pasar por nuestro lado de nuevo y ofrecerle el dinero a Rhett—, muchas gracias, he incluido una buena propina.

Ella le guiñó un ojo a Rhett, que tomó el dinero, arrugando sus cejas.

Kaia me pasó una bolsa liberando una de sus manos para tomar la mía que quedaba libre.

—Debemos irnos, no queremos que se preocupen. —Ella me llevaba de la mano de vuelta a la cabaña y le di un vistazo a Rhett sobre mi hombro. Él estaba tan confundido como yo, así que solo le susurré que todo estaría bien.

Kaia no pronunció ni una sola palabra mientras volvíamos y yo quería decir algo, pero no me atrevía. No sabía qué decir, ella nos había visto, menudo ejemplo como líder de las Iluminadas acababa de darle. Imaginar lo que estaba pensando de mí en ese momento me aterraba, ¿y si se lo contaba a las demás chicas? Algo me decía que esa no era su intención.

¿Y si se lo contaba a Heist?

Según nuestra última conversación ese idiota arrogante ya lo sabía.

«He fallado de nuevo y en mi retiro de unión a las Iluminadas. La culpa se extiende por mi pecho. Lo siento tanto, Altísimo... te sigo fallando por estos sentimientos indebidos que no debería tener.»

De vuelta en la sala de la cabaña, apenas pude probar un bocado de la comida. Había pasado todo muy rápido, dejándome una sensación incómoda en el estómago que había espantado toda señal de hambre. Me excusé diciendo que ya había comido cuando no era cierto. Natalia me miró preocupada, pero no insistió en el tema.

Jaeda, Rina y Lyna se despidieron, bostezando y argumentando su cansancio. Natalia, Kaia y yo nos quedamos alrededor de la mesita, sentadas en el suelo. La última caja de pizza estaba ahí abierta con la mitad de una pizza aún intacta.

—Bueno, creo que yo también me iré a dormir —informó Natalia, poniéndose de pie.

Mentira.

Natalia creía que yo no había notado que había traído su teléfono móvil a escondidas para enviarse mensajes con Heist. Podía decir que mi mejor amiga estaba loca por ese chico. No tenía idea de lo que Heist le había hecho, pero ella estaba completamente enamorada. Agradecí que ella no lo mencionara mucho, pensé que no pararía de hablar de él, pero ese no había sido el caso. Quizá sabía que ese no era el lugar apropiado para hablar de chicos... e iba yo y me besaba con uno.

Sacudí la cabeza, avergonzada de mí misma.

—La comida estaba deliciosa —murmuró Kaia cuando Natalia nos dejó solas mientras se ponía un mechón de su corto cabello detrás de la oreja—, los padres de Rhett tienen buena mano; como experta en cocina, les doy mi aprobación.

Su actitud relajada era contagiosa, Kaia siempre había sido la única de los Stein con la que me sentía cómoda.

—Sí —le seguí la corriente porque no quería que el silencio incómodo nos rodeara—, sus padres son italianos.

—Oh, eso tiene sentido.

—No sabía que conocías a Rhett —dije al escucharla decir su nombre. No tenía idea de que sabía quién era él.

—Es un pueblo pequeño, además, Carter me ha hablado de todos.

Carter.

La culpa latente en mi pecho se extendió hasta mi estómago, haciéndome sentir peor. No solo le estaba fallando al Altísimo al involucrarme con alguien como Rhett, también le estaba siendo infiel a Carter.

—¿Leigh? ¿He dicho algo malo? —me preguntó al notar mi silencio—. Oh... —exclamó, entendiéndolo todo—, no tienes que sentirte culpable, de verdad que no.

Sus palabras me sacaron de mi batalla mental de autoculpa.

—¿De qué estás hablando?

—Carter no es lo que tú piensas, Leigh, y tú mejor que nadie deberías saber eso.

—No voy a permitir que hables mal de él, Carter es el hijo de la familia líder, él es perfecto, él...

—Es homosexual.

—¿Qué?

Ella suspiró.

—Le gustan los chicos y te está usando para no ser descubierto.

Abrí mi boca de manera exagerada, era como si hubiera olvidado respirar. Kaia soltó una larga respiración.

—Pero bueno, tú lo estás usando para olvidar a Rhett, así que nadie tiene que sentir culpa de nada. —Se encogió de hombros como si no acabara de decir algo de suma importancia para mí—, están en paz, supongo.

No podía hablar, no estaba segura de estar respirando. Ni siquiera sabía qué sentía: ¿alivio porque él no estaba interesado en mí de manera romántica y me estaba usando como yo a él?, ¿tristeza porque él fue mi amor platónico mientras crecía y ahora sí que estaba fuera de mi alcance, definitivamente bien fuera de mi alcance?, ¿inquietud porque no sabía cómo manejar toda esta información?

—¿Cómo sabes eso?

—Lo sospechaba la primera vez que lo vi, pero me lo confirmó en el parque cuando celebrábamos tu cumpleaños. Le gasté una broma al pillarlo mirándole el culo a un chico y por alguna razón se destapó conmigo. Pobre chico, era la primera vez que se lo contaba a alguien.

—¿Por qué me lo dices?

—Porque creo que él ha pasado suficiente represión y miedo a solas. Creo que necesita alguien que lo apoye, alguien de su religión, y tú puedes ser esa persona.

—¿Qué te hace pensar que no se lo diré a la familia líder? Soy la líder de las Iluminadas.

Kaia torció sus labios y sonrió de lado.

—No lo sé, supongo que confío en ti.

Abrí la boca para hablar cuando la voz de Anesha sonó desde el pasillo.

—Leigh, —la miré al escucharla y ella ojeó a Kaia—, ¿puedo hablar contigo a solas?

Kaia se levantó.

—Ya me iba a dormir de todas formas... Buenas noches, chicas, que el Altísimo esté con ustedes.

—Que así sea —murmuró Anesha al dejarla pasar por su lado.

—¿Qué pasa? —le pregunté.

Anesha traía un sobre cuadrado en sus manos y se sentó frente a mí, apretando sus labios. Ella me recordaba mucho a su mejor amiga, Sophie. Suspiré, rezando internamente por que el alma de Sophie descansara en paz.

—No sé con quién hablar de esto, no sé... y tú eres nuestra líder, así que... —ella se detuvo—, hoy es la última noche del retiro y quiero... necesito decírselo a alguien.

—Me estás asustando, Anesha.

—Hace unos días, fui a casa de Sophie. Su madre me pidió ayuda para empacar algunas cosas de ella para donar. Fue... muy doloroso pero necesario, toda esa ropa le serviría a mucha gente de la calle. Nuestro Altísimo nos ha enseñado a pensar en los demás.

—Que así sea.

—Pero mientras buscaba unas cosas, he encontrado algo que... —ella se calló, ojeando todos los pasillos como si fuera algo que nadie debía escuchar o ver—, es mejor si solo te lo muestro.

Me pasó el sobre y con cuidado lo abrí. Mis manos sacaron el contenido: una foto.

Me cubrí la boca con la mano, la foto temblando en mi otra mano porque eso era algo que no esperaba ver en absoluto. Algo que nunca imaginé ver o más bien un grupo de personas que jamás esperé ver en el mismo lugar.

En la foto estaban todas sonrientes: Payton, Sophie y Jessie con chaquetas y gafas de sol en un día soleado muy bonito con un cartel de letras inmensas de Munich detrás de ellas. Pero eso no era lo que me había paralizado, sino la persona que abrazaba de lado a Jessie: Heist.

Él mostraba esa sonrisa encantadora que era tan falsa para mí y unas gafas de sol sobre su cabello rubio. Al pie de foto, se leía: «Munich, Alemania, septiembre».

Hacía un poco más de un año, pero eso no tenía sentido para mí, no lo entendía. Lo único que rondaba mi mente era que Heist conocía a las chicas que se habían suicidado, y cuando Heist llegó a este pueblo fue cuando todo eso comenzó.

Eso solo confirmaba mis sospechas sobre él, esa foto era la prueba de que Heist Stein tenía algo que ver con esos suicidios.

20

Familia inusual

LA SEÑORA STEIN

El delicioso olor a pastel horneado se esparcía por toda la cocina. Inhalé profundamente antes de tomar un sorbo de mi copa de mi vino. Estaba sentada con las piernas cruzadas a un lado de la mesa. La noche había caído hacía rato y con ella había aumentado el frío otoñal. Con una sonrisa en mis labios, observé a Kaia frente al horno de la cocina, poniendo los ojos en blanco y sacándole el dedo a Heist, quien estaba del otro lado de la cocina lavando los platos.

—Kaia, no seas vulgar —le dije, alzando una ceja.

Heist le sonrió falsamente.

—La vulgaridad es su segundo nombre, madre —comentó Heist, sacando su mano del fregadero para salpicarle agua a su hermana.

—¡Ah! —Kaia saltó a un lado—, no seas inmaduro.

—¿Quién es la que me está sacando el dedo como una niña de primaria?

—Basta, ambos —ordené y ellos obedecieron, solo mirándose con rabia—, por eso hemos decidido solucionar la rivalidad de esta forma.

Una batalla de pasteles.

Sonaba a poca cosa, pero ya habíamos tenido una batalla de talentos, Heist dibujando y Kaia tocando el piano, y había sido un empate. Así que los traje a un área en la que los dos eran medianamente buenos: preparando y horneando pasteles. Yo decidiría quién era el ganador y acabaríamos con ese problema.

Mis hijos eran extremadamente competitivos y cuando uno de ellos se cruzaba en el camino del otro en alguno de sus planes solucionábamos las cosas de manera justa.

Unos fuertes brazos me abrazaron desde atrás y el olor de esa colonia familiar invadió mi nariz al sentir un beso a un lado de mi cabeza.

—¿Qué estamos haciendo? —preguntó Valter Stein al soltarme y sentarse en la silla alta a mi lado. Le eché un vistazo, sus ojos negros estaban adornados con unas pequeñas ojeras, había tenido problemas para dormir últimamente. Le sonreí, mi Valter, siempre preocupándose demasiado.

—Batalla de pasteles. —Kaia hizo puchero, sabiendo que ella era la debilidad de su padre.

Valter se echó a reír.

—¿Aún resolvemos rivalidades de esta forma tan deliciosa? ¿Quién se metió en el camino de quién?

Heist y Kaia se señalaron mutuamente.

Valter suspiró.

—Por supuesto.

—Ya tenemos otro juez —dije, sirviéndole una copa de vino a Valter, quien la recibió y besó la parte de atrás de mi mano.

Heist sacudió su cabeza.

—No, papá siempre apoyará a Kaia.

—Eso no es cierto —se defendió Valter.

—Y mamá siempre te apoyará a ti, así que estamos en paz. —Kaia le sacó la lengua.

—Ya les hemos dicho que no tenemos favoritos —les aclaró, como siempre.

Cuando los pasteles estuvieron listos y nuestros hijos los pusieron frente a nosotros para probarlos, Valter y yo compartimos una mirada, agarrando un tenedor. El primero que probamos fue el de Kaia. Era un pastel de textura suave con chispas de chocolate y crema de relleno.

—Mmm —murmuré. Estaba completamente delicioso. Valter asintió, dándole su pulgar arriba a su hija mientras masticaba. Kaia tenía sus manos juntas como si rogara ganar. Heist estaba parado frente a ella con esa expresión arrogante en su cara que me recordaba tanto a uno de mis esposos en concreto.

—Delicioso, Kaia. —Valter le dio un cumplido, limpiando la comisura de su boca con una servilleta.

Probamos el de Heist y en el momento en que puse el pedazo de pastel en mi boca, una combinación de sabores explotó en mi paladar; el pastel era de vainilla con una crema dulce ligeramente cítrica y pedazos de fresa, arándanos y otros frutos dulces y cítricos a la vez. Valter y yo nos miramos porque ya sabíamos que ese pastel era el ganador.

—¡Ah! —chilló Kaia—. ¡No!

Terminé de comer para hablar.

—Heist Stein, eres el ganador oficial de esta batalla —les informé de algo obvio. Él le dedicó una mirada de victoria a su hermana—, Kaia, sal de su camino.

—Pero, mamá, él...

—Kaia —la interrumpió Valter. Ella cruzó los brazos sobre su pecho.

—No estés tan dolida, has sido una contrincante respetable como siempre —la calmó Heist, pero ella solo se encogió de hombros—. Pero has perdido, ¿sabes lo que eso significa además?

Él se acercó a ella y Kaia intentó huir, pero Heist fue rápido y la agarró para alzarla y lanzarla sobre su hombro. Kaia gritó como loca, golpeando la espalda de su hermano.

—¡Mamá! ¡Está muy frío! ¡No dejes que...!

—Tú fuiste la que quiso agregar este bonus para el que perdiera la batalla, Kaia —le contesté porque había sido idea suya.

Valter me echó un vistazo confundido.

—El perdedor debe lanzarse a la piscina —le expliqué.

—Pero estamos a menos dos grados centígrados afuera. —Valter no podía ocultar su preocupación.

—Ella fue la que sugirió eso; tiene que mantener su palabra.

—¡Papá! ¡Me puedo resfriar! ¡Papá!

—Mila... —Valter me habló en un susurro.

—Sus reglas, su palabra —fue mi única respuesta. A Kaia siempre se le ocurrían ideas así. Además, me aseguraría de tener listas unas toallas calientes y de prepararle una bebida también caliente para cuando saliera de la piscina.

Heist se la llevó por la puerta de atrás y solo pude escuchar los gritos y el ruido de alguien cayendo en el agua. Hice una mueca preparando todo para recibir a mi empapada hija.

Esa chica siempre se metía en los juegos de su hermano y resultaba perjudicada de alguna forma.

Después de secar a Kaia y dejarla durmiendo en su cuarto, bajé las escaleras, suspirando. Me serví otra copa de vino y me senté frente al ventanal de la sala. Los troncos ardiendo en la chimenea eran el único sonido a mi alrededor. Tenía muchas cosas en la cabeza, en especial después de hablar por teléfono con Jazmine esta mañana, mi mejor amiga de toda la vida y alguien que mis hijos respetaban como su tía. Aunque la amaba, Jazmine no estaba de acuerdo con la forma en la que manejaba a mi familia, ni con nada de lo que hacíamos. Respetaba su punto de vista, pero ¿cómo podía parar ahora? Las injusticias crecían a diario. Después del asesinato de mi familia, sentía que debía hacer eso, que era lo correcto. Terminar con la vida del enfermo de mi padre no había sido suficiente. Necesitaba acabar con tanta escoria del mundo como fuera posible.

Después de tantos años, ya no sentía nada al recordar esos días, no había culpa, no había arrepentimiento. Por supuesto que hubiera querido crecer en una familia normal, pero eso nunca fue una opción para mí. Además, todas esas desafortunadas circunstancias me habían guiado a mis esposos, me habían permitido tener mis preciosos hijos y de eso nunca me arrepentiría.

Suspiré y tomé un sorbo de mi vino. En ese preciso instante, Peerce, mi segundo esposo, entró por la puerta principal con ese uniforme de operaciones especiales negro que me encantaba. ¿Cómo era posible que con el pasar de los años se viera aún más apuesto? Me seguía atrayendo como el primer día que lo vi.

Como siempre, su fría expresión se suavizó cuando sus ojos grises se fijaron en mí. Me encantaba ver cómo su máscara de frialdad se desvanecía conmigo como si yo fuera lo más preciado, lo más cálido para él.

Me puse de pie y cuando estuvimos frente a frente envolvió sus brazos alrededor de mi cintura para besarme apasionadamente como si me hubiera extrañado todo el día. Sus manos apretaron mi cintura mientras profundizaba el beso y nuestras respiraciones se volvían pesadas. Él cargó conmigo y rodeé con mis piernas su cintura mientras me llevaba a uno de los cuartos de huéspedes de abajo.

—¿Todos están durmiendo? —susurró contra mis labios.

—Sí —dije sin aliento, sus besos me llevaban a la locura con mucha facilidad.

Entramos en la habitación y él me lanzó en la cama. Puso su pistola a un lado y estaba a punto de quitarse su chaleco antibalas, pero sacudí la cabeza.

—Déjatelo —le pedí porque me encantaba agarrarme de ese chaleco mientras hacíamos de todo. Solo necesitaba quitarse los pantalones.

—Qué pervertida es mi esposa —comentó, desabrochando sus pantalones.

—Siempre. —Le guiñé un ojo y él sonrió abiertamente antes de venir hacia mí y besarme de nuevo.

Después de un par de horas de intensidad, yacíamos cansados en la cama. Yo lo estaba abrazando de lado, mi cara descansando sobre su pecho. Su chaleco y camisa habían salido volando en algún momento de nuestro apasionado encuentro. Peerce acariciaba mi cabello y mi hombro ligeramente. Levanté la mirada para ver su rostro; la luz de la luna colándose por la ventana me permitía verlo, pero no con detalle, aunque podía percibir que algo le preocupaba.

—¿Qué pasa?

Él se tensó un poco y descansó su mentón sobre mi cabeza.

—Mayne.

Fue mi turno de tensarme un poco. No podía mentir, cuando Mayne, mi tercer esposo, estaba meses fuera de casa vivía constantemente con el miedo en mi corazón de que lo atraparan en alguna de sus andanzas o de que le pasara algo. No me sentía completa ni en paz.

—¿Qué pasa con él?

—Le he dicho que vuelva.

Usé mi codo para incorporarme ligeramente y ver mejor a Peerce, la sábana rodando por mi costado hasta mi cintura.

—¿Por qué?

Él usó su mano para poner un mechón de mi cabello detrás de mi oreja.

—Tú sabes por qué. —Sí, uno de mis hijos era la razón. Peerce me dedicó una sonrisa triste mientras su pulgar acariciaba mi mejilla—. Además, quiero que estés tranquila, ya han pasado meses.

Él me conocía muy bien, sabía todo lo que sentía sin necesidad de tener que abrir la boca para contarlo.

—¿Quién pensaría que detrás de esa frialdad existe un esposo tan considerado? —le sonreí.

Sus intensos ojos grises se perdían en los míos.

—Nadie lo pensaría —admitió—, nadie llegaría a la conclusión de que tienes un esposo que te protege, que te puede brindar las más suaves caricias pero que con esas mismas manos podría asesinar por ti sin dudarlo un segundo.

—Me encanta cuando me dices que me amas de esta retorcida manera.

Ambos reímos antes de besarnos con sentimiento. Al oír un ruido proveniente de la cocina dejamos de besarnos. Peerce me echó una mirada confundida.

—Pensé que todos dormían.

Suspiré porque sabía quién era.

—Descansa, has tenido un largo día, yo me encargo.

—¿Estás segura?

—Sí, duerme. —Le di un beso corto y me levanté para buscar un camisón en el armario. Siempre mantenía ropa para huéspedes en esa habitación, aunque no nos visitara mucha gente.

Salí de la habitación, frotando mis brazos desnudos porque a pesar de la calefacción, los pasillos estaban un poco fríos. Al llegar a la cocina, no me sorprendió verlo ahí, preparando un té.

—Ve a dormir, yo me encargo. —Mi voz le sorprendió por un segundo, pero él sacudió la cabeza.

—No, está bien.

—Heist.

—Está bien, yo...

—No te estoy preguntando. —Mi voz se tornó un poco más severa—. Yo me encargo.

Él asintió y cuando pasó por mi lado puse mi mano en su hombro para detenerlo.

—Recuerda que esto no es tu culpa.

Heist soltó una ligera risa burlona que sonó a tristeza pura en mis oídos. Siendo su madre, podía ver claramente las emociones que él luchaba por esconder detrás de su burla y frialdad.

—Heist, no es tu culpa —repetí. Él puso su mano sobre la mía en su hombro para quitarla con gentileza.

—Pensé que nunca nos mentíamos entre nosotros, madre.

Y, tras decir eso, se fue a su habitación.

Terminé de preparar el té y tomé una pastilla del botiquín, la aplasté y la esparcí en el té como Mayne me había enseñado a hacer hacía tantos años. Todos en la casa sabíamos mucho de psiquiatría y medicación gracias a él.

Subí las escaleras con el té en las manos, tomé una respiración profunda para entrar en su habitación. No necesitaba tocar. Entré y di unos pasos dentro, colocando el té en la mesilla de noche al lado de la cama. Mis ojos lo buscaron en la penumbra de la habitación y lo encontré sentado en una esquina. Sostenía su cabeza entre las manos, con su cabello hecho un desastre y una expresión perdida.

Frey.

Me acerqué a él y me arrodillé, con una sonrisa calmada.

—Frey —susurré. Él bajó las manos de su cabeza, pero sus ojos no buscaron los míos, el contacto visual era algo que él no manejaba bien—. Eh. —Froté sus brazos con suavidad, arriba y abajo.

Él sacudió la cabeza.

—Mamá... —las lágrimas llenaron sus ojos—, ¿soy un monstruo? Lo soy, ¿verdad?

—Chist, no, no. —Tiré de él y lo abracé con fuerza, la presión exacta para calmarlo como Mayne me había enseñado—. Tú no eres un monstruo, Frey.

Él tembló y lloró en mis brazos, y a mí se me arrugó el corazón. Mis propias lágrimas asomaban a mis ojos, pero las mantuve ahí; que me viera llorar no lo haría sentir mejor, no lo ayudaría en nada. Siempre había sido fuerte por él.

—Eres un chico maravilloso —afirmé, con mi voz ligeramente rota—, eres muy inteligente y eres un buen chico, es solo que... eres especial, Frey.

—He herido a personas, mamá —ya eso lo sabía—, personas inocentes, no recuerdo nada pero sé que lo he hecho, eso me convierte en un monstruo, un monstruo que no puede recordar las atrocidades que hace.

Me separé de él, sosteniendo su rostro con ambas manos. Sus ojos encontraron los míos por un segundo antes de que él mirara a otro lado rápidamente.

—No, Frey, no eres un monstruo —le repetí—, eres un buen chico, ¿de acuerdo? Todo va a ir bien, te lo prometo.

Me puse de pie y busqué el té. Él se lo bebió con tranquilidad mientras le repetía muchas veces lo bueno que era, que todo estaría bien. Las repeticiones eran algo que lo ayudaban a calmarse. Lo llevé a la cama y lo arropé, sentándome a su lado, acariciando su suave cabello negro. Con los ojos cerrados, mientras el sueño le ganaba, sus murmullos eran apenas entendibles.

—Si soy un monstruo, deberías eliminarme, mamá. —Sus palabras me atravesaron el corazón—. Nosotros eliminamos a los monstruos, ¿no es así?

Dejé que mis lágrimas escaparan porque él ya no podía verme.

—Solo descansa, mi Frey —le dije, retirando un mechón de su cabello de su frente—, vas a estar bien.

Salí de su habitación, cerré la puerta y me recosté contra la misma, sosteniendo mi boca para ahogar los sollozos que escapaban de mi cuerpo al llorar. Una figura apareció al final del pasillo. La vi borrosa por las lágrimas, pero conocía esa figura muy bien. Iba vestido todo de negro y llevaba una gorra negra, de la que como siempre se escapaba su cabello rebelde.

Él se quedó muy quieto cuando me vio, su mano aún sosteniendo una maleta de mano con facilidad.

Mayne Stein.

Mi tercer esposo estaba ahí a unos cuantos pasos de mí después de estar fuera varios meses y yo no sabía qué hacer. Mi mente aún estaba en mi hijo, el chico que dormía en la habitación detrás de mí gracias a un calmante.

Sin embargo, el alivio que me recorrió fue tal que debilitó mis piernas porque si alguien podía ayudarnos era él. Alivio que me hizo llorar aún más porque lo habíamos necesitado mucho todos esos meses. Alivio que fue reemplazado por rabia por esa misma razón.

Caminé hacia él y pasé por su lado porque no quería tener esa conversación donde mis hijos o Valter pudieran escucharla. Mayne dejó su maleta allí y me siguió escaleras abajo, cruzamos la sala y nos dirigimos al lado opuesto del pasillo de la habitación donde descansaba Peerce.

Entramos en el estudio y, cuando él cerró la puerta detrás de mí, me giré para darle una bofetada con tantas ganas que su gorra cayó al suelo. Mayne enderezó su rostro, sosteniendo su mandíbula. Esos ojos de colores diferentes brillaban con esa diversión usual que los caracterizaba.

—No me esperaba menos —comentó, observándome, su mirada bajando por mis mejillas llenas de lágrimas hasta el escote de mi camisón—. ¿Cómo es que estás tan sexy cuando lloras?

—Vete a la puta mierda, Mayne.

—Ah, sabes cómo me pone que me trates mal, bonita.

Por un segundo, escucharlo, tenerlo frente a mí después de tanto tiempo me pasó factura y sentí el impulso de besarlo, pero me contuve, eso no era lo importante ahora.

Así que me acerqué a él, golpeé su pecho una y otra vez con frustración y sin poder retener las lágrimas. Él me dejó golpearlo, manteniendo sus manos a sus costados, sus ojos observándome, siempre observándome. Me dejó hacerlo hasta que me cansé. Intentó abrazarme, pero me despegué de él rápidamente.

—No me toques —le dije con furia, por un segundo pareció confundido y ladeó su cabeza.

—¿No puedo tocar a mi esposa?

Bufé entre lágrimas.

—Solo soy tu esposa cuando te da la gana.

—Eso no es cierto —me aseguró—, tú eres mi esposa siempre, bonita, sin importar el tiempo que pase fuera, siempre volveré a ti, a nuestra familia y tú siempre serás mía.

—No estés tan seguro de eso.

Su expresión tomó esa oscuridad que conocía tan bien al dar un paso hacia mí.

—Oh, lo estoy, sin importar lo que tenga que hacer, siempre será de esa forma.

La promesa en su voz asustaría a cualquiera, pero no a mí. Tener un esposo psicópata como él me había hecho más fuerte y difícil de asustar que muchas personas. Me limpié las lágrimas del rostro, recordando que no ayudarían en nada.

—Solo limítate a ayudar, las cosas han empeorado mucho desde que llegamos a este pueblo. Hay mucho que no sabes.

Mayne se dejó caer en el sofá, quedando de lado, sosteniendo su cara con su mano.

—Bien, cuéntamelo todo —me pidió con una sonrisa torcida—, pero ¿sabes qué me ayudaría a concentrarme aún más en lo que me tengas que contar?

—No voy a follarte, Mayne.

Él chasqueó la lengua.

—Tienes una manera muy cruel de recibir a tu esposo, ¿lo sabes?

Volteé los ojos y él entornó los suyos, bajando la mirada por todo mi cuerpo. Sabía lo que estaba haciendo, uniendo los detalles: mi desordenado cabello, mis labios hinchados por los besos de Peerce, un chupón sobre la parte superior de uno de mis pechos que recordé muy tarde y cubrí tirando de mi vestido.

—Ahora entiendo por qué no me has atacado apenas me has visto —comentó divertido—. Estás recién follada, ¿eh?

—No te he atacado ni te atacaré porque en estos momentos lo único que siento por ti es rabia.

—¿Cuándo no has sentido rabia hacia mí, bonita? Es la base de nuestra relación.

Ya no había tiempo para sus juegos.

—Mason —le llamé por su antiguo nombre para que supiera lo serio que era eso. Él suspiró.

—Fleur.

Él hizo lo mismo, poniéndose serio.

—Creo que... —dije el nombre de uno de mis hijos— está asesinando otra vez.

21

Cruda sinceridad

LEIGH

—Y así es como se establecieron las líneas instructivas de la base de...

La profesora de historia local continuó hablando sobre la fundación de nuestro pueblo, de nuestra doctrina, de nuestras creencias, pero había dejado de escuchar hacía un rato. Habían pasado algunos días desde el retiro de las Iluminadas, pero mi mente estaba más caótica que nunca.

Cuando regresé a casa del retiro, pasé horas mirando la foto, detallándola, intentando no perderme nada como si evaluarla una y otra vez hiciera que una pista mágica apareciera de la nada. Sin embargo, no había nada, solo el hecho de que Heist conocía a las tres chicas que se suicidaron, que las conoció en Alemania hace poco más de un año y aunque eso lo incriminaba aún estaba el hecho de que esas muertes fueron catalogadas como suicidios, no asesinatos.

Así que básicamente no tenía nada contra él. Lo más curioso para mí era saber si Jessie le contó a Natalia que ya conocía a Heist. En la foto, Jessie y Heist se veían muy cómodos el uno con el otro, además de estar muy cerca. ¿Había pasado algo entre ellos? ¿Natalia sabía eso y le parecía bien estar con él? No me sorprendería que lo supiera, Natalia estaba completamente hechizada con Heist. Ni siquiera podía decir su nombre sin suspirar o sin que sus ojos adquirieran un brillo de anhelo.

Supuse que ese era el efecto que él tenía sobre todo el mundo. Usaba esa cara bonita, ese cabello perfecto y esa sonrisa deslumbrante para envolverlos a todos porque, aunque odiara admitirlo, Heist era extremadamente atractivo. Me acordé de un sermón que nos dio nuestro líder hace tiempo sobre las tentaciones y las cosas malas, y de cómo solíamos pensar que lo malo vendría en un paquete feo, cuando era notorio y obvio todo lo contrario.

La maldad puede venir envuelta en un paquete precioso, atrayente ante nuestros ojos, ¿o de qué otra forma caeríamos en ella?

Salí de clase y Mary me siguió, envolviendo su brazo con el mío al caminar a mi lado.

—Estás muy distraída esta semana —me comentó, ojeándome.

—Es por todo esto de las Iluminadas —me esforcé por sonreír—, ya sabes cómo me estreso porque todo salga perfecto.

—Escuché que Natalia se unió junto a la chica Stein. —Mary me observó como si buscara algo en mi expresión—. Tú... y ella han retomado su amistad, ¿no?

—Honestamente, no lo sé —dije la verdad. Natalia y yo nos hablábamos, pero no diría que éramos las mejores amigas de nuevo, supuse que eso llevaría su tiempo. Además de que apenas la veía porque cuando ella no estaba pegada a Heist, andaba en otras cosas.

—Tienes un gran corazón, Leigh —Mary bufó—, para recibirla de esa forma después de todo lo que ha pasado. Ella y Jessie, que en paz descanse, te hacían la vida muy difícil.

Suspiré.

—Guardar rencor no es algo que debamos hacer según el Altísimo, Mary, lo sabes.

—Claro, claro y ahora que eres la líder de las Iluminadas, lo entiendo. Debes dar ejemplo, es solo que... —su voz se convirtió en un susurro—, ya sabes, me incomoda un poco porque presencié todo eso, no te merecías eso.

—Está bien. —Puse mi mano sobre la suya en mi brazo—. Estoy bien.

«Mentirosa.»

«Natalia ni siquiera se disculpó por todas las veces que permitió que Jessie se burlara de ti.»

Mary me dedicó una mirada incrédula.

—Es que eres casi una santa, te admiro, a veces me pregunto si eres capaz de sentir rabia o alguna emoción negativa.

«Sí lo soy, Mary, solo que puedo controlarme.»

Le sonrió, acariciando su mano con gentileza.

—No soy una santa, solo tengo mucha paz en mi corazón.

«¿Quién te enseñó a mentir tan bien?»

La voz de Heist era un tormento continuo en mi cabeza. Incluso cuando no quería, ese estúpido chico alemán se las ingeniaba para escabullirse en mis pensamientos, ya fuera porque estaba pensando en formas de descubrir si tenía algo que ver con los suicidios o porque sus palabras del otro día no paraban de dar vueltas en mi mente.

Hablando del rey de Roma...

Heist venía caminando en sentido contrario por el largo pasillo, con las manos en los bolsillos de los pantalones del uniforme escolar, la camisa blanca debajo de la chaqueta oscura del instituto tenía, como de costumbre, unos cuantos botones desabotonados. Me sorprendió verlo solo, sin Natalia, sin Frey ni Kaia, sin nadie que quisiera ganarse su atención. Heist Stein se había ganado una popularidad instantánea en mi instituto desde el día uno.

Eso era otra cosa que no me terminaba de encajar. Si Kaia y Frey eran menores que él y estaban en el último año, ¿cómo era que Heist estaba en el mismo año que sus hermanos? Él debería estar en la universidad. Cuando le pregunté a la señora Philips me dijo que supuestamente Heist no había podido terminar su último año de instituto en Alemania por algunos problemas.

Qué conveniente.

Había estado evitándolo como la plaga después de llegar del retiro, esa conversación el día de mi cumpleaños aún me incomodaba y también estaba la foto. Así que me giré con Mary del brazo y me alejé de él porque no había forma de que me enfrentara a él ahora. No podía lidiar con él, ni con Carter, ni con Rhett.

De momento, evitaba a muchos chicos.

—Leigh Fleming, por favor, preséntate en la oficina de la directora. —La voz de la asistente de la directora sonó en los altavoces de los pasillos del instituto. Mary me miró extrañada—. Leigh Fleming, por favor, preséntate en la oficina de la directora.

—¿Todo bien?—me preguntó Mary y yo me encogí de hombros.

—Tal vez sea algo del grupo líder. Nos vemos más tarde.

Al llegar a la oficina de la directora, toqué la puerta y escuché un «Adelante» que me indicó que pasara. Entré, cerré la puerta detrás de mí y le mostré a la directora mi mejor sonrisa.

—Que el Altísimo esté con usted.

—Que así sea —me dijo ella con su vestido rosa pálido por debajo de sus rodillas y su cabello bien peinado.

Sin embargo, mis ojos se posaron en un lado de la oficina y mi sonrisa se desvaneció al ver a uno de los chicos que había estado evitando con fervor ahí sentado, con sus labios estirándose en una sonrisa arrogante cuando se giró para verme.

Heist.

—Oh, no sabía que estaba acompañada —admití esforzándome por sonreír de nuevo.

—Toma asiento, Leigh. —Ella señaló la silla al lado de Heist frente a su escritorio. Obedecí y me senté, podía sentir los ojos de Heist sobre mí, pero no le dediqué ni una sola mirada.

—¿En qué puedo servirle, señora Philips?

—Has tenido unas excelentes semanas de comienzo con las Iluminadas,

Leigh, solo he escuchado maravillas, así que he decidido confiarte una tarea muy importante para mi esposo y para mí.

«¿Qué tiene que ver Heist con eso? ¿Por qué está aquí?»

—Es un honor servirle al Altísimo, señora Philips.

—Bueno, Leigh, como sabes, los Stein se han estado adaptando a nuestra religión y me han contado que los has ayudado mucho con eso, sobre todo a los miembros más jóvenes de la familia. No tenía ni idea del tiempo que le has dedicado a eso y estoy muy orgullosa de ti por hacerlo por voluntad propia.

En realidad, fue idea de mi madre...

—Y le agradezco a Heist que me informe de esto porque yo no tenía ni idea. —Miré a Heist y él le sonrió aceptando el agradecimiento.

Por supuesto, arrogante.

—No fue nada, solo quería ayudar.

—Creo que ya estás familiarizada con los Stein, mucho más que cualquier otro miembro de nuestra comunidad.

«Yo no estaría tan segura, señora Philips; creo que Natalia está mucho más familiarizada con Heist que yo.»

—Así que no se me ocurre otra persona más adecuada para ayudarme con esta tarea. —La escuché atentamente—. Heist es muy inteligente y está muy interesado en conocer nuestro pueblo en profundidad, el libro del Altísimo, su creación, etcétera. Así que, si no es mucho pedir, ¿podrías quedarte con él una hora después del instituto para enseñarle todo eso en la biblioteca?

«Tiene que estar bromeando.»

—No tendría que ser todos los días —siguió la señora Philips, probablemente al ver mi expresión—, ¿dos veces por semana?

—Con todo respeto, señora Philips, tengo muchas cosas que hacer con nuestra próxima celebración de la semana de bendición a finales de este mes, no tengo mucho tiempo libre.

Escuché a Heist suspirar dramáticamente y lo miré incrédula. El muy idiota tenía la expresión más triste que había visto en mi vida.

—Si Leigh está ocupada, lo entiendo, señora Philips. —Él permaneció en silencio unos segundos y bajó la mirada—. Mi hambre de conocimiento por el Altísimo tendrá que esperar.

Este...

—No, no, Heist —la señora Philips sacudió sus manos frente a ella—, por supuesto que conocerás más del Altísimo; si Leigh no puede, me aseguraré de buscar a alguien más.

—Lo lamento mucho, señora Philips. —Me puse de pie—. Quisiera ayudar, pero estoy bastante ocupada ahora.

«Toma eso, idiota manipulador.»

Cuando mis ojos se encontraron con los de él, la comisura de uno de sus labios se curvó en una minúscula sonrisa antes de ocultarla y hablar de nuevo.

—Entiendo, fue un error por mi parte preguntar sabiendo que ella estaba ocupada. —Él suspiró de nuevo—. Supuse que Leigh tendría tiempo para ayudarme como lo tiene para ayudar a Rhett.

Me paralicé al instante, apretando los puños a mis costados. La señora Philips arrugó sus cejas.

—¿Rhett? ¿Rhett Lombardi? —Mi corazón se desbocó en mi pecho—. ¿De qué está hablando Heist, Leigh?

Tragué con dificultad, disimulando las ganas de ahorcar a Heist. La familia líder jamás debía relacionarme con Rhett, de ninguna forma.

—No lo sé, creo que se ha confundido de chica. Ni siquiera conozco bien a Rhett.

—¿Me he confundido? —preguntó Heist, mirándome. Sabía lo que estaba haciendo.

—Sí, te has confundido —dije entre dientes y él me sonrió.

—Sí, disculpe, señora Philips; me he confundido, fue otra chica la que vi ayudando a Rhett.

—Oh, eso imaginé. Leigh no se juntaría con alguien como él.

—Sí, y he cambiado de opinión, señora Philips —porque sabía que eso era lo que él quería para mantenerse callado—, ayudaré a Heist pero solo una vez por semana. Es lo único que puedo hacer. No más que eso.

—Perfecto, muchas gracias, Leigh.

Heist se puso de pie.

—De verdad muchas gracias, entiendo por qué eres la líder de las Iluminadas.

Si pudiera borrarle esa sonrisa victoriosa del rostro, lo haría.

Salí de esa oficina furiosa porque odiaba hacer cosas que no quería, y fue la primera vez que vi las habilidades de manipulación de Heist en todo su esplendor. Me quedé parada a un lado de la puerta, mis hombros subiendo y bajando hasta que me calmé. Iba a comenzar a caminar cuando Heist salió de la oficina con esa estúpida sonrisa.

—Te veo después del instituto, *líder* —me susurró al oído al pasar por mi lado y lo empujé para alejarme de él.

Él se echó a reír y no dejé de oír su risa detrás de mí mientras me iba.

—Lee estos.

Le lancé dos libros a la mesa a Heist, que estaba sentado, inclinado hacia atrás en la silla de la solitaria biblioteca con las manos entrelazadas detrás de la cabeza. Sus ojos seguían mis movimientos con diversión.

—Te noto muy tensa, Leigh.

—Estoy bien.

Él no dijo nada y tomó un libro, comenzando a leerlo de verdad. Yo caminé de un lado a otro frente a la mesa.

—¿Puedes sentarte? —dijo bajando el libro.

—No.

—De acuerdo.

Pasaron unos minutos y ya no pude callarme más, como siempre mi lado amable saliendo por la puerta cuando se trataba de Heist. Me incliné sobre la mesa y le arranqué el libro de las manos, lanzándolo a un lado.

—¿Crees que puedes ir por la vida usando las debilidades de las personas para salirte con la tuya?

Heist alzó una ceja.

—No sabía que Rhett era tu debilidad.

—Deja de hacerte el idiota, Heist.

Él se enderezó en su silla.

—Me preguntaba cuánto tiempo te tomaría explotar de esta forma, debo decir que no ha sido mucho.

—No estoy explotando, solo te estoy diciendo tus verdades en la cara.

Heist se puso de pie y rodeó la mesa para acercarse a mí. Mi valentía disminuyó un poco, pero no lo demostré ni retrocedí. Él se paró justo frente a mí.

—Muy bien, dime mis verdades a la cara.

—Eres un manipulador, arrogante, egocéntrico y mentiroso que cree que esa cara y expresión encantadora le permitirá hacer lo que le plazca con las personas a su alrededor.

Él sonrió abiertamente.

«Es que está loco.»

Sus ojos azulados, que se veían un poco más grises bajo la luz clara de la biblioteca, tenían ese brillo divertido que me molestaba.

—Bien, ¿hora de las verdades? Tú eres una hipócrita mentirosa que se cree superior y mejor que los demás cuando es tan mediocre y llena de defectos como todos nosotros.

Abrí la boca sorprendida porque no me esperaba escuchar palabras tan crudas. Levanté la mano para darle una bofetada, pero él agarró mi muñeca, acercando su rostro al mío.

—¿Puedes decirme mis verdades, pero yo no puedo decirte las tuyas? —Arranqué mi muñeca de su agarre—. Eso no es justo, ¿no crees?

—Ni siquiera sé por qué pierdo mi tiempo teniendo estas conversaciones contigo.

—Porque te gusto.

Me reí abiertamente, agradeciendo que ya no quedara nadie en la biblioteca porque, si no, el ruido ya nos hubiera metido en problemas.

—¡Otra vez con eso! Es que no puedes superar que no le gustes a una chica. Te he tratado mal, te he insultado, te he evitado, ¿qué señal te he dado para que pienses que me gustas?

—Veamos, la chica perfecta que nunca muestra su verdadero ser a nadie, me lo muestra a mí, soy el único que ella trata mal e insulta cuando con el resto se desvive por crear la apariencia de que nunca trataría mal ni insultaría a nadie.

Apreté mis labios.

—Si crees que eso te hace especial para mí, estás muy equivocado, Heist. Lo único que me hace insultarte y tratarte mal es que me molesta que juegues con todo el mundo como si nada.

—¿Y tú no juegas con las personas, Leigh?

Me tensé y él tomó mi mejilla con delicadeza.

—Usando esa cara tierna y esa seguridad de perfección para estar donde estás ahora.

—No, eso no es lo que hago. Yo...

Alguien se aclaró la garganta y rápidamente quité la mano de Heist de mi rostro. Me giré para encontrarme a Rhett, con los puños apretados a cada lado de su cuerpo, echándole una mirada mortal a Heist.

—¿Puedo hablar contigo un segundo, Leigh? —La rabia en el tono de Rhett era contenida pero obvia.

Heist le sonrió.

—No —le respondió—. Leigh está ocupada ayudándome.

—Le he preguntado a ella, no a ti.

—*Ella* está aquí mismo, así que ya es suficiente —dije, insegura de qué hacer.

Heist dio un paso atrás, recostándose contra la mesa y cruzó los brazos. Sus ojos brillaban con regodeo.

—¿Qué vas a hacer, líder? —preguntó, entretenido.

22

Dulce recuerdo

RHETT

—¿No te vas? —me preguntó Cindy al salir del aula de clases.

—No, tengo algo que hacer primero —susurré.

Todos los estudiantes del instituto se apresuraban a la salida, ansiosos por irse a casa, pero yo dejé a mi hermana ahí y caminé en sentido contrario porque había sido incapaz de sacarme a Leigh de la cabeza en todo el día. Tenía que verla, el beso de la otra noche solo me revolvió todo.

Leigh, aunque siempre había sido bonita, nunca me había llamado la atención mientras crecíamos. Ella era demasiado rígida y perfecta para mi gusto. Nunca rompía las reglas y juzgaba a aquellos que sí lo hacían, podía decir que no me caía bien en absoluto.

Hasta que una tarde, hace un poco más de un año, el servicio había terminado en la iglesia y yo estaba en la parte de atrás de la misma, fumándome un cigarro a escondidas, mi espalda contra la pared. Leigh salió por la puerta de atrás de la iglesia, cerrándola de un portazo con una bolsa de basura en la mano, se veía furiosa. Ella estaba tan absorta en lo que sea que estaba pensando que no me vio.

Solo pude observarla caminar hacia el contenedor de basura en la distancia y lanzar la bolsa adentro con tanta rabia que me sorprendió que no la rompiera. Ella se quedó de espaldas a mí y gruñó, pateando el suelo.

Yo no me lo podía creer. ¿La niña perfecta, la favorita de la iglesia, era capaz de sentir una rabia tan profunda? Eso despertó mi curiosidad, tal vez ella no era lo que aparentaba con los demás. Y entonces hizo algo que me hizo levantar las cejas por la sorpresa.

Recogió piedras del suelo para lanzarlas con furia hacia el campo detrás del contenedor, las palabras que salieron de su boca me dejaron aún más sorprendido.

—¡Estúpida Payton! —dijo, lanzando una piedra—. ¡Estúpida Sophie! ¡Estúpida Jessie! ¡Yo debía estar ahí! ¡No ustedes! ¡Nadie se lo merecía más que yo! ¡Las odio! ¡Las odio! ¡Arggg!

Guao, cuida tus palabras, Leigh.

Y entonces, entendí por qué estaba enojada, recordando el servicio de hoy. La congregación se había ganado un viaje de Tour Espiritual por Europa por algún concurso que no recordaba y en el servicio todos habían votado y elegido a las tres jóvenes más ejemplares de la iglesia para ir. Supuse que Leigh había asumido que ella sería una de las elegidas, recordé su cara cuando el líder dijo los nombres de Payton, Sophie y Jessie.

La elección que más le afectaba era la de Jessie porque todos sabíamos que ella se había estado alejando de la iglesia. Pero quizá esa era la forma en la que el líder quería asegurarse de que Jessie se quedara.

Una sonrisa se formó en mis labios al ver a la perfecta princesa de la iglesia maldecir y lanzar piedras al vacío.

Leigh terminó su ataque de rabia, girándose en mi dirección para caminar hacia la puerta de atrás de la iglesia. Se acomodó la ropa y el cabello mientras respiraba profundamente y practicaba varias sonrisas amables y palabras de felicitaciones para las chicas.

Yo me mordí el labio inferior, sonriendo, y ella finalmente levantó su mirada, me vio y se paralizó a mitad de camino.

—Rhett —dijo mi nombre, la sorpresa decorando su voz—, no te había visto.

No dije nada y le di una calada a mi cigarro antes de exhalar el humo, mirándola, viendo el pánico extenderse por todo su rostro al darse cuenta de que había presenciado su pequeño show.

Ella se aclaró la garganta y cruzó los brazos sobre su pecho.

—¿Qué crees que haces? No deberías fumar.

Eso me hizo bufar, aún descubierta, quería juzgarme.

—¿También odias los cigarros? Me sorprende que te quede espacio para odiar algo más.

Ella entendió mis palabras, pero fingió no hacerlo.

—En cualquier caso, son tus pulmones los que se pudrirán, no los míos.

Qué cruda, sentí que estaba hablando con ella por primera vez, esta chica desafiante no era la misma que había crecido con todos nosotros. Eso me intrigó.

Me permití observarla con detenimiento por primera vez, nunca le había prestado demasiada atención porque no era una chica que me interesara, pero el descubrimiento de ese día había cambiado eso. Su cabello y ojos negros hacían un lindo contraste contra su piel, su cuerpo se había desarrollado muy bien en los lugares indicados. Leigh caminó hacia mí y me arrancó el cigarro de la mano para lanzarlo a un lado.

—Puedes fumar en otro lado, no tienes que faltar al respeto a la iglesia de esta forma.

La tomé de los hombros y la giré para presionarla contra la pared, ella no se lo esperaba y me miró sorprendida, puse mi mano contra la pared a un lado de su cara.

—Ese era mi último cigarro, Leigh. —Sacudí mi cabeza—. ¿Cómo vas a recompensarme por esa pérdida?

Ella bufó y yo estaba fascinado porque de verdad era como si estuviera hablando con una chica diferente a la que había visto todos esos años.

—Sobrevivirás —me dijo a la cara sin ningún rastro de titubeo al tenerla acorralada en la pared.

Esa fue la primera vez que me sentí atraído hacia ella; después de eso, vinieron las conversaciones detrás de la iglesia cada domingo, ella siempre cruda conmigo pero de alguna forma sabía que era real, que me mostraba quién era realmente detrás de esa apariencia de perfección. Ella me fue gustando más y más hasta que me encontré pensando en ella todos los días, queriendo acariciar su rostro cuando hablábamos y deseando besarla.

Me enamoré como un idiota, así que un día me declaré, pero me rechazó de una manera increíble. Yo sabía que tenía que ver con el hecho de que yo le gustaba a su mejor amiga, Natalia, así que no me rendí y una tarde estaba molestándola mientras ensayaba un discurso que tenía que dar en una de las congregaciones. Ella me persiguió por todo el patio de la iglesia para quitarme el papel que le había robado.

Levanté mi mano en el aire, viéndola saltar al intentar alcanzar el papel. Y me volví muy consciente de lo cerca que estaba, mis ojos se detuvieron sobre sus labios y ella se detuvo al darse cuenta, pero se quedó pegada a mí y no pude contenerme. La agarré de la cintura presionándola contra mi cuerpo.

—Rhett —protestó, pero sus labios se abrieron ligeramente—, no.

Sin embargo, sus ojos no decían eso. Estaba cómoda en mis brazos, así que me incliné hacia ella dándole tiempo de alejar su cara y cuando no lo hizo, la besé.

Ese beso detrás de la iglesia fue el inicio de todo entre nosotros, el comienzo de este nosotros que no habíamos podido descifrar un año después.

Había perdido la cuenta de cuántas veces habíamos intentado alejarnos; hasta me fui seis meses a hacer un curso para poner distancia entre nosotros, para olvidarla, y pensé que estaba funcionando, pasaron los meses y ya no pensaba tanto en ella. Conocí a otras chicas, me acosté con otras, lo disfruté, pero en el momento en el que la vi en el café del pueblo era como si mis sentimientos se hubieran hecho más fuertes de un solo golpe.

Y esa vez me di cuenta de que sin importar la distancia que pusiéramos entre nosotros hasta que ella y yo de verdad quisiéramos separarnos o comenzáramos una relación seria con otra persona, lo nuestro no se acabaría tan fácilmente. Ambos sabíamos que ella no quería a alguien como Carter, era solo el chico que necesitaba a su lado para brillar en la iglesia, lo que ella creía que necesitaba.

Cuánto anhelaba que ella me necesitara a mí.

Busqué a Leigh en su clase, pero estaba casi vacía. Encontré a Mary y cuando le pregunté por ella me dijo que Leigh estaba en la biblioteca, encargándose de una actividad después del instituto. Bien, eso quería decir que podía hablar con ella a solas, la biblioteca estaría vacía a esas horas.

Pero para mi sorpresa, no estaba sola.

Heist Stein.

«Contrólate, Rhett», me repetí una y otra vez en la cabeza, apretando los puños a mis lados. Heist parecía despreocupado, como si no acabara de acariciar el rostro de Leigh justo delante de mis ojos, como si no hubiera despertado en mí unos celos intensos que jamás había sentido ni siquiera con el mojigato de Carter. Yo sabía que ella no se dejaba tocar por cualquiera y el hecho de que se dejara tocar por él significaba algo.

«¿Qué pasa entre ustedes dos?»

La mirada de Leigh pasó de él a mí como si dudara de qué hacer y no podría soportar que me dijera que me fuera para quedarse con él.

Porque ella siempre escogía algo o alguien por encima de mí.

Mi esperanza de que ella algún día me escogiera a mí, que quisiera estar conmigo, se desvanecía con cada día. Yo no encajaba en su mundo de perfección, pero Heist tampoco, lo cual me hacía enojar aún más porque si a Leigh le gustó un chico malo como yo, ¿quién decía que no le podía gustar él? Eso lo hacía más peligroso para mí que Carter.

—¿Leigh? —la llamé por su nombre, ocultando la desesperación en mi voz.

Ella lamió sus labios antes de chuparlos dentro de su boca, pensando.

—Creo que hemos terminado la clase por hoy, Heist —anunció ella. Heist alzó una ceja—. Puedes adelantarte, necesito aclarar unas cosas con Rhett.

Heist desenredó sus brazos cruzados y le sonrió.

—Como usted ordene, líder.

Él caminó en mi dirección, su sonrisa se mantuvo en todo momento. Al pasar por mi lado, le puse una mano en el hombro, deteniéndolo.

—Mantente alejado de Leigh —dije entre dientes y él quitó mi mano de su hombro, dando un paso a un lado para quedar frente a mí.

—¿Por qué haría eso? —preguntó, sonriendo—. ¿Porque me lo dice un perdedor como tú?

Apreté mi mandíbula, sin dejar de mirarlo a los ojos. Si creía que iba a intimidarme o a insultarme sin recibir nada a cambio, estaba muy equivocado.

—Sé qué tipo de persona eres —fue mi turno de sonreír en su cara—, no quiero a alguien como tú cerca de Leigh.

—No has conocido a nadie como yo —repuso en un tono burlón—, ¿sabes cómo lo sé? —Su voz se tornó fría—. Porque no estás muerto.

Le di un empujón.

—¿Me estás amenazando? —Lo empujé de nuevo y él solo me sonrió, incrementando mis ganas de golpearlo. Leigh gruñó de frustración, acercándose.

—Rhett.

—No te metas en esto —le dije, agarrando a Heist del cuello de la camisa de su uniforme—, vuelve a amenazarme y verás qué pasa.

Él se rio, acercando su rostro al mío.

—Tengo curiosidad por saber lo fuerte que puede pegar un perdedor como tú.

Y eso es todo lo que necesité para darle un puñetazo con todas las ganas.

—¡Rhett! ¡Por el Altísimo, no seas un salvaje! —Leigh me gritó, pero no se movió.

Heist dio unos cuantos pasos atrás. Movió su mandíbula para asegurarse de que estaba bien y limpió la sangre de la comisura de su boca con la parte de atrás de su mano.

—Decepcionante —murmuró—, Kaia pega más fuerte que tú.

Me abalancé sobre él, sin embargo, esa vez Heist me esquivó antes de golpearme en la cara con tanta fuerza que caí sentado en el suelo. Pero ni eso ni el dolor palpitando en mi mejilla me detuvieron, me puse de pie, escupí sangre a un lado y volví a golpearlo.

—¡Genial! ¡Mátense como unos salvajes! —exclamó Leigh, molesta—, no son unos niños, no voy a detenerlos.

La rabia era mi combustible, quería quitarle esa expresión arrogante del rostro, esa expresión de que era dueño del mundo. Por cada golpe que le daba recibía dos, pero eso no me detenía. Heist era un buen luchador y no parecía agotado.

Con nuestros rostros ensangrentados, le di un último puñetazo, mis nudillos rotos ardiendo con tanto contacto. Caí sentado en el suelo, mis hombros subiendo y bajando rápidamente. La sangre brotaba de mi nariz, así que me concentré en respirar por la boca, todo mi rostro palpitaba de dolor.

—Si ya han terminado con su salvajismo, iré por el botiquín de primeros auxilios —explicó Leigh, saliendo de la biblioteca.

Heist se inclinó sobre mí, complacido.

—Sigues siendo débil, Rhett.

—*Verpiss dich!* —le susurré «vete a la mierda» en alemán.

Heist soltó una carcajada.

—*Ich habe dich vermisst*, Rhett. —«Te extrañé, Rhett.» Heist me ofreció su mano y la tomé para ponerme de pie.

Heist puso su mano sobre mi hombro.

—Ha pasado un tiempo, hermanito.

23

Contacto incendiario

HEIST

No puedo dejar de sonreír al ver a Leigh limpiarle las heridas a Rhett, con cuidado, como si él fuera lo más preciado para ella. Al parecer todo lo que necesitaba hacer para que ella demostrara su debilidad era golpear a Rhett hasta ese punto.

Mis maneras de conseguir las cosas podían ser sangrientas, pero eso no les restaba efectividad.

Ahí frente a mí tenía a una Leigh preocupada, sus ojos derrochando sentimientos que una líder perfecta como ella no debería tener, no por alguien como Rhett. Suspiré porque podía leerla claramente en ese momento: su pose, su cautela al presionar el algodón contra las heridas en el rostro de Rhett, sus susurros preocupados. Bufé, molesto, sí, solo un poco, me molestaba esa ridícula adoración en sus ojos por él. Me molestaba el hecho de que su debilidad fuera un chico, «Qué predecible, Leigh».

Sin embargo, había algo más que había llamado mi atención de todo eso: la reacción de Leigh ante la violencia. Eso me confirmaba muchas cosas. Como siempre, yo tenía razón.

«Bravo, Heist, has ganado de nuevo, entonces ¿por qué sigues molesto?»

Torcí mis labios ligeramente antes de aclarar mi garganta para recordarles que no estaban solos. No me gustaba pasar desapercibido en ningún escenario, la atención tenía que recaer siempre sobre mí. Rhett me echó una mirada cansada, Leigh giró su rostro y sus ojos negros se encontraron con los míos.

Por unos segundos, solo nos quedamos mirándonos el uno al otro, esa chispa, esa corriente entre nosotros tan obvia que Rhett apretó su mandíbula al notarlo. ¡Los celos y la inseguridad irradiando de él me parecían tan patéticos...!

«¿Qué puedo decir, hermanito? Es normal que un par de falsos como ella y yo nos sintamos atraídos entre nosotros, la atracción física suele ser muy simple y carece de explicación.»

Aunque Leigh lo negara, luchara y me insultara, ella también se sentía atraída hacia mí. Pero al verla con Rhett de esa forma, ya podía sentir el desinterés asentándose en mí porque me aburrían las personas predecibles. ¿Qué objetivo tenía jugar con alguien de quien se pudiera predecir todo lo que haría?

Estuve a punto de darme la vuelta e irme cuando ella hizo algo que no hubiera imaginado en miles de años, apagando cualquier señal de aburrimiento en mí: sostuvo el rostro ensangrentado de Rhett y lo besó.

Alcé una ceja, cruzando los brazos sobre mi pecho, poniéndome cómodo porque el beso no fue corto ni dulce, sino rudo y apasionado, sus labios moviéndose expertamente sobre los de él. Rhett no dudó en rodearla con sus brazos y apretarla contra sí. Por supuesto, estaba marcando su territorio como un animal prehistórico.

Vaya, vaya, Leigh, ¿así es como quieres jugar?

Leigh movió a Rhett con gentileza para que su espalda quedara en mi dirección y ella ladeó su rostro a un lado, profundizando el beso, y aprovechó para abrir sus ojos. Ese negro infinito me tentó, me retó, casi podía escucharla en mi cabeza.

«¿Quieres jugar, Heist?»

Solo pude lamer mis labios antes de sonreírle abiertamente.

«He estado jugando ya durante un tiempo, Leigh, creo que te has dado cuenta de eso.»

Ella detuvo el beso, acariciando el rostro de Rhett con ternura y yo oculté mi sonrisa cuando él se giró para echarme un vistazo, la victoria clara en su expresión. Casi bufé, ¿por qué las personas solían creer que podían ganar en mis juegos? Insultaban mi inteligencia.

—¿Te vas a quedar ahí parado? —preguntó Rhett—, creo que has notado que estás de más, ¿por qué no te vas?

—Yo también estoy herido. —Le señalé mi cara—. ¿O es que a la líder de los jóvenes solo le importas tú?

Leigh torció sus labios antes de tomar el kit de primeros auxilios y comenzar a caminar hacia mí. Rhett la agarró de la muñeca, deteniéndola y me tensé.

—No tienes que hacerlo —le susurró. Ella se liberó, suspirando.

—No seas infantil —le respondió—, el Altísimo nos ha enseñado a ayudar cuando podemos.

«Y volvemos con el Altísimo, ¿eh, Leigh? Creo que no te importaba mucho el Altísimo cuando tu lengua estaba en la garganta de Rhett hace unos minutos.»

Pero antes de que Leigh pudiera acercarse a mí, una voz femenina invadió el lugar.

—Pero ¿qué carajos está pasando? —Cindy se apresuró para revisar a Rhett, luego me echó una mirada furiosa—. Heist, ¿por qué no me sorprende? Tú… —se detuvo al ver la expresión confundida de Leigh.

«Cállate, Cindy.»

—¿Tú lo conoces? —Leigh hizo la pregunta esperada y yo dejé que Cindy lidiara con la respuesta porque había sido su imprudencia la que la causó.

—No —dijo Cindy nerviosa—. Rhett, mamá ha venido a buscarnos, tenemos que irnos, a ver cómo le explicas esto.

—Le diremos que me caí. —Rhett se encogió de hombros.

—Dile que te peleaste con alguien defendiendo a un pobre chico víctima de acoso escolar —le recomendé—, eso siempre funciona.

Leigh hizo una mueca ante mi recomendada mentira, ¿qué? De verdad funcionaba. Nada como apelar a la empatía y lástima humana para justificar acciones incorrectas.

Rhett le dijo algo al oído a Leigh antes de irse con Cindy, quien, por supuesto, me regaló una mirada llena de rabia al pasar por mi lado. Al escuchar la puerta de la biblioteca cerrarse, observé a Leigh en silencio, ¿por qué no me miraba? Ya era demasiado tarde para que sintiera vergüenza.

—¿No vas a curarme? —no me molesté en ocultar el tono divertido de mi voz—. De verdad me duele.

Ella volteó los ojos antes de comenzar a caminar hacia mí. Me senté en la mesa que tenía detrás y abrí mis piernas para que ella quedara de pie en medio de ellas mientras ponía las cosas a un lado de la mesa. Su perfume era algo dulce y era como si esa suave fragancia también fuera parte de toda la máscara que ella portaba.

Se quitó los guantes de plástico que había usado con Rhett y los lanzó a un lado a la basura antes de ponerse un par nuevo y preparar el algodón con el antiséptico. Yo me la quedé mirando porque me gustaba tenerla tan cerca, me permitía prestar atención a partes de ella que no eran notables en la distancia como lo delicado que era su cuello y los dos lunares pequeños que tenía a cada lado de su clavícula, visibles ahora que tenía desabotonados los primeros botones de su camisa del uniforme escolar. Leigh no usaba aretes, sus orejas sin perforaciones mantenían su cabello trenzado detrás, dándome una vista clara de su rostro.

Me preguntaba por qué no llevaba el cabello suelto y recordé aquella noche que la vi en la ventana de su habitación, su largo cabello negro cayendo a los lados de la cara, danzando en el aire con la brisa nocturna. Mis ojos se pasearon por su rostro, cada facción más pronunciada ahora que estaba a escasos centímetros de mí. Leigh levantó la mano y presionó el algodón contra mi pómulo. El dolor fue inmediato, pero ni siquiera hice una mueca.

Ella alzó una ceja.

—¿No sientes nada? —Presionó el algodón de nuevo con más fuerza como si quisiera una reacción. Sus ojos buscaron los míos por primera vez desde que se acercó a mí.

—¿Quieres hacerme sentir algo?

Ella pareció recordar que responder una pregunta con otra era algo propio de ella, no de mí, y apretó sus labios para contener el atisbo de sonrisa que amenazaba con curvarlos. Me entretenía mucho cuando se reprimía a sí misma de esa forma, me incitaba a hacerla sentir muchas otras cosas para borrarle esa expresión imparcial y perfecta que la caracterizaba.

—¿Por qué has hecho esto? —Su voz era un murmullo, ella bajó el algodón para presionarlo contra la comisura de mis labios. Arrugué mis cejas y ella se explicó—: ¿Por qué te has peleado con Rhett?

—Testosterona —me burlé, y ella me lanzó una mirada incrédula.

—No pareces ser el tipo de chico que hace algo sin razón.

—¿Estás diciendo que siempre tengo que tener un motivo para todo?

«Muy acertada, Leigh.»

—¿No es así?

Fue mi turno de sonreír.

—Tal vez. —Fue mi respuesta, antes de envolver mi mano alrededor de su muñeca, apartando el algodón de mi cara para que nada se interpusiera entre nosotros—. Tal vez me peleé con él para que tú y yo pudiéramos tener este momento.

—Heist.

—¿Qué? ¿Qué tiene de malo querer tenerte así de cerca?

Ella tragó, sonrojándose, y trató de dar un paso atrás, pero apreté mi agarre en su muñeca para mantenerla justo ahí, a mi alcance. Usé mi mano libre para rodear con mi brazo su cintura y acercarla aún más a mí.

—Heist —dijo ella entre dientes—, ¿qué crees que haces?

Su pequeño rostro quedó a escasos centímetros del mío al igual que su cuerpo en medio de mis piernas. Todo tenía un límite, ambos sabíamos la atracción que había entre nosotros, ¿por qué seguíamos negándonos el placer de disfrutar eso? Nunca entendería la moralidad por la que se regía la sociedad. Si algo te gusta, ¿por qué no puedes simplemente tomarlo? ¿Disfrutarlo? Si algo es mutuo y hay consentimiento, ¿cuál es el problema?

Disfruté la forma en la que Leigh se estremeció en mis brazos, cómo abrió su boca ligeramente para exhalar un suspiro, la batalla interna en sus ojos sobre qué hacer. Sabía que si la besaba me esquivaría, tenía que debilitar sus defensas primero, nublar su mente. Así que enterré mi rostro en su cuello, dejando besos húmedos hasta llegar a su oreja para susurrar.

—Deja de pensar tanto, Leigh.

—Heist, no —murmuró pero no hizo nada para alejarme—, yo... acabas de verlo, Rhett y yo...

Me alejé de su cuello para tenerla frente a mí de nuevo, su cercanía ya estaba causando efecto, mi respiración era tan agitada como la suya. Liberé su muñeca y acuné su rostro con mi mano, mi pulgar rozando su labio inferior.

—Sí, lo he visto, y lo hiciste para provocarme, ¿no es así? Como lo hice yo aquella noche en mi casa con Natalia. —Ante la mención de su amiga, ella se tensó un poco—. No puedes usar mis tácticas contra mí, Leigh.

—Yo no... —Ella lamió sus labios—, no podemos hacer esto, Heist.

Ella sonaba como si se estuviera convenciendo a sí misma y no a mí.

—¿Por qué no?

—Natalia... no puedo hacerle esto —contestó con firmeza y podía sentirla recuperando su control, así que bajé mis manos y la agarré de las caderas, pegándola a mí, dejándola sentir todo. Ella jadeó.

—¿No querías hacerme sentir algo? —le dije al oído antes de lamer su cuello con delicadeza. Ella se agarró de mis hombros—. Nadie lo sabrá, Leigh —le prometí.

Ella sacudió su cabeza ligeramente.

—Te he dicho que no me rendiré a tus encantos. —Me separé de ella para mirarla a los ojos.

—¿Quién ha dicho algo de rendirse a mis encantos? Esto es simple atracción carnal, Leigh, no vas a enamorarte de mí. Usa esa rabia que me tienes para besarme, para enloquecerme. La rabia puede ser mejor afrodisíaco que el amor.

Ella dudó, pero me agarró del cuello, acercando sus labios a los míos hasta que se rozaron ligeramente.

—No me gustas para nada, narcisista de mierda. —Su respiración acarició mis labios y tragué con fuerza, controlándome—. No me gustas.

—Lo sé.

—No me gustas, Heist Stein.

No dije nada y ella estampó sus labios contra los míos y eso fue todo lo que necesité para dar rienda suelta a mi deseo, a mis ganas de devorar a esta chica, ganas que tuve desde la primera vez que la vi. La agarré de la cintura, besándola con tanta desesperación que nuestros dientes chocaron por un segundo antes de que el ritmo del beso se estabilizara y se convirtiera en deseo puro. Leigh rodeó con ambas manos mi cuello, presionando su cuerpo contra el mío.

Ella tenía un sabor delicioso y besaba como una experta, ningún rastro de esa Leigh inocente que se suponía que era. Sabía cómo besar, lamer, morder y chupar mis labios para volverme loco. Sin poder contenerme, mis manos bajaron al final de su falda y acaricié sus suaves muslos. Ella gimió contra mi boca y fue el sonido más excitante que había escuchado en mucho tiempo.

Ella detuvo el beso para respirar, nuestros hombros subiendo y bajando, sus ojos brillando. Y yo volví a besarla, subiendo mis manos por sus muslos hasta su trasero, apretándolo con deseo. Eso pareció encenderla aún más porque Leigh se agarró de mi cabello, besándome con aún más intensidad y rapidez. Era como si el peso de la tensión que habíamos construido hubiera caído sobre nosotros con toda su fuerza. Nada era suficiente, queríamos más.

—No me gustas —murmuró entre besos y jadeos.

—No te gusto —le respondí, volviéndome muy consciente de sus pechos contra mí.

El beso se tornaba más desesperado, más hambriento con el pasar de los minutos. Sus labios y los míos parecían hechos a medida, nuestro ritmo sincronizado. No pude más y me separé de la mesa para girarla y sentarla a ella en la misma. Leigh no protestó cuando abrí sus piernas y me metí entre ellas. Su falda se subió por completo y volví a besarla como un desquiciado.

El ruido de la puerta de la biblioteca hizo que Leigh me empujara con tanta fuerza que di unos cuantos pasos atrás.

—¿Leigh? —escuché la voz de Mary, esa chica que siempre estaba con ella.

Agradecí que los estantes con libros pusieran distancia entre la puerta y nosotros. Leigh se puso de pie, arreglando su falda y yo me senté detrás de una de las mesas, ocultando mi obvia emoción después de ese beso.

—Sí, aquí estamos. —Leigh aún sonaba sin aliento y yo traté de controlar mi respiración.

Mary se detuvo al lado de un estante al vernos.

—Oh, hola, Heist. —Ella me saludó con la mano y yo le sonreí—. Leigh, ¿ya has terminado? Ya ha acabado mi clase de lenguas extranjeras. Me pediste que viniera a buscarte para no irte sola.

—Sí, sí —dijo Leigh, recogiendo su mochila de la mesa donde estaba yo. Ella me dedicó una simple mirada y yo pasé mi lengua por mi labio superior.

Leigh apartó la mirada antes de agarrar a Mary por el brazo para caminar hacia la puerta y salir de mi vista. Me quedé ahí y eché mi cabeza hacia atrás, con los ojos en el techo, esperando que se me pasara *la situación.*

No pude evitar la sonrisa que se formó en mis labios porque me había convertido en otro de los oscuros secretos de Leigh, había pasado de ser un enemigo a ser una de sus debilidades.

«Leigh, creo que ya no tengo que escoger, ¿por qué liberarte o destruirte cuando puedo hacer ambas cosas y disfrutarlo de esta forma?»

24

Diversión carmesí

Viernes, 30 de noviembre
11.56 pm

NATALIA

«Corre...»

Corrí, mis pies ardían al contacto con el suelo rocoso, las ramas caídas arañando, rompiendo mi piel, pero no podía detenerme. El frío nocturno golpeaba mis brazos desnudos, la frágil tela de mi camisa rasgada en algunas partes ya no me cubría mucho. Mis muñecas quemaban al rozar las esposas que las mantenían unidas.

Mi respiración estaba totalmente descontrolada. La desesperación y el miedo corrían por mis venas, impulsando mi adrenalina, mi instinto de supervivencia. Sin importar lo cansada que estuviera ni el poco aliento que me quedara, no podía parar, tenía que seguir porque él venía detrás de mí.

Su silbido retorcido resonaba por todo el bosque.

¿Cómo pude ser tan idiota?

¿Cómo pude confiar en él?

¿Cómo me cegué al no ver la clase de monstruo que era?

Me tropecé y al caer mis rodillas impactaron en el suelo sin piedad. Gruñí de dolor y poniendo mis manos esposadas contra la tierra me impulsé para levantarme de nuevo y seguir. Él cada vez estaba más cerca, su silbido atormentando mis oídos. Las lágrimas escapaban de mis ojos y luché por respirar a través de mi congestionada nariz, había llorado tanto... Él me había hecho llorar y gritar tanto que mi garganta estaba destrozada.

Sabía que estábamos en alguna parte de las montañas, un lugar muy desolado porque nadie había venido a rescatarme cuando grité pidiendo ayuda. Tenía que ser el bosque situado al norte del pueblo, en esta época del año estaba muy solitario porque sus árboles ya habían perdido sus hojas y el frío se concentraba más allí arriba. Nadie venía aquí, lo que me hacía pensar que esa fue la razón por la que él escogió traerme aquí.

—¡Natalia! —gritó mi nombre con esa voz que conocía tan bien.

Pasé un árbol y descansé mi espalda contra él, intentando recuperar un poco de aire para continuar corriendo. Eché un vistazo por un lado del árbol y no lo vi.

«¿Dónde está?»

No me quedé a averiguarlo, arranqué a correr a toda velocidad de nuevo. Entonces, de algún lado detrás de mí, escuché sus pasos acelerados.

No. No.

Él me abrazó desde atrás.

—¡No! —Luché por liberarme.

—Chist, chist —susurró en mi oído, manteniéndome pegada junto a él. Lloré, supliqué, mis murmullos eran incoherentes en ese punto—. Todo estará bien, *Natty*.

—¡Suéltame! ¡Por favor!

Me giró en sus brazos y me obligó a quedar frente a él. Con gentileza, quitó varios mechones de mi cabello que se habían adherido a mi rostro húmedo por las lágrimas y el sudor.

Él me sonrió.

—No voy a hacerte daño, Natalia.

—No te creo —murmuré.

—Chica inteligente —la burla en su tono era obvia—, ¿no has oído eso de que el fin justifica los medios?

—Vete a la mierda... —dije su nombre con todo el desprecio que pude conjurar. Él torció los labios, soltándome y levantó su mano para abofetearme con tanta fuerza que di unos pasos atrás. Mi mejilla palpitaba dolorida, podía probar el sabor de mi sangre dentro de mi boca.

—Vuelve a insultarme —me retó, acercándose de nuevo.

—¡Eres un hijo de puta! ¡Enfermo de mier... —Otra bofetada, esta más fuerte que la anterior, me desorientó por un segundo. Un pitido doloroso se instaló en mi oído.

—Otra vez.

Escupí sangre y tosí un poco, sin dejar de enfrentarme a él.

—¡Enfermo! ¡Eres un enfermo! ¡Tu... —Un golpe directo a mi rostro me mandó hacia atrás y me tumbó por completo, algo tenía que haberse roto porque el dolor que sentí en mi mandíbula y en mi mejilla no tenía comparación. Gemí de dolor, llorando abiertamente contra el suelo. Las ramas y las rocas arañaban mi cara, pero eso no era nada comparado con lo que acababa de experimentar.

Él se inclinó sobre mí y me ofreció su mano.

—¿Vas a seguir insultándome? Puedo seguir haciendo esto toda la noche.

Abrí la boca para insultarlo de nuevo pero el reciente recuerdo del dolor de su golpe y bofetada me detuvo, paralizándome, provocándome escalofríos por todo el cuerpo. No quería volver a sentir algo así. Levanté mis manos esposadas y me agarré de la suya para ponerme de pie.

—Buena chica. —Él volvió a sonreír—. Vamos.

—¿A... —aclaré mi garganta— adónde vamos?

Él me agarró ambas muñecas y estiró de mí para que lo siguiera.

—A mi casa.

Eso me hizo fruncir el ceño, ¿a su casa? Su familia debía de estar ahí. Bien, solo tenía que calmarme y cuando llegara allí gritaría y le pediría ayuda a su familia.

—Sé lo que estás pensando —me dijo y yo me tensé tanto que casi dejé de caminar, pero él me obligó a seguir—: ¿Por qué te llevaría a mi casa? Soy estúpido, ¿no es así?

No dije nada.

—Nuestra casa tiene un sótano con paredes insonorizadas —me contó mientras caminábamos como si estuviera hablando del clima, tranquilamente—, puedes gritar todo lo que quieras ahí y nadie te escuchará.

«Dios, está completamente loco.»

Pero si estaba diciendo la verdad, ¿por qué su familia tendría un sótano así? Mi única oportunidad de escapar era en el camino en auto de allí a su casa. Si él lograba encerrarme en ese sótano estaría perdida.

—Así que estarás a salvo allí, nadie te encontrará —me aseguró él—. No solemos encontrar lo que está a plena vista porque asumimos que algo o *alguien* que está perdido está por ahí, no justo en nuestras narices.

Entorné mis ojos ante sus palabras, ¿por eso me llevaba a su casa? ¿Porque nadie se imaginaría que me tendría ahí mismo, en la casa familiar? Y sonaba como si ya le hubiera funcionado antes. Sin duda, el primer lugar que buscarían sería en los bosques alrededor del pueblo, eso habíamos hecho cuando Jessie desapareció.

Jessie.

Clavé mi mirada sobre la espalda de mi captor, ¿acaso él tenía algo que ver con la desaparición de Jessie?

Un nudo se formó en mi garganta y arranqué mi muñeca de su agarre. Él se giró hacia mí, con una clara expresión de molestia.

—¿Qué pasa? ¿Vas a insultarme de nuevo?

—Tú... ¿fuiste tú, no es así?

Él ladeó la cabeza.

—¿Tú... tuviste algo que ver con la desaparición de Jessie?

Él suspiró y no dijo nada, pero esa era mi respuesta. Mis ojos no se despegaron de los suyos mientras unas gruesas lágrimas rodaban por mis mejillas. Levanté mis manos esposadas contra mi boca para ahogar un sollozo. Y, por un segundo, me pareció ver lástima en su expresión.

—No fue personal. —Se encogió de hombros y fue como si me hubiera apuñalado justo en el pecho. El dolor por la muerte de mi mejor amiga arrasó y estremeció mi cuerpo una vez más.

Ella... yo sabía que ella no se habría quitado la vida de esa forma sin razón, de repente recordé la desesperación en el rostro de Jessie ese día en la azotea del instituto.

—¿Qué le hiciste?

Sus labios se curvaron en una sonrisa victoriosa.

—Quizá lo mismo que voy a hacerte a ti.

—¿Vas a matarme?

—¿Yo maté a Jessie? Ella sola lanzó su cuerpo al vacío ese día, ¿o no? Ah, una vista gloriosa.

Me contuve para no atacarlo porque sabía que esposada de esa forma no lograría nada. Los copos de nieve comenzaron a caer entre nosotros, danzando suavemente en el helado aire antes de llegar al suelo. La primera nevada de Wilson la recibí frente a un monstruo que sonrió y extendió su mano, en cuya palma aterrizaron algunos copos blancos.

—*Herrlich* —murmuró en su perfecto alemán.

Volvimos a caminar hacia su auto, la nieve cayendo con más fuerza, acumulándose ligeramente sobre las rocas y ramas. Estaba segura de que al día siguiente aquello estaría completamente cubierto de blanco. Leigh tenía razón, tendríamos nuestra primera nevada antes de que llegara diciembre.

Leigh.

«Tú siempre me tendrás a mí, y yo a ti.»

Él se detuvo de golpe cuando vimos un hombre, con un inmenso bolso detrás, revisando su auto con curiosidad. Por su vestimenta, parecía un excursionista que no había comprobado el pronóstico del clima. A veces venían turistas a acampar en esas montañas buscando una experiencia de naturaleza pura, pero eso era lo de menos en ese momento.

Porque ese desconocido era mi salvación.

El monstruo se giró hacia mí, advirtiéndome con sus ojos helados que no lo hiciera, pero solo contaba con algunos segundos antes de que él cubriera mi boca.

—¡Ayuda! ¡Ayuda! —grité todo lo que pude y traté de correr hacia el excursionista, que nos vio y arrugó sus cejas.

El monstruo extendió sus garras y me agarró del pelo, deteniéndome.

—¡Ayúdame! ¡Por favor!

—¡Cállate! —gritó él en mi oído.

El excursionista rodeó el auto y se acercó a nosotros con cautela como si estuviera evaluando la situación.

—¿Todo bien? —preguntó él con calma, pero noté que estaba observando al monstruo, quizá asegurándose de que no tuviera armas.

—¡No tiene armas! ¡Ayu... —El monstruo cubrió mi boca.

—Por qué no soltamos a la chica, ¿eh? —dijo el hombre—, eres demasiado joven para hacer algo de lo que te puedas arrepentir.

El monstruo se echó a reír.

—No trates de endulzarme con palabras, idiota.

—Suelta a la chica y arreglemos esto tú y yo. —El hombre se quitó el bolso de su espalda—. ¿O me tienes miedo?

Él bufó.

—No quieres pelear conmigo.

—¿Quién ha dicho algo sobre pelear? —El hombre metió la mano en su bolso y sacó un arma negra con rapidez. Al monstruo apenas le dio tiempo de ponerme frente a él por completo usándome como escudo. Lo oí maldecir.

«Dispárale. Dispárale», repetí en mi mente una y otra vez.

—¡Suéltala! ¡Ahora! —le ordenó, apuntándonos.

—Dispara.

—No estoy jugando —presionó el hombre.

—¿Por qué no? Me encantan los juegos.

No había ni una pizca de miedo en su voz, ¿cómo podía permanecer tan calmado y arrogante cuando lo estaban apuntando con un arma? Mis gritos quedaban ahogados en su mano, apenas podía respirar por mi congestionada nariz.

Él suspiró.

—Bien, la soltaré si me das tu palabra de que no me dispararás y dejarás que la policía se encargue.

«No, no lo escuches, él no se rendiría tan fácilmente.»

—Tienes mi palabra —aseguró el hombre, relajándose brevemente.

Él se movió conmigo todavía pegada a él, protegiéndose con mi cuerpo hasta que quedó a una distancia prudente del hombre. La tensión en el aire era asfixiante.

—Baja el arma. ¿Cómo esperas que la libere cuando aún me estás apuntando?

El hombre dudó y yo meneé la cabeza, pero él bajó igualmente el arma y, en ese segundo, el monstruo me empujó con toda la fuerza que pudo contra el hombre, me estrellé contra él haciéndole perder el equilibrio. Todo pasó tan rápido que ni siquiera respiré hasta que aterricé encima de él.

El monstruo le pisó la muñeca, forzándolo a soltar el arma y se la arrancó de la mano para apuntarnos. El hombre me ayudó a ponerme de pie y se puso entre el monstruo y yo, alzando sus manos.

—Me diste tu palabra.

—La palabra de un asesino no vale una mierda.

—Escucha, no tienes que hacer esto.

—No te preocupes, no voy a dispararte. —Él le sacó el cartucho cargador al arma y lo metió en el bolsillo frontal de sus pantalones antes de lanzar la pistola sin carga a un lado—. Las armas son complicadas, ruidosas y dejan mucha evidencia.

—No voy a dejar que te lleves a la chica.

—Resolvamos esto como hombres, ¿no? ¿No querías pelear?

El frío me hizo temblar, la nieve no paraba de caer.

—Corre —susurró el hombre frente a mí cubriéndome—, corre.

Mi instinto de supervivencia tomó el control, ni siquiera lo dudé y corrí hacia la carretera por la que habíamos venido. Escuché los golpes, el choque de puños contra la piel, gruñidos y gemidos de dolor, pero no me di la vuelta. Tenía que alejarme todo lo que pudiera, tenía una ligera posibilidad de salir viva de aquello.

Mis pies encontraron el frío pavimento de la carretera, pero eso no me detuvo. Nada me detendría, podía sentir los latidos desesperados de mi corazón en mi garganta, mis pulmones ardían y el miedo circulaba por mis venas con total libertad.

Las luces de un auto en la distancia me hicieron soltar un sollozo de alivio, alcé mis manos esposadas en el aire.

—¡Eh! ¡Ayuda! ¡Ayuda!

El auto se detuvo, sus luces brillantes me forzaron a entornar mis ojos. El conductor se bajó y caminó hacia mí, a contraluz podía ver su silueta.

—¡Ayu… —Un golpe seco me silenció y caí hacia atrás sin poder usar mis manos para evitarlo. Levanté mi mirada para observar quién era.

«No puede ser.»

Era ella.

Ella me agarró del pelo, me levantó y me llevó de regreso a la carretera. Luché, empujé, hice todo lo que pude, pero ella era demasiado fuerte y me manejaba con una facilidad increíble. Recordé esa noche en las montañas cuando ella había estado en el retiro de las Iluminadas, lo amable que había sido siempre y ahora me arrastraba como si nada.

«Esto no puede estar pasando.»

Volvimos al lugar donde habíamos dejado al monstruo y mi pecho se encogió de miedo al verlo de pie al lado del hombre, que yacía en el suelo, sin moverse. El monstruo tenía los puños llenos de sangre, al igual que su camisa.

Ella me lanzó hacia él y caí de rodillas a unos pasos del hombre. Su cara estaba destrozado, un desastre de sangre y piel rota. Tuve que girar mi rostro para vomitar sobre el ya casi blanco suelo cubierto por la nieve. Ese hombre no podía estar muerto, no, no.

—Te he dicho que te has vuelto descuidado —le dijo ella, sacudiendo sus manos.

—Iba a atraparla.

—¿Cuándo? ¿Cuando llegara al pueblo y le contara a todos tu lindo pasatiempo?

—¿Qué estás haciendo aquí?

—Salvando tu trasero, por lo que veo.

—Iba a atraparla —repitió él, con una obvia molestia en su voz.

Yo volví a mirar al hombre, su pecho aún subía y bajaba ligeramente: estaba vivo. El monstruo se acercó y se inclinó sobre mí, su mano goteando sangre tomó mi mentón y casi vomité de nuevo.

—Voy a matarlo —me aseguró. Yo me tensé—. Y tú lo verás todo y será tu culpa, Natalia, porque si no hubieras gritado pidiendo ayuda, él podría haber seguido con su vida como si nada.

—No, por favor, no lo hagas —le supliqué, mirándolo a los ojos—, si llegaste a tener el más mínimo sentimiento por mí, no hagas esto, te lo ruego.

—Por supuesto que tuve y tengo sentimientos por ti, Natty. —Su pulgar ensangrentado acarició mi mejilla, el olor a sangre llenó mi nariz—. Pero no podemos dejar cabos sueltos, no puedo dejar vivo a un testigo, ¿lo entiendes?

—Por favor —rogué.

Él besó mi frente antes de enderezarse y girarse hacia el hombre. Intenté levantarme, pero ella se agachó detrás de mí y puso ambas manos sobre mis hombros. Su voz era un susurro en el silencio de la noche.

—Quieta —me ordenó—, no puedes perderte esto, va a matar por ti, ¿no te sientes afortunada?

—No, no, por favor.

Él se subió encima del hombre y comenzó a golpearlo. La sangre salpicaba a los lados, la piel se desgarraba aún más, el hombre inconsciente apenas gemía de dolor. Las lágrimas rodaban por mis mejillas y no quería ver, no podía ver aquello. Él agarró una roca, levantó sus manos en el aire y la estampó contra el pecho del hombre, un sonido de huesos rotos invadió el lugar.

Intenté apartar la mirada, pero ella agarró mi rostro, obligándome a mirar.

—Si cierras los ojos, te golpearé.

Empezó a brotar sangre de la boca del hombre sin parar. Cuando terminó con él se puso de pie, respirando agitadamente.

El pecho del hombre ya no se movía.

—Un pobre excursionista que no conocía bien las montañas se cayó por un precipicio directo a su muerte —comentó él—. Si es que alguien lo busca porque no es del pueblo, así que dudo que la familia sepa dónde iba a acampar exactamente. De todas formas, la nieve lo cubrirá todo los próximos meses. Iré a dejarlo caer por el precipicio.

Él se lo llevó y yo me quedé ahí, procesando, congelada, ya no lloraba, ya no decía nada, era como si mi cuerpo hubiera entrado en un trance porque no podía lidiar con lo que acababa de pasar.

Sin embargo, sabía que si quería sobrevivir, tenía que calmarme, tenía que pensar. Y aunque dudaba que pudiera ser más inteligente que él, por lo menos, lo iba a poner en evidencia ante todos.

Así perdiera mi vida en el intento, con mi último aliento lo expondría. Por Jessie, por todas las chicas del pueblo y por Leigh, todos necesitaban saber que un monstruo caminaba entre nosotros.

25

Susurros delicados

Un día antes
Jueves, 29 de noviembre
6.56 pm

LEIGH

Blanco.

El interior de la iglesia estaba cubierto de decoraciones blancas: rosas, cortinas, manteles sobre las mesas. Los bancos de la iglesia habían sido movidos hacia una esquina para dejar todo el lugar como un gran espacio vacío, como un salón de fiestas, con suficiente espacio para poner mesas, sillas y arreglos florales. Era la costumbre cuando teníamos celebraciones grandes como esa: la semana de bendición.

Esa semana, de lunes a viernes la pasábamos desde las cuatro de la tarde hasta ya casi las ocho de la noche en la iglesia, y el sábado y el domingo los pasábamos completos aquí. Cantábamos, organizábamos actividades recreativas, actividades para conocernos más y relacionarnos. Era como el retiro que habíamos hecho las Iluminadas, pero eso involucraba a toda la iglesia; eran días para acercarnos a aquellos que no conocíamos mucho o con los que nunca habíamos tenido una conversación extensa, a pesar de vernos en la iglesia todos los domingos.

Una oportunidad para afianzar nuestros lazos como lo había expuesto nuestro líder. Ya era jueves y estaba agradecida porque ahora como líder de las Iluminadas mis responsabilidades habían crecido y había estado a cargo de parte de la organización de aquello.

Los Stein continuaban siendo el centro de atención, todo el mundo quería hablar con ellos, ya que fueron los últimos en unirse a nuestra comunidad. Había estado tan ocupada que ni siquiera me había dado tiempo de evitarlos, así que en parte agradecí todas esas responsabilidades.

Porque de ninguna forma quería enfrentarme a Heist Stein después de lo que pasó en la biblioteca, no quería lidiar con sus comentarios arrogantes porque estaba segura de que de esos tenía muchos en mente. Fue solo un beso, motivado por la frustración y la rabia que él despertaba en mí, eso fue todo. Y no podía repetirse, jamás.

Involucrarme con Heist era problemático en muchos niveles, no solo era peligroso, mucha gente saldría herida: Natalia, Rhett y...

—¡Carter! —me tensé al escuchar a Mary a mi lado llamar a alguien que caminaba hacia nosotras—. ¡Por fin has vuelto!

Levanté la mirada para verlo. Carter, mi amor platónico de infancia, venía hacia nosotras, con las manos en los bolsillos de sus pantalones beige. Su camisa gris abotonada hasta el último botón, como siempre. Él me sonrió y yo no supe cómo sentirme. Si lo que Kaia me había dicho era verdad, él... ya no podía verlo de la misma forma, yo nunca le gustaría por más que lo intentara. ¿Había estado fingiendo todo ese tiempo? Eso dolía porque quería decir que todo lo que había percibido de él en nuestra primera cita fue falso.

«La falsedad reina en Wilson.» Casi podía oír a Heist decir eso en mi mente. Sacudí mi cabeza, no quería pensar en él porque eso me hacía buscarlo con la mirada entre la gente y a veces lo encontraba observándome con esa estúpida sonrisa burlona que lo caracterizaba.

—Que el Altísimo esté con ustedes, chicas —nos saludó Carter, su sonrisa expandiéndose.

—Que así sea —respondió Mary antes de echarme un vistazo—, iré a revisar si ya estamos listos para la tercera actividad.

Y se fue, dejándonos solos.

—Hola, Leigh. —Su entusiasmo y emoción al verme me habría hecho sonrojar si no supiera lo falsos que eran.

—Hola, Carter —le dije, con una pequeña sonrisa. Él arrugó sus cejas al notar mi falta de emoción—, estoy un poco ocupada.

—Lo sé, pero no nos hemos visto en semanas, yo... —él se lamió los labios—, te he extrañado y quería saber si podíamos tener otra cita.

—No lo sé, esto de la semana de bendición me tiene muy ocupada. —Tomé una bandeja de una de las mesas y le di la espalda para caminar a uno de los cuartos de atrás de la iglesia que funcionaba como cocina. Pero en vez de quedarse ahí, Carter me siguió.

Al entrar, puse la bandeja en una mesa.

—¿Pasa algo, Leigh? —Su voz sonaba preocupada.

Me giré para quedar frente a él. No era el momento, yo lo sabía, tampoco era el lugar, pero no tenía ni idea de si podía seguir con la farsa que éramos

Carter y yo. Tomé su mano y lo guie a la puerta de atrás. El frío del ya amenazante invierno me recibió. El cielo estaba gris, ya casi anochecía.

—¿Leigh?

Lamí mis labios sin saber cómo decir eso o cómo manejarlo, así que decidí no lidiar con ello en absoluto.

—Carter, yo... —me detuve—, creo que tú y yo no vamos a funcionar.

Su expresión se convirtió en confusión pura.

—¿Qué?

—Estoy en un punto en mi vida donde... quiero hacer muchas cosas por la iglesia, por... mí misma, no es el momento para una relación.

—¿Estás terminando conmigo? —La tristeza en su expresión encogió mi pecho porque él se veía genuinamente devastado—. ¿Por qué? ¿Es porque he estado fuera mucho tiempo? Era época de retiros, pero ya no más, Leigh, te prometo que estaré aquí para ti.

—No, de verdad, esto solo tiene que ver conmigo. Tú eres perfecto, Carter.

—No entiendo, estabas tan... emocionada como yo, tú... —él se calló por un segundo—, ¿qué ha cambiado?

«Rhett volvió, Heist se metió aún más en mi cabeza y me enteré de que eres homosexual.»

Necesitaba tomar las riendas de mi vida de nuevo y Carter ya no era ese novio perfecto que necesitaba y que me daba estabilidad, era una complicación y de eso ya tenía suficiente con Rhett.

Y tampoco sería tan cruel de decirle que sabía lo de su homosexualidad; si él no me lo había contado sería por algo. Sin embargo, Carter se veía tan confundido que me hizo considerar algo que no se me había cruzado por la mente.

¿Y si Kaia estaba mintiendo?

No la conocía, era una recién llegada en mi vida, ¿por qué habría de creerle? Lamentablemente la única forma de conocer la verdad, era enfrentándola.

—Carter —comencé, incómoda—, necesito preguntarte algo y quiero que seas honesto conmigo; si es cierto, no voy a decir nada, lo prometo. Tu secreto está a salvo conmigo.

Los secretos eran parte de mi cotidianidad.

—De acuerdo. —Sus ojos indagaron mi expresión como si buscara entender qué pasaba.

—¿Eres homosexual?

La cara de Carter se estiró de la sorpresa y abrió su boca ligeramente. Y por un par de segundos, solo me miró como si no pudiera creer que yo acabara de decir eso. Luego, él se pasó la mano por la cara y dio un paso para acercarse a mí.

—Leigh.

Alcé una ceja, esperé su respuesta y él apretó sus labios, incómodo.

—¿Kaia te lo dijo?

—¿Es cierto?

—¿Fue ella?

—Carter.

—¿Por qué me lo preguntas cuando ya sabes la respuesta?

—Porque quiero oírlo de ti —le dije al notar que no se veía para nada arrepentido por haberme mentido, haberme hecho creer que yo le gustaba tanto como él a mí—, porque... ¿has jugado conmigo todo este tiempo?

Él sacudió la cabeza.

—No, Leigh, yo... escucha —su voz tembló un poco—, lo que soy... sé que no es aceptable en nuestra comunidad, es... estoy intentando cambiar, no ser así pero es...

—Carter...

—No sé qué estaba pensando al decírselo a Kaia cuando me lo preguntó, pero he vivido todos estos años con este secreto, y sentí que podía decírselo a ella porque es extranjera, de mente abierta y no la conocía mucho, así que no me importaba lo que pensara de mí. Fue un error, ahora me doy cuenta.

—Carter.

Él puso sus manos sobre mis hombros, con una clara desesperación en su expresión.

—Sé que esto es pedirte mucho, pero no puedes decírselo a nadie, Leigh, mi familia se moriría de la vergüenza y arruinaría todo lo que han construido, yo...

—¡Carter! —lo detuve, quitando sus manos de mis hombros—, no pienso contárselo a nadie.

—¿De verdad?

Asentí.

—Es tu secreto, no soy quién para compartirlo, pero creo que debes hablar con Kaia. De la misma manera que me lo dijo a mí, puede andar contándoselo a todo el mundo.

—¡Ah! ¡Mierda! —Carter se giró, agarrándose la cabeza y en medio de ese desastre, sonreí.

—Es la primera vez que te escucho decir una mala palabra —admití.

Él me miró por un segundo antes de devolverme la sonrisa.

—Si me gustaran las chicas, tú...

—Yo sería tu chica ideal.

—¿Cómo lo sabes?

—Todo el pueblo lo sabe, Carter. —Suspiré antes de recostarme contra la pared de la iglesia—. Creo que somos la pareja más esperada de nuestra comunidad.

Carter me imitó y se apoyó en la pared, cruzando los brazos sobre su pecho, con sus ojos sobre mí.

—En un mundo perfecto, habríamos salido, nos hubiéramos comprometido dentro de unos años y luego nos habríamos casado, una ceremonia de las grandes en la iglesia, ¿eh?

Eso me hizo soltar una risita, Carter continuó:

—Luego, un par de hijos y morir de viejos juntos.

—Cuando lo pones así suena increíblemente deprimente y aburrido.

—¿Y todo esto no lo es?

Entorné los ojos.

—¿De qué hablas?

—¿No sientes curiosidad por salir de este pueblo, Leigh? Hay tantas cosas allá fuera, hay...

—¿Tentaciones?

Carter permaneció en silencio.

—Debo volver —le dije al pasar por su lado y caminar a la puerta de atrás de la iglesia. A cada paso que daba sentía mi fachada de tranquilidad desvanecerse y mi pecho se oprimía cada vez más.

Tal vez lo que sentía por Carter no era profundo ni increíble, pero llegué a pensar que él sería esa solución, esa persona que podía hacerme olvidar a Rhett y llevarme por el buen camino del Altísimo. Y ahora que eso no era posible, dolía.

Entré en la iglesia, pero me quedé con la espalda contra la puerta. La cocina estaba vacía y lo agradecí, necesitaba un momento. Sin embargo, mi soledad no duró mucho gracias al chico alemán que entró en la cocina. Esos ojos grises me miraron y evaluó mi estado como siempre.

—Déjame adivinar, la princesa se ha quedado sin príncipe.

—Vete a la mierda, Heist. —Me despegué de la puerta y me dirigí al salón, pero al pasar por su lado Heist me agarró del brazo.

—No puedes evitarme para siempre, Leigh.

Tragué con dificultad antes de mirarlo.

—Evitarte significaría notar tu presencia y no lo hago.

—¿De verdad? —Me estiró del brazo para obligarme a quedar frente a él—. Y entonces ¿por qué siento que no puedes dejar de pensar en ese beso?

¿En lo que me habrías dejado hacerte sobre esa mesa si Mary no hubiera llegado?

—Te estás dando demasiado crédito, Stein.

—Y tú mientes tanto que ya las mentiras brotan de ti naturalmente.

Bufé, liberando mi brazo de su agarre.

—Déjame en paz. —Comencé a caminar para alejarme de allí, pero pude escucharlo hablar detrás de mí.

—Tic, tac, Leigh —Su voz tenía ese tono burlón en su máximo esplendor—. Es inevitable que tú y yo acabemos juntos.

Al llegar a casa, me lancé sobre mi cama dramáticamente. Aterricé sobre mi espalda y me quedé así un par de minutos, la luz de las bombillas exteriores de la casa se colaba por la ventana y formaba sombras en el techo. Estiré los brazos a mis costados y cerré los ojos.

Lo primero que vino a mi mente fue el rostro de Heist cerca del mío, la sensación de sus labios suaves y húmedos, y lo bien que se había sentido. No dejaba de dar vueltas en mi mente al hecho de que todo había sido real, ese beso, esos gruñidos y caricias desesperadas de Heist eran reales, no venían de ese lugar falso que ya conocía tan bien de él. Para bien o para mal, Heist de verdad me deseaba.

«Y, ¿tú? ¿Qué sientes, Leigh?»

«Nada.»

«No puedo sentir nada por él.»

Natalia.

Abrí mis ojos de golpe, apartando todo pensamiento sobre Heist de mi mente. Natalia no se merecía eso, nadie se lo merecía. Odiaba esa parte de mí, ese lado que a veces no podía controlar y hería a las personas que me importaban.

Un toque en mi puerta me sorprendió, le eché un vistazo a la mesilla de noche y vi que eran más de las diez. Me impulsé con los codos para sentarme.

—¿Estás despierta, hija? —preguntó mamá al otro lado.

—Sí, pasa.

Mamá abrió la puerta, pero para mi sorpresa no estaba sola. Natalia estaba a su lado, sus ojos rojos y sus manos frente a ella, unidas. Arrugué mis cejas.

—Natalia... quiere dormir esta noche aquí, hija, está pasando un día duro —explicó mamá.

Me puse de pie.

—Por supuesto, pasa —le dije al tomar su mano y dejarla entrar. Mamá nos dio las buenas noches y Natalia se sentó en mi cama con la cabeza baja. Me senté a su lado preocupada.

Le di su tiempo porque la conocía, era estúpido preguntarle si estaba bien cuando era obvio que no lo estaba.

—Perdón por aparecer así de la nada, es solo que... no sabía dónde más ir, yo...

—Eh —tomé su mano sobre la cama—, sin importar lo que pase, tú siempre me tendrás a mí, y yo a ti.

Sus ojos se llenaron de lágrimas.

—Lo sé y... —ella se detuvo, tomando una respiración profunda—, estos días me han servido para reflexionar sobre tantas cosas, lo mala que fui al dejar que Jessie te molestara, cómo me quedé callada...

Sus ojos enrojecidos encontraron los míos.

—Lo siento mucho, Leigh.

Su disculpa, aunque tardía, me hizo darme cuenta de que no necesitaba que se disculpara, mucho menos ahora que yo era la que tenía que pedirle perdón por no poder resistirme a su chico.

—Está bien, Natalia, nunca hemos dejado que el pasado sea algo que nos afecte, ¿o sí?

—Me alejé de ti porque... quería protegerte, Leigh, no quería manchar tu reputación con la mía, aunque no lo creas, te quiero mucho.

«Yo lo sé.»

—Yo también te quiero, Natty —le susurré y la envolví en un abrazo. Ella lloró en silencio, su cuerpo estremeciéndose.

—La extraño tanto... —murmuró contra mi hombro, sabía que se refería a Jessie—, no puedo creer que haya saltado, Leigh, ella... era tan fuerte, tan llena de vida. La imagen de ella saltando se repite una y otra vez en mi mente, y me pongo a pensar que si tal vez yo me hubiera acercado rápidamente o algo, tal vez...

—Eh. —Me separé de ella y tomé su rostro entre mis manos—. No hagas esto, Natalia. No te castigues así, no podemos cambiar lo que ya pasó por más que queramos, solo te lastimas pensando cosas como esa.

Ella puso sus manos sobre las mías.

—Duele mucho, Leigh, no sé cómo sobrellevar este dolor.

Eso oprimió mi pecho porque solo podía imaginarlo; si algo le pasaba a Natalia estaba segura de que me sentiría igual o peor.

—No puedo mentirte y decirte que el dolor desaparecerá porque no es verdad, pero se volverá más llevadero, Natty, y aprenderás a vivir con él.

—¿Cómo lo sabes?

Bajé mis manos de su rostro. Tomé una larga respiración antes de soltarla lentamente y ella pareció recordarlo.

—Oh, claro, lo siento, soy una idiota.

—Está bien, me alegra que lo hayas olvidado, me da esperanzas de que algún día yo pueda hacer lo mismo.

—Eres mucho más fuerte de lo que la gente cree. —Me sonrió y la culpa volvió a invadirme.

No era el momento para decírselo, ella ya tenía suficiente pero dudaba que existiera un momento ideal para decir algo como aquello. Sin embargo, esa noche la dejaría descansar y por la mañana cuando estuviera descansada se lo diría.

Natalia se durmió fácilmente y yo me la quedé mirando un buen rato sin poder conciliar el sueño. Me levanté con cuidado y me fui a sentar al lado de la ventana. La casa de los Stein estaba a oscuras, la ventana de Heist sumida en completa oscuridad. A simple vista parecía que nadie habitaba esa casa y me puse a pensar cómo serían las cosas si así fuera. Si los Stein nunca hubieran llegado a Wilson, quizá nada de esa locura de los suicidios habría ocurrido.

Con esos pensamientos en mi mente, me fui a dormir.

Viernes, 30 de noviembre
8.56 am

—Otra taza más, Lilia —le suplicó Natalia a mi madre mientras yo clavaba el tenedor en mi desayuno y me lo llevaba a la boca.

—Ya has consumido suficiente cafeína, Natalia —le reprochó mi madre.

Natalia miró mi taza de café y yo meneé la cabeza.

—Por favor.

Suspiré y la deslicé por la mesa hacia ella. Mamá alzó una ceja.

—Un poco más de café no le hará mal a nadie.

Mamá sacudió su cabeza y se giró para volver a la cocina. La luz matutina iluminaba los ventanales detrás de la mesa donde comíamos. Aunque el sol estaba presente, podía sentir el frío que hacía afuera.

—¿Crees que tendremos nieve pronto? —preguntó Natalia. Yo siempre acertaba con el clima.

Eché un vistazo por la ventana, algunos charcos estaban congelados al igual que algunas ramas secas. Nos habíamos despertado con una temperatura bajo cero.

—Sí, creo que tendremos nieve antes de que llegue diciembre.

—Mañana ya es diciembre, Leigh, entonces, ¿nevará hoy?

—Sí, quizá por la noche.

—Espero que por lo menos ya estemos en casa cuando comience a nevar.

—Apuesto a que nevará cuando estemos cerca de medianoche.

—¿Cómo puedes saber eso?

—Instinto.

—Estás loca.

«*Fuchsteufelswild.*»

«No, Leigh, no es el momento de pensar en Heist.»

Terminamos de desayunar y nos sentamos en el sofá. Mamá se fue a comprar unas cosas que le faltaban para hacer el almuerzo y, al quedarnos solas, supe que era el momento. No quería arruinarlo todo, pero no podía seguir callándomelo. Natalia no era cualquier persona para mí, era mi mejor amiga de la infancia, y aunque nos hubiéramos separado y le hubiera fallado, le debía mi honestidad.

—Natalia, hay algo que debo decirte.

Ella se acomodó su cabello ondulado detrás de sus orejas, dándome su completa atención.

—Sé que no es el mejor momento y sé que vas a odiarme y me lo merezco, pero necesito ser honesta contigo.

—¿Qué pasa?

—Es sobre Heist.

—Ah, Leigh, si vas a volver a advertirme que es peligroso y que debería alejarme, pierdes el tiempo, él...

—Lo besé —la interrumpí—, Heist y yo nos besamos la otra noche en la biblioteca.

La expresión de Natalia cambió de sorpresa absoluta a rabia y finalmente dolor. Ella se puso de pie y me dio la espalda como si necesitara aire o alejarse de mí.

Me levanté, pero me quedé al lado del sofá.

—Lo siento mucho, Natalia, no sé qué me pasó, fue...

—¡Cállate! —Su grito me hizo saltar un poco, ella se giró hacia mí, con las lágrimas rodando por sus mejillas—, ni siquiera intentes darme excusas, ni siquiera trates de justificarte.

—Natalia...

—¿Cómo pudiste? Sabías lo mucho que me gustaba, te lo dije claramente, ¿cómo pudiste hacer algo así? Con Rhett lo entendí porque a él nunca le interesé en serio, pero Heist es mi novio, Leigh. Besaste a mi novio.

—Lo siento...

—¿Quién eres, Leigh? ¿La amiga perfecta que siempre está ahí para mí o la que se revuelca con mi novio cuando me descuido?

—Él siempre...

—Yo lidiaré con él y su infidelidad, sé que se necesita a dos para hacer algo así, pero en estos momentos estoy hablándolo con mi mejor amiga y honestamente me duele más que seas tú, que venga de ti y justo en este momento, justo cuando he perdido a Jessie, esto es demasiado.

—Lo sé, Natalia, y me merezco... —Una bofetada me hizo girar el rostro a un lado, el ardor en mi mejilla palpitaba.

—Ahora mismo no puedo ni verte, Leigh. Necesito tiempo. —Y con eso se fue a la puerta y salió de la casa. Yo la seguí y me quedé en el porche viéndola llegar a la acera y luego dirigirse a la casa de los Stein.

Quise detenerla, pero solo pude verla caminar furiosa a la puerta de mis vecinos y desaparecer. Debí detenerla, debí calmarla, pero, sobre todo, debí permanecer a su lado porque esa noche Natalia desapareció.

26

Miradas heladas

LEIGH

La desaparición de Natalia consternó al pueblo y a la policía porque ya era la segunda vez que alguien desaparecía así. ¿Y si Natalia volvía y hacía lo mismo que Jessie? Por primera vez desde que comenzaron los suicidios pude ver la preocupación en los rostros de los oficiales del pueblo, pude ver la sospecha de que algo estaba pasando, algo muy malo y de que esos suicidios no eran lo que parecían.

Habían sido dos semanas de búsqueda, de revisar los alrededores del pueblo, de pegar carteles en cada calle, en cada lugar. Era como si a Natalia se la hubiera tragado la tierra. No había ninguna pista, nada. La policía había interrogado a los Stein, a mi familia y a un montón de gente porque habíamos sido los últimos en verla.

«¿Dónde estás, Natalia?»

Por mi parte, mis sospechas con los Stein se habían vuelto más palpables. Le di mil vueltas en la cabeza a ese momento en el que Natalia se fue de mi casa furiosa a la casa de los Stein, probablemente a insultar a Heist. Que ella desapareciera justo después de eso era demasiado sospechoso.

Así que limité mis interacciones con Heist lo más que pude; aunque él también formaba parte del equipo de búsqueda solo interactuaba con él cuando había otra persona, nunca solos. Nada bueno surgía de nuestras conversaciones cuando estábamos solos. Además, él era el recordatorio de que quizá aquello era por mi culpa, si yo no lo hubiera besado, si no le hubiese dicho eso a Natalia, quizá ella no estaría desaparecida ahora.

—Creo que deberíamos entrar —me aconsejó Mary cuando pasamos por el restaurante del pueblo. Sacudí mi cabeza—. Vamos, Leigh, estamos heladas, tomaremos un chocolate caliente y luego seguiremos pegando los carteles, ¿sí?

Lo dudé pero ella tenía razón. Ya no podía sentir mis dedos a pesar de los gruesos guantes que llevaba. Desde aquella primera nevada la noche que Natalia desapareció, el invierno había llegado de forma implacable. El blanco de la nieve cubría todo Wilson y las temperaturas se mantenían bajas.

Entramos en el restaurante y Kate nos recibió con una sonrisa triste al ver los carteles en nuestras manos. Ella era una de las integrantes de las Iluminadas y ese era su trabajo de medio tiempo. Fuimos a sentarnos en una mesa al lado de la ventana y entonces los vi.

Rhett y Cindy.

Estaban con dos chicas más, sonriendo y bromeando en una mesa al final de la hilera de mesas pegadas a la ventana. Rhett tenía puestos todos sus piercings, a diferencia de cuando iba a la iglesia. Su ropa negra lograba ese contraste perfecto contra su piel y hacía juego con los tatuajes visibles en sus antebrazos. Él se rio con algo que una de las chicas dijo, mostrando esos dientes perfectos y derechos que tenía. Su sonrisa fue una de las primeras cosas que llamó mi atención.

Una de las chicas golpeó el hombro de Rhett en broma y me tensé porque se veían muy cómodos el uno con el otro. Lo estaban pasando tan bien que ni siquiera nos habían visto. Apreté los labios y me senté en nuestra mesa, me quité el abrigo y los guantes para colgarlos en mi silla. No aparté mis ojos de ellos en ningún momento.

Mary siguió mi mirada.

—Oh, sé que su presencia no es de tu agrado, es una lástima que estén aquí.

«Ah, Mary, si tú supieras...»

Dejé de mirarlos y traté de desviar mi atención al menú de bebidas calientes. Marga, la dueña de ese restaurante y muy devota, tenía su propia colección de chocolates calientes con diferentes sabores y agregados. Mi favorito era el de chocolate blanco con vainilla.

El de Natalia era el de chocolate cremoso con crema batida. Una ola de tristeza me recorrió y casi pude ver a Natalia frente a mí tratando de convencerme de que pidiera ese. Su voz llena de persuasión: «Vamos, Leigh, prueba algo diferente, ¿por qué eres tan rígida?».

«Ay, Natty. Tienes que estar bien.»

Y por alguna razón, mi molestia hacia Rhett creció, mientras él estaba allí divirtiéndose con un par de chicas, yo lo estaba pasando mal con lo de Natalia. Y él ni siquiera se había acercado a mí desde que Natalia desapareció, ni en la iglesia, ni en ninguna otra parte. No me había mirado en absoluto.

«¿Eso no era lo que querías, Leigh? ¿Que te dejara en paz?»

La puerta del restaurante sonó y me giré para echar un vistazo sobre mi hombro: Kaia Stein. Entró con la seguridad que siempre emanaba de ella. Su cabello corto perfecto alrededor de su perfilada cara, sus labios pintados de rojo fuego... Llevaba puestos unos tejanos apretados con unas botas negras que casi llegaban a sus rodillas junto con un suéter negro. Lucía perfecta, podía decir con tranquilidad que Kaia era la chica con más estilo en el pueblo.

Ella nos sonrió al pasar por nuestro lado a modo de saludo, pero siguió su camino y fruncí el ceño al verla llegar a la mesa de Rhett. Todos le sonrieron y ella se sentó al lado de Rhett.

—Eso no me lo esperaba —comentó Mary y yo solo me quedé mirando esa mesa como una idiota.

Kaia le susurró algo en el oído a Rhett y esos ojos oscuros que me gustaban tanto finalmente cayeron sobre mí.

«Frío.»

La frialdad en los ojos de Rhett me tomó desprevenida y oprimió mi pecho, así que aparté la mirada.

—¿Listas para pedir? —Kate apareció a nuestro lado y yo volví a la realidad.

—Sí —respondió Mary por ambas y pedimos nuestras bebidas. Kate tomó la orden y se fue—. Leigh, ¿estás bien?

—Sí.

—Vaya manera de pasar las vacaciones de invierno. —La tristeza en su voz era obvia. Las clases habían terminado la semana pasada y no habría más escuela hasta enero. Ya pronto vendrían las celebraciones de fin de año. Mary extendió su mano y la puso sobre la mía—. La encontraremos, Leigh.

Me esforcé por sonreír.

—Lo sé. —Mis ojos inquietos se centraron en Rhett de nuevo. Sentí un frío en el estómago al ver cómo Kaia tenía su cabeza recostada en el hombro de Rhett. Ambos de negro, hacían muy buena pareja, y ella era tan bonita que me sentí insignificante.

Porque si Rhett iba a olvidarme con alguna chica, no había ninguna más bonita y perfecta en el pueblo que ella. Y eso me aterró porque, por primera vez, Rhett se había alejado como se lo pedí, me había mirado con frialdad, no me había buscado, ¿por ella?

—¿Leigh?

—Necesito el baño.

Me puse de pie y me apresuré al baño. Apenas abrí la puerta, unas lágrimas rebeldes llenaron mis ojos y me metí en un cubículo, respirando agitadamente porque dolía, y mucho. Era como si finalmente el peso de todo cayera sobre mí y ver a Rhett con otra chica hubiera sido la gota que derramó el vaso.

Las emociones me abrumaron, me dejaron sin aire. La culpa y la tristeza porque le fallé a mi mejor amiga. Ya ni siquiera sabía si la volvería a ver de nuevo y lo último que tuvimos fue una pelea. Impotencia porque sin importar cuántas veces caminara y pegara pósteres y la buscara, no podía encontrarla, porque no sabía lo que ella estaba pasando. El dolor de un corazón roto porque mientras estaba pasando por algo tan difícil, el chico que quería estaba con otra y parecía que finalmente me había olvidado cuando yo todavía sentía tantas cosas por él.

Cubrí mi boca para llorar en silencio en el baño. No quería que nadie me escuchara, que nadie supiera que me estaba rompiendo en mil pedazos en ese instante, que estaba dejando salir todo lo que sentía. Mis hombros temblaban con cada sollozo, todo mi cuerpo se estremecía.

Y como me pasaba cada vez que liberaba mis emociones, el recuerdo de esa horrible noche se arrastraba en mi mente, pero lo bloqueé por completo. No era el momento ni el lugar.

Después de llorar por unos minutos, limpié mis lágrimas con cuidado y tomé una respiración profunda. Inhalé y exhalé repetidamente, y salí del cubículo. Me incliné sobre el lavamanos y lavé mi cara. Practiqué mi sonrisa frente al espejo, aunque no creía que Mary cuestionara mis ojos enrojecidos. Ella sabía que yo estaba mal con lo de Natalia, le atribuiría el que hubiera llorado solo a eso. ¡Si ella supiera todo lo demás!

Al salir del baño, casi me detuve de golpe al ver que Mary ya no estaba sola en la mesa. Ella estaba acompañada por él, que iba con un suéter azul y pantalones negros, y su cabello rubio desordenado le caía ligeramente alrededor de su cara; le había crecido, eso era seguro.

Me acerqué y Heist me sonrió.

—Hola, Leigh. —Sus ojos se posaron sobre los míos, una ligera arruga se formó entre sus cejas al evaluarme. Genial, ahora Heist sabía que había estado llorando.

«Hoy no puede ser peor.»

—Hola, Stein.

No estaba de humor para ser amable, en especial porque no me quedó otra que sentarme a su lado.

—No soy lo suficientemente digno para que me llames por mi nombre, ¿eh?

—Exacto.

La palabra dejó mis labios y cuando sentí la mirada sorprendida de Mary sobre mí recordé que no estábamos solos, que Mary no sabía lo grosera que yo era con Heist. Para ella yo era la líder perfecta de las Iluminadas.

—Quiero decir —me aclaré la garganta—, por supuesto que eres digno de tu nombre, Heist.

Heist alzó una ceja, divertido.

—Me alegra escucharte decir eso, Leigh.

Un minuto de silencio nos recorrió, Mary tomó un sorbo de su bebida, y yo la imité.

—Le estaba comentando a Mary que estaban preguntando por ella en la sección tres de la búsqueda —comenzó Heist—, dijeron algo sobre que ella conoce bien la zona.

—Ah, sí —admitió Mary—, mi hermano y yo construimos una casa en un árbol en esa área, la conozco muy bien.

—Es una lástima que tengas que ir allá ahora mismo. —Heist miró a Mary a los ojos, su sonrisa encantadora extendiéndose por sus labios—. Me conmueve tu apoyo y dedicación a esta búsqueda, Mary, eres una chica increíble. —Él estiró su mano y la puso sobre la de ella, Mary de inmediato se sonrojó.

—Oh, no es nada, todo sea por encontrar a Natalia.

—Lo sé. —Heist le dio un apretón a su mano y a Mary se le olvidó respirar.

«Este idiota.»

—No te preocupes por Leigh, yo le haré compañía y la ayudaré a terminar de pegar los carteles. —Heist no me miró ni una vez mientras le hablaba a Mary, tal vez porque no quería enfrentarse a mi mirada asesina.

Mary se puso de pie.

—Debo ir, Leigh, nos vemos más tarde, ¿de acuerdo?

—De acuerdo.

Apenas Mary se fue me giré en mi silla para quedar frente al chico más insoportable y manipulador que había conocido en mi vida.

—Que sea la última vez que haces eso.

—¿Que haga qué? —Heist me preguntó con inocencia.

—Manipular a alguien así delante de mí.

—¿Yo? ¿Manipular? Solo le dije la verdad. La necesitan para...

—Heist —lo interrumpí entre dientes.

—Ah, extrañaba escuchar mi nombre viniendo de ti con ese desprecio; no lo hagas mucho porque me puedo emocionar.

—¿Qué estás haciendo aquí?

—Sabes, creo que eres la primera chica que me ignora con tanta pasión después de besarla, suelo tener el efecto contrario.

—Y tú eres el primer chico que ignoro con tanta pasión que no entiende las señales claras.

—No soy el primero. —Sus ojos fueron en la dirección de Rhett antes de volver a mí—. ¿Cierto, Leigh?

Ignoré sus palabras y me sorprendió ver que la mesa de Rhett estaba casi vacía, solo quedaban Rhett y Kaia, los demás se habían ido.

—Salgamos de aquí. —Heist puso dinero sobre la mesa para pagar la cuenta, tomó mi abrigo y mis guantes con una mano y con la otra me agarró de la muñeca, casi arrastrándome fuera del restaurante. La parte de mí que no quería seguir presenciando lo de Kaia y Rhett era tan fuerte que no luché y solo lo seguí.

Después de caminar unos minutos en silencio por la acera cubierta de nieve, Heist se salió de ella para meterse en un sendero entre arbustos y las alarmas en mí se activaron, ¿adónde me llevaba?

Sin embargo, no me detuve, si Heist estaba involucrado de alguna forma en lo que le había pasado a Natalia no me importaba ponerme en peligro para averiguarlo.

Entre árboles altos y un par de rocas inmensas llegamos a un área despejada y vi un pequeño lago congelado frente a nosotros. Toda la vista inspiraba melancolía y tristeza, lo blanquecino del suelo, las secas ramas de los árboles, la capa de hielo que cubría el lago. No había señales del sol, estaba nublado.

Heist se sentó en una roca inmensa frente al lago. Su respiración visible al dejar su boca por el frío, estábamos locos por estar allí con esas temperaturas. Escalé la roca y me senté a su lado, frotando mis manos antes de ponerme mis guantes. Heist mantuvo su mirada en el lago.

—¿Por qué me has traído aquí? —tenía que preguntar.

—¿Por qué estabas llorando? —Él giró su rostro para mirarme. El color de sus ojos se veía tan claro a plena luz del día: esa mezcla de azul y gris. Y, por un momento, sentí que Heist pertenecía a ese lugar y a sus colores.

—No estaba llorando.

—¿Es por Natalia? —se detuvo un segundo—, ¿o por Rhett? ¿O quizá por ambos?

No dije nada y miré al frente.

—Estamos solos, Leigh, no tienes que fingir que todo está bien —me dijo. Sin embargo, algo era diferente, su voz no era juguetona o burlona, era... ¿triste?

—No estoy fingiendo.

Él suspiró.

—No tienes que esconderte en un baño a llorar. —Volví a observarlo, sus ojos seguían en el lago—. Por lo menos, no hoy, puedes hacerlo aquí.

—Hasta el más tonto sabe que no debe mostrarte sus debilidades, ¿qué te hace pensar que lloraría frente a ti?

Heist bajó la mirada por un segundo antes de que sus ojos buscaran los míos.

—Yo ya conozco todas tus debilidades, Leigh —me dijo, una sonrisa triste curvó un lado de sus labios—, son tus debilidades, no tus fortalezas, lo que me atrae tanto de ti.

27

Verdaderos colores

HEIST

Silencio.

Leigh no dijo nada, sus ojos admiraban el lago y aunque actuaba como si mis palabras no le afectaran, jugaba con sus manos sobre su regazo, inquieta. Me la quedé mirando porque sabía que en algún momento tendría que hablar y quería ver su expresión cuando lo hiciera.

El frío invernal le había enrojecido las mejillas y su respiración era visible cuando el aire abandonaba sus labios. Llevaba puesto un gorro negro de lana, la trenza de su largo cabello descansaba a un lado de su cuello. Dejó salir una bocanada de aire antes de hablar.

—No deberíamos estar aquí.

—¿Solo vas a ignorar lo que acabo de decir?

—Sí.

Eso me hizo sonreír.

Su capacidad de lidiar con cosas que la incomodaban era mínima, ella prefería actuar como si nada hubiera pasado, reprimirlo. Por eso disfrutaba tanto incomodándola, forzándola a enfrentarse a lo que no quería. Cada vez que la veía, recordaba que ya había descubierto uno de sus grandes secretos. El recuerdo de cómo obtuve esa información llegó a mi mente.

Estábamos en la sala de la casa de Leigh. Acabábamos de llegar del instituto después de presenciar el suicidio de Jessie. Natalia dormía con su cabeza sobre mi regazo. Leigh estaba acostada en el otro sofá, inquieta y nerviosa.

—Deja de pensar tanto y descansa, Leigh —le recomendé, reclinándome en el sofá ligeramente con cuidado de no mover mucho a Natalia, y cerré mis ojos.

Podía sentir la mirada de Leigh sobre mí, luego la escuché levantarse y abrí los ojos para verla caminar hacia la puerta. Saqué mi teléfono y llamé a Frey de inmediato.

—Necesito que alejes a Leigh de su casa, está en el porche ahora.

Mi hermano ni siquiera hizo preguntas.

—Está bien.

Y colgó.

Con cuidado, quité la cabeza de Natalia de mi regazo y me puse de pie. Subí las escaleras rápidamente, sabía que no tenía mucho tiempo. Recordé en qué ventana siempre veía a Leigh y supe que esa era su habitación. No me sorprendió ver lo blanco que era todo su cuarto: sábanas, cortinas, cuadros...

No iba a revisar su mesilla de noche o cajones con ropa, tenía que pensar en lugares donde ella escondería algo importante. Natalia no me había querido contar nada con la excepción de una vez que la emborraché y me soltó algunos detalles sobre Leigh, pero nada concreto.

Necesitaba pruebas. En caso de que fuera mi palabra contra la suya, Leigh siempre llevaba las de ganar, ella era la favorita del pueblo después de todo. Revisé debajo de su colchón, de su cama, e incluso pisé por todo el cuarto buscando algún sonido hueco por si había algún compartimento oculto. Estaba por rendirme cuando vi unos tiestos con flores cerca de la ventana. Me acerqué a ellos y los levanté para sacudirlos cerca de mi oído y escuché algo en uno de ellos. Al revisarlo me di cuenta de que tenía un compartimento secreto debajo.

Qué inteligente, Leigh.

Lo abrí y saqué su contenido, fijándome con detalle en cada cosa. Una sonrisa victoriosa se abrió paso en mis labios.

Bingo.

Usé mi teléfono móvil para sacarle fotos al contenido y puse todo de nuevo en su lugar, ella no podía darse cuenta de que yo ya lo sabía. Dejé todo como estaba y volví a la sala, con cautela puse la cabeza de Natalia sobre mi regazo, ella se movió un poco y abrió sus ojos.

—¿Dónde estabas? —preguntó algo dormida.

—En el baño, sigue durmiendo. —Besé su frente.

—Mmm.

Y ella siguió durmiendo como si nada hubiera pasado, Leigh volvió un poco pálida, me pregunté qué habría hecho mi hermano para entretenerla, pero en realidad no me importaba, había logrado mi objetivo, como siempre.

Mi mente volvió al momento presente. Como sospechaba, Leigh estaba rota, pero en vez de sucumbirse en la lástima por sí misma, ella se había levantado y había encontrado una forma de lidiar con todo. Admiraba eso de ella, su capacidad de mentir y mezclarse como algo que no era, fingir perfección en todo momento. Ella había usado sus debilidades como combustible para motivarse, para esforzarse por resaltar en su comunidad, por conseguir lo que quería, por ser *normal.*

Suspiré antes de hablar.

—Bien, puedes ignorar lo que dije, pero eso no cambiará el hecho de que me besaste, Leigh.

Ella se tensó por un segundo pero luego sus hombros se relajaron y se giró para verme, el brillo del desafío claro en sus ojos, sus labios se curvaron en una sonrisa arrogante, esos labios que había besado como un loco hacía unas semanas.

—Al parecer, no puedes superarlo, ¿eh, Heist?

Torcí mis labios sin dejar de sonreír porque eso era lo que pasaba cuando la arrinconaba, su esencia, su personalidad salía a luz, esa que ella ocultaba y empujaba a lo más oscuro de su ser. Sabía exactamente cómo presionarla, cómo incomodarla lo suficiente para que su fuego brotara. Leigh Fleming no era la mojigata perfecta que todo ese jodido pueblo pensaba.

Me incliné sobre ella, pero para mi sorpresa ella mantuvo esa sonrisa y no retrocedió ni un poco.

—No intentes engañarme, Leigh, sé que piensas en ese beso tanto como yo.

Ella se encogió de hombros.

—Fue un buen beso pero nada del otro mundo, he tenido mejores.

Apreté mi mandíbula.

—Déjame adivinar, ¿Rhett?

—¿Cuál es tu obsesión con Rhett? Estoy comenzando a creer que estás celoso.

Bufé.

—Ahora sí que estás delirando.

Ella empujó mi pecho y retrocedí, dándole su espacio. Después de unos segundos, ella se pasó la mano por la cara.

—No sé por qué pierdo mi tiempo aquí contigo.

«Porque te gusto, porque la atracción que existe entre nosotros es incontrolable e inevitable y es solo cuestión de tiempo que mi nombre escape de tus labios entre gemidos de placer.»

Opté por quedarme callado. Ella pareció recordar algo y lamió su labio inferior antes de decírmelo.

—¿Qué pasó con Natalia el otro día?

Arrugué mis cejas.

—¿De qué hablas?

—No juegues conmigo, Heist. El día que Natalia desapareció, ella fue a tu casa después de que... —no siguió.

—¿Después de que le contaras lo del beso?

Sus mejillas se pusieron aún más rojas.

—¿Qué crees que pasó? Me gritó, me insultó y terminó conmigo. Soy un hombre soltero, ya puedes tenerme sin culpa, Leigh.

Ella abrió su boca, indignada y me dedicó una mirada fría.

—¿Cómo puedes decir eso? ¿Cómo...

—¿No era eso lo que querías?

—¿Ah?

—¿No querías que ella terminara conmigo? Si no era esa tu intención, ¿por qué se lo dirías?

—Porque era lo correcto.

—*Ach quatsch!* —murmuré y observé cómo mordía su labio inferior. «¿Te gusta que hable alemán, Leigh? Puedo susurrarlo a tu oído mientras...»

—¿Qué has dicho?

—Que eso es mentira.

—Guao, ¿por qué siempre crees que todo se trata de ti, Heist? Natalia es mi mejor amiga, lo correcto era decirle la verdad, lo...

—Y también era la forma de asegurarte de que ella se alejara de mí, ya sea porque no quieres lidiar con la culpa de sentirte atraída hacia mí o porque crees que soy peligroso y quieres que ella esté a salvo. Cualquiera que sea la razón, no me vengas con esa mierda de que era lo correcto. Lo hiciste con la intención de alejarla de mí.

—No todos planeamos las cosas para conseguir lo que queremos como tú, Heist.

—Eso es verdad, no todos —la miré a los ojos—, pero tú no eres todos, Leigh, levantas tu dedo perfecto para señalar mis fallos, mis manipulaciones, pero te ciegas ante los tuyos.

—De verdad pierdo mi tiempo contigo. —Ella se bajó de la roca para volver y yo la seguí, no se escaparía tan fácilmente. La tomé del brazo para detenerla. Ella se volteó y se liberó de mi agarre bruscamente.

—¿Qué? —Su rabia me tomó desprevenido. ¿Qué había dicho para que se enojara de esta forma?—. ¿Qué quieres, Heist?

—Necesitas relajarte un poco.

La expresión de su cara era de total confusión.

—¿Ahora me dices qué tengo que hacer? ¿Tú? —Ella soltó una risa sarcástica—. Eres el menos indicado para decirme qué hacer.

—¿Por qué? —Di un paso hacia ella, disfrutando la duda en su pose ahora que estábamos de pie, frente a frente. Al dar otro paso, ella mantuvo sus ojos sobre los míos, decidida a no apartar la mirada, a no demostrar nerviosismo al tenerme cerca. Iba a dar otro paso cuando ella presionó la palma de su mano contra mi pecho, deteniéndome.

—No.

—No, ¿qué?

—No te acerques.

Ladeé la cabeza.

—¿Por qué no?

—Porque está mal.

Puse mi mano sobre la suya en mi pecho, estaba seguro de que ella era capaz de sentir los latidos de mi corazón, la deseaba como no había deseado a nadie en mucho tiempo. Esa falsa mojigata se las había ingeniado para despertar una atracción bastante peligrosa en mí. Aún no sabía el motivo, tal vez era su falsedad, tan igual a la mía, o su capacidad de verme tal y como realmente era, pero el hecho era que la deseaba.

Mi mente aún estaba plagada con los recuerdos de lo que pasó en la biblioteca: sus labios contra los míos, su acelerada respiración, la forma en la que su cuerpo se pegó al mío, lo mucho que me costó calmarme después de que ella se fuera y me dejara así. Leigh humedeció sus labios y atrajo mi atención hacia ellos. Grave error, solo logró que mi determinación a probarla de nuevo creciera. Sin embargo, sabía que tenía que hacerla olvidar del mundo allá afuera si quería tener alguna oportunidad de besarla de nuevo. Antes de que ella pudiera anticiparlo, me incliné, la levanté y la coloqué sobre mi hombro.

—¡Heist!

Caminé con ella hacia el lago congelado.

—¡Heist! ¡No! ¡Qué estás haciendo! ¡Heist!

Puse un pie sobre la capa de hielo que cubría el lago y me adentré en él. Resbalé un par de veces y Leigh chilló sobre mi hombro cada vez. Cuando llegué al medio la bajé y ella me golpeó el pecho.

—¿Qué carajos te pasa? ¿Te has vuelto loco? Yo... —Ella se resbaló y se agarró de mí, sus pies deslizándose sobre el hielo con facilidad.

Yo agarré sus manos antes de estirarla para que girara conmigo.

—Vamos, necesitas relajarte.

—¿Relajarme? Oh, por favor, indícame cómo relajarme cuando estamos parados sobre una trampa mortal.

—El hielo es lo suficientemente grueso.

—Estás loco, Heist Stein, demente. —Apreté mis labios para no burlarme.

—Eso ya lo sabías.

—Lo que no sabía era que eras suicida, aparte de loco —refutó—. Tenemos que salir de aquí.

—«Tenemos», «deberíamos»... ¿esas son las únicas palabras en tu vocabulario, Leigh? Porque de ser así, tu vida es bastante aburrida.

—Mi vida es segura.

—Aburrida.

—Sabes bien que no me importa lo que tú pienses.

Nos miramos a los ojos y ahí estaba esa tensión, ese reto. Yo levanté su mano con la mía y la obligué a dar una vuelta sobre sí misma, lo rígido de su lenguaje corporal empezó a desvanecerse, ella se estaba relajando. Gris y blanco nos rodeaba: las nubes, la nieve en la orilla del lago, la capa de hielo que cubría el lago debajo de nosotros. Leigh soltó mis manos para deslizarse sobre el hielo a mi alrededor con cuidado.

—Si no te conociera, pensaría que estás intentando ser romántico —se burló al pasarme por detrás.

—Qué bueno que me conoces entonces.

—¿Qué buscas con todo esto? —Ella hizo el gesto con sus manos de todo lo que nos rodeaba—. ¿Qué es lo que quieres, Heist?

«*Ich will dich*, Leigh.»

—Eso también lo sabes.

—No volveré a besarte. —Ella se deslizó lejos de mí, resbalando un par de veces antes de recuperar el equilibrio.

—Me parece muy interesante que saques a relucir lo de besarnos de nuevo porque según tú, el que no supera ese beso soy yo.

—Es la verdad, de hecho —ella se acercó a mí, derrochando arrogancia—, ¿eso no es lo quieres lograr con todo esto? Crees que me relajaré y cuando baje la guardia, intentarás besarme.

«Esta jodida chica me descifra muy bien.»

—Me das demasiado crédito, Leigh. —La tomé por la cintura y la pegué a mí, ella jadeó por la sorpresa—. Además, cuando quiero algo —acaricié su mejilla, mi pulgar rozó sus labios—, cuando *de verdad* quiero algo —me cerní sobre ella, sus ojos oscuros fijos en los míos—, simplemente lo tomo.

Sus labios se separaron, su pecho subió y bajó de manera inconstante.

—Siempre quieres ser el que tiene el control, ¿no, Heist? —me preguntó y abrió su boca para envolver mi pulgar entre sus labios, y chuparlo. La acción fue un golpe de calor directo a mi entrepierna, tragué con dificultad, ella liberó mi pulgar y sonrió—. Crees que ya me tienes descifrada, Stein, pero no tienes ni idea de lo que soy capaz.

Su mano bajó por mi abdomen hasta llegar a mis pantalones y me apretó justo ahí, en el lugar que por su culpa ahora estaba duro como el hielo bajo nosotros. Jadeé ante el roce.

—Leigh —le advertí—, no empieces algo que no podrás terminar.

Ella se puso de puntillas, su mano aún sobre mí, rozando, tentando, sus labios alcanzaron mi oído.

—¿Esto no es lo que quieres, Heist? En tus ojos, puedo ver la perversión cuando me miras.

Ya había tenido suficiente de aquello, la agarré del cuello y la besé con todas las ganas. Leigh Fleming no era la mojigata del pueblo que todo el mundo pensaba, pero sí era una jodida experta en atraer monstruos a ella.

En medio de tanto gris y blanco, Leigh me mostró sus verdaderos colores.

28

Monstruo real

LEIGH

Heist era peligroso, arrogante, manipulador, egocéntrico y un montón de adjetivos de connotación negativa, pero no podía negar sus habilidades para besar.

Heist Stein besaba de manera deliciosa. Era increíble cómo movía sus labios, cómo usaba su lengua e incluso la forma delicada en que su mano sostenía mi cuello. Dejé de tocarlo para rodear con mis manos su cuello y besarlo, liberando todas las ganas que había tenido de hacerlo desde lo que pasó en la biblioteca.

Él despertaba una rabia en mí que nadie más había logrado. Su descaro, su sonrisa burlona al manipular a la gente como si nada me hacía querer herirlo de alguna forma, pero luego había momentos como ese donde esa misma furia se distorsionaba y se transformaba en esa atracción, en ese deseo.

Saber que eso estaba mal, muy mal, también le agregaba fuego a todo. No debía besarlo, no debía tocarlo, el hacer algo que no debía me excitaba de una manera impresionante. Así que no lo detuve cuando profundizó el beso, cuando sus labios magullaron los míos con cada roce desmesurado, hambriento. Enseguida nuestras respiraciones se aceleraron, la suya más que la mía debido al tocamiento de hacía unos minutos.

Las manos de Heist bajaron para apretar mi trasero mientras me presionaba aún más contra él, jadeé al sentir lo duro que estaba contra mi bajo vientre. Estábamos a plena luz del día, besándonos como unos locos en medio de ese lago congelado. Nos separamos para respirar, Heist descansó su frente sobre la mía.

—¿Vamos a mi casa? —ofreció contra mis labios, respirando con dificultad.

—No.

—Leigh.

Lo volví a besar porque no quería hablar, ni pensar ni sentirme culpable, lo único que quería sentir eran los labios suaves de Heist contra los míos y sus manos apretujando mi cuerpo con deseo. Sin embargo, no era mucho lo que podíamos hacer allí, en medio de ese lugar.

—Leigh —Heist paró para darme besos cortos mientras hablaba—, me encanta esto, pero si me sigues besando así...

Le mordí el labio inferior con fuerza y él me agarró del cuello y apretó ligeramente.

—Leigh. —La advertencia era clara en su voz. Disfrutaba incitándolo, haciéndole perder el control porque Heist podía ser un idiota manipulador que planeaba todo con mucho cuidado pero no podía controlar sus reacciones físicas conmigo ni lo mucho que me deseaba.

Me separé de él porque necesitaba aire y tampoco era inmune a sus encantos como me gustaba pensar. Heist agarró mi mano.

—¿Mi casa?

Yo bufé.

—¿Desesperado, Stein?

Él no dijo nada y respirar aire fresco le devolvió la cordura a mi cerebro.

«Su casa...»

La malicia se abrió paso en mi mente. Quizá si quería conseguir más información sobre los Stein, debía comenzar por su casa. En vez de mantener mi distancia con ellos, debía acercarme más. Si existía la leve posibilidad de que ellos estuvieran involucrados en los suicidios o en la desaparición de Natalia, debía hacerlo y la entrada de esa casa estaba justo frente a mí, ojeándome con anhelo.

«No eres el único que puede utilizar a la gente, Stein.»

—Ok —le dije, y liberé mi mano—, vamos a tu casa.

Pasé por su lado para salir del lago y seguir el camino hasta la calle. El atardecer ya rodeaba el pueblo, pronto oscurecería, eso era lo que odiaba del invierno, las pocas horas de luz que teníamos.

Apenas entramos en su auto, Heist encendió la calefacción y volví a sentir mis extremidades por completo. No me había dado cuenta del frío que hacía allá afuera hasta ese momento. Estábamos locos por besarnos en ese lago congelado. Su auto olía a él y a su colonia, y estaba impecable, agradecí el hecho de que tuviera vidrios polarizados, no quería que me vieran con él en su coche de esa forma. Heist encendió la radio y la música invadió el espacio, era rock alemán. Él lo murmuraba mientras giraba el volante para comenzar a conducir.

Vi el restaurante del pueblo desaparecer en la distancia, mi corazón se encogió al recordar a Rhett y a Kaia y lo bien que se veían juntos. No tenía derecho a sentirme mal, no tenía derecho a nada cuando yo había besado a Heist sin remordimientos hacía unos minutos, así que aparté esos pensamientos. Cuando terminó la canción y nos acercamos a nuestra casa, Heist me pasó su teléfono.

—Puedes escoger la música. —Le di al buscador para encontrar una canción que me recordaba a él. La puse y le devolví su teléfono móvil.

Heist vio el nombre de la canción en la pantalla encima de su radio: «Monster» de Starset.

—¿«Monster», eh? —Él se rio abiertamente.

Se detuvo en un semáforo y pasó sus dedos por su cabello rubio antes de girarse hacia mí.

—¿Soy un monstruo, Leigh? —Sus ojos atraparon los míos y, en ese pequeño espacio, la tensión entre nosotros era aún más palpable.

—No lo sé, ¿lo eres?

—Si de verdad piensas que soy uno, ¿qué haces aquí conmigo, camino de mi casa?

—Tal vez se me haya pegado tu locura. —Me encogí de hombros, y sin tener ni idea de si lo pronunciaría bien o no, lo dije—: *Fuchsteufelswild*, Heist.

Sus labios se estiraron en una sonrisa divertida antes de que los lamiera, se veía satisfecho.

—*Fuchsteufelswild*, Leigh.

El reflejo de la luz verde del semáforo invadió el auto y Heist se giró para seguir conduciendo. La canción llegó a la parte del estribillo y Heist comenzó a cantar en un inglés perfecto, que aún cargaba su acento.

—*You're the love that I hate. You're the drug that I take. Will you cage me? Will you cage me?*

«Eres el amor que odio, eres la droga que consumo, ¿me encerrarás? ¿Me encerrarás?»

—*You're the pulse in my veins. You're the war that I wage. Can you change me? Can you change me? From the monster you made me? The monster you made me?*

«Eres el pulso en mis venas, eres la guerra que libro. ¿Puedes cambiarme? ¿Puedes cambiarme? ¿Del monstruo en el que me convertiste? ¿Del monstruo en el que me convertiste?»

Heist me echó varios vistazos mientras cantaba y, por alguna razón, se me aceleró el corazón. Había cierta intimidad en la letra que nos encajaba de una forma que no quería indagar. Su casa no estaba lejos y llegamos cuando la canción finalizaba. Heist paró el auto y se quedó con la mano sobre el volante, sus ojos al frente.

—*My heart's an artifice, a decoy soul. Who knew the emptiness could be so cold? I've lost the parts of me that make me whole. I am the darkness.* —Él me miró al decir la última parte—. *I'm a monster.*

«Mi corazón es un artificio, un alma de señuelo. ¿Quién sabía que el vacío podía ser tan frío? He perdido las partes que me completan. Soy la oscuridad. Soy un monstruo.»

Lo observé en silencio, su mirada indagaba mi rostro como si estuviera esperando mi reacción y cuando no obtuvo ninguna, estiró su mano hacia mí y ahuecó mi mejilla con suavidad.

—¿Por qué no me tienes miedo?

—No suelo temerles a los monstruos que puedo ver.

—¿Por qué? ¿Crees que eso los hace menos peligrosos?

—No, pero sé a qué atenerme cuando se trata de ellos; en cambio, los que no puedo ver, los que se escabullen en la oscuridad a esperar el momento exacto para atacar, son mucho más peligrosos, pueden ser cualquiera y pasar desapercibidos como si nada.

—Hablas como si yo no fuera el primer monstruo al que te enfrentas.

—Porque no lo eres.

Eso le hizo arrugar las cejas, no se lo esperaba. Puse mi mano sobre la de él en mi rostro.

—¿Vamos?

Él se inclinó para besarme y puse mi dedo sobre sus labios.

—¿Qué te hace pensar que ahora puedes besarme cuando se te antoje?

—¿No puedo?

Empujé mi dedo contra sus labios y le obligué a retroceder.

—Vamos —le repetí y me bajé del auto.

Heist fue inteligente ya que estacionó en el lado de la casa contrario a la mía, así que fue fácil para mí escabullirme detrás de los árboles del jardín para caminar hacia la puerta trasera. Heist me agarró del brazo y me detuvo.

—¿Qué estás haciendo?

—Entrando por la puerta de atrás.

—¿Por qué?

—A ver, no te hagas el idiota, ¿crees que quiero que me vean entrar a tu casa? ¿Contigo?

—Guao, tú sí que sabes herir el ego de un hombre.

—Como si fuera tan fácil disminuir el ego inmenso que te gastas.

—Cierto.

Suspiré y me liberé de su agarre para seguir mi camino. Eché un vistazo por la parte de vidrio de la puerta de atrás para confirmar que la cocina estuviera vacía y entré.

—Leigh, es temprano, no tiene sentido que te escabullas, a esta hora, todos están despiertos, ellos...

Me detuve de golpe al ver a Frey salir del pasillo donde estaba esa puerta que recordaba con muchos candados. De su mano colgaba un set de llaves, llevaba unos tejanos y un suéter negro que hacía juego con su desordenado cabello. Él me ojeó brevemente antes de desaparecer por la puerta de la cocina.

—Frey no es de muchas palabras, ¿no? —comenté lo obvio, me dirigí a ese pasillo pero Heist me bloqueó el paso.

—¿Qué haces?

—¿Qué hay en ese lugar, Heist? ¿Por qué tantos candados?

—Es un simple sótano, ¿por qué tienes tanto interés?

—Porque lo resguardas como si tuvieras algo o a alguien ahí.

Heist se lamió los labios y me acorraló contra la pared para cernirse sobre mí, él descansó su mano a un lado de mi cara contra la pared.

—Siempre tan curiosa, Leigh, esa curiosidad te traerá muchos problemas.

—Solo era una pregunta, no entiendo tu actitud defensiva, ¿de verdad tienes a alguien ahí?

Él presionó su índice contra mis labios.

—¿Y qué si lo tuviera? ¿Irías corriendo a contárselo a la policía?

—Quizá.

—¿Crees que sería tan estúpido para dejarme descubrir de esa forma, Leigh?

—Entonces ¿por qué no me muestras ese sótano? Pruébame que no tienes nada que ocultar.

Heist despegó su índice de mis labios y envolvió su mano por completo alrededor de mi cuello.

—No tengo nada que probar, además, esa no es la razón por la que estamos aquí.

Él apretó mi cuello con suavidad antes de besarme, odiaba el hecho de que ya mi boca reconocía la suya y entendía el ritmo de sus besos a la perfección.

Sin embargo, antes de que pudiera entender lo que pasaba, alguien arrancó a Heist de mí y lo golpeó. Me quedé congelada, pegada a la pared.

Rhett.

Rhett estaba a unos cuantos pasos de mí, sus hombros subiendo y bajando con furia. Heist se levantó, limpiándose la sangre de la comisura de sus labios y sin dejar de sonreír le dijo:

—Yo también me alegro de verte, Rhett.

Kaia apareció en la puerta de la cocina sin aliento, era obvio que venía persiguiendo a Rhett, tratando de evitar aquello.

—¿Qué crees que haces? —le reclamó ella y se acercó a Heist para revisar su rostro.

Rhett me tomó de la muñeca y me arrastró a la puerta de atrás. Yo estaba tan sorprendida que no dije nada, no me solté, estaba asimilando que él estaba ahí y lo que acababa de pasar.

Al llegar al jardín de los Stein fue cuando reaccioné y me solté de su agarre de un manotazo.

—¿Qué estás haciendo? ¿Qué ha sido eso? —Tener a Rhett frente a mí aún me afectaba.

—¿Heist? ¿Heist? ¿En serio? —La rabia que acompañaba su voz le hacía hablar entre dientes—. ¿Te has vuelto loca?

—Espero que no me estés haciendo una escena de celos, Rhett —le hablé claramente—, tú estabas muy feliz con Kaia en el restaurante.

—Ah, ¿esto es venganza, entonces? Me ves hablando con una chica y vienes y te besas con Heist.

—Y ¿por qué no puedo besarlo? Tú ni siquiera me miraste en el restaurante, tú...

Él sostuvo mi rostro con ambas manos, sus ojos oscuros atraparon los míos como siempre, esos piercings lucían perfectos sobre su rostro.

—Tú me dejaste, Leigh, me dijiste que no era suficiente para encajar en tu vida perfecta —me recordó—, no puedes decirme eso y luego involucrarte con alguien peor que yo.

—No lo entiendes, Rhett.

—¿Qué hay que entender? Todos lo saben, Heist es basura, Leigh, él jamás te amará de la forma en la que te amo yo. Todo es un juego para él, diversión pasajera y cuando se acabe su interés por ti, te descartará como si nada.

Arrugué mis cejas.

—Suenas como si lo conocieras muy bien.

Eso pareció sorprenderlo, como si no se hubiera dado cuenta de lo que acababa de decir.

—¿Lo conoces, Rhett?

—No. —Él apartó la mirada.

—Rhett, odio las mentiras y lo sabes.

—No estoy mintiendo.

—Si no me dices la verdad, volveré a esa casa, volveré a Heist.

Rhett se tensó y apretó sus puños a sus costados.

—¿Rhett? —lo presioné.

—No puedo decirte cómo —me aseguró—, pero sí conozco a Heist, mucho mejor de lo que tú crees que lo conoces y confía en mí cuando te digo que tienes que alejarte de él, Leigh.

—Heist es peligroso, ya lo sé.

—No, no, es que no tienes idea de lo que dices. Heist no es un chico normal, Leigh.

—¿De qué estás hablando?

—Sí, Rhett, ¿de qué estás hablando? —La voz de Heist a nuestro lado nos sorprendió a ambos. Heist tenía las manos en los bolsillos de sus pantalones. Kaia lo seguía con una expresión de cautela como si estuviera vigilando que esos dos no se golpearan de nuevo—. Por favor, continúa, esta conversación parece interesante.

—Vete a la mierda, Heist —le respondió Rhett.

—Rhett. —Kaia hizo una mueca que no entendí.

—Pero ¿qué es lo que pasa aquí? ¿Cómo se conocen? —Estaba al borde de la frustración absoluta.

—Habla, Rhett. —Heist lo tentó y ladeó la cabeza.

—Heist —la advertencia en la voz de Kaia era obvia—, ya es suficiente, los dos, vamos.

Ella tomó de la mano a Rhett y de la otra a Heist para llevárselos y antes de que ellos pudieran protestar les dijo algo en alemán que hizo que ambos la siguieran obedientes.

—¡Vete a casa, Leigh! —me gritó Kaia mientras se llevaba a ambos chicos.

Decir que estaba confundida no era suficiente, mi cabeza era un caos total. Había ido a esa casa a indagar a los Stein y me había encontrado con lo que menos esperaba, con la confusa noticia de que Rhett estaba relacionado con ellos de alguna forma.

¿Qué carajos es lo que está pasando en Wilson?

29

Conexión peligrosa

LEIGH

Las ramas del árbol al lado de mi habitación azotaban mi ventana, sus sombras se colaban dentro y formaban figuras en el techo encima de mí. Estaba acostada en mi cama con los brazos estirados a mis lados. La oscuridad me rodeaba, mis ojos sobre esas formas espeluznantes que se formaban en el techo. El reloj acababa de marcar la medianoche, así que ya era oficial.

Hoy es el día...

19 de diciembre...

Ya ha pasado un año.

—Leigh, mírame, confía en mí. —La voz de Rhett había sonado tan honesta, casi romántica si no fuera por las oscuras circunstancias.

Recordé estar de rodillas sobre la tierra frescamente revuelta de mi jardín, sembrando las semillas de las flores para cubrirlo todo y cuando florecieron espectacularmente al cabo de unos meses me permití pensar que de alguna forma eso hacía lo que había pasado menos perverso, que la belleza podría cubrir la oscuridad.

Las lágrimas inundaron mis ojos, las figuras se volvieron aún más terroríficas a través de mi visión borrosa. Parpadeé y algunas de las lágrimas escaparon y rodaron por mis mejillas. No quería recordar, no quería pensar en eso, pero cada vez que cerraba los ojos eso era todo lo que venía a mí. Apreté las sábanas debajo de mis manos para llorar en silencio. Mi pecho se estremecía con cada sollozo mientras me permitía sentir el dolor, la tristeza y todas esas emociones que reprimía porque no sabía qué hacer con ellas.

No quiero sentir. Me niego a sentir, cada vez que lo hago me destroza de esa forma, ¿qué puedo hacer para dejar de sentir?

Mis manos bajaron a los shorts de mi pijama, acaricié las cicatrices en la parte interna de mis muslos. El recuerdo de la sensación de las navajas cortando mi piel me dio escalofríos, esas heridas que yo misma me causé en mis peores momentos. No podía volver a eso. Mis dedos trazaron cada cicatriz con gentileza.

Y ya no tengo a nadie a quien recurrir. Natalia ha desaparecido y Rhett es solo el recordatorio de lo que pasó. ¡Cada vez que lo veo siento tantas cosas...! Pero también recuerdo todo. Quizá una parte de mí se ha alejado de él no solo por mis metas sino porque él me recuerda a todo lo que con tanta desesperación quiero olvidar. Ese día perdí tanto de mí y al parecer también lo perdí a él.

Estoy sola.

Subí las manos para descansarlas encima de mi abdomen y el rostro de Heist vino a mi mente, sus ojos cerca de los míos, sus labios contra los míos, en ese momento no había pensado en nada, solo había sentido, lo había sentido a él. Me senté en la cama y limpié mis lágrimas antes de levantarme y salir con cuidado de mi habitación.

«No, Leigh, para», me regañé a mí misma pero no me detuve.

La casa estaba completamente a oscuras, me escabullí en el estudio de papá, donde estaba el teléfono de la casa y busqué con cuidado en los primeros cajones donde estaba la tarjeta que los Stein le habían dado a mamá con sus números de contacto. Encendí la pequeña lámpara al lado del teléfono y ojeé la tarjeta en mi mano, viendo el número debajo de Heist Stein, ¿de verdad haría esto? ¿De verdad lo llamaría a medianoche? Pensar en volver a mi habitación y sumergirme en el dolor de los recuerdos de lo que ese día significaba para mí me dio el valor necesario para marcar el número.

Repicó tres veces y a la cuarta escuché su voz.

—¿Aló? —Su voz sonaba áspera y profunda, ¿le había despertado? Dudé un segundo, así que él repitió—. ¿Aló?

—Soy yo.

Silencio.

Lamí mis labios para recuperar mi valentía, ya me había atrevido a llamarlo a esa hora, lo mínimo que podía hacer era hablar.

—¿Puedo... —volví a dudar porque no sabía lo que quería o, mejor dicho, sí lo sabía pero era difícil decirlo.

—¿Quieres venir conmigo?

—Sí.

— Te esperaré en la puerta de atrás de mi casa.

—Okey.

Cogí un abrigo largo del armario de al lado de la puerta y me cubrí. Salí con cuidado, el frío de invierno golpeó mi rostro con su brisa nocturna implacable. Mis zapatos se hundieron en la nieve mientras me acercaba a la casa de los Stein, que se veía oscura y atemorizante en su altura, con sus grandes ventanales.

Una casa llena de secretos.

Me abracé al cruzar la esquina de la casa y me detuve al ver a Heist de pie recostado contra el marco de la puerta abierta de la cocina, sus manos dentro de los bolsillos de sus pantalones de pijama, que le colgaban muy bajo. Estaba sin camisa, dejando los músculos definidos de sus brazos y su abdomen a la vista. No lo había visto así desde aquella vez que lo vi cortando madera. En la distancia había sido una vista agradable, pero así de frente era otra cosa, mucho más sexy, ¿por qué estaba sin camisa?, ¿no tenía frío?

Por un segundo, volví a dudar porque si entraba ahí, sabía lo que iba a pasar. Él lo sabía, yo lo sabía.

Él se giró de manera que su espalda quedó contra el marco de la puerta y estiró su brazo para poner su mano contra el lado opuesto del marco, dejando un espacio debajo de su brazo para que yo pudiera entrar. Sus ojos se veían oscuros bajo la poca luz exterior de una lámpara lejana del jardín de su casa, pero no se apartaron de mí en ningún momento. Era como si él quisiera saber mi decisión, como si la anticipación lo estuviera carcomiendo.

«Quiero olvidar.»

Así que me moví y pasé por debajo de su brazo para entrar en su casa. Heist cerró la puerta detrás de mí y sin pronunciar una palabra tomó mi mano para guiarme en la oscuridad. Subimos las escaleras y llegamos a un largo pasillo, pasamos por la puerta del cuarto de Frey, donde él me había llevado hacía unas semanas. Heist iba delante de mí, mi mirada cayó sobre su espalda, su brazo y luego sobre su mano envuelta con la mía. Era como si él me estuviera llevando a lo más oscuro, lo más desolado y yo lo estaba siguiendo sin protestar en absoluto.

Entramos a lo que asumí era su habitación, estaba semioscura, la única luz provenía de una lámpara en la mesilla de noche a un lado de una inmensa cama de sábanas grises. Las grandes ventanas al otro lado estaban cubiertas parcialmente por cortinas y recordé la vez que lo vi en esa ventana. Su habitación era bastante simple, cama, mesilla de noche, dos puertas que asumí eran un armario y el baño tal vez. Un pequeño escritorio con un portátil cerrado y un sofá a un lado de la ventana. Todos los colores iban de gris a negro.

El silencio entre nosotros me hizo darme cuenta de lo fuerte que me palpitaba el corazón. Heist se sentó en el sofá y puso sus manos detrás de su cabeza de forma relajada, acción que hizo que sus músculos se marcaran más. Su expresión no era de burla, ni de arrogancia como de costumbre, era oscura. La forma en la que Heist Stein me estaba mirando en ese momento me ponía los pelos de punta.

Me quité la larga chaqueta y la puse a un lado en el suelo porque allí dentro la temperatura estaba perfecta. Me quedé en mi pijama de shorts y camiseta holgada. Heist bajó las manos y se inclinó hacia delante, descansando los codos sobre las rodillas.

—Suéltate el pelo.

Mi pecho subía y bajaba con mi respiración. Él estaba a una distancia prudente de mí, ni siquiera me había tocado pero su mirada sobre mí, sobre cada punto de piel expuesta era más que suficiente para dificultarme respirar. Nadie nunca me había mirado de esa forma, ni siquiera Rhett. Heist no me miraba como si me quisiera o como si yo fuera algo preciado para él. Él me miraba como si yo fuera algo que quería devorar, desgarrar en placer, y no podía negar lo mucho que eso me encendía.

Me quité las piezas que mantenían junto el moño de mi largo cabello y de inmediato, cayó a un lado de mi rostro. Lo acomodé para que cayera a ambos lados y llegara muy fácilmente a mi cintura. Heist no me quitó la mirada de encima en ningún momento, él se lamió los labios y se echó hacia atrás en el sofá antes de palmar sus muslos y decir:

—Ven aquí.

Después de acercarme, me senté a horcajadas sobre él y jadeé al sentir su dura erección contra mi entrepierna. Puse mis manos sobre sus hombros desnudos. Él me agarró de la cintura con una mano, estrujando mi camiseta y con la otra apartó mi cabello que se había movido hacia delante cubriéndome el rostro. Él me acarició la mejilla, sentí alivio al notar que su respiración estaba en peor estado que la mía.

—No voy a ser gentil, Leigh —su voz se había vuelto más profunda.

—Lo sé.

—Voy a dejarte marcas por todo el cuerpo. —Su mano dejó mi rostro, su dedo índice trazó mi garganta hasta terminar entre mis pechos—. Voy a marcar esa linda piel que tienes, la llenaré de recordatorios de que esta noche fuiste mía y solo mía. —Él me agarró de la parte de atrás del cuello y me acercó a él, nuestros labios se rozaron—. Para que cuando te mires al espejo y veas las marcas recuerdes sentirme dentro de ti, recuerdes cómo te entregaste a un monstruo.

Y con toda gentileza olvidada, él me besó con una brusquedad deliciosa que le agregaba fuego a toda la anticipación que había reunido hasta ahora. Clavé mis uñas en sus hombros, respondiéndole el beso con la misma furia, con la misma sed de sensaciones, de sentir todo eso para para no sentir nada más.

Heist bajó sus manos para apretar mi trasero y presionarme contra él. Su lengua invadió mi boca posesivamente, y comencé a moverme contra su erección, hacia delante y hacia atrás. Cada parte de mí palpitaba, en especial, mi intimidad. Heist deslizó sus manos dentro de mis shorts desde atrás mientras yo me seguía moviendo contra él, sus dedos hicieron a un lado mi ropa interior y cuando los sentí ahí, en mi humedad, jadeé. Heist dejó de besarme y mordió mi labio inferior con fuerza.

—Cómo se moja la chica buena por mí —me gruñó al meter un dedo en mí, mientras otro dedo jugaba con ese botón sensible que me hacía estremecer. Gemí contra sus labios.

—Ah, Heist. —No reconocía mi propia voz. Volví a besarlo con más ganas, sus dedos resbalando en mi intimidad y volviéndome loca.

Heist se levantó conmigo en brazos y se giró, sentándome el sofá. Sus manos ágiles me arrancaron los shorts junto con la ropa interior y se arrodilló frente a mí para abrirme las piernas y exponerme ante él. Por un momento me volví muy consciente de las cicatrices de mis muslos, pero él simplemente se inclinó, sus labios besando mis cicatrices. La sensación de su boca tan cerca de mi intimidad me hizo arquear la espalda, quería sentirlo justo ahí y él lo sabía y me estaba torturando. Dejó besos húmedos por toda la piel de mis muslos y alrededor de mi palpitante centro, pero no llegaba ahí y eso me estaba volviendo loca.

—Heist —supliqué, y con un movimiento rápido él envolvió con sus labios mi centro y chupó, y yo gemí sin control. La tortura me había pasado factura y tanto precalentamiento me había puesto al borde del orgasmo. Me agarré de su pelo, moviendo mis caderas al ritmo de sus lamidas—. Ah, Heist, voy a...

Y exploté. Ola tras ola electrificada de placer me cruzó, tensando mis músculos, nublando mi mente. Mi pecho se movía arriba y abajo al ritmo de mi agitada respiración. Heist murmuró algo en alemán y se puso de pie mientras yo permanecía sentada en el sofá, mis ojos se deleitaron con el sexy chico frente a mí, y me provocó sentir esos músculos, volverlo loco de la misma forma que él acababa de hacerlo conmigo. Así que estiré mis manos y acaricié su pecho, su abdomen, sintiendo los músculos bajo la piel tensarse bajo mi paso. Tomé la orilla de sus pantalones y se los bajé junto con los bóxers.

Su miembro quedó frente a mí, erecto, duro, y me lamí labios. Heist me tomo del mentón, y me obligó a levantar la mirada y encontrar la suya, su pulgar rozando mi labio inferior.

—He imaginado follarme tu boca tantas veces, Leigh... —admitió con perversión—. Verte así, ansiosa por tenerme en tu boca es jodidamente excitante.

Liberó mi mentón y envolví mi mano alrededor de su miembro antes de lamerlo y meterlo en mi boca. Heist suspiró de placer. La posición y saber que le estaba causando esas reacciones me encendió de nuevo. Ese orgasmo no había sido suficiente, quería más y el hecho de imaginarme a Heist dentro de mí, me mojaba aún más. Heist agarró mi cabello en un puño y me movió a su antojo contra él, su brusquedad no me sorprendió, al contrario, me gustó y me motivó a lamerlo y chuparlo con más ganas.

Él me despegó, aún sosteniendo mi cabello, se inclinó sobre mí y usó su mano libre para sostener mi cara con fuerza y obligarme a levantarme. Él me besó, y entre besos mojados pausó para quitarme la camisa por encima de la cabeza. Sus ojos hambrientos cayeron sobre mis pechos expuestos antes de volver a besarme y guiarme hacia atrás. Cuando la parte de atrás de mis rodillas chocó contra la cama, él me empujó y aterricé con las sábanas sobre mi espalda.

—Por fin estás en mi cama, Leigh —susurró, antes de cernirse sobre mí, su boca besó mi estómago, su lengua lamió desde ahí todo el camino hacia mis pechos y justo cuando casi llegaba a mis pechos de detuvo y lamió alrededor, torturándome de nuevo.

—Heist, deja de torturarme. —Bajé la mirada para verlo con esa expresión perversa en su rostro mientras su lengua seguía con la tortura. Necesitaba sentir su lengua ahí. Heist lamió y chupó con fuerza la piel alrededor de mis pechos, estaba segura de que dejaría marcas, pero no me importaba cuando finalmente su lengua rozó el punto sensible de mis pechos, cerré los ojos ante la sensación tan esperada—. Ah, Heist, se siente... ah.

No sabía cómo explicarlo, Heist atacó mis pechos sin piedad, una combinación de dolor y placer que me llevó a la locura. Mi paciencia se había agotado, así que tomé su rostro y lo besé sin aliento. Heist quedó entre mis piernas, su miembro rozando mi intimidad, resbalando por lo mojada que estaba, y se sentía increíble. Heist se levantó y buscó un condón en su mesilla de noche, se lo puso y volvió a mí. Pero siguió rozándome solamente así que, entre besos desesperados, me detuve y lo agarré de la parte de atrás de su cuello para mirarlo a los ojos.

—Fóllame, Heist —le ordené, y mordí su labio con fuerza. Heist enterró su cara en mi cuello, su voz e inestable respiración en mi oído.

—La falsa mojigata quiere me la folle, ¿eh?

—El idiota egocéntrico necesita callarse.

Heist sacó el rostro de mi cuello y me enfrentó, su cara a centímetros de la mía. Sin despegar su mirada de la mía, Heist bajó su mano para tomar su miembro y posicionarse en mi entrada. Apenas me dio tiempo de agarrarme de sus hombros cuando se enterró en mí de una sola estocada. Un jadeo fuerte abandonó mis labios. Heist gruñó por lo bajo y comenzó a moverse de una vez, en un ritmo rápido, salvaje, que me dejaba sin aire, sin tiempo de asimilar lo bien que se sentía. El sonido del choque brusco de nuestros cuerpos hacía eco por toda la habitación.

Enrollé mis piernas alrededor de sus caderas y él se adentró aún más en mí, cada estocada más rápida y profunda que la anterior, el vaivén de sus caderas era experto, sabía cómo moverse para hacerme sentir increíble.

—*Es fühlt sich gut an*, se siente muy bien —murmuró contra mis labios y eso me enloqueció aún más y él pareció notarlo—. Te gusta cuando te hablo en alemán, ¿eh?

Yo asentí, así que él llevó los labios a mi oído y comenzó a susurrarme un montón de cosas en alemán y estaba segura de lo sexuales que eran porque cada vez que decía algo, sus movimientos se volvían más fuertes. Y yo ya sentía que iba tener un orgasmo de nuevo, así que puse mi mano en su pecho y lo empujé hasta que él cayó a mi lado. Me subí encima de él, y lentamente me dejé caer sobre su miembro, sintiendo cómo entraba y se deslizaba en mi mojada intimidad.

Heist me observó, sus manos viajaron a mis pechos, sus pulgares tentando mis puntos sensibles. Gemí, comenzando a moverme.

—Eres jodidamente hermosa, Leigh. —La oscuridad en su mirada no le quitaba la honestidad a su tono de voz—. Preciosa, y solo mía.

Me mordí el labio inferior ante la seguridad y oscuridad de sus palabras. Moví mis caderas arriba y abajo, sintiéndolo todo dentro de mí. Heist me agarró de las caderas y levantó las suyas, adentrándose en mí profundamente. Nuestro ritmo se volvió implacable y rápido de nuevo. Mi largo cabello caía a ambos lados del cuerpo y me cubría ligeramente los pechos.

—*Fick mich*, Leigh, fóllame —dijo y yo solo seguí sus movimientos. Él se veía tan sexy debajo de mí..., sus músculos flexionados, su atractivo rostro, el deseo en sus ojos. Él rodó sus manos de mis caderas para agarrar mi trasero, apretarlo y guiar mis movimientos.

Ya no podía más, cada roce, cada toque, cada mirada, cada palabra sexual me estaba pasando factura y sentí venir el orgasmo, pero quería que Heist también terminara, así que me moví más rápido, lo vi cerrar los ojos y murmurar una maldición mientras se ponía aún más duro dentro de mí. Sabía que estaba cerca, así que no me detuve. Mis movimientos nos llevaron a ambos a la locura y alcanzamos el orgasmo entre gemidos, maldiciones y espasmos deliciosos.

Caí sobre su pecho, nuestros corazones latiendo desesperados, no sabía cuál latía con más fuerza. Heist acarició mi espalda, su voz fue un suave susurro en medio de la noche.

—Eres mía, Leigh, nadie volverá a tocarte, me aseguraré de eso.

Sus palabras me hicieron arrugar las cejas y quise protestar, pero Heist me empujó a un lado con gentileza y lanzó el condón a un lado antes de inclinarse a la mesilla de noche y sacar otro. Yo alcé una ceja.

—¿Otra vez?

—¿Creíste que eso era todo?

Sonreí porque el solo hecho de imaginármelo de nuevo dentro de mí era suficiente para ponerme de humor sexual de nuevo. Así que ansiosa me puse sobre mis manos y rodillas frente a él, la invitación era clara.

—Solo mía, Leigh Fleming.

Una parte de mí debió prestarle atención a esas palabras, debió protestar, pero mi mente estaba llena de felicidad tras esos dos orgasmos, así que solo por esa noche, lo dejaría pasar, solo por esa noche sería suya y de nadie más.

Me desperté de golpe en los brazos de Heist. Llevaba puesta una camisa de él y nada más. Quité su brazo con cuidado de mi cintura para no despertarlo y me levanté, hice una mueca al sentir el ardor en mi entrepierna y otros lugares doloridos de mi cuerpo. Heist tenía razón en advertirme, realmente no fue gentil para nada.

«Eres mía, Leigh, nadie volverá a tocarte, me aseguraré de eso.» Esas palabras que me dijo mientras lo hacíamos se quedaron en mi mente, pero lo atribuí a la pasión y la emoción del momento.

Fui al baño y cuando volví me quedé mirando a Heist dormido. No parecía tan arrogante y burlón así, incluso se veía inocente y vulnerable.

Suspiré y estaba a punto de volver a acostarme a su lado, aún tenía unas dos horas antes de tener que volver, pero entonces recordé el sótano. Quizá era momento de sacarle provecho a todo aquello, no había ido allí con esa intención, pero, ya que estaba allí y Heist dormía, podía aprovechar el momento. Sin embargo, de nada me servía ir a esa puerta cuando tenía un montón de candados.

Frey...

Recordé ver a Frey salir del pasillo del sótano con un manojo de llaves inmenso. Salí de la habitación de Heist y fui lo más silenciosa posible. Si mi memoria no me fallaba sabía cuál era la puerta de la habitación de Frey. El miedo me invadió al girar la manilla con delicadeza y escabullirme dentro. Me había vuelto loca definitivamente, pero nada de lo que hiciera podía ser peor que tener sexo con Heist sabiendo muy bien que él podría tener algo que ver con la desaparición de mi mejor amiga.

La habitación era de estructura y simpleza parecida a la Heist y estaba a oscuras; sin embargo, pude ver la silueta que dormía en la cama. Bien, solo tenía que buscar, pero ¿cómo podía hacer eso si no veía nada? Revisé la mesilla de noche y encontré el teléfono móvil de Frey. Estaba bloqueado, pero la luz de la pantalla era mejor que nada. Revisé varios lugares, cajones con sumo cuidado pero nada, estaba a punto de darme por vencida cuando se me ocurrió revisar los bolsillos de los pantalones tirados a un lado de la cama y ahí estaban las llaves. Las apreté en un puño para que no emitieran sonido y salí de allí.

La emoción casi me hizo tropezarme en las escaleras, por fin iba a tener respuestas. ¿Y si Natalia estaba ahí? La esperanza anidó en mi corazón. Frente a la puerta, comencé a abrir candado tras candado con mucha atención y delicadeza. El corazón se me iba a salir.

«Te has vuelto loca, Leigh, completamente loca.»

Dejé los candados a un lado de la puerta y la abrí, el metal chilló un poco pero nada que fuera demasiado ruidoso. Me enfrenté a la oscuridad detrás de esa puerta. Con la mano, tanteé la pared a un lado buscando un interruptor de luz y cuando lo encontré, lo encendí. La luz blanquecina parpadeó un par de veces antes de encenderse e iluminar unas largas escaleras hacia abajo.

Sabía que no tenía mucho tiempo, así que bajé y con cada escalón que pisaba mi respiración se volvía aún más irregular. Apreté mis manos a mis costados y tragué con dificultad; el silencio del lugar tampoco ayudaba mucho... Al llegar a los últimos escalones, me paralicé de golpe, no pude avanzar más.

Porque yo ya no estaba sola.

Ahí, en un colchón en el suelo pegado a la pared contraria, había una chica inconsciente acostada. Su cabello negro cubría parte de su rostro pero debía de tener mi edad, una cadena se conectaba de la pared a su tobillo. Llevé mi mano temblorosa a mi boca y caí sentada sobre las escaleras. El ruido despertó a la chica, que se sentó de golpe. El cabello se le pegaba a la cara, cubriendo un lado. Parecía tan sorprendida como yo. Me miró con cuidado, había cierto miedo en su expresión, pero lo que sea que vio en mi rostro, la calmó.

—Tienes que ayudarme —me susurró—, tienes que ayudarme, por favor —su voz se quebró—, por favor, ayúdame, sácame de aquí.

Sus cadenas hicieron ruido mientras ella se arrodillaba a poca distancia de mí. Reaccioné y miré mi alrededor. Había dos pasillos que se abrían paso en una oscuridad aún más profunda con puertas de metal. ¿Qué mierdas era eso?

—¿Qué...? —no sabía qué decir, ella se desesperó.

—Tienes que ayudarme a salir de aquí, no sé cómo has logrado entrar, pero tienes que ayudarme, por favor.

—¿Quién... qué...?

—No tenemos mucho tiempo, ¿alguien sabe que estás aquí? —Sacudí la cabeza—. Po... policía, tengo que llamar a la policía —finalmente encontré mi voz.

—¡No! —Ella levantó la voz—. No, la policía no sirve, no nos ayudarán en nada.

—¿De qué estás hablando?

—No tenemos tiempo, debes volver, nadie debe saber que estás aquí.

—¿Qué?

—Escúchame bien, volverás antes de que se den cuenta de que has bajado aquí y buscarás la llave de mi cadena. Cuando la tengas, ven por mí, esa es la única forma, no puedes decirle a nadie que estoy aquí hasta que me saques.

—No, no, no puedo dejarte aquí.

—Tienes que hacerlo, es la única forma en la que puedes ayudarme, él es demasiado inteligente, si llamas a la policía solo lo verás salirse con la suya.

—¿Él?

—Heist. —Cuando ese nombre dejó sus labios sentí un vacío en el estómago, y me sentí enferma porque él tenía a esta chica allí así. Ella miró la camisa que yo llevaba puesta y las marcas que dejó Heist sobre mi cuerpo—. Tú...

—¿Heist es el que te tiene aquí?

—Sí. —Ella ladeó la cabeza—. Si has caído en sus encantos, no te culpo, ¿cómo crees que terminé aquí? Si no quieres ser mi reemplazo, tenemos que ser más inteligentes que él.

—¿Por qué no puedo llamar a la policía?

—La policía necesitará una orden para revisar la casa y un motivo mayor que la palabra de una chica que anda con Heist.

—Tienen que creerme.

—Incluso si lo hacen, el tiempo que les tome conseguir la orden será tiempo suficiente para que Heist me lleve a otro lado, por favor, haz lo que te digo, es la única forma.

—¿Cómo sabes tanto sobre la policía?

—¿Quién crees que ha tenido que escuchar los alardeos de Heist y sus planes durante dos años?

—¿Heist te ha tenido secuestrada dos años? Pero Alemania...

—Escucha, cuando me saques de aquí, puedo contártelo todo, pero tienes que irte ya, cada segundo nos arriesgamos a que alguien te descubra aquí.

—¿Quieres decir que todos los Stein saben que Heist te tiene aquí así y no hacen nada?

—No sabes nada de los Stein, ¿no es así? Todos están locos pero vete ya, por favor, esta es mi única oportunidad.

—¿Dónde está la llave?

—En el estudio de los Stein, tiene un llavero negro.

—Ok, ok. —Tomé una respiración profunda—. Puedo hacerlo, puedo hacer esto.

—Cuando tengas la llave, espera, no sé qué día es, pero Heist siempre habla de que su familia sale todos los viernes a cenar fuera. Vigila esa noche y cuando salgan, ven a por mí.

Era miércoles, así que eso sería en dos días.

—Es miércoles, ¿y si él te hace daño en estos dos días?

—No lo hará, él... —ella se detuvo—, solo sal de aquí, devuelve la llave a su lugar y el viernes te esperaré, mi vida depende de ti.

—De acuerdo.

Salí de allí y calmé mis manos temblorosas para poner los candados de nuevo. Subí a dejar las llaves de Frey en sus pantalones como estaban y me quedé de pie en el pasillo un momento, mirando la puerta de la habitación de Heist en la distancia.

Hacía solo unas horas él me había guiado entre la oscuridad de ese pasillo, hacía muy poco me había entregado a él, partes de mí aún palpitaban de dolor por su brusquedad al tomarme... ¿Qué había hecho? Se me revolvió el estómago al recordar a la chica del sótano, su palidez y su débil semblante, la chica que estaba ahí por culpa de Heist.

Salí de esa casa con tan solo la camisa de Heist sin importarme el frío. Heist asumiría que me había ido para que mamá no me descubriera, así que esperaba que él no sospechara nada. Temblé al cruzar para pasar a mi casa pero me detuve por un segundo en mi jardín. Solo quedaban las ramas de lo que una vez fueron hermosas flores.

El recuerdo de aquella noche de hacía un año vino a mí por un segundo, la sensación de la sangre goteando de mis dedos, su olor metálico.

Aunque ver a esa chica así me tomó desprevenida, una parte de mí no se sorprendió, como si ya lo supiera, quizá lo supe desde la primera vez que vi a Heist, sonriéndome en la puerta de mi casa mientras se presentaba.

Por supuesto que lo supe desde la primera vez que nuestras miradas se cruzaron, la primera vez que esos ojos azul grisáceo brillaron con diversión al caer sobre mí porque un monstruo puede reconocer a otro con facilidad y esa primera sonrisa que Heist me dedicó cuando me conoció claramente gritaba:

«Te veo, monstruo».

30

Cena perfecta

Jueves
20 de diciembre

LEIGH

«¿Qué has hecho, Leigh?»

«¿Qué es lo que has hecho?»

Caminé de un lado al otro en mi habitación. Había pasado todo el día de esa forma. Ni siquiera había podido comer. No podía arrancarme la imagen de la chica de mi mente, ni tampoco a Heist. No quería pensar en él ni en nada de lo que pasó entre nosotros.

Ya no eres perfecta, Leigh.

—No, no —susurré, mordiéndome las uñas. Tomé una respiración profunda tras otra hasta que me calmé un poco. Alguien tocó la puerta de mi habitación antes de abrirla y asomar la cabeza.

—Leigh. —Mamá me miró con preocupación—. ¿Estás bien? No te he visto comer en todo el día.

Fingí una sonrisa.

—Es que he estado ayunando, madre —le mentí—, le estoy pidiendo al Altísimo que me dé sabiduría para mi liderazgo con las Iluminadas.

Mamá entró y sostuvo mi rostro con ambas manos.

—Siempre tan buena, hija —besó mi frente—, pero ya casi anochece. Además, nos toca la cena de bendición esta noche, no lo has olvidado, ¿verdad? —Ella ojeó mi atuendo—. Lo olvidaste, Leigh.

Ah, la cena con la familia líder, ¿cómo pude olvidar que era nuestro turno esa semana? Genial, lo último que necesitaba era ver a la familia líder después de todo el desastre que había hecho.

—Ya sabes qué vestido ponerte, está en tu armario —me recordó mamá antes de dirigirse a la puerta—. Y trenza tu cabello, ¿por qué te lo has soltado? —me amonestó antes de salir.

Mis manos acariciaron mi cabello a ambos lados de mi cara y recordé la mirada hambrienta de Heist cuando me dijo que me lo soltara y la forma en la que mi largo cabello caía sobre mi cuerpo desnudo mientras estaba encima de Heist. Sus músculos, su mirada, sus gruñidos bajos, sus manos apretándome para guiar mis movimientos.

«No, Leigh, basta.»

Sostuve mi rostro y exhalé una bocanada de aire. Solo fue un momento de debilidad, quería olvidar, estaba vulnerable por el día que era, eso era todo. Heist había sido un método de olvido, de distracción. Las marcas en mis pechos y en mis muslos palpitaron en señal de protesta. Sin importar lo mucho que me gustó hacerlo con él, eso no me permitía olvidar que tenía una chica encadenada en su sótano, chica que tenía que sacar de ahí, al día siguiente...

Me puse el vestido blanco que mi madre preparó, cubría todo mi pecho, casi llegaba a mi cuello y sus mangas largas llegaban hasta mis muñecas. Recogí mi largo cabello en una cola alta antes de comenzar a trenzarlo en círculos en la parte de atrás de mi cabeza. Sin aretes, sin maquillaje. Mi reflejo en el espejo era la clara representación de la pureza que debía proyectar una líder como yo.

«Eso es, Leigh, el Altísimo tendrá misericordia, todo estará bien.»

Salí de mi habitación y bajé las escaleras, practicando mis sonrisas y gestos amables y cálidos. Vi que mamá estaba en la cocina y que la mesa del comedor estaba puesta para más comensales de los que pensaba. Solo íbamos a ser cinco, entonces ¿por qué había siete servicios?

Abrí la boca para preguntarle a mamá cuando el timbre sonó. Mamá tomó mi mano y me guio a la puerta. Ella la abrió con una gran sonrisa.

—Bienvenidos, familia líder, que el Altísimo esté con ustedes.

La señora y el señor Philips nos devolvieron la sonrisa, al igual que Carter.

—Que así sea —nos respondió nuestro líder.

—Pasen, adelante. —Mamá y yo nos hicimos a un lado. Carter y yo intercambiamos una mirada, se veía tan tierno con su camisa abotonada hasta el cuello... En un mundo perfecto, Carter no sería homosexual y yo no sería una idiota impulsiva que se follaba monstruos.

«Respira, Leigh, respira.»

Ellos caminaron directamente al comedor como de costumbre y mamá y yo los seguimos hasta que tomaron asiento en el lado derecho de la mesa.

—He preparado mi especialidad, voy por unos bocadillos. —Mamá se fue a la cocina y yo permanecí de pie por si necesitaba mi ayuda. En ese momento, volvió a sonar el timbre y me sorprendió, ¿íbamos a tener una cena de bendición con más de una familia?

—Leigh, abre la puerta —me pidió mamá desde la cocina.

—Enseguida vuelvo —me disculpé con los Philips.

Abrí la puerta y dejé de respirar.

Los Stein.

Apreté la manilla de la puerta para controlarme. La señora Stein iba con unos vaqueros y una chaqueta, llevaba su cabello rubio sujeto en una cola alta. A su lado, iba un hombre que no reconocí, pero cuyos ojos me sorprendieron enormemente porque eran de colores diferentes. ¿Cómo era eso posible? Era la primera vez que veía a alguien así.

—Leigh, este es mi tercer esposo, Mayne Stein.

Su cabello negro estaba desordenado y su aspecto era muy diferente al de los otros dos esposos. El primer esposo siempre estaba bien peinado, impecable. El segundo de ojos grises parecía frío e inalcanzable. Este señor transmitía un aura completamente única. Él me sonrió abiertamente y me extendió su mano. Tragué con fuerza antes de tomarla.

—Mucho gusto. —Su voz era profunda.

—Mucho gusto. Pasen, adelante. —Sentí alivio al saber que solo eran ellos dos. No podría soportar ver a Heist.

—Oh, bienvenidos. —La familia líder se puso de pie para saludarlos y yo escarbé en mi cerebro para recordar en qué momento habíamos incluido a los Stein en esa cena y encontré una reunión de la iglesia donde la señora Stein quiso incluirse porque quería presentar a su tercer esposo a mamá y a la familia líder, ¿cómo pude olvidarlo? Mamá trajo bocadillos y se sentó en la cabecera de la mesa. Yo me senté al lado de Carter, y los Stein al otro lado de la mesa. Él señor Stein quedó frente a mí.

—Bueno, un placer estar con todos ustedes esta noche —comenzó la señora Philips—. ¿Cómo has estado, Leigh?

Todas las miradas cayeron sobre mí.

—Bien, muy ocupada.

—Sí, eso nos ha contado Carter —comentó el señor Philips y yo fruncí el ceño, confundida—. Me ha dicho que no han podido seguir su cortejo porque estás muy ocupada.

Eché un vistazo a mi lado, Carter apretó sus labios.

—Ah, sí, estoy acostumbrándome a mi rol como líder, no es fácil.

—Dímelo a mí —bromeó el señor Philips—, esperemos que con el tiempo, puedan retomar su cortejo, creo que no hay pareja más perfecta que ustedes dos. —Él se rio un poco y yo me reí con él por cortesía.

El señor Stein tomó un sorbo de su vaso de agua sin despegar sus ojos de mí, ¿eran ideas mías o había estado observándome todo el rato? Me estaba poniendo nerviosa.

—Por supuesto —intervino mi madre—, apenas, Leigh tenga un poco de tiempo libre, estoy segura de que volverá a retomar las cosas con Carter.

—No hay nadie más perfecta que ella para nuestro Carter —agregó la señora Philips.

Me lamí los labios, apreté mis manos sobre mi regazo y me esforcé por sonreír.

«Perfecta. Perfecta. Eso es todo lo que tienes que ser, Leigh. Completamente perfecta.»

—¿Cómo funcionan estas cenas de bendición? —preguntó el señor Stein, cambiando el tema y lo miré agradecida, él solo me guiñó un ojo.

«No, Leigh, no te puede caer bien ninguno de ellos, son malos, recuerda a la chica.»

—Una vez a la semana mi esposo y yo cenamos en la casa de alguna familia del pueblo —explicó la señora Philips—, es una forma de poder charlar con los miembros de nuestra comunidad fuera de la iglesia y estrechar nuestros lazos.

—Oh —el señor Stein pareció interesado—, eso hemos notado, es una comunidad bastante cerrada.

Comimos, charlamos pero pude notar que la familia Philips estaba haciendo lo posible por impresionar a los Stein. No me pareció raro, aunque los Stein eran nuevos en el pueblo, todos sabían lo adinerados que eran. Una sola mirada a su mansión, a sus ropas, a sus autos y a la clase que tenían era suficiente para saberlo. Quizá querían que los Stein contribuyeran con algún proyecto de la iglesia. Lo que los Philips no parecían saber eran los secretos que esa familia tan perfecta a simple vista ocultaba, pero yo sí, y los expondría ante todos.

Terminamos de comer y nos quedamos hablando un poco más.

—Lilia, quería decirte que tienes una hija increíble. —La señora Stein me miró antes de involucrarme en la conversación—. Leigh ha sido maravillosa con nuestros hijos, los ha ayudado a adaptarse, ella ha sido muy buena, en especial con Heist.

Tragué con dificultad y le sonreí.

—¿Oh? Leigh es mi mayor tesoro. —El orgullo en la expresión de mamá era obvio y me oprimió el pecho—. El Altísimo me ha quitado... mucho —ya casi no podía respirar—, pero me dio a Leigh como recompensa, así que estoy muy feliz por eso.

Apreté los puños con tanta fuerza sobre mi regazo que las uñas se clavaron en mi palma.

—Leigh es una recompensa maravillosa para toda nuestra comunidad —respondió el señor Philips.

Sentí todas las miradas sobre mí y levanté la vista para encontrarme con el señor Stein.

—Con permiso —me disculpé con una sonrisa y me puse de pie—, enseguida vuelvo.

Me dirigí al pasillo de la cocina y descansé mi espalda contra la pared fuera de la vista de todos. Tomé una respiración profunda y la exhalé lentamente, sentí el aire rozando mis entreabiertos labios al salir con lentitud. Lo hice una y otra vez, estaba a punto de volver cuando el señor Stein apareció en el pasillo, con las manos en los bolsillos de sus pantalones.

—¿Desde cuándo?

Fruncí las cejas.

—Desde cuándo ¿qué?

—Te reprimes tanto que estás al borde del colapso.

Lo dijo con tanta tranquilidad que me quedé callada por un segundo. Fingí una sonrisa amable y sacudí la cabeza.

—No sé de qué está hablando.

—Aunque tiene sentido —él dio un paso hacia mí—, tienes que ser perfecta, ¿no es así, Leigh?

¿Estaba insinuando que no lo era?

«No sabes nada de los Stein, ¿no es así? Todos están locos.»

La chica tenía razón.

—Debo volver —le dije, pero cuando pasé por su lado, me agarró del brazo y se inclinó sobre mí para susurrarme algo al oído:

—Tu existencia es irrelevante para mí, pero si pones a mi familia en algún tipo de peligro o les causas cualquier problema, no dudaré en degollarte y dibujar una falsa sonrisa eterna en tus labios.

Estaba paralizada, el aire atrapado en mis pulmones. Él me soltó como si nada y me sonrió antes de seguir por el pasillo.

No fue hasta que oí el ruido de la puerta del baño de visitas cerrarse cuando reaccioné y volví a la mesa. Mi corazón palpitaba como loco en mi pecho y traté de controlarme, pero esas palabras se repetían una y otra vez en mi mente. El señor Stein me había amenazado directamente, sin rodeos, eso ya no era un juego. Él no era Heist, porque sin importar cuántas veces acusara a Heist él nunca me había amenazado directamente de esa forma. Quizá había subestimado la seriedad de todo el asunto por la forma juguetona en la que Heist me decía las cosas, pero era obvio que los Stein eran un peligro claro y real.

¿Qué era lo que pasaba en esa casa?

Pronto lo averiguaría, al día siguiente iría, liberaría a esa chica y, por fin, descubriría la verdad sobre la familia Stein.

31

Roce sanguinario

Viernes
21 de diciembre

LEIGH

«Puedes hacerlo, Leigh.»

«Tienes que hacerlo.»

Estaba sentada a oscuras en el porche de mi casa, justo detrás de un tiesto inmenso que ya el invierno había secado casi por completo. Estaba vigilando la entrada de la casa de los Stein, esperando que salieran, necesitaba asegurarme de que todos se fueran a cenar como la chica había dicho. La nieve había comenzado a caer hacía unos minutos y agradecí estar bajo el techo del porche y con una gruesa chaqueta y guantes. Sabía que tenía que quitármelos antes de ir a la casa, no podía andar con una chaqueta así de gruesa si quería moverme rápido, pero por ahora podía usarla.

Sentí que cada segundo que pasaba era una eternidad hasta que finalmente vi a los Stein salir de la casa. Todos iban muy elegantes, los tres esposos iban con camisa y pantalones de vestir, la señora Stein llevaba un vestido negro. Kaia y Frey vestían con colores oscuros también. Los vi meterse en dos coches separados y escuché los motores enérgicos cuando los encendieron.

¿Dónde estaba Heist?

Como si quisiera responderme, Heist salió el último pero los dos coches arrancaron. ¿Lo dejaban ahí? Entré en pánico al considerar que Heist no iría con ellos, pero él entró en otro auto estacionado cerca del jardín de mi casa y arrancó para irse detrás de ellos. La casa quedó sola, confirmé que había contado cada Stein y que habían dejado la propiedad, esa era mi oportunidad.

Me quité la chaqueta y los guantes para dejarlos al lado del tiesto. Mamá ya se había dormido; después de cenar era cuestión de minutos que ella se fuera a dormir. Me estremecí al bajar los pequeños escalones del porche y sentir la nieve caer sobre mis brazos desnudos. El frío era insoportable, pero nada me detendría, caminé directo a la puerta de atrás que daba a la cocina de la casa y giré la manilla: cerrada.

Saqué el pañuelo del bolsillo de mis tejanos y envolví mi mano por completo antes de golpear un cuadrado de vidrio de la puerta de la cocina y romperlo. Metí la mano a través del agujero y abrí la puerta desde dentro. No dudé ni un segundo en cruzar la oscura cocina para dirigirme a la sala, ¿dónde estaba el estudio? Si esa casa aún mantenía algo de las estructuras de la casa de ese vecindario, debía de estar por el pasillo a un lado de las escaleras, así que me apresuré a irme por ahí.

Abrí un par de puertas hasta que ¡bingo! encontré el estudio. Encendí la luz y busqué en los cajones del gran escritorio en medio de la estancia. Solo encontré papeles en alemán y algunos libros; el último cajón fue el que me permitió respirar por un segundo... desde que había entrado en esa casa, no había podido respirar bien. Las llaves con el llavero negro estaban ahí, las tomé y cerré el cajón antes de apagar la luz y salir.

«Bien, puedes hacer esto, Leigh.»

«Ya tienes las llaves.»

Volví a la cocina, pero esa vez fui al pasillo contrario de donde venía, ansiosa por llegar a la puerta del sótano. Sin embargo, cuando llegué a la misma, me paré de golpe.

La puerta del sótano antes cerrada con candados estaba abierta de par en par.

Podía sentir el corazón en mi garganta y en mis oídos. Mi respiración era completamente irregular, ojeé el pasillo oscuro con miedo, mi mano apretó las llaves. Temblando, me acerqué a la puerta y eché un vistazo dentro: oscuridad. Mis manos buscaron el interruptor de luz y la encendí como la vez pasada, las luces parpadearon hasta iluminar las escaleras.

«Ya estás aquí, Leigh.»

Recé por que la chica estuviera bien y bajé las escaleras tan rápido como pude. No me iba a quedar más tiempo del necesario allí. Y, en concreto, ahora que la puerta había sido abierta, tenía un mal presentimiento. Llegué al final de las escaleras y mi corazón cayó al suelo.

No, no, no.

El sótano estaba vacío.

No había señales de la chica. El colchón donde ella había estado ya no estaba, no había rastro de que alguien hubiera estado allí. ¿Todo había sido para nada? ¿Me había arriesgado y no la había podido salvar? Tenía que salir de aquí. Comencé a subir las escaleras cuando lo escuché.

Ruidos y pasos venían hacia allí. Me entró pánico, bajé las escaleras de nuevo y me escondí debajo de ellas. Hubo un silencio por un rato y llegué a pensar que me había imaginado el ruido, pero, de pronto, la madera del inicio de las escaleras comenzó a crujir. Alguien estaba bajando, su sombra se colaba por los pequeños espacios entre los escalones. Me cubrí la boca con fuerza, traté de calmar las respiraciones desesperadas que escapaban por mi nariz.

Cada paso me aterrorizaba aún más. Quienquiera que fuera tenía que saber que alguien se había metido en la casa, tuvo que ver el vidrio roto de la puerta de la cocina y la luz encendida del sótano. Lo que quizá no sabía era si el intruso seguía dentro o ya se había ido. Levanté la mirada en el momento justo que la sombra estaba encima de mí en las escaleras, algo goteó y cayó sobre mi frente. Con mi mano libre, me limpié, mis dedos temblaron frente a mí al ver el rojo carmesí: sangre.

Apreté mi boca con tanta fuerza para no gritar que me clavé las uñas en la piel. Unas lágrimas de terror se formaron en mis ojos. Mientras la figura seguía bajando, la sangre siguió goteando de los escalones, cayendo sobre mis hombros, mi pelo, mi rostro. Su olor metálico me provocó ganas de vomitar, pero reprimí las arcadas porque no podía emitir ningún sonido.

Cuando la figura llegó al final de las escaleras, por el espacio entre los escalones, pude ver su espalda, su cabello rubio y su figura inconfundible: Heist.

Pero no fue eso lo que me hizo ahogar un sollozo silencioso, sino lo que cargaba sobre su hombro: envuelto en bolsas negras, una forma humana goteaba sangre al suelo. Me mareé y traté de calmar mi respiración porque el hormigueo de mis extremidades indicaba que estaba hiperventilando.

«¿Qué pasaría si ese ángel de la muerte estuviera frente a ti?»

Sus palabras vinieron a mi mente. Fui tan estúpida...

«Solo creo que es muy arrogante por tu parte asumir que no serías otra muerte más del montón si metes tu nariz donde no debes.»

Él me lo había dicho abiertamente todo ese tiempo.

Heist caminó con la bolsa a un lado de las escaleras y la dejó caer en el suelo donde había estado el colchón de la chica. Él se arrodilló frente a la bolsa de espaldas a las escaleras, de espaldas a mí y supe que esa era mi única oportunidad de salir de allí.

Con cuidado, di un paso fuera de las sombras y rodeé las escaleras, apenas toqué el primer escalón, corrí escaleras arriba.

—¡Eh! —El grito de Heist me hizo correr aún más rápido—. ¡Eh!

La subida de las escaleras se me hizo eterna, alcancé el final, pero un estirón en mi tobillo me hizo caer hacia delante. Me giré para ver a Heist, que estiró de mí hasta que quedé debajo de él en las escaleras, su rostro manchado de sangre me hizo gritar y él puso su dedo sangriento sobre mis labios.

—¡Chissst! —Sus ojos, al igual que su piel manchada de sangre, se veían muy claros con esa luz. Su mirada cayó sobre el carmesí en mis hombros y en mi rostro. Heist tuvo el descaro de sonreír—. El rojo te queda bien, Leigh.

Me rehusaba a darle la satisfacción de rogarle, de demostrarle lo aterrada que estaba. Heist siempre había tenido algo que desataba mi lado más fuerte.

—¿Vas a hacerme daño?

Él alzó una ceja.

—¿Hacerte daño? —Él sacudió su cabeza—. No suelo herir lo que es mío.

—Entonces —le seguí el juego, tenía que sobrevivir—, déjame ir.

—Hummm, ¿puedo confiar en ti?

—¿Quieres confiar en mí? —Busqué sus ojos y su mirada se veía igual que siempre, su rostro siniestro con esa sangre en una de sus mejillas y en su cuello.

—Sí quiero, pero no sé si puedo hacerlo. Si te dejo ir, ¿quién me asegura que no irás a la policía, Leigh?

—No lo haré.

—Si lo haces, pasaré mucho tiempo en prisión y no volverás a verme, ¿estás dispuesta a hacerme eso?

—No diré nada, lo juro.

Heist ladeó la cabeza. Su mano acunó mi mejilla.

—Para haber crecido a base de mentiras, todavía tienes que aprender a mentir un poco mejor, Leigh.

Tenía que mentir mejor.

Lo agarré del cuello de su camisa y lo acerqué a mí. Levanté mi cabeza para besarlo. Mis labios rozaron los suyos y quisiera decir que mi boca no le reconoció, pero sí lo hizo. No estaba preparada para la familiaridad de sus labios. Heist me devolvió el beso sin dudar, su mano agarró un mechón de mi cabello para profundizar el beso, su lengua entró en mi boca causándome todo tipo de sensaciones que no debía sentir, no en ese momento. Heist se metió en medio de mis piernas y me presionó contra él. El recuerdo de lo bien que podía hacerme sentir me nubló la mente un segundo. Ese beso tenía algo diferente a los otros, su boca era más violenta y apasionada sobre la mía, su toque cruel; era un beso oscuro, como si me estuviera revelando su verdadera naturaleza, pero también lo sentía como una despedida. El beso continuó por unos cuantos segundos hasta que él se separó ligeramente.

—La decisión es tuya —susurró contra mis labios, acariciando mi mejilla—, destrucción o liberación, Leigh, lo dejaré en tus manos.

Él me soltó y se puso de pie, ¿me estaba dejando ir? No podía ser que un beso lo hubiera convencido, pero no me iba a quedar a averiguarlo. Me levanté y salí de ese sótano.

Crucé la cocina y me dirigí hacia la puerta, los vidrios rotos en el suelo crujiendo debajo de mis pasos apresurados. El aire nocturno me recibió, pero no me detuve hasta que llegué a mi casa sin aliento y cerré la puerta.

—¡Mamá! ¡Mamá! —la llamé mientras caminaba a la cocina y levantaba el teléfono para marcar el número de la policía. La voz de la operadora sonó en mi oído y las palabras de Heist volvieron a mí.

«Destrucción o liberación, Leigh.»

¿Eso era una amenaza? ¿O estaba tan loco que de verdad pensaba que porque habíamos follado no lo delataría? Él no debió confiar en mí.

No importaba, la policía necesitaba meterse en eso, ya era un peligro real y Heist tenía un cadáver en su sótano, no quería pensar que fuera la chica porque la culpabilidad no me lo permitía.

Comisaría de Wilson
21 de diciembre
Hora: 10.58 pm

—¿Leigh?

El oficial Jones suspiró, pasándose la mano por la cara. Me estremecí un poco, mi mente estaba por todos lados.

—¿Qué fue lo que pasó, Leigh? ¿De quién es toda esta sangre?

—Yo... él... —No sabía cómo explicarlo todo—. Fue él.

—¿Quién?

—Ya se lo he dicho.

—¿Heist?

Asentí.

—¿Tienes alguna prueba de lo que estás diciendo? Esa acusación es muy seria, Leigh.

Le había intentado explicar al oficial Jones que Heist tenía un cadáver en su sótano y que probablemente estaba involucrado en los suicidios también. Le había dado la foto de Heist con Payton, Sophie y Jessie.

—Ya le he dado la foto, ¿qué más prueba necesita?

—Necesito mucho más que eso para acusarlo.

—¿Y no tiene suficiente con lo que ha pasado esta noche? ¿Con la sangre?

—No puedo hacer nada hasta que lleguen los resultados del laboratorio, pero tú lo sabes, ¿no, Leigh? ¿De quién es la sangre?

—No lo sé, debería preguntárselo a él.

De verdad, no lo sabía, solo sabía que había una chica, pero no sabía su nombre, no sabía nada. Quizá era hora de contarle algo sobre la chica al oficial Jones. Sin embargo, mis ojos captaron movimiento al otro lado del vidrio transparente de la oficina del oficial Jones.

Heist.

Él venía esposado con un policía a cada lado. Sangre seca oscurecía su cabello rubio y parte de su ropa. Los ojos de Heist se cruzaron con los míos y sus labios se curvaron hacia arriba en una siniestra, torcida sonrisa. Casi podía escucharlo susurrar en mi mente: «Escogiste destrucción, Leigh».

32

Percepción dudosa

HEIST

El metal de las esposas me rozaba la piel de mis muñecas mientras los oficiales me guiaban dentro de la comisaría.

Las miradas desconfiadas de todos los policías cayeron sobre mí en el instante en que puse un pie dentro. Al parecer, lo de «inocente hasta que se pruebe lo contrario» no era algo que aplicaran en ese lugar y no me sorprendía en absoluto. Mis ojos tuvieron la dicha de encontrarse con Leigh sentada en la oficina de uno de los oficiales, un vidrio transparente entre nosotros. Le sonreí abiertamente en vez de sacudir mi cabeza.

«Escogiste mal, Leigh.»

Los oficiales casi me empujaron dentro de otra oficina, pero esta no tenía vidrios, solo paredes grises y una mesa con dos sillas a cada lado, ¿una sala de interrogación? Bufé, esto era mucho más divertido de lo que pensaba. Me senté en la silla y puse mis manos esposadas encima de la mesa, por lo menos, habían tenido la decencia de esposarlas al frente.

Suspiré y me eché hacia atrás en la silla, cerrando mis ojos. La sangre seca sobre mi cabello y mi ropa tenía un aroma desagradable, pero los policías no me dejaron cambiarme, necesitaban la evidencia. Un oficial alto de complexión delgada y atlética entró. Su cabello negro ya tenía unas cuantas canas y su uniforme tenía una placa diferente a la de los demás. De inmediato, le sonreí.

—Qué afortunado soy, me ha venido a interrogar el sheriff. —Mi broma no le hizo gracia.

—Heist Stein, ¿tienes idea de por qué estás aquí? —Él se sentó al otro lado.

Me encogí de hombros.

—No.

—Leigh Fleming ha presentado una denuncia en tu contra por agresión, y nos ha contado muchas cosas interesantes.

No pude evitar soltar una carcajada. El sheriff ni siquiera parpadeó, parecía más enojado cada segundo.

—¿Agresión?

«Vaya, Leigh.»

—Así es, también nos ha dicho que tienes un cadáver en tu sótano y de ahí la sangre sobre tu ropa, ¿de quién es la sangre?

—No sé cómo funcionan las leyes en este pueblo pero...

—Responde la pregunta.

Torcí mis labios antes de tomarme mi tiempo.

—De un ciervo.

Abrió mucho los ojos por la sorpresa.

—¿Qué?

—Así es, me gusta cazar, sheriff, no sabía que eso fuera un delito.

Alguien tocó la puerta y un oficial le pasó una carpeta al sheriff antes de salir rápidamente. Este ojeó los papeles y luego los dejó caer sobre la mesa.

—Son los resultados de la sangre, es sangre animal.

Le dediqué una sonrisa inmensa.

—Traté de explicárselo a los oficiales, pero estaban muy ocupados esposándome.

—La señorita Fleming estaba muy alterada, muy segura de lo que vio.

—Solo me vio cargando un ciervo muerto y enloqueció, de hecho —me puse serio con la mejor expresión preocupada que pude mostrar—, estoy muy preocupado por ella, sheriff.

—¿Me está diciendo que todo esto es un malentendido?

Asentí.

—Eso no justifica el hecho de que la atacó.

—Yo no la ataqué, solo traté de detenerla para explicárselo y pensé que ella me había entendido porque... —fingí vergüenza—, hasta me besó después de explicárselo y se fue tranquila a su casa.

—¿Lo besó? —La incredulidad en su voz me decía que necesitaría mucho más que palabras para creer algo así.

—Sí —suspiré dramáticamente—, la verdad, es que creo que ella está un poco obsesionada conmigo, sheriff.

Tenía toda su atención así que sabía que era el momento para llevar a cabo mi mejor actuación.

—De hecho, esta noche, ella se metió en nuestra casa sin autorización, rompió el vidrio de la puerta de nuestra cocina para entrar —sacudí la cabeza—, tenemos cámaras de seguridad por toda la casa. Mis padres pueden traer las imágenes de esta noche y usted podrá comprobar por sí mismo que lo que digo es la verdad.

—Eso es imposible, la señorita Fleming no haría algo así, es una chica ejemplar de nuestra comunidad.

—Creo que necesita ver lo que las cámaras capturaron, sheriff. Así podrá ver que en ningún momento le hice daño, solo traté de explicarle lo que pasaba y verá cómo ella me besó. ¿Usted besaría a alguien que lo estuviera agrediendo físicamente?

—Te dejaremos llamar a tus padres para que traigan los vídeos, es la única forma de retirar el cargo de agresión.

—Mis padres ya deben de estar en camino —le informé—, les dejé un mensaje en casa.

—No puedo creer esto. —Se pasó la mano por la cara.

—No pensé que esto se pondría así de mal, pensé que ella estaba tomando su medicación correctamente.

Él arrugó sus cejas.

—¿De qué está hablando?

—Oh, no lo sabe, no debo compartir esa información tan privada —me callé unos segundos, como si lo pensara—, pero supongo que es relevante para el caso.

—¿Qué pasa?

—Leigh consume antipsicóticos, sheriff. —Su mirada de confusión me dio a entender que no sabía de lo que hablaba—. Son un tipo de drogas psicotrópicas que alivian síntomas psicóticos como los delirios y las alucinaciones.

—¿Me está diciendo que la señorita Fleming está loca?

—No, solo le estoy diciendo que ella no está del todo bien mentalmente —le conté—, y todas estas acusaciones probablemente solo estén pasando en su cabeza, ya sabe, alucinaciones. Crear teorías conspirativas y todo eso es algo muy común en alguien de su condición.

Se tomó su tiempo para asimilar mis palabras como si una parte de él aún no se creyera lo que acababa de oír. El otro oficial volvió a abrir la puerta.

—Los padres están aquí —dijo, pero sonaba nervioso—. Dicen que han traído unos vídeos que quieren mostrarte y también... —La puerta terminó de abrirse por completo y mi padre, Peerce, entró furioso.

Ah, mierda.

El sheriff se puso de pie.

—No puede entrar aquí, solo personal autorizado. —Mi padre pasó por su lado y le mostró su placa, aún llevaba puesto su uniforme negro táctico. Mi padre me agarró del cuello de la camisa, me levantó y me estampó contra la pared.

—¿Te has vuelto loco? —me dijo entre dientes.

—Papá...

—Señor Stein, aún no hemos comprobado que el chico haya hecho algo malo, por favor, suéltelo —ordenó el sheriff—. Estamos aclarando la situación.

Los ojos grises de mi padre buscaron algo en los míos y lo que sea que encontró lo molestó. Me soltó y dio un paso atrás.

—¿Aclarando la situación? Entonces ¿por qué está esposado?

—Eh... —El sheriff y el oficial intercambiaron una mirada.

—¿Por qué lo han traído a la comisaría? Esto se considera un arresto.

—No, no lo hemos arrestado, solo lo hemos detenido temporalmente para hacerle unas preguntas.

—Si solo estuviera detenido, podría haberle hecho dichas preguntas en la casa, lo han aislado del lugar de los hechos y encima lo han esposado, esto es un arresto. No trate de tergiversar la ley.

—Yo no... nosotros no...

—Para arrestarlo debieron de tener alguna evidencia concreta, ¿la tienen?

Yo suspiré mientras observaba al sheriff aflojar el botón superior de su camisa.

—Escuché, señor Stein, lo...

—¿Tienen alguna evidencia concreta o no?

—No.

Mi padre torció los labios en señal de desprecio como si el sheriff y el oficial fueran el suelo de debajo de sus zapatos en esos momentos.

—Ha arrestado a mi hijo ilegalmente. —Mi padre se subió las mangas de su camisa negra militar hasta los codos—. ¿Por qué no debería presentar cargos en su contra?

—No nos alteremos, señor Stein. —El sheriff sonrió—. Además, aún no sabemos si su hijo atacó a la señorita Fleming o no.

—Sus oficiales están viendo los vídeos en este momento, véalo usted mismo.

—Por supuesto. —El sheriff dejó el cuarto, no sin antes quitarme las esposas. Yo masajeé mis muñecas suavemente y me quedé a solas con mi padre. Él no dijo nada y sabía que no diría nada de lo que realmente quisiera decir, no sabíamos si esa era una sala de interrogación y lo más probable era que tuviera cámaras, así que solo podíamos tener una conversación más normal.

—Tu madre va a matarte.

—Lo superará.

Él se pasó la mano por detrás del cuello y noté las ojeras bajo sus ojos. Su uniforme solía ser una de mis cosas favoritas cuando era niño, quería ser tan increíble como él, disparar como él, tener tanta fuerza como él... Mi inclinación por el ejercicio y por incrementar mis habilidades físicas venían de él. Y eso era algo que había adoptado toda la familia. Todos hacíamos ejercicio, nos manteníamos en forma, practicábamos nuestra puntería con armas, nuestra fuerza con peleas prácticas y pesas. Éramos cazadores de monstruos, todos teníamos que estar preparados siempre. La que más sorprendía era Kaia; con su delgada figura y rostro angelical, nadie habría pensado nunca que ella se enfrentaba a mí en peleas cara a cara, como un igual. Ella usaba su tamaño y delgadez como ventaja para ser más rápida y letal.

El sheriff volvió cabizbajo, se disculpó y prácticamente le rogó a mi padre que no presentara cargos de ningún tipo contra el departamento de policía de Wilson. Salimos de la comisaría y me sorprendió ver enfrente a cantidad de gente del pueblo formando pequeños grupos en la calle. Eso me hizo sonreír internamente, verán, en un pueblo como Wilson donde todos eran tan cercanos, las palabras volaban y se propagaban con rapidez. Y eso no era lo que más beneficiaría a nuestra Leigh.

Me encontré con mi madre de frente y ella sacudió su cabeza en desacuerdo antes de abrazarme. Frey se hallaba detrás de ella y Kaia estaba sentada sobre el capó del auto negro familiar. Podía sentir las docenas de ojos sobre mí y casi podía escuchar sus murmullos. No importaba el frío si se trataba de averiguar qué era lo que pasaba en la comisaría de Wilson. En su defensa hay que decir que no pasaban muchas cosas en ese pueblo, así que la noticia de un probable asesinato o un cadáver era algo llamativo para ellos. Un auto se estacionó detrás del de mi madre y de ahí emergieron el señor y la señora Philips: hasta la familia líder se había enterado. Los oficiales de Wilson no se guardaban nada, ¿eh?

—Oh, señora Stein. —La señora Philips venía tan abrigada que apenas se podía ver su rostro entre tanta bufanda, gorro y abrigo—. Hemos venido tan rápido como hemos podido. —Ella se agarró el pecho—. Venimos a disculparnos en nombre de la familia Fleming, no teníamos ni idea de que Leigh... haría algo así.

Le dediqué una mirada cansada porque esa señora me aburría, al igual que su marido. Sin embargo, mi aburrimiento llegó a su fin cuando la señora Philips posó sus ojos detrás de nosotros en la puerta de la comisaría y la indignación se extendió por todo su rostro. Me giré para ver qué le había causado semejante reacción y encontré a Leigh saliendo de la mano de su madre.

La señora Philips caminó hacia ellas con rapidez. Leigh abrió su boca para explicarse, pero no pudo emitir palabra y la señora Philips la abofeteó. Se escucharon los jadeos de sorpresa por toda la calle. Me tensé porque no me gustaba que le pusieran las manos encima, y menos de esa forma.

—¿Cómo pudiste hacer semejante escena? —preguntó la señora Philips—. ¡Nos has avergonzado como comunidad! ¡Confiamos en ti!

—Señora Philips... —comenzó la señora Lilia, sumisa y con los ojos enrojecidos. Casi me sentí mal, casi.

Lo siguiente que pasó fue tan rápido que apenas pude procesarlo a tiempo. A mi izquierda, escuché el familiar sonido del seguro de un arma al ser quitado y luego un disparo al aire.

De inmediato, papá nos empujó a mamá, a Frey, a Kaia y a mí detrás de él. La persona que disparó nos pasó por el lado con tranquilad y se dirigió a la señora Philips, quien se había girado temblorosa a ver qué pasaba. Los oficiales salieron de la comisaría y se detuvieron de golpe en la puerta.

Vestido con traje y corbata, y con una expresión fría en su rostro, Thomas Fleming apuntó a la señora Philips en la frente.

—Vuelve a poner tu mano sobre mi hija y te vuelo los sesos, puritana de mierda.

No pude evitar sonreír. Los oficiales no hicieron nada, la gente en la calle no hizo nada, ni siquiera el señor Philips se movió.

—Mis disculpas, señor —dijo la señora Fleming. Yo no me podía creer lo que estaba viendo. Pero ¿qué puta mierda pasaba en ese pueblo?

El señor Fleming le sonrió y puso el arma entre su pantalón y su espalda antes de tomar el rostro de su hija con cariño y darle un beso en la frente.

—Nos vamos.

Ellos caminaron en nuestra dirección para acceder a la calle. Yo aún no me creía que la policía no hubiera hecho nada y hubieran entrado a la comisaría de nuevo como si no hubiesen visto nada. Los Fleming nos pasaron al lado, pero Leigh se detuvo y caminó hacia mí. A pesar de su rostro rojo por las lágrimas, portaba una sonrisa de victoria. Ella me agarró del cuello, me atrajo hacia ella y susurró en mi oído.

—Gracias. —Su voz estaba llena de arrogancia y arrugué mis cejas—. Aunque no lo planeé, me has ayudado esta noche, Heist.

—¿Qué?

—Me has ayudado a despertar un monstruo. —Ella se enderezó para mirarme directamente a los ojos.

Eso me hizo recordar esa conversación:

«Hablas como si yo no fuera el primer monstruo al que te enfrentas.»

«Porque no lo eres.»

Leigh me sonrió y ante los demás parecía que estuviéramos teniendo una conversación amena.

—Dile a Mayne Stein que si vuelve a amenazarme, no se extrañe si uno de sus hijos o incluso su preciada esposa desaparece.

—¿Nos estás amenazando?

—¿Amenazarme no es lo que has hecho tú todo este tiempo? Ya se estaba poniendo aburrido.

Torcí mis labios.

—Leigh.

—Bienvenido a Wilson, Heist Stein. El único lugar donde no eres el monstruo más peligroso.

Y con eso, se fue con sus padres, la gente volvió a sus casas y los Philips a su auto como si nada. Como si nada hubiera pasado, como si el señor Thomas no hubiera hecho un disparo al aire y hubiera amenazado a la líder de la iglesia frente a la comisaría.

«Los monstruos usualmente buscan ocultarse en la oscuridad y pasar desapercibidos mientras hacen de las suyas, pero ese no parece ser el caso en Wilson. Para mostrarse con tanto descaro, un monstruo debe tener mucho poder y control sobre los demás.»

Eso explicaba muchas cosas.

«¿Por eso no me temes, Leigh? ¿Porque has sido criada por un monstruo descarado como ese?»

Las cosas se seguían poniendo interesantes. Mamá puso su mano sobre mi hombro y suspiró.

—Wilson, pueblo de monstruos.

Yo me giré y le sonreí.

—Stein, familia de cazadores.

33

Reminiscencia melancólica

LEIGH

«La empatía no te servirá de mucho en la vida, Leigh. Solo te hará débil.»

Cuando tenía nueve años esas palabras no tenían mucho sentido para mí, hasta que mi padre me llevó a cazar por primera vez. No quería herir a ningún animal, pero tampoco quería decepcionar a papá. Su aceptación y su reconocimiento lo eran todo para mí, así que, con manos temblorosas, había levantado la pesada escopeta y había apuntado a un ciervo que se alimentaba del pasto a unos cuantos metros de nosotros.

Miré al animal. Al encontrarme con sus grandes ojos negros algunas lágrimas nublaron mi visión, pero no las dejé caer, tomé una respiración profunda y soplé porque sabía que mi padre me estaba observando en la distancia.

«No podemos defraudarlo, ¿cierto, Leigh?», me recordó esa voz y podía sentir su sonrisa en mi mente así que enderecé mi pose, apunté y disparé.

—Hemos llegado. —La voz de mi padre me trajo de vuelta al presente. Íbamos en su auto después de que él fuera a recogerme a la comisaría.

Eché un vistazo por la ventana y enseguida supe dónde estábamos. Mamá no dijo nada y se quedó dentro del auto mientras papá y yo nos bajábamos. Él me envolvió con un abrigo grueso y nos dirigimos al oscuro galpón, una propiedad que él tenía en las afueras del pueblo. El lugar estaba completamente vacío, un par de objetivos colgados en la pared en la distancia.

Aquí era nuestro lugar, donde él y yo pasamos mucho tiempo desde que era una niña, donde hablábamos y teníamos nuestras conversaciones profundas. Papá abrió una maleta pequeña que cargaba y me pasó mi arma: una Glock modificada con detalles morados con mis iniciales en el costado: L. F.

Sabía a qué habíamos venido, papá sabía que necesitaba liberar rabia y frustración y ese era el lugar donde podía permitirme enojarme y descargarme disparando a los objetivos en la distancia para luego dejar todas esas emociones en ese galpón y olvidarme de ellas para poder seguir con mi vida tal como quería.

Le quité el seguro y apunté a uno de los objetivos. El primer disparo hizo eco por todo el galpón, pero fallé. Papá se colocó a mi lado con su propia arma y disparó al mismo objetivo que yo. Él le dio justo en la cabeza.

—Las emociones inestables...

—Nunca te permitirán acertar tu objetivo —terminé la frase por él y apunté de nuevo, pero hasta yo podía ver mi mano temblando de la rabia. La sonrisa arrogante de Heist en la comisaría se seguía repitiendo en mi mente.

—Está bien —mi padre habló en su tono compresivo—, no hemos venido a practicar tu puntería, hemos venido a liberar. Dispara sin importar si fallas el objetivo. Déjalo salir, hija.

—¡Arg! —gruñí, disparando una y otra vez y cuando acabé todas las balas del cargador mi padre no dudó en pasarme más. Con cada disparo, recordaba más y más a Heist y lo mucho que debió de divertirse acabando con mi reputación en la comisaría.

¡Estúpido! Disparo. ¡Arrogante! Disparo. ¡Manipulador! Disparo. ¡Mentiroso de mierda!

Su actuación en ese sótano había sido increíble y me sentía tan estúpida por haber caído con tanta facilidad... Debí saber que no sería tan fácil, que él no caería de esa manera. Por eso disfruté arrancarle esa sonrisa cuando me despedí de él en la comisaría, ¿qué esperaba? ¿Verme derrotada? ¿Llorando? Jamás le daría ese placer. Mucho menos ahora que él mismo había llamado la atención de mi padre.

—¿Quieres que lo mate? —Mi padre me preguntó entre disparos.

«No. Y mucho menos ahora que él mismo ha despertado un monstruo.»

Miré a mi padre con el rabillo del ojo antes de seguir disparando.

—No.

—¿Qué es lo que pasa, Leigh? —Su pregunta no me sorprendió—. He prometido no intervenir en tu vida, pero tampoco voy a quedarme de brazos cruzados si se meten contigo.

—Todo está bien, papá —le aseguré porque no quería que nada arruinara el mundo perfecto que había construido en mi mente y que trataba de hacer realidad en mi vida. Era lo único que me daba estabilidad y mantenía mi paranoia controlada. ¿Cómo lo había llamado mi terapeuta? Ah, sí, «mecanismo para sobrellevar mis problemas».

Tenía que ser perfecta como todo a mi alrededor. Pero desde el momento en el que los Stein llegaron a ese pueblo, esa perfección se había ido agrietando cada vez más, y con ello mi estabilidad mental. No podía permitírselo, y mucho menos podía darle el placer a Heist de destruirme así.

Cuando terminamos de disparar, le devolví el arma a mi padre y él la guardó en la maleta antes de girarse hacia mí y tomar mi rostro con ambas manos con cariño.

—Los mataré a todos si me lo pides —susurró él—. Mírame, Leigh. —Lo miré—. Lo haré si eso te tranquiliza.

—No —dije poniendo mis manos sobre las de él—, ya no soy una niña, papá. Puedo resolver mis problemas yo sola.

Él besó mi frente y dio un paso atrás.

—De acuerdo, si cambias de opinión, no dudes en decírmelo.

Y tras eso salimos de ahí para volver a nuestro auto y, de alguna forma, volver a mi falsa realidad, por la que lucharía para hacerla real hasta el final, ¿qué otra opción tenía?

No salí de casa durante días, ya estábamos en las vacaciones de invierno del instituto, así que no había nada que me obligara a poner un pie fuera. Además, una tormenta de nieve de dos días azotaba nuestro pueblo sin piedad. Habían suspendido la búsqueda de Natalia por el clima y podía sentir esa energía y el aire de derrota en todas las personas. Era como si la gente se hubiera dado por vencida y quisiera seguir con su vida.

«¿Dónde estás, Natalia? ¿Estás con vida?»

Ella tenía que estar con vida, a veces me imaginaba que ella aparecía por la puerta y nos decía que solo se había ido de vacaciones sin avisar a nadie; me imaginaba que ella nos sonreía y nos decía que estaba bien y se burlaba de nuestra preocupación innecesaria.

Si se pudiera vivir de lo que imaginamos la vida sería mucho más fácil.

Natalia...

Mi mirada recayó sobre el tiesto colocado a un lado de la ventana y recordé el día que ella me lo dio hacía unos años.

—¡Feliz cumpleaños, Leigh! —me dijo con una sonrisa al pasarme el tiesto.

—¿Una maceta, en serio? —repuse alzando una ceja.

—Mira lo que tiene en el fondo. —Estaba tan entusiasmada que no pude evitar sonreír con ella mientras lo volteaba y me daba cuenta de que tenía un compartimento escondido—. ¿No es perfecto? Podrás meter tu medicación ahí, esconderla de tu madre y será como si no existiera. Dijiste que mantenerlo todo perfecto te hacía sentir mejor, que necesitabas ese control, ¿no?

Las lágrimas llenaron mis ojos.

—Oh, no, Leigh, ¿qué pasa? Ha sido una mala idea, dámelo. —Ella estiró sus manos para tomarlo, pero yo abracé el tiesto.

—Es perfecto. —Mi voz se rompió ligeramente—. Gracias.

¿Qué nos había pasado? ¿En qué momento el lazo tan bonito que teníamos se había roto? Eso iba más allá de lo de Rhett, Natalia nunca habría dejado que un chico se metiera entre nosotras, entonces ¿qué había sido? Sus palabras de ese día resonaron de nuevo en mi mente:

«Dijiste que mantenerlo todo perfecto te hacía sentir mejor, que necesitabas ese control, ¿no?».

¿Acaso...? No, ella no se podía haber alejado de mí porque comenzó a romper reglas y sabía que eso me descontrolaba y me afectaba mentalmente, ¿o sí?

«Sabes, Leigh, tú eres la única persona que me quiere con todos mis defectos. Haría cualquier cosa por ti.»

Me había dicho en una de nuestras tantas noches de pijamas. Me acerqué al tiesto y acaricié las flores con gentileza. Quise volver a ese momento, a esas risas, a esos intentos de sembrar algo en la maceta que nos salieron terribles al principio, a ver el rostro de Natalia lleno de barro y su risa resonando por todo mi cuarto.

Me senté al lado del tiesto y me abracé las piernas, recostando mi cabeza contra la pared. Cerré los ojos e imaginé que ella estaba ahí conmigo, molestándome por mi amor platónico de toda la vida. Me pregunté si ella sabía que Carter era homosexual y por eso siempre me decía que me olvidara de él, que perdía el tiempo.

Suspiré y miré la ventana al lado del tiesto. Todos esos días había mantenido mis cortinas cerradas porque no quería ni mirar la casa de los Stein. Eran el recordatorio de lo que había pasado, de mi estupidez y también de esa chica que había visto en el sótano y que no tenía ni idea de dónde estaba. La policía era inútil, no hicieron nada a pesar de lo que les dije de la chica.

Pasada la medianoche, me levanté de la cama y bajé las escaleras a por un poco de agua. No encendí las luces porque la claridad que se colaba de fuera era suficiente para ver. Estaba bebiendo cuando vi una sombra pasar por una de las ventanas.

Me congelé y bajé el vaso. En la distancia podía escuchar el ruido de una pala contra la tierra. Me asomé por el vidrio de la puerta de la cocina y vi a alguien usando la pala en mi jardín de flores. Él estaba de espaldas a mí y cuando se giró y me vio, me sobresalté y di un paso atrás.

Heist.

Él se acercó rápidamente a la puerta y yo grité cuando entró y con sus manos llenas de tierra me agarró del cuello.

—Ya está lista tu tumba, Leigh.

—¡No! —Él me arrastró fuera de la casa y yo grité pidiendo ayuda, pero nadie vino—. ¡No!

—¡Leigh! —Mamá me sacudió de los hombros y me despertó—. Es una pesadilla, hija, despierta.

Mi respiración estaba descontrolada y me tomó unos segundos volver a la realidad. Estaba en mi cama, con mi madre sentada a mi lado. Mi pecho subía y bajaba con cada intento de respiración profunda para calmarme. Fue entonces cuando alcé la mirada y me encontré con el rostro rojo de mi madre, sus labios temblaban mientras unas lágrimas escapaban de sus ojos.

—¿Mamá?

—Hija... —Su voz se quebró y mi pecho se oprimió—. Acabo de recibir una llamada...

Mis oídos solo escucharon un pitido después de eso como si sus palabras hubieran congelado mi mente. No podía escuchar nada más. No pronuncié palabra, me vestí y la seguí a su auto. Los sollozos de mi madre asfixiaban el pequeño espacio del vehículo pero, aun así, no lloré. Solo pude apretar mis puños sobre mi regazo hasta que mamá estacionó en medio de la nada, con árboles a ambos lados del camino.

Las luces rojas y azules de las patrullas de policía y de los bomberos alumbraban la oscura calle. Lámparas temporales instaladas a un lado del bosque servían para iluminar el área. Me bajé del auto y cada paso que daba era tan pesado, tan doloroso... Se me acortó la respiración y sostuve mi pecho para darme fuerza. Las palabras de mamá volviendo a mi mente:

«Han encontrado el cuerpo de Natalia, Leigh».

No, ella no podía estar muerta. Natalia era fuerte, ella no podía... jadeé en busca de aire cuando vi a los policías arrastrar una camilla con una bolsa negra encima.

«Sabes, Leigh, tú eres la única persona que me quiere con todos mis defectos.»

Y eso fue lo que necesité para romper en llanto y correr hacia ella histérica. Pasé por debajo de la cinta amarilla de seguridad y un policía me agarró de la cintura para detenerme.

—¡No, no puedes entrar aquí! —me regañó, pero luché por soltarme.

—¡Por favor! —le rogué, intentando liberarme—. ¡Natalia! ¿Están seguros de que es ella? Ella es muy fuerte, no puede ser ella.

—Déjala, yo la autorizo. —Esa voz familiar me hizo girar el rostro para ver al señor Stein, el de ojos grises, de pie a unos cuantos metros de nosotros. Me dedicó una sonrisa triste—. Ve.

No tenía cabeza para nada más que no fuera correr hacia mi amiga así que solo le murmuré «gracias» y corrí. Cuando llegué a ella, le rogué al policía que me dejara verla, que me dejara despedirme y no supe si el Stein de ojos grises le dio algún tipo de orden, pero me dieron unos segundos. Y cuando abrieron la bolsa, me cubrí la boca para llorar abiertamente.

—Natty... —sollocé al ver su pálido rostro. Su cuello y su cara estaban cubiertos de morados y tenía pequeños cortes por todas partes—. Lo siento tanto, Natty... —le dije honestamente y le pedí perdón por ser una idiota, por no encontrarla a tiempo, por no haber sido una buena amiga, por no luchar por ella e intentar entender por qué se alejó de mí—. Te quiero mucho, Natalia.

«Haría cualquier cosa por ti.»

Su sonrisa vino a mi mente y la emoción que sentí cuando me dio el tiesto con ese pequeño compartimento que aún usaba. Ella no se merecía aquello, era tan joven, estaba tan llena de vida, su energía era tan brillante... El recuerdo de su voz y de sus palabras seguían llegando a mi mente.

«¿Qué vamos a hacer para celebrar tu cumpleaños? ¿Tienes planes?»

«Yo también te extrañé, Leigh.»

Caí de rodillas en la carretera mientras los policías se llevaban el cuerpo, era como si el tiempo se hubiera detenido y no pudiera escuchar nada, excepto mi llanto. Un par de zapatos negros aparecieron frente a mí y levanté la mirada para encontrarme con Heist. Su rostro estaba enrojecido, su respiración visible al dejar sus labios.

Lo ignoré y bajé la mirada al suelo para seguir llorando. Heist se inclinó sobre una rodilla frente a mí y tomó mis brazos para estirarme hacia él y abrazarme. Luché contra su pecho porque sabía que no debía hacer eso, no después de que nos habíamos declarado la guerra abiertamente, pero desahogarme en los brazos de alguien me hacía sentir mucho mejor, así que dejé de luchar y me agarré de su chaqueta para seguir llorando.

Heist acarició la parte de atrás de mi cabeza con gentileza, la rabia en su voz era clara.

—Encontraré a la persona que ha hecho esto, Leigh, y lo destruiré, te lo prometo.

34

Distorsión real

LEIGH

Cuatro funerales en menos de cuatro meses.

Cuatro chicas del pueblo de Wilson.

Hasta la persona menos brillante del pueblo se había dado cuenta de que algo estaba pasando, de que eso no era normal y tenía un trasfondo mucho más profundo de lo que todos nosotros esperábamos.

Además, este cuarto funeral era diferente, no había sido un suicidio, había sido un claro asesinato, así que Wilson se había convertido en la pesadilla de cualquier madre: un lugar donde sus hijos y sus hijas no estaban seguros. El pueblo estaba aterrado, nadie salía después del anochecer. Por su parte, la policía merodeaba y patrullaba los alrededores a cada rato.

Eso era una pesadilla.

De pie, frente a la tumba de Natalia, me quedé viendo la nieve caer sobre su reciente lápida:

AQUÍ DESCANSA QUIEN NOS LLENÓ DE ALEGRÍA
CON SUS SONRISAS Y ENERGÍA:
NATALIA MONTES
1998 - 2018

Quisiera decir que podía sentir mi tristeza en plenitud, pero era como si estuviera atrapada en ese estado de vacío donde no puedo sentir nada, no puedo escuchar nada a mi alrededor. Las personas me hablaban y yo asentía como un robot de manera automática porque ellos no entenderían, nadie entendería, lo que había perdido. No solo había perdido a una amiga: había perdido a una de las pocas personas que sabían todo de mí, mis fallos y mis defectos, y aun así había estado a mi lado todos estos años.

Natalia fue la primera en ayudarme a asimilar mi condición. En ningún momento me juzgó, su sonrisa nunca desmayó ni siquiera el día que intenté suicidarme. Nadie en el pueblo se enteró, pero le supliqué a mi padre que me dejara llamarla a ella y Natalia estuvo ahí. Ella sabía todos mis secretos y, a pesar de que nos separamos, de que ella ya no tenía razón para quedarse callada, siempre guardó mis secretos. Nunca nadie se enteró, su lealtad se fue con ella a la tumba.

—Gracias, Natty —le susurré, poniendo unas coloridas flores sobre su tumba. Odié que la blanca nieve aterrizara sobre ellas quitándoles vida. Ya me había quedado sola, así que dejé que las lágrimas salieran junto con mis palabras—. Lo siento mucho, Natty... yo... debí... hacer las cosas de otra manera. Pero quiero que sepas que aunque nos separamos, siempre... siempre... te quise con cada parte defectuosa de mí —bufé, riéndome entre sollozos—, supongo que el cariño de alguien como yo no es mucho pero es sincero. —Me agarré el pecho—. Aquí, en la pequeña parte de mí que mantengo sincera y de verdad, estás tú.

Casi podía verla al otro lado de su tumba, sonriéndome y burlándose de mis palabras, llamándome dramática.

—Lo sé —dije, limpiando mis lágrimas—, finjo, miento, y me creo un mundo donde soy perfecta para sobrevivir a mis demonios, pero quiero que sepas que tú nunca fuiste parte de la mentira, tú siempre viste a la verdadera Leigh, desestabilizada, suicida, psicótica y, aun así, me quisiste y te mantuviste a mi lado por tanto tiempo. Te quiero —murmuré y sostuve mi cara con ambas manos para llorar abiertamente.

Mis rodillas se debilitaron y me arrodillé frente a la tumba, la familiaridad de esa situación me dio una sensación de *déjà vu* que me dejó sin aliento.

No, no quiero pensar en eso, no puedo recordar eso ahora. No, no, no.

Sacudí mi cabeza una y otra vez, pero el recuerdo se escabulló en mi mente y pude vivirlo de nuevo: el frío, la nieve, la tumba, las flores... ¡Todo era tan igual...! ¿Cómo puedo recordarlo de manera tan exacta? Ni siquiera mi terapeuta sabía qué me pasaba, él solo probó medicación tras medicación hasta que una funcionó y logró calmarme. Sí, no era el terapeuta más capaz y entrenado del mundo, pero era el único a una distancia prudente de Wilson, ya que nuestro pueblo no contaba con ningún profesional de salud mental. Nadie en Wilson creía en eso, por supuesto, todos nuestros problemas y dificultades debían ser confiados al Altísimo. Así que cualquier psicólogo o psiquiatra que se establecía en Wilson terminaba por irse por falta de clientela. Esa es la razón por la que también se lo oculté a mi madre, ya le había causado suficiente dolor.

Pero no estoy bien.

Sí, la medicación me calmaba, pero funcionaba como una tirita sobre una herida inmensa que amenazaba con abrirse y sangrar en cualquier momento. Por eso, todo tenía que ser perfecto, equilibrado, puro, porque cada vez que me permitía un ligero descontrol esa tirita se agrietaba y ya estaba al límite porque no había hecho más que cometer errores desde que llegaron los Stein.

Toda mi vida había sido una suma de errores que me habían llevado a ese estado. Enterré la mano en la nieve, sintiendo la tierra frescamente revuelta sobre la tumba de Natalia y apreté mi puño.

—Nunca te olvidaré y te juro que voy a encontrar al bastardo que te ha hecho esto.

«Encontraré a la persona que ha hecho esto, Leigh, y lo destruiré, te lo prometo.»

Las palabras de Heist me habían tomado desprevenida la noche anterior. Ni siquiera quería pensar en él porque mi mente se confundía aún más con todo lo que había pasado con él últimamente. Los Stein habían asistido al velorio, todos de negro, respetuosos y muy callados. Heist no se me acercó, ni siquiera me miró. Por el contrario, Rhett no despegaba sus ojos de mí y vi su intención de acercarse muchas veces, pero una sola mirada mía le hizo saber que no era ni el lugar ni el momento. No necesitaba a nadie, quería estar sola.

Mary, Kate, Anesha, Jaeda, Rina y Lyna habían dicho una oración y unas palabras muy bonitas de parte de las Iluminadas. Les agradecí que lo hicieran en mi lugar como líder porque yo apenas podía hablar.

—Leigh.

Esa voz detrás de mí me hizo saltar ligeramente de la sorpresa porque estaba completamente absorta en mis pensamientos, con los ojos fijos sobre la tumba que con el pasar de los minutos se seguía cubriendo de nieve. A ese paso, las hermosas flores quedarían ocultas. No me giré, no era necesario.

—Tenemos que irnos, hija —recomendó papá, el frío ya era insoportable y apenas sentía la mano que tenía contra la tierra, a pesar de llevar guantes. Me puse de pie, se me estrujó el pecho al darme cuenta de que era hora de volver a casa, de volver a una vida donde Natalia ya no estaba. Aunque separadas, siempre supe que ella estaba por ahí, disfrutando su vida, pero ya no más.

Papá tomó mi mano y me besó en la cabeza.

—Todo estará bien, Leigh.

No, no lo estará, y ambos lo sabemos, papá, pero ¿qué otra opción tenemos? Solo nos queda vivir con el dolor, con la pérdida de alguien que queremos.

El camino de regreso a la casa fue tan silencioso como los copos de nieve cayendo sobre la ventanilla del auto. Estaba desarrollando un odio por la nieve, era un recordatorio de cosas dolorosas, de pérdidas. Papá entró conmigo en mi habitación y se sentó junto a mí en la cama.

—¿Qué necesitas?

—No lo sé.

—Puedo buscar un nuevo terapeuta, Leigh.

Una sonrisa triste se formó en mis labios.

—No será muy diferente, papá, no tengo arreglo.

Él acarició mi mejilla.

—No digas eso, Leigh.

—Ya lo intentamos una vez y no resultó, no puedo volver a sentarme y contar lo que pasó de nuevo. No puedo.

—Ese terapeuta no era bueno, hija, hay mejores, estoy seguro de que en la ciudad, yo...

—Papá —tomé su mano—, estoy bien.

—No quiero que esto te haga recaer de alguna forma, Leigh, yo quiero que estés bien. Eso es lo más importante para mí.

—Papá, ¿y si fue él? —Él sabía a quién me refería. Mi padre meneó la cabeza.

—Ya hemos hablado de esto, Leigh.

—No lo imaginé, yo...

—Leigh, deja el pasado atrás, lo que menos necesitas ahora son esos recuerdos para empeorarlo todo. No pienses en eso, solo...

—... bloquéalo, nunca pasó —terminé por él.

Quizá era la peor manera de lidiar con algo así, pero había funcionado, yo no me permitía pensar eso, ni siquiera por un segundo, y con el tiempo, era como si nunca hubiera pasado. Noté que papá parecía ansioso.

—Papá —capté su atención y mi pregunta, aunque directa, sabía que no lo ofendería. Papá tenía muchos secretos, pero había confianza entre nosotros para ser honestos cuando nos preguntábamos algo—, ¿tuviste algo que ver con esto?

Papa suspiró y me miró a los ojos.

—No.

—¿Sabes quién hizo esto?

Dudó y apretó sus labios.

—¿Papá?

—Leigh, mi prioridad es mantenerte a salvo, siempre, ¿de acuerdo? Nada va a pasarte y eso es todo lo que me importa.

Arrugué mis cejas.

—Papá, estamos hablando de Natalia, la viste crecer junto a mí, si sabes algo...

—Leigh. —Su tono ya era serio, toda suavidad se había ido—. Hija, te amo, pero hay cosas que te sobrepasan y en las que no puedes meterte si no quieres terminar como ella.

—Papá.

—Escúchame bien, Leigh. —Él tomó mi rostro con ambas manos—. ¿Cuáles son las muertes más lamentables en una guerra?

—Los inocentes.

—Exacto, gente que no tiene nada que ver, gente que solamente estaba de por medio, que no hizo nada para merecer la muerte. Quizá Natalia fue uno de esos casos, quizá hay más de lo que no sabemos. De cualquier forma, no dejaré que te pase lo mismo y para ello necesito que te mantengas al margen de todo esto, ¿de acuerdo?

—Papá...

—Prométemelo, Leigh.

«Es una promesa, ¿no? Dame tu dedito chiquito. Así se hacen las promesas, tonta Leigh.»

Esa voz traspasó mi mente, reabriendo un viejo agujero en mi corazón. No, lo bloqueé de inmediato.

—¿Leigh?

—De acuerdo, lo prometo.

Papá besó mi frente antes de salir de mi habitación.

«Tú sabes quién soy, ¿no, Leigh?»

«Puedes verme en la oscuridad.»

«Abre tus ojos.»

Abrí mis ojos de golpe, y en vez de ver el techo de mi habitación, vi las copas de los altos árboles que se erguían en la oscuridad del bosque. No había estrellas, no había luna, solo oscuridad. Alguien tomó mi mano y giré mi rostro para ver una figura acostada a mi lado. Intenté hablar pero mis labios no me respondían, mi cuerpo tampoco cuando quise moverme.

Su mano apretó la mía con tanta fuerza que solté un quejido de dolor y quise soltarme, pero nada me respondía. Volví a mirar la figura y solo quedaba un esqueleto, los huesos de sus dedos clavándose en la piel de mi palma.

Grité tan fuerte que me ardió la garganta y ya estaba de vuelta en mi cuarto pero no me podía despertar, mis ojos estaban abiertos, pero mi cuerpo seguía dormido. Paralizada, observé cómo desde la esquina oscura de mi cuarto, emergía una ensangrentada Natalia. Los cortes sobre su rostro aún sangraban sin control, manchando sus labios y sus dientes mientras estiraba su mano hacia mí.

«Leigh, es *él*.»

«Tú tenías razón, no era tu imaginación.»

Su voz era gruesa y perturbadora, no sonaba como la de ella. Intenté apretar mis manos a mis costados, sin poder mover un músculo, observando cómo daba pasos en mi dirección. Las lágrimas resbalaban por mis mejillas. El miedo, la impotencia de no poder hacer nada, solo ver a esta versión de mi mejor amiga muerta acercarse a mí. Natalia ladeó su cabeza, inclinándose sobre mí, su largo cabello cayó hacia delante, rozando mi pecho. Su boca se movía rápidamente en un susurro repetitivo.

«Muerta. Muerta. Muerta. Muerta.»

Con todas las fuerzas, intenté mover mi hombro para despertar. De pronto, Natalia ya no estaba y pude sentarme en la cama, respirando agitadamente. Observé la hora sobre mi mesilla de noche: la 1.35 am. Mis pesadillas y sueños vívidos siempre ocurrían pasada la medianoche, como un recordatorio doloroso de todo. Eché mis sábanas a un lado de la cama y caminé hacia la ventana, el miedo recorriendo mis venas. Aparté las cortinas, con mi corazón martillando en mi pecho.

Mis ojos indagaron en mi jardín, entre los árboles que daban comienzo al bosque detrás de la casa. Deseé que fuera otra noche normal, pero había pasado lo mismo la noche de los funerales de las otras chicas. Lo atribuía a mi imaginación y sabía que, si lo contaba, las personas a mi alrededor harían lo mismo.

«El funeral te afectó.»

«Confundes tus pesadillas con la realidad, hija.»

«No es real, nunca lo fue.»

Observé aterrada cómo una figura encapuchada daba un paso fuera de las sombras, al lado de un árbol: alto, de negro, con el rostro absorbido por la oscuridad de su capucha. La única luz provenía del cigarro en sus labios mientras le daba una calada; el humo escapaba de su capucha con suavidad. Podía sentir sus ojos sobre mí, aunque no pudiera ver su rostro.

El monstruo que hacía que los demás monstruos que me había encontrado a lo largo de mi vida parecieran poca cosa a su lado. No sabía quién era, si era real o no, pero no era la primera vez que lo veía, la primera vez fue esa noche trágica que no me atrevía a recordar. ¿Lo había creado mi mente como papá aseguraba? Pensé que no volvería a verlo pero desde el primer suicidio, cada noche después de un funeral, él había aparecido en esas sombras a la misma hora. Era como si quisiera decirme con una siniestra sonrisa:

«Sigo aquí y he matado de nuevo, Leigh».

Antes de darse la vuelta y desaparecer en la oscuridad.

35

Monstruos creados

Los monstruos no nacen, son creados.

Los monstruos no nacen, son creados.

Los monstruos no nacen, son creados.

Me preguntaba en qué infierno ardía mi creador: la primera persona que vi morir frente a mí.

Una sonrisa curvó mis labios mientras jugaba con el encendedor en mi mano, encendido, apagado, encendido, apagado... ¿debería agradecérselo? Tal vez no habría alcanzado todo mi potencial sin su retorcida intervención. Era un ser superior ahora. Suspiré y me levanté, guardando mi encendedor en el bolsillo de mis pantalones.

Me incliné al lado de Natalia, la rigidez de su cuerpo y la palidez de sus cortes y heridas eran la prueba clara de que la vida la había dejado. Estaba enojado con ella, me había hecho romper mi estilo, pero sabía que no podría quebrantarla como hice con Jessie y no podía arriesgarme a liberarla sin esa seguridad porque ella podía mandar todo a la mierda. Así que tuvo que morir y yo lo sentía como una derrota, como si me hubiera quitado el poder de decidir cómo irse de este mundo. Y lo odiaba, odiaba no tener el control sobre alguien, que cambiaran mis planes. El desafío, sus últimas palabras se habían quedado marcadas en mi mente.

—¡Nunca podrás quebrarme, loco de mierda! —me escupió ella—. Por Jessie, por Leigh, no dejaré que me destruyas, no seré otro puto suicidio de tu lista.

—¿Es que no le temes a la muerte? —La agarré del mentón con fuerza.

—No, moriré pero no como tú quieres que lo haga, no me suicidaré, te quitaré ese poder, bastardo.

Ella debió de notar la rabia que esa afirmación me causó porque sonrió.

—No te gusta sentirte sin control, ¿no es así? —Esa victoria en su voz tensó mis hombros y la agarré del cuello para estamparla contra la pared.

—¿Crees que esto es un juego? —dije entre dientes—, ¿tienes idea de lo que soy capaz?

—No te tengo miedo.

Eso me hizo bufar y reír.

—Entonces no te he causado suficiente dolor.

Su respiración estaba acelerada, pero el desafío en sus ojos se mantenía. Si algo había descubierto a lo largo de mi vida era que cada quien tenía un detonante, una debilidad y ella no era una excepción. El dolor no era algo que la debilitara, así que lo descarté. Apreté su cuello con una mano y deslicé la otra dentro de su camiseta. Ella se paralizó, la valentía en su expresión se agrietó.

Bingo.

—¿Qué pasa? —Mi mano subió hasta uno de sus pechos y ella hizo una mueca—. ¿Por qué estás tan callada?

Ella me enfrentó con seguridad.

—Puedes hacer lo que quieras conmigo, no me importa.

La solté y me alejé de ella, no estaba de humor para esa mierda. Cuando volví ella no hizo más que provocarme, así que la asfixié con mis propias manos, observé cómo la vida dejaba sus ojos, y aun así una ridícula sonrisa decoró sus labios hasta el final. Y ahora entendía la razón de esa sonrisa. Habían encontrado su cadáver en un par de días y no era un suicidio que pasaría desapercibido porque era un asesinato, y eso alertó a la policía, al pueblo entero. Estaba seguro de que esto haría que la policía también revisara el caso de Jessie. Natalia me había complicado todo con su muerte.

«¿Por eso tenías esa sonrisa victoriosa en tus últimos segundos, puta de mierda?»

Apreté mis puños antes de golpear la pared una y otra vez sin control, la madera de la cabaña hundiéndose con cada golpe, manchándose con la sangre que brotaba de mis nudillos. Apreté mi mandíbula con tanta fuerza que mis dientes se rozaban entre sí bruscamente mientras seguía mi ataque violento contra la pared. No me detuve, ni siquiera cuando la puerta de la cabaña se abrió y los pasos lentos y calculados de mi hermana llenaron el lugar.

—Oh, no. —Su voz cargaba ese arrepentimiento que me molestaba—, ¿qué has hecho?

Paré y me giré para quedar frente a ella; la sangre goteaba de mis nudillos hasta el suelo. Ella no me miraba, sus ojos estaban sobre el cuerpo de Natalia. Intentó acercarse y yo hablé para detenerla.

—No la toques —le ordené—, a menos que quieras que encuentren tus huellas en su cadáver más tarde.

—Pero ¿qué mierda has hecho? —Ella caminó hacia mí—, esto no era parte del plan, ¿te has vuelto loco?

Bufé, sonriendo.

—Creí que había quedado claro que no estaba muy cuerdo, *hermanita*.

Ella gruñó de frustración y se acercó a mí para golpear mi pecho y obligarme a dar un paso atrás.

—Lo estás jodiendo todo, ¿es que no lo ves? Esto es un asesinato, no va a pasar desapercibido como un suicidio. Habrá una investigación, interrogatorios, sospechosos... —Ella se agarró la cabeza—, esto es un problema.

«Lo sé, no soy un idiota.»

Le di una mirada de desprecio a Natalia por complicar las cosas de esta forma y pasé al lado de mi hermana para salir de ahí.

—¿Adónde vas? ¿Me estás escuchando? —Ella me siguió fuera mientras me ponía mi chaqueta. La ignoré mientras me subía a mi auto. Decidí ir por los materiales necesarios para limpiar el cuerpo de Natalia de cualquier señal de mis manos y de residuos de la cabaña que los pudieran guiar a este lugar.

Me tomó todo el día hacer la limpieza y deshacerme del cuerpo de Natalia en una colina cubierta de nieve. Sabía que con las tormentas de nieve tardarían varios días, si no semanas, en encontrarla. Y tuve razón.

Dos semanas después encontraron su cuerpo y ahí estábamos todos en su funeral, alrededor de su ataúd. Bueno, yo estaba observando desde la distancia, usando los arbustos y la neblina como camuflaje. A pesar de que Natalia se las había ingeniado para joderme un poco los planes, me producía placer estar justo aquí. La persona que le había quitado la vida, la que la había dejado en ese ataúd, había sido yo y estaba aquí de pie a unos cuantos metros de todos y no tenían ni idea.

Sus padres lloraban su pérdida, así como sus amigas e incluso personas que solo fingían dolor. Mi hermana se paró a mi lado y entrelazó su mano con la mía.

—*Was belustigt dich?* —susurró ella. «¿Qué te divierte?», me había preguntado. Yo giré mi rostro para mirarla, pero ella mantuvo sus ojos al frente en todo momento. Sus labios delineados perfectamente con un labial pálido que casi no se notaba. Ella era hermosa.

—*Die Jäger gaben ihr bestes, aber das Monster schien unzerstörbar* —le respondí con una de mis frases favoritas, sin poder evitar sonreír un poco. «Los cazadores hicieron todo lo que pudieron, pero el monstruo parecía indestructible.»

Nos fuimos a casa al terminar el funeral.

Exhalé el humo de mi cigarro y metí mi mano libre en el bolsillo de mi abrigo con capucha. Sabía que la ropa negra me ayudaba a esconderme en la oscuridad. Había pasado más de una hora, pero estaba convencido de que ella se despertaría pronto, siempre lo hacía, así que no me sorprendió verla abrir las cortinas de su ventana y mirar en mi dirección. Sonreí dentro de mi capucha y di un paso fuera de la oscuridad, asegurándome de que ella pudiera verme.

Sus ojos se clavaron en mí aunque no pudiera ver mi rostro. Me llevé el cigarro a los labios y le di una calada antes de exhalar el humo y verlo desvanecerse en el frío aire del invierno. El recuerdo de su rostro ensangrentado me hizo sonreír, cómo habían temblado sus manos, cómo había goteado la sangre de sus frágiles dedos aquella noche de invierno el año anterior.

—No, no, abre los ojos —había suplicado ella, la sangre manchando sus manos, su desgarrado vestido y sus mejillas.

Yo solo observé desde las sombras cómo se desmoronaba, su debilidad apenas le dejaba permanecer de rodillas, dudaba que pudiera sobrevivir otro día, así que decidí que era hora de intervenir. Esperé un par de horas y ella perdió el conocimiento, su respiración era débil. Si la hubiera dejado ahí, habría muerto congelada en el frío invierno. Me acerqué a ella y la levanté para cargarla en mis brazos. Su brazo colgaba a un lado al igual que su largo cabello negro. Su blanco vestido hacía juego con la nieve bajo nosotros, las manchas de sangre sobre la tela le daban un toque siniestro. Probablemente parecíamos el retrato de un ángel y un demonio emergiendo de la oscuridad del helado bosque.

Ella no paraba de murmurar cosas sin sentido en su inconsciencia y después de transportarla en mi auto, me detuve en una solitaria carretera y la acosté en la acera con cuidado. Acaricié su rostro y besé su frente antes de dejarla ahí, alejarme de ella y llamar al número de emergencias, facilitando la ubicación y las coordenadas para que pudieran encontrarla con vida. No la necesitaba muerta, solo lo suficientemente traumatizada para mis planes.

De alguna forma, yo había sido su creador, la razón de que ella fuera un desastre mental, por eso nunca la dejé ver mi rostro esa noche, así podía estar frente a ella, compartir momentos con ella y disfrutarlo. Todos mis planes estaban saliendo según lo planeado; aunque Natalia había sido un pequeño desliz, todo lo demás seguía su rumbo, como debía ser.

Pronto todo terminaría y obtendría lo que quería. La observé en silencio.

«Los monstruos no nacen, son creados, Leigh, inclínate ante tu creador.»

Pasaron un par de minutos y me volví hacia los árboles para alejarme de ahí, dejando a una de las piezas de mi juego atemorizada en la ventana de su habitación, probablemente preguntándose si el monstruo que veía en la oscuridad era real. Y sí que lo era, pero yo no era el único retorcido en su vida, ella compartía techo con Thomas Fleming después de todo.

36

Pasado tenebroso

LEIGH

—¿Estás lista?

Asentí, dejé salir una larga respiración y cerré los ojos. La suave tela hizo contacto con mi rostro, rozándome antes de cubrir mi vista por completo. Estaba sentada, con las manos sobre mi regazo, mi vestido blanco era de mangas largas y caía un poco más abajo de mis rodillas. Me erguí, enderecé mi espalda y giré mis manos para que las palmas quedaran hacia arriba. Estaba nerviosa, nunca había ido a una ceremonia de expiación de pecados, pero ahora que era parte de las Iluminadas podía pedir una si lo necesitaba. Solo te permitían pedir algo así una vez que fueras partes de las Iluminadas. Tragué con dificultad.

—Leigh Fleming, líder de las Iluminadas, representante de la voluntad del Altísimo —la voz de la señora Philips resonaba profundamente en mis oídos. Con los ojos vendados, el resto de mis sentidos se agudizaron—, has avergonzado a nuestra comunidad, pero no hay ningún error que el Altísimo no perdone si vamos a él con humildad y un corazón arrepentido, ¿estás arrepentida, Leigh?

Podía escuchar todo muy bien, los pasos de la señora Philips a mi alrededor, el sonido de la madera crujir al quemarse en la chimenea a un lado, también podía oler la esencia de las velas y la fuerte colonia del señor Philips.

—Sí.

—Abre la boca.

Obedecí y pusieron dos píldoras sobre mi lengua. Luego el borde de un vaso de agua rozó mis labios y bebí para tragarlas. La señora Philips puso sus manos sobre mis palmas en mi regazo.

—Has venido a limpiar las impurezas esta noche, Leigh, a redibujar tu camino en el Altísimo.

—Que así sea.

No podía vivir sin estructura, sin perfección, lo necesitaba para respirar, para sobrevivir. Esa era la razón por la que mi padre no se involucraba en aquello, él me permitiría hacer lo que quisiera con tal de mantenerme cuerda. Después de perder a Natalia, necesitaba eso más que nunca. Esa era mi decisión.

La señora Philips suspiró detrás de mí y puso sus manos sobre mis hombros.

—Esta es una noche muy especial y de un honor muy grande para ti, Leigh, ni mi marido ni yo estaremos liderando esta ceremonia. —Arrugué el ceño, confundida—. Tendrás el honor de recibir la atención directa de él.

—¿Él?

—El Altísimo.

La confusión se asentó en mi cabeza.

—Verás, Leigh, solo el círculo cerrado de la iglesia, un número contado de personas, ha tenido contacto con él, la persona que el Altísimo utiliza para comunicarse con nosotros. Él es la personificación de nuestro Dios y ha pedido liderar tu ceremonia a pesar de tus errores. Debe de ver mucho potencial en ti.

—Es un honor. —Bajé la cabeza con honestidad, que la personificación de nuestro Altísimo decidiera liderar mi expiación era un honor que no merecía después de todo lo que había hecho. La señora Philips apretó mis hombros en señal de aliento.

—Buena chica. —Sus manos desaparecieron de mis hombros y escuché sus tacones contra el suelo mientras se alejaba seguida de los pasos pesados del señor Philips. Luego, escuché cómo cerraban la puerta, dejándome a solas en ese lugar. Mi respiración era audible entre tanto silencio.

Los minutos pasaron y pude sentir el efecto de las píldoras relajando mis músculos y haciéndome sentir extraña. Anesha y las otras Iluminadas me habían dicho que eso era normal, que todo pasaba como en una nebulosa, que no me preocupara. Ellas ya habían pasado por eso varias veces, así que al recordar sus palabras de aliento, me tranquilicé un poco. Sin embargo, ninguna de ellas había dicho nada sobre la persona que utilizaba el Altísimo como conducto, todas sus ceremonias fueron lideradas por los Philips. Sacudí mi cabeza, recordando que ese era un honor. Fue en ese momento cuando la puerta sonó de nuevo pero, en lugar de escuchar los tacones de la señora Philips, esa vez escuché pasos fuertes y decididos.

Una colonia ligera pero masculina muy diferente a la del señor Philips llenó el lugar. De no ser por las píldoras me habría tensado, pero estaba muy relajada. Él se paró detrás de mí, podía sentir su calor corporal contra mi espalda. Sentí sus dedos rozar mi cuello y me sobresalté un poco, pero él alejó su mano y comenzó a desatar la venda de mis ojos confundiéndome. La tela cayó sobre mi regazo pero no abrí los ojos.

—Puedes abrir los ojos, Leigh. —Su voz, aunque profunda, no parecía la de alguien mayor como la del señor Philips. Abrí mis ojos pero él seguía detrás de mí, noté que algunas velas estaban apagadas, así que el lugar se oscureció un poco más—. ¿Por qué estás aquí?

—He fallado... mucho —admití y no había restricciones en mi voz, era como si no tuviera miedo de decir algo que no debía, ¿eran las píldoras? Anesha me había dicho algo de no poder mentir.

Él me pasó por un lado; nerviosa, alcé la mirada para verlo. Iba todo de negro, con una capucha sobre su cabeza y cuando se sentó al otro lado frente a mí, me di cuenta de que llevaba puesta una máscara negra que cubría su rostro.

—¿Cómo has fallado?

—Yo... he avergonzado a nuestra comunidad acusando a los Stein falsamente y a escondidas he consumido medicación para tratar mis problemas.

—¿Eso es todo?

Lamí mis labios y aparté la mirada, queriendo decirlo todo. Él ladeó la cabeza.

—No mientas, Leigh, tus pecados y tus secretos quedarán aquí, para eso existe esta ceremonia de expiación.

—Mantuve una relación clandestina con Rhett Lombardi —admití, las palabras saliendo de mi boca como si nada— y tuve sexo con Heist Stein.

—Tus errores parecen tener relación con los chicos, ¿comenzaste un cortejo con Carter Philips?

—Sí.

—Entonces, hiciste a un lado a un buen chico criado en el Altísimo por la debilidad carnal.

Era un poco más complicado que eso, pero no había forma de que revelara que Carter era homosexual. Para controlarme cubrí mi boca con ambas porque, por alguna razón, quería reírme y decirlo todo.

—Baja las manos —me ordenó, su voz adquiriendo un tono más inquisitivo. Yo sacudí mi cabeza.

—Yo... —murmuré contra mi palma—, no es mi secreto, por favor.

—¿Te refieres al hecho de que Carter es homosexual?

Bajé mis manos, sorprendida.

—¿Lo sabe?

—Soy el conducto del Altísimo, Leigh, son pocas las cosas que no sé.

—Eso quiere decir... que también sabe... ¿lo que hice? ¿Por qué ha venido a dirigir mi expiación? No lo merezco.

—Antes de compartir contigo valiosa información, necesito saber de qué lado estás.

—¿Lado?

—¿Cuál es tu relación con Heist Stein?

—Fue solo sexo —dije claramente.

—¿Tienes sentimientos por él?

Abrí la boca para negarlo, pero por alguna extraña razón durante unos segundos las palabras no me salieron.

—¿Lo quieres?

—No. —Sacudí la cabeza.

—No pareces muy segura.

Me esforcé por controlarme, esas estúpidas píldoras me habían afectado al cerebro. La sonrisa burlona de Heist vino a mi mente, el brillo divertido en sus ojos, sus palabras llenas de indirectas y juegos, lo bien que me sentía al notar su piel desnuda contra la mía y sus húmedos labios. Volví a sacudir la cabeza.

—No siento nada por él.

—Sigues sin convencerme, Leigh, y necesito asegurarme de que no eres el juguete manipulado de Heist para poder confiarte todo.

—¿Qué está pasando? ¿De qué está hablando? Esto ya no parece una ceremonia de expiación.

—Porque no lo es, pero necesitaba que todos pensaran que lo era, en especial, los Philips. Es la voluntad del Altísimo que esta conversación se quede entre tú y yo. Además, necesitaba que consumieras las píldoras para obtener respuestas genuinas de ti sobre Heist.

—No entiendo nada.

—Hagamos esto simple, si tuvieras que escoger un bando, ¿crees que lo que sientes por Heist te haría escoger su lado?

—Habla como si estuviéramos en una guerra.

Recordé las palabras de mi padre, lo de los inocentes y culpables cayendo por igual.

—Eso no responde la pregunta.

Tragué con dificultad, mi boca muy reseca, y él hizo la pregunta de otra forma:

—Si tuvieras que escoger entre tu familia, tu comunidad y los Stein, ¿a quién escogerías?

—Por supuesto que a mi familia y a mi comunidad.

—Quizá lo que estoy a punto de compartir contigo acabe completamente con esos sentimientos que tienes por él, sería lo mejor para todos.

No dije nada y él se puso de pie y colocó un maletín negro en el suelo entre nosotros. Me levanté y todo me dio vueltas, pero me las ingenié para sentarme en el suelo frente al maletín. Una risita dejó mis labios y luego otra, necesitaba enfocarme.

—Creo que no es buena idea que me revele nada cuando estoy así —le dije, recordando las píldoras. Él ignoró mis palabras y abrió el maletín, dentro del cual había un montón de carpetas. Sacó la primera.

—Como ya sabes, la familia Stein es un tanto peculiar, pero lo que muchos desconocen es la manera retorcida en la que ellos se conocieron. Hace unas décadas, un asesino en serie azotó una ciudad canadiense. Se le atribuyeron cuatro asesinatos. —Abrió una carpeta llena de recortes de periódicos y me mostró uno donde aparecía una chica rubia muy linda de semblante triste que me resultaba muy familiar—. La única superviviente, una joven llamada Fleur Dupont, fue recluida en un psiquiátrico en las afueras de Toronto, donde también estaba recluido Mason Stevens —me pasó la foto de un joven de cabello revuelto y ojos diferentes—, quien luego resultaría ser el asesino en serie que tanto buscaban. Stevens terminó secuestrando a Fleur y llevándosela con él. Las autoridades canadienses nunca supieron nada más de ellos y el caso se enfrió y se cerró.

—¿Qué tiene que ver esto con los Stein? —Él ignoró mi pregunta y siguió con su explicación:

—En ese caso estaba trabajando un agente especial llamado Pierce Ferguson, que estuvo de encubierto en el psiquiátrico. —Me pasó la foto del agente—. Él pidió un traslado de esa agencia policial y desapareció después de eso. El hermano adoptivo de Mason, Adam Stevens, también desapareció. —Me pasó otro recorte donde aparecía una señora, un señor y sus dos hijos uno al lado del otro. El pie de la foto decía «Los Stevens». Él puso las fotos de Adam, Pierce y Mason al lado de la foto de la chica rubia. Y todo hizo clic en mi cabeza.

—¿Ellos... son... los Stein?

—De alguna forma, ella terminó con ellos tres, cambiaron sus nombres y se fueron a vivir a Alemania, donde formaron su familia y tuvieron a sus hijos.

—Pero... ¿ella fue secuestrada y se casó con ellos? ¿Con un asesino? No lo entiendo.

—Solo te lo he contado para que entiendas el contexto de su comienzo, pero aún no te he dicho lo más importante.

—¿Hay más?

Él sacó un archivo que se titulaba «Mason Stevens».

—Mason es un psiquiatra muy reconocido, pero sus archivos del psiquiátrico de esos años lo describen como un psicópata violento y manipulador, sin contar que se confirmó que era el asesino en serie de esos años en Canadá.

Se me revolvió el estómago.

—Mayne Stein es Mason —murmuré y recordé mis palabras de amenaza a Heist, debí quedarme callada.

—Sí, en cuanto a Pierce Ferguson, él era un agente especial por su habilidad para meterse en las mentes de los asesinos que perseguía. Muchos de sus compañeros lo describieron como sociópata, igual de manipulador que Mason, pero más inestable.

Recordé al señor de ojos grises. No dije nada y lamí mis labios sintiéndolos resecos, ¿estos meses he estado viviendo al lado de ese tipo de gente?

—Adam Steven parece ser el único normal. —Él me pasó otra serie de recortes de varios pueblos en Alemania—. El hecho es que a donde sea que ellos vayan hay muertes o desapariciones extrañas. Se han ganado el nombre en el bajo mundo de «cazadores». Sus objetivos: personas retorcidas, pedófilos, violadores, asesinos, etcétera. Quieren ser justicieros por su cuenta.

—¿Por qué?

—No lo sabemos, pero se rumorea que tiene algo que ver con ella. —Él señaló a Fleur—. Quizá ella tuvo la iniciativa.

—¿Quiénes son ellos para decidir quién muere o no?

—Exacto, pero eso nos trae a la cuestión importante de esto, Leigh, ¿por qué crees que se mudaron a Wilson? Con su historial, sabemos que vinieron aquí por una razón.

Me quedé en silencio por un momento, si ellos cazan monstruos y asesinos, entonces...

—Papá...

Yo...

—El Altísimo no está contento con sus ideales y su forma de ver el mundo y por eso quiere detenerlos. Además —él me dio otro grupo de recortes donde aparecían muchas noticias de desapariciones de chicas y varios suicidios—, mira todas esas desapariciones y asesinatos en los pueblos en los que han vivido.

No...

—Al parecer, ellos cargan con un monstruo que no pueden controlar entre ellos porque todas esas chicas que ves eran inocentes y no tenían nada que ver con las personas que estaban cazando en ese lugar.

—¿Está diciendo que entre ellos está el responsable de la muerte de Natalia y de los suicidios?

—Probablemente, quizá no sea algo intencional y no tenga nada que ver con la razón por la que se mudaron aquí, pero tengo la sospecha de que es uno de sus hijos, al que no pueden controlar.

—¿Por qué se mudaron aquí?

—Por tu padre.

Lo sabía pero escucharlo en voz alta lo hacía realidad. Sabía que mi padre no era un santo, pero siempre me mantuve alejada de todas las cosas que hacía, de su mundo ilegal y oscuro.

—¿Van a matarlo?

—No lo sé, Leigh, no sé qué planean en sí pero por eso se mudaron al lado de tu casa y esa es la razón por la que Heist se ha acercado tanto a ti.

—¿Cómo sabe todo esto?

—Alguien dejó este maletín con toda esta información y con esta carta en la puerta de mi casa. Una vez que la leas, entenderás todo. La escribió una persona muy cercana a la familia Stein, que dice ser la mejor amiga de toda la vida de Fleur, o de Mila.

Abrí la carta para comenzar a leerla, pero ojeé el final de manera rápida para ver la firma de quien la había escrito:

Jazmine.

37

Carta reveladora

LEIGH

Él me pasó la carta, la abrí y la extendí frente a mí.

Si estás leyendo esta carta es porque ya has abierto el maletín; quizá ya hayas leído todo, quizá no. Este es mi último recurso, no quería llegar a esto, pero lo he intentado todo y no he podido detener este círculo, este ideal. Fleur, o Mila Stein como quizá la conozcas, fue y siempre será una persona importante en mi vida a la que quiero mucho y precisamente esa es la razón de que quiera parar esto. Quiero que pare, su ideal de castigo a los malos ha durado ya mucho tiempo, ha consumido su vida, le ha arrancado la normalidad, la cotidianidad a su hogar, ha destruido la posibilidad de una vida normal, de una mentalidad sana en sus hijos. Ningún niño debió crecer en ese ambiente, ni siquiera han tenido estabilidad o han podido relacionarse con otras personas de una forma sana y duradera porque se mudan constantemente. Las cosas que ellos han presenciado desde niños les han dejado un trauma en sus mentes vulnerables y los han convertido en los chicos que ves hoy: desapegados, insensibles, con falta de empatía..., sin mencionar su necesidad de tener siempre la aprobación de sus padres. Creen que mientras más crueles, fríos y manipuladores sean, más orgullosos estarán sus padres de ellos. Y esto no es culpa de los chicos, es culpa de Fleur/Mila y sus esposos por criarlos en un ambiente tan retorcido, un ambiente donde sentirse superior a las personas de fuera de la familia es necesario.

Quiero que esto pare, tal vez haya esperanza para los chicos, tal vez no, pero ya no puedo luchar más para detener a Fleur. Lo intenté todo, hablar con ellos, exponerle todos mis puntos como amiga de la familia durante años, como psicóloga que soy y aunque Mason mejor que nadie sabía que yo tenía razón, no me apoyó porque no le importaba, lo cual es normal en alguien con una psicopatía tan profunda como la de él. Él nunca querrá que paren porque para él es más divertido cazar y matar personas que llevar una vida normal.

Pierce y Adam fueron más abiertos, pero ellos nunca irán en contra de lo que Fleur decida, su amor por ella no es sano, es enfermizo y no conoce límites, harían cualquier cosa por ella. No puedo seguir desgastando mi vida con esto, he decidido dejarlo ir y romper todo contacto con ellos, pasar esta tarea a alguien más. Han sido quince años en esto.

Las lágrimas llenan mis ojos mientras escribo esto porque con todos sus defectos, los quiero mucho, en especial a los chicos, pero este será mi último esfuerzo por ayudarlos. En diciembre del año pasado ellos enviaron a uno de sus hijos al pueblo para confirmar sus averiguaciones antes de que decidieran mudarse aquí.

Me detuve en seco, diciembre del año pasado... esa figura alta y encapuchada en la oscuridad.

Los Stein se mudaron para cazar a alguien, sin embargo, con su llegada estoy segura de que una oleada de muerte envolverá el pueblo como ha pasado antes, muerte de personas inocentes y culpables por igual. Aunque Fleur está cegada, uno de sus hijos es el causante de esto, y ella lo sabe y ha intentado detenerlo sin tener éxito.

¿Por qué he escogido Wilson para esto? Los he investigado y aunque su religión sea arcaica y retrograda, creo que un ambiente estructurado y un régimen estricto les hará bien a los chicos porque han vivido sin reglas toda su vida y espero que puedan encontrar un equilibrio saludable, ningún extremo es bueno: ni reglas extremistas ni libertad sin fin. Hay un punto medio para todo y, si pueden detener a Fleur y a sus esposos, quizá haya una oportunidad para los chicos de desarrollar una vida normal en Wilson.

En el maletín encontrarás toda la información que he recolectado con el pasar de los años. Te preguntarás por qué no entregué todo esto a la policía. Los Stein son demasiado buenos y no dejan pruebas ni nada que los conecte con las muertes. Y como se mudan constantemente muchas comisarías pierden jurisdicción en las investigaciones. Si llevara esto a la policía lo catalogarían como suposiciones sin pruebas, además, no quiero que los chicos paguen por los errores de sus padres. Confío en que tú puedas encontrar una forma de resolver todo esto. No tienes ninguna razón para hacerlo, no te importan los Stein lo más mínimo, pero sí te importa la estabilidad de tu pueblo y ellos acabarán con eso si no los detienes. De alguna forma, estás obligado a detenerlos para defenderte a ti y a los tuyos.

También te he dejado un resumen sobre mis notas de los chicos. Yo los traté y fui su psicóloga durante quince años. Fleur confiaba en mí mucho más que en Mason, supongo que sabía que yo siempre sería más objetiva que un psicópata al que le importaba muy poco lo que pasaba.

Espero de todo corazón que todo esto funcione, que esto pare y llegue a su final de una vez por todas. Irónicamente, Fleur ha pasado su vida persiguiendo monstruos, sin darse cuenta de que al hacer esto, estaba creando unos dentro de su propio techo.

Cuando recibas esto, ya me habré ido muy lejos.

JAZMINE

Me quedé en silencio, procesando toda esta información. Él me dio mi tiempo. La cabeza me daba vueltas, mi boca permanecía seca. Los Stein, cazadores, muertes, asesinatos. Siempre supe que eran peligrosos, pero recibir una confirmación de todo lo que pasaba en esa casa era demasiado. Saqué los archivos de los chicos Stein y el primero que abrí fue el de Frey. Tenía toda su información —fecha y lugar de nacimiento, edad, etcétera— y procedí a leer la nota de la psicóloga. Ojeé cada diagnóstico, comenzando por Frey, donde apuntaba que él estaba en alguna parte del espectro autista y que sufría de ataques de furia y amnesia disociativa.

Recordé la mirada fría y vacía de Frey. Las pocas palabras que había compartido conmigo y, por un momento, me sentí mal por él. La intención de la persona que escribió la carta y esta nota se sentía genuina y de corazón. La entendía, había visto a esos chicos crecer y convertirse en lo que eran sin poder evitarlo. Abrí la carpeta de Kaia, y al parecer era la más normal de todos, decía que tenía un desarrollo socioafectivo normal con tendencias para manipular al crecer en ese tipo de hogar.

La sonrisa encantadora y angelical de Kaia vino a mi mente. Bajé su carpeta y tragué con dificultad al levantar la carpeta de Heist. Su diagnóstico era confuso, Jazmine escribió que Heist demostraba características de psicopatía evidentes: manipulación, carencia de moralidad y de empatía, encanto superficial e inteligencia, insensibilidad en las relaciones interpersonales generales, falsedad o falta de sinceridad y egocentrismo patológico, pero que a la vez ella pensaba que eso era más adquirido que innato. Heist parecía glorificar a su padre Mason, quien era un psicópata, y quería ser como él.

Terminé de leer y dejé salir una espiración profunda. ¿Heist es un psicópata? Mi conocimiento de trastorno y salud mental era muy limitado, pero todas las características que ella había descrito de Heist encajaban en un trastorno mental a la perfección. Eso quería decir que Heist era incapaz de... ¿sentir algo genuino por alguien? ¿Y por qué eso me entristecía? ¿Quería que él sintiera algo por mí? De ninguna forma, lo nuestro era solo atracción física.

—No sé por qué me escogió a mí, tal vez sabía que era el conducto del Altísimo y, por lo tanto, una persona con poder en este pueblo. Pero como puedes ver todo esto es mucho más complejo de lo que parece. —Su voz me trajo de vuelta a la realidad.

—¿Por qué comparte esto conmigo? ¿Qué tengo que ver yo en todo esto?

—Estaba seguro de que los Stein se habían acercado a ti, y ahora me has confirmado que te acostaste con Heist. —Me sonrojé ante esa afirmación—. Tú puedes infiltrarte en ellos, encontrar debilidades, algo.

—Ya vimos cómo eso terminó la última vez; acabé siendo el hazmerreír de todo el pueblo.

—Pero ahora ya sabes todo sobre ellos, Leigh, sabes lo que hacen, de lo que son capaces, creo que la mujer de este maletín nos dio todo el conocimiento sobre los Stein para que pudiéramos hacer algo al respecto.

—Esto es demasiada información y estoy mareada. —Él me pasó un vaso de agua.

—Lo imagino.

—Ellos... ¿tienen que ver con los suicidios y con el asesinato de Natalia?

—No lo sé con certeza, Leigh, pero la mujer del maletín se expresó como si cosas así siempre pasaran cuando llegan a un lugar. —Él señaló los recortes de las noticias de esos otros pueblos con suicidios y asesinatos.

—¿Por qué oculta su rostro?

Él suspiró.

—Para protegerte y proteger todo esto —dijo seriamente—. Si no sabes quién soy, ellos no podrán usarte para llegar hasta mí. No sabemos si ellos saben de la existencia de este maletín y de la intención de esa mujer.

—¿Lo conozco?

Él no respondió.

—¿Quién cree que era la chica que vi en el sótano? —pregunté, y recordé que quizá él tampoco me creería.

—No lo sé, alguna víctima de ellos. No debe ser de Wilson porque registré los informes de desapariciones y no consta la desaparición de ninguna chica como esa.

—Papá podría encargarse de ellos.

—Leigh —comenzó él—, después de todo lo que has leído, ¿crees que es fácil lidiar con ellos?

—¿Por qué debería confiar en usted?

—¿Qué gano yo con compartir esto contigo? Ellos han venido a nuestro pueblo a cazar, a matar, a juzgar como si fueran unos dioses y el único Dios en este pueblo es...

—... el Altísimo —terminé la frase por él—, pero ¿por qué no le mostramos todo esto a papá? Él podría...

—¿De verdad crees que tu padre podría manejar esto con el cuidado que se merece? Sin ofender, pero tu padre es de temperamento inestable y lo único que querría es liarse a tiros en la casa de los Stein. El Altísimo no responde violencia con violencia, Leigh. No los queremos muertos, solo queremos destruir sus ideales, darles la oportunidad de una vida normal a esos chicos, como nos ha pedido la mujer del maletín. Es lo mínimo que puedo hacer a cambio de la información que nos dio.

—Si ella que era tan cercana no lo logró, ¿qué le hace pensar que nosotros podremos?

—Tenemos nuestra fe y nuestra fuerza como comunidad. Si, tenemos nuestros defectos y no somos perfectos, pero siempre hemos estado juntos para todo.

—¿Qué quiere que haga exactamente?

—Lo que has estado haciendo hasta ahora, acercarte a Heist, a ellos, la única diferencia es que si notas algo que nos pueda servir, puedes dejarme un mensaje con los Philips.

Eso me hizo recordar algo que llevaba días preguntándome.

—¿Tiene alguna idea de cuál es la relación entre los Stein y Rhett?

Él dudó y supe que lo sabía, si él era el conducto del Altísimo, estaba segura de que esa no era su primera ceremonia de expiación de pecados, si él sabía que Carter era homosexual, quizá sabría la verdad de Rhett.

—No es mi secreto, Leigh.

—¿Me quiere de su lado, pero no me da toda la información que necesito? Rhett y yo... bueno, creo que necesito saber a qué me enfrento.

—¿Porque también te lo has follado?

Apreté mis labios.

—Vaya, Leigh, si no tuviéramos otras prioridades ahora mismo, estarías sufriendo una fuerte ceremonia de expiación, toda esa lujuria por chicos peligrosos.

—¿Rhett es peligroso?

Silencio.

Él recogió todas las cosas y las puso de nuevo en el maletín antes de tomarlo y levantarse. Yo seguía sentada en el suelo.

—Bebe bastante agua, duerme un poco o espera un par de horas a que se pase el efecto para que puedas irte.

—De acuerdo.

Él suspiró, dejó el maletín a un lado en el suelo y se inclinó sobre mí. Me quedé paralizada porque no me lo esperaba, su mano libre tomó mi mentón y me obligó a mirarlo de frente. La máscara negra cubría su rostro y solo pude ver oscuridad. De pronto, con su otra mano levantó su máscara lo suficiente para revelar sus labios. Él besó mi frente con gentileza, presionando sus labios contra mi piel unos segundos antes de apartarse y girarse para tomar el maletín.

—Que el Altísimo esté contigo, Leigh Fleming —me susurró antes de irse.

—Que así sea.

38

Intenciones dudosas

Septiembre del año anterior
Munich, Alemania

HEIST

Jessie gimió contra mis labios, mis manos explorando su cuerpo al presionarla contra la pared de la habitación de hotel en la que estábamos. Ella temblaba en mis brazos, su respiración pesada encontrándose con la mía en cada beso desesperado. La llevé a la cama y comencé a quitarle la camisa, pero ella me detuvo.

—¿Puedes apagar las luces?

—No, quiero verte.

—Heist, por favor.

Sostuve su rostro entre mis manos.

—Quiero ver todo de ti.

Ella me besó, rindiéndose. Le quité la camisa por encima de la cabeza, su cabello cayó sobre sus hombros desnudos y ella se cubrió los pechos. La besé con suavidad para bajar sus manos, pero ella me detuvo.

—¿Qué pasa?

—Yo... —Ella dejó caer sus manos y pude ver sus pequeños pechos, llenos de marcas.

Arrugué mis cejas. Jessie tenía moretones sobre sus pechos que continuaban por detrás, así que me puse de pie para revisar su espalda y lo que vi me dejó sin palabras: heridas cicatrizando, hechas con lo que parecía ser un látigo, o algo aún más duro que eso porque tenía cortes, con la piel hinchada y morada alrededor. Nunca se me había bajado una erección tan rápido en toda mi puta vida.

—¿Quién te ha hecho esto? —pregunté, sentándome a su lado.

—No lo entenderías, los de afuera nunca lo entienden. Todos tenemos que pagar por nuestros pecados de una forma u otra, Heist. Y me parece bien que sea de este modo, estas cicatrices son el recordatorio de que mi lujuria es un pecado.

—¿Qué mierda religiosa me estás diciendo? ¿Quién te ha hecho esto?

—Eso no importa, yo tengo mis creencias y tú las tuyas, por favor, solo bésame. —Sus labios buscaron los míos, pero lo último que tenía en la cabeza en ese momento era sexo. La aparté amablemente.

—Jessie.

—¿Por qué actúas como si te importara? —Ella se puso de pie, arrancando su camisa de la cama y poniéndosela—. No engañas a nadie, Heist. Hemos pasado un buen par de días juntos pero ambos sabemos que esto es solo sexo de una noche. Mañana tomaré mi avión, volveré a mi país y nunca nos volveremos a ver, así que para. No necesitas actuar así.

Se me había acabado la paciencia y cuando se dirigió a la puerta, la agarré del brazo, obligándola a mirarme.

—No te vas hasta que no me digas quién te ha hecho eso.

—¡Suéltame! —bramó ella y liberó su brazo—. Me voy.

Bien, mi idea de sexo casual de esa noche se había ido por el caño, y había sido reemplazado por la necesidad de saber quién le había hecho daño a esa chica y por qué. Pero Jessie no quería cooperar, ¿por qué siempre me ponen las cosas tan difíciles? Me tocaría hacer eso por las malas. Así que cuando me dio la espalda, cubrí su boca y su nariz con mi mano bloqueando su respiración. Ella pataleó, me golpeó y forcejeó todo lo que pudo antes de caer inconsciente en mis brazos al quedarse sin aire.

Vieja técnica pero eficiente.

La cargué sobre mi hombro y con mi mano libre tomé una botella de champán de la mesa que apenas abrimos al llegar. La cargué fuera de la habitación, pasando por la recepción del hotel donde la recepcionista me dedicó una mirada extrañada. Alcé la botella.

—Creo que bebió de más —dije con mi mejor sonrisa para terminar de convencerla—. ¿Sabes si hay algún hospital cercano?

—Sí, hay uno dos manzanas a la derecha.

—Muchas gracias.

Pagar una habitación del mejor hotel de Munich solo para que me dejaran frío y sin acción esa noche. Ojalá que la historia detrás de los moretones de Jessie fuera retorcida y algo en lo que pudiera intervenir, así había valido la pena.

Bajé en el elevador al estacionamiento y la subí en mi auto, poniéndole el cinturón de seguridad. Mi casa quedaba en las afueras de la ciudad, mi familia siempre había sido amante de la privacidad. Cuando llegué, podía ver las luces de la sala encendidas, sabía que aún estaban despiertos en casa, éramos nocturnos.

Con Jessie sobre mi hombro, abrí la puerta y a la primera que vi fue a mi madre sentada en las piernas de mi padre con una copa de vino en la mano mientras Kaia tocaba el piano. Frey estaba de espaldas a mí y se giró al escucharme.

—Buenas noches.

Todos ojearon a la chica inconsciente que colgaba de mi hombro.

—Alguien ha tenido una noche ocupada —murmuró Kaia.

Mamá se puso de pie.

—¿Heist?

—¿Dónde está Stevens?

Teníamos nombres claves para nuestros padres cuando necesitábamos diferenciarlos, tener tres figuras paternas podía convertirse en un lío sin un sistema organizado. Stevens era el nombre clave de uno de mis padres: Mayne Stein, su antiguo nombre era Mason Stevens así que le llamábamos Stevens cuando era necesario diferenciar.

—En su habitación, ¿qué ha pasado? —Mi madre se acercó, evaluando a Jessie—. ¿Está bien?

—Sí, la llevaré a mi habitación. ¿Puedes decirle a Stevens que venga?

—Claro.

Kaia dejó de tocar con un suspiro.

—Nada como una chica inconsciente para quitarme las ganas de tocar.

—Lo siento —me disculpé mientras subía las escaleras hacia mi habitación. Una vez dentro, acosté a Jessie en mi cama con cuidado, quitándole el cabello de la cara. Sabía que tenía que prepararme para cuando despertara. Cuando abrió los ojos, Jessie me atacó, me gritó y me insultó todo lo que quiso hasta que se calmó. Su pecho subía y bajaba con cada respiración.

—¿Dónde estamos?

—En mi casa.

—¿Por qué me has traído aquí? ¿Estás loco, Heist?

—Solo escúchame —y sorprendentemente lo hizo, escuchó todo lo que tenía que decir y accedió a hablar con mi padre—, solo serán unos minutos, ¿de acuerdo? Y luego te llevaré de vuelta a tu hotel.

Un toque en la puerta captó mi atención.

—Pasa.

Mi padre entró con tranquilidad, sus ojos de diferentes colores llenos de ese brillo de curiosidad que lo caracterizaba.

—Papá, ella es Jessie —dije cordialmente—. Jessie, él es Mayne Stein.

—Mucho gusto, señorita. —Mi padre le dedicó esa sonrisa torcida tan característica.

—Estaré al otro lado de la puerta en todo momento, ¿de acuerdo? —Besé la frente de Jessie para hacerla sentir segura y salí de ahí.

Un rato después, mi padre salió de la habitación y me hizo el gesto de que lo siguiera a su estudio.

—Jessie...

Él levantó su mano.

—Está dormida, pidió un calmante después de nuestra charla.

—Oh, entiendo.

El estudio de Mayne Stein era todo lo contrario a uno clásico y aburrido. Sus paredes tenían una variedad de pinturas coloridas, su escritorio era blanco, las decoraciones sobre su mesa plateadas y al lado de ellas había fotografías familiares de nosotros.

Papá se paró a un lado de su escritorio.

—¿Es importante ella para ti?

Sabía a qué se refería con su pregunta, quería saber si podía hablar de ella crudamente. Mi padre no era bueno con los filtros al hablar, por eso él se tomaba el tiempo de preguntarnos cosas así; mamá lo había enseñado.

—No me importa, es solo una diversión de vacaciones, pero me despertó curiosidad, así que la traje.

—Bien, no hay necesidad de filtros entonces —me dijo, recostándose en el escritorio, cruzando sus brazos sobre su pecho—. Esto es mucho más interesante de lo que esperaba.

Esperé que comenzara a contarme lo que había descubierto de Jessie. Mi padre era un psiquiatra muy reconocido, él sabía cómo llegar a una persona y hacerle contar lo que le pasaba. Le revelaban cosas sin darse cuenta.

—Jessie es una chica vulnerable que ha sido captada por una secta; básicamente la han manipulado y le han lavado el cerebro desde pequeña.

—¿Secta?

—Una secta disfrazada de una religión propia creada en su pueblo en medio de la nada hace más de cincuenta años.

—¿Ellos fueron los que le hicieron eso?

—Sí, tienen muchos ritos y actividades que realizan a puerta cerrada.

—No puedo entenderlo, cómo...

—Podría pasar horas explicándote cómo funciona la psicología en una secta, pero no es el momento; lo más interesante, por lo que me dijo Jessie, es que todo el pueblo forma parte de ella. Todos creen fielmente en la religión que unos viejos dementes crearon hace cincuenta años.

—¿Jessie también cree en ella?

—Absolutamente y defenderá sus creencias hasta el final, así que no es bueno confrontarla ahora.

—¿Qué podemos hacer?

—Nada, no puedo tratarla, Heist. Ella volverá mañana a su país.

—¿No vamos a hacer nada? ¿Un pueblo entero está envuelto en una secta y no haremos nada?

Mamá entró y observó mi expresión.

—¿Qué pasa? —Ella le echó un vistazo a papá, quien suspiró antes de contarle todo.

—¿Cómo de violentos son sus ritos? —preguntó mamá al asimilar toda la información.

—Diría que mucho y creo que... —Papá dudó.

—¿Qué?

—Creo que hay ritos de castigos sexuales. Cuando no obedecen, no solo las golpean, creo que también abusan de ellas, pero esto comienza cuando cumplen dieciocho años y tienen que unirse a un grupo de luz o algo así.

—¿Por qué esperar hasta los dieciocho?

—Porque ya han sido manipuladas durante dieciocho años y probablemente sea más fácil hacerles creer que esos castigos y ritos tienen todo el sentido del mundo.

—Malditos. —Mi madre apretó sus puños.

Nos quedamos en silencio pero todos pensábamos lo mismo, teníamos que hacer algo, no podíamos sentarnos a esperar que chicas como Jessie sufrieran abusos y fueran heridas como si nada. Papá llamó a todos al estudio; mis otros padres, Peerce y Valter, entraron seguidos de Frey y de Kaia, quien aún me lanzaba miradas asesinas, seguro que pensaba que le había hecho algo a la chica.

«Soy inocente esta vez, hermanita.»

Papá los puso a todos al día con lo de Jessie.

—Hay algo más. —Papá suspiró de nuevo.

—¿Más?

—Sí, pero primero vamos a investigar el pueblo desde aquí, asegurarnos de cómo funciona todo y luego alguien tendrá que ir allá para confirmarlo.

Peerce se pasó la mano por la mandíbula.

—Revisaré los archivos policiales locales. —Miró a Frey—. ¿Puedes ayudarme a hackear el sistema?

Frey asintió.

—Yo me encargo de las redes sociales, de los reviews o reseñas del lugar, de las noticias en línea —propuso Kaia. Era increíble lo que ella podía sacar de internet.

—Iré revisando las casas en venta del lugar —agregó Valter—, si resulta ser cierto todo esto, imagino que nos mudaremos allá y tendríamos que remodelar la casa que compremos para que tenga todo lo que necesitamos.

—Ya era hora de mudarnos de todas formas —dijo mamá con tristeza y sabía a lo que se refería. Mis ojos recayeron sobre Frey, que observaba la ventana en la distancia con la mirada distraída. Aunque habían pasado unos días, lo de Marlene aún lo tenía perturbado. Para él, no era fácil asesinar a alguien y seguir adelante como si nada. Esa era la diferencia entre él y yo, el remordimiento era algo que lo carcomía, algo que yo no podía sentir.

—¿Cuál es el nombre de este lugar adonde posiblemente nos mudemos? —La curiosidad de Kaia no me sorprendía.

—Wilson, Carolina del Norte, Estados Unidos. —Apenas esas palabras dejaron la boca de Mayne, el silencio reinó entre nosotros.

—¿Estás bromeando? —replicó mi madre incrédula.

Mayne sacudió su cabeza.

—Yo también me sorprendí.

Ah, eso iba a ser mucho mejor de lo que esperaba. Las casualidades sí que existían.

—¿Quién irá?

—Heist —contestó Mayne sin dudarlo y mi pecho se calentó al verlo escogerme sin dudar—, tenemos una ventaja.

—De acuerdo, comencemos.

Diciembre de ese mismo año
Wilson

El frío nocturno del invierno hacía mi respiración visible en el aire cuando dejaba mis labios. Con las manos dentro los bolsillos de mi chaqueta, caminé hasta la puerta principal de una casa convencional, de un azul pálido que lucía blanco en la oscuridad de la noche y luces amarillas que brillaban desde el interior y les daban un tono cálido a las ventanas. No podía creer que Jessie viviera en el mismo pueblo que la persona que iba a ver esa noche. Una parte de mí se emocionó y los recuerdos llegaron a mi mente.

—Vamos, Heist, salta —me había retado frente a un acantilado, un río cristalino al final de la caída.

Él había vivido temporadas intermitentes con nosotros a lo largo de su vida, un mes al año, semanas o a veces días porque necesitaba que Mayne lo tratara después de todos los traumas que le dejó una situación de la que lo salvamos cuando era un niño en Alemania. Luego, él pasó a vivir el resto de su infancia y de su vida en Wilson con su familia adoptiva. Su verdadera familia había sido cazada por mis padres, pero mamá se negó a dejarlo solo y buscó quien lo adoptara con la promesa de seguir tratándolo y cuidando de él cuando fuera necesario. Pasé muchos veranos y días festivos con él. Kaia y Frey estaban muy unidos y siempre me sentía alejado de ellos. Era como si los mellizos tuvieran un lazo que no podían compartir conmigo, además, yo era diferente, siempre lo había sido. Sin importar lo que yo hiciera, él nunca me cuestionaba, así que cuando él llegaba, me sentía menos solo. Mamá lo trataba como a un hijo, y nosotros como a un hermano más.

La puerta se abrió frente a mí y ahí estaba, vestido todo de negro, con un piercing más que la última vez que lo vi. Una sonrisa torcida se dibujó en mis labios y él me la devolvió.

—Heist Stein.

—Rhett Lombardi.

39

Ceremonia imperfecta

LEIGH

¿Cómo podía enfrentarme a los Stein de nuevo?

¿Cómo podía fingir que no sabía todo lo que hacían a puerta cerrada? ¿O que no estaba al tanto de lo jodidos que estaban todos? ¿Por eso siempre me había sentido atraída por Heist? ¿Porque los dos éramos mentalmente inestables?

Aunque me lo negara a mí misma, muchas veces me encontré pensando en él, en sus besos, en sus caricias, en la profunda oscuridad de sus ojos cuando me miraba. Incluso me encontré extrañando sus burlas, sus insinuaciones; era como si una parte de mí también se divirtiera con él y su forma de ver su alrededor como un campo de juego. Supe que estaba loca cuando leí su diagnóstico y lo primero que vino a mi mente fue «¿No puede sentir? ¿No puede tener sentimientos por mí?» en vez de preocuparme por lo más obvio, que era su posible tendencia a la violencia y el hecho de que esa mujer lo había tachado como el más peligroso de los Stein.

«Leigh Fleming, te has vuelto loca oficialmente.»

Por supuesto, lo que fuera que estuviera comenzando a sentir por Heist tenía que pisarlo y destruirlo antes de que floreciera porque sabía que lo único que me ganaría sería un corazón roto y ya lidiaba con suficientes cosas en mi vida. Además, el conducto del Altísimo había confiado en mí. Y si los Stein habían venido al pueblo a destruir a mi padre, no me quedaría a mirar solamente. Yo mejor que nadie sabía que mi padre tenía muchos defectos, pero era mi padre, nunca querría que algo malo le pasara. También estaba el hecho de que era muy probable que los Stein tuvieran que ver con la muerte de Natalia, eso me motivaba aún más a ser la espía del conducto del Altísimo.

Así que con la frente en alto, di un paso frente a la congregación del domingo para dar una charla antes de que nuestro líder iniciara el servicio. Todos los ojos estaban sobre mí y tomé una respiración profunda. Mi vestido azul cielo de tela gruesa tapaba mis pantorrillas y sus mangas largas cubrían mis hombros. El frío del invierno me había hecho sacudirles el polvo a mis vestidos de tela gruesa. Mi cabello estaba peinado en dos trenzas que se unían en la parte de atrás de mi cabeza y se enrollaban circularmente sin dejar un solo mechón libre, nada de maquillaje, nada de aretes, no hacía falta. La palabra del Altísimo fomentaba nuestro amor propio, el querernos como éramos, no necesitábamos maquillaje o modificaciones corporales para sentirnos bien.

Me detuve frente al estrado y acerqué mi boca al micrófono.

—¡Que el Altísimo esté con ustedes!

—¡Que así sea! —respondieron todos, llenos de energía. Los vestidos que llevaban las mujeres no eran tan coloridos como en verano, los tonos iban desde azules oscuros hasta grises.

En la primera fila estaba Carter y sus hermanas como siempre; los Stein ocupaban la tercera. Arrugué las cejas al notar que Heist no estaba con ellos. La señora Stein estaba acompañada de uno de sus esposos, Valter, y también de Kaia y Frey, pero no había rastro del rubio alemán que atormentaba mis pensamientos esos últimos días. Tampoco había rastro de Rhett ni de Cindy.

—Han sido unos meses difíciles para nuestra comunidad —comencé, relajando mis hombros. Sin la presencia de Heist, me sentía mucho más cómoda—. Hemos sufrido pérdidas que han roto nuestros corazones y podemos sentir que nuestro Altísimo nos ha abandonado, pero es todo lo contrario. En estos momentos necesitamos mucho más de su presencia, así que les invito a seguir abriendo sus corazones, a seguir confiando en su palabra. En honor a Payton, Sophie, Jessie y Natalia, mantengamos la fe y llevémoslas en nuestros corazones.

—¡Que así sea! —gritaron varios.

—De parte de las Iluminadas —mi mirada se dirigió a Anesha y a todas las chicas a su alrededor—, queremos hacerles saber que nos esforzaremos para...

Ambas puertas de la iglesia se abrieron de golpe por completo. La madera chocando contra la pared produjo un gran estruendo. El tiempo pareció detenerse.

Dos individuos vestidos de negro con capuchas y máscaras entraron y dejé de respirar al ver las armas que cargaban en la mano cada uno: rifles AR-15. Ellos dispararon al techo dos ráfagas que desataron los gritos y el caos. Todos nos tiramos al suelo buscando protección. Yo me escondí detrás del estrado, mi corazón desbocado, mis manos temblando, la adrenalina tensando cada músculo.

—¡Todos al suelo! ¡Nada de movimientos bruscos! Si se mueven, no dudaremos en volarles los sesos —gritó uno de ellos y yo sentía que me faltaba el aire. ¿Qué estaba pasando?

¿Dónde estaba mamá? Asomé mi cabeza por un lado del estrado para ver a los individuos caminar en medio de las sillas de la iglesia sin poder encontrar a mi madre entre ellos. Con horror vi cómo Frey se ponía de pie, sacudiendo su cabeza una y otra vez con sus manos cubriendo sus oídos.

No...

Su madre y Kaia trataban de hacerlo volver al suelo, pero él no se movía. El encapuchado apuntó su arma al pecho de Frey.

—¿No has escuchado, idiota?

—¡No! —La señora Stein se puso entre el encapuchado y su hijo—. Él es diferente, no soporta los sonidos fuertes.

El encapuchado bajó el arma antes de voltearla y golpear a la señora Stein en la cara con la base del rifle. Valter saltó en su defensa, pero el encapuchado lo apuntó.

—¿Tienes idea de lo que una bala de estas puede hacerte? No quiero héroes, porque en la vida real siempre terminan muertos. ¡Al puto suelo ahora!

Valter y la señora Stein se las ingeniaron para bajar a Frey al suelo. Yo tragué con dificultad, escuchando los llantos de todos en la iglesia. Había estado tan enfocada en lo que ese encapuchado hacía con los Stein que no vi que el otro se había ido por el lado contrario de las sillas hasta que sentí la fría punta del rifle a un lado de mi cabeza.

—Bingo. —Su voz era desconocida y ligera.

El aire se quedó atrapado en mis pulmones y me paralicé, no quería que ni el más mínimo movimiento hiciera que el rifle se disparara.

—Bonito discurso, Iluminada —dijo con sarcasmo—, de pie.

Mis piernas parecían gelatina, temblé hasta quedar de pie a su lado.

—Camina. —Me hizo el gesto hacia la salida con el rifle y yo obedecí.

Pasé por el lado de un arrodillado líder, de Carter, luego de Anesha, de Mary, y mis ojos buscaron los de mi madre, a la que encontré llorando a mi izquierda. Ella hizo ademán de levantarse, pero yo sacudí mi cabeza con firmeza. Cuando llegamos al lado del otro encapuchado, uno de ellos rompió el silencio.

—¡Pueblo de Wilson! Observen y aprendan, ¿dónde está su jodido Altísimo ahora? ¿Ah? —Él disparó al techo y la gente gritó de nuevo—. Un rifle sí es un Dios, ¿no lo creen? Puede decidir entre la vida y la muerte con un solo movimiento de mi dedo.

Silencio absoluto, nadie se atrevía a contradecirlo.

—¿Lo ven? Con mi Dios puedo callarlos a todos, hacerlos arrastrarse como unos miserables y acabar con su existencia si así lo decido. Pero ¿saben qué más puedo hacer? —Él me agarró de mis trenzas, sus dedos enterrándose entre mi cabello de manera dolorosa—. Puedo tomar lo que quiera de su patética excusa de religión, sus líderes, sus perfectas seguidoras. Hablando de líderes... —él apretó su agarre en mi cabello, hice una mueca de dolor—, ¿dónde está el cobarde líder de esta iglesia? Que se ponga de pie por su gente, ¿no creen?

El señor Philips se puso de pie a unos cuantos metros, a pesar de las protestas de sus hijas y de Carter. Ya yo estaba tan tensa que mis músculos se estaban acalambrando al intentar mantenerme lo más quieta posible.

—Ahí está, señoras y señores, el respetuoso señor Philips —dijo el encapuchado que me sostenía y se rio, su risa haciendo eco por toda la silenciosa iglesia—, viejo miserable.

Todo pasó tan rápido que apenas pude ahogar un chillido, el otro encapuchado levantó su rifle y una ráfaga de disparos cayó sobre el señor Philips. Grité y aparté la mirada no sin antes ver cómo las balas traspasaban su pecho, sus hombros y su estómago hasta que el señor Philips cayó al suelo.

—¡Papá! —los gritos desgarradores de Carter, de sus hermanas y de la señora Philips me destrozaron.

—Hora de irnos, princesa. —El encapuchado me arrastró del brazo con ellos, mis ojos pegados a la imagen del cuerpo inmóvil del señor Philips y al de Carter, que se retorcía llorando a su lado tratando de despertarlo. El señor Philips siempre había sido muy amable conmigo, en ese instante recordé nuestra conversación después de lo que pasó hace un año.

—No soy digna de seguir asistiendo a la iglesia —le había dicho. Él me había sonreído.

—¿Por lo que pasó?

Asentí.

—Nadie lo sabe, Leigh, solo tu padre, mi esposa y yo. Y el resto del pueblo no tiene por qué enterarse.

Eso no era cierto, Rhett y Natalia también lo sabían.

—No puedo.

Él suspiró.

—Nadie es perfecto, sé que tienes esta idea extremista de que tienes que ser perfecta para poder caminar bajo la luz del Altísimo y no es así. Todos cometemos errores, lo que hagamos respecto a ellos es lo que determina nuestra capacidad de ir por el buen camino.

—¿De verdad lo cree?

—Por supuesto, ahora sonríe un poco y vuelve al servicio.

Nuestro líder siempre había sido una persona con la que podías hablar, que le buscaba el lado bueno a todo y te hacía sentir menos mierda cuando cometías un error. Y ahora se había ido así, en un segundo.

Las lágrimas brotaron de mis ojos, mientras él me seguía arrastrando fuera de la iglesia. Afuera no había nadie, todos estaban dentro. Era el día más importante de nuestra religión y nadie faltaba a un domingo de servicio.

—Mírame. —Uno de ellos me hizo girarme hacia él y cuando lo hice, un pañuelo blanco fue estampado contra mi nariz. Luché con todas mis fuerzas, pero el otro me sostuvo.

—Dulces sueños.

HEIST

Me recosté en el cómodo sofá y junté mis manos para sostener la parte de atrás de mi cabeza. Mastiqué mi chicle con despreocupación para hacer una burbuja y reventarla al escuchar el sonido de un auto llegar al garaje. Me puse de pie y caminé a la puerta de esa pequeña cabaña en medio de la nada.

Salí justo a tiempo para verlos sacar a Leigh inconsciente de los asientos de atrás y cargarla hacia mí.

—Habéis ido rápido —les dije al recibirla en mis brazos. Su pequeño brazo colgando a un lado. Ellos se quitaron las máscaras y me siguieron dentro de la cabaña.

—No nos dijiste que habría tanta gente en ese lugar.

—¿Philips?

—Muerto.

—Bien. —Puse a Leigh con cuidado en el sofá antes de buscar dos sobres que estaban sobre la mesa para dárselos—. Su paga, tienen que desaparecer, dejen los rifles aquí y el auto en el lago del kilómetro veintiséis, ahí encontrarán otro auto limpio escondido entre ramas y nieve para alejarse.

—Sabemos desaparecer, Heist; si no, no viviríamos de esto.

—Supongo que su eficiencia siempre me ha sorprendido, ¿algún herido accidental?

Ellos compartieron una mirada.

—¿Qué pasa?

—Fue él. —Uno de ellos señaló al otro. Esperé su respuesta.

—Golpeé a tu madre, tú dijiste que teníamos que hacerles ver que tu familia no tenía nada que ver con eso.

—Y es que no tienen nada que ver con esto, si se enteran, tendré problemas. Ah, mierda, describe exactamente cómo la golpeaste.

El muy idiota lo hizo, así que tomé el rifle, lo giré y lo golpeé con todas mis fuerzas, no una, ni dos sino cuatro veces.

—Bien, ya me siento mejor —le dije con una sonrisa antes de agarrarlo del cuello de su capucha, su sangre goteando de su mentón—, nunca toques a mi madre.

Ellos se fueron rápidamente y yo sacudí mis manos para echarle un vistazo a la bella durmiente en el sofá. Me arrodillé frente a ella y tomé la cinta para atar sus manos frente a ella, suspiré y quité un mechón de su cara que se había escapado de sus trenzas antes de vendar sus ojos. Até sus pies y uní las ataduras con las de sus manos para que no pudiera levantarlas e intentar quitarse las vendas.

Terminé y me senté al otro lado, solo quedaba esperar. Sabía lo que estaba haciendo, sabía que al tomarla así, frente a todos, estaba desatando una guerra con su padre, sabía que esto solo causaría un problema tras otro, sabía que mi familia no lo aprobaría.

Pero, a veces, la única manera de ver la verdadera naturaleza y la magnitud del alcance de un monstruo es quitándole lo más preciado, y para Thomas Fleming era la chica inconsciente que estaba frente a mí.

Esa mojigata falsa parecía ser la debilidad no solo de su padre, sino de otras personas a su alrededor: Natalia, Rhett... Torcí mis labios al recordar la conversación que había tenido con Rhett hacía un año.

—¿Cuál es la debilidad de Thomas Fleming? —le había preguntado mientras jugaba con el encendedor en mis manos. Era de Rhett, yo no era muy amante de fumar.

Rhett no dijo nada.

—¿Qué pasa, hermanito?

—No me llames así.

—Me llamabas hermanito todo el tiempo cuando éramos pequeños, ¿ya no me amas ?— bromeé pero él no sonrió. Se tensó y caminó hacia la ventana. Su mirada seguía los movimientos de los copos de nieve que caían al suelo. Dejé salir una bocanada de aire de aburrimiento y me puse de pie a su lado.

—¿Qué pasa?

—Ella no tiene nada que ver con esto.

Arqueé una ceja.

—¿Ella?

—La hija de Thomas Fleming.

—Pues si es su debilidad tiene todo que ver con esto.

Rhett apretó su mandíbula y me encaró.

—Ella ya lo ha pasado bastante mal, no necesita más mierda, Heist. —La seriedad de su tono me hizo ladear la cabeza.

—¿Estás enamorado de ella?

—Sí —no hubo duda ni vergüenza— y haré lo que sea por ella, ¿me oyes?

—¿Incluso ir en contra de tu hermano?

—No eres mi hermano.

—Si tuviera sentimientos, eso me habría dolido. ¡Qué duro, Rhett!

—Esto no es un juego para mí, Heist. Ella no es un juego y no quiero que sea parte de lo que sea que estén planeando.

—Estamos intentando liberar este pueblo de mierda de la secta que tú al parecer fallaste en descubrir, ¿cómo vives aquí toda tu puta vida y pasa esto bajo tu nariz? —Él abrió la boca—. Déjame adivinar, estabas ocupado follándote a la hija de un monstruo para...

Un golpe seco contra mi mandíbula me hizo girar la cara a un lado y saborear la sangre en la parte interior de mi mejilla.

—No hables así de ella.

Mierda, eso se ponía cada vez más divertido.

Rhett me había golpeado muy pocas veces en mi vida.

—Relájate, tienes un año para disfrutarla, Rhett. No nos mudaremos aquí hasta el año que viene —le dije para tranquilizarlo porque en su rostro podía ver su determinación.

Por supuesto que cuando llegamos, mis ojos siempre buscaron a Leigh, a esa debilidad del monstruo Fleming, a la chica que había hecho que Rhett la defendiera con tanta firmeza. Y, al ver lo mucho que se reprimía y cómo fingía, no pude evitar sentirme atraído hacia ella y pude entender los sentimientos tan intensos de Rhett, pero eso solo hizo que la quisiera para mí. Quizá era envidia, nunca había tenido nada valioso, nada que fuera enteramente mío. Rhett no podía tener algo así y yo no, porque yo era superior a él. Nunca planeé seducirla, tan solo pasó, la química entre nosotros era imposible de ignorar.

En fin, mamá nunca aceptaría usar a Leigh de esa forma para nuestros planes, por eso me había tocado actuar solo. Sí, Leigh solo era una pieza en el tablero de juego, una que había que mover un poco para desatar la guerra, ella era solo eso para mí.

Me incliné sobre ella para revisar que las ataduras no estuvieran muy apretadas. Me la quedé mirando, sus labios entreabiertos mientras respiraba con suavidad, su pecho subiendo y bajando. La sensación de sus labios, de su cuerpo contra el mío, aún revoloteaba en mi mente como un recuerdo anhelado, la deseaba todavía más después de tenerla, porque ya conocía su veneno, su sabor, y era tan adictivo que no te saciabas con una sola vez.

Suspiré y me enderecé sin despegar mis ojos de ella. «¿Qué estás haciendo, Heist? ¿La estás usando? ¿O la estás protegiendo porque sabes que en la guerra que viene ella podría salir lastimada y aquí la mantendrías al margen? ¿A salvo?» No, sacudí mi cabeza, ese no era el caso.

Me cerní sobre ella y pasé un brazo por debajo de su espalda y el otro por detrás de sus rodillas para cargarla. Crucé el pasillo y bajé las escaleras al sótano. Al llegar al final, la acosté en la cama en medio del lugar y busqué la caja con las jeringas y un tranquilizante. No quería que despertara cuando yo no estuviera allí y se desesperara. Preparé la inyección y la inyecté con gentileza antes de cubrir el punto con una tirita. Suspiré y le eché un último vistazo antes de girarme y subir las escaleras. Cerré el sótano con llave detrás de mí; aunque sabía que era poco probable que despertara antes de que volviera, no podía arriesgarme.

Mientras me alejaba del sótano, una sensación extraña hundía mi pecho. Sonreí para mí mismo, «hiciste lo que tenías que hacer, Heist.»

En el camino a casa, me preparé para enfrentarme a mi familia porque no podía insultar su inteligencia y creer que no pensarían que tuve algo que ver con lo de la iglesia, en especial, porque no era la primera vez que hacía algo solo. Estaría en serios problemas con mis padres pero no me importaba, yo sería el que desataría esa guerra y Leigh estaría fuera de ella.

Por primera vez en mi vida tenía algo que era enteramente mío, ¿cómo podía arriesgarlo como si nada? Sobre todo porque aún no la había descifrado por completo, y tampoco había saciado mis ganas de ella. Mientras eso no pasara, mientras no me aburriera de ella, Leigh Fleming me tendría como un escudo frente a ella.

Tenía que admitir que la chica tenía un don para atraer monstruos y navegar entre ellos como mucha facilidad. Pero eso la hacía un detonante, una bomba de tiempo, porque los monstruos tendían a ser posesivos, defensores de lo que consideraban suyo. Una sola acción referente a ella era suficiente para desatar el caos.

Thomas Fleming.

Rhett.

La iglesia.

Mi familia.

Ya era hora de ponernos serios, no más juegos en las sombras, la muerte del líder de la iglesia era un claro grito de guerra en plena luz del día, el secuestro de Leigh era un mensaje claro a todos:

«El monstruo ya no camina en las sombras, aquí estoy, retándolos. Bienvenidos al juego de Heist».

40

Explicaciones súbitas

LA SEÑORA STEIN

—Tienes que calmarte, Mila.

La voz de Valter sonaba a lo lejos porque estaba caminando de un lado al otro en la sala de mi hogar. La policía ya nos había interrogado a todos los presentes en el tiroteo de la iglesia y nos habían enviado a casa. Volví a marcar el número de Heist, pero la llamada se iba directa al buzón de voz. Gruñí y apreté los puños a mis costados. Mayne se había mantenido en silencio todo el rato; cuando llegamos, él nos esperaba con todo listo. Él nos había examinado y le había dado un calmante a Frey para luego vendar mi nariz, pero después de eso ni una sola palabra había dejado sus labios. Peerce venía en camino de su trabajo, no quise alarmarlo mucho, así que solo le conté a medias lo que pasó, no le mencioné que me golpearon o que nos apuntaron. Si algo había aprendido de tener dos esposos inestables mentalmente era no hacerlos enfurecer, y al parecer que me hicieran daño era un detonante para ellos dos.

—No sabemos si él tuvo algo que ver con esto —me comentó Valter mientras arropaba a Frey, que se había quedado dormido en el sofá por el calmante.

—Ah, por favor, papá —comentó Kaia—, Heist no se ha perdido ni un solo domingo las ceremonias de la iglesia y el día que no va, pasa esto. Además desde que está desaparecido, no existen las coincidencias cuando se trata del psicópata de mi hermano.

—No lo llames así —lo defendí.

—¿No es así como lo llamó tía Jazmine?

Apreté mi mandíbula, recordando que no había sabido nada de Jazmine en un par de meses. Mi mejor amiga de la infancia no solía desconectarse así de nosotros y estaba comenzando a preocuparme. La puerta se abrió de golpe, interrumpiendo mis pensamientos. Un desarreglado Rhett entró, con un gorro mal colocado cubriendo su cabeza y con solo una manga de un abrigo negro puesta. De donde sea que hubiera venido, lo había hecho en un apuro.

—¿Dónde está? —gruñó.

Sabía que se refería a Heist.

—Rhett. —Di un paso hacia él pero me pasó por un lado y me ignoró para dirigirse a las escaleras. Esa fría y mortífera voz resonó en mi cabeza.

«¿Dejarás que un mocoso te trate así? Por eso todo se ha escapado de tu control, Fleur.»

—¡Detente! —le grité y la rudeza de mi voz sorprendió a todos, incluso a Mayne, quien finalmente me miró—. Si crees que puedes entrar en mi casa de esta forma irrespetuosa, estás muy equivocado, Rhett Lombardi.

Rhett se giró hacia mí.

—Yo...

—Heist no está aquí y lo estamos esperando —le informé con frialdad—. Eres bienvenido a sentarte, pero no quiero shows ni violencia bajo mi techo, ¿te ha quedado claro?

Rhett bajó la cabeza.

—Sí.

—Sí ¿qué?

—Sí, señora.

Rhett se sentó en uno de los sillones individuales. Mayne permanecía sentado en uno de los sofás grandes con sus manos estiradas por la parte posterior del mueble. Su tranquilidad me tenía preocupada. En lo que se sintió como una eternidad, Heist abrió la puerta principal y entró como si nada, silbando. Él no pareció sorprendido al vernos y se quitó la chaqueta.

—¿Reunión familiar?

Sus ojos cayeron sobre mi nariz y por un leve segundo me pareció ver culpa en su mirada. Crucé los brazos sobre mi pecho.

—¿Has tenido algo que ver con esto? —le pregunté delante de todos. Heist suspiró.

—¿Me creerán si les digo que no?

Rhett se puso de pie, pero Kaia fue rápida en poner su mano sobre su pecho para detenerlo.

—Tienes muchas explicaciones que dar, jovencito. —Valter intentó su rol de padre preocupado, pero Heist no se inmutó. El desafío en su expresión era claro y frío. Él sabía lo que le esperaba en casa, sabía que sospechábamos de él y aun así había aparecido por esa puerta como si nada. Ni siquiera la presencia de Mayne parecía afectarle como de costumbre.

«Algo ha cambiado.»

—¿Heist? —lo llamé, esperando una explicación.

—No quiero hablar ahora —dijo y se dirigió a la escalera. Rhett intentó acercarse a él, pero Kaia lo contuvo.

—Heist, no hemos terminado la conversación, vuelve aquí ahora —ordenó Valter, pero Heist siguió su camino. Compartí una mirada con Mayne, cuyo silencio me seguía intrigando, ¿qué estaba pensando?

—¿Lo dejarán irse a su cuarto y ya está? —La voz de Rhett emanaba rabia e impotencia—. Ha asesinado al señor Philips y ha secuestrado a Leigh y...

—No sabemos eso con seguridad.

—¡Él no lo ha negado! —replicó Rhett—. Y todos lo sabemos, está escrito en todos sus rostros, saben que fue él.

—Tal vez nos ha hecho un favor. —La profunda voz de Mayne llenó el salón. Rhett bufó pero Mayne continuó—: Si quieres despertar a un monstruo, tienes que darle donde más le duele.

—Mayne... —murmuré.

—Su método fue sangriento y frío, pero efectivo; supongo que es mi hijo después de todo.

—No podemos actuar solos, somos una familia. Además, ha secuestrado a una chica inocente —expliqué.

—¿Inocente? —Mayne sonrió—. Leigh grita estrés postraumático a todo pulmón y su necesidad por la perfección y la pureza solo puede ser una respuesta a su necesidad de cubrir algo malo que ha hecho.

—No sabemos si de verdad ha hecho algo malo, no hay registros de nada —la defendí.

—Apuesto a que Rhett sí lo sabe. —Mayne ojeó a Rhett—. Él parece tener un lazo muy profundo con ella, de esos que solo se crean cuando se hacen cosas malas juntos.

Rhett apartó la mirada. Mayne se puso de pie.

—En fin, no les aconsejaría interrogar a Heist ahora. Está a la defensiva y no dirá nada.

—¿Cómo es que hace algo de esta magnitud y cree que puede permitirse estar a la defensiva? —comentó Valter. Mayne se le acercó con esa sonrisa burlona y torcida.

—Porque tiene los huevos bien puestos, sabe lo que quiere y lo defenderá hasta su último aliento. —Mayne le dio una palmada en el pecho—. Pero tú no sabrías de eso, hermanito.

Rhett se tensó ante la forma en la que Mayne dijo «hermanito».

—Pero si quieres saber qué es lo que está haciendo, puedes ir a ella por respuestas —recomendó Mayne antes de desaparecer por el pasillo del estudio.

—Si Heist le hace daño... —amenazó Rhett.

—No le hará daño —aseguré—. Esta familia no se ocupa de eso, si él se la ha llevado es con la intención de provocar al señor Fleming.

Thomas Fleming había sido toda una sorpresa para nosotros, nos mudamos aquí con la intención de desmantelar la secta que parecían liderar los Philips. Lamentablemente no habíamos podido confirmar nada sobre la secta cuando llegamos porque las tres chicas que viajaron a Alemania se habían negado a hablar con nosotros y se suicidaron una por una, semanas después. Pero al indagar un poco sobre el señor Fleming, descubrimos todo un mundo de negocios ilegales. Por eso nadie en la comunidad se enfrentaba a él, era intocable.

Y luego estaban los suicidios; estaba claro que si esos habían sido suicidios, habían sido provocados o las chicas lo habían pasado tan mal que decidieron terminarlo todo. No podía negar que después de muchas cosas que habíamos pasado con mis hijos, había llegado a sospechar de ellos. Mis ojos se centraron en Frey, quien dormía plácidamente en el sofá y luego recayeron sobre Kaia y Rhett.

Pero mi mayor sospecha siempre había sido Heist. Esa necesidad de agradar a Mayne le había llevado a hacer muchas cosas peligrosas y despiadadas anteriormente. Por eso mismo le expliqué mis preocupaciones a Mayne cuando regresó aquella noche.

—Creo que Heist está asesinando otra vez.

—¿Por qué? —había preguntado Mayne.

—¿Recuerdas haberle contado a Heist la historia de cómo terminaste en el psiquiátrico donde nos conocimos?

—¿La historia de los suicidios? Ya te dije que lo de los suicidios no lo hice a propósito. No pensé que fueran tan idiotas como para suicidarse si las manipulaba lo suficiente, ¿cómo es que se excusa la gente común? Ah sí, yo era joven y estúpido.

—Ese no es el tema; quizá Heist esté imitando lo que hiciste hace años y está manipulando a esas chicas para que se suiciden.

Mayne me había observado con cuidado.

—Él es el único que conoce esa historia. Ninguno de nuestros hijos biológicos o adoptivos estaban ese día.

—¿Te das cuenta de que estás acusando a tu hijo de homicidio?

—Es hijo de asesinos y lo he expuesto a muchas cosas; quizá demasiadas, como me ha dicho Jazmine, no sé qué pensar.

—Lo resolveremos —me dijo antes de poner sus manos sobre mis hombros desnudos—. ¿Será que...?

—¿Cómo puedes pensar en sexo en estos momentos? Eres increíble.

—Gracias, bonita. —Me guiñó el ojo—. Siempre a tus órdenes.

—¿Mamá? —La voz de Kaia me trajo a la realidad—. ¿Irás?

Suspiré.

—Tengo que intentarlo.

—Ella no te dirá nada.

Rhett dio un paso al frente.

—¿Puedo ir contigo?

Sacudí mi cabeza y me alejé de ellos para dirigirme a la cocina. Cuando entré, me incliné para presionar los códigos de un pequeño compartimento a un lado de los estantes y saqué el manojo de llaves. Me detuve frente a la puerta del sótano; los candados estaban allí, protegiendo nuestro oscuro secreto.

Abrí cada uno de los candados y la puerta de metal chirrió cuando la empujé a un lado para entrar. Los escalones crujieron bajo el grueso tacón de mis botas, solía odiar el invierno por todo el horror que viví aquel invierno hacía años, pero ya no era el caso.

La nostalgia me golpeó ante las luces blancas resplandecientes del sótano. ¡Me recordaba tanto a la primera vez que conocí a Mayne, atado y vendado en ese cuarto del hospital psiquiátrico...! Llegué al final de las escaleras y una sonrisa se expandió en mi rostro.

Ella estaba sentada en el colchón de perfil a mí, su cabello negro desordenado alrededor de su cara. Frente a ella, había un televisor inmenso de plasma mientras ella sostenía un control de PlayStation 4 y jugaba a algo de flechas con unas imágenes de un reino de fantasía muy nítidas y coloridas. Ella no me miró, pero arrugó su nariz ligeramente.

—Sigues usando ese perfume dulce que odio.

—Es mi favorito.

No dijo nada y yo me acerqué a ella para inclinarme y besar su cabeza con cariño y sentarme a su lado en el colchón. Era muy hábil en el juego, no desperdiciaba ninguna flecha.

—Hayden —la llamé, aunque sabía que tenía su atención.

—¿Sí, madre?

—Sabes por qué estoy aquí de nuevo.

Yo bajaba a charlar con ella todos los días y alguno que otro salíamos por aire fresco, de compras en una ciudad lejana donde nadie de ese pueblo me viera con ella. Nadie podía enterarse de que tenía otra hija porque, lamentablemente, Hayden Stein era demasiado peligrosa y teníamos que mantenerla encerrada.

Acaricié su cabello con cariño, los mechones negros desordenados tan parecidos a los de su padre. Eso pareció captar su atención y ella pausó el juego y se giró hacia mí. Como siempre un mechón cubría una parte de su cara y con mi mano lo aparté para poder verla bien, su ojo oculto quedó a la vista y era de un color diferente al que tenía visible. Ella era preciosa, pero su peculiaridad ocular había delatado quién era su padre: Mayne Stein.

Me observó por unos segundos y me dejó acariciarla hasta que habló:

—¿Qué te atormenta, madre?

Hayden siempre había sido dulce y muy agradable. Sin embargo, esa cara angelical se había manchado de sangre muchas veces desde que era niña. Comenzó con animales, luego ocurrían accidentes en el instituto: algún niño se caía del tobogán o terminaba con algo fracturado en un accidente sin explicación que ocurría a su alrededor. El instituto fue peor, así que decidimos darle clases particulares en casa. Pero todo fue empeorando hasta que nos vimos obligados a tenerla así.

Hayden y Heist siempre habían tenido un lazo y una confianza muy fuerte.

—Es Heist, por primera vez no puedo entenderlo, sigue actuando solo, haciendo cosas por sí mismo, dejándonos fuera por completo. Como esa vez que le tendió la trampa a Leigh aquí en el sótano y tú lo ayudaste.

—Ah —Hayden sonrió—, debo admitir que intenté que esa boba me sacara pero recapacité porque si involucraban a la policía estaríamos en problemas. Aún no me has dado las gracias por no traicionarlos, madre.

—Heist ha iniciado una guerra, Hayden.

—Por supuesto.

—¿Él ha hablado contigo?

—Sí.

—¿Y?

—No lo sabes, ¿no es así?

—¿Qué?

Ella sacudió su cabeza.

—La razón por la que Heist es como es.

—Hayden, solo dime lo que quieres decir.

—Heist sabe que su padre es Mayne.

Arrugué mis cejas, porque sabía que Heist buscaba la aceptación de Mayne todo el tiempo, pero nunca le habíamos dicho a nuestros hijos quién era su padre para no crear discordia.

—¿Cómo lo sabe?

—Madre, vives en el siglo pasado, ¿sabes lo poco que se necesita para una prueba de ADN? Cabello, saliva..., cosas muy fáciles de conseguir sin que la persona se dé cuenta si vives en la misma casa.

Ah, tendría que tener una larga conversación con Heist luego.

—Ok, ¿qué tiene que ver eso con lo que está pasando ahora?

—Heist siempre ha querido impresionar a Mayne, supongo que no solo imitándolo a él sino también a mí porque es obvio que soy su hija. —Ella señaló sus ojos—. Y yo soy... sanguinaria como Mayne. Supongo que una parte de Heist está celosa de mí porque soy una copia de mi padre cuando él tiene que esforzarse para ser como él.

—¿Estás diciendo que él está tan inestable porque quiere hacer algo que llame la atención de Mayne de nuevo?

—Algo así. Pero hay algo que creo que nadie ha notado, ni tú, ni él.

La miré a los ojos, una expresión de tristeza cruzó su mirada.

—Por mucho que él lo intente, madre, él no es como yo, él no es como papá. Yo no siento nada cuando hago las cosas que hago, no hay remordimientos, solo esta necesidad de la siguiente dosis de poder, de situaciones que me brinden ese impulso. Heist tiene muchas conductas adquiridas pero que, al final, no son suyas de verdad.

—Yo sé que él no es como ustedes, Hayden. Es mi hijo, lo conozco.

—Entonces, deberías saber la razón de estos cambios, de esta inestabilidad. Heist nunca ha actuado solo, madre, piensa, ¿qué ha cambiado?

—¿Este pueblo? ¿La cantidad de secretos que hay aquí?

—No, madre, ¿qué es Heist detrás de esa arrogancia y esa máscara de insensibilidad?

—Un chico.

—Exacto. —Ella tomó mi mano—. Un chico joven que se esfuerza por ser algo que no es, un chico que encuentra una chica que hace exactamente lo mismo que él: esmerarse por ser lo que creen que necesitan ser.

—Leigh...

—Toda esta inestabilidad, hacer cosas solo, actuar impulsivamente... es solo la respuesta automática de un chico que no sabe manejar lo que siente porque él mismo se ha repetido tantas veces que no es capaz de sentir nada que se lo ha creído.

Y entonces, entendí el silencio de Mayne en la sala, él sabía lo que le pasaba a Heist. Hayden recostó su cabeza sobre mi regazo y cerró los ojos. Le acaricié el cabello como lo hacía cuando era una niña, su voz fue un susurro:

—En pocas palabras, y en su forma extraña y retorcida, Heist está enamorado.

41

Noche oscura

LEIGH

Oscuridad.

Al despertar y abrir los ojos no vi absolutamente nada, sin importar cuánto parpadeara, la oscuridad seguía frente a mí. Me tomó unos segundos sentir la venda sobre mis ojos. De inmediato, intenté levantar mis manos y no pude, sentí las ataduras en mis manos y mis pies. Mi pecho subió y bajó con rapidez mientras se aceleraba mi respiración, el pánico se asentó dentro de mí y tensó todos mis músculos.

Mi mente entró en un bucle de imágenes sobre lo último que recordaba: imágenes de la congregación de la iglesia, de esos enmascarados entrando y disparando, los gritos de los Philips, la desesperación y dolor en la cara de Carter cuando su padre cayó al suelo. Ya estaba comenzando a hiperventilar, soplé una y otra vez, intentando calmarme porque me estaba mareando.

Pero no solo era eso y el hecho de que estaba secuestrada lo que me tenía al borde del colapso, era algo mucho peor.

Esa no era la primera vez.

No era la primera vez que me pasaba algo así.

Ese recuerdo que había reprimido con tanta fuerza comenzó a quebrantarse, a emerger a la superficie porque la sensación de ataduras y una venda sobre mis ojos era la misma que aquella noche. Lágrimas de miedo inundaron mis ojos, el *déjà vu* dejándome sin aliento. No quería recordar, no podía hacerlo, pero mi cerebro traumatizado no tuvo otra opción que recordar al ser expuesto a una situación similar.

Las vendas eran mucho más apretadas aquella noche y mi boca también estaba cubierta. Murmullos de confusión era todo lo que me rodeaba, lo último que recordaba era estar de compras con mamá y luego una furgoneta había aparecido de la nada en nuestro camino y unos enmascarados nos habían agarrado y lanzado dentro sin importar cuánto luchamos. Luego solo recordaba oscuridad hasta que desperté.

Mamá...

—¡Leigh! —La voz de mamá me hizo tensarme e intentar sentarme. No tenía ni idea de dónde estaba, solo sentía la tierra helada debajo de mí, el frío en el aire, y ese olor a naturaleza que rodeaba el bosque—. ¡Hija! ¿Estás bien? ¡Leigh!

Me incliné hacia delante y llevé mi rostro a mis atadas manos para arrancarme la venda de los ojos y la de la boca. La luz de día me obligó a entornar los ojos por un momento mientras me acostumbraba. Parpadeé y vi el rostro preocupado de mamá a unos metros de mí, ella también estaba atada, su lindo vestido rosa pálido ya se había ensuciado de tierra, algunos mechones de cabello negro habían escapado de sus trenzas y caían sobre su rostro.

—Mamá...

El miedo y el pánico de toda esta situación me pasó factura y rompí en llanto. Mamá se preocupó aún más.

—Leigh, hija, está bien, estamos bien, por favor no llores. —Sus ojos derrochaban inquietud—. ¿Estás bien? ¿Te duele algo? ¿Leigh?

—Estoy bien —murmuré entre sollozos—, estoy bien, ¿tú estás bien?

Ella asintió.

—¿Te han hecho algo?

—No lo sé, no recuerdo nada.

—Está bien, hija, vamos a estar bien.

—¿Dónde estamos? —Eché un vistazo a nuestro alrededor, pero solo vi árboles sin fin.

—No lo sé, podrían ser las montañas al norte del pueblo u otro lugar, no sé cuánto tiempo hemos estado inconscientes.

—¿Mamá?

Ella pareció ver la pregunta en mi rostro.

—No lo sé, hija, no sé quién ha sido ni por qué estamos aquí, quizá tu padre... —no terminó la frase.

—Papá nos salvará, estoy segura, mamá —soné más confiada de lo que me sentía.

Mamá me sonrió, las arrugas en su rostro se hicieron más evidentes. Ella estaba tratando de mantener la calma, la conocía, pero sabía que estaba tan asustada como yo. Miré a nuestro alrededor y me sorprendió ver una navaja a unos pasos de mí, como si la hubieran dejado ahí para que pudiéramos soltarnos.

—Mamá, mira. —Señalé la navaja antes de comenzar a arrastrarme hacia ella.

Después de soltarme con la ayuda de la navaja y hacer lo mismo con mamá, nos pusimos de pie y sentí un poco de alivio al no ver a ninguno de esos enmascarados por ahí. Quizá solo habían querido darnos un susto, presionar a papá, y nos habían dejado allí para que encontráramos nuestro camino a casa solas.

Sin embargo, mi optimismo se iba desvaneciendo con el pasar de cada hora, con la llegada de la sed y del hambre. Caminamos durante horas y seguíamos viendo árboles y más árboles, nada más. La noche cayó sobre nosotras y nos detuvimos en un claro al lado de una roca, el frío de invierno se volvió insoportable sin la luz del sol. Mamá y yo nos abrazamos para intentar mantenernos calientes, nuestras respiraciones eran visibles al dejar nuestros labios morados por el frío.

Estábamos temblando y no tenía ni idea de cómo podríamos dormir así, pero esa no era mi mayor preocupación, sino mamá. Ella había sido diagnosticada con diabetes tipo 1 cuando era una niña, toda su vida había sido dependiente de la insulina y yo sabía los riesgos que ella corría al no comer ni beber nada, ni aplicarse su inyección de insulina por un período de tiempo prolongado. Tomé su mano entre la mía.

—¿Cómo te sientes?

—Estoy bien. —Ella acarició mi rostro y me guio para que descansara mi cabeza de lado en su hombro—. Descansa, necesitaremos la energía mañana.

Pero ambas sabíamos que con ese frío era casi imposible dormir, así que inicié una conversación para distraernos.

—Mamá, ¿qué es lo que hace papá?

Yo sabía que, aparte de su trabajo de abogado en la ciudad, papá hacía muchas cosas más. Aunque en casa no se hablaba de eso, mamá y yo lo sabíamos.

—¿Qué bien te haría saberlo, Leigh?

—No lo sé, solo estoy tratando de entender por qué nos secuestrarían para dejarnos en medio de la nada, ¿quién haría algo así? Tiene que ser alguien que odie mucho a papá.

—Aún no sabemos si esto tiene que ver con tu padre, Leigh.

—¿Quién más nos haría algo así?

—Deja de pensar tanto, es... —Mamá tosió un par de veces y yo me enderecé para darle unos golpecitos en la espalda.

—¿Estás bien?

—Solo es el frío, vamos, a dormir. —Volví a recostar mi cabeza sobre su hombro—. ¿Y si te cuento tu historia favorita?

—Ya no soy una niña, mamá.

—Oh, bueno.

Los ruidos nocturnos del bosque se volvían cada vez más aterradores, así que cambié de opinión y bajé para descansar mi cabeza sobre su regazo.

—Bien, quiero escucharla.

Mamá se aclaró la garganta y comenzó a acariciar mi cabello.

—En una de las más preciosas cascadas al sur de los ríos de Wilson, cuando solo existían dos estaciones climáticas, existía una joven llamada Iris cuyo cabello blanco resplandecía bajo la luz del sol. Iris era de clima caluroso, representación del verano, ella se encerraba en su hogar cuando llegaba el invierno porque no podía soportarlo. Sin embargo, un día, tocaron a su puerta en pleno invierno. La tomó desprevenida y su sorpresa fue inmensa al ver a un joven frente a ella, de cabello azul y ojos del mismo color. El joven estaba sin camisa, partes de su pecho cristalizado brillaban bajo la luz de las velas dentro de la casa de Iris. Él era la representación del invierno en un cuerpo y aunque era hermoso, Iris lo repudió de inmediato porque ella odiaba todo lo que él representaba. Él no se rindió, la visitaba todos los días a pesar de que ella le cerraba la puerta en la cara una y otra vez. Él le llevaba un regalo diferente de su invierno cada vez: frutas exóticas, flores, mascotas e incluso trucos de magia. Nada funcionó, los meses de invierno terminaron y con ellos desapareció el joven. Ya en verano, Iris salía a disfrutar del calor pero cuando volvía a casa por las noches, se encontró extrañando ese toque gentil en su puerta, esa presencia fría que le sonreía en el portal cada vez y le ofrecía algo en sus manos. Por primera vez en años, Iris sentía curiosidad por que llegara el invierno: ¿volvería el joven?, ¿qué traería esa vez? Así que cuando llegó el frío, Iris esperó al lado de la puerta varios días seguidos, pero el joven no volvió.

Suspiré, imaginándolo todo y mamá continuó:

—Después de días, Iris tomó la decisión de ir por él, pero no sabía de dónde había venido, así que solo le quedó seguir las corrientes de frío hasta que llegó a las montañas del norte de Wilson. El aire helado le quemaba la piel, ya que ella era el verano, pero no se detuvo hasta llegar a una cueva en las montañas con cristales azules a los lados que le recordaban el color del cabello del chico. Nerviosa, levantó su mano y tocó los cristales con la misma gentileza que él había tocado su puerta el invierno pasado. El joven emergió de la oscuridad, cargando un montón de objetos variados y se sorprendió al verla porque él estaba saliendo para ir a visitarla. Charlaron mucho esa noche, pero Iris no podía soportar el frío mucho tiempo, así que no podían estar juntos mucho rato y el joven al ver cómo le hacía daño el frío decidió pedirle que no volviera a verlo. Iris no se rindió, debían encontrar una solución; ella, que era verano, y él, que era invierno, se unieron en un beso gentil que calentó un poco la frialdad de él y refrescó el calor de ella, encontrando un punto medio entre las dos estaciones de verano e invierno. Y así fue como nacieron el otoño y la primavera, las dos estaciones que son ese punto medio entre frío y calor, solo porque un joven helado fue persistente y una chica cálida encontró la solución. Fin.

Suspiré profundamente porque amaba esa historia, aunque me la sabía de pies a cabeza.

—¿Por qué crees que el joven frío decidió ir por ella al principio, mamá?

Mamá siguió acariciando mi cabello.

—No lo sé, quizá los seres humanos venimos a este mundo como piezas de rompecabezas, y siempre habrá momentos en los que necesitaremos de otras personas para completarnos. Quizá él la necesitaba.

Esa noche no dormimos mucho, cuando no nos despertaba el frío, nos despertaba el hambre, pero, sobre todo, la sed. Nunca había valorado el agua y lo mal que uno podía llegar a sentirse cuando no bebías ni una gota por mucho tiempo.

Cuando por fin salió el sol, mamá estaba muy pálida y la realidad de la situación pesó aún más sobre mis hombros. Teníamos que salir de allí, teníamos que sobrevivir, traté de mantener la calma por mamá. No ayudaría en nada que me pusiera a llorar en ese momento.

Un día después encontramos un arroyo y bebimos de él desesperadas. El no comer nada durante casi dos días comenzaba a pasar factura, estábamos débiles y mamá se había mareado varias veces.

Al quinto día, mamá ya no se podía mover, se mareaba cuando se levantaba y su pulso era tan bajo que me había dado unos cuantos sustos. Ella necesita comer, necesitaba su insulina. El miedo y la desesperación comenzaron a carcomerme, mamá tenía que estar bien, por primera vez, el pensamiento de que íbamos a morir en ese lugar cobró fuerza en mi mente.

Y había comprendido que no nos habían dejado ahí para darnos solo un susto, sino porque no planeaban que sobreviviéramos.

La noche del quinto día todo empeoró, vi con pánico cómo unos copos de nieve comenzaban a caer del cielo. Era la primera nevada del invierno y nosotros no teníamos cómo protegernos del frío, ni fuerzas para buscar un lugar donde meternos.

Temblando, me quité mi abrigo para envolverlo alrededor de mamá.

—¿Qué haces? ¡No, Leigh! —me reprochó ella, pero no tenía fuerza para obligarme a tomarlo de nuevo.

Ambas estábamos pálidas, nuestros labios quebrados y rotos, las ojeras bajo nuestros ojos bien marcadas. La respiración de mamá era lenta y dificultosa, me senté frente a ella y acaricié su rostro.

—Mamá...

Ella se esforzó por sonreír y eso me estrujó el pecho y no pude contener las lágrimas, que llenaron mis ojos.

—Vamos a salir de aquí, mamá.

—¿Te acuerdas de esa muñeca horrorosa que tenías de pequeña?

—¿Lindy?

—Sí, esa. —La nostalgia en su voz era obvia, ella se detenía para respirar como si se cansara solo de hablar—. No se la comió el perro de la antigua vecina, yo la tiré, lo siento.

Eso me hizo reír un poco y gruesas lágrimas rodaron por mis mejillas.

—Eso fue cruel, mamá.

—No, esa muñeca estaba llena de gérmenes, tú no me dejabas lavarla, siempre has sido tan testaruda, Leigh...

Lamí mis labios, probando lágrimas saladas.

—Y tú siempre has sido fuerte, no te rindas ahora, mamá, ¿sí?

—Deberías seguir sin mí, Leigh, yo no puedo moverme, tú...

—No.

—Leigh.

—No voy a dejarte sola.

—Hija —dijo con la voz algo quebrada y a mí se me partió el corazón aún más—, tenemos que ser realistas, yo no estoy bien y no sé cuánto tiempo más...

—Mamá, no.

—Leigh.

—No, vamos a salir de esto juntas.

Su rostro se contrajo, se formaron lágrimas en sus ojos y cuando pensé que las migajas de mi corazón no se podían romper más, lo hicieron al verla llorar.

—Lo siento, hija —su voz era un susurro, su mano tomó mi mejilla—, no he podido ser fuerte hasta el final, ¿eh?

—Mamá...

—Me siento muy mal, Leigh —admitió, y la impotencia de verla debilitarse hasta llegar a ese punto y no poder hacer nada, me quemaba por dentro—, te quiero mucho, preciosa.

La abracé con todas las pequeñas fuerzas que me quedaban, repitiéndole lo mucho que la quería.

Esa noche mamá se durmió y no despertó, aún respiraba con debilidad, pero era como si hubiera caído en un sueño profundo. Sabía lo que le pasaba, era una de las cosas que más temíamos en casa de su condición: un coma diabético. Era mortal y yo en medio de la nada no tenía mucho que hacer.

Después de moverme por los alrededores sin perderla de vista y gritar pidiendo ayuda, volví a su lado y solo pude sentarme a verla morir lentamente frente a mí. Lloré, grité, le rogué que aguantara un poco más, que haría lo que fuera por ella porque ella era todo para mí, pero solo pude observarla tomar su último aliento.

No podría explicar el dolor tan grande que sentí, cómo invadió cada parte de mi ser. Mamá era una mujer buena, una madre que me había dado la mejor infancia de mi vida y se había ido así frente a mí sin que yo hubiera podido hacer nada. La nieve comenzó a cubrirlo todo.

A veces me sentía observada, a veces veía sombras al lado de los árboles, pero desaparecían tan pronto que tenía que ser mi imaginación. Sin embargo, esa noche, vi claramente a alguien encapuchado de pie en la oscuridad a unos cuantos árboles de distancia.

Intenté ponerme de pie para ir hacia él ya fuera a reclamarle si tenía algo que ver con eso o a pedir ayuda, pero mis piernas me fallaron y cuando volví a mirar ya no estaba. Así que me acosté al lado de mi madre y la abracé, llorando desconsoladamente.

En la madrugada, me desperté de golpe al escuchar ruidos a mi lado. Me senté dándome cuenta de que me había dado la vuelta mientras dormía y cuando me giré para ver dónde estaba mamá, el horror me hizo soltar un chillido. Perros o lobos, no tenía ni idea, estaban mordisqueando su cuello; la sangre empapaba su lindo vestido rosa pálido.

—¡No! —Tomé un palo como pude y los espanté. Me acerqué a mamá y con manos temblorosas, traté de volver a poner la piel donde estaba, las heridas en el cuello eran tan profundas que podía ver su tráquea expuesta. Me llené de sangre pero no me importó, cubrí su cuello con un pedazo de tela de la parte de abajo de mi vestido blanco que ahora tenía manchas de sangre por todos los lados.

A la siguiente noche, volvieron más animales y no pude espantarlos a todos, incluso uno me mordió el brazo y debió perforar algún nervio porque no podía sentir los dedos de esa mano.

Por segunda vez, solo pude observar cómo animales salvajes se alimentaban de mi madre. No sabía si era la falta de comida, pero mi mente ya no funcionaba bien, se mezclaba la realidad con los recuerdos y me encontraba hablando sola o hablando con mi madre. A veces podía verla ahí, bien, donde ahora estaba su cadáver despedazado.

Entraba y salía de la inconsciencia, otra nevada cayó y ni me esforcé por cubrirme. Permanecí ahí acostada, como si ya esperara mi muerte.

Cálido...

Algo cálido me cargaba, me esforcé por abrir los ojos pero no podía, estaban tan pesados, yo estaba tan débil. Algo cálido presionó contra mi frente, como un beso de mamá. Murmuré por mamá, mis palabras no tenían sentido al dejar mi boca pero lo tenían dentro de mi cabeza.

Esos días me habían marcado, en esos grandes bosques, mi madre, Lilia Fleming, murió.

Nadie en el pueblo se enteró, su cuerpo nunca fue encontrado. Caí en una espiral depresiva, psicótica, después de eso. Mi padre lo había intentado todo: terapia, medicación y al ver que yo seguía deteriorándome, recurrió a una medida desesperada: mi tía Laura. Mamá tenía una gemela que vivía en otro estado, hablábamos con ella a menudo por teléfono. Sin embargo, al enterarse de la muerte de mi madre, ella no dudó en venir a vernos. Cuando la vi, era como ver a mi madre de nuevo. Me llené de vida, por fin pude comer y salir de la habitación, empecé a llamarla madre, a incrustarla en mi cabeza como mamá. Era mucho más llevadero para mí fingir que mi madre aún vivía. Papá estaba desesperado y al ver esa chispa de esperanza, decidió pedirle a tía Laura que se hiciera pasar por mi madre hasta que yo me estabilizara. Tía Laura aceptó, y de alguna forma creía que papá también la había empezado a meter en su cabeza como mamá. Aunque dormían en cuartos separados, del resto actuaban como pareja en casa y frente a todo el pueblo.

Al volver a la realidad, me desesperé intentando quitármelo todo y al no poder, lloré y grité. Unos pasos apresurados se acercaron a mí y ni siquiera me alteré al ver a Heist cuando me arrancó la venda de los ojos.

—¿Leigh?

La preocupación en su expresión no me importaba, el dolor me asfixiaba, me sofocaba, me arrebataba toda razón y pensamiento. Sollozos desesperados dejaban mis labios mientras trataba de calmarme. Heist tomó mi rostro con ambas manos.

—Eh, eh, Leigh.

—¡Haz que pare! ¡Por favor! ¡Desátame! ¡Por favor! Estas ataduras son... —tan iguales a las de aquella vez—, por favor, Heist.

Él no dudó en sacar una navaja de su bolsillo.

«Mamá, mira», recordé arrastrarme para buscar una de esas y desatarnos.

Heist cortó mis ataduras y me agarré de su camisa para enterrar mi cara en su pecho; olía como siempre, a limpio y a colonia cara. Necesitaba normalidad, algo del presente, necesitaba volver al ahora, mi mente se había estancado en ese recuerdo del pasado y no podía manejarlo.

—Leigh...

—Por favor, abrázame, solo... abrázame, por favor.

Él lo hizo, me apretó contra él con gentileza, pero a la vez con esa firmeza y seguridad de que me mantendría a salvo.

Qué ironía.

Heist era el causante del problema, del regreso tan vívido de ese recuerdo, pero también me anclaba en ese momento al presente, a la realidad, lo que lo convertía en la solución. Pero ese era Heist Stein, el chico que creaba problemas para poder solucionarlos y obtener lo que quería.

Y quizá, mamá tenía razón aquella noche, habría momentos en la vida en los que necesitaríamos a alguien, una persona que pudiera entender, que pudiera sostenernos por un segundo sin hacer preguntas porque no tendríamos las respuestas. Quizá todos habíamos sido ese chico frío invierno de mi historia favorita por lo menos una vez en la vida, porque todo extremo llegaba a ser poco llevadero y solitario; quizá habíamos dejado nuestra zona segura para ir en busca de calidez, exponiéndonos, siendo vulnerables como él lo hizo, y nos cerraron la puerta en la cara muchas veces, pero finalmente llegaría una Iris a nuestras vidas, esa fuente de calidez y podía llegar a ser la persona que menos esperabas.

42

Meine liebe

Mi amor

HEIST

Leigh no paraba de estremecerse en mis brazos.

Ella no dejaba de llorar y la confusión me carcomía, ¿había tenido una pesadilla? ¿O se había asustado mucho? ¿Por qué estaba llorando desconsolada en mis brazos en vez de atacarme e insultarme por secuestrarla? Honestamente, su reacción había puesto mi cerebro en marcha para tratar de entender por qué no todos los días Leigh Fleming se mostraba así de vulnerable frente a mí. Además, no me gustaba la sensación de no entender algo, no ser capaz de descifrarlo porque eso significaba que estaba fuera de mi control.

Cuando se calmó, se quedó callada, su rostro aún descansaba sobre mi pecho, su mirada perdida en la distancia como si llorar tanto la hubiera dejado en un trance silencioso. No sabía qué decir ni qué preguntar, no quería que nada la hiciera volver a la realidad de la situación porque estaba seguro de que me apartaría de ella.

Finalmente, ella me apartó y busqué su mirada sin éxito alguno. Ella se giró y se acostó en el colchón de lado, dándome la espalda. Me quedé ahí arrodillado con los brazos vacíos.

¿No iba a hablarme?

—¿Leigh?

Silencio.

Suspiré, me puse de pie y me di la vuelta para buscar la comida y la bebida que le había llevado en una bandeja, pero que dejé cuando estaba bajando y la escuché gritar. Puse la bandeja a un lado del colchón.

—Te he traído comida y... Coca-Cola de sabor a fresa —recordé que Natalia me había dicho que esa era su favorita—. ¿Leigh?

—¿Diste tú la orden de matarlo? —Apenas pude escuchar su voz, ronca de tanto llorar. Tardé un segundo en darme cuenta de que se refería al señor Philips.

Mentir ya no servía de nada.

—Sí.

—¿Por qué?

—Es una larga historia.

Ella bufó pero siguió sin mirarme, sin encararme, y eso me estaba irritando.

—¿Has tenido una pesadilla? —Tenía que saber qué era lo que había pasado cuando la encontré histérica.

—Es una larga historia. —El desprecio en su tono de voz no pasaba desapercibido.

—Entiendo que estés molesta, Leigh, que...

—Vete a la mierda, Stein.

Apreté mis labios y me incliné sobre ella, la agarré del brazo, la obligué a levantarse y a mirarme de frente. Ella se liberó de un manotazo, sus ojos rojos e hinchados me echaron la mirada más fría que me habían dado en toda mi vida. Ella dio un paso atrás.

—¡No me toques!

—Leigh...

—¿Qué esperabas? ¿Felicitaciones? ¿Que te recibiera con los brazos abiertos o, mejor aún, con las piernas abiertas, Heist?

Me tensé porque odiaba la rabia que veía en su expresión.

—¡Has matado a alguien que era como un padre para mí! ¡Me has secuestrado! Así que no, no quiero tu puta comida o la jodida Coca-Cola con sabor a fresa y, sobre todo, no quiero verte.

Ella se pasó la mano por la cara antes de dirigirme una mirada llena de desprecio y darme la espalda.

«No, no me mires así, Leigh.»

Tensé mi mandíbula y apreté los puños a mis costados. Recordé una conversación que había tenido con mi madre hacía tiempo.

—Mayne te secuestró, mamá, ¿cómo es que te enamoraste de él? —Tenía curiosidad.

—Es más complicado que eso. —Mamá suspiró—. Toda la rabia que sentía no era hacia él, era hacia mí misma, porque a pesar de que estaba frente a un asesino, a alguien que había jugado conmigo, aún me sentía atraída por él. Pero lo que realmente marcó la diferencia para mí fue saber la verdad, que él solo había intentado aceptar una culpa por mí, por mi estabilidad mental. Él, que no hace nada por nadie, que clínicamente debía ser egoísta siempre, había hecho algo por mí.

—Pero él no es capaz de sentir, o no debería...

—Lo sé, él simplemente es... diferente. Creo que su condición lo libera de la necesidad de decorar o adornar las cosas. Creo que la forma en la que él expresa apego es brutalmente honesta ya que no proviene de emociones sino de sus análisis, de su mente tan profunda, de sus sensaciones.

La observé mientras ella sonreía mirando por la ventana de nuestra casa en Alemania. Ella continuó:

—¿Quién necesita flores, cenas románticas u osos de peluche cuando tienes a alguien que mataría por ti sin dudarlo ni un segundo?

—Esa es una manera muy fría de verlo, mamá.

Escuché pasos, Mayne bajaba las escaleras y se lanzó en el sofá para poner sus manos detrás de su cabeza. Valter salió de la cocina junto con Peerce, y se unieron a Mayne, sentándose en los otros sofás. Era noche de películas en familia, una tradición que mi madre había instaurado para que pasáramos tiempo todos juntos una vez por semana. Mamá echó un vistazo sobre su hombro a sus tres esposos y me sonrió.

—Pero lo más importante, lo que quiero que sepas siempre, Heist, es que yo los necesitaba, a cada uno de ellos. Nuestras debilidades y particularidades son piezas que encajan perfectamente, ¿qué es algo tan variable e inestable como el amor comparado con un rompecabezas perfectamente encajado?

Y tras decir eso, caminó hacia los sofás y solo pude observar cómo les sonreía y cómo la atención de ellos recaía sobre ella de inmediato. Mila Stein era una reina con tres reyes oscuros.

La verdad.

Lo que había marcado la diferencia para mamá había sido saber la verdad. Volví al presente y fui escaleras arriba a por una carpeta. Bajé de nuevo, Leigh seguía dándome la espalda, así que la giré hacia mí.

—¿Quieres la verdad?

Ella dudó.

—¿Quieres saber por qué lo hice, Leigh?

Ella no dijo nada pero recibió la carpeta. Al abrirla lo primero que vio fueron fotos de Jessie, los morados y las heridas en sus brazos, en sus pechos, en su espalda. Leigh se cubrió la boca con su mano libre mientras leía todo lo reportado ahí.

—Por eso maté a Philips —le dije—, era un enfermo pedófilo que le hacía esto a las llamadas Iluminadas. Sí, ese grupo tan maravilloso que tú ahora lideras. Era cuestión de tiempo que algo así te pasara.

Ella seguía viendo todo, completamente sorprendida y asqueada ante las otras fotos.

—No te he secuestrado, Leigh. —Busqué su mirada y, esta vez, sí me miró—. Te he salvado.

—¿Por qué?

Me pasé la lengua por el labio superior.

—¿Por qué ir tan lejos para salvarme, Heist?

«Sí, Heist, ¿por qué?»

—No lo sé.

—Has asesinado a alguien, has montado todo un teatro para tenerme aquí a salvo y, ¿no lo sabes?

«¿Quién necesita flores, cenas románticas u osos de peluche cuando tienes a alguien que mataría por ti sin dudarlo ni un segundo?»

Recordé las palabras de mi madre y sonreí para mí mismo. Leigh esperó una respuesta, pero mi silencio parecía darle una.

—Me estás volviendo loca, Heist, hace unos minutos, estaba dispuesta a odiarte con toda mi alma y ahora... no sé... no sé qué creer, qué pensar, qué sentir...

«Sentir...»

—Piensas demasiado, Leigh.

—Mientes demasiado, Heist.

—¿Miento?

—Omitir es mentir.

—¿Qué estoy omitiendo?

—Lo que sientes.

Bufé.

—Tienes razón, te has vuelto loca.

Ella solo me observó por unos segundos.

—¿Crees que te he salvado porque siento algo por ti? ¡Qué egocéntrica, Leigh!

—Bromea todo lo que quieras, pero la realidad es que tú, Heist Stein, la persona más manipuladora y egocéntrica que he conocido en mi vida, ha hecho todo esto para salvar a alguien como yo de la nada, solo porque sí.

—Wilson puede llegar a ser muy aburrido, quizá quería agregarle algo de diversión.

—¿Salvando a la falsa mojigata con la que te pasas el día discutiendo?

—No sé si el secuestro te ha afectado la memoria, pero hemos hecho mucho más que discutir, Leigh.

Ella se sonrojó, pero eso no afectó su determinación.

—Entonces, se trata de sexo, ¿eh?

—Guao, has podido decir la palabra «sexo» sin disculparte con el Altísimo, ¿quién eres y qué has hecho con Leigh?

—Guao, me has salvado cuando no tenías ninguna razón aparente, ¿quién eres y qué has hecho con Heist?

Eso me hizo sonreír con diversión, extrañaba eso.

—Deja de ver cosas donde no las hay, solo sé agradecida y punto.

—Oh —ella se rio—, disculpa, ¿dónde están mis modales? Gracias por asesinar al supuesto pedófilo del pueblo y secuestrarme. No podré darte cinco estrellas por el servicio porque las ataduras están demasiado apretadas.

Luché por reprimir una sonrisa.

—Me sorprende que sepas lo de dar cinco estrellas, pensé que no tenías acceso a internet.

—¿Sabes a qué más no tengo acceso? —Le hice un gesto para que continuara y me sacó el dedo—. A esto.

Era imposible pensar que esa chica que hacía un rato se estaba estremeciendo entre mis brazos, desconsolada, ahora me sacaba el dedo desafiante. Leigh Fleming era un jodido enigma y luché con las ganas de tomar su rostro entre mis manos y besarla, así que decidí cambiar la dirección de nuestra conversación.

—Ya te he contado mi verdad, es justo que me cuentes la tuya, ¿qué pasó cuando te encontré llorando?

Ella bajó la mano y se puso seria.

—Te lo contaría si tuviera la certeza de que te importo de verdad, de que no solo quieres una debilidad para restregármela en mi cara o algo que usar en mi contra si alguna vez estoy en el lado opuesto de tus juegos.

—Soy lo que soy, Leigh, no puedes esperar que sea diferente por ti.

—Lo sé y por eso no tengo ni la más mínima intención de intentar que lo seas.

Torcí mis labios y pregunté:

—¿Rhett lo sabe?

Ella no contestó, pero esa era respuesta suficiente.

—Vaya, Rhett, que te ha mentido en la cara, se merece más honestidad que yo.

—Heist, no.

—No ¿qué?

—No hagas esto, no intentes hacerle quedar mal delante de mí, no intentes hacerme enojar con él y usar esa rabia para manipularme y llevarme a pensar que contándotelo a ti le estaría haciendo pagar por sus mentiras. Respétame un poco más.

Levanté las manos en el aire y me esforcé por sonreír, aunque no era una sonrisa genuina.

—Ok —dije—. ¡Qué lealtad!, cualquiera pensaría que estás enamorada de él. —Observé su reacción, pero su rostro no me dio gestos de nada que pudiera leer.

—Como si eso te importara.

«*Du bist mir wichtig,* Leigh, me importas.»

Me frustraba que no me contara y que sí se lo hubiera contado al idiota de Rhett, así que antes de que ella lo notara, me di la vuelta.

—Come, volveré en un rato —me despedí y subí las escaleras. No la até de nuevo porque no había necesidad esa vez, ya había comprado candados para la puerta del sótano. Al cerrar la puerta y poner el candado, me recosté contra la misma, estampando la parte de atrás de mi cabeza contra el metal.

Cerré los ojos y apreté mis puños con mucha fuerza, tenía ganas de golpear algo o más bien a alguien que conocía muy bien, tatuado y con piercings, porque mientras él no había hecho ni mierda por Leigh, ella había confiado en él y aún lo hacía. Y no entendía esa rabia, esa sensación desagradable en mi pecho.

—*Du bist ein Idiot,* Heist —«Eres un idiota», murmuré para mí mismo.

HAYDEN STEIN

«Ver gente morir, desangrarse, suplicar en agonía cuando apenas eres un niño, te cambia, te insensibiliza, te hace perder esa parte de ti que debería sentir lástima, esa parte de ti a la que debería importarle; te rompe en pedazos para reconstruirte como un monstruo.»

Y no, no hablaba de mí, yo había nacido retorcida de fábrica, hablaba del monstruo creado que estaba bajando las escaleras del sótano en ese preciso momento.

Sus pasos eran lentos y pacientes. Lo primero que vi fueron sus botas negras, luego sus pantalones y al final una camisa oscura que le daba ese toque de elegancia. Él terminó de bajar las escaleras y se paró frente a mí.

—No me gusta verte así, encadenada como un perro.

Le sonreí y me puse de pie.

—Sabes que no es tan malo como parece.

Su mano ahuecó mi mejilla con gentileza; estaba helado, probablemente acababa de llegar a la casa.

—¿Cómo va todo? —pregunté.

—Bien, aunque tía Jazmine no lo está pasando muy bien secuestrada.

—¿No la has matado?

—¿Por qué debería?

—Nada de cabos sueltos.

—Sí que eres fría, Hayden.

—¿Tú? ¿Tú me estás llamando fría? Tú que has asesinado como si nada. Ahórratelo.

—Algunas ideas fueron tuyas.

—Sí, pero tú las ejecutaste.

Su dedo acarició mi mejilla.

—Mi querida Hayden, tan hermosa y tan retorcida.

—¿Mi querida Hayden?, ¿ya no soy tu hermanita? —lo molesté.

Él se inclinó sobre mí y ladeó su cabeza, sus ojos indagando los míos.

—¿Te gusta que te llame así?

Me puse de puntillas y pasé mi lengua por la comisura de su labio inferior antes de sonreír.

—¿A ti no?

Él agarró un puñado de mi cabello con gentileza, controlando ese lado violento que él siempre había tenido.

—No me provoques.

—¿Por qué no?

—No he venido a follarte.

Bufé y él me soltó, así que di un paso atrás.

—Qué aburrido.

—Hayden.

—¿Sí?

—Creo que este es el momento perfecto.

—Es muy pronto.

—No, es perfecto, por fin podré tenerla conmigo para siempre. Después de tantos planes, por fin, lograré mi objetivo.

—Es muy pronto —repetí, seria—, ya has esperado mucho, no te desesperes ahora. Todo saldrá bien, yo seré libre y tú la tendrás a ella.

Sus labios se curvaron hacia arriba en una sonrisa siniestra.

—¿Crees que necesito que me des seguridad como a un niño? —Él se acercó a mí, enroscó su mano alrededor de mi cuello y me estampó contra la pared—. Eres muy inteligente, Hayden, pero sigo siendo superior a ti.

Agarré su muñeca y quité su mano de mi cuello.

—Eso lo sé, ¿crees que te seguiría si no te admirara?

—No tienes que alimentar mi ego, no lo necesito —me dijo cortante—, me sigues porque tienes curiosidad, porque quieres saber cómo terminará todo esto.

—¡Uuups! Culpable —admití.

—Es el momento, la guerra está por comenzar y no puedo arriesgarme a que ella salga lastimada.

—Ella es más fuerte de lo que tú crees; además, no creo que la dichosa guerra empiece ya.

—Ya ha comenzado, Hayden. Philips está muerto, no hay vuelta atrás.

Murmuré su nombre con suavidad antes de hablar de nuevo.

—Bien, tú sabrás lo que haces —fui directa al tema porque sabía que él había venido por una razón, necesitaba algo de mí—, ¿qué necesitas?

Él suspiró antes de contármelo todo. Lo escuché atentamente, asintiendo y memorizando cada detalle para responderle con lo que necesitaba. Después de darle lo que necesitaba, me senté en mi colchón y crucé las piernas. Él se quedó ahí y sacó una navaja roja y negra que había visto antes.

—¿Esa fue... la navaja que les dejaste a las Fleming en el bosque hace un año? —Recordé eso, era lo más despiadado que le había visto hacer, cómo había dejado que la madre de Leigh muriera en esas circunstancias tan dolorosas, pero bueno, él necesitaba asegurarse de que Leigh sufriera un fuerte trauma, la idea de los perros había sido mía.

«Supongo que los dos somos unos locos de mierda. Él un poco más que yo, porque él es de esos monstruos que salen en plena luz del día, sonriendo, encantador y agradable. En cambio, yo soy de esos monstruos que se mantienen en la oscuridad.»

—Sí —me respondió, levantando la navaja. Su diseño alemán y elegante con las escrituras mínimas en latín casi imperceptibles a un lado: Veni, vidi, vici (Llegué, vi, vencí).

El silencio reinó entre nosotros, la tensión ante lo que estaba a punto de ocurrir flotaba en el aire. La parte final de sus planes, la meta. Había llegado el momento y eso significaba que también había llegado la parte más peligrosa, más impredecible, donde existían más variantes, más posibilidades de situaciones que él no podría controlar por completo.

Sin embargo, podía ver la emoción en sus ojos, en lo tensión de sus músculos. Él había esperado tanto, había sido tan paciente, llevando a cabo sus planes perfectamente como un puto Dios de la manipulación.

Un Dios monstruoso que estaba listo para lo que venía, porque era la hora de salir del anonimato y revelar su rostro, era el momento de que nuestra frase favorita en alemán volviera a la vida: *Die Jäger gaben ihr bestes, aber das Monster schien unzerstörbar.* «Los cazadores hicieron todo lo que pudieron, pero el monstruo parecía indestructible.»

43

Ich bin ein monster

Soy un monstruo

HEIST

Causa y efecto.

Simple. Concreto. Verdadero.

«Nuestras acciones tienes consecuencias, en especial si afectan a otras personas.»

Siempre lo había sabido, la existencia de *causa y efecto* no era algo que me sorprendiera. Sabía que la mínima acción criminal conllevaba una consecuencia peligrosa. En el segundo que di la orden de dispararle al señor Philips y del secuestro de Leigh, supe que habría represalias, en especial, en ese pueblo podrido de mierda.

Pero no solo era el pueblo y el padre de Leigh lo que me preocupaba, sino mi propia familia. Actuar solo nunca había sido algo que ellos aprobaran; de hecho, era algo que ellos consideraban inaceptable. Sí, actuábamos con mucha inteligencia, pero no éramos intocables: dejar evidencia, un error o exponernos de alguna forma eran errores que no podíamos cometer. Ni siquiera el mejor abogado del mundo te sacaría de la cárcel después de cometer un asesinato y ser descubierto.

Entender nuestra propia vulnerabilidad era la fuente de nuestra fortaleza como familia. Por eso mi madre nos había explicado las reglas claramente desde el principio y nos las había recordado una semana antes de que nos mudáramos a Wilson.

El frío de otoño ya azotaba nuestra casa en Alemania a pesar de ser apenas septiembre. Las bajas temperaturas siempre llegaban a nuestra zona más temprano de lo normal, mamá culpaba a la altitud. La madera ardía en la chimenea mientras Kaia tomaba un sorbo de su chocolate caliente. Llevaba uno de sus vestidos negros favoritos, mi hermana cambiaba de estilo cada cierto tiempo. Su nueva obsesión eran los vestidos oscuros de estilo casi gótico, algunos tenían corsé.

Frey estaba armando una de sus líneas de trenes que cruzaba la sala y pasaba por debajo de la mesa en medio de los muebles. Desde que mamá lo dejó extender su línea de trenes por la casa había sido una pesadilla no pisar nada, aún me dolía la mandíbula del golpe que me dio cuando había pisado una de sus estaciones de tren por accidente el otro día. Lo peor de todo eso era no poder devolverle el golpe porque sabía que no era capaz de controlar sus ataques violentos, pero qué difícil era recordar eso cuando la mandíbula me palpitaba de dolor.

Valter estaba echándole más leña a la chimenea mientras Peerce estaba sentado en el sofá, serio, con un ordenador portátil sobre su regazo. Mayne, por su parte, estaba completamente acostado en el sofá, con una pequeña pelota en su mano, la lanzaba hacia arriba y luego la atrapaba; sin embargo, se podía ver a distancia que su mente no estaba en esa pelota, que estaba en otro lado, analizando, calculando. Eso era él, una máquina imparable de pensamientos analíticos.

Finalmente, mamá se nos unió. Su cabello rubio estaba peinado hacia atrás, ese pintalabios rojo destacaba en sus labios como de costumbre. El sonido de sus tacones hizo eco por toda la sala y sacó de su concentración a Frey, quien levantó los ojos por un segundo para mirarla antes de volver a sus trenes. Ella se sentó en un sillón y puso ambos brazos en los reposabrazos con seguridad. No podía negar que aunque mi admiración por Mayne Stein fue innata cuando descubrí que era mi padre biológico, también sentía una profunda admiración por mi madre.

Yo sabía su historia, sabía lo que había pasado, y cómo en vez de lamentarse y envolverse en la vergüenza, se había levantado más fuerte y con la determinación de traer un poco de justicia al mundo, a su manera, quizá cuestionable para muchos, pero efectiva porque los enfermos, fríos asesinos y pervertidos que burlaban la ley eran muchos más de los que se pudieran contar.

Ella no había dudado en ensuciarse las manos una y otra vez si eso significaba salvar a un inocente, se había mantenido firme, su mirada fija en esos enfermos, mirándolos tomar su último aliento con satisfacción.

—Reglas, ¿por qué son importantes, Kaia? —La voz de mi madre interrumpió el silencio. Pero fue Frey el que respondió, sus ojos seguían en sus trenes, su voz automática.

—Las reglas son pautas establecidas para la convivencia y el funcionamiento efectivo de un sistema. —Frey ladeó la cabeza, poniendo un tren sobre los rieles—. Son especialmente importantes en nuestro hogar debido a la naturaleza de nuestras acciones, que podrían ser penalizadas al ser descubiertas. Su importancia yace en la supervivencia del estilo de vida de nuestra familia.

—Bravo —le sonreí a mi hermano—, la teoría te la sabes perfectamente, Frey, ojalá la práctica fluyera de la misma forma.

—Heist —me regañó mamá—, no es momento para tu sarcasmo.

Suspiré y ella le sonrió a mi hermano.

—Bien, Frey, eso es correcto. Así que repasemos nuestras reglas. Heist, ya que estás tan conversador, ¿por qué no haces los honores?

—Por supuesto, madre —dije, poniéndome de pie—. Uno: nunca actuamos solos. Dos: no nos mentimos entre nosotros. Tres: no asesinamos inocentes. Cuatro: de ser capturados, ninguna mención de otro miembro de la familia. Cinco: no revelamos lo que hacemos a nadie más. Seis: no asesinamos hasta tener pruebas concretas sobre un posible culpable. Y siete: de romper alguna de las reglas anteriores, será decisión de la familia qué hacer contigo.

—En pocas palabras, regla siete: básicamente terminarás como Hayden en el sótano —agregó Kaia.

—Kaia. —Valter sonó casi decepcionado.

Yo levanté mi puño y lo choqué con el de mi hermana. Mamá nos dedicó una mirada helada que nos borró la sonrisa a ambos de inmediato, eso era serio.

—Dentro de una semana llegaremos a Wilson, ya sabemos lo anticuados que son y todo sobre su dichosa religión. No hemos conseguido nada en el ámbito legal, lo que solo quiere decir que las chicas nunca denunciaron ninguno de los abusos.

—Y no lo harán —comentó Mayne—, están convencidas de que es parte de su cultura, de su religión, que no hay nada malo en ello.

—Es que no me lo puedo creer —bufó Kaia.

—Podrán presenciar lavado de cerebro masivo en su máximo esplendor cuando vayan —bromeó Mayne.

—¿Cuando vayan? —Arrugué mis cejas—. ¿No vienes con nosotros?

Peerce se tensó. Mayne siguió lanzando la pelota al aire.

—Por mucho que me interese ver una comunidad tan retorcida, tengo cosas que hacer, luego me uniré.

Valter soltó una risa sarcástica.

—¿Quién lo diría? Mayne Stein tiene algo más interesante que hacer que observar un pueblo manipulado por una falsa religión.

—No me extrañes mucho, hermanito. —Mayne le tiró un beso. Valter hizo una mueca.

—Gracias a la visita de Heist al pueblo el pasado diciembre, hemos tenido meses para preparar la casa que compramos. Justo al lado de la familia Fleming, lo que sí hemos podido comprobar es la relación de Thomas Fleming con negocios ilegales.

Kaia puso una foto sobre la mesa de un señor cuarentón en traje elegante y pose firme. No había nada que ella no pudiera encontrar en internet.

—Y su debilidad es su hija: Leigh Fleming. —Kaia puso la foto de una chica sobre la mesa. Me quedé mirando la fotografía por unos segundos, no había nada increíble en el físico de esa chica. Su cabello negro estaba trenzado y recogido por completo, su piel pálida sin rastro de maquillaje, sin aretes y llevaba puesto un simple vestido blanco de mangas largas. A pesar de que era una fotografía a color, su pose y su seriedad me recordaban a esas fotos antiguas en blanco y negro. Era como si ella perteneciera a un tiempo pasado y luciera fuera de lugar en la actualidad.

Recordé la ferocidad con la que Rhett me advirtió que no me acercara a ella. Rhett se había enfrentado a mí por esa chica tan... ¿simple?

Sin embargo, mis ojos no dejaban la foto. Había profundidad en su simpleza, no sabía cómo explicarlo. Quizá era la tristeza en sus ojos o en la entrega y rendición en su pose.

—¿Ella sabe lo que hace su padre? —preguntó Peerce.

—Rhett cree que no —respondí.

—¿Rhett la conoce bien? —Mamá me observó.

—Sí, creo que... —recordé la determinación en sus ojos— está enamorado de ella.

—¡Ayyy! —murmuró Kaia—. Me encanta cuando los idiotas de mis hermanos actúan como humanos normales.

—¿Crees que Rhett está dispuesto a cooperar para extraer información de ella? —indagó Peerce.

Sacudí mi cabeza.

—No, de hecho, Rhett no estará en Wilson cuando lleguemos dentro de una semana.

Mamá frunció sus cejas.

—¿Qué?

—No lo sé, hablé con él hace unas semanas y me dijo que estaba fuera de Wilson.

—Suena como si nos estuviera evitando —Kaia hizo un puchero—, idiota.

Mamá torció sus labios, así que sonreí.

—No se preocupen, me haré cargo. —Hice una reverencia—. ¿Tan difícil puede ser indagar en la cabeza de una pueblerina?

Mayne detuvo la pelota en su mano y me miró.

—Nunca subestimes a nadie, Heist —me dijo fríamente—, las personas más simples pueden cargar con la oscuridad más profunda.

Y vaya si mi padre tenía razón.

Llegamos a Wilson con toda la actitud e intención de romper sus esquemas, de provocarlos, por eso asistimos vestidos de la forma en la que lo hicimos al primer funeral, pero luego ocurrió un segundo suicidio y mamá decidió que en vez de provocar, debíamos cambiar nuestro acercamiento, mezclarnos con la comunidad, formar parte de ella para obtener información, en especial de la última chica que habíamos conocido en Alemania: Jessie. Sin embargo, no pudimos llegar a ella a tiempo.

Sabíamos que no era casualidad, las tres chicas que nos habían confesado los abusos en Alemania hacía un año terminaron muertas apenas llegamos a Wilson. ¿Acaso Philips intentaba ocultar sus abusos? ¿O la iglesia? Quizá las chicas, al saber de nuestra llegada, pensaron que revelaríamos lo que les había pasado y el miedo al rechazo o a la vergüenza en la comunidad las llevó a eso.

Y eso nos había llevado a ese momento, a esa reunión. Ya no disfrutábamos de la comodidad de nuestra sala en Alemania como hacía meses. La calidez del fuego de nuestra chimenea había desaparecido junto con la paciencia de mi madre. Estábamos en el frío estudio de la casa. En el momento en que entré, pude sentir lo pesado que estaba el ambiente.

—Heist, has roto varias reglas de esta familia —dijo mi madre desde detrás del escritorio, con mis padres a su lado—, ¿tienes algo que decir?

Me sorprendió que Kaia y Frey no estuvieran presentes.

—He provocado a Thomas Fleming, ¿no era eso lo que queríamos?

—Asesinaste a Philips.

—Se lo merecía.

—¿Quién decide eso? ¿Tú?

—No, lo deciden las tres chicas que él violó, que no pueden defenderse y pedir justicia por sí mismas porque están muertas.

—No he dicho que no lo mereciera, aun así, has roto nuestra regla número uno: nunca actuamos solos.

Apreté mi mandíbula.

—Hice lo que nadie se atrevía a hacer en esta familia, ¿qué íbamos a esperar? ¿Que le hiciera lo mismo a otra chica?

—¿Que le hiciera lo mismo a Leigh? —preguntó mamá, mirándome a los ojos.

Mis padres fruncieron sus cejas y mamá continuó:

—Dejaste que tus sentimientos por esa chica te influenciaran y perdiste la objetividad de la situación.

Bufé.

—¿Sentimientos? Claro que no, yo no siento nada por ella, yo...

—Regla número dos: no nos mentimos entre nosotros —cortó mamá, la frialdad en su voz era perturbadora.

El silencio reinó en el estudio, todos me observaban y lo que vi en sus ojos me hizo apretar los puños con fuerza porque conocía esas miradas.

—Fui objetivo, asesiné al pedófilo que vinimos a buscar y provoqué al mafioso con el que queremos acabar. No traten de hacerme parecer como un puto adolescente que piensa con el pene, eso está por debajo de mí.

Silencio.

Mamá se inclinó a un lado y levantó una caja. Con la elegancia que la caracterizaba, rodeó el escritorio y vino hacia mí con la caja. Cuando se detuvo frente a mí noté lo hinchados que estaban sus ojos. Había estado llorando, pocas veces la había visto llorar, así que me tomó desprevenido. Me pasó la caja y la sostuve con ambas manos mientras ella la abría.

Mi pecho se oprimió con fuerza ante lo que había dentro, el olor a muerte golpeó mi nariz: era la cabeza decapitada de tía Jazmine, la mejor amiga de mamá, una tía para nosotros. Sus ojos habían quedado abiertos al igual que su boca. Mis manos temblaron, mis hombros subiendo y bajando sin control con cada respiración acelerada.

—Soy un anormal, tía —le había dicho con seguridad mientras jugaba con su cabello. Ella sacudió su cabeza.

—Solo eres el resultado de tus circunstancias, Heist, llegará el día en el que te veré darte cuenta de que eres más normal de lo que crees. —Ella me guiñó el ojo.

Di un paso atrás y mamá me quitó la caja para ponerla detrás de ella sobre el escritorio. Cuando se giró hacia mí, sus ojos se habían enrojecido.

—Lo hemos recibido hoy, junto con una nota anónima que decía: «Ojo por ojo, Stein». —Su voz se rompió ligeramente—. «Entrega a la chica o la siguiente será esa preciada hija tuya.»

Agarré mi pecho, mi mente aún con la imagen de la cabeza de tía Jazmine ahí sin vida, por mi culpa, nunca había perdido a nadie cercano, nunca había vivido algo como aquello. «¿Qué es esto?» La sensación infinita de un hueco en mi pecho me dejó sin aliento. Caí de rodillas porque me fallaron las piernas, las emociones tomándome desprevenido. Mamá se paró frente a mí y me observó, no se inclinó a consolarme, solo me miró mientras las lágrimas corrían por sus mejillas.

—Las reglas que teníamos eran claras y estaban ahí por una razón, Heist. —Su voz era más triste que fría—. Es una tristeza que tuviéramos que perder a alguien tan preciado como Jazmine para que pudieras entenderlo.

Y, tras decir eso, pasó por mi lado y salió del estudio. Mis padres la siguieron sin decir una palabra, dejándome solo. Me pasé la mano por la cara y me sorprendió la humedad que encontré en mis mejillas. Nunca había llorado, quizá unas cuantas veces cuando era un niño. Me quedé mirando mis palmas mojadas por las lágrimas.

«Llegará el día en el que te veré darte cuenta de que eres más normal de lo que crees.»

Era una puta ironía que fuera su muerte la que me permitiera darme cuenta de lo que ella predijo.

—*Scheiße!* ¡Joder! —gruñí y me puse de pie para salir de ahí.

HAYDEN

Las visitas a mi cálido sótano se habían incrementado en los últimos días, ¡cómo se notaba que algo grande se acercaba! El ruido de los candados chilló a lo lejos de las escaleras. Luego, los pasos. Era tarde, así que no me lo esperaba. Bajé mi libro y lo puse a un lado, marcando la página por la que iba, odiaba perder la página.

«¿Ahora quién es?»

Heist.

Mi querido hermano venía en un estado que no lo había visto nunca. Sus ojos y sus mejillas enrojecidos y húmedos por las lágrimas. Me puse de pie, y él no paró hasta abrazarme.

—*Ich hab's verbockt**—murmuró contra mi cuello: «Lo arruiné».

—Heist...

—*Ich bin ein Monster.*

«No, no eres un monstruo, Heist.»

Suspiré y lo dejé abrazarme, una sonrisa se extendió en mis labios porque el verdadero monstruo había alcanzado uno de sus objetivos. Recordé nuestra conversación de hacía tiempo:

—Heist es extremadamente inteligente, necesitarás desestabilizarlo para que no se centre en ti porque podría descubrirte en un abrir y cerrar de ojos —recomendé.

—Ya me he encargado de eso.

—¿De qué hablas?

—¿Qué crees que desestabilizaría a un chico que se cree psicópata? Darse cuenta de que no lo es, que es tan ordinario y común como cualquiera, que en realidad puede sentir.

—¿Ese es tu plan para Heist? ¿Hacerlo sentir?

El monstruo me dio otra de sus sonrisas siniestras.

—No subestimes el poder de sentir dolor por primera vez, Hayden.

Mi hermano lloraba en mi hombro, murmurando que era un monstruo mientras yo solamente podía sentir admiración por el monstruo que lo había destruido de ese modo. Definitivamente, él era superior de muchas formas. Cómo había dejado cada pieza, cada persona, cada momento de manera perfecta para obtener ese resultado.

Sin importar lo que pasara, él siempre conseguía lo que quería.

44

Frío diciembre

LEIGH

«¿Cómo se ve un monstruo?»

Sus pasos eran lentos sobre la madera de las escaleras mientras bajaba, el ruido llenaba el silencio del solitario sótano. Me quedé ahí sentada, con la espalda pegada a la pared. Lo primero que vi fueron sus botas negras altas con cordones, casi militares, luego sus pantalones negros que se ajustaban a los músculos de sus piernas perfectamente. No llevaba cinturón, sus pantalones colgándole un poco despreocupados de la cintura. Sus brazos descansaban a sus costados, su camisa de color rojo oscuro se amoldaba muy bien a su definido pecho y a sus brazos. Su marcada mandíbula lucía tensa, al igual que sus hombros. Ese desordenado cabello rubio completaba la apariencia perfecta de chico seguro de sí mismo que sabía que no necesitaba de mucho para verse bien. Ese chico que podía agarrar lo que fuera de su armario, pasarse la mano por el cabello y estar listo para deslumbrar a quien quisiera con una facilidad insultante.

El chico que por alguna razón yo podía leer sin problema, que nunca había podido engañarme con esa sonrisa falsa o con mentiras disfrazadas de cumplidos y manipulación, ¿por qué? No tenía ni idea, quizá era mi propia necesidad de actuar y fingir frente a todos que me había hecho tan fácil ver al *verdadero Heist.* O quizá eran los monstruos a los que había visto a lo largo de mi vida: mi padre y ese encapuchado que aún no sabía si era real.

Y aunque era arrogante de mi parte asumir que conocía a Heist, sabía lo suficiente de él para notar el cambio en su expresión, en sus ojos, en su pose. Algo pasó. Él se quedó ahí cuando terminó de bajar las escaleras, el color de sus ojos se veía más azul que gris bajo esa luz tenue. No dijo nada, solo se me quedó mirando y apretó sus puños.

Algo muy malo había pasado.

No había sonrisa burlona, no había diversión en sus ojos, no había arrogancia. Solo estaba esa cruda expresión fría y oscura que únicamente había visto un par de veces, todas esas ocasiones que Heist se había quitado esa estúpida máscara de mentiras y me había mostrado al chico real detrás de toda la falsedad.

El verdadero Heist, esa versión real de él que era impredecible.

Algo lo había detonado y tenía que ser algo muy malo. Abrí la boca para decir algo, pero la cerré de nuevo porque debía escoger mis palabras con cuidado. Sin embargo, Heist caminó hacia mí, metió su mano en el bolsillo y sacó una llave para luego inclinarse y liberar mis cadenas con agilidad. Él me agarró del brazo para ayudarme a levantarme y yo me solté de un manotazo.

—Puedo sola.

De nuevo, silencio.

Él me señaló las escaleras y subí con cautela, sus pasos siguiéndome, ¿qué estaba pasando? Salimos a lo que parecía la cocina de una cabaña, rodeada de paredes de madera. Por las ventanas pude ver la oscuridad afuera, pero eso no fue lo que me hizo dejar de respirar. De pie, a un lado de la puerta, estaba él.

Rhett, todo de negro, con esa chaqueta de cuero que tanto le gustaba. Su cabello oscuro a los lados de esa cara que había admirado tantas veces. Como siempre, los piercings en su rostro y sus tatuajes, en especial el del cuello, le brindaban ese toque de chico malo.

«¿Cómo se ve un monstruo?»

Su rostro se iluminó al verme, él se apresuró hacia mí y me envolvió en un abrazo sorpresivo que me dejó congelada. Cuando se separó, tomó mi rostro con ambas manos.

—¿Estás bien?

Podía sentir la presencia de Heist detrás de mí, sus ojos clavados en mi espalda, pero, aun así, se mantuvo en silencio.

—¿Leigh?

Miré al chico tatuado frente a mí. Sus ojos negros indagaban mi rostro.

—¿Te ha hecho algo?

Sacudí la cabeza.

—¿Qué es esto? —pregunté al tomar sus manos y bajarlas para quitarlas de mi rostro. Me giré ligeramente para verlos a los dos. Heist torció sus labios y pude ver cómo el falso, el burlón, salía a la superficie, como respuesta defensiva ante la presencia de Rhett.

—Tu príncipe ha venido a rescatarte, ¿qué más puede ser? —dijo Heist, pero le faltaba esa burla a su tono, casi sonaba... ¿triste?

Arrugué mis cejas y me volví por completo hacia Heist.

—No lo entiendo. ¿Y tú me entregarás tan tranquilo? ¿Sabiendo que podré denunciarte apenas salga de aquí y que te pudrirás en prisión por años?

—¿Sí? ¿Cómo te fue con eso la última vez, Leigh?

Me tensé.

—Esta vez es diferente, has asesinado a alguien y me has secuestrado, ¿eres tan arrogante como para creer que saldrás indemne?

—Pregúntale a tu príncipe.

Miré a Rhett y la culpabilidad en su rostro me indicaba que algo estaba muy mal.

—¿Rhett?

—Era la única forma, Leigh.

—¿De qué estás hablando?

Heist dio un paso hacia mí, pero aún mantuvo su distancia.

—¿Crees que te dejaría ir con tanta facilidad si no tuviera la seguridad de que te quedarás calladita y fingirás que nada pasó? Tarea fácil para ti porque fingir se te da muy bien, ¿no? —Apreté los puños a mis costados—. ¿Qué? ¿Te molesta que te digan la verdad a la cara, mentirosa?

—Suficiente, Heist —le ordenó Rhett.

Heist bufó.

—No me digas qué hacer, hermanito.

¿Qué?

—¿Hermanito?

Rhett tragó con fuerza.

—No puedo explicártelo ahora, Leigh, solo quiero sacarte de aquí y llevarte a casa.

Yo también quería irme a casa pero toda esa situación era demasiado extraña, tanto que me costaba procesarlo todo. Quizá solo debía salir de ahí y pensar después. Sin dudar, le di la espalda a Heist y me dirigí a la puerta.

—Ya lo sabes, calladita y no recuerdas nada. —La voz de Heist me hizo darme la vuelta de nuevo.

—¿Por qué mentiría por ti? ¿Te has vuelto loco?

—¡Ayyy! Y yo que pensaba que te había follado lo suficientemente bien para que mintieras por mí.

Rhett se tensó. La frialdad de su tono hizo hervir mi sangre. Le pasé por un lado a Rhett, levanté la mano y le di una bofetada con todas las ganas a Heist. Él enderezó su cara y la crueldad en sus ojos me asustó un poco.

Rabia.

Había mucha rabia en Heist y nunca había percibido algo así en él. No sabía si esa furia iba dirigida a mí, a él mismo, a Rhett o a algo que desconocía. Nos miramos directamente a los ojos.

—La mojigata puede golpear con fuerza.

—Puedo hacerte cosas mucho más dolorosas que esa. —Su semblante se mudó, la rabia se esfumó y solo quedó una tristeza profunda que me apretó el pecho.

—Eso ya lo sé.

Silencio, solo miradas silenciosas, no sabía qué respuestas buscaba en sus ojos, pero lo que fuera que le estuviera atormentando, le carcomía desde muy adentro.

—Leigh, salgamos de aquí. —La voz de Rhett me devolvió a la realidad. Me estaba volviendo loca, quería salir de ahí y, a la vez, quería descubrir qué le pasaba a Heist, de dónde venía toda esa rabia mezclada con tristeza.

Supuse que desde el principio fue mi curiosidad lo que me atrajo de alguien como él y seguía siendo lo que me mantenía atada a ese lugar. Necesitaba recordar que era un asesino, todo lo que había hecho. No podía permitirme normalizar sus acciones criminales por mucha curiosidad que sintiera.

—¿Qué estás esperando? —Heist se inclinó hacia mí, curvando una comisura de sus labios en una sonrisa torcida—. ¿El beso de despedida?

—Vete a la mierda, *asesino*.

Heist soltó una carcajada frente a mí.

—¿Eso es un insulto? —Él tomó mi mentón entre sus dedos—. ¿Cómo eres tan hipócrita?

Agarré su muñeca y despegué su mano de mi mentón.

—¿Hipócrita?

—Sí, Leigh, ¿cómo crees que sé que no abrirás esa linda boquita para delatarme? Tu adorado príncipe tenía que darme algo que me asegurara que no hablarías.

Me paralicé.

No.

No.

Me giré hacia Rhett. Él apartó la mirada.

«No, por favor, Rhett, mírame.»

Heist se paró justo detrás de mí, su voz susurró en mi oído.

—Te has quedado muy callada, *asesina*.

La palabra se asentó en mi estómago revolviéndolo. Mi mente viajó a esas flores en mi jardín, a lo que se escondía ahí, a esa noche. Después de lo que le pasó a mi madre, al igual que mi padre, Rhett había montado una cacería para encontrar a la persona responsable o a alguien que tuviera que ver. Sin embargo, mi padre no encontró nada. Rhett sí, no sabía cómo lo había hecho, pero él alcanzó a atrapar a uno de los secuestradores y cuando lo trajo amarrado a mí en una fría noche de diciembre, me había sorprendido la frialdad con la que manejé todo. Esa persona había tenido que ver con el dolor de mi madre, con el sufrimiento, con el horror que viví al verla ser despedazada por animales.

Esa noche había conocido una parte de Rhett que jamás habría imaginado que existía. Su voz era más fría, sus palabras incitándome cuando me pasó el cuchillo.

—Él no merece vivir, Leigh, no mientras tu madre se pudre en su tumba. —Su voz se volvió un susurro en mi oído—. Mátalo, él no tuvo piedad al prestarse para dejarlas abandonadas en ese bosque, ¿o sí? ¿Por qué le mostrarías piedad?

Yo había bebido mucho esa noche, el alcohol fue la gasolina que necesitaba para desatar mi rabia, me desinhibió de muchas cosas. Lo de mamá estaba muy reciente, la herida, la rabia, la impotencia, las pesadillas, el dolor... estaban frescos, estaban ahí, palpitando, esperando ser invocados como un demonio hambriento de venganza.

Así que tomé el cuchillo.

Me acerqué al hombre atado, su boca cubierta. Rhett había intentado interrogarlo pero no había dicho nada, el hombre decía que si la persona que lo había contratado se enteraba lo esperaría una muerte más dolorosa que cualquiera que nosotros pudiéramos darle. Quizá esa persona a la que tanto temía era el encapuchado.

Unos escalofríos recorrieron mi cuerpo al recordar esa sombra en la oscuridad. Presioné la punta del cuchillo contra la garganta del hombre, él se quejó y me rogó con sus ojos, pero eso no me detuvo porque todo lo que veía una y otra vez era la imagen de mi madre debilitándose, soportando dolor hasta que no pudo más. Tenía tanta rabia... una furia que nunca había sentido y que se mezclaba con un dolor implacable.

Con manos temblorosas, lo apuñalé una vez en el cuello. La sensación del cuchillo rompiendo piel me desconcertó, la cantidad de sangre que brotó de golpe también. Pero esa duda de la primera puñalada se esfumó y lo apuñalé otra vez en el cuello, recordando cómo esos lobos se alimentaron del cuello de mi madre, cómo traté de arreglarlo.

«Mi dulce nena.» La voz de mi madre resonaba en el recuerdo en mi mente. «Eres lo mejor que me ha dado la vida.»

Grité, lágrimas gruesas rodaron por mis mejillas.

—¡Ella no lo merecía! ¡No merecía morir así! —La sangre goteaba de mis manos mientras perdía el control, apuñalé su cuello, su pecho, su estómago. El hombre había gritado hasta que comenzó a desmayarse. Había tanta sangre que estaba por todos los lados. Caí sentada hacia atrás, el cuchillo aterrizó a mi lado, mi pecho subía y bajaba rápidamente. Mis ojos fijos sobre el cuerpo ensangrentado sin vida del hombre, los agujeros donde lo apuñalé sangraban cada vez menos.

Rhett se arrodilló detrás de mí y me abrazó para besar un lado de mi cabeza.

Había matado a alguien.

Yo.

Yo, que era el tipo de persona que ni siquiera mataba a los insectos porque pensaba que también tenían derecho a vivir. Lo que había pasado en ese bosque me había cambiado completamente, ya no sabía quién era. La culpa vino después y me puse a llorar sin parar.

—Chist, está bien. —Rhett apretó su abrazo—. Él no era un buen hombre, Leigh, no sientas culpa. Secuestrar no era lo único que hacía. También había asesinado a muchos inocentes a sueldo. Has limpiado un poco el mundo.

Eso no me hacía sentir mejor. Me giré entre sus brazos y tomé su rostro entre mis manos, a él no parecía importarle la sangre que manchaba sus mejillas.

—No sé... quién soy... yo... me siento tan perdida, yo...

Él puso su frente contra la mía.

—Eres Leigh Fleming, la chica a la que le pasó algo terrible y que está encontrando la forma de sobrellevarlo. Es todo. Si no puedes lidiar con lo que ha pasado esta noche, entonces, nunca pasó.

Sus ojos oscuros buscaron los míos cuando repitió:

—Nunca pasó.

Ese día no fui a casa, me fui a la casa de Rhett porque no había nadie, todos estaban en un evento del pueblo. Rhett me dejó sola en el baño para que me quitara la ropa llena de sangre y me bañara. Sin embargo, cuando él salió me quedé frente al espejo observando mi reflejo, mi vestido color crema todo manchado de sangre, mis manos también, chispas sangrientas en mi cuello, en mi rostro, en mi pelo cuando lo había tocado sin darme cuenta.

Mi imaginación me jugó sucio e imaginé al encapuchado detrás de mí en mi reflejo. La parte donde debía ir su rostro dentro de la capucha era solo oscuridad, nada más. Su voz era un susurro en mi mente mientras me señalaba y me decía:

«Así, así es como se ve un monstruo.»

45

Mein herz

Mi corazón

HEIST

—¿Me estás escuchando, Heist?

No.

—Claro.

Mi madre hizo una mueca e intercambió una mirada con Mayne. Me habían llamado al estudio apenas llegué de la cabaña después de liberar a Leigh. La imagen de horror en la expresión de Leigh cuando se dio cuenta de que yo sabía su oscuro secreto aún estaba intacta en mi mente. Muchas cosas tenían sentido ahora. Recordé aquella conversación con Natalia la primera vez que ella estuvo en mi cama:

—Pasaron algunas... cosas... con Leigh y con... —ella se detuvo y el tono de su voz me revelaba que algo doloroso para ella había pasado— su papá.

—¿Qué pasó?

—Thomas no es el esposo perfecto que todos creen.

Eso ya lo sé, Natalia, necesito algo más.

—No puedo contarte algo que le pasó a Leigh hace casi un año porque no tengo derecho a compartirlo, solo puedo decirte que fue algo extremamente fuerte y que después de eso, Thomas... estaba muy desolado, y yo siempre estaba en casa para apoyar a Leigh... y no sé... una cosa llevó a la otra, y... —pude ver la vergüenza en sus ojos—, me acosté con él.

Eso no me lo esperaba.

Interesante.

Muy interesante.

Necesitaba saber quién más lo sabía.

—¿Y Leigh lo sabe? ¿Se dio cuenta?

Natalia me miró con los ojos entornados.

—¿Por qué estás tan interesado en ella?

—Ella dijo que eran amigas cuando vinieron a la casa la otra noche, ¿mintió?

Natalia descansó la mirada, abandonando su actitud defensiva. No le gustaba que mencionara a otras chicas. Si supiera que yo jamás sería solo de ella...

—Leigh no sabe nada, no pude contárselo, ella es... en ese momento, ella estaba pasando por algo y no creía que pudiera manejarlo, así que simplemente me alejé.

«Vamos, Natalia, necesito un poco más que eso.»

—¿Estaba pasando por algo?

—Lo siento, es algo privado, no soy quién para contarlo.

Fingí una sonrisa comprensiva.

—No te preocupes.

Esa noche supe la razón por la que Natalia se alejó de Leigh.

—Aunque ya no tenga el valor de estar a su lado, Leigh es alguien muy especial para mí. La única manera de mantenerla alejada de mí es siendo cruel con ella porque no quiero manchar su reputación —ella dejó de hablar un momento antes de añadir—: ni herirla así, ella ya lo estaba pasando lo suficientemente mal como para que yo le agregara algo más.

Lo que más me sorprendió fue lo que Natalia me dijo después:

—Eso no es todo, luego me enteré de que Jessie también se acostó con él. Él tiene algo... no sé cómo explicarlo, es... no lo entenderías, además, de que es muy bueno... en eso.

Dos jovencitas follándose a un señor que podría ser su padre. Bueno, por lo menos, ellas tenían la edad de consentimiento y por lo que me contaba Natalia no habían sido forzadas en absoluto. Ellas habían querido y, de hecho, había sido él el que había acabado con ambas relaciones clandestinas. Me resultaba gracioso ver cómo todos fingían que los Fleming eran una familia ejemplar. Leigh tenía un lado oscuro; su padre dirigía negocios ilegales y tenía relaciones con jovencitas y la señora Fleming era un fantasma en esa casa. Comparados con ellos, mi familia era un puto carnaval de colores.

Suspiré al volver a ese estudio, a mis padres frente a mí.

—Nada de salir sin informar adónde vas —me ordenó mi madre con dureza—, entréganos las llaves de tu auto.

Saqué las llaves de mi bolsillo y las puse encima del escritorio.

—¿Algo más?

—Mañana iremos a ver a los Fleming —me tensé—, les contaremos lo felices que estamos de que su hija haya aparecido sana y salva. Por supuesto iremos cuando todo el pueblo se entere y se extienda la noticia de que apareció, no antes.

Chasqueé la lengua.
—¿Quieres que vaya, me comporte y estreche la mano del hombre que asesinó a tía Jazmine? —pregunté con incredulidad.
La expresión de mi madre se endureció, pero fue mi padre el que habló:
—Déjanos solos, Mila. —La frialdad en su voz no pasó desapercibida. Mi madre lo ojeó por unos segundos antes de salir del estudio. Me quedé ahí de pie frente al escritorio con mi padre al otro lado. Sus ojos de diferentes colores me observaron por unos momentos que se hicieron eternos y, como siempre, pude ver lo mucho que Hayden se parecía a él.
—Debí cagarla a lo grande para que mi ausente padre tenga una conversación conmigo —comenté en un tono burlón.
Mi padre no dijo nada y rodeó el escritorio hasta quedar frente a mí. Yo era apenas un poco más alto que él, pero eso no lo detuvo. En un movimiento rápido, su puño golpeó mi rostro de frente, y mi nariz recibió el impacto. Me tomó por sorpresa, así que di dos pasos atrás y sostuve mi nariz; sentí la sangre caliente deslizándose por mis labios. Mi tolerancia al dolor era buena, pero no era el dolor físico lo que me importaba.
Mi padre me había golpeado.
Él me agarró del cuello de mi camisa con brusquedad. Su expresión era asesina, con sus labios apretados, su mandíbula tensa y la rabia en sus ojos claros como el día.
—Harás exactamente lo que tu madre te diga —dijo entre dientes—, irás, te comportarás y le besarás los putos pies a Thomas si es necesario. Vas a dejar de traerle problemas a esta familia, Heist, o encontraré una manera de evitar que causes más, y puedo ser muy creativo.
Él me soltó y se giró para irse. Las palabras salieron de mis labios.
—Amenazar a tu propio hijo, ¿eh? Supongo que no tienes límites.
Mi padre se volvió hacia mí, una sonrisa torcida se formó en sus labios y supe que lo que fuera que iba a decir, dolería.
—Un adolescente hormonal que permite que una chica amenace la estabilidad de su familia no es mi hijo.
—¿Hayden sí lo es?
Él hizo una mueca.
—¿Hasta cuándo vas a hacer esto? Tú no eres como yo, no eres como Hayden. Acéptalo y deja de intentar imitarnos, es patético.
Tragué y me limpié la sangre de la nariz con el dorso de mi mano. Una pesadez en mi pecho me hizo difícil respirar.
«Patético.»
Me recordó a todas las veces en mi niñez que observé en las presentacio-

nes escolares cómo los papás de mis compañeros iban a verlos con una sonrisa orgullosa. No lo entendía, sus hijos no eran tan inteligentes como yo, no estaban en el programa de avanzados académicamente como yo y, aun así, iban a verlos como si fueran lo mejor del mundo cuando, en realidad, eran del montón.

Yo era especial, era diferente, mucho más inteligente que ellos, pero, entonces, «¿Por qué mis padres no vienen a verme?», me pregunté muchas veces. Valter y Peerce a veces iban, pero no todo el tiempo, siempre había algo que hacer en una casa donde se asesinaban personas cada cierto tiempo. Mamá sufrió durante varios años una depresión profunda, donde ni siquiera nos miraba, ni a mí, ni a Kaia ni a Hayden, su enfoque estaba en Frey, en lidiar con su diagnóstico y sus comportamientos.

—Madura de una puta vez, Heist —me exigió mi padre antes de salir de mi vista.

Me tomó varios minutos comenzar a moverme, mis pies no me llevaron a mi habitación sino a la cocina. Salí por la puerta de atrás de la casa, el frío golpeó mi cuerpo y disfruté la sensación. El agua de la piscina se veía clara y azul, había nieve acumulada en cada esquina fuera de la piscina. Las luces dentro de la piscina la mantenían iluminada. Mi cabeza era un desastre, sentía una opresión en el pecho, casi doloroso, tanto que opacaba el dolor palpitante de mi nariz por el golpe de mi padre.

Di un paso, luego otro, y me encontré en el borde de la piscina. El agua estaba helada, lo sabía, pero quizá esa frialdad apaciguaría todo lo que estaba sintiendo, bufé al pensar en esa palabra. La sonrisa cálida de tía Jazmine vino a mi mente, ella era la persona más dulce que había conocido, era cálida, maternal, incluso mucho más que mi madre y estaba muerta por mi culpa.

Quizá no era tan diferente a mi padre, lo que él hacía intencionadamente, yo lo hacía por accidente.

Patético.

La voz de Leigh resonó en mi mente:

«Puedo hacerte cosas mucho más dolorosas que esa.»

«Sí que puedes, mojigata. He perdido a alguien esencial en mi vida por ti. He quedado como un idiota frente a mi familia, mi padre parece odiarme aún más, por ti.»

Me di la vuelta y estiré mis manos a los lados para dejarme caer de espaldas a la piscina. El agua helada me envolvió como una manta fría, mis músculos se tensaron como si mil agujas de hielo perforaran mi piel y por unos segundos eso fue todo lo que pude sentir. Fue refrescante no poder sentir nada más. Abrí mis ojos bajo el agua, liberé oxígeno para que mi cuerpo siguiera cayendo hasta el fondo de la piscina y me quedé ahí, viendo la superficie en la distancia.

Mi mente seguía barajando imágenes que hacían que el peso en mi pecho creciera: la expresión decepcionada de mi madre, la rabia en los ojos de mi padre después de golpearme, pero, sobre todo, tía Jazmine. La cruel realidad de las cosas se asentó en mi cabeza.

«Estoy solo.»

«Y por primera vez en mi vida, me importa y me duele estar solo.»

El aire se me acabó y debía subir a la superficie, pero quería quedarme un poco más. Ya estaba llegando a ese punto donde únicamente podía sentir frío. Cerré los ojos, mis manos flotando frente a mí.

Después de unos segundos, escuché algo en la distancia, pero lo ignoré y lo siguiente que sentí fue un par de manos alrededor de mis muñecas que comenzaron a estirar de mí hacia la superficie. Abrí los ojos, pero solo vi burbujas y las piernas borrosas de alguien que pateaba en el agua para impulsarse.

Emergimos a la superficie y nos agarramos del borde de la piscina, ambos tosiendo.

—¿Leigh?

La observé completamente sorprendido, su cabello negro mojado estaba pegado a su cabeza, su piel resaltaba en el azul de la piscina, sus labios temblaban y se estaban poniendo morados. Sus ojos negros me miraron con rabia.

—¿Qué estabas haciendo?

—¿Qué estás haciendo aquí?

—No podía dormir, estaba en mi ventana, ¿qué mierda hacías, Heist? —Sus ojos indagaron los míos. Y aún procesaba el hecho de que ella estuviera frente a mí en esa helada piscina. Esa chica me iba a volver loco; hacía unos minutos estaba seguro de que me despreciaba por lo que pasó con Philips y por lo del secuestro, pero ahí estaba, saltando en una piscina helada casi a la medianoche por mí. Cuando no le respondí nada, ella se apoyó en el borde para impulsarse y salir de la piscina.

—Vamos —me ofreció su mano mientras se estremecía—, antes de que nos dé hipotermia.

El frío se volvió insoportable al salir del agua. Seguí a Leigh en silencio mientras ella cruzaba la cerca que dividía nuestras casas, pero no fue hacia su casa sino en dirección contraria, a lo que parecía una pequeña cabaña. Ella entró y se hizo a un lado para dejarme entrar. Era pequeño con paredes de madera y una chimenea antigua. Había algunas repisas con peluches y muñecas, pero eso era todo, parecía una casa de juegos abandonada. Leigh encendió la chimenea y fue en ese momento en el que me permití notar el camisón blanco que llevaba puesto y cómo al estar mojado se pegaba a sus curvas como una segunda piel. Cuando ella se giró hacia mí y quedó bajo la luz, tragué con fuerza, la tela blanca se había vuelto transparente sobre sus pechos y pude verlos claramente. Si no fuera porque aún estaba tiritando de frío, habría tenido una erección instantánea.

Leigh sacó algo de un pequeño armario y caminó hacia mí con una manta para envolverla a mi alrededor. Sus pechos quedaron tan cerca de mi cara que me mordí los labios con fuerza para no tocarlos. Ella buscó otra manta para ella, se sentó al lado de la chimenea y me hizo el gesto para hiciera lo mismo. No era estúpido, de verdad necesitábamos calentarnos si no queríamos sufrir una hipotermia severa.

Por unos segundos, nos quedamos ahí, escuchando la madera crujir al quemarse. Nuestras miradas se encontraron y la intensidad entre nosotros era increíblemente pesada, llenaba el aire por completo.

—¿Qué estabas haciendo? —me preguntó, seria.

—Solo... necesitaba enfriar un poco mi cabeza.

—No parecía que tuvieras intenciones de salir. —Me observó al decir eso y yo sonreí.

—¿Estás preocupada por mí, Leigh?

—No actúes como si no quisieras que así fuera.

Ladeé la cabeza.

—No puedo entenderte.

—¿Por qué crees que tienes que entenderlo todo, Heist? Es agotador intentar saberlo todo, todo el tiempo.

—Tú no lo entiendes, Leigh.

—Explícamelo.

—Así es como soy.

—No, intentas ser así y eso solo lo hace el doble de agotador, ¿es por eso por lo que no querías emerger a la superficie? ¿Estás agotado?

Me tensé.

—¿En qué momento te convertiste en mi terapeuta? —Las palabras dejaron mis labios y fue un error porque me hizo a recordar a tía Jazmine, la única psicóloga en la que había confiado en mi vida.

—Heist.

—Leigh.

—Basta, no tienes que actuar conmigo. A pesar de todo lo que has hecho, he apartado mi rabia y mi lógica y aquí estoy frente a ti, así que lo mínimo que merezco es que seas sincero.

—No te debo nada. —Me puse de pie y dejé caer la manta al suelo. Comencé a caminar hacia la puerta, Leigh no se movió.

—Eres un idiota, Heist Stein. —Sus palabras estaban cargadas de decepción y no pude soportarlo porque decepcionar a las personas era lo único que había hecho últimamente, así que me volteé hacia ella.

—¿A ti qué más te da lo que me pase, Leigh? ¿No deberías estar con tu príncipe jurándole amor eterno? —Hablé entre dientes, Leigh se puso de pie, su manta cayendo al suelo.

—Rhett no tiene nada que ver con esto, no trates de desviar la conversación, estamos hablando de ti, de lo que te pasa a ti, y la razón por la que te lanzaste a una piscina helada a medianoche y no tenías intención de salir.

—Y vuelvo a preguntarte, ¿por qué te importa tanto por qué lo hice? —Di un paso hacia ella.

—Por la misma razón por la que tú armaste todo un secuestro para mantenerme a salvo de Philips.

Silencio.

Me la quedé mirando. Mi cuerpo ya no estaba helado, ya podía sentir mis extremidades y el calor en mi entrepierna al estar a solas con ella y verla con ese camisón mojado casi transparente.

—¿Qué es lo que te pasa, Heist?

—Tú.

Ella arrugó sus cejas.

—Tú eres lo que me pasa.

Nos miramos a los ojos sin decir nada más.

—No quiero hablar ahora —sacudí mi cabeza—, no quiero pensar, no quiero lidiar con nada.

—Y por eso lo hiciste —ella caminó hasta quedar frente a mí y alzar su cara para mirarme—, ahí abajo, en el agua, solo podías sentir frío y nada más, ¿no es así?

Fruncí mis cejas, ¿cómo lo sabía? Ella me sonrió.

—Supongo que no somos tan diferentes después de todo. Tú buscaste dejar de sentir en el agua, yo busqué lo mismo aquella noche que me entregué a ti.

Su mano se escabulló dentro de mi mojada camisa y acarició mi abdomen suavemente.

—Dejemos de sentir juntos, Heist.

46

Tödlicher liebe

Amor letal

HEIST

Solía pensar que Leigh era simple, básica y aburrida.

Ella resultó ser lo opuesto: compleja, sustancial e interesante, y lo más importante: similar. No fue hasta ese momento, teniéndola frente a mí, su mano cálida subiendo mi camisa mojada para rozar mis abdominales con sus dedos, que me di cuenta de la necesidad de dejar de pensar que se notaba en su expresión, la desesperación por escapar de su propia mente en sus ojos.

De la misma forma en la que yo me sentí cuando me dejé caer en la piscina. Sonreí para mí mismo, la mojigata y yo teníamos más en común de lo que ambos nos atrevíamos a admitir. Sus dedos continuaban trazando mis abdominales de arriba abajo, llegando lo suficientemente cerca del cinturón para tensar mis músculos porque mi mente ya se había imaginado sus caricias más abajo. Tomé su muñeca para despegar su mano de mí y sin soltarla, la sostuve en el aire a un lado de nosotros. Leigh me observó con curiosidad.

—¿Usas el sexo como distracción? Eso sí que es inesperado.

Ella sonrió, y no era esa puta sonrisa falsa de niña perfecta que le daba a todo el mundo, era una sonrisa torcida, pícara, seguida de una lamida de labios que solo llevó a mi imaginación a cosas mucho más sexuales que una simple caricia.

—¿Te estás quejando? —bromeó y yo solté su mano.

Nos miramos a los ojos, el sonido de la madera ardiendo llenó el silencio entre nosotros y bajé la mirada a sus pechos, expuestos bajo esa tela blanca transparente y mi imaginación ya no necesitaba trabajar, tenía la realidad y la mejor vista frente a ella. Sin embargo, me frené, la rabia que sentía no era una que hubiera manejado antes y temía que la mojigata saliera herida si me descontrolaba.

«¿Y desde cuándo te importan los daños colaterales que puedan sufrir los demás?»

Cerré el espacio entre nosotros de un paso y ella alzó la cara para mirarme. El pecho le subía y bajaba con cada respiración, haciéndome notar esos dos puntos que quería lamer y morder como loco. La agarré del cuello con fuerza.

—No eres mi persona favorita en estos momentos —susurré sobre su boca. Ella me mordió el labio antes de responder:

—¿Y tú crees que sí eres la mía?

Usé la mano libre para pasar el pulgar por sus labios de una manera ruda y sexual.

—Arrodíllate.

Ella sonrió con satisfacción y liberé su cuello para verla arrodillarse frente a mí. Con ese camisón mojado transparente, sus pechos expuestos, su cabello suelto y el rojo que le tintaba las mejillas se veía como una jodida fantasía danzante. Estaba seguro de que ese era el vestido pijama que le había visto aquel día en la ventana de su habitación cuando lució inalcanzable e inocente, como una princesa en su torre, y ahora estaba ahí, a punto de complacerme con su boca, sus dedos desabrochando el cinturón con rapidez.

La urgencia era clara en sus movimientos y cuando me dejó en bóxeres, le cogí las manos, deteniéndola. Ella me ojeó en protesta, y la guie para que me acariciara por encima de la tela mientras usaba mi mano libre para tomarla del mentón.

—Abre la boca.

Ella sonrió y obedeció, enterré mi pulgar en la humedad de su boca y ella no dudó en chuparlo con deseo. Mi control se agrietó, alejé mi dedo de ella y la agarré del pelo mientras usaba la otra mano para liberarme de los bóxeres y hundirme en su boca de una sola estocada. Leigh jadeó, pero lo recibió con todas las ganas, moviendo y succionando desesperadamente. Emití un gruñido y apreté el agarre sobre su pelo para guiarla, más rápido, más brusco. Eché la cabeza hacia atrás, la calidez de su boca y el roce me estaban enloqueciendo, cerré los ojos y murmuré una maldición.

Aflojé mi agarre porque quería darle la libertad de alejarse o tomar aire si lo necesitaba, pero ella me sorprendió continuando y profundizando aún más. Por unos segundos, eso me hizo preguntarme ¿dónde carajos había aprendido a hacerlo tan bien? Aparté esos pensamientos porque eso no me incumbía, lo que importaba era el ahora y el hecho de que ella era mía en esos momentos, no le pertenecía a ningún fantasma del pasado, sino a mí y solo a mí.

Volví a mirarla y aparté su cara de mí porque si seguía a ese ritmo, eso se iba a terminar más rápido de lo esperado. La jalé del brazo para que se levantara y la besé con pasión, su lengua encontrándose con la mía, le quité la ropa entre besos húmedos y sexuales. La guie hacia la pared y la giré para que quedara de espaldas a mí. Mis manos subieron a sus pechos desnudos, algunos gemidos se le escaparon de los labios mientras tomaba esos puntos sensibles de sus pechos entre mi pulgar y mi índice. Presioné mi miembro contra su trasero y ya era capaz de sentir lo mojada y caliente que estaba su entrepierna.

—Agárrate a la pared.

—Estás muy mandón.

—Como si eso no te excitara... —le acusé. Mientras una mano indagaba en la humedad entre sus piernas y la otra seguía tocando sus pechos, me acerqué a su oído—. No pensé que tenerme en la boca te mojaría de esta forma, Leigh.

Ella me miró por encima del hombro y una sonrisa culpable le cubrió los labios. Ella arqueó la espalda, sosteniéndose en la pared y separó las piernas para darme más acceso.

—Quiero sentirte, Heist —suplicó sin aliento.

Me arrodillé, la agarré de los muslos y enterré mi cara en su humedad, saboreando, chupando, usando mi lengua. Leigh jadeó y gimió tan fuerte que el sonido hizo eco por todo el lugar. Sus piernas se estremecieron y le escuché suplicar. Lamí cada parte de su intimidad, mi lengua subiendo y bajando con lentitud agonizante para luego moverla hacia los lados de manera rápida sobre ese punto de nervios y finalmente chupar con la presión necesaria. Leigh gimió mi nombre con agonía y deseo, sus piernas temblando, su intimidad palpitando contra mi boca. Cada estremecida, cada jadeo, cada súplica me ponían más y más duro y sentí que explotaría: Leigh era un maldito detonante para mí.

Le di una última lamida lenta y profunda antes de ponerme de pie. Nuestras respiraciones eran pesadas y audibles en el silencio que nos rodeaba. Rocé su humedad con la punta de mi erección y ella se movió hacia atrás casi metiéndoselo ella sola, pero puse mi mano sobre lo bajo de su espalda para pararla.

—¿Condón? —pregunté, porque obviamente yo no tenía uno, eso era lo último que estaba en mi mente cuando salí a la piscina esa noche.

Leigh gimoteó y fue a por el condón. Cuando volvió a mí en toda su hermosa desnudez, se dispuso a ponérmelo ella mientras me sonreía con picardía, se veía segura y hambrienta de placer. Su mirada brillaba con deseo, sus labios hinchados y la calidez que emanaba de su cuerpo eran deslumbrantes. El contraste con la chica que ella fingía ser frente a todos y la diosa sexual frente a mí en esos momentos me dejaba perplejo y me volvía loco. Ella se giró y se agarró de la pared quedando de espaldas, lista para mí.

Me acerqué con lentitud, pasé la mano por la línea de su espalda hasta que apreté sus nalgas con rudeza antes de soltarle una nalgada. Leigh jadeó en sorpresa y se echó hacia atrás, rozando mi erección.

—¿Sigues enojado conmigo? —retó, meneándose, incitándome—. Fóllame duro, Heist.

Quería hacerla sufrir un poço más, pero ella se movió y parte de mí entró en ella y perdí todo sentido de la cordura, de la lógica, todo pensamiento de torturarla. Lo caliente de su humedad y el roce me enloquecieron y me enterré en ella de golpe, haciéndola chillar de placer.

La agarré de las caderas y empecé a moverme, dentro, fuera, rápido, hasta que el sonido del choque de nuestros cuerpos y nuestros gemidos eran todo lo que se oía a nuestro alrededor. No podía dejar de observar su cuerpo, cómo cada sacudida la hacía estremecer.

—¡Heist! —gimió mi nombre una y otra vez, y cada vez que lo hacía yo aceleraba mis movimientos. Ella estaba tan mojada que la sensación era extraordinaria, en una estocada profunda me quedé muy quieto por unos segundos, solo disfrutando. Ella me miró por encima del hombro, se mordió los labios y comenzó a menearse en círculos. Maldije en alemán y bajé la mirada para observarlo todo: una vista sexual y excitante.

Quería que ella también lo viera y quería verle la cara cuando llegara al orgasmo, así que salí de ella. Leigh jadeó en protesta y se enderezó. La giré, le tomé el rostro y la besé con deseo, mi erección rozándole el estómago. Contra la pared, le levanté una de las piernas.

—Pon tus piernas a mi alrededor —susurré sobre sus labios. Ella lo hizo rápidamente y me deslicé dentro de ella de nuevo, sintiendo cómo cada parte cálida de su interior me envolvía. Leigh bajó la mirada, observando con lujuria el punto donde nuestros cuerpos se unían.

—Me encanta, Heist —admitió entre gemidos.

—¿Sí? ¿Te encanta que te folle? —susurré y me incliné para besarla, mi lengua explorando su boca, ahogando sus jadeos.

La cargué, presionándola contra la pared con cada empujada. Sus pechos saltaban con cada movimiento y pude sentir cómo se calentaba su interior y se mojaba aún más, estaba cerca del orgasmo, así que me moví con rapidez, dentro, fuera, dentro profundo, hasta que ella enloqueció en mis brazos, se estremeció y gimió mi nombre una y otra vez. Me enfoqué en estocadas profundas hasta que terminé y exhalé un jadeo de satisfacción.

La cargué hasta la cama improvisada de mantas que había en el suelo de la cabaña. Ella permaneció encima de mí por un rato hasta que se quitó y quedó a mi lado acostada sobre su espalda, nuestras respiraciones tan aceleradas que se escuchaban más que la madera de la chimenea o cualquier otra cosa. Me quedé mirando el techo mientras esperaba que mi corazón recobrara su latido regular. Giré la cabeza para mirar a la chica a mi lado y sus ojos miraban un punto fijo en el techo, completamente perdidos en pensamientos.

—Heist.

Su voz era seria, así que solo dejé que siguiera.

—¿Tu familia ha venido a este pueblo a cazar a mi padre?

Eso me sorprendió. ¿Rhett se había ido de chismoso? No lo creía, ese idiota era un desagradecido, pero solía mantener su palabra. Volví a mirar al techo.

—¿Y qué si es así?

—¿Por qué?

—Leigh.

—¿Por qué? ¿Qué es lo que él hace?

—Hay cosas que es mejor no saber. —Sonreí, recordando a Mayne y sus palabras—. A pesar de todo, él es tu padre, disfruta el tiempo que tienes para pensar que es bueno porque una vez que esa cortina cae y que ves lo que es realmente, no hay vuelta atrás.

—Suenas como si hubieras pasado por eso.

—Supongo que tenía más probabilidades de que algo así me pasara, tengo tres padres.

Leigh se rio un poco.

—¿Por qué haces eso? —me preguntó.

—Hago ¿qué?

—Gastar bromas cuando hablas de algo deprimente o serio para ti.

«Es como sobrevivo.»

—No lo sé, el humor negro corre por mis venas.

—Heist —su respiración ya se había calmado—, mírame.

La obedecí y me encontré con esos ojos negros profundos y ella habló de nuevo:

—Es la primera vez que tenemos una conversación donde no estamos a punto de agarrarnos de los pelos.

—Mentira.

Ella arrugó el entrecejo, así que seguí.

—Aquel día en el lago también hablamos con normalidad.

—Cierto, ¿cómo es que pareces recordarlo todo? —Ella sonrió y puso los ojos en blanco.

—Solo recuerdo lo que me parece importante. —Su sonrisa se paralizó antes de desaparecer de sus labios. El rojo invadió sus mejillas.

—¿Estás diciendo que soy importante para ti?

«Ordené matar a alguien por ti, te secuestré para mantenerte a salvo aun sabiendo que eso acabaría con cualquier signo de respeto que mi familia tenía por mí, en especial mi padre, ¿tú que crees, mojigata?»

—Bah —exclamé con una sonrisa burlona fingida—, solo tengo buena memoria.

Leigh estiró su mano hacia mí y la puso sobre mi pecho. Sus ojos no abandonaron los míos.

—Tú también eres importante para mí, Heist Stein.

Eso no me lo esperaba, ni tampoco me esperaba que mi corazón latiera tan desbocado que estaba seguro de que ella podía sentirlo contra la palma de su mano. Nunca nadie me había dicho que era importante; mamá me decía que me amaba, mis padres que estaban orgullosos de mi inteligencia, pero nadie me había dicho nunca que era importante para él o ella.

—Y aunque ser arrogante, egocéntrico, mentiroso y manipulador forma parte de ti, no es todo lo que tú eres —tragué y ella me sonrió—, eres mucho más que eso, Heist. No estoy de acuerdo con muchas de las cosas que haces y estoy segura de que una parte de mí aún te odia —ella suspiró y subió su mano a mi mejilla—, pero yo veo al verdadero Heist y no es tan detestable como la máscara.

—He asesinado.

—Lo sé.

—He manipulado a tantas personas que ya he perdido la cuenta.

—También lo sé.

—¿Y eso no te asusta?

Su mano detuvo su caricia sobre mi mejilla, pero la mantuvo ahí.

—¿Por qué debería cuando yo también he hecho ambas cosas?

—No es lo mismo, Leigh.

—Aunque no quieras admitirlo, somos muy parecidos, Heist —me dijo, antes de subirse sobre mí, su piel desnuda contra la mía, su cabello negro cayendo hacia delante y rozando mi pecho. Usé mi mano para acomodar un lado de su cabello detrás de la oreja. Ella solo me observó y me dio un beso suave. Cuando se separó, me mordí el labio inferior al sentirla toda contra mí, sin nada.

—Estás loca, Leigh.

Ella sonrió.

—*Fuchsteufelswild*, Heist.

Eso me hizo reír un poco.

—*Fuchsteufelswild*, Leigh.

Después de vestirnos, nos sentamos frente al fuego un rato en silencio. Leigh se levantó y sacó unas botellas de agua y me pasó una. La recibí con gusto porque necesitaba líquidos después de todo lo que habíamos hecho.

Tomé un sorbo y suspiré.

—Necesito saber, Heist.

—¿Qué?

—¿Qué es lo que él hace? —Sabía que se refería a su padre.

—¿Por qué no se lo preguntas?

—No me lo dirá, ni mi madre se atrevió a decírmelo, se llevó el secreto a la tumba.

Arrugué mis cejas y ella pareció darse cuenta de sus palabras.

—Tu mamá no está en una tumba, Leigh. —Observé su reacción.

—Claro que no, yo... mi cerebro está algo confuso.

«Está mintiendo.»

—¿Por qué me mientes?

—Aprendí de ti.

Bufé.

—No... —me detuve un momento porque mis palabras se trababan un poco en mi lengua. La pesadez invadió mis músculos. Leigh me dedicó una mirada llena de tristeza.

—Lo siento, Heist.

—¿Qué...? —Mis párpados comenzaron a pesar más, y le eché un vistazo a la botella de agua casi vacía en mi mano.

—¿Me has drogado?

—Lo siento.

—Leigh... —Ya no podía ver su expresión, ella era una figura borrosa sentada en la distancia. Al cabo de unos segundos más, caí en la oscuridad.

LEIGH

Salí de ahí, el frío me recibió de golpe y fue casi insoportable porque mis ropas seguían mojadas. Caminé hasta mi casa, la imagen de Heist cerrando sus ojos no paraba de dar vueltas en mi cabeza, sobre todo la decepción en su expresión. Él había confiado, se había relajado conmigo y a cambio yo lo había drogado.

Pero bueno, él me hizo cosas peores, así que estaríamos en paz. Además, había demasiadas cosas en juego, cosas que nos superaban a los dos.

Entré en la casa y mis padres estaban en la cocina. Papá iba todo de negro, sus hombres también, había más de diez hombres ahí, armados y serios. Mamá estaba sentada en la mesa, con una taza de chocolate caliente frente a ella.

—¿Y bien? —Papá alzó una ceja.

—Está sedado, uno menos.

—¿Qué te tomó tanto tiempo?

—Él es... muy perceptivo, tenía que relajarlo, hacerle confiar en mí para que no notara nada, como que la botella de agua ya estaba abierta o mi nerviosismo al dársela. Además, necesitaba que tuviera mucha sed...

Me detuve porque eso no era importante y papá hizo una mueca, pero no dijo nada más.

—Bien, ya hemos repasado todo. —Papá se volvió y comenzó a darles órdenes a todos.

Planeaba llamar a Heist para que se encontrara conmigo en la cabaña esa noche pero él me lo facilitó todo al salir por sí solo a la piscina. Todo lo que pasó entre nosotros, lo que nos dijimos, fue sincero por mi parte, pero necesitaba sedarlo, necesitaba que no estuviera en su casa cuando papá entrara con sus hombres. Convencí a papá de dejarme hacer eso usando la excusa de que sería uno menos con el que lidiar cuando entrara. Se lo rogué y papá aún tendía a hacer lo que le pidiera, aún se ahogaba en culpa por lo que pasó con mamá y conmigo, es como si siempre quisiera compensarme por no habernos protegido. Le había dicho muchas veces que yo no lo culpaba de nada, pero él era terco.

—Me cambiaré y bajaré en un segundo. —Pasé al lado de papá y subí las escaleras.

Ya era de madrugada cuando usamos la puerta de la cocina de la casa Stein como entrada porque Heist la dejó sin seguro cuando salió. Todos llevábamos puestas máscaras de tela negra, no podíamos quedar en evidencia ante el sistema de cámaras de la casa.

Los hombres de papá se movieron rápida y silenciosamente. El primero que arrastraron escaleras abajo fue a Valter Stein, luego a Kaia, a Frey y a Mila. Apuntados, los obligaron a sentarse en los muebles. Mila seguía repitiendo que estaban colaborando, que no había necesidad de ponerse agresivos.

—Mayne y Peerce Stein —gritó papá—, estoy seguro de que ya escucharon el alboroto, salgan con las manos arriba y reúnanse con nosotros, o empezaré a usar mi arma con su familia.

Silencio.

—Peerce Stein, escuché que eres un agente especial, ¿no? Tienes muy buen entrenamiento y supongo que puedes matarnos a unos cuantos de nosotros con agilidad desde las sombras, pero somos más de diez, así que la probabilidad de que uno de nosotros le dispare a un miembro de tu familia en ese proceso es muy alta. Creo que en ese caso, el manual de la fuerza policial recomienda dialogar, ¿no? Hay rehenes.

—¿Por qué la gente siempre se olvida de mí? —La voz profunda de Mayne Stein venía de un pasillo oscuro a un lado de la escalera. Él emergió de la oscuridad con las manos en los bolsillos de sus pantalones. Su cabello negro estaba desordenado como si acabara de levantarse. Nos sonrió al encontrarse con todos en la sala—. Bajen las armas y, por favor —su sonrisa se torció un poco al mirar a los encapuchados detrás de Mila y el arma apuntando a su cabeza—, no apuntes a mi esposa.

—No sé qué crees que está pasando —dijo papá—, pero aquí no llegas a dar órdenes.

—¿Por qué? ¿Porque has entrado en mi casa con hombres armados? ¿Crees que eres el primer mafioso al que me enfrento?

—Mayne. —Mila dijo su nombre como una advertencia.

—¿Qué? Estoy practicando, ¿cómo lo llaman? Ah, sí, hospitalidad.

La rabia invadió cada parte de mi ser, la burla en su expresión era increíblemente petulante, muy diferente a la de Heist. Mayne Stein nos miraba como si fuéramos juguetes y se estuviera divirtiendo con esa situación tan jodida.

Y no traicioné la confianza de Heist para esto.

No hice todo eso para que este psicópata de mierda viniera a burlarse en nuestras caras. Esa sensación me recordó a aquel hombre encapuchado que parecía burlarse en silencio del dolor de mamá y mío en el bosque y fue como si pudiera vivir toda esa rabia otra vez. Así que busqué mi arma en la parte de atrás de mi cinturón y rápidamente la saqué para quedarme frente a él y apuntarlo a la cara sin titubeos.

—Escúchame bien, psicópata, no hemos venido a ser otro más de tus juegos de mierda. No creo que puedas ganar algo con una bala en tu cabeza.

Él me observó por un segundo y ladeó su cabeza.

—Leigh Fleming, esos ojos oscuros llenos de traumas son bastante distintivos.

Le quité el seguro al arma y la moví a mi lado, apuntando a Mila.

—Si acabo con ella, se acaba esta familia, ¿no es así? Ella es la que los mantiene juntos, se acabaría tu circo y solo tengo que apretar el gatillo y ¡bam! Todo este teatro de familia termina.

La burla dejó su expresión, pero no fue reemplazada por miedo sino por ¿curiosidad?

—Pareces saber mucho de nosotros, Leigh.

Y caí en la cuenta de mis palabras, le había llamado psicópata y había mencionado la importancia de Mila para ellos, cosas que nadie de esa casa me había dicho. Solo información que me dio el conducto del Altísimo, así que me callé.

—Pero no sabes lo suficiente para subestimarnos de esta forma. —Él me sonrió de nuevo antes de decir—: Peerce.

Unos puntos rojos de láser comenzaron a apuntar a todos los hombres de papá, a papá y a mí. Levanté la mirada para ver hombres vestidos de negro en la oscuridad de los pasillos, en las escaleras, apuntándonos a todos, no había uno solo de nosotros que no tuviéramos dos puntos láser encima.

—Un segundo —me dijo Mayne, inclinándose sobre mí—, y ¡bam! Todos muertos.

Peerce bajó las escaleras, la frialdad en su expresión se mantuvo en todo momento.

—Bajen las armas y haremos lo mismo.

La tensión creció hasta que papá asintió a sus hombres y bajaron las armas mientras ellos hacían lo mismo. Aún molesta, bajé mi arma.

—Es momento de que tengamos una conversación, Stein —afirmó mi padre, quitándose la máscara.

Peerce asintió.

—Estoy de acuerdo.

Y mientras Heist dormía en esa cabaña donde habíamos compartido calor y similitudes, en la mansión Stein comenzó el diálogo entre Fleming y Stein; una conversación decisiva entre cazadores y presas, sin saber qué rol ocupaba cada familia porque quizá el que nos había llevado a eso caminaba entre nosotros.

47

Juego terminado

LEIGH

Caos.
Oscuridad.
Explosión.
Gritos.
Humo.
Más caos.

Antes de que cualquier persona presente pudiera decir una palabra, las luces fallaron, la oscuridad nos tragó de un solo bocado y el sonido de metal tocando el suelo seguido de una explosión desató el caos. Algunos cuerpos se estrellaban contra el mío mientras papá gritaba mi nombre desde algún lado. Un olor extraño a químico comenzó a extenderse por todo el lugar y el humo se podía ver en el reflejo de algunas partes medio iluminadas por la luz exterior que se colaba por las ventanas.

«No quiero morir. No quiero morir.»

Alguien me golpeó el brazo con su hombro y solté mi arma. No. No. Intenté mirar al suelo y buscarla, pero comencé a toser sin control. El gas químico en el aire me provocaba un horrible picor en la garganta, pero también me adormecía un poco.

—¡Que nadie dispare! ¡Que nadie dispare! ¡No hay visibilidad! ¡No usen sus armas! —gritó alguien pero entre tanto desastre no sabría decir quién.

Una mano me agarró de la muñeca y me estiró hacia la puerta principal, era imposible saber qué demonios estaba pasando en la oscuridad. Mi corazón latía con fuerza, respiraba con dificultad y ya me estaba mareando. La persona que me tenía agarrada de la muñeca me empujó y me presionó contra la pared como si me protegiera de algo. Asumí que era uno de los hombres de papá, siempre leales, protegiéndome.

El hombre me estiró de nuevo hacia la puerta principal y lo seguí porque estaba asustada, porque mi vida estaba en peligro. Mi mente estaba en modo de pelear o escapar, la adrenalina que tensaba mis músculos me permitía correr aun estando mareada; desafortunadamente, no me dejaba pensar claramente.

Y no fue hasta que nos acercamos a la puerta cuando la luz de la luna colándose por los ventanales a los lados me permitió ver un poco en la oscuridad, mis ojos subieron por la mano que sostenía mi muñeca, por su brazo cubierto de tela negra y aterrizaron en su espalda, mi corazón dio un vuelco cuando vi que llevaba puesta una capucha negra.

«No había más nadie esa noche, Leigh.»

«Te lo imaginaste.»

«Deja de pensar en ese encapuchado, no fue real.»

Me tensé y me frené en seco frente a la puerta porque yo conocía esa silueta y esas ropas muy bien, él era parte de mis pesadillas. Aunque me paralicé, él no se giró, se quedó de espaldas a mí y cuando intenté soltarme, su agarre se apretó sobre mi muñeca. El miedo corrió por mis venas como un veneno que me impedía articular palabra, no podía gritar, no podía hablar. No podía ser, eso no tenía sentido, tenía que ser una pesadilla.

En pánico, lo observé relajar sus hombros antes de volverse. Su rostro en medio de la oscuridad de la capucha estaba cubierto por una máscara antigás, su respiración era audible y entendí que esa persona estaba involucrada en lo que estaba pasando, que él había liberado ese gas químico allí dentro porque llevaba una máscara para protegerse. Él ladeó la cabeza antes de estirar de mí de la muñeca y estampar su mano libre sobre mi boca. La fuerza del impacto hizo que mis labios se rasgaran al estrellarse contra mis dientes incisivos y pude saborear la sangre en mi boca.

Luché contra él, mi miedo era mi fortaleza, pero mientras más peleaba y me esforzaba, más me debilitaba. Lo que sea que inhalé allá dentro comenzó a pasarme factura con mayor rapidez, me tambaleé en sus brazos y el horror de que iba a desmayarme me hizo gritar con todas las ganas contra su mano.

Él no dijo nada, permaneció como la estatua de un demonio congelado que me sostenía, con esa máscara que me aterraba aún más. Gritos, personas tosiendo y palabras de desesperación resonaban en la distante sala de la casa de los Stein hasta que pararon de golpe.

Silencio absoluto.

Y no sabía si estaban muertos, heridos o inconscientes, pero sí sabía que estaba en los brazos del causante de todo aquello. Recordé su figura en la oscuridad del bosque cuando pasó lo de mamá, luego en mi jardín atormentándome, su maldad y oscuridad acechando desde las sombras todo ese tiempo.

«Él es real, papá.»

Quería gritarlo a todo pulmón. Mis piernas me fallaron y él liberó mi boca para sostenerme de la cintura, mi lengua estaba adormecida, mi vista borrosa. Él se levantó la máscara lo suficiente para revelar sus labios y besó mi frente.

—*Das tut mir leid*, Leigh, lo siento.

Esa voz...

Me desmayé antes de llamarlo por su nombre.

DESCONOCIDO

Leigh se desplomó en mis brazos como una muñeca de trapo. Suspiré y la levanté para cargarla con ambos brazos. Aunque no debería tocarla, era consciente de lo que ella había hecho esa noche antes de ir allí y con *quién.*

Heist.

Mis labios se estiraron en una sonrisa de burla al saber que ese idiota yacía inconsciente en esa mugre cabaña de los Fleming. Había dejado piezas de mi juego por todos los lados, pero la manera en la que encajaban entre ellas me sorprendía y me divertía. Leigh había resultado ser mucho más útil de lo que pensé y Heist mucho más estúpido.

Uno de mis hombres entró por la puerta principal.

—Señor.

Le pasé a Leigh con cuidado y él se la llevó mientras me giraba para volver a esa sala. Al entrar, tres de mis hombres me esperaban con sus máscaras para informarme de la situación.

—Hemos contado y todos están inconscientes, algunos trataron de arrastrarse para alejarse del gas al notarlo, pero los inmovilizamos hasta que se desmayaron.

Perfecto.

—Ya saben qué hacer —les dije al pasar por su lado y caminar a la cocina. Esa puerta reforzada del sótano me recibió y la abrí rápidamente, teníamos que movernos deprisa. Bajé las escaleras, las luces parpadearon hasta encenderse y ahí al final estaba ella: Hayden Stein. Su cadena rechinó contra el suelo cuando se puso de pie de un brinco.

—¡Lo has conseguido! —me gritó emocionada—. ¡Sabía que todo ese escándalo tenía que ser cosa tuya!

No dije nada hasta que estuve frente a ella.

—Ha llegado el día. —Le acaricié la mejilla con ternura.

—Por fin, saldré de estas cuatro paredes —bufó—, no más cadenas de perro.

Me quedé viendo sus ojos de colores diferentes y recordé cómo me fascinaron de niño. Ella era diferente, aunque fuera la copia de él, ella era aún más fría y despiadada. Eso la hacía perfecta para trabajar juntos y lograr lo que había pasado esa noche. Además, le había hecho una promesa y yo era un hombre de palabra.

«Algún día te liberaré, Hayden, lo prometo.»

Me quité la máscara y estampé mis labios contra los suyos de manera violenta y pasional, como siempre había sido con ella. Ella dudó, pero me respondió el beso y pegó su cuerpo al mío con deseo. Cuando nos separamos, su respiración ya era pesada.

—Hacía tiempo que no me besabas así, creo que todo esto te ha emocionado, tienes que ponerme al día.

Le sonreí y di un paso atrás y luego otro. Ella murmuró mi nombre y dejó caer sus manos a los lados confundida. Metí la mano en el bolsillo de mi capucha, saqué mi arma, apunté directo al pecho y disparé.

El impacto la envió hacia atrás hasta que se estrelló contra la pared. Hayden tosió sangre que manchó la parte de delante de su vestido azul claro. Su rostro aún seguía contraído en esa expresión mezcla de confusión y dolor. Hayden Stein era preciosa y una parte esencial de mi juego, pero ella era tan importante como desechable.

Hayden era demasiado inestable y sabía demasiado: si no la liberaba, corría el riesgo de que le contara todo a los demás, así que la única solución segura era eliminarla. No había planeado todo a la perfección para que se fuera a la mierda por una chica. Además, ella estaba destinada a vivir encerrada de esa forma, si no en prisión quizá en una institución mental, así que le había dado una salida fácil al matarla.

«Te he liberado a mi manera, Hayden, he cumplido mi promesa.»

Le hice un saludo militar de burla, sus ojos ya se estaban cerrando, rodó por la pared hacia abajo dejando una mancha sangrienta detrás de ella hasta caer sentada en el suelo.

Guardé el arma, suspiré y me di la vuelta sin mirar atrás. No sentí ningún remordimiento por ella. Todo lo que me invadía en ese momento era la euforia de haber conseguido mi objetivo, de tenerlo todo tal y como lo planeé. Había confirmado que yo era un ser superior, que nada podría vencerme. Salí de ese lugar y uno de mis hombres me sonrió.

—Ya la tenemos, señor.

Silbar me relajaba y disfrutaba haciéndolo cuando las cosas me salían a la perfección. Mi silbido resonaba dentro del silencio de mi camioneta mientras conducía por la oscura interestatal 95 frente a mí. Encendí un cigarro e inhalé con ganas antes de abrir la ventanilla a mi lado para exhalar el humo. El frío exterior se coló de inmediato, pero no me molestó.

Sería una larga noche pero no podía detenerme, no cuando ya la tenía a ella. Una sonrisa torcida de victoria se extendió por mis labios y eché un vistazo en el retrovisor al asiento trasero de mi camioneta. Cerré la ventana al recordar que quizá ella podía sentir frío aunque estuviera inconsciente.

Mi teléfono móvil repicó en el asiento de copiloto y lo respondí con rapidez a través del *bluetooth* de la camioneta porque sabía que pronto tendría que deshacerme de ese y comprar uno desechable. Sabía que era ella.

—Solo dime que estás bien.

Bufé y no dije nada, así que ella habló de nuevo.

—¿Lo has logrado?

—Un ángel de la muerte nunca falla.

Silencio por unos segundos.

—Te quiero.

Ella no esperó que le dijera que yo también la quería; ella, a diferencia de Hayden, sí me conocía en profundidad y sabía que un ser como yo jamás sería capaz de quererla.

—Te estás poniendo sentimental, hermanita.

—Cambié de opinión, te odio.

Eso me hizo reír mientras exhalaba nuevamente el humo de mi cigarro. Ella se quedó callada por unos segundos, su respiración audible en el sistema de sonido de mi camioneta. Suspiré.

—Cuando obtenga un teléfono desechable, te llamaré. Ya sabes...

—Debo informarte de cómo han reaccionado a las desapariciones y a lo que pasó.

Dejé que el silencio reinara y lancé lo que quedaba de mi cigarro por la ventana. Ella murmuró mi nombre.

—Solo dilo —le presioné.

—Tengo miedo.

Eso me hizo chasquear la lengua.

—¿Miedo?

—De que algo te pase, con todo lo que has hecho esta noche...

—¿Cuál es nuestro lema?

—Die Jäger gaben ihr bestes, aber das Monster schien unzerstörbar. Los cazadores hicieron todo lo que pudieron, pero el monstruo parecía indestructible.

—*Genau*, exactamente.

Y le colgué porque su angustia venía de esa parte emocional de ella que tanto me molestaba. Tomé la salida para llegar al aeropuerto privado a las afueras de Raleigh y detuve mi auto a un lado de mi jet privado. A lo largo de los años, me había dado cuenta de que el dinero te ayudaba a salirte con la tuya la mayoría del tiempo.

Al subir todo lo necesario al jet, me bajé la capucha de mi abrigo antes de quitármelo por completo y tomé asiento justo frente a ella. Ya la había asegurado a su asiento, su cabeza colgaba de un lado, su cabello cubriendo parte de su hermoso rostro.

«Finalmente, estás aquí, a mi lado, donde perteneces.»

—El capitán está listo para despegar —me informó uno de mis hombres y yo asentí—, pero ella también necesita su cinturón. —Él señaló a la chica inconsciente al otro lado del jet.

—Hazlo tú —le ordené, mi atención estaba por completo en la mujer frente a mí.

Él obedeció. Le puso el cinturón a Leigh y la acomodó con cuidado; a Leigh solo la había traído como distracción, como una pieza más para confundirlos a todos porque el verdadero premio estaba frente a mí.

Recordé todas las fotos pegadas en aquella cabaña, todas las veces que la observé desde la distancia. Ella era todo lo que quería y por fin estaba en mi poder como debía ser. Acaricié su cabello rubio para quitarlo de su cara.

«Mi preciosa Mila Stein.»

48

Monstruo creado

Munich, Alemania
Hace doce años

Ya no me duele.

Llega un punto donde has sido golpeado, abusado con tanta frecuencia, que dejas de sentir el dolor. Entras en un trance donde pareciera que presenciaras todo lo que pasa desde fuera de tu cuerpo.

Ese no soy yo, me digo a mí mismo mientras estoy en el colchón en el suelo donde mi padre abusa de mí después de golpearme.

Ese niño no soy yo.

Es la única forma de lidiar con todo porque no quiero pensar, porque pensar me lleva a las preguntas repetitivas: ¿por qué mi padre me hace esto? ¿Por qué me odia tanto? ¿Por qué mamá nos abandonó? ¿Soy defectuoso? ¿Por qué a mí? ¿Cuándo va a parar?

Mi padre termina, se levanta y escupe a un lado del colchón, él se tambalea hasta salir del cuarto y yo me estremezco mientras camino al sucio baño del pasillo. Papá no ha pagado el agua en meses, así que toda la casa es un asco, me las he ingeniado para llenar botellas de plástico con agua de la manguera del jardín de la vecina, una anciana que apenas puede moverse y que me da panecillos cada vez que me ve.

«Eres puros huesitos, niño, ven por un panecillo.»

Es lo que siempre me dice cuando me ve. A pesar de tener doce años me veo mucho más pequeño, mis huesos están muy pronunciados por eso; ya casi no salgo de la casa y no he crecido desde los ocho. Papá ya no me deja ir al instituto, hizo todo un papeleo para decir que él me enseñaba en casa, pero nunca ha levantado un lápiz en mi presencia.

Abro el armario donde tengo escondidas mis botellas de agua y me lavo un poco en el baño, aunque la sensación de suciedad no se quita, por eso no escapo, ¿adónde iría? Papá dice que estoy roto, sucio, que nadie querría a un niño contaminado como yo. Quizá tiene razón, por eso nadie me ayuda, papá dice que esa es mi vida ahora y que siempre lo será. Por lo menos, ya no siento dolor, ya no siento nada.

Es mucho más fácil no sentir en absoluto porque no puedo hacer nada. Papá tiene el control, el poder, yo no soy nada.

El aire nocturno y frío de otoño se cuela por la ventana del baño y me da escalofríos. Nuestra calefacción se estropeó hace meses, así que recurro a mi armario de materiales y saco unas velas y un encendedor para volver a mi cuarto. En el pasillo echo un vistazo a la sala y papá está desnudo roncando en el sofá reclinable, la televisión encendida a todo volumen. No tenemos agua, pero papá no podría vivir sin su televisión. Suspiro, a veces me deja ver programas que me gustan.

Ya en el cuarto, ni me molesto en cerrar la puerta porque papá se enoja cuando lo hago, me siento al lado de mi colchón y enciendo las dos velas para poner mis manos encima para sentir un poco de calor, se siente bien. Escucho truenos y le siguen el sonido de lluvia sobre nuestro techo. No me gusta que llueva en otoño, es una lluvia fría que me recuerda el día que mamá se fue. Papá siempre le pegaba, así que ella salió una noche a comprar comida y nunca volvió, ojalá me hubiera llevado con ella.

Envuelvo mis brazos a mi alrededor en busca de un poco de calor y me acuesto en el suelo porque ya no duermo en ese colchón, cosas sucias pasan en él y ya no quiero ensuciarme más. Me quedo dormido sin darme cuenta.

Crac. Algo se quiebra.

Algo de vidrio se rompe y el ruido resuena por toda la casa. Me siento y me duele el cuello por dormirme en el suelo, mis párpados se sienten pesados y considero volver a dormir porque estar despierto significa sentir esa hambre que arde en mi estómago, pero se oyen más ruidos. ¿Qué está haciendo papá? Pensé que ya dormía.

Me pongo de pie y salgo de mi cuarto, frotando mis ojos con el dorso de mis manos. A unos pasos de la sala me detengo de golpe, el aire deja mis pulmones porque papá no está solo.

Hay cuatro personas con él, todos vestidos de negro con guantes. Cuando me oyen llegar, se giran hacia mí y todos llevan puestas unas máscaras blancas con detalles rojos y negros. Quiero gritar, pero estoy paralizado. Mis ojos van al sofá y veo a papá inconsciente, ¿aún duerme?

Papá...

Una de las figuras comienza a atar las manos de papá frente a él para luego ponerle cinta adhesiva sobre la boca. ¿Qué está pasando? Mis pies se han pegado al piso, mi garganta está seca y el corazón se me va a salir por la garganta, mi acelerada respiración comienza a resonar por todo el pasillo.

Una de las figuras camina hacia mí y yo chillo antes de caerme hacia atrás. Estoy temblando cuando la figura se inclina sobre mí. Puedo ver los ojos en los pequeños huecos de la máscara.

—Eh, no vamos a hacerte daño. —Es una voz suave, femenina, que me recuerda a la de mi madre.

Mi respiración se vuelve aún más irregular, así que agarro mi pecho. Sin previo aviso, ella se quita la máscara dejándola sobre su cabello rubio y desordenado, es bonita, mucho más bonita que mamá. Solo verla me calma al instante.

—¿Cómo te llamas? —me pregunta con una sonrisa.

Tartamudeo mi nombre.

—Bien. —Ella dice mi nombre con suavidad—. No estamos aquí para hacerte daño, nos vamos a llevar a tu padre porque él no es una buena persona, ¿está bien?

Llevarse a mi padre...

Eso quiere decir...

¿Voy a ser libre?

—Cuando amanezca, llamaremos anónimamente al servicio infantil para que vengan por ti, les dirás que tu padre se fue y no volvió —me indica—, conseguirás una linda familia que te adopte, estoy segura.

Ella acaricia mi rostro y cierro los ojos al notar el contacto porque desde que mamá se fue nadie me ha acariciado con cariño y gentileza, todo ha sido brusquedad y dolor.

—¿Qué crees que haces? —Una voz masculina reclama y yo abro mis ojos, otra de las figuras está detrás de ella—. Ponte la máscara ahora.

—Tranquilo —asegura ella—, confío en el chico.

—Ah, mierda —masculla la figura mientras los otros dos cargan el cuerpo inconsciente de mi padre fuera de la casa.

—¿Qué va a pasar con papá? —le pregunto.

Ella duda y la otra figura bufa antes de cernirse sobre mí.

—¿Quieres saberlo? Vamos a torturarlo, castrarlo y hacerlo sangrar como...

—¡Suficiente! —Ella se pone de pie—. ¿Crees que es necesario decírselo?

—¿Puedo verlo? —La pregunta deja mis labios.

Ambas figuras vuelven a mirarme.

—Quiero ver cómo sufre —digo claramente.

La figura masculina se ríe y ella sacude su cabeza.

—Queremos que te olvides de todo lo que has pasado con tu padre para que puedas empezar una nueva vida, ¿sí? Nosotros nos encargaremos de aquí en adelante de él.

—Quiero verlo —repito.

La figura masculina extiende su mano hacia mí.

—¿Quieres verlo? Ven.

—No —le ordena ella—, ¿qué crees que haces?

—¿Crees que él podrá seguir como si nada solo porque se lo digas? —Él bufa.

—No.

—Por favor —yo tomo la mano de la mujer—, por favor.

Ella suspira y se inclina para que su cara quede al nivel de la mía.

—No creo que esa sea una buena idea, solo puedo decirte que nos encargaremos y que él nunca volverá a hacerte daño.

Bajo la cabeza porque no creo que logre convencerla. Pero entonces otra de las figuras que se llevó a mi padre entra y le pasa por el lado al hombre y a la mujer frente a mí y toma mi mano.

—Vamos.

—Peerce, ¿qué estás haciendo?

—Tú mejor que nadie debería entenderlo. —Es la respuesta del que me lleva a su lado ahora. Escucho a la mujer suspirar y soltar una maldición mientras el otro hombre solo se ríe un poco.

Cuando llego a la casa de esas personas, no puedo cerrar mi boca. Nunca antes he visto tantos colores, tanta iluminación y decoraciones tan bonitas en una sala. La chimenea está encendida y sentir su calor es una sensación nueva. Todo lo que conocía era la oscuridad, el mal olor y la suciedad de mi hogar. Me da miedo ensuciar algo, así que me quedo muy quieto en medio de la sala.

La mujer vuelve a la sala sin esas ropas negras, con unos tejanos y una camisa con su cabello a los lados de su cara y esa sensación de calma vuelve a mí. Ella es como una versión elegante y más bonita de mi madre.

—Voy a traerte comida, ¿de acuerdo?

Asiento y me abrazo a mí mismo. Mis desgastados shorts apenas me cubren, no tengo camisa, solo una chaqueta que uno de los hombres me dio pero que me queda demasiado grande. Ella vuelve con la comida y la pone en la mesita en medio de los muebles. No me muevo por unos segundos. Ella me sonríe.

—Estás a salvo, vamos, come.

Me arrodillo frente a la mesita, pero no como y ella suspira.

—¿Quieres estar solo?

Asiento y ella se da la vuelta y se va.

Comienzo por comer lentamente hasta que los sabores explotan en mi boca y me desespero. He olvidado el sabor de la carne, del pan, del jamón, del arroz, de todo, así que me meto un poco de cada cosa en la boca y me olvido de dónde estoy o con quién. No puedo creer que esté comiendo todo esto. Si estoy soñando, por favor, que nadie me despierte.

Tomo un sorbo de zumo y cuando bajo el vaso, siento unos ojos sobre mí. Busco con la mirada alrededor hasta que encuentro a alguien de pie al principio de las escaleras, sus pequeñas manos agarradas de la baranda.

Una niña alta, casi de mi tamaño.

Me la quedo mirando porque es imposible no hacerlo, sus ojos... son de diferentes colores. Ahora sí empiezo a creerme que eso es un sueño.

—¿Quién eres tú? —me pregunta directamente, pero yo no digo nada.

Escucho pasos en las escaleras y veo a un niño rubio bajar y quedarse al lado de la niña, él es mucho más pequeño que ella, quizá de unos seis o siete años, sus cejas se arrugan al verme y se pone al frente de la niña de manera protectora. La niña sonríe y le pone la mano en el hombro al niño.

—Está bien, Heist, ha venido con mamá —le dice ella y luego se gira para verme—. ¿Cómo te llamas?

El nombre que me han dado mis padres solo acarrea suciedad, así que no quiero decirlo. Mis ojos se encuentran con la mirada azulada del niño rubio, ¿cómo lo ha llamado? ¿Heist? Escojo un nombre similar porque si él es hijo de la señora bonita quizá le caiga mejor si tengo un nombre parecido al de su hijo. Así que finalmente abro mi boca y lo digo:

—Me llamo Heiner.

El niño rubio me mira de pies a cabeza como si analizara cada parte de mí y me aterra que descubra lo sucio que estoy.

—Yo soy Hayden —me dice la niña con una sonrisa—, él es Heist.

Me limpio la boca con el dorso de mi mano, ellos no parecen sorprendidos con mi presencia en su casa. Pasos a un lado nos interrumpen y veo salir a uno de los hombres que cargó a mi padre, sin máscara, aún de negro. Su pálido rostro tiene manchas de sangre que él se limpia tranquilamente con un trapo. Los dos niños frente a mí no se inmutan ante la sangre.

Mi mente ajusta las piezas y empieza a trabajar por primera vez en mucho tiempo. Cuando iba a el instituto, muchos maestros me llamaron superdotado y me inscribieron en un programa de estudiantes avanzados, pero eso era demasiada atención para mi padre, así que esa fue la gota que faltó para que terminara de retirarme del sistema escolar.

Esta familia parece acostumbrada a lidiar con gente como mi padre. Estos niños no están para nada alterados. El hombre observa a los niños y luego su mirada cae sobre mí y me hace un gesto con la mano para que lo siga.

Dejo la comida a un lado y lo sigo sin dudarlo. Estoy seguro de que él fue el que tomó mi mano cuando la mujer dudó si traerme o no. Bajamos unas escaleras que se me hacen eternas y se me empieza a acelerar la respiración. No sé qué me espera allá abajo, pero si esa sangre es indicio de algo, no será nada bonito. El sótano es un lugar bastante gris con unas luces fluorescentes blancas que hacen que uno pueda ver cada detalle alrededor, y cada detalle de la persona atada a una silla.

Mi padre.

Me freno de golpe y el hombre se queda detrás de mí. Papá alza la mirada para verme. Su rostro está hinchado y su ojo entrecerrado como si le hubieran dado un golpe. La sangre gotea de su mentón y aterriza sobre su camisa y sus piernas desnudas, ya que solo lleva esos bóxeres con los que duerme, esos que a veces usa para limpiarme después de usarme.

—Hijo... —Su voz es ronca y tose un poco.

No.

A mi lado aparece una mano extendida con un cuchillo afilado.

—¿Quieres hacerlo tú? Puedo hacerlo por ti, si no quieres.

Ojeo el cuchillo y vuelvo a mirar a mi padre. Recuerdo todo el dolor, el llanto, las súplicas y se me revuelve el estómago porque él me ha dañado, él me ha destruido.

«Vas a ser lo que quieras en la vida», me había dicho mi maestra favorita. «Eres increíblemente inteligente, serás ese tipo de chico que entrará en la universidad a los doce.»

Una sonrisa llena de ironía llena mis labios al tomar el cuchillo y apretarlo con fuerza porque ya tengo doce y lo único que soy es basura, y en lo único que me convertiré será en un monstruo.

Los monstruos no nacen, son creados.

Me acerco con seguridad a mi creador porque él será la primera persona que veré morir frente a mis ojos, la primera persona que asesinaré fríamente. Pero definitivamente no será la última.

49

Plan maestro

HEINER

Viví seis meses en casa de los Stein.

Pasaba la mayor parte del tiempo con Hayden, que era la más cercana a mi edad. Heist solo me contemplaba desde lejos como si no confiara en mí y quisiera mantener la distancia. Frey nunca salía de su habitación y raramente me hablaba; si me miraba directamente ya era mucho y Kaia siempre estaba con él.

A pesar de no haber establecido lazos con Frey, Kaia y Heist, ya me sentía parte de los Stein. Sentía que esta casa era mi hogar y que podía volver a confiar, volver a tener esperanzas de una vida normal. Quizá podía seguir estudiando y dejar todo lo que me había pasado atrás.

A Mila, con su sonrisa amable y sus hermosos ojos, ya la consideraba mi madre; había reemplazado el lugar de la que me abandonó. Ella era todo lo que necesitaba para creer de nuevo.

Desgraciadamente, esa burbuja de ser parte de la familia se rompió una noche lluviosa de primavera. Debido a mi necesidad de aceptación, acompañaba y ayudaba a Hayden en sus fechorías. Entramos en la casa empapados por la lluvia después de asesinar el perro de la niña de al lado, que le caía mal a Hayden. Ella me había convencido al explicar que los ladridos del perro no la dejaban dormir de noche y que su dueña era una niña que se creía mejor que ella. En ese tiempo, yo no tenía ni idea de la capacidad de manipulación y maldad pura que había dentro de Hayden siendo solo una niña. Y caí.

Mila estaba furiosa.

Mi corazón se apretó en mi pecho al ver su hermoso rostro contraerse en rabia.

—¿Cómo has podido hacer esto, Heiner? ¡Se supone que eres mayor que ella! ¿Qué ejemplo le estás dando?

Miré a Hayden confundido porque Mila estaba hablando como si todo eso fuera idea mía, como si yo no lo hubiera ayudado, sino más bien incitado a hacerlo.

—Ella...

—Ella ¿qué? —me interrumpió Mila—. La vecina me mostró la grabación de las cámaras, solo estás tú.

Entonces recordé que Hayden me había hecho sacar al perro de la casa solo, alejarlo de ahí y llevarlo a una zona solitaria donde ella lo mató. Por supuesto que solo aparecía yo en las cámaras de la casa. Hayden sonrió discretamente y luego fingió una expresión triste.

—Mentirosa... —murmuré, apretando mis puños—, eres una mentirosa de mierda.

—¡Heiner! —me reprochó Mila.

—Todo lo planeó ella, yo solo la ayudé, pero lo hizo todo para que pareciera que fue idea mía, ¡maldita mentirosa! —le grité a Hayden—. Eres una ma... —Mi mejilla vibró con el impacto de la bofetada que Mila me dio.

—Vas a respetar a las mujeres de esta casa, Heiner.

—Él no sabe nada de respeto, mamá, por algo su madre lo abandonó. —Las palabras de Hayden fueron un disparo a mi corazón y fue como si una parte de mí muriera en ese momento y todo lo que vi fue rojo.

Con rapidez salté sobre Hayden y le di un puñetazo con todas las ganas. Ni siquiera el grito de Mila me detuvo a tiempo, así que le di otro golpe antes de que Mila me rodeara con sus brazos.

—¡No! ¡Basta!

Hayden enderezó su rostro, la comisura de su labio estaba rota y brotaba sangre. Ella me sonrió antes de ponerse a llorar falsamente, quejándose de dolor.

Me castigaron sin dejarme salir de la habitación por unos días y podía escucharlos tener una discusión sobre qué hacer conmigo. Incluso podía ver la duda en los ojos de Mila cada vez que me veía. Ya no me miraba de la misma forma. No me sorprendió el día que llegaron a mi puerta para informarme de que una familia adinerada me adoptaría, que dicha familia no había podido tener hijos después de intentarlo durante años. Una familia en Nueva York en Estados Unidos. Lo único que entendí de eso fue que me mandarían a otro continente para mantenerme lejos de ellos y no pensé que me doliera tanto, pero lo hizo.

Por mi parte, acepté la decisión, no supliqué ni les dije cuánto me dolía, ni que ya consideraba mi hogar esa casa en la que había empezado a tener esperanzas de una vida normal de nuevo. Eso ya se había esfumado.

Un día antes de mi partida, Hayden vino a mi habitación, lo último que quería era hablar con ella, así que solo seguí empacando.

—Sé que me odias ahora, Heiner, pero te he liberado.

Arrugué mis cejas sin decir nada, ella siguió.

—En esta casa solo te limitarán, intentarán amoldarte y, si no pueden controlarte, te encerrarán. —Ella me mostró las marcas en sus muñecas como si hubiera estado encadenada varias veces—. No te dejarán ser parte del mundo exterior, de la sociedad, si no te comportas. En cambio, con esa familia te he dado libertad, ellos no saben de lo que eres capaz, puedes hacer lo que quieras desde las sombras.

—¿Y por qué me liberarías? —pregunté incrédulo.

Ella se acercó a mí y me abrazó con gentileza para susurrar en mi oído.

—Para que un día me devuelvas el favor, *hermanito.*

Y con eso se fue.

Mi vida con mis nuevos padres era vacía, pero increíblemente cómoda. Ellos tenían mucho dinero y hacían lo que les pidiera porque querían ganarse mi amor a toda costa. Ellos no eran malas personas, pero mi mente siempre viajaba a esa sonrisa amable en medio de la oscuridad aquella noche que los Stein me salvaron de mi padre. Y, a medida que crecía y alcanzaba el pico de mi adolescencia, Mila había pasado de ser una figura materna para mí a la mujer en la que pensaba cuando me masturbaba.

No sabía en qué momento se distorsionó todo en mi mente, tal vez el daño que le había hecho mi padre era demasiado y no había vuelta atrás. Mis padres me llevaban una vez al año a visitar a los Stein en Alemania, ellos sabían que los extrañaba aunque no lo dijera.

Cuando cumplí dieciocho años y fui a visitarlos, me sorprendió ver lo triste que estaba Mila, su semblante decaído y la alegría de sus sonrisas no llegaba a sus ojos. Me di cuenta de que esa vida que ellos llevaban estaba acabando con ella, y yo no podía pasarlo por alto. También descubrí que Hayden estaba encadenada en el sótano, porque una chica había muerto por su culpa. Mila no me dio los detalles pero Hayden sí cuando fui a verla. Ella me contó entusiasmada cómo había cocinado un pastel de nueces para una chica siendo muy consciente de que la chica era alérgica y se lo había llevado el día de su fiesta de cumpleaños. Entre tantos pasteles y regalos, nunca pudieron probar quién fue la que hizo el pastel culpable y lo calificaron de accidente.

—Te has portado mal, hermanita —dije, cruzando las manos sobre mi pecho. Hayden me observó con atención y aunque era menor que yo, la lujuria en sus ojos era clara. Y me percaté de que Hayden seguía siendo la misma pero yo no, así que podía usarla para mis fines bajo la excusa de que nos estaríamos ayudando mutuamente.

Esa noche, me la follé por primera vez contra las frías paredes de ese sótano, esas mismas paredes que se habían manchado con la sangre de mi padre al rasgar su pecho con el cuchillo cuando lo maté.

Al salir de ahí y llegar a la sala me encontré con Heist, Kaia y un chico de la edad de Heist jugando a videojuegos frente al televisor muy animadamente. Nunca había visto a Heist interactuar con otro chico como si fuera un hermano más de esa forma. Arrugué mis cejas. Kaia fue la primera en darse cuenta de mi presencia:

—¡Heiner! —me llamó—, ven a jugar con nosotros.

Me acerqué a ellos y mis ojos se fijaron en el chico de cabello negro. Él estaba inclinado hacia delante y sostenía el control con ambas manos. Tenía tatuajes en los brazos y un piercing en la ceja. Él me miró y me dedicó una sonrisa amable antes de soltar el control del juego y ofrecerme su mano:

—Soy Rhett.

«Reemplazable.

»Eres reemplazable, Heiner. No serviste como parte de esta familia así que han traído a otro y Kaia y Heist sí lo aceptan.»

Heist no me miró, supongo que le caí mal hasta el final. Rhett sacudió mi mano y me ofreció sentarme a su lado. Sus ojos cayeron sobre mi cuello.

—Guao —exclamó señalando el tatuaje de un ave a un lado de mi cuello—, es perfecto. He estado pensando en tatuarme algo en el cuello, pero no había decidido qué, ¿te molesta si te pido el diseño?

Kaia me sonrió.

—¡Eso sería grandioso! ¡Serán hermanos de tatuajes!

—Claro —dije porque me importaba muy poco que tuviera el mismo tatuaje. Eso se podía convertir en un lazo que luego explotaría de ser necesario.

Esa visita cambió mi perspectiva de muchas cosas, solo fui algo de paso para los Stein, alguien por el que sintieron pena hasta que se deshicieron de mí y trajeron a un chico nuevo. Fui desechable.

No volví a visitarlos después de eso. Los años siguientes me dediqué a planearlo todo, a investigarlo todo. Mi objetivo era preciso: Mila Stein. La sacaría de esa familia enfermiza que estaba acabando con su alegría, con su tranquilidad; pero no era idiota, me enfrentaba no solo a un agente especial, sino también a un psicópata y a un idiota que haría lo que fuera por ella. Sin mencionar a Hayden y a Heist, que eran increíblemente inteligentes.

Un objetivo complejo requería un plan de igual magnitud.

Recolecté toda la información que pude sobre ellos. Ya conocía su lado más oscuro porque yo mismo lo había vivido con lo de mi padre, lo demás fue fácil de conseguir. Pero no fue hasta que vi una foto de Rhett en ese pueblo donde vivía en Carolina del Norte con sus padres adoptivos cuando mi plan comenzó a trazarse en mi mente.

Para mi desgracia, mis padres adoptaron una adolescente porque se sentían solos desde que yo dejé la casa para vivir solo. Mi hermanita vivía para atormentarme y molestarme. Ella tenía una obsesión conmigo por alguna razón, era como si disfrutara que la tratara mal. La dejé ir conmigo a Wilson porque su devoción por mí sería útil.

Me resistí muchas veces ante sus avances hasta que no pude más y terminé haciéndole cosas que no debía. Culpé a mis padres por mandarla a vivir sola conmigo en un pueblo como ese. Primero, visité Wilson de manera anónima y me encontré con un pueblo aparentemente regido por costumbres severas y una religión autóctona, pero toda esa fachada escondía un puente de narcotráfico de cocaína y metanfetamina. Wilson servía de puente para pasar drogas desde Virginia hasta Carolina del Sur e incluso al oeste del estado por Tennessee. Y el señor que se encargaba de todo esto era Thomas Fleming.

Mientras más investigaba, más perfecto se me hacía Wilson como lugar para mi plan. ¿Por qué? Necesitaba un objetivo para los Stein, ellos necesitaban una razón para mudarse allí. No obstante, Thomas no era suficiente porque Rhett vivía en el pueblo y estaba seguro de que él sabía que algo ilegal pasaba y eso no lo había motivado a contárselo a los Stein o a traerlos aquí.

Asistí a uno de los servicios de la iglesia y vi la devoción y la vulnerabilidad en las chicas de ese pueblo: eso era. La religión era arcaica, pero no era nada grave. Los Stein no sabían eso, ellos podían pensar que era un culto, ¿qué tal un culto donde le hacen daño a las chicas? ¿Donde abusan de ellas? Yo podía hacerlos pensar eso. Sabía que esa era la debilidad de Mila por lo que le pasó cuando era joven. Eso era lo que necesitaba.

Investigué a cada una de las chicas de la iglesia y para mi sorpresa me encontré con que varias de ellas se habían acostado con el señor Fleming. Follarse al narco no era muy inteligente por su parte, pero me servía. Así que una noche muy oscura, con nubes bloqueando la luna, esperé a Thomas Fleming en la sala de su casa en la oscuridad. Apenas me vio, sacó su arma y me apuntó, yo seguí probando el whisky en mi mano.

—¿Whisky de ocho años? —le dije con una sonrisa—, esperaba algo más lujoso de un narcotraficante.

—¿Quién eres tú? Dame una razón para no dispararte.

—Solo soy alguien que se mezcla en la oscuridad —le respondí, bajando el vaso hasta dejarlo sobre la mesita—, soy un hombre de negocios.

—Si eres un hombre de negocios, deberías ser más inteligente, ¿sorprender a un narco en su casa? Ni siquiera sé por qué no te he disparado.

—Porque despertaría a tu hija y a tu amada esposa, que no tienen ni idea de lo que tú haces durante el día... no, ellas creen que eres... ¿abogado?

—Solo preguntaré una vez más, ¿quién eres?

—Para ti el señor H, iré al grano porque no pareces de humor para charlar —corté, y me puse serio—. Necesito un puesto alto en la religión de este pueblo.

—¿Eh?

—Sé que este pueblo te obedece con facilidad, saben lo que haces y miran hacia otro lado porque eres muy generoso con todos ellos, así que necesito que me pongas en un puesto con mucho poder de la religión.

—¿Por qué haría eso?

—Grabarse follándose jovencitas es divertido hasta que esos vídeos caen en las manos que no deben. —Levanté mis manos.

Él se echó a reír.

—¿Me estás amenazando? No he hecho nada ilegal, ellas tenían más de dieciocho años, la edad de consentimiento en este estado son los dieciséis.

—Oh no, lo de las drogas es lo ilegal, esto es más... ¿delito moral? Sería una tragedia que todos los del pueblo vieran esos vídeos, me pregunto si estarían dispuestos a hacer la vista gorda a tus drogas cuando te vean follándote a sus hijas. Ni pensar en lo que sentirían tu hija y tu esposa.

—No me gustan las amenazas.

—No es una amenaza, es un acuerdo, señor Fleming. No te pediré nada más, solo quiero ese puesto y esta conversación nunca pasó.

—¿Por qué?

—Sin preguntas, ¿acaso me ves preguntándote por qué traficas con drogas o por qué te follas jovencitas teniendo una esposa perfecta en casa?

—Bien, ve mañana por la noche a la oficina de los Philips.

—Un placer hacer acuerdos contigo. —Me levanté y pasé por su lado—. Y sin sorpresas, tengo hombres con órdenes de acabar con tu pequeña familia si algo sale mal. —Él se tensó—. Y eso sí ha sido una amenaza.

Un día después me convertí nada más y nada menos que en el conducto del Altísimo.

Me pregunté si mamá estaría orgullosa donde fuera que estuviera.

Usé mi influencia durante meses como el conducto del Altísimo para acercarme a tres chicas en concreto: Payton, Sophie y Jessie. Ellas serían mis anzuelos, la prueba falsa de que abusaban y golpeaban a las chicas de esa religión.

Jessie, en especial, se apegó mucho a mí, entregándome su virginidad y todo. Honestamente no la merecía pero bueno, también tenía derecho a divertirme un poco.

Organicé un evento en la iglesia donde un donador anónimo enviaría a tres chicas a Alemania y, por supuesto, antes de enviarlas había repasado todo con ellas, qué bares visitar, a quién buscar, etcétera. Supuse que el más fácil de alcanzar sería Heist, que era el que más salía. Frey y Kaia no eran de salidas.

Senté a las chicas para que memorizaran todo lo que tenían que decir, cómo tenían que actuar y, sobre todo, cómo engañar a Mayne Stein si se tropezaban con él. Estaba seguro de que Heist las llevaría con él al ver las heridas. Hacerles las heridas fue la parte más difícil pero su fe en mí era tan absurda que hacían lo que les pedía sin chistar, después de todo yo era el conducto del Altísimo, el representante de su voluntad y para ellas, estábamos encargándonos de una familia impura como esa.

Tanta preparación dio su fruto y a los pocos días del regreso de las chicas de Alemania me enteré de que los Stein habían comprado una casa al lado de los Fleming y que se mudarían en un año.

Paso uno completado: traerlos a Wilson, a mi territorio.

Tenía un año antes de que llegaran, así que comencé a armar las piezas para cada uno. Hayden no me preocupaba, había hablado varias veces con ella y se creía que la liberaría después de todo, su información me valió de mucho. Kaia y Frey no eran relevantes. Mayne no vendría con ellos al principio, así que tampoco me preocupaba. A Peerce le ocuparía mucho tiempo investigar lo del narcotráfico de Thomas; era un agente, su naturaleza siempre iría por ese lado. Valter era un cero a la izquierda.

¿Quién me preocupaba? Heist.

Por lo que había investigado era muy inteligente y era el único del que Hayden me había advertido. Desde niño, Heist siempre me había mirado con desconfianza, tal vez presentía de alguna forma en lo que me convertiría.

Necesitaba algo para distraerlo, algo para que él enfocara su atención y no se centrara en resolver lo que de verdad pasaba en el pueblo: absolutamente nada. Solo era un pueblo con un narco y una religión arcaica, pero él no sabía que lo de que la religión abusaba de las chicas era una mentira fabricada.

Mis ojos recayeron sobre la foto de la hija de Thomas Fleming. Estaba seguro de que siendo Thomas parte del objetivo de los Stein, alguien se acercaría a la hija para averiguar algo y estaba convencido de que enviarían al encantador Heist. Esa chica podía ser mi distracción para Heist, pero él no se entretendría con una chica básica y aburrida como ella.

Tal vez yo podía hacerla interesante para él.

Nadie sabía mejor que yo que los monstruos pueden ser hechos, así que secuestré a Leigh y a su madre y las dejé en el bosque. Las cosas salieron mucho peor de lo que pensé, pero cumplieron su objetivo: destruir a Leigh y hacerla renacer convertida en una falsa chica, que estaba seguro de que sería un deleite para un analizador como Heist.

Hasta recibí un bonus al involucrarse Rhett con ella y estar a su lado cuando cometió el asesinato. ¡Qué romántico!

En fin, llegaron los Stein y comencé a matar a mis preciosos anzuelos. No podía dejar evidencias, solo «suicidios». Además, esos suicidios me servían para distraer aún más a los Stein, para convencerlos de que algo terrible pasaba en este pueblo. La última en morir fue Jessie y casi me sentí mal al verla lanzarse al vacío, era muy buena en la cama.

Pensé en buscar otra víctima mientras se enfriaba lo de los suicidios: Kate, una chica de la iglesia y que trabajaba en el restaurante del pueblo llamó mi atención, pero la dejé pasar porque a la malcriada de mi hermanita le gustaba. Luego descubrí la relación entre Natalia y Heist y pensé que ella era la candidata perfecta para ser mi próxima víctima, ya que podía tener información sobre Heist o sobre lo que pasaba en esa casa. Además, Natalia y yo teníamos historia. Vaya, que ser el conducto del Altísimo me había servido para follar.

Seguí con la siguiente fase de mi plan: la enemistad entre los Fleming y los Stein. Alimenté esa rivalidad, esa guerra de inteligencia, para que ellos se enfocaran entre ellos, que sintieran que el enemigo estaba del otro lado. Por eso manipulé a Leigh como conducto del Altísimo y la convencí de que los Stein habían venido al pueblo por su padre, lo cual era una verdad a medias. Por eso secuestré a Jazmine, la mejor amiga de la familia Stein y alguien muy querido por ellos cuando Heist secuestró a Leigh. Para que pareciera que fue Thomas cuando les envié su cabeza.

Y cuando me enteré de que ambas familias iban a charlar, sabía que tenía que detenerlas, que esa conversación no podía tener lugar y que era el momento perfecto para llevarme a Mila Stein. Pero si solo la secuestraba a ella, no habría confusión; así que también me llevé a Leigh.

Los Stein se despertarían en sus camas con una nota que diría que se habían llevado a Mila y que si se acercaban a la casa Fleming no dudarían en matarla. Los Fleming se despertarían con una nota que diría exactamente lo mismo con la diferencia de que Leigh era la secuestrada.

Ellos finalmente se darían cuenta de todo, pero mientras lo descubrían yo ganaba tiempo para alejarme lo suficiente.

Hayden había muerto, mi hermana había huido a otro estado y era como si yo nunca hubiera pasado por Wilson, como si no hubiera causado toda esa destrucción para alcanzar lo que quería.

Yo era y seguiría siendo una silueta en la oscuridad, un simple desconocido.

50

Nachwirkungen

Consecuencias

HEIST

«Leigh…»

Extiendo mi mano hacia ella, pero se desvanece frente a mí.

«Heist…»

Su voz queda como un susurro grabado en la oscuridad.

Abrir los ojos fue una tarea más difícil de lo normal, mis párpados estaban pesados y mis ojos cansados. No me tomó mucho tiempo darme cuenta de que estaba en mi habitación, tan solo la lámpara de mi mesilla de noche estaba encendida.

«¿Qué pasó?»

Mi mente se esforzó por recordar, navegando en escenas borrosas que cobraban sentido poco a poco: el ardor de las palabras de mi padre, el frío de la piscina y luego solo Leigh, Leigh, Leigh. Su rostro frente al mío, sus labios, sus gemidos, su calor, sus palabras mientras yacía desnuda a mi lado, esa jodida sonrisa genuina que me desarmó y me distrajo, mierda.

«Lo siento, Heist.»

«¡Maldita sea!»

Me senté de golpe y el mareo que recorrió mi cuerpo solo me sirvió de recordatorio de que había sido drogado y que probablemente lo que sea que ella usó no estaba del todo fuera de mi sistema. Me inclinó a un lado de la cama y me sorprendió encontrar un balde en el cual vomité hasta que me quedé sin aire y mi cabeza palpitó dolorosamente.

—La mató.

La voz de Frey me asustó y lo busqué en el cuarto. Lo encontré en la esquina oscura donde apenas daba la luz de mi lámpara, siempre como un fantasma, como una sombra más, así era Frey Stein.

—¿Qué pasó?

—Mucho ruido, muchas personas.

—Frey. —Traté de verlo mejor en la oscuridad, estaba sentado con su espalda contra la pared, sus piernas extendidas frente a él.

—Kaia no para de llorar, no sé qué hacer, Heist, ¿cómo puedo hacer que deje de llorar?

Algo iba mal.

Y como si alguien quisiera decirme qué pasaba, Kaia abrió la puerta. Desearía no conocer tan bien a mis hermanos, desearía no ser capaz con solo mirarla a los ojos de saber que algo muy malo había pasado. Kaia siempre se movía con elegancia, con sus vestidos negros y su cabello y maquillaje perfecto, tanto que yo le había puesto el sobrenombre de princesa gótica, pero no esa noche, no en ese momento. Sus ojos estaban hinchados y rojos, su delineador se había corrido por sus mejillas y se había secado, su cabello era un desastre y su vestido azul oscuro tenía partes oscurecidas con un líquido que sabía que era sangre. Por unos segundos, ella solo me miró, sus ojos llenándose de lágrimas, sus labios temblando, se veía... rota. Y nunca la había visto así y me devastó, mi cerebro maquinando todas las posibilidades de qué podría haber pasado.

«Di algo, Kaia, di algo.»

—Hayden está muerta. —Su voz fue un susurro mortífero en la semioscuridad de mi habitación. Ella no dijo nada más, solo se quedó ahí, las lágrimas rodando por sus mejillas y yo solo la observé.

«No, eso no es posible.»

El pecho me ardió y esa sensación de cuando vi la cabeza de tía Jazmine volvió a mí, con mucha más fuerza. Mi hermana mayor no podía estar muerta, Hayden era... no. Me puse de pie y tuve que sostenerme en la pared porque me mareé de nuevo.

—Y mamá... no está.

—¿Qué?

Por un momento, creí que seguía drogado, durmiendo, teniendo pesadillas.

—Se la llevaron.

—¿Quién? ¿De qué estás hablando? —Sostuve mi cabeza con ambas manos porque palpitaba con dolor.

—Los Fleming atacaron la casa, con hombres armados y gas y... asesinaron a Hayden y se llevaron a mamá.

Los Fleming...

Leigh... Fleming.

Apreté mi mandíbula, Leigh me había usado para sus planes, para... ¿atacarnos? Mayne tenía razón, yo era un jodido idiota. Maldije varias veces, sin saber cómo procesar toda esa información, no estaba seguro de que mi cerebro estuviera cien por cien alerta.

—Sé que esto es demasiado, sé que... aún ni lo has procesado, pero ya no tengo fuerzas, tienes que ser fuerte por nosotros, Heist. Tienes... que calmar a nuestros padres, yo no puedo bajar, no puedo verla, ve al sótano, yo me encargo de Frey. —Fue todo lo que Kaia me dijo antes de acercarse a Frey y arrodillarse frente a él.

Asentí y salí de la habitación, aún mareado. Cuando llegué a las escaleras, me detuve en seco: vidrios por todos los lados, sangre, agujeros de balas en los sofás, restos metálicos de algo, ¿qué mierda pasó allí? Bajé rápidamente, crucé lo que quedaba de nuestra sala y luego la cocina para comenzar a bajar las escaleras a nuestro sótano. Las luces estaban encendidas, pero el silencio que reinaba era inquietante. Cada escalón que pisaba me preparaba para lo que vería.

—Siempre te meto en problemas —me había dicho Hayden cuando cumplió trece años—, deberías odiarme.

—Es divertido meterse en problemas, además soy popular en mi colegio gracias a ti: soy el hermanito de la conocida chica de secundaria de ojos diferentes.

—Secundaria... creo que no duraré mucho en ese lugar.

—Deja de herir personas y te podrás quedar.

Ella me sonrió, sus ojos en la distancia.

—Ojalá pudiera, tonto hermanito.

Hayden...

Me detuve en el último escalón y me senté ahí mismo, mi pecho oprimido ante la vista frente a mí. Mayne estaba sentado en la colchoneta, con su espalda contra la pared y entre sus piernas estiradas y abiertas tenía el cuerpo de Hayden. El pálido rostro de mi hermana descansaba sobre el pecho de mi padre mientras él le acariciaba el cabello.

Recordé la primera borrachera que tuve con Hayden, siempre terminábamos discutiendo sobre quién era mejor y, por supuesto, ella tenía los mejores argumentos la mayoría del tiempo, era como si el alcohol la volviera sabia.

—¡De acuerdo! Tú ganas, eres la favorita de Mayne, ¿feliz?

Ella se echó a reír mientras me pasaba la botella.

—Lo dices como si fuera un gran premio.

—Lo es para mí.

—¿Por qué? ¿Porque es tu papá biológico?

—Sabía que no debía contártelo —suspiré—, en fin, Mayne te adora mientras ignora mi existencia. Supongo que tengo que ser más como tú.

—No —dijo Hayden de inmediato—. Vivir con este vacío que solo se llena hiriendo y manipulando a los demás es una mierda. A veces me pregunto, ¿cómo sería si algo me importara de verdad? El mundo es aburrido cuando no te importa nada.

—Y yo que pensé que te importaba... ¡A la mierda lo de ser tu hermano favorito!

Ella se rio.

—Ahórrate el drama, eres el único con el que tengo crisis existenciales.

Le sonreí.

—Soy muy afortunado.

Sí, Hayden estaba loca y su sed de sangre era un peligro latente, pero ella era mi hermana. Aparté la mirada y vi a Peerce con cabeza inclinada hacia delante y las manos y la frente contra la pared. Pude ver la sangre sobre sus puños. Valter, por su parte, estaba sentado en una silla y con ambas manos cubría su cara.

—Papá...

Mi voz rompió el silencio y Peerce giró su rostro para verme. Me sorprendió ver la rabia en su mirada.

—¿Dónde estabas?

—Papá...

—¡¿Dónde estabas, maldita sea?!

Valter se enderezó en la silla y habló:

—Peerce...

Peerce dio unos largos pasos hacia mí y ni siquiera me molesté en levantarme y lo dejé agarrarme del cuello de mi camisa y sacudirme con fuerza. Sus ojos estaban rojos, sus facciones tensas con furia.

—¡¿Dónde estabas?!

Había asumido que ellos sabían que Leigh me había drogado, pero por la rabia de Peerce supe que no, lo que quería decir que alguien me llevó a mi habitación después de lo que pasó.

—Leigh me drogó.

Peerce me soltó como si hubiera tocado basura.

—La chica Fleming, por supuesto. Hay que felicitar al señor Philips, bien que supo criar a una zorra astuta.

—No la llames así.

Mayne chasqueó la lengua.

—¿La defiendes mientras sostengo el cadáver de tu hermana, Heist?

Me quedé callado y los observé por unos segundos. Cada vez que miraba a Hayden, recordaba su sonrisa, sus burlas y sus ojos. Me costaba tomar una respiración profunda, sentía una opresión en mi pecho y el dolor estaba ahí, causando ardor en mis ojos. Pero lo controlé porque esa no era la emoción principal que me invadía, sino la rabia.

Furia porque los Fleming no solo me habían quitado a tía Jazmine sino también a mi hermana y se habían llevado a mi madre, ¿y qué había hecho yo? Bajar la guardia y revolcarme con Leigh, creer en ella, confiar por primera vez en mi puta vida para que me usaran de la peor manera. Supuse que debía ponerme de pie y aplaudir a Leigh, ese ya no era mi juego, quizá nunca lo fue. Me puse de pie y me tragué el dolor al ver a mi hermana.

—Bien, hemos recibido un ataque doloroso y... —aparté la mirada de Hayden— tenemos que recuperar a mamá, quedarnos aquí no servirá de nada. Intentaré persuadir a Leigh para que salga de la casa y...

Valter se puso de pie y me pasó un papel, la letra era cursiva, pero leía claramente:

> Si intentan acercarse a nosotros, si tan siquiera ponen un pie en nuestra propiedad, o involucrar a la ley, Mila Stein pagará con dolor o quizá la muerte.
>
> T. F.

—No entiendo nada. —Alcé la mirada confundido.

—Ellos han ganado —explicó Valter—, creo que nunca debimos subestimar a un mafioso como Thomas Fleming.

Mayne bufó.

—Ellos son los que nos han subestimado. —Besó la frente de Hayden antes de colocarla lentamente en la colchoneta—. Los mataré a todos.

Mayne se levantó, sus manos goteaban la sangre de mi hermana. Peerce fue a la caja de armas que teníamos escondida detrás de un estante en el sótano.

—Claro, solo agarremos un montón de armas y vayamos a atacarlos —murmuró Valter con sarcasmo—, ¿qué podría salir mal? Oh, ya lo sé, absolutamente todo. No estamos hablando de entrar en una casa indefensa, ya sabemos que él tiene hombres, armas y, lo más importante, tiene a Mila. En el momento en que seamos una amenaza, puede matarla.

Recordé una conversación que había tenido con mi madre:

—Tu frialdad puede llegar a ser muy útil en algunas situaciones, Heist —me había dicho ella.

—Sí, claro.

—Esa capacidad de pensar todo con cabeza fría, de no dejarte llevar por la rabia y el dolor, puede hacerte más inteligente que tus padres.

Di un paso atrás y observé el sótano. Poco a poco me despegué de todo lo que sentía, echándolo a un lado, y vi a mi hermana objetivamente antes de mirar a Peerce.

—Papá, ¿por qué no has traído a un equipo de investigación? Ahora la escena del crimen está comprometida.

—Matarán a tu madre.

—¿Puedes decirme qué ves? —le pedí porque si alguien era bueno en eso, era él—. ¿Puedes ser objetivo? Hazlo por Hayden.

Peerce hizo una mueca antes de caminar y pararse a mi lado.

—Ya la revisé, no había señal de lucha y el disparo fue a quemarropa —dijo Peerce—. Todo indica que Hayden conocía a la persona que le disparó. Además, la puerta del sótano no estaba forzada. Quien entró lo hizo con la llave o sabía dónde estaba.

Hayden no conocía a los Fleming, pero sí conocía a Leigh y Leigh sabía dónde estaban las llaves. Peerce se dirigió a las escaleras y volvió a caminar hacia el colchón hasta detenerse.

—Quien lo hizo debió de estar a esta distancia. —Él levantó el brazo y puso sus dedos en forma de arma—. La persona que disparó era alta por el ángulo de entrada de la bala y la sangre en la pared.

—¿Qué altura aproximada?

—Tu altura más o menos —respondió Peerce.

No era Leigh entonces. Pero algo no encajaba, algo estaba mal. Los Fleming no habían tenido una razón fuerte para atacarnos de esa forma, pensé que habíamos quedado en paz con lo que pasó con tía Jazmine. Si querían hacer una demostración de poder, podrían simplemente haberme matado cuando me drogaron, ¿por qué arriesgarse y venir hasta aquí para causar este desastre? Ellos sabían que no nos quedaríamos tranquilos hasta vengar a mi hermana y encontrar a mi madre, ¿por qué desatar una guerra?

—¿Las cámaras? —pregunté, echándoles un vistazo.

—Limpias, como si no hubieran existido esta noche.

—¿Todas? —Eso me confundió, había cámaras escondidas cuya ubicación solo era conocida por la familia.

Peerce asintió.

—¡Heist! —Kaia me llamó desde el principio de las escaleras—, ven rápido.

Crucé una mirada con mis padres antes de apresurarme escaleras arriba, Kaia me guio a la habitación de Frey. Ya se escuchaba el desastre dentro de la habitación de mi hermano.

—Intenté calmarlo, pero solo tú y mamá...

Tomé el rostro de Kaia entre mis manos.

—Yo me encargo.

Apenas entré y cerré la puerta detrás de mí, tuve que esquivar un trofeo que Frey lanzó con toda su fuerza y que se estrelló en la pared a un lado de la puerta.

—Frey —dije con suavidad.

Su habitación era un desastre de lámparas rotas, trenes y ropa. Frey se giró y comenzó a golpear la pared con sus puños. Me acerqué rápidamente antes de que pudiera notarlo y lo abracé con fuerza desde atrás, inmovilizando sus brazos. Él luchó, intentó echar su cabeza hacia atrás y pegarme, pero yo ya conocía sus movimientos. Lo sostuve, haciendo la presión necesaria hasta que comenzó a calmarse. Suspiré.

—Todo está bien, Frey, estás bien.

—Él la mató.

—¿Él?

—El hombre de las sombras.

—¿Thomas Fleming?

—No.

Frey se soltó de mi abrazo, fue a la cama y se acostó de lado.

—Estoy cansado.

—Frey, ¿quién es el hombre de las sombras?

Frey señaló una esquina del cuarto donde descansaban un montón de hojas, ¿de dónde habían salido? Me acerqué y recogí algunas, eran dibujos de una sombra en diferentes lugares: el patio de la casa, la cocina, el sótano y hasta el patio de los Fleming.

—Hayden me hizo esconder los dibujos —me comentó mi hermano desde la cama—, me dijo que solo los mostrara si algo le pasaba.

«Todo indica que Hayden conocía a la persona que le disparó.»

—¿Hayden conocía a este señor de las sombras?

—Sí, todos lo conocemos.

—¿Qué?

Frey no dijo nada más y yo me incliné para recoger otro dibujo, esta vez no era una sombra difuminada, era un retrato claro de alguien, alguien que conocía muy bien. Frey cerró los ojos y murmuró el nombre:

—Heiner.

51

Vamos a jugar

LEIGH

¿Alguna vez te has enfrentado a un monstruo?

No, no hablo de esos monstruos de fantasía, hablo de uno de carne y huesos, uno que por fuera es hermoso, con una sonrisa atrayente y un encanto que deslumbra a cualquiera. Uno que posee una cubierta perfecta para ocultar a la bestia que en realidad es. Uno que usa algo tan sagrado como la posición de conducto del Altísimo para lograr lo que quiere.

Todos creemos que, al enfrentarnos a un monstruo, tendremos miedo, temblaremos y huiremos para salvar nuestras vidas cuando, en realidad, ni siquiera nos daremos cuenta de que nos estamos enfrentando a él. Seremos incapaces de identificarlo hasta que ya sea demasiado tarde; hasta que nuestra sangre esté manchando su perfecto rostro y sus labios formen una sonrisa sádica que nos revelará que el monstruo ha estado ahí, en nuestras narices todo este tiempo y hemos sido tan ciegos que no lo hemos visto. Él se pasa la mano por la cara para limpiarse mi sangre y su sonrisa no lo abandona en ningún momento.

Él puede infiltrarse entre nosotros con facilidad, puede imitar nuestras emociones, aunque no pueda sentir ninguna en absoluto. Él manipula, miente y hace lo necesario para conseguir lo que quiere. Nosotros somos solo piezas en su juego y si resultamos heridos o muertos, es daño colateral; no perderá el sueño por eso porque no le importa. Ese brillo en sus ojos y esa maldita sonrisa son prueba de eso.

¿Está solo o hay más como él?

Eso tendremos que averiguarlos juntos, pero ¡cuidado!, una vez que entras en el juego de ¿Heist? No, mi estupidez, mi obsesión con Heist, con culparlo de todo me llevó a pensar que eso se trataba de él, cuando nunca lo fue. Ese juego retorcido le pertenece al monstruo que me persigue en la oscuridad, al que siempre estuvo en las sombras.

Heiner...

Él me dijo su nombre cuando desperté hace semanas. Él se ha deleitado contándome cómo nos engañó a todos, cómo lo planeó todo. Me había convertido en su audiencia involuntaria y, si me quejaba, si hacía algo que no le gustara, terminaba allí, en ese lugar: un laberinto de arbustos. En pleno invierno, con nieve cubriendo la parte posterior de los arbustos y el camino entre ellos, el frío era insoportable. Heiner me obligaba a llevar un vestido blanco y me hacía un corte en las piernas lo suficientemente grande para que mis pasos quedaran ensangrentados en la nieve. Las llamaba «sus huellas favoritas» y le encantaba seguirlas mientras me perseguía con ese terrorífico silbido que ahora formaba parte de mis pesadillas. El juego era simple, tenía que encontrar la salida antes de que me desangrara, me diera hipotermia o él me atrapara.

Mi respiración era visible al dejar mis labios y mis dientes rechinaban junto con mis temblores corporales involuntarios, pero rendirme nunca había cruzado mi mente, ni la primera vez que me lanzó a ese laberinto ni esa noche porque tenía la motivación más grande de todas: la venganza. Heiner había sido el responsable de la horrible muerte de mi madre y me lo había dicho como si nada, como si la vida de ella no valiera en absoluto, y todo ¿para qué? Para que Heist tuviera algo con que entretenerse.

Mi definición de monstruo había estado tan equivocada, todos en Wilson, en la casa Stein habíamos usado esa etiqueta como si nada, y ahora que me enfrentaba a un verdadero monstruo me daba cuenta de que jamás me lo hubiera imaginado así. Lo primero que me sorprendió fue lo joven que Heiner era. ¿Cómo alguien tan joven podía haberse retorcido tanto? ¿Cómo había planeado tanto con tanto cuidado? Cuando le pregunté por qué no había hecho las cosas de manera más simple, por qué involucrarnos a todos, tener tantas variantes que aumentaban los riesgos de que algo pudiera salir mal, su respuesta fue:

—¿No es mucho más divertido de esta forma? Es como tener marionetas sin cuerdas, moviéndose a mi antojo, a mi voluntad. Además, tenía que probar mi valor, mi superioridad, ¿cómo podía enfrentarme a ella cuando la tuviera si no podía decirle que había vencido y superado a sus esposos?

Mila Stein.

Heiner solo la mencionaba lo necesario y aunque había admitido que la tenía con él, yo nunca la había visto porque yo nunca dejaba mi prisión: una habitación ridículamente blanca sin ventanas que me hacía querer vomitar por todos los lados para darle un poco de color. Solo salía de allí cuando Heiner me llevaba al laberinto y siempre me vendaba los ojos hasta llegar ahí. Solo supe lo que era un verdadero monstruo hasta que mi existencia se redujo a ser el objetivo de la diversión retorcida de uno. Mi única interacción venía de las conversaciones con él, así que cuando él no me visitaba, pasaba unos días ahogada en mis pensamientos, en la impotencia que sentía al estar encerrada, sin ningún tipo de control y que mi vida dependiera de la persona responsable de lo que le pasó a mi madre.

Pasé por todas las etapas los primeros días: gritar, atacar a Heiner cada vez que lo veía, llorar hasta que mis ojos se hinchaban tanto que apenas podía ver, dejar de comer para ver si con eso lograba algo. Nada obtenía una reacción de Heiner porque yo no le importaba en absoluto y en el momento en que eso me quedó claro, entendí que llorar, gritarle o dejar de comer no eran opciones para mí si quería sobrevivir.

Así que corrí con todas las ganas por el laberinto... Era una noche especialmente oscura, sin presencia de la luna. Lo único bueno de que mis castigos fueran tan frecuentes era que ya había descifrado un camino para llegar a la salida del laberinto. Todos los arbustos se veían tan iguales que dudé que estuviera en el camino correcto hasta que crucé una esquina y pude ver la salida en la distancia. Mi muslo ardía, la sangre caliente bajando por mi piel, pasando mi rodilla hasta llegar a mi pie. Cometí el error de sostener la herida mientras caminaba y ahora tenía las manos llenas de sangre, manchas carmesí sobre mi vestido blanco. Eso no era bueno porque había notado la mirada de Heiner por todo mi cuerpo y las manchas de sangre cada vez que salía del laberinto. Disfrutaba con ello y eso me aterraba porque no había nada que lo detuviera de tocarme o hacer algo más que eso si lo provocaba. Me acerqué con desesperación a la salida, pero me detuve de golpe al verlo dar un paso fuera de un arbusto, bloqueando mi camino. La fina hoja metálica de su cuchillo resplandecía en su mano derecha.

—No será tan fácil esta vez, Leigh. —Su voz siempre me provocaba escalofríos.

Apreté mis puños e intenté descifrar qué era lo que quería. Heiner levantó su mano vacía y me hizo un gesto para que fuera a él.

—Tendrás que encontrar una forma de pasarme.

—No es justo cambiar las reglas del juego en el último momento —le respondí—, ¿cuál es el objetivo de que encuentre la salida si solo vas a estar esperándome en ella? Es injusto.

Heiner se echó a reír y yo luché por mantener la frente en alto.

—¿Crees que me importa ser justo? Sigues siendo ingenua.

—No soy ingenua, no puedes soportar el hecho de que te gane cada vez en esto —le señalé nuestros alrededores—, así que ahora recurres a hacer trampa. Espero que Mila no se entere de esto, apuesto a que ninguno de sus esposos ha tenido que hacer trampa, eso es solo una muestra de inferioridad.

La sonrisa se esfumó de su rostro y la tensión de su mandíbula me hizo tragar con dificultad, pero jamás demostraría mi miedo. Por unos segundos, no dijo nada, su mirada helada sobre mí.

—Ahora entiendo a Heist —me tensé ante la mención de ese nombre—, tienes algo que incita la necesidad de doblegarte, de callar esos labios que solo saben desafiar a un hombre peligroso.

No dije nada y la sonrisa volvió a sus labios.

—Con esos mismos labios gemiste su nombre, ¿no?

—Ahora cambias el tema porque tengo razón.

—Cambio el tema porque me da la gana. —Él tomó dos largos pasos hacia mí y yo retrocedí, ojeando el cuchillo en su mano—. Pareces olvidar quién es el que está a cargo aquí, Leigh. No tengo problema en recordártelo.

Me mordí la lengua porque había sido una idiota, provocar a Heiner no era inteligente, pero no era justo que apareciera de esa manera cuando ya había suspirado de alivio al llegar a la salida.

—Solo digo la verdad.

Heiner siguió acercándose y casi salí corriendo, sin embargo, su mirada me decía que me quedara justo donde estaba o sería peor. Además, ¿adónde iría? Ya no sentía mis dedos por el frío y me estaba mareando, ese corte en mi muslo no paraba de sangrar. Así que me tragué el miedo y levanté el mentón para mirarlo directamente a esos ojos oscuros porque el monstruo ya no estaba en la oscuridad ni en el anonimato, y poder enfrentarlo así requería valor y de eso yo tenía de sobra gracias a la fuerza que me daba mi difunta madre.

Heiner levantó su cuchillo y pasó la punta por el contorno de mi rostro.

—¿Ya no me tienes miedo?

—¿Le temerías a tu creador? —refuté porque él se llenaba la boca diciendo que me había creado, que me había mejorado, bastardo enfermo—. Tú mismo mataste al tuyo, ¿no?

—¿Estás diciendo que me matarás?

—Sí.

Su sonrisa creció.

—Es lo justo, aunque deberías agradecerme que te salvara de tener una existencia aburrida sin ninguna trascendencia o importancia en el mundo.

—Mataste a mi madre y me dejaste presenciarlo de la manera más cruel y retorcida, no trates de disfrazarlo con discursos de mierda.

Heiner se echó a reír de nuevo.

—Esta es la única razón por la que no te he matado, Leigh. —Él me agarró del pelo con su mano libre y acercó su rostro al mío, lo que me provocó una mueca de dolor—. Me entretienes.

—Es un placer ser tu juguete —afirmé con sarcasmo y desprecio—, estamos para servir.

Heiner acercó su boca a mi oído y contuve mi repulsión.

—Sigue provocándome, Leigh, y no te gustará lo que te haré.

Él me soltó y se dio la vuelta para comenzar a alejarse y yo busqué por todo mi alrededor alguna arma, un tronco, una roca, algo que pudiera usar para golpearlo en la cabeza, pero todo estaba cubierto de nieve.

—Vamos, creo que es hora de que te unas a nosotros —me dijo, echándome un vistazo por encima de su hombro.

«¿Qué? ¿A nosotros? ¿De qué estaba hablando?»

Por primera vez, Heiner no me vendó los ojos mientras salíamos del laberinto y pude ver una casa inmensa pero solitaria en lo que parecían montañas heladas. No tenía ni idea de dónde estábamos, asumí que sería un lugar en el norte del país por la cantidad de nieve que caía y su frecuencia. Observé con atención cada detalle de nuestro alrededor: oscuridad, árboles y nieve, no había nada que me indicara nuestra ubicación.

Heiner abrió la puerta principal y me ordenó que entrara.

—Cenarás con nosotros —explicó y yo entré con cautela.

La sala estaba iluminada por velas y la chimenea, las luces no eran algo que se usara en ese lugar al parecer. Heiner me guio por un pasillo hasta que llegamos a un comedor inmenso y me paralicé. Había una mesa de madera larga en medio, iluminada por velas encendidas en un candelabro que colgaba y quedaba en el medio. La mesa estaba completamente llena, cada asiento ocupado por alguien encapuchado, y a la cabeza estaba sentada Mila Stein, su cabello rubio suelto alrededor de su rostro, sus manos descansaban en los reposabrazos de la silla. Su expresión no cambió al verme, todas las personas encapuchadas se giraron para mirarme con la excepción de algunas. Me veían ensangrentada, con los labios morados por el frío, pero a nadie parecía importarle mi aspecto.

—Tenemos una invitada hoy —anunció Mila y sonrió—, toma asiento.

Pero ¿qué mierda...?

Al no moverme, Heiner me empujó y puso sus manos sobre mis hombros hasta que quedé sentada a la cabeza del otro lado de la mesa, cara a cara con Mila. No tenía ni idea de qué estaba pasando o quiénes eran esas personas. No había ni un solo rasguño o moretón en lo que podía ver de la piel de Mila, tampoco había perdido peso como yo, ella lucía extremadamente sana y saludable, lo opuesto a mí. Heiner se sentó a su lado.

—Debes de estar confundida, Leigh —comentó ella, la condescendencia en su voz me molestó—, cenemos, ya habrá tiempo para explicaciones.

«¿Quién podía tener apetito en ese momento?»

Un plato apareció frente a mí y seguí la mano que lo servía para encontrarme con una chica de mirada perdida que desapareció tan rápido como llegó. Todos comenzaron a comer como si nada y pude ver el rostro de algunas personas dentro de esas capuchas: algunos jóvenes, otros adultos, ¿quiénes eran ellos? ¿Cómplices de Heiner? Quizá Mila le estaba siguiendo el juego a Heiner por supervivencia, de eso yo sabía bastante. Pero Heiner nunca había mencionado a otros cuando me contó su plan.

Descansé mis manos ensangrentadas sobre mi regazo, no había manera de que comiera en esas circunstancias, el dolor palpitaba en mi muslo y me recordaba el corte que aún derramaba sangre, estaba segura de que ya había manchado la silla.

—Oh, lo olvidaba —dijo Heiner—, estás herida, eso necesita una venda. —Su mirada recayó sobre uno de los encapuchados—. Jaeda.

Me congelé ante la mención de ese nombre. Ella se puso de pie y le dio la vuelta a su silla para caminar hacia mí. Yo me quedé viéndola en completa sorpresa, ella me pasó por el lado y susurró:

—Sígueme.

Su voz... era ella. Jaeda Hutchinson, una de las Iluminadas, desde que había llegado al pueblo hacía más de un año, se había integrado tanto en nuestra iglesia que había pasado a ser parte de las Iluminadas en muy poco tiempo. Y anduvo con todas de arriba para abajo, con Anesha, Rina, Lyna, incluso Payton. Para mi sorpresa, recordé su sonrisa y su amabilidad.

—Futura líder, que el Altísimo esté contigo y te guíe para liderarnos como debe ser —comentó ella antes de envolverme en un abrazo.

¿Qué hacía ella allí? ¿Qué tenía que ver con Heiner?

Heiner me dio una mirada de advertencia, se le estaba agotando la paciencia, así que me puse de pie y la seguí, yo ya estaba cojeando porque me dolía mucho el muslo. Entramos en una cocina y ella se quitó la capucha para ofrecerme una silla.

—Siéntate —ordenó y sacó una caja de primeros auxilios de un botiquín, yo solo podía observarla.

—Jaeda.

—Es mi hermano.

—¿Qué?

Ella suspiró mientras yo me sentaba. Se arrodilló frente a mí y me abrió las piernas. Por instinto, puse mis manos sobre mi vestido en mi entrepierna para cubrirla. Ella limpió la herida con delicadeza y yo no sabía qué decir.

—¿Heiner es tu hermano?

Recordé todas las veces que Jaeda había evitado las preguntas sobre su familia cuando nos reuníamos en la iglesia o en la casa de alguien. Su familia siempre estaba de viaje, sus padres nunca estaban y ella nunca mencionó que tuviera un hermano. De las Iluminadas, Jaeda era la más cercana a Kate y cuando le preguntamos a Kate si sabía algo de ella que no supiéramos nosotras, nos había dicho que no.

—¿Y tú sabes todo lo que hizo, lo que hace... y...

—¿Lo apoyo? —Ella levantó la mirada y me sonrió—. No lo entenderías.

—Jaeda —me incliné sobre ella para susurrar—, tienes que ayudarme, yo sé que...

—Ni siquiera lo intentes, Leigh. —Vendó la herida y se puso de pie—. Yo he tomado mis decisiones y mi bando en esto y no es ni nunca será el tuyo.

Y caí en la cuenta de que esa chica frente a mí se había hecho amiga de todas las Iluminadas, se había ganado su confianza, había fingido quererlas y luego dejó que su hermano las manipulara y las matara fríamente: Payton, Sophie, Jessie, Natalia. Jaeda era tan peligrosa y despreciable como su hermano.

—¿Quiénes son esas personas de ahí afuera?

—Sus seguidores.

—¿De Heiner?

—No.

—No lo entiendo.

—De ella.

—¿Mila?

—¿Sabes el número de personas que ella ha salvado? ¿De pedófilos? ¿De violadores? ¿A cuántos les ha dado la justicia que la sociedad falló al no darles?

Heiner me había contado un poco lo que hacían los Stein cuando se presentó como el conducto del Altísimo y luego en ese encierro había profundizado más al respecto.

—No fue solo ella, toda su familia lo hizo.

—Fue idea suya y ahora aquí, a nuestro lado, podrá seguir haciéndolo sin las restricciones morales de su familia.

—¿De qué estás hablando?

—La hemos liberado de ellos, ¿no lo ves? No más reglas estúpidas, podemos continuar el trabajo con libertad.

—¿Y ella está de acuerdo con eso?

—Mila no.

Eso me confundió aún más.

—La reina roja sí.

Recordé la expresión, la pose de Mila en esa silla.

—Estoy confundida, Jaeda.

—Mila tiene un trastorno de doble personalidad, la tonta Mila que quiere hacer el bien siguiendo reglas morales estúpidas y la reina roja, alguien más sanguinaria y con más libertad. La reina roja fue la que asesinó a sus propios padres, eran unos enfermos.

—Y esos encapuchados son personas que ella ha salvado a lo largo de su vida.

Pensé en voz alta.

—Exacto, hora de volver.

«Esto se acaba de complicar más. Mila no está aquí en contra de su voluntad como yo, ella está al mando junto a Heiner; o, bueno, su otra personalidad lo está. Dios, ya ni sé lo que pienso. Estoy sola en esto, sola en medio de la locura absoluta.»

Después de lavarme las manos, seguí a Jaeda de vuelta al comedor y ya no quedaba nadie, solamente una figura sentada a un lado de la mesa, la capucha cubriéndola por completo. Jaeda me sonrió antes de desaparecer y dejarme sola con ella. Rodeé la mesa con lentitud, pasando mi mano por los respaldos de las sillas. Con cada paso, las velas iluminaban una parte de su rostro y me detuve en seco, mi mano paralizada sobre una silla cuando vi el piercing debajo de su labio.

Él levantó su mirada y me encontré con esos ojos negros oscuros e infinitos que llegué a amar.

Rhett.

52

Dolor culposo

«No sé qué decir.»

«No sé qué sentir.»

«No sé qué pensar.»

Rhett estaba ahí frente a mí, sentado en esa mesa como uno de esos lunáticos. Ese rostro perfilado no cargaba ninguna expresión, parecía perdido en el momento, en esos segundos que nos tomó procesar la presencia del otro. Él se veía siniestro como todos los demás con esa túnica y esa capucha sobre su cabeza, sin embargo, mi pecho se calentó con una pizca de alivio al ver un rostro familiar entre tanta locura, entre tanta desesperación. Quería llorar y correr a sus brazos y escuchar su voz ronca susurrarme que todo estaría bien, que él siempre estaría para mí como ya lo había dicho tantas veces, pero me contuve porque no tenía ni idea de quién era el chico que estaba frente a mí.

El Rhett que yo conocía era un chico malo que no seguía las reglas y que haría cualquier cosa por protegerme, no un seguidor de un culto de asesinos. Lo miré a los ojos buscando algún tipo de señal, algo que me permitiera entender un poco y no encontré nada. Rhett se quitó la capucha y sentí un vacío en el pecho al ver de nuevo ese tatuaje al lado de su cuello, el mismo que le había visto a Heiner la primera vez aquí. Supuse que tenía sentido que Rhett estuviera metido en esto, Heiner me había contado que Rhett había sido rescatado como él, pero jamás esperé que de verdad él estuviera involucrado.

«¿Acaso todos me han mentido?»

«Estoy sola.»

«No estás solo.» Recordé pronunciar esas palabras al sacar a Heist de la piscina. Y lo mucho que él se había abierto conmigo en la cabaña. Su expresión decepcionada cuando descubrió que lo había drogado aún me atormentaba. Todos habíamos sido unos mentirosos en algún momento del sangriento juego de Heiner. Rhett se puso de pie y empujó su silla hacia atrás para comenzar a rodear la mesa. Cuando quedó en mi lado de la mesa, a unos cuantos pasos, levanté mi mano.

—No.

Él se detuvo, su mirada evaluó mi atuendo, mi herida recién vendada, la sangre seca en mi vestido y algunas manchas aún húmedas sobre mis piernas.

—No te acer...

Rhett se llevó el dedo índice a sus labios y me quedé callada por unos segundos, ¿por qué no hablaba? De cerca, pude notar las gotas de sudor que rodaban por su frente y la palidez de su rostro, él no lucía del todo bien, así que me quedé quieta cuando se acercó y su mano acunó mi mejilla, siseé ante la frialdad de su tacto.

—Lo siento mucho, Leigh.

«¿Por qué? ¿Por qué te estás disculpando exactamente, Rhett? Porque yo ya no entiendo nada.»

Él descansó su frente sobre la mía y su piel, a diferencia de su mano, estaba caliente. ¿Tenía fiebre? Busqué su mirada y él cerró los ojos antes de caer sobre una rodilla frente a mí. La sorpresa me hizo arrodillarme con él y tomé su rostro entre mis manos.

—¿Rhett?

Sus hombros subían y bajaban con cada pesada respiración como si requiriera un esfuerzo fuera de lo usual para respirar. Rhett descansó su frente sobre mi hombro.

—Todo es culpa tuya, Leigh —me susurró al oído.

—¿Qué? —En un segundo, Rhett enroscó su mano alrededor de mi cuello y me obligó a acostarme sobre el suelo con él encima de mí. Él apretó mi cuello y grité con todas las ganas—. ¡No! ¡Rhett! ¡Ayuda! —Las palabras se atragantaron, el aire comenzó a faltarme, el rostro de Rhett empezó a distorsionarse frente a mí.

—¡Todo es culpa tuya! ¡Culpa tuya! —gritó él en mi cara y yo lo arañé, lo golpeé, luché debajo de él con todas mis fuerzas. Pude ver una sombra detrás de él y alguien lo arrancó de mí, tosí desesperada y me senté rodando hacia atrás instintivamente. Heiner sostuvo a Rhett por ambos brazos, la sonrisa de ese monstruo era espeluznante.

—Me encantan los reencuentros románticos.

—Suéltame —pidió Rhett de mala gana.

Heiner lo soltó, pero se mantuvo entre él y yo. Yo acaricié mi cuello, todavía tosiendo.

—No me gusta que hieran mis juguetes sin mi permiso, Rhett.

—No entiendo por qué aún sigue con vida —dijo Rhett con una expresión de asco y mi pecho se encogió.

El recuerdo de la mirada oscura y cálida de Rhett, sus sonrisas, sus «te quiero», sus abrazos reconfortantes se agrietaron en mi mente mientras él me miraba con repulsión. Las lágrimas llenaron mis ojos porque ya estaba cansada, mi situación era una mierda y que Rhett intentara matarme y me mirara de esa forma era lo que me faltaba para querer desaparecer y rendirme.

Rhett se dio media vuelta y se fue y me permití derramar una sola lágrima antes de limpiarla furiosa. Heiner se quedó ahí de pie, sus ojos sobre mí. Él suspiró y lo vi girarse a buscar algo. Al caminar hacia mí de nuevo, pude ver el pañuelo blanco en su mano.

—Necesitas descansar para sanar.

Mi instinto fue arrastrarme hacia atrás, pero él agarró la muñeca con fuerza y me obligó a levantarme.

—No, no, por favor —le pedí porque no era la primera vez que me dormía a la fuerza.

Heiner me apretó entre sus brazos antes de cubrir mi boca y mi nariz con el pañuelo. Intenté no respirar, pero inevitablemente tuve que hacerlo y todo se volvió borroso. Su rostro inexpresivo estaba a unos centímetros del mío, esos ojos parecían pozos profundos de oscuridad dispuestos a ahogar todo lo que se encontraban en su camino.

Mi mente divagaba, la droga haciendo su efecto y por un segundo no era Heiner el que me sostenía, era Heist, sus ojos azulados teñidos de diversión, sus labios curvados en esa sonrisa que me había cautivado la primera vez que lo vi. Mis ojos se humedecieron de nuevo al pensar palabras que nunca dije y que quizá nunca tendría la oportunidad de decir.

«Te quiero, Heist.»

HEIST

Dos meses después

Humo.

Fue lo primero que vimos en la distancia mientras conducíamos por una estrecha carretera entre arbustos cubiertos de nieve. Ese lugar estaba en medio de la nada, habíamos tenido que conducir más de seis horas para llegar y en el trayecto no habíamos visto ningún otro auto, ninguna casa, nada. Supuse que era exactamente lo que Heiner necesitaba, un lugar aislado, lo suficientemente lejos de todo para que un humo como ese no llamara la atención de nadie. ¿Cómo podría hacerlo si no había nadie en cientos de millas alrededor?

—Más rápido —ordené, pero papá solo me dedicó una mirada cansina, esa carretera estrecha no permitía abusar demasiado de la velocidad. Valter conducía, Peerce iba de copiloto y preparaba sus armas mientras Mayne estaba a mi lado en la parte de atrás. No quisimos involucrar a mis hermanos en aquello, alguien tenía que quedarse en la civilización, alguien a quien pudiéramos llamar para pedirle ayuda si todo se iba a la mierda.

—Debemos asumir que tendrá hombres ahí también, pero no muchos, si ha estado en un lugar tan aislado durante meses sin ningún problema ya debe de sentirse seguro —comentó Peerce.

Fue muy difícil encontrar este lugar recóndito en el norte de Canadá. Nos tomó contactos, dinero, investigación. Heiner había hecho las cosas muy bien, sin dejar rastros, pero finalmente lo habíamos encontrado gracias a que rastreamos a su hermanastra. Ella no era tan inteligente como él, y solo hizo falta presión y amenazas para que nos dijera todo. El padre de Leigh se nos había unido y venía a unas cuantas millas de nosotros. Nos separamos para no levantar sospechas porque él iba con todo un equipo.

No podía negar los nervios que tensaban cada parte de mi cuerpo, mamá tenía que estar bien. Si ella fue su objetivo desde el principio, dudaba que le hiciera daño. Los ojos negros de Leigh vinieron a mi mente y alejé esa imagen, no me importaba lo que le pasara después de lo que me hizo.

«Pensé que no nos mentíamos entre nosotros», recordé decirle eso a mi madre.

Chasqueé la lengua, Leigh estaría bien, si algo tenía era la habilidad para salir triunfante de situaciones retorcidas. Y sí, lo que me hizo fue una mierda, pero tampoco la quería muerta.

—Ya casi hemos llegado, prepárense —dijo papá, quitándole el seguro a su arma. Yo lo imité. Valter comenzó a reducir la velocidad y emergimos del camino a un claro cubierto de nieve que llevaba frente a una casa inmensa. Él frenó de golpe ante la vista.

¿Qué carajos...?

Parte de la casa estaba oscurecida por haberse quemado, ya no había llamas, pero el humo aún salía por las ventanas con lentitud. Sin embargo, eso no era lo más perturbador, había palos inmensos clavados delante de la casa y a los lados, y en ellos había cadáveres crucificados. El frío debió de ralentizar su descomposición porque aún se veían enteros, su sangre congelada y algunos cubiertos en parte de nieve, lo que significada que habían recibido varias nevadas ahí.

—Maldito enfermo... —murmuró Valter, inclinándose sobre el volante del auto mientras miraba todo con una expresión de asco.

Eché un vistazo a mi lado, Mayne estaba muy tenso, sus puños apretados sobre su regazo.

—No fue él —declaró Mayne.

—¿Qué? —Lo observé confundido.

—Hace años, hablé con la otra personalidad de tu madre —nos contó Mayne— y recuerdo claramente que me dijo «Todos esos malditos que merecen morir deberían ser crucificados». —Sus ojos se fijaron en los cadáveres—. «Sería justicia divina, que mueran en la cruz como el Dios de muchos, por sus pecados, de manera lenta y dolorosa.»

Volví a fijar la vista frente a mí y me costó creer que mi madre tuviera algo que ver en un asunto tan macabro, pero yo nunca había conocido esa personalidad de ella, así que era posible.

—No hay autos, no hay vida, parece que algo muy grave pasó y ya no queda nada —dijo Peerce y abrió la puerta del auto—, no obstante, manténganse alerta, revisemos el lugar.

Nos bajamos del auto y comenzamos a caminar hacia la casa. Sin embargo, nos detuvimos de golpe y alzamos nuestras armas cuando vimos movimiento en la puerta principal. Vi a Rhett emerger de la puerta con el rostro ensangrentado, cojeaba y cargaba a alguien en sus brazos. Su rostro se contrajo de dolor al vernos, sus ojos rojos como si hubiera llorado durante días y cuando bajé la mirada a la persona que cargaba entendí por qué. Mi pecho se hundió en un segundo. Su cabello caía hacia un lado, la palidez de su piel resaltaba entre la sangre seca que la cubría y el vestido blanco que llevaba. Su brazo colgaba a un lado. Rhett bajó las escaleras frontales de la casa y cayó de rodillas con ella en brazos.

—No... —murmuré—, no, no, no.

Me fallaron las piernas y caí sobre una rodilla. Mayne fue el primero en reaccionar y correr hacia ellos. Rhett comenzó a llorar abiertamente mientras Mayne revisaba con desespero el pulso de ella. Peerce no se movió, sus ojos enrojecieron de inmediato porque todos sabíamos que la vida había dejado su cuerpo hacía horas. Valter se golpeó el pecho una y otra vez como si no pudiera respirar.

—Mamá... —susurré, mi pecho apretándose y el dolor propagándose.

Mayne maldijo y la arrancó de los brazos de Rhett para sostenerla con cuidado, acariciando su rostro una y otra vez.

—Bonita...

Yo caí sentado de lleno y apreté la nieve a mis costados. Las lágrimas rodaban por mis mejillas sin control y no me importaba, mi madre yacía muerta en los brazos de mi padre. Habíamos llegado tarde... no habíamos podido salvarla... no...

Entonces la rabia tomó el control, me puse de pie y caminé hacia Rhett.

—¡¿Dónde está?! —le grité.

—Se ha ido...

Rhett se puso de pie y se dirigió hacia Peerce y Valter. Yo fui al lado de Mayne para ver a mi madre. Tomé su mano con cuidado y besé la parte posterior mientras dejaba caer mis lágrimas.

«Eres mucho más que eso, Heist...»

«No se lo digas a nadie, pero eres mi favorito.»

No, mamá. Apreté su mano contra mi rostro y lo dejé salir. Mi dolor escapó de mí en sollozos de agonía, mis hombros sacudiéndose con cada uno, nunca había llorado con tantas ganas, con tantas fuerzas. Ella no podía estar muerta, mi madre, Mila Stein, que siempre fue fuerte, que siempre sonrió ante las dificultades, no podía estar muerta. Yo no podía haberle fallado, no así, no de la peor forma. Algo en mí se quebró, las grietas corriendo por todo mi ser. Mayne me dejó abrazarla, sentirla en mis brazos una última vez. Su pálido rostro se veía en paz, así que lo acaricié.

—Madre... —susurré como si el bajar la voz pudiera hacer que ella me escuchara. Ya nunca volvería a verla sonreír, nunca escucharía su voz, nunca tendría a la única persona que me quería a pesar de que sabía quién era yo realmente. La persona que me dio la vida.

Entonces, mis ojos captaron movimiento en la puerta principal y aún aferrándome al cadáver de mi madre, levanté la mirada para ver a Leigh salir ensangrentada. Ella también llevaba un vestido blanco manchado de sangre, estaba mucho más delgada que la última vez que la vi. Su largo cabello negro estaba suelto y caía enredado alrededor de su rostro. Ella se paralizó cuando me vio, pero su expresión se llenó de alivio y se apresuró hacia mí. Cuando vio a mi madre se detuvo en seco y sus ojos se llenaron de lágrimas.

—Heist...

No dije nada. Mayne se levantó con mi madre en brazos y la cargó con gentileza pasando por mi lado para llevársela a Peerce y a Valter. Yo solo me quedé ahí en la nieve, llorando en silencio. Me puse de pie y limpié mis lágrimas con rabia. Leigh se me acercó, su mano tocó mi brazo y me solté de un manotazo.

—No.

—Heist.

—No.

Su expresión estaba llena de dolor, de derrota, de agotamiento por todo aquello, pero en ese momento no me importaba, mi mente estaba fijada en el rostro sin vida de mi madre, en la frialdad de su mano, en el hecho de que no la vería nuevamente.

—Lo siento tanto, Heist, de verdad...

—¡Cállate! —le grité y sus labios temblaron mientras ahogaba un sollozo—. Tú... ¡Todo esto es tu culpa!

—Heist...

—Si tú no hubieras aparecido en mi vida, si no me hubieras atraído a ti como un maldito idiota, si no me hubieras engañado esa noche, habría estado ahí.

—¡Y te hubieran drogado como a todos los demás! —Se le quebró la voz—. No te atrevas a culparme por protegerte, por...

—¡Cállate! —Me acerqué a ella y con una mano apreté su mandíbula con desprecio—. No quiero volver a verte en mi vida —dije entre dientes. Su rostro se contrajo de dolor y arrancó mi mano de un tirón.

—¡No eres el único que perdió algo! —Ella gritó con tanta fuerza que cerró los ojos—. ¡No eres el único, maldita sea!

Su grito me dejó sin palabras unos segundos.

—Me han secuestrado, torturado y abusado de mí durante meses. Yo también perdí a mi madre por culpa de ese monstruo. No eres el único... —su voz se rompió— que ha perdido algo.

Quise hablar, pero las palabras se trababan en mi garganta. Leigh me miró a los ojos.

—Y durante todo este tiempo, no sabes lo mucho que pedí sobrevivir, volver a casa y poder verte otra vez para decirte que... te quiero —mi pecho se apretó—, pero fui una idiota por pensar que podía ser recíproco y que te alegrarías al verme con vida después de toda la mierda que he pasado.

Y tras decir eso, pasó por mi lado y siguió hacia la camioneta que su padre acababa de estacionar.

—¡Leigh! —Thomas Fleming se bajó rápidamente y fue al encuentro de su hija.

—¡Papá! —Leigh rompió en llanto en sus brazos y en ese momento noté el mal aspecto que ella tenía, con toda esa sangre, esas cicatrices en las piernas, los morados en sus brazos, la delgadez de su cuerpo.

Maldije en alemán y observé la casa de nuevo, ¿qué mierdas había pasado?, ¿cómo había terminado mi madre muerta?, ¿Rhett y Leigh tan mal heridos? Y lo más importante, ¿dónde estaba Heiner?

53

El camino correcto

Dos semanas antes del incendio

MILA STEIN

Trigger.

Detonante.

La palabra usada para definir esa situación, sensación o persona que detona el surgimiento de mi segunda personalidad: la reina roja. Hace más de dos décadas, cuando recordé todo lo que había hecho con mis propias manos, cómo había asesinado a mis padres, cómo había mirado hacia otro lado mientras asfixiaba a mi hermanita, me tomó años asimilarlo y lo había recordado como si yo hubiera sido un ente ajeno a todo, «esa no era yo, esa no soy yo», como si yo hubiera sido una espectadora de las fechorías de alguien más, no la responsable.

Aun así, viví con eso, con el dolor y con la culpa. Sí, mis padres eran personas terribles, pero yo nunca les habría quitado la vida, yo no era ese tipo de persona. Y aunque la reina roja fuese la responsable, seguí cargando con esa culpa porque me sentía cobarde al no tomar responsabilidad, fueron mis manos las que se mancharon de sangre, fue mi voz la que dio la orden.

«Pero no eras tú.»

«¿Y eso es suficiente? ¿Eso me excusa?»

Camille era una niña con todo un futuro por delante, sí, una niña manchada por la perversión de mi padre, pero ¿quién era yo para decidir que no merecía vivir? Desde el día que me había intentado suicidar lanzándome desde el techo del psiquiátrico, el pensamiento pernoctaba en la parte más profunda de mi mente, como una opción constante, una opción contra la que decidí luchar, contra la que decidí rebelarme. Me apoyé en mis tres pilares: Mayne, Valter y Peerce. Formé una familia preciosa, seguí con mi vida, fui feliz y fui miserable, la vida siempre con sus altos y sus bajos. Me esforcé por usar mi experiencia como motivación para darles una segunda oportunidad a aquellos que sufrieron lo mismo que yo.

Me tomé la justicia por mi mano, terminé con la vida de muchos pedófilos, violadores y asesinos que se lo merecían. Me convertí en esa luz para muchos que se ahogaban en la oscuridad. Sin embargo, asesinar, acabar con la vida de alguien, acarrea un peso sin importar cuánto se lo merezcan. Y recibí cada carga emocional con fortaleza, resguardándome en el hecho de que había salvado a alguien de una vida de abusos y dolor, que había vengado la muerte de gente que no se lo merecía al matar a sus asesinos.

Hice todo eso mientras vivía con mi trastorno de personalidad, viví con el miedo incesante de que ella se manifestaría tarde o temprano y cuando lo hacía y me despertaba sin saber dónde estaba o lo que había hecho, el terror invadía cada parte de mí. Porque yo sabía que a la reina roja no le importaba nada, ni mis hijos ni mis esposos. Una de esas veces que ella tomó el control, cuando entré en razón, estaba ahogando a Frey en la bañera. Observé con terror la figura inconsciente de mi hijo de ocho años bajo el agua, fue uno de los peores momentos de mi vida. Afortunadamente, Mayne pudo hacerle el boca a boca y revivirlo.

«Sí, esa no soy yo, pero ese es mi hijo, el que amo con toda mi alma y ese amor no fue suficiente para detener al monstruo que vive en mí.»

Cuando Frey despertó y me sonrió con esa sonrisa inocente sin dientes porque acababa de perder los incisivos esperando que le crecieran los permanentes, rompí en llanto. Él se me acercó, su expresión curiosa.

—Está bien, mamá, solo olvidaste contar el tiempo que tenía que estar bajo el agua. Diez segundos, ¿de acuerdo? Diez segundos.

Mis labios temblaron, las lágrimas resbalaron por mis mejillas hasta caer de mi mentón. Él levantó su pulgar hacia mí.

—De acuerdo. —Choqué mi pulgar con el suyo porque él no se sentía cómodo con los abrazos.

Fui a terapia cognitiva, tomé medicación, evité todos los detonantes que podrían traerla a la luz, así que ella estaba meses, incluso años, sin aparecer, pero viví cada segundo de mi vida con ese miedo constante. Estuve deprimida un par de años, otros los sobreviví enfocada en lo que yo consideraba mi deber: liberar este mundo de la basura. Luego, mis hijos alcanzaron la adolescencia y comencé a ver el efecto que nuestro estilo de vida había tenido en ellos y me cuestioné todo de nuevo. Jazmine, mi mejor amiga, siendo psicóloga, intentó hacerme entrar en razón muchas veces. No obstante, yo de verdad creía que esa era mi misión en este mundo, sin eso, ¿qué quedaba? La madre con trastorno de personalidad que temía y vivía con miedo cada día. Me aterraba que, al quedarme sin eso, esa sensación de cansancio, esas ganas de rendirme que sentí el día que me subí al tejado para dejarme caer volvieran porque no era justo con mis esposos ni con mis hijos. Yo no podía ser tan egoísta.

Entonces, Frey mató a su primer inocente. Heist luchaba por ser como su padre y se negaba a sentir y ser como los demás, Hayden asesinaba si la dejábamos libre y Kaia solo podía apoyarme y estar a mi lado mientras observábamos todo esto. Ya en su adolescencia, recuerdo una noche que ellos se quedaron dormidos en los grandes sofás de la sala después de ver una película, me los quedé mirando en silencio y me pregunté:

«¿Qué he hecho?».

Quizá Jazmine tenía razón; tal vez en mi búsqueda de justicia, los había guiado a un camino erróneo, todo lo que siempre quise para las personas que yo salvaba era una vida normal y plena. Y fallé en darles eso a mis propios hijos.

«Y todo para terminar aquí», pensé. Mis esfuerzos, lo que pensaba que habían sido victorias, terminaron siendo derrotas. Terminé creando monstruos como el que yacía a mi lado en la cama. Ya no me sorprendía despertar desnuda a su lado, la reina roja parecía hacerlo a propósito, hacía quién sabe qué cosas con él y por la mañana yo despertaba a su lado desnuda, oliendo a él, el ardor y la humedad en mi entrepierna me hicieron vomitar la primera vez que desperté allí. Ya no, haber pasado por tantas cosas me había vuelto fuerte de alguna manera, me había desensibilizado por así decirlo. Nadie nunca se acostumbra a ese tipo de situaciones tan desagradables, pero me resguardaba de nuevo en esa frase: «Esa no soy yo».

Heiner se retorció un poco antes de despertar, sus ojos negros cayeron sobre mí. Yo estaba sentada contra el cabecero de la cama, el collar alrededor de mi cuello se conectaba a una corta cadena que estaba enganchada a una argolla de metal en la pared. Heiner no era lo suficientemente idiota para dormirse a mi lado sin restringirme. Sostuve la sábana con firmeza contra mis pechos desnudos. Él me sonrió.

—Buenos días.

No dije nada porque había descubierto de la peor forma que enfrentarme a él, provocarlo o ser grosera lo excitaba y terminaba forzándome. Y una cosa era despertar a su lado sin recordar nada y otra era vivir en carne propia que abusara de mí.

—Estás de mal humor hoy. —Él se sentó, se sacudió el cabello y se puso de pie.

Heiner era un niño tímido y asustadizo cuando lo encontramos. Me había sentido tan bien al salvarlo, al sacarlo de ese infierno... Y terminó convirtiéndose en eso: un enfermo desquiciado. Era como si la vida me estuviese escupiendo en la cara, restregándome que el camino que escogí siempre fue el equivocado, que debí detenerme y luchar contra mis demonios sin usar mi misión de justiciera como excusa para no lidiar con mis problemas.

«Todas esas chicas de Wilson han muerto por mi culpa.»

«Jazmine ha muerto por mi culpa.»

«Mi propia hija ha muerto por mi culpa.»

La reina roja era un monstruo, pero yo era peor, causé tanto sin darme cuenta y ya no podía refugiarme en ese pensamiento: «Esa no soy yo». Porque sí había sido yo la que descuidó a su familia, la que no paró cuando debió, la que vivió refugiada en el poder de terminar con vidas inservibles hasta que fue demasiado tarde.

«Hasta que llegamos a esto.»

Sabía que estaba siendo muy dura conmigo misma, las acciones de los demás no era algo que yo pudiera controlar, pero de alguna forma, me sentía responsable de toda esa situación. Si yo hubiera parado, nunca habríamos llegado a Wilson, nunca habríamos caído en el plan de Heiner. Mi mente aún no podía quitarse la imagen de los hombres crucificados afuera de la casa, sabía que había sido idea de la reina roja, pero Heiner igual me lo mostró como si fuera una obra de arte. Muchos de esos hombres no tenían evidencia segura de haber cometido algún crimen, solo eran sospechas, incluso uno de ellos había mirado mal a la reina roja cuando fueron al pueblo más cercano a cientos de millas de distancia por provisiones y ella había decidido que eso era suficiente para requerir la muerte. Aparté esas imágenes de mi cabeza y volví a mirar a Heiner.

—¿Puedo verla hoy? —pedí como de costumbre.

Heiner se puso sus bóxeres y recogió sus pantalones sin mirarme.

—La única razón por la que está con vida eres tú, ¿lo sabes?

—Lo sé y te lo agradezco —mentí porque no tenía nada que agradecerle a ese bastardo—, me gusta verla y hablar con ella.

—¿Por qué? A la reina roja le parece aburrida y a mí también.

No le respondí nada, con Heiner el silencio funcionaba mejor. Él suspiró al ponerse los pantalones.

—De acuerdo, enviaré a alguien por ti en un rato. —Y me dio la espalda para dirigirse a la puerta.

—¿Puede ser Rhett? —le pedí—. Me siento cómoda con él.

Heiner se detuvo de golpe y apreté mis labios porque no debí decir eso. Él se giró y se acercó a mí, su mano de inmediato tomó mi mentón con fuerza mientras se inclinaba sobre mí.

—¿Cómoda?

—Él es como un hijo para mí —le aseguré al sentir la presión que sus dedos ejercían sobre la piel de mi mandíbula.

—Yo también era como un hijo para ti y eso no ha evitado que estés aquí en mi cama.

«Porque tú me has tomado a la fuerza, imbécil.»

—Lo siento —bajé la cabeza conteniendo mi impotencia—, lo siento.

Heiner me observó y se enderezó con una expresión de superioridad, él aún sostenía mi mentón con una mano cuando usó la otra para desabrochar sus recién puestos pantalones. La repulsión llenó de lágrimas mis ojos, pero las controlé porque sabía lo que tenía que hacer.

—¡Mila! —Leigh me recibió con alivio y con un abrazo en su habitación.

Estar encerradas juntas en esa miseria nos había hecho acercarnos mucho en las pasadas semanas. Uno de los seguidores de Heiner me dejó ahí antes de salir y cerrar la puerta con llave. En ciertos aspectos, podía verme reflejada en Leigh. Cuando yo tenía su edad también estaba lidiando con muchas cosas, a pesar de toda la mierda que la vida me lanzaba, me negué a rendirme y podía ver esa determinación en sus ojos.

—¿Te han traído comida? —pregunté preocupada al sentir sus brazos delgados cuando nos separamos del abrazo. Ella sacudió su cabeza.

—Lo hice enojar.

—Leigh.

—Es tan difícil quedarme callada...

Suspiré.

—Leigh, a él le gustan las provocaciones, es como una invitación para él, siempre quiere mostrar su poder y su superioridad, es de lo que se alimenta un monstruo como ese.

Leigh bajó la cabeza y apretó sus labios.

—¿Qué pasa? ¿Leigh? —Ella no me miraba a los ojos y temí lo peor—. ¿Te ha hecho algo?

—Él... —ella se detuvo unos segundos, y supe que algo había pasado porque le estaba costando mucho decirlo— me tocó.

A ella se le llenaron los ojos de lágrimas y de inmediato, la atraje hacia mí y la abracé con fuerza para que llorara tranquila.

—Está bien —le susurré—, está bien, Leigh.

Su delgado cuerpo temblaba en mis brazos mientras se estremecía y lloraba. Y en ese momento, reiteré el hecho de que ya era suficiente, que ese ciclo interminable de dolor y sufrimiento debía terminar. Las chicas que Heiner mató y Leigh no tenían nada que ver con aquello, de alguna manera, al venir a Wilson habíamos traído al mismísimo ángel de la muerte con nosotros.

Cuando nos separamos Leigh limpió sus lágrimas.

—Es mi culpa, debí escucharte... no debí provocarlo... no debí...

—Para —le dije con firmeza—. Mírame —le ordené—, nada, absolutamente nada de lo que está pasando es culpa tuya, ¿de acuerdo?

—Pero si yo no hubiera...

—¿Leigh? Nada. Heiner es un puto enfermo y tú eres una víctima de sus perversiones, tú no has hecho nada para merecer esto, nada, ¿me oyes?

Su rostro se contrajo en una mueca de tristeza.

—Voy a morir aquí, ¿no es así?

Cogí su rostro entre mis manos.

—No, no vas a morir aquí, tienes una vida por delante y vas a salir de aquí, yo me encargaré de eso.

El sonido de la puerta nos interrumpió y Leigh apartó la cara limpiándose las lágrimas con rapidez. Rhett entró cojeando, con esa túnica que yo odiaba.

—Solo tengo diez minutos —nos dijo.

Rhett se había infiltrado aquí, convenciendo a Heiner de que como sobreviviente él quería ser parte de eso. Por supuesto, Heiner no era estúpido y le propinó una paliza y lo apuñaló varias veces alegando que, si Rhett sobrevivía, le daría una oportunidad. Rhett pasó unos días muy mal, le dio fiebre porque una de las heridas se infectó, pasaron noches en las que no estaba segura de que amanecería vivo, pero lo logró, su determinación por ayudarnos a Leigh y a mí era la suficiente para luchar por su vida ferozmente. Rhett buscó la mirada de Leigh, pero ella mantenía la cabeza baja, no quería que él supiera nada y la entendía.

—¿Has conseguido la gasolina? —susurré.

Rhett asintió. En ese lugar remoto y custodiado por los seguidores de Heiner y de la reina roja era imposible escabullir un arma o algún medio de comunicación. Así que le pedí a Rhett que cada día sacara un poco de gasolina de las camionetas de Heiner, una cantidad pequeña que no se notara.

—¿Es suficiente?

Él asintió de nuevo, sus ojos buscando los de Leigh, pero ella seguía sin mirarlo.

—Estas dos semanas son cruciales, muéstrense sumisos, no lo hagan enojar —les recordé—, háganlo sentir que tiene el control, si es posible que es el dueño del mundo. Una vez que su narcisismo y necesidad de sentirse superior estén satisfechas, él se sentirá cómodo y confiado y eso es lo que queremos, que baje la guardia, tomarlo por sorpresa y que no le dé tiempo de idear una respuesta inteligente al ataque.

En dos semanas, Heiner y sus seguidores tendrían una ceremonia de celebración y era la oportunidad perfecta porque todos estarían en un solo lugar. Rhett y Leigh asintieron, yo tomé sus manos y las apreté con fuerza. El engranaje de nuestra defensa había comenzado a girar. Mi motivación eran estos dos jóvenes con una vida por delante. Sabía que no me iba a equivocar esa vez, porque esa vez iba a tomar el camino correcto.

54

Tormenta silenciosa

LEIGH

«No lo provoques.

»No seas tú misma.

»No lo mires a los ojos.

»No hagas nada estúpido.

»No.

»Reglas.

»Pautas.»

Siempre había sido buena siguiendo las reglas. Así me había ganado el respeto de toda mi comunidad y de mi iglesia, así fue como pude seguir adelante después de lo que pasó con mamá. Si había algo en lo que podía decir que era una experta era en eso, así que no fue ningún problema para mí seguir las indicaciones de Mila Stein.

«Pórtate bien para que Heiner te incluya en las cenas donde se reúnen.»

Mantener la cabeza baja era muy difícil, en especial, después de lo que él me había hecho, pero lo hice. Fui sumisa, de pocas palabras y asustadiza. Me di cuenta de que mientras más miedo le demostraba a Heiner, menos le interesaba, sus miradas de diversión cuando solía desafiarlo se convirtieron en miradas de desprecio y aburrimiento cuando ya no fui su entretenimiento. Después de pedirle varias veces que me dejara comer con ellos, que tenía hambre todo el tiempo y que así no tenía que preocuparse por encargar a alguien que me llevara comida, finalmente aceptó.

Así que ahí estaba yo sentada en la mesa, con todos esos seguidores con túnicas. La larga mesa estaba ocupada, con la reina roja a la cabeza y Heiner a su lado. Las velas encendidas sobre el candelabro que colgaba y quedaba en el medio iluminaban el comedor. También había velas posicionadas en cuatro puntos diferentes de la mesa que le daban un tono siniestro a los rostros de todos, entre ellos, el de Rhett. Él me echó una mirada fría antes de comenzar a charlar con un chico a su lado. No sabíamos cuándo Heiner estaba mirando, así que siempre fingíamos odio mutuo.

«Memoriza la dinámica de las cenas: hora, quién sirve la comida, quién se sienta dónde, de qué forma interactúan con Heiner, ¿le temen?, ¿le admiran?»

Esa era una tarea que compartía con Rhett, ya que él estaba más dentro que yo, pero Mila quería ambas perspectivas por si algún detalle se nos escapaba a él o a mí. Ya sabíamos que el número de seguidores de Heiner no pasaba de doce, a veces faltaba uno y asumimos que era el encargado de ir a buscar provisiones y comida. Heiner se puso de pie y levantó su copa de vino. Él no llevaba puesta esa ridícula túnica, sino ropas negras casi todo el tiempo.

—Tenemos un juguete nuevo en el sótano —anunció Heiner con orgullo.

Observé los rostros de todos y un chico en concreto bajó la cabeza. Disimulé ojeando mi comida, pero levanté la mirada y la fijé en él.

«Encuentra una debilidad. Heiner es muy inteligente, pero estoy segura de que entre sus seguidores hay alguno que está reconsiderando su decisión al presenciar todas esas muertes innecesarias y todo lo que han hecho.»

—Es una chica esta vez —agregó Heiner. El chico se tensó—. A medianoche comienzan las torturas. ¡Salud!

—¡Salud! —Todos levantaron sus copas y el chico los siguió, forzando una sonrisa.

«Tienes que aprender a fingir mejor», casi le dije.

Heiner se sentó y esa era la señal para que todos comenzáramos a comer. Comí con desesperación para que Heiner notara que era el hambre lo que me había motivado a rogarle un lugar en su mesa.

—Come despacio.

Brinqué al sentir una mano helada sobre mi hombro. No necesitaba girarme para saber que Mila estaba detrás de mí. Su mano apretó mi hombro y ese fue el recordatorio de que ella no era la Mila que había sido mi pilar esos días, era la reina roja y era la razón principal por la que yo estaba en esa cena. Mi tarea más importante:

«Observa a la reina roja, sus gestos, sus expresiones, cómo interactúa con Heiner y con los seguidores, hasta cómo se viste.»

Mila necesitaba esa información porque parte del plan requería que ella se hiciera pasar por la reina roja el día que pudiéramos llevar a cabo el plan y Mila no recordaba nada de lo que pasaba cuando la reina roja tomaba el control. Si ella quería imitar su otra personalidad, necesitaba mucho más que solo su apariencia porque Heiner no era estúpido y estaba informado de su trastorno. Así que intenté relajarme, interactuar con la reina roja me servía de mucho.

—Tenía mucha hambre —murmuré.

—¿Ya has terminado de comer?

Asentí.

Ella me agarró del brazo bruscamente y me levantó de golpe, mi silla casi cayendo hacia atrás por el movimiento repentino. Todos nos miraron. Sus uñas se clavaron en mi piel dolorosamente y resistí la necesidad de soltarme de un manotazo. Heiner nos observaba con curiosidad.

—No eres bienvenida en mi mesa —siseó ella en mi oído—. Las chicas débiles como tú me recuerdan a ella, a lo que solía ser. Temblar y llorar era todo lo que ella sabía hacer cuando papá se la follaba.

—Ella no es débil —comentó Heiner, obteniendo la atención de la reina roja—. Solo finge serlo porque cree que eso la ayudará a sobrevivir. O quizá ha entendido que desafiarme no cambia nada. De cualquier forma, no es débil.

—¿La defiendes en mi cara? Eso sí que me motiva a hacerle daño.

—No la estoy defendiendo —bufó Heiner—, solo corrijo tus afirmaciones erróneas.

La reina roja me giró hacia ella y la enfrenté. Era la primera vez que la tenía tan cerca, y me di cuenta de que sus expresiones faciales eran completamente diferentes a las de Mila, ese desdén en su mirada, la tensión en su mandíbula como si siempre estuviera enojada. En ese momento, me percaté de que Mila no iba a poder imitarla del todo.

—¿Tú qué piensas, Leigh? ¿Eres débil?

Tuve que pensar muy rápido, la decisión de si me quedaba en esa mesa y si eso se volvía algo habitual ya no era de Heiner, sino de la mujer que tenía frente a mí. Y si ser débil y sumisa le recordaba de alguna forma a algo que despreciaba, tenía que cambiar de estrategia. Y aunque eso le confirmaría a Heiner que estaba fingiendo ser sumisa, no tenía mucho que perder porque estaba segura de que él ya lo sabía.

Así la miré directamente a esos ojos apagados y vacíos.

—Sobreviví en un bosque helado, vi morir a mi madre en un proceso lento y doloroso, vi cómo los lobos se alimentaban de su cadáver. —Me callé unos segundos—. Asesiné a sangre fría y me enfrenté dos veces a Mayne Stein, una con palabras y otra con un arma apuntada a su rostro... ¿Qué has hecho tú? ¿Escudarte detrás de un montón de niños para que hagan tu trabajo sucio? ¿Follarte a Heiner? Porque si crees que eso es un logro, la débil eres tú.

La bofetada no me sorprendió, de hecho, jamás pensé que me dejaría terminar. Mi mejilla ardió con el impacto y ella agarró mi rostro y lo apretó con fuerza antes de sonreír en mi cara.

—Mucho mejor. —Me soltó, se dio la vuelta y volvió al lado de Heiner—. Bienvenida a mi mesa, Leigh.

La confusión me dejó paralizada por unos segundos antes de reaccionar y volver a sentarme. Los demás siguieron comiendo como si nada. Sin embargo, pude sentir esos ojos oscuros sobre mí, siempre podría sentirlos, mi piel ardía de repulsión. Mi mirada fue a la cabeza de la mesa y Heiner me estaba mirando con intensidad mientras tomaba el último sorbo de su copa de vino. Cuando se le terminó, tomó la jarra de vino y se sirvió otra copa. Yo aparté la mirada, mi cabeza maquinando una idea.

«Vino...»

En la cena siempre había vino, Heiner siempre iniciaba las cenas con un brindis. Y el vino nunca era servido directamente de la botella, siempre lo servían de una jarra grande, supuse que para que durara más para servirles a todos. Si podíamos echarle algo a la jarra de vino, podíamos encargarnos de todos en la mesa de un solo golpe. El problema era que no teníamos acceso al exterior como para decirle a Rhett que buscara algún veneno o algo así. Lo que fuera que pusiéramos en el vino, tenía que ser algo que ya estuviera en la casa y que no le cambiara el sabor. Jugué con mis dedos sobre mi regazo, pensando, y recordé una vez que escuché a Heiner hablar de cómo habían sedado a una víctima. Bingo, en algún lugar de esa casa tenía que haber sedantes.

Todos comenzaron a levantarse e irse de la mesa, Rhett incluido, así que reaccioné y estaba a punto de levantarme cuando la voz de Heiner me hizo tensarme.

—Tú no, quédate —me ordenó, su tono casi retándome a desafiarlo.

Lo miré y la reina roja ya no estaba a su lado, éramos solo él y yo en esa larga mesa iluminada por las velas.

—Extrañaba ese lado de ti. —Él me dedicó una sonrisa llena de diversión—. Eres mi creación, después de todo. Tengo grandes expectativas puestas en ti.

Me mordí la lengua.

—¿Silencio de nuevo? —Él se puso de pie y apreté la tela de mi vestido sobre mi regazo al escuchar sus pasos acercándose a mí—. No me gusta hablar solo, Leigh.

Mi pecho comenzó a subir y a bajar rápidamente, traté de controlarme, pero el miedo ya fluía libre por mis venas porque cada paso me recordara a la última vez que estuvimos solos, la última vez que lo hice enojar y él terminó estampándome contra una pared y tocándome en contra de mi voluntad. No pude contenerme, así que me levanté y me alejé de él, quedando del otro lado de la mesa. Heiner se detuvo y me observó.

—No te alejes así de mí, Leigh.

—Lo siento —murmuré y me abracé a mí misma como si mis brazos mantuvieran mi miedo a raya—. ¿Puedo volver a mi habitación?

—No.

Verlo de pie me traía recuerdos de todas las veces que lo vi en la oscuridad del patio de mi casa, con esa capucha negra. Heiner se movió de nuevo, su mirada advertía que no me alejara de nuevo, que habría consecuencias si lo hacía.

«No lo hagas enojar, Leigh.»

Tenía que seguir el plan, la reina roja ya me había dejado estar presente en su mesa, pero si Heiner se enojaba, no tenía ni idea de lo que podría hacerme.

—Sé que ahora piensas que yo te destruí, que arruiné tu vida. —Él se paró frente a mí—. Pero no es así, te he mejorado, ¿no lo ves?

No dije nada, Heiner apretó sus labios en una línea y supe que estaba irritado.

—¿Puedo irme?

Él se inclinó sobre mí, su rostro tan cerca del mío que la oscuridad de sus ojos parecía eterna, y luché contra el terror incendiando mis venas para no retroceder. Él ojeó cada parte de mi rostro minuciosamente.

—Lo que sea que estés maquinando en esa cabecita —él presionó la punta de su dedo índice a un lado de mi frente— no funcionará.

—¿Le temes a tu creación?

Las palabras salieron de mi boca antes de que pudiera controlarlas. Heiner ladeó la cabeza. Su dedo bajó del lado de mi frente para trazar el contorno de mi rostro.

—Le temo a la decepción que sería para mí que pienses que puedes derrotarme en el estado tan precario en el que te encuentras. —Él sacudió su cabeza—. Imagino que Mila y Rhett te han llenado de esperanza, ¿no es así? —Ante mi silencio, él se echó a reír un poco en mi cara, sus facciones volviéndose más frías, más siniestras—. «Juntos podemos lograrlo, saldremos de esta.» ¿Algo así?

—¿Eso es lo que crees? —Bufé—. ¿De verdad crees que me uniría al chico que intentó matarme y a la mujer que se sienta a tu lado? Como si pudiera confiar de nuevo tan fácilmente.

Heiner se enderezó, bajó su mano y sentí que podía respirar de nuevo al tenerlo a una distancia prudente.

—No se trata de confiar, Leigh. —Él me dio la espalda—. Se trata de sobrevivir.

Él le hizo un gesto a alguien que había permanecido en las sombras hasta ese momento y el chico con túnica se acercó a mí para escoltarme a mi habitación. Heiner siempre rotaba los guardias y, para mi suerte, era el turno del chico que vi dudar en la cena. Heiner desapareció escaleras arriba y el chico se paró a mi lado para que comenzara a caminar. Lo hice, mi voz apenas un susurro:

—Sé que no estás de acuerdo con lo que él está haciendo. —El chico se tensó a mi lado y me empujó ligeramente para que siguiera caminando—. No te uniste para verlos asesinar inocentes.

—Silencio.

—Querías justicia contra aquellos que lo merecían —seguí diciendo al subir el primer escalón—, pero pierde sentido cuando solo asesinan a quienes les da la gana.

Él me agarró de la pechera de mi vestido y me estampó contra la pared de un lado de la escalera.

—Si crees que soy tan idiota como para tomar el lado perdedor, estás muy equivocada, ahora cállate y camina. —Él tiró de mí hacia un lado y me soltó para que continuara mi camino.

En mi habitación, lo vi cerrar la puerta de mala gana y suspiré al darme la vuelta para sentarme en el suelo. Mi mirada cayó sobre el pequeño agujero que había en la pared, era lo más cercano que tenía a una ventana, era un hueco del tamaño de mi puño por donde se colaba la luz nocturna. Las noches eran lo más difícil de todo, la oscuridad absoluta de esa habitación me consumía, me atormentaba, me llevaba a recordar esa noche en el bosque con mamá. Por eso dormía en el suelo, mi rostro sintiendo ese destello de luz nocturna. Cada vez que intentaba dormir en la cama, me despertaba con pesadillas o parálisis del sueño, los lobos emergían de la oscuridad, listos para devorarme como devoraron a mamá.

Cogí la sábana y la almohada, preparando mi lugar como siempre. Me acosté en el suelo sobre mi espalda con los brazos extendidos a ambos lados. Giré mi rostro para enfocarme en ese agujero y la luz casi azulada que se colaba por él.

«Estoy tan cansada...»

Para ser honesta, mis esperanzas de salir con vida de esa situación se desvanecían con cada día, con cada noche oscura, con cada ataque de llanto y desesperación. Y aunque Mila, Rhett y yo tuviéramos un plan, dudaba mucho que pudiéramos ejecutarlo con éxito. Heiner estaba en el poder, tenía los hombres, las armas y la inteligencia. No quería ser pesimista, sino realista. Teníamos todas las de perder. Sin embargo, eso ya no me asustaba, ¿qué era lo peor que podía pasar?, ¿que nos matara a los tres? Por alguna razón, la idea de la muerte ya no me atemorizaba tanto. Levanté mi mano en el aire, observando cómo la luz se reflejaba sobre mi delgada muñeca. La muerte era silencio, paz, oscuridad. No más dolor, no más miedo. Mi mente estaba quebrantada, y mi cuerpo apenas sobrevivía, ¿valía la pena vivir así?

—¿Suicida, Leigh? —La voz de Heist venía de alguna esquina de la habitación—. Qué poca originalidad.

Sonreí, no era la primera vez que lo escuchaba, su voz era una alucinación, una creación de mi mente para ayudarme a lidiar con todo.

—¿Qué sería original para ti, Stein?

—No lo sé, pero rendirte sin luchar es aburrido.

Mi sonrisa se ensanchó mientras movía mis dedos bajo esa pequeña línea de luz nocturna.

—Luchar es agotador.

—Solo mantente con vida hasta que pueda encontrarte.

—Quise creer que tú o mi padre me encontrarían las primeras semanas en este lugar, pero con el pasar del tiempo... —Mi sonrisa se apagó—. Ya no puedo creer en nada, es como si...

—La parte de ti que cultiva esperanzas ha muerto.

—Ahora terminas mis frases, supongo que tiene sentido porque eres una creación de mi mente después de todo.

Bajé mi mano de la luz, la oscuridad recibiéndola. Mis ojos se llenaron de lágrimas.

—Estoy cansada, Heist.

—Resiste un poco más, lucha un poco más.

—No... —dije rompiéndome—, no puedo.

—Sí puedes —su voz era un susurro que resonaba en el silencio absoluto—, no estás sola, Leigh Fleming. Lucha con ferocidad como una *furiosa demente*.

Eso me hizo sonreír entre sollozos porque recordé la palabra que significaba eso.

—*Fuchsteufelswild* —le respondí.

—Exactamente, Leigh, *fuchsteufelswild*.

55

Libertad o muerte

LEIGH

«Todo depende de ti y de Rhett.»

Las palabras de Mila habían sido claras. Ella no se consideraba una parte estable y fiable de nuestro plan, ya que era impredecible saber cuándo la reina roja tendría el control o cuándo sería ella. Ella solo nos había dicho que ella sería la distracción. Así que nuestro plan no tenía fecha, solo circunstancias: sabíamos que sería en una de las cenas donde estaríamos todos reunidos, Mila se estaría haciendo pasar por la reina roja y sabríamos que era Mila porque se pondría un brazalete en concreto. Básicamente, Rhett y yo atendíamos cada cena, preparados y listos para todo. Nuestra adrenalina se calmaba cuando notábamos la muñeca vacía de la reina roja, lo que quería decir que esa no era Mila y que esa noche no llevaríamos a cabo el plan.

Cada vez que yo bajaba las escaleras para ir a la cena, podía sentir los latidos de mi corazón en la garganta y en los oídos. Las manos me sudaban tanto que tenía que limpiarlas con la parte delantera de mi vestido. Me sentaba como todos los demás y cuando escuchaba venir a la reina roja y a Heiner, contenía la respiración en anticipación. Mis ojos recaían sobre la muñeca de la reina roja de inmediato: vacía. Luego, mi mirada iba a la de Rhett, quien también parecía poder respirar de nuevo; él estaba al lado del chico que yo había intentado persuadir la otra noche. Su objetivo había sido acercarse a ese chico, quien, aunque no confiaba en Rhett, serviría como blanco fácil para que Rhett pudiera arrancarle el arma automática de su cinturón cuando llegara el momento. No todos los seguidores de Heiner estaban armados, con el pasar del tiempo, se habían relajado, confiado en que no había mayor peligro. Y por la forma en la que algunos manejaban las armas, pude darme cuenta de que no estaban familiarizados con ellas. Los seguidores de Heiner eran jóvenes guiados por creencias erróneas, pero a diferencia de los hombres que Heiner contrató para irrumpir en la casa Stein, no eran expertos en el uso de armas. Aquellos sí eran profesionales, pero no los habíamos vuelto a ver.

Me comí todo lo que había para cenar porque necesitaba la energía y la fuerza. Había comenzado a dormir en la cama, aunque las pesadillas me atormentasen. Mila había insistido en que dormir bien era clave para mantener nuestra mente fresca y lista.

—¿Está bueno? —dijo una voz femenina a mi lado.

—Sí —contesté al darle una mirada rápida a Jaeda a mi lado. La única razón por la que la toleraba era porque ella era mi objetivo. La adoración de Jaeda por Heiner era un arma silenciosa que no debía ser subestimada. Ella mataría y se interpondría entre una bala y él en un abrir y cerrar de ojos. Eso la hacía más peligrosa que cualquiera de los jóvenes con túnicas jugando a saber usar un arma. Y no estaba subestimando a los seguidores de Heiner, un arma seguía siendo un arma y existía la probabilidad de que, aun sin experiencia, le apuntaran a algo y le dieran con éxito. Sin embargo, Jaeda se había hecho amiga de las chicas que Heiner había asesinado a sangre fría y no había mostrado ni una sola pizca de remordimiento, ni siquiera cuando yo lo mencionaba buscando alguna emoción o debilidad en su expresión. ¿Su respuesta? Una sonrisa y un encogimiento de hombros seguido de las palabras «Eran obstáculos para mi hermano, es una pena». Jaeda era capaz de arrancarle los ojos a alguien con sus propias manos si eso era lo que su hermano necesitaba.

La siguiente noche fue diferente desde el principio, desde que di un paso fuera de mi habitación, de alguna manera lo supe. Y fue como si todo se moviera a cámara lenta, como si cada movimiento, cada mirada y cada gesto fuera claro. La energía y la tensión en el aire mientras bajaba las escaleras eran pesadas, las llamas de las velas sobre la mesa titilaban y se reflejaban en la pared a un lado con lentitud. Y por primera vez en todas esas noches, donde el miedo había reinado en mí, me sentí lista. Apreté los puños y rodeé la mesa para sentarme en mi lugar usual, el seguidor de turno que me guiaba me dejó allí y buscó su sitio en la mesa. Mis ojos se encontraron con la mirada oscura de Rhett y pude ver que él también lo supo en ese momento. Escuché el ruido de los tacones de la reina roja y luego su risa, seguida de la voz de Heiner. Contuve la respiración cuando aparecieron en la cabecera de la mesa, mis ojos ojearon la muñeca de la reina roja para encontrar el brazalete ahí.

«El momento ha llegado —pensé— libertad o muerte.»

Me senté muy derecha mientras Jaeda y otros seguidores servían la comida en la mesa. Todos comimos en silencio, Heiner hizo su brindis con vino y yo actué como si bebiera de mi copa, pero no lo hice. Si todo había salido bien, había sedantes en el vino. Mila era la única que tendría acceso a la cocina antes de la cena haciéndose pasar por la reina roja porque Heiner no confiaba en Rhett para que merodeara solo. Noté cómo Jaeda parpadeaba excesivamente, eso había sido muy rápido, no tenía sentido así que le murmuré por lo bajo:

—¿Estás bien?

—Sí, solo... —Ella se lamió los labios—. Me tomé una copa de vino mientras terminaba de cocinar, quizá fue demasiado.

Mierda, si Jaeda se dormía en ese momento alertaría a los demás antes de que el vino hiciera efecto. Mila nos había explicado que el sedante que Heiner tenía allí, tardaba entre veinte y sesenta minutos en hacer efecto, dependiendo del metabolismo de cada persona. Y ellos apenas habían empezado a beber el vino, si se daban cuenta de que algo estaba mal, Heiner tendría más de media hora para matarnos a todos antes de sentir el efecto. Todo se arruinaría por culpa de Jaeda, mi respiración se aceleró y traté de controlarme.

—Deberías ir al baño a lavarte la cara, no tienes buen aspecto —le alenté, echándole un vistazo a la cabecera de la mesa, rezando para que no estuviéramos en el radar de Heiner.

—No... algo está mal... —sus palabras ya se estaban enredando—. Heiner... —susurró y antes de que pudiera llamar a su hermano con más fuerza, el pánico en mí tomó el control. Me puse de pie de golpe, mi silla estrellándose con la pared detrás de mí.

—¡Eres una perra! —le grité a Jaeda, quien, adormecida, me miró confundida, y antes de que alguien pudiera reaccionar la agarré del pelo y con todas mis fuerzas estampé su cara contra la mesa una y otra vez, creando un charco de sangre que crecía con cada golpe contra la dura madera de la mesa.

—¡Leigh! —El grito enfurecido de Heiner hizo eco por toda la sala y uno de sus seguidores envolvió sus brazos alrededor de mí, obligándome a soltarla. Jaeda cayó de lado al suelo inconsciente. Uno de los seguidores de Heiner se apresuró a acercarse a ella, revisando su cara ensangrentada, intentando despertarla. Mi pecho subía y bajaba por la adrenalina del momento, podía sentir las chispas de sangre sobre mi rostro. Siempre me sorprendía la capacidad de violencia que vivía en mí.

—No despierta. —El seguidor alertó asustado—. Señor...

—Por supuesto que no despierta —dijo Mila con ese tono de desdén que yo había practicado con ella tantas veces después de oír a la reina roja—. Leigh acaba de dejarle una contusión de gran medida.

Lo que me dejó sin palabras fue observar la frialdad con la que Heiner miraba la situación, no se veía afectado por el estado inconsciente de su hermana. Y aunque todo eso no era parte del plan y tuve que improvisar, Mila no dejó que ese ataque inesperado afectara su expresión.

—Llévala a su habitación —ordenó Heiner, señalando a Jaeda—, limpia la herida, ya despertará.

—¿Qué hacemos con Leigh, señor? —preguntó el seguidor que me sostenía.

Heiner se puso de pie y tragué con dificultad al verlo dirigirse a mí.

—Has deshonrado nuestra cena esta noche, Leigh. —Él sacudió su cabeza y se paró frente a mí—. La hora de la cena es sagrada para cualquier familia.

El primer golpe ardió y me desorientó, mi oído chillando porque Heiner me golpeó con su puño, todo ese lado de mi cara latía dolorosamente. Entonces, él me agarró del pelo, liberándome del chico que me sostenía para arrastrarme hacia la mesa. Y aunque el dolor era insoportable, si eso lo entretenía mientras el sedante hacía efecto resistiría el mayor tiempo posible. El segundo golpe fue contra la mesa, Heiner estrelló mi rostro contra el charco de sangre que Jaeda dejó. El hueso de mi nariz crujió y chillé en agonía. Heiner me levantó, enredando su mano en mi cabello con más fuerza, como si quisiera arrancar cada cabello de su raíz. En una de mis miradas furtivas, noté que Rhett ya no estaba de pie en esas sombras a un lado de la mesa ni tampoco su chico objetivo. Al parecer, Mila no había necesitado ser la distracción, no cuando yo me había convertido en una.

—Pero tengo curiosidad, ¿qué te dijo mi hermana para que la atacaras de esa forma, Leigh?

Tosí, la sangre en mi nariz bloqueó el acceso de aire así que respiraba por la boca con desesperación.

—Púdrete. —Casi escupí sangre en su rostro.

Heiner apretó sus labios y estampó mi rostro contra la mesa de nuevo. Y por un segundo, solo sentí dolor y todo lo que vi fue sangre. Heiner volvió a estirar de mí hacia atrás, sosteniéndome a su lado. Tosí con desesperación y en ese momento me di cuenta de que Mila se había subido en la mesa. Sus tacones rojos resaltaban con el vestido blanco que llevaba puesto, ella se puso las manos en la cintura.

—Me encanta la violencia. —Fingió una expresión de gusto—. ¿Por qué no lo hacemos más emocionante?

La mayoría de los seguidores parecían confundidos al olfatear un olor extraño: gasolina. Un líquido transparente que provenía de la sala se adentraba debajo de la mesa. Mila sonrió y levantó una de sus largas piernas para patear una de las velas a un lado. En el momento en el que la vela tocó el suelo, las llamas se levantaron con una rapidez cegadora, incendiando todo a su paso.

—Pero ¿qué mierda? —murmuró Heiner.

Caos...

Gritos, fuego y humo.

Hasta el monstruo más inteligente se veía afectado cuando pasaban tantas cosas a la vez. Un disparo seguido por otro y el grito ahogado de uno de los seguidores que cayó en las llamas muerto. Rhett estaba en alguna parte de las sombras disparando, yo lo sabía. Heiner se tensó y sacó su arma, arrastrándome con él, lejos de las llamas. Mila se bajó de la mesa y caminó hacia nosotros. Los seguidores de Heiner corrían, gritaban y se escabullían de las llamas. Su prioridad ya no era Heiner, sino sobrevivir.

—¿Divertido? —le preguntó Mila a Heiner.

—¿Qué estás haciendo?

—Pensé que te gustaban mis juegos.

Heiner bufó, el humo que emitían las llamas se estaba concentrando y respirar se estaba convirtiendo en algo muy difícil. Heiner envolvió su brazo alrededor de mi cuello y me obligó a retroceder con él.

—Patético —respondió Heiner y arrugué mis cejas—. Me esperaba más, *Mila*.

La forma en la que dijo el nombre de Mila me provocó escalofríos. Y entonces, hizo algo inesperado, levantó su arma hacia Mila.

—¡No! —grité horrorizada.

Heiner cambió la dirección de su arma en el último segundo, pensé que le dispararía a Mila. Sin embargo, Heiner les disparó a sus seguidores, uno a uno, hasta que todos cayeron en el suelo, unos cerca de las llamas, otros en lados que aún estaban a salvo. Él le cambió el cargador al arma para llenarlo de nuevo y presionó la punta del arma contra mi sien, estaba caliente por los recientes disparos y siseé ante el ardor de la quemadura. Mis oídos timbraban sin cesar por el sonido de los disparos. Solo necesitamos tiempo, solo unos minutos más para que el sedante haga efecto.

«Puedo resistir unos minutos —pensé—, puedo hacerlo.»

—Planeaba deshacerme de ellos de todas formas y mudarnos esta misma noche, me lo han puesto muy fácil, ¿cuándo van a entender que este no es su juego? —dijo Heiner retrocediendo conmigo—. Yo creé el juego, yo puse las reglas, yo soy el árbitro, nunca han tenido oportunidad.

Mila se bajó de la mesa y mantuvo su distancia, observándonos con cuidado. Yo no entendía nada. De pronto, Rhett salió del pasillo detrás de nosotros con las manos en el aire. Mis ojos se abrieron exageradamente cuando vi a Jaeda detrás de él apuntándolo con un arma en la parte de atrás de la cabeza. La nariz de Jaeda aún sangraba y estaba comenzando a hincharse. ¿Qué? Ella debía estar inconsciente, ella... ¿fingió?

—El hecho de que pensaran que podían sorprenderme con un plan tan básico me parece un insulto —comentó Heiner—, pero los dejé llenarse de esperanza, los dejé creerse victoriosos, incluso los dejé incendiar este hermoso lugar, ¿por qué? Por esas expresiones en sus rostros en estos momentos, y porque ya era hora de cambiar de escondite de todas formas.

Observé con pena cómo uno de los seguidores al que Heiner había disparado comenzaba a arrastrarse lejos del fuego, que ya lo estaba alcanzando. Heiner le disparó en la cabeza y yo brinqué nerviosa e intenté controlar el miedo congelando mis extremidades. Eso era todo, ese era el final, nada había funcionado, había sido una idiota al creer que podría salir con vida de ahí. Heiner solo tenía que dispararme y todo habría acabado.

—Supongo que el cambio de escondite no incluía a tus seguidores. —La voz de Mila me calmó un poco, aunque estuviéramos en una situación en desventaja, ella no perdía la tranquilidad en su tono.

—Exacto —confirmó Heiner—. El fuego le da un toque elegante, ¿no crees? Lo consideraré un funeral a sus restos por sus servicios.

El humo ya estaba rodeándonos y comenzamos a toser.

—Ahora no intentemos nada estúpido, ¿de acuerdo? Jaeda se pone nerviosa con las armas, y un movimiento brusco y... —Él presionó el arma de nuevo contra mi sien, yo dejé de respirar—. ¡Bam! Terminaría decorando el suelo con el cerebro de Rhett.

Heiner me arrastró hasta la cocina, mi espalda contra su pecho, su brazo alrededor de mi cuello. Jaeda le hizo un gesto a Rhett para que nos siguiera, al igual que Mila. Heiner nos guio a la puerta de la cocina que daba al exterior y todos salimos a la helada noche. Heiner me soltó y me empujó hacia delante hasta que me estrellé contra Mila, quien me atrapó rápidamente. Y como un demonio en medio de la helada noche, Heiner nos dedicó una sonrisa siniestra, su arma apuntada hacia nosotras:

—Bien, ¿a quién debería matar primero?

56

Nieve carmesí

LEIGH

Morir...

El concepto de la muerte, del cese de nuestra existencia era uno que no había considerado, que no había cruzado mi mente hasta que pasó lo de mi madre. Esa noche me había dado cuenta de la fragilidad del cuerpo humano, de lo poco que se necesitaba para dejar de existir y del miedo arrollador que podía sobrevenir al darme cuenta de esa realidad. Y ese terror se manifestó en ese momento. Heiner tenía su arma apuntada hacia mí y sabía que yo sería su primer objetivo. Mis ojos se cruzaron con los de Rhett y le mostré una sonrisa triste. Recordé la sonrisa de mi madre, lo bien que lo pasaba con mi padre y con tía Lila, recordé a mis amigas, recordé... a Heist.

Esa sonrisa burlona vino a mi mente, el brillo en sus ojos cuando decía algo arrogante. Mila me giró hacia ella y sostuvo mi rostro entre sus manos.

—¿Estás bien? —disimuló preguntando para luego susurrarme—. Toma el arma.

¿Qué?

—¿Qué están susurrando? De frente a mí, ahora.

Nos enderezamos y Mila apretó mi mano, la tensión en cada uno de mis músculos se intensificó.

—¡Rhett, ahora! —ordenó Mila.

Y todo pasó con demasiada rapidez y lentitud a la vez frente a mis ojos. Rhett se agachó para derribar a Jaeda de la cintura, ambos cayendo al suelo. Heiner desvió su atención a ellos para apuntar a Rhett, pero Mila ya se había movido y atacó el brazo estirado de Heiner. Luego se oyó el sonido de un disparo y luego otro.

Heiner maldijo, Rhett soltó un alarido de dolor y yo me apresuré al lugar donde Mila batallaba con Heiner. El arma yacía a unos cuantos centímetros de ellos y la cogí rápidamente, no sin antes recibir una patada en la cara con mucha fuerza de Heiner que me envió rodando hacia atrás sobre la nieve, mi agarre en el arma no desfalleció para no perderla. Mi cara palpitaba de dolor, pero eso no me detuvo, me puse de pie y, tambaleándome, me giré lista para apuntar a Heiner.

Para mi sorpresa, él ya estaba de pie y tenía a Mila como escudo frente a él. Jaeda yacía inconsciente al lado de Rhett, quien estaba sentado, recostado contra la pared de un lado de la casa, sosteniendo su hombro. La sangre brotaba entre sus dedos. Mi pecho se oprimió, estaba herido, uno de esos disparos le había dado a él y el otro disparo...

Mi estómago se retorció al ver cómo el rojo teñía la parte delantera del vestido de Mila. Heiner la sostenía del cuello y puso su otra mano sobre la herida que ella tenía en el estómago.

—¡Mira lo que has hecho! ¡Lo que han hecho! —Heiner parecía furioso. Por primera vez, no había frialdad en su expresión sino descontrol absoluto—. ¡Sal de mi camino, Leigh! ¡La llevaré al hospital, la salvaré!

Mila me dedicó una sonrisa triste y en unos segundos, me di cuenta de que ella no necesitaba decir nada porque todo estaba escrito en sus ojos, tan claro como su decisión y a la vez tan oscuro como lo que eso significaba. Aun así, sus labios se movieron para pronunciar lo que yo ya sabía:

—Mata a este hijo de puta.

La determinación en su voz, en sus palabras, me hizo apretar mi mandíbula y levantar el arma con manos temblorosas.

—¡Leigh! —Heiner se escudó aún más tras el cuerpo de Mila—. ¿Te has vuelto loca? Podrías matarla.

La voz de mi padre resonó en mis oídos y casi podía sentir sus manos guiándome: «Recuerda, Leigh, cuando dispares no respires porque el movimiento más insignificante de tu cuerpo puede afectar tu puntería. Párate bien, no dudes, exhala profundamente, aguanta la respiración, enfoca tus ojos y dispara».

Heiner me observó incrédulo.

—¿Piensas disparar cuando podrías fallar y matarla a ella también?

—No.

—Eso pensé.

—No voy a fallar.

Y apreté el gatillo, el primer disparo le dio en el hombro y del impacto liberó a Mila, quien se tambaleó hacia delante antes de ir hacia Rhett. Yo di un paso hacia Heiner y le disparé de nuevo, esta vez en la pierna. Él cayó de rodillas, con una mueca de dolor. Su sangre brotaba a chorros y manchaba la blanca nieve bajo nosotros. Me paré frente a él y presioné la punta del arma contra su frente. El bastardo me sonrió y lágrimas de furia llenaron mis ojos.

—Ah, justicia poética, ¿Leigh?

Despegué el arma de su frente y apunté a su entrepierna.

—Sí.

Y disparé una vez. Heiner no pudo controlar su chillido de agonía al caer hacia un lado, sus manos sosteniendo su entrepierna.

—Por mamá, por Sophie, por Payton, por Jessie, por Mila, por... —recordé la sonrisa de Natalia—. Y por Natalia. —Le disparé de nuevo.

Me subí encima de él, golpeándolo con el arma, con las manos, disfrutando su rostro lleno de dolor. Sentí la calidez de las lágrimas que rodaban por mis mejillas porque él me había quitado tanto que ninguna cantidad de dolor, ni siquiera algo tan definitivo como la muerte podrían devolverme a mi madre, a Natalia, a las chicas de mi iglesia, ni lo que él había destruido en mí.

—¡Bastardo hijo de puta! —le grité, otro golpe—. ¡Mi madre era una buena persona! ¡Nunca le había hecho nada a nadie! ¡Ella no se merecía morir así! ¡Ella no...! —me ahogué con mis lágrimas—. ¡Natalia... ni siquiera pude decirle lo mucho que la quería... lo importante que ella era para mí! ¡Destruiste... me destruiste!

Heiner se rio entre jadeos de dolor.

—Eres mi obra maestra, Leigh, mírate.

Eso me hizo detenerme y observar mis manos ensangrentadas.

«¿Cómo se ve un monstruo?»

Heiner ya estaba pálido, Rhett y Mila me observaban en silencio, ambos con pedazos rasgados de sus ropas alrededor de sus heridas. Heiner puso su mano sobre la mía en su pecho.

—Siempre viviré en ti, Leigh.

—No. —Acerqué mi rostro al suyo y le hablé entre dientes—. Nadie te recordará, nadie sabrá de tu monstruosa existencia, eras nada y en eso te convertirás cuando mueras. Emergiste de las sombras y a ellas volverás como lo que eres: nada.

Y le disparé en la frente.

Me puse de pie y limpié mis lágrimas con el dorso de mi mano para apresurarme hacia Mila y Rhett. Las llamas dentro de la casa ardían con ferocidad y sin compasión. Miré el hombro de Rhett, quien hizo una mueca al moverse un poco, noté las lágrimas en sus ojos enrojecidos y me giré para ver a Mila a su lado. La palidez en su rostro y la cantidad de sangre que manchaba su vestido me devolvió esa sensación de pánico y de miedo y comprendí las lágrimas de Rhett. No, no. Puse ambas manos en su estómago para hacer presión sobre la herida.

—¿Mila?

Ella se lamió los labios y me sonrió.

—Has hecho un buen trabajo, Leigh.

—Tenemos que salir de aquí. —Mi pecho se encogió, echando un vistazo hacia los lados—. La camioneta... la que usa Heiner para ir por cosas, quédense aquí, iré a buscarla... esperen, las llaves... mierda. —Quité las manos de la herida de Mila y fui a revisar los bolsillos de Heiner y luego de Jaeda, pero no encontré nada en ellos—. ¡Mierda! Deben de estar dentro de la casa. Esperen, iré... intentaré...

—Leigh. —Rhett captó mi atención—. La casa está en llamas.

—Lo sé, lo sé, pero...

—Leigh. —Mila estiró su mano hacia mí, y me acerqué para tomarla y arrodillarme frente a ella—. Está bien.

«No, no está bien», sacudí mi cabeza.

Ella acarició mi mejilla.

—Incluso si encuentras la camioneta, tardaremos horas en alcanzar el lugar más cercano. —Su voz era tan suave, tan gentil...—. Esperen que las llamas cesen, que amanezca y usen la luz para buscar lo que necesitan y salir de aquí.

—No —dije, mis labios temblando, lágrimas ya rodando por mis mejillas—, no hables como si no estarás con nosotros.

—Leigh —ella suspiró —, la muerte no me asusta, estoy lista, así que está bien.

—No... no es justo —susurré—, no puedo perder a nadie más, no podría soportarlo.

Mi mente estaba llena de todas las veces que Mila había hecho de mi tiempo en este infierno algo pasable. Ella era alguien especial, alguien que no merecía morir así. Recordé su sonrisa amable y sus sabias palabras cuando tenía días difíciles, cuando quería rendirme.

—Sí puedes. —Sus ojos emanaban tanta paz...—. Eres más fuerte de lo que crees.

Ella rasgó una parte de su vestido y me la pasó, la miré confundida.

—Tienes que hacer una atadura muy fuerte alrededor del hombro de Rhett —me recomendó—, afortunadamente, la herida tiene agujero de salida así que la bala no está dentro, la mayor preocupación es... —ella sonaba cansada— que se desangre, así que tienes que parar la hemorragia y mantenerlo.

—Podemos hacer lo mismo contigo.

Ella se lamió los labios, ya resecos por el frío.

—Leigh, está bien, hazlo.

Obedecí, mis ojos encontrándose con los de Rhett. Y me di cuenta de que él también estaba en peligro, dos personas que me importaban estaban en peligro mientras yo estaba a salvo. Ellos se habían arriesgado para que pudiéramos matar a Heiner y, de alguna forma, ambos habían terminado heridos de gravedad y yo solo golpeada. Lo menos que podía hacer era no desmoronarme frente a ellos, no ahora, cuando ellos me necesitaban más que nunca. Así que tragué con dificultad y me moví para hacer el torniquete sobre el hombro de Rhett. Cuando hice el nudo y apreté, Rhett soltó una maldición.

—Lo siento —murmuré. Rhett me mostró una sonrisa ladina.

—Estaré bien.

Con la descarga de adrenalina de la situación, no había notado los pequeños copos de nieve que caían a nuestro alrededor. La vista era contradictoria, la casa estaba en llamas y copos de nieve danzantes caían a su alrededor, era la visión de un infierno congelado. Me arrodillé frente a Mila.

—Mila...

—Fleur... —ella me susurró—, mi nombre es Fleur Dupont.

Ella levantó su mano, dejando que los copos de nieve cayeran sobre su palma. Una sonrisa melancólica curvó sus labios.

—Esa noche también nevaba —comenzó—. La noche en la que asesiné a mis padres y a mi hermanita. —Ella cerró su mano—. Nací en un pueblo francés y creí que fui feliz, que mi familia era perfecta. Estaba tan lejos de la realidad, mientras yo me creía las mentiras que mi mente creaba, la reina roja nacía y soportaba los abusos sexuales de mi padre. —Ella abrió su mano, dejando ver lo que quedaba de la nieve—. Supongo que la nieve siempre supo cuál sería mi final.

—Este no tiene que ser tu final, Fleur.

Ella se giró para mirarme a los ojos.

—Ya he tenido suficiente, Leigh. Estoy bien con que este sea mi final. —Ella limpió una lágrima de mi mejilla—. Estoy bien con irme y llevarme arrastrados a los monstruos que creé sin querer. Es justo.

—No lo es. —Negué con la cabeza.

—Estoy cansada, Leigh. —Su rostro se contrajo en una mueca de tristeza y sus ojos se enrojecieron—. Muy cansada, tuve una vida más larga de lo que esperaba y una familia hermosa, pero ya no puedo más. Quiero descansar, quiero estar en paz. Así que, aunque sé que mis esposos no lo entenderán, ni mis hijos, ni siquiera Rhett, necesito que tú lo entiendas porque eres la única que podrá darles mi mensaje.

—Tú... has sido tan buena conmigo, has pasado por tanto... —respiré profundamente para poder hablar—, no te mereces esto, no...

—Leigh —unas lágrimas silenciosas rodaron por sus mejillas—, necesito que tú, mis esposos y mis hijos entiendan que no hay nada que pudieran haber hecho para evitar esto. El único responsable está muerto y eso es lo que importa. Diles... —su voz se rompió— que son maravillosos y que yo me fui en paz, que no se martiricen, que no necesitaba ser salvada, no esta vez.

Sus labios temblaron mientras de su boca escapaba un sollozo, pero se enderezó, haciendo una mueca de dolor por la herida y continuó:

—Dile a Mayne que ninguna terapia o medicación habría marcado una diferencia. —Ella suspiró—. Dile a Peerce que yo me voy a adelantar a subirme en ese columpio donde solíamos imaginarnos que podíamos viajar por todo el mundo y escapar de nuestros problemas cuando éramos niños. Dile que fue un honor recibir toda la calidez que él escondía detrás de su frialdad. —Ella se cubrió la cara para llorar un poco y yo la abracé con cuidado.

—Se lo diré, te lo prometo —dije en su hombro.

Ella se separó.

—Dile a Valter que su amor y su dedicación me dieron mucha paz a lo largo de mi vida. Y a mis hijos... —su voz se quebró de nuevo—, diles que no podría irme en paz si no supiera que ellos van a estar bien por sí solos, son chicos muy inteligentes y he sido muy afortunada de tenerlos. —Ella bajó la mirada—. Quiero que ellos sepan que está bien recluir a Frey en una institución por un tiempo si no pueden manejarlo. Está bien que él reciba la ayuda que necesita de profesionales, no quiero que se sientan culpables por hacer eso, a veces amamos con tanta intensidad que creemos que eso es suficiente para salvar a aquellos que amamos, pensamos que podemos con todo. Frey es... —ella apretó sus labios con tristeza— es un chico muy especial, pero puede ser violento y no quiero que haga cosas de las que se arrepentirá toda la vida porque ya no estaré ahí para ayudarlo, para prevenir. Dios —suspiró—, los amo tanto. Leigh —ella tomó mis manos—, ¿se lo dirás? —Su voz ya se estaba debilitando.

—Lo prometo, Fleur Dupont. —Yo ya estaba llorando abiertamente—. Lo prometo.

Ella volteó su rostro para ver a Rhett, cuyas lágrimas silenciosas le habían humedecido las mejillas.

—Eres un gran chico, Rhett. —Ella cogió su mano y la apretó—. Eres la prueba de que todo lo que hice no fue en vano. —Rhett no se contuvo y la abrazó con su brazo no herido.

—*Mama, ich liebe dich so sehr* —susurró Rhett en su hombro.

—*Ich weiß.* —Ella le sobó la espalda con suavidad—. Yo también te quiero mucho, Rhett.

Al separarse, Fleur parpadeó lentamente y exhaló con debilidad. Ella dejó caer su cabeza de lado para recostarla en el hombro no herido de Rhett.

—Cuéntame algo, Rhett, un recuerdo feliz —murmuró ella, cerrando sus ojos.

Rhett inhaló profundamente y yo aparté la mirada, sostuve mi boca y lloré silenciosamente.

—El día que conocí a Heist, a Kaia y a Frey fue uno de los recuerdos más felices de mi infancia —comenzó Rhett—, nunca había podido jugar con niños de mi edad, ni había podido interactuar con nadie más que no fuera el núcleo enfermizo de mi hogar. Y recuerdo estar muy nervioso al conocerlos, pero ellos no me miraron con lástima a pesar de que mis moretones eran visibles, ni tampoco se apartaron. Heist... me sonrió y me dijo «¿Quieres que te patee el trasero en videojuegos?» —Rhett se rio con tristeza y una sonrisa se formó en los labios de Fleur.

—Suena como él. —Su voz no era nada más que un murmullo.

—Y jugamos toda la tarde y cuando cayó el sol... —Rhett se detuvo, su voz cargada con nostalgia—, tú entraste en la sala con bocadillos y batidos. Nos dijiste que teníamos que comer algo si queríamos seguir jugando y paramos para comer. Y ese momento... nos recuerdo comiendo y bromeando, y recuerdo pensar si era un sueño porque yo nunca había tenido algo así. Esa fue la primera vez que sentí que podía tener esperanzas de nuevo, que podía tener una vida normal, y la tuve. Los Lombardi son maravillosos, me dieron amor de más, y aunque estoy lejos de ser perfecto, creo que crecí para ser relativamente normal. —Terminó con una risa triste—. Gracias. —Él besó el cabello de Mila.

Mila sonrió con los ojos cerrados, pero no dijo nada, y observé con dolor cómo la mano que ella tenía sobre su herida caía a un lado inerte y algo en mí se quebró.

—No, no, no —murmuré, recordando a mi madre, recordando cómo la perdí así, sin poder hacer nada en una noche que nevaba. Rhett se cubrió la cara para sollozar y yo me puse de pie, mi pecho subiendo y bajando, aire frío se colaba en mis pulmones con cada inhalación y me apretaba el pecho. Sin embargo, eso no se comparaba con el dolor que hundía mi pecho porque estaba perdiendo a alguien más, otra noche oscura con nieve a mi alrededor—, no puedo respirar.

Rhett se destapó la cara.

—Leigh...

—Yo... no puedo respirar... —El rostro sin vida de mi madre vino a mi mente, la nieve cayendo sobre su cuerpo, los lobos acercándose—. Rhett...

—apreté mi pecho, retrocediendo—, no puedo... —Mi voz se quebró. El cuerpo inmóvil de Mila seguía ahí, la mancha sangrienta en su estómago, su rostro lucía lleno de paz, pero sin rastro de vida. Y por segundos, su rostro se intercambiaba con el de mi madre y les di la espalda, cerrando mis ojos.

«¡Leigh, preparé tu favorito! ¡Baja!»

La voz de mamá llenó mis oídos y me los tapé, sacudiendo mi cabeza. Traté de controlar mi respiración sin éxito alguno. Abrí mis ojos y las sombras del bosque detrás de la casa se desplazaron y formaron figuras: lobos. Grité abiertamente y caí sentada sobre la nieve, arrastrándome hacia atrás.

—¡No! ¡No! ¡Aléjense de mí! ¡Por favor! —les imploré, se habían llevado a mi madre, ¿qué más querían de mí?

Un brazo me envolvió desde atrás, presionándome contra un pecho cálido.

—Leigh, Leigh. —La voz de Rhett sonaba tan lejana...

—Lobos, Rhett, hay lobos, no podemos dejar —hablé entre respiraciones aceleradas—, no podemos dejar que se... acerquen a Mila. Otra vez no, Rhett, no otra vez, no puedo.

—Leigh, escúchame, quiero que te centres en mi voz, ¿de acuerdo? —susurró él en mi oído—. Cierra tus ojos.

—No puedo, no podemos bajar la guardia, los lobos...

—Leigh, cierra los ojos, confía en mí, no dejaré que los lobos se acerquen, ¿de acuerdo?

Contra todo miedo, cerré mis ojos.

—Enfócate en mi voz y repite conmigo: todo está bien, estoy a salvo y no estoy sola.

Lo repetí una y otra vez, la frase que más se quedaba en mi cabeza era: «No estoy sola». Porque esa horrible noche no tuve a nadie.

—No hay lobos, Leigh, estás a salvo.

Abrí mis ojos, las sombras volvieron a ser sombras normales y rompí en llanto porque mi mente era un desastre. Me giré y abracé a Rhett. Él soltó un quejido de dolor y me separé al momento.

—Lo siento, lo siento.

Él tomó mi rostro con una mano.

—Está bien, vamos a estar bien, Leigh. —La oscuridad de su mirada costaba de ver en sus ojos enrojecidos, sus mejillas aún estaban húmedas por las lágrimas y no me podía imaginar lo que estaba sintiendo. Mila significaba mucho para él, para Heist, para Kaia y Frey... y para sus esposos. Me sentí egoísta al sentirme tan mal ante la muerte de Mila cuando había otras personas a las que eso les afectaría mucho más. Perder una madre... se llevaba una parte de ti que nunca podrías recuperar.

Así que, destrozados, volvimos a Mila. Yo me arranqué parte del vestido y até las manos de Jaeda, quien seguía inconsciente, revisé su pulso y aún estaba con vida. La necesitábamos para que diera su testimonio y declaración sobre todo el plan de Heiner. Llevamos a Mila y a Jaeda frente a un pequeño depósito que la casa tenía detrás, Rhett y yo nos sentamos en el borde de la puerta. Las llamas ardían sobre todo en la parte delantera de la casa, no se había propagado tanto a la parte de atrás. Supusimos que eventualmente eso pasaría. Hacía frío, el calor de las llamas que emitía la casa lo hacía un poco más soportable. Observé a Rhett, su mirada estaba perdida en las llamas, su cabeza recostada contra el marco de la puerta del depósito. No supe cuánto tiempo pasó, nos quedamos en silencio viendo las llamas, llorando silenciosamente. No tenía ni idea de la hora que era o de cuánto tiempo llevábamos aquí.

Hubo momentos en los que me dormí y cuando despertaba quería pensar que todo había sido una pesadilla y, al darme cuenta de que esa era nuestra realidad, cerraba los ojos con fuerza, deseando desaparecer. Amaneció, la casa ya solo era un humo, unas pocas llamas aquí y allá. El frío del amanecer se volvió insoportable ya que el calor de las llamas se había ido. Como pudimos Rhett y yo cargamos a Mila dentro de la parte delantera de la casa que no se había quemado tanto y luego hicimos lo mismo con Jaeda. Nos sentamos cerca de la puerta principal, el interior estaba carbonizado, pero dentro de la casa había calor por el reciente fuego.

—Iré a ver si consigo algo —murmuré a Rhett, pero entonces la luz matutina me permitió notar lo pálido que estaba y lo morado que se estaban poniendo sus dedos y su brazo por el fuerte nudo alrededor de la herida en su hombro—. Rhett...

—Estaré bien. —Ambos sabíamos que esa era una mentira y la cruel realidad de nuestra situación me golpeó de nuevo, ¿íbamos a morir aquí? Después de todo lo que habíamos hecho, del sacrificio de Mila, ¿moriríamos en medio de la nada?

Y, entonces, lo escuché: el ruido de un motor. Me asomé a la ventana y mis piernas se debilitaron mientras unas lágrimas de alivio nublaban mi visión. De una camioneta se bajó Heist, alto y fuerte, y me puse a llorar porque sentí que el peso de todo lo que había vivido esa noche cayó sobre mí con todo, ya no me escudaba en el modo supervivencia así que lo sentí todo y fue demasiado.

«Lo logramos, Fleur Dupont. Gracias...»

Luego se bajaron los padres de Heist y sabía que eso iba a ser muy difícil. Di un paso hacia la puerta y me detuve, no podía verlos, no cuando sabía que me enfrentaría con el dolor que la muerte de Mila les causaría. Rhett pareció leer mi mente porque con dificultad y quejidos de dolor, él cargó a Mila fuera de la casa y solo pude escuchar las negaciones de Heist. Me armé de valor y salí lentamente, cada paso me hundía el corazón porque Heist se veía completamente destrozado mientras lloraba.

—Madre...

Lo escuché susurrar, y las ganas de abrazarlo me hicieron apresurarme hacia él, pero me paralicé al encontrarme con su fría mirada.

—Heist...

Mi voz apenas se escuchaba, me estaba quedando sin voz. Él no dijo nada. Mayne se levantó con Mila en sus brazos y la cargó con gentileza para llevarla junto a Peerce y Valter. Heist se puso de pie y limpió sus lágrimas con rabia. Yo me acerqué y toqué su brazo, él se soltó de un manotazo.

—No.

—Heist.

—No.

—Lo siento tanto, Heist, de verdad.

—¡Cállate! —me gritó, sorprendiéndome. Mis labios temblaron mientras ahogaba un sollozo—. Tú... ¡Todo esto es culpa tuya!

—Heist...

—Si tú no hubieras aparecido en mi vida, si no me hubieras atraído a ti como un maldito idiota, si no me hubieras engañado esa noche, habría estado ahí.

Cada palabra quemaba más que la anterior porque yo ya me sentía lo suficientemente culpable por la muerte de Mila. Pero no bajé la cabeza.

—¡Y te hubieran drogado como a todos los demás! —Se me quebró la voz—. No te atrevas a culparme por protegerte, por...

—¡Cállate! —Se acercó a mí, la furia danzando en la frialdad de su mirada, y con una mano apretó mi mandíbula con desprecio—. No quiero volver a verte en mi vida —dijo entre dientes. Mi pecho ardió, sentí como si me hubieran sacado todo el aire de golpe.

A mi mente vino todo lo que pasé: los juegos en el laberinto de Heiner, el dolor, los abusos, la agonía en la mirada de Mila, el hambre, el miedo constante y asfixiante, ese cuarto oscuro y lleno de pesadillas, la muerte de mi madre, de mi mejor amiga, del líder de mi iglesia cuando era inocente. Había tenido suficiente y cuando finalmente sentí algo positivo, una pizca de alivio, tenía a Heist frente a mí diciéndome cosas hirientes. Y sabía que hablaba desde el dolor por su madre, pero él no era el único que había perdido algo o a alguien en todo esto. Con decepción, arranqué su mano de mi mentón de un tirón.

—¡No eres el único que perdió algo! —grité con tanta fuerza que cerré los ojos—. ¡No eres el único, maldita sea!

Heist se quedó callado.

—Me han secuestrado, torturado y abusado de mí durante meses. Yo también perdí a mi madre por culpa de ese monstruo. No eres el único... —mi voz se rompió de nuevo— que ha perdido algo.

Heist seguía sin decir nada.

«Abrázame, dime que todo va a ir bien, que ya no debo tener miedo, que ya estoy a salvo, que sobreviví, Heist, por favor.»

Pero él no dijo nada y mi corazón se quebró aún más, cada astilla rasgando partes de mí. Lo miré a los ojos.

—Y durante todo este tiempo, no sabes lo mucho que pedí sobrevivir, volver a casa y poder verte otra vez para decirte que... te quiero —dejé de hablar porque mi voz me fallaba—, pero fui una idiota por pensar que podía ser recíproco y que te alegrarías al verme con vida después de toda la mierda que he pasado.

Y tras decir eso, pasé por su lado y seguí hasta donde acababa de estacionar la camioneta de mi padre. Cuando papá se bajó y vi el alivio y el amor esparcirse por su rostro, rompí en llanto porque alguien se alegraba de verme, porque alguien me amaba, porque por fin tendría ese abrazo que tanto necesitaba.

—¡Leigh! —Él vino a mi encuentro y me abrazó.

—¡Papá! —Lo abracé con fuerza.

No supe cuánto tiempo pasé llorando en sus brazos, pero cuando me separé, pude sentir los ojos sobre mí y me giré para ver a Heist en el mismo lugar donde lo dejé, su mirada sobre mí, su expresión helada ya se había agrietado. Sin embargo, yo ya no tenía nada que decirle, así que miré hacia el lado opuesto, donde Rhett estaba siendo revisado por Mayne. Rhett me dedicó una sonrisa triste antes de hacer una mueca porque Mayne le cambió el vendaje y se lo estaba apretando. En los ojos oscuros de Rhett vi reflejados el dolor y el miedo, lo que habíamos pasado juntos en esa casa. Pero esta parte trágica y dolorosa había llegado a su final y ahora nos quedaba lidiar con las consecuencias, con los escombros y con las pérdidas. Recordé al monstruo causante de todo eso y sentí tanta satisfacción de haberlo matado que una pequeña sonrisa curvó mis labios.

«Una vez que entras en el juego de Heiner, la única salida es la muerte. Eso te incluye, Heiner.»

«*Game over*, hijo de puta.»

57

Wieder atmen

Respirar de nuevo

HEIST

«El dolor inesperado puede entumecerte.»

Así que cuando me encontré de pie en un parque de una ciudad pequeña de Canadá con mis padres sosteniendo la urna con las cenizas de mi madre, no dije nada, no lloré, no me inmuté. Mamá siempre había expresado que quería ser cremada después de su muerte y que sus cenizas fueran esparcidas en ese parque donde tenía recuerdos con Peerce. Y ya que estábamos en Canadá, decidimos hacerlo antes de volver a Wilson. Esperamos que cayera la noche y que el parque quedara vacío. Todos íbamos vestidos de negro, de luto, asimilando el hecho de que el pilar de ese hogar se había ido. Kaia lloraba a mi lado, Valter abrazándola desde el otro lado. Frey estaba frente a mí a unos cuantos pasos, sus ojos enrojecidos, su expresión decaída. Mayne y Peerce estaban del otro lado, sus trajes negros con una corbata roja, la favorita de mamá. Ambos lucían como estatuas, rígidos, mandíbulas tensas y miradas heladas. Y no me esperaba menos de ellos, la máxima demostración de emociones que pudieron dar tuvo lugar en el momento que encontramos a mi madre muerta. Sin embargo, no era necesario verlos llorar para saber que también estaban sufriendo, ellos solo tenían una forma diferente de demostrarlo. Rhett fue el último en llegar, con su brazo vendado y un cabestrillo para que no lo moviera. Me sorprendió que llegara solo porque se suponía que Leigh vendría con él, ella había escuchado las últimas palabras de mi madre. Rhett vio la pregunta en nuestras expresiones y sacó un papel con su mano libre.

—Leigh no vendrá, mandó sus... palabras en este papel, así que lo leeré.

Valter asintió.

—De acuerdo, te escuchamos.

Rhett dio inicio a la lectura:

La razón por la que escribo esto y no se lo digo cara a cara es porque no puedo mirarles a los ojos sin sentirme culpable y responsable por la muerte de Mila, en especial porque gracias a ella, hoy estoy con vida y en libertad. No me alargaré diciéndoles lo especial que Mila Stein era porque ustedes lo saben mejor que nadie. En los meses que pasé en cautiverio, ella estuvo ahí a mi lado cada vez que me sentí desfallecer, cada vez que sentí que debía rendirme, no sé cómo explicarlo, pero ella tenía la capacidad de hacerte sentir comprendido, de hacerte saber que ella entendía exactamente cómo te sentías y sabía qué decir para hacerte sentir mejor. Mila era un ángel caído, nacido del trauma y del dolor, un ángel que usó sus alas quebrantadas para liberar a otros como ella. Su misión tenía un precio que ella pagó gustosa con tal de ayudar. En el momento de su muerte, ella no estaba asustada, estaba en paz. A pesar de las lágrimas que derramó al pensar en su familia, la necesidad de paz y descanso en sus ojos era notable.

Una de las cosas que me hizo prometer que recalcara es que ella aceptaba irse, que estaba lista, que ya había vivido suficiente, que no había nada que ustedes pudieran haber hecho para evitar esto, que el único responsable está muerto y eso es lo que importa. También me dijo que no olvidaran lo maravillosos que son y que no se martiricen, que ella no necesitaba ser salvada, no esta vez.

Una sonrisa melancólica curvó los labios de Peerce.

Me dijo que le hiciera saber a Mayne que ninguna terapia o medicación habría marcado una diferencia.

Mayne asintió.

Y a Peerce, que ella se va a adelantar a subirse en ese columpio donde solían imaginar que podían viajar por todo el mundo y escapar de sus problemas cuando eran jóvenes, que fue un honor recibir toda la calidez que escondías detrás de tu frialdad.

Peerce se volvió y seguí su mirada a ese columpio, mi pecho se oprimió.

Y a Valter, que su amor y su dedicación le dieron mucha paz a lo largo de su vida. Y para terminar, para sus hijos, ella dijo que no podría haberse ido en paz si no supiera que ustedes van a estar bien por sí solos, son chicos muy inteligentes y que fue muy afortunada de tenerlos. Ella quería que supieran que está bien recluir a Frey en una institución por un tiempo si no pueden manejarlo, que está bien que él reciba la ayuda que necesita de profesionales, que no se sientan culpables por hacer eso y que, aunque a veces amamos con tanta intensidad que creemos que eso es suficiente para salvar a aquellos que amamos, a veces simplemente no lo es.

Sé que solo soy una desconocida para ustedes y que no soy digna de ser la persona que les haga llegar sus últimas palabras, pero ella confió en mí y le hice una promesa y jamás la defraudaría. Si en tan poco tiempo, ella se convirtió en alguien especial para mí, no quiero imaginar lo mucho que la aman ustedes, que son su familia. Mi humilde deber es asegurarme de que sepan que Mila Stein o Fleur Dupont, ella misma me corrigió su nombre, está ahora en paz.

Leigh Fleming

Rhett terminó de leer la carta con lágrimas en sus mejillas y le pasó el papel a Valter, quien lo guardó dentro de su traje con mucho cuidado. La ceremonia fue corta y esparcimos las cenizas de mi madre por todo el parque, en especial, en ese columpio. Las palabras de Leigh habían calmado la presión en mi pecho, mi madre estaba en paz ahora. Mayne y Valter se llevaron a Kaia, a Rhett y a Frey. Yo me quedé con Peerce, quien fue a sentarse en el columpio, lo seguí y me senté en un banco en el otro extremo. No quería ocupar el columpio a su lado, no quería invadir su momento.

—¿De verdad... crees que ella está en paz ahora? —Tenía que preguntarlo.

Peerce suspiró, despegando sus pies de la tierra, se veía un poco gracioso, un hombre adulto vestido de negro en un columpio; pero de alguna forma, todo eso me hacía sentir cerca de mamá.

—Sí —respondió—. Supongo que aquel día en el tejado solo interrumpí algo y alargué un poco que tomara su desesperada decisión.

No supe cuánto tiempo nos quedamos ahí, observando las sombras y luces tenue del parque, en paz, despidiéndonos de mi madre de una forma silenciosa y tranquila.

Volvimos a Wilson después de dos vuelos de varias horas y todos llegamos tan cansados que nos fuimos a dormir sin hablarnos, ¿qué podíamos decir? Todos estábamos lidiando con la pérdida como podíamos y no había palabras que pudieran expresar el vacío que mamá había dejado. Ella era la luz y la alegría de esa casa, atravesar la puerta principal y no verla con su gran sonrisa me hizo sentir como si alguien me golpeara en el estómago y me dejara sin aire, sin mencionar las fotos y los retratos en la sala.

Mi habitación me recibió en oscuridad absoluta, ni siquiera encendí la luz, caminé hacia la ventana para hacer a un lado la cortina. Observé la piscina y recordé aquella noche, recordé a Leigh con su mano extendida hacia mí para ayudarme a salir de la piscina y cómo me sentí menos solo gracias a ella. Mis ojos viajaron hacia su casa, hacia esa pequeña cabaña donde habíamos dejado de sentir juntos o quizá donde habíamos sentido algo real por primera vez en mucho tiempo.

Las ventanas de su casa estaban a oscuras con la excepción de las luces interiores de la cocina y de la sala. La ventana de Leigh estaba cerrada y detrás de ella estaban sus gruesas cortinas. Casi pude verla a ella de nuevo ahí sentada en su ventana, con su larga bata blanca y su cabello negro danzando con la brisa, y a mí observándola desde el patio de mi casa, provocándola y molestándola. Sacudí la cabeza y cerré mi cortina para lanzarme sobre mi cama e intentar descansar.

«No sabes lo mucho que pedí sobrevivir, volver a casa y poder verte otra vez para decirte que... te quiero.»

Las palabras y la expresión llena de dolor y decepción de Leigh llegaron a mi mente y las alejé porque no quería pensar en eso ahora, no cuando ni siquiera sabía qué hacer con ese entumecimiento, con la muerte de mi madre.

El día siguiente Peerce y Valter salieron de casa para reunirse con la policía local y altos rangos de delitos internacionales que tenían bajo custodia a Jaeda y el cuerpo de Heiner. Tuvimos que traerlos para que iniciaran su proceso legal aquí trabajando en conjunto con las entidades policiales de Canadá por todos los cuerpos crucificados que pertenecían a ciudadanos canadienses más los seguidores de Heiner. Por lo menos, las familias de las chicas que fueron víctimas de Heiner tendrían una explicación y quizá un poco de paz. Pensé en Natalia. Aunque mis intenciones al liarme con ella no habían sido honestas, era una buena chica y no merecía morir.

Cuando cayó la noche siguiente bajé por leche caliente a ver si me ayudaba a dormir porque eso se estaba convirtiendo en un problema y me encontré con Mayne en la sala, una maleta en el sofá. No me sorprendió, pero sí me dolió. Supuse que seguía teniendo expectativas con mi padre que él nunca cumpliría.

—Así que te vas.

Mayne se enderezó y solo asintió.

—¿Te vas a ir? ¿Así como así?

Él suspiró.

—No soy una buena influencia ni para ti ni para tus hermanos. No soy bueno ni psicológica ni emocionalmente para ustedes. Quizá esto te parezca egoísta, pero es todo lo contrario, porque lo mejor que puedo hacer por ustedes, especialmente por ti, es irme.

—¿Irte? ¿Cuando más te necesitamos?

—Podría mentir y decirte que voy a quedarme, que voy a cambiar, que seré mejor persona por ustedes...

—Pero no lo harás.

Una sonrisa triste curvó sus labios y él se acercó a mí.

—Soy lo que soy, Heist, y ya es tarde para jugar a la casa de las mentiras. —Él puso su mano sobre mi hombro—. Sí, tu padre es un psicópata, un asesino y eso no quiere decir que tú debas serlo. Yo nunca tuve opción, tú sí la tienes, Heist, y eso te hace superior a mí. Y por eso me voy. Te mereces una oportunidad de tener una vida normal, es lo menos que puedo hacer por ti, por tu madre.

—¿Ahora quieres hacer algo por mí? Siempre me has dicho lo patético que soy, que jamás llegaría a ser lo que Hayden era para ti, que...

Él estiró de mí y me abrazó. La sorpresa me dejó paralizado porque Mayne Stein nunca me había abrazado.

—Hayden era una causa perdida, tú no. —Él se separó y dio un paso atrás, sus ojos de colores diferentes llenos de seguridad—. Tú no.

—Papá...

—Alejarte de mí era lo mejor que podía hacer por ti, objetivamente hablando desde el punto de vista psicológico. Y es lo que planeo hacer ahora. Y aunque Valter es el ser humano más empalagoso y pegajoso que he conocido a lo largo de mi existencia, será un buen padre, al igual que Peerce. Entre los dos, el padre cariñoso y el riguroso con las reglas, mantienen un buen equilibrio.

Él caminó de espaldas hacia la puerta y me quedé ahí procesando sus palabras, su abrazo, el sentido de todo.

—Estaré en contacto con Valter, adiós.

Se despidió con la mano, me dio la espalda y salió por la puerta principal de la casa. El día anterior había esparcido las cenizas de mi madre y esa noche mi padre se había ido de casa como si nada.

«Vaya mierda de vida, Heist Stein.»

«Las acciones tienen consecuencias.»

Lo comprobé con tía Jazmine, con mi madre, con todo lo que había pasado y, aun así, mi cerebro pareció olvidarlo por completo. Estaba tan envuelto en mi batalla, en encontrar una forma de seguir con mi vida, que una semana se había pasado volando. Mis días eran vacíos y mis noches oscuras, observando desde mi ventana, no sabía qué esperaba. Leigh no tenía ninguna razón para verme, no tenía razón para permitirme verla así, fuera, en la distancia. Y honestamente, ni siquiera sabía si de verdad quería verla. ¿Qué le diría?, ¿me disculparía? Eso no era suficiente, ella había pasado por mucho y yo con mi furia la había herido, lo mejor que podía hacer por ella ahora era dejarla tranquila. Una sonrisa llena de ironía se formó en mis labios, estaba comenzando a comprender a Mayne y su razón para irse. A veces alejarnos era lo mejor que podíamos hacer por alguien.

Estaba tan absorto en mis pensamientos que cuando Kaia vino a mi puerta a decirme que tenía visita, salí sin preguntar. Bajé las escaleras para encontrar a Carter Philips en la sala. Si no hubiera estado tan distraído y entumecido con todo, habría notado lo pálido que estaba, cómo temblaban sus dedos a sus costados y la rabia en su mirada. Desafortunadamente, mi mente entumecida estaba ocupada lidiando con otras cosas y ese fue mi error, no vi las señales, no pensé en lo extraño que era que él me visitara. Y entonces, Carter sacó un arma de su espalda y me apuntó.

«Las acciones tienen consecuencias.»

Y con su mano temblorosa me disparó.

58

Final

LEIGH

El escándalo de las sirenas policiales y de ambulancia me despertó de un brinco.

Más aún cuando el ruido parecía venir en nuestra dirección, acercándose más y más. Tía Lilia salió de su habitación y ambas compartimos una mirada confundida. Papá no estaba en casa y bajé las escaleras asustada cuando vi las luces rojas y azules reflejarse en las ventanas delanteras de la casa.

—¡Leigh! ¡Espera! —gritó tía Lilia detrás de mí. Salí de la casa con desesperación, ¿le había pasado algo a mi padre? Sin embargo, me paré en seco cuando vi que los coches de policía y la ambulancia estaban frente a la casa de los Stein. Los demás vecinos habían comenzado a encender las luces de sus casas y a asomarse. Mi confusión creció cuando vi a Carter salir esposado por dos policías. Mi corazón se aceleró, Kaia emergió de la casa hecha un mar de lágrimas, seguida de Valter y Peerce, quien llevaba a Frey de la mano calmándolo. Mi mente comenzó a hacer cálculos de quién quedaba en esa casa y me faltó el aire. Mis pies se movieron solos y alcancé la acera antes de que un policía me detuviera, y los dos que llevaban a Carter nos pasaron por el lado. Los ojos de Carter se encontraron con los míos.

—¿Qué has hecho? —Mi voz era un susurro lleno de pánico.

—¡Tenía que hacerlo, Leigh! ¡Nadie me cree! ¡Tú y yo sabemos que él mató a mi padre! ¡Fue él! —El policía lo arrastró a la patrulla.

Oh no...

Mis piernas se debilitaron y me tambaleé un poco.

Los paramédicos salieron apresurados de la casa con una camilla y, en ese punto, no podía moverme ni aunque quisiera, todo en mí se había congelado. Lo primero que vi fue el cabello rubio de Heist, quien yacía inconsciente en la camilla, su mano colgando a un lado, sangre goteando de sus dedos. Un paramédico sostenía algo contra su pecho y otro luchaba por ponerle oxígeno, mis piernas cedieron y me costó respirar porque ver sangre y sentir ese miedo absoluto de perder a alguien era demasiado para mí, no podía soportarlo, sin embargo, mi voz me dejó en un jadeo de agonía.

—Heist, no...

Sentí los brazos de tía Lilia a mis costados, intentando calmarme y ayudarme a levantarme, pero cada vez que lo intentaba, mis piernas fallaban. Arrodillada en la acera, solo pude observar cómo Peerce se montaba en la ambulancia con Heist y los paramédicos. La ambulancia salió disparada por la calle, el sonido de las sirenas alejándose hasta que solo pude escuchar el llanto de Kaia. Levanté la mirada y vi cómo Valter estaba luchando por consolar a su hija y calmar a Frey al mismo tiempo. Recordé a Mila, su sonrisa, y cómo me había calmado tantas veces. Eso me dio valor para ponerme de pie y caminar hacia ellos, aunque todo en mí quería correr tras esa ambulancia, correr detrás de Heist porque yo lo quería. Y considerar que estuviera muerto era algo que no podía ni pensar. Me tragué mi corazón, mi miedo y estiré de Kaia hacia mí para abrazarla. Por encima de su hombro pude ver cómo Valter me agradecía con la mirada mientras iba a calmar a Frey.

—Él va a estar bien, Kaia —mentí porque no tenía idea. Heist tenía que estar bien, ¿cuántas personas podíamos perder? Eso ya era demasiado.

—No... puedo perder a nadie más, Leigh. —Kaia enterró su cara en mi hombro—. Mi hermana, mamá... no puedo.

—Lo sé, lo sé, y no vas a perder a nadie más, él... —mi voz falló un poco al pensar en la sonrisa burlona de Heist—, no es tan fácil deshacerse de Heist Stein, él... va a estar bien.

Logré calmar a Kaia y luego vinieron unas declaraciones rápidas a la policía antes de que los dejaran ir al hospital. Valter no quería llevarse a Frey o a Kaia con él al hospital porque ambos estaban muy inestables así que, sin pensarlo, les ofrecí mi casa porque la suya estaba llena de sangre y de policías. Valter me lo agradeció antes de irse al hospital. Tía Lilia me echó una mirada de desaprobación cuando me vio llegar con Kaia y Frey a la casa, pero no dijo nada.

Dejé a los chicos Stein en la sala y me fui a prepararles un té. Cuando volví, Kaia estaba sentada y Frey estaba acostado a lo largo del sofá con su cabeza sobre el regazo de su hermana. Kaia ya se había calmado, pero aún se podía ver la angustia y el miedo en su expresión. La necesidad de no hacerlos sentir peor me motivaba a mantenerme calmada, aunque mi mente me atormentaba con imágenes de Heist en esa camilla, de la sangre. No, no podía pensar en eso. Puse el té sobre la mesa frente al sofá y le pasé una taza a Kaia. Sus manos temblaban cuando la recibió.

—Gracias.

—Tranquila —respondí. Mis ojos bajaron a Frey y su mirada parecía perdida en el florero sobre la mesa. Me senté en el sillón de enfrente.

—Diecisiete. —La voz de Frey irrumpió el silencio.

—¿Diecisiete? —pregunté, observándolo, sus ojos seguían sobre el florero.

—Mi padre llamó a Heist por su nombre diecisiete veces, y él no respondió.

Oh.

Kaia acarició el cabello de su hermano con cariño.

—Él va a estar bien, Frey.

Frey se levantó de golpe, haciendo que Kaia derramara el té sobre sí misma y siseara de dolor.

—¡No me mientas! ¡No soy un idiota! —El grito de Frey hizo eco por toda la sala. Intenté acercarme a Kaia para ayudarla, pero Frey se cruzó en mi camino y me agarró de la pechera de mi pijama—. ¡Aléjate!

—Frey. —Kaia apareció a nuestro lado y cogió el brazo de su hermano para que me soltara sin éxito—. Frey.

—Está bien, está bien —repetí con suavidad y puse mi mano sobre la que él tenía enroscada en mi ropa—, no eres un idiota, Frey.

Levanté la mirada y la suya estaba sobre el suelo. Él me empujó y pasó por mi lado para ir a la cocina y salir por la puerta trasera. Me preocupé al instante y quise seguirlo, pero Kaia sacudió la cabeza.

—Necesita estar solo. —Con un gesto señaló la ventana que daba al jardín. Frey estaba ahí de pie sin hacer nada, sin moverse. Fui por unos paños y se los traje a Kaia para que se limpiara el té.

—¿Estás bien?

—No lo sé.

—Siento mucho lo de tu madre —susurré.

—Lo sé, Rhett nos leyó tu carta. Gracias por darnos sus últimas palabras.

—Fue un honor.

Nos quedamos en silencio por lo que pareció ser una eternidad, pero en realidad fue una hora. Me mordisqueé las uñas, me pasé las manos por la cara y suspiré, no tenía ni idea de cómo íbamos a sobrevivir a esa angustia. El teléfono de Kaia sobre la mesa sonó y dejé de respirar. Ambas observamos la pantalla para ver que «Papá V» estaba llamando. Kaia no dudó en contestar y yo observé su expresión con cuidado mientras ella escuchaba lo que su padre tenía que decir. Los ojos de Kaia se llenaron de lágrimas y se me hundió el pecho.

—Sí... estoy aquí... papá... —sus palabras no tenían sentido y la fuerza la dejó y cayó sentada en el brazo del mueble—. Papá... no puedo.

Busqué la mirada de Kaia, necesitaba que me dijera algo, pero ella rompió en llanto y me pasó el teléfono. Con el corazón estrujado, lo tomé y me lo puse contra el oído.

—¿Señor Stein? Habla Leigh, Kaia está...

—Heist está estable.

Fue mi turno de jadear de alivio y entendí el desplome de Kaia. Fue como si un peso inmenso se me hubiera quitado de encima y pudiera respirar de nuevo.

—Aún es pronto para decir que está fuera de peligro, pero el doctor se ha mostrado esperanzado.

—Oh.

No sabía qué decir, mi corazón era un desastre.

—Gracias por recibir a Kaia y Frey en tu casa, Leigh, sé que la relación entre nuestras familias ha sido problemática. Peerce va de camino a buscarlos para llevarlos a casa, yo pasaré la noche aquí y Peerce vendrá mañana.

—¿Puedo... ir?

—Leigh, no te dejarán verlo. Ya te avisaré, y dile a Kaia que todo estará bien y que Peerce llegará pronto.

—De acuerdo.

—De nuevo, muchas gracias.

Y con eso colgó y yo me centré en tranquilizar a Kaia. Heist estaba estable, esa frase se repetía en mi cabeza. Al cabo de unos minutos, el timbre sonó y fui a abrirle la puerta a Peerce. Kaia corrió hacia él y lo abrazó, Frey debió de escuchar el timbre porque volvió y fue a recibir a su padre. Observé cómo el alto señor de los ojos grises abrazaba a Kaia y le hablaba a Frey. Y mientras miraba a Peerce observé algo que no había notado antes, la definición de su mandíbula, la forma de su nariz, eran idénticas a las de Kaia y Frey. Ellos tres se parecían mucho. Ellos se fueron no sin antes prometer que me llamarían enseguida que supieran algo del estado de Heist porque, aunque Heist estaba estable, no estaba fuera de peligro.

Un mes después

Heist estaba bien.

Por lo que sabía, se recuperó muy bien. La bala no dio en ningún órgano importante, lo que lo llevó a estar en peligro fue que perforó una arteria entre su hombro y su cuello que le hizo perder sangre de manera muy rápida. Los doctores dijeron que de haber llegado unos minutos más tarde al hospital, no habría sobrevivido. Intenté visitarlo varias veces, pero Kaia me había dicho con una sonrisa amable que él no quería verme. Y estuve tentada de pasar por su lado para ir a gritarle a Heist que cómo se atrevía a decir que no quería verme cuando yo había puesto mi rabia y mi decepción a un lado por lo que él me había dicho el día del rescate, pero no pude. Los Stein ya habían pasado por mucho como para que yo entrara en su casa causando un problema. Además, consideré el hecho de que tal vez Heist había dicho en serio lo de ese día y no quería volverme a ver nunca más. Y esa posibilidad me ardía en el pecho.

Rhett también se estaba recuperando con éxito, la movilidad de su brazo era algo en lo que tenía que trabajar e ir a fisioterapia, pero del resto estaba bien. Él y yo nos habíamos visto un par de veces durante ese mes, pero eso había sido todo. Ambos éramos un recordatorio mutuo de lo que había pasado y necesitábamos tiempo para lidiar con todo, cada uno por su lado.

Era domingo y por primera vez en un mes, había puesto un pie dentro de la iglesia. La congregación esperaba por mí. Caminé en medio de todos en la iglesia con la espalda erguida, con las manos juntas frente a mí y cuando llegué al estrado, me giré para verlos a todos frente a mí con una sonrisa. Les di las buenas tardes y los saludé antes de comenzar a hablar:

—Nadie se pone una máscara por gusto, a veces es lo que necesitamos para poder respirar un día más porque no podemos vivir con lo que somos, no estamos listos para recoger los pedazos de nosotros mismos, no sabemos por dónde empezar o cómo lidiar con el desastre. Entonces, sonreímos, fingimos y mentimos. Hasta que nuestros labios tiemblan al sonreír y nuestra garganta arde con gritos ahogados de desesperación que nunca dejamos salir, hasta que la presión del pecho crece tanto que es imposible tomar una respiración profunda.

«Estoy bien.»

«Mentira.»

«No pasa nada.»

«Mentira.»

—Y entonces tus mentiras salen de ti y se convierten en mentiras ajenas cuando escuchas susurrar a la gente: «Leigh es una chica perfecta, qué envidia, quisiera ser como ella. Leigh siempre sonríe tan amable, tiene un aura tan bonita...». Mentira. Mentira. Mentira. Pero ¿podía decir la verdad en voz alta cuando la mentira era lo único que me sostenía? Porque no había nada más, no quedaba nada más en mí. Y me di cuenta de que la peor parte de todo esto, de mentir, no es decir la verdad, no es derrumbarme después de hacerlo, la peor parte es que no lo van a entender.

Me tomé una pausa y me sorprendió ver los rostros de todos, escuchando atentos, así que eso me animó a continuar:

—La mayoría de las personas a mi alrededor no lo van a entender. Y no es su culpa, ni la mía, es la crueldad de la vida porque posiciona a algunos en una vida sin mayor peligro o trauma y a otros nos tira con todo, con muerte y sangre, sin avisarnos, y el hecho es que aquellos que no hayan pasado por algo así nunca podrían entenderlo, podrían poner todo de su parte, podrían darme su apoyo, pero el fondo, no lo entenderían. Esa es la tragedia de alguien como yo y por eso sonreí, por eso fingí durante tanto tiempo frente a todos ustedes. Pero ya no más.

Mi voz falló un poco, pero al volver a mirar entre la gente casi pude imaginar a Natalia animándome con los puños en el aire y a mi madre con una cálida sonrisa. Incluso, imaginé a Mila, con su fortaleza y su paz, motivándome a continuar.

—Todo tiene un límite, un punto de quiebra y ya no quiero mentir, ya no quiero fingir. Quiero ser yo misma con mis batallas, con mis demonios y con mis problemas, sin dejar nada oculto y mientras me daba cuenta de mis verdades y del daño causado por mantener esta farsa, este teatro excusado detrás de algo que alguien creó hace más de cincuenta años, decidí levantar mi voz. Tener fe y convicciones no tiene nada malo, unirnos como comunidad porque creemos en algo tampoco. Lo que sí está mal es que sigamos unos patrones anticuados solo porque las personas que fundaron este pueblo lo decidieron así. El mundo ya no es el mismo que era hace cincuenta años, nosotros no somos iguales a nuestros antepasados. Y puedo ver en sus rostros, sobre todo en las personas mayores, la molestia que mis palabras les causan, pero necesitamos tener estas conversaciones, necesitamos hablar las cosas así abiertamente. Nuestro secretismo y hermetismo fue lo que nos hizo un blanco fácil para un monstruo como Heiner. Perdimos la vida de cuatro chicas maravillosas, de nuestro líder, de Mila Stein y tenemos a Carter en la cárcel por intentar asesinar a alguien y queremos hacer como que no pasó. Seguir como si nada mientras nuestros corazones sangran y están de luto. Así no es como vamos a mejorar ni ayudarnos como comunidad, nuestro bienestar mental no va a mejorar solo porque fingimos que el dolor no está ahí. No hay nada de malo en asistir a terapia, ni en tomar medicación. No hay nada de malo en tener educación sexual que pueda ayudar a los jóvenes de la iglesia a entender muchas cosas y saber cuidarnos. No hay nada de malo en confiar en tus hijos, en crearles el hábito de diferenciar lo bueno y lo malo de internet y que mientras lo usen, sepan tomar sus decisiones por sí solos. Y sé que no son cosas que se pueden cambiar de la noche a la mañana, también sé que muchos de ustedes ignorarán lo que he dicho, pero ya he cumplido con decir lo que pienso, con compartir con ustedes mis pensamientos más profundos. Ya hemos perdido demasiado, lo menos que podemos hacer es luchar por mejorar como comunidad. Así que hoy, oficialmente, dejo de ser la líder de las Iluminadas y dejo el grupo de jóvenes de la iglesia. Mi fe se mantiene y si la iglesia decide implementar cambios, pueden contar con mi regreso. Del resto, esto es un adiós y les deseo lo mejor, pueblo de Wilson.

Bajé los escalones frente a mí para empezar a caminar hacia la puerta. Y escuché el primer aplauso, al que le siguieron un montón hasta que la iglesia retumbaba con el sonido de las palmas chocando entre sí. Eso me hizo sonreír, no era mucho, pero por lo menos sabía que había despertado algo, que quizá alguna de las personas que me escuchó decidiría hacer un cambio.

Crucé las puertas de la iglesia y en el momento en el que el aire fresco golpeó mi rostro fue como si pudiera respirar de nuevo, como si me hubiera liberado de alguna forma. Había vivido un infierno este año, pero cuando solté todo allí adentro, sentí que presioné el botón de empezar de nuevo. La terapia a la que asistía semanalmente me estaba ayudando mucho.

Mary me llevó a casa, su padre por fin la había dejado conducir su auto, ella me halagó todo el camino de regreso. El atardecer pintaba el cielo de un naranja muy bonito.

—Hemos llegado.

Ella dijo con una sonrisa antes de quitarse el cinturón para estirar de mí y abrazarme:

—Estoy muy orgullosa de ti, lo que has hecho hoy ha sido muy valiente.

Me separé y no pude evitar sonreír con ella.

—¿Seguirás hablándome, aunque ya no sea una Iluminada?

—¿Crees que eso te facilitará deshacerte de mí? Jamás.

—Soy una mala influencia para ti, Mary.

Mary se echó a reír y sus ojos se desviaron hacia mi casa antes de volver a mirarme.

—Tienes visita.

Me giré para ver a qué se refería y el corazón se me aceleró al instante. Heist estaba de pie frente a mi casa. Iba todo de negro con una sudadera oscura. No haberlo visto durante un mes me pasó factura porque había olvidado lo atractivo que era y el miedo que sentí al pensar que no lo vería de nuevo cuando le dispararon. Tragué con dificultad, Mary me dedicó una sonrisa de ánimo antes de salir de su auto. No dije nada mientras caminaba a un lado de la casa, la profundidad de esos ojos azulados parecía atravesar mi alma. Pasé por su lado y Heist me siguió en silencio hasta la parte de atrás de mi casa. Entramos en la cabaña y me giré para quedar frente a él. Quisiera decir que podía leer la expresión de Heist, pero no había nada. Él apretó sus labios y se subió las mangas de su sudadera hasta los codos como si no supiera qué decir, así que rompí el silencio por él:

—¿Qué quieres?

—¿Cómo estás? —Sus ojos buscaron los míos.

—¿Ahora te importa? ¿Ahora sí quieres verme?

—Leigh...

—¿Qué quieres?

Me lamí los labios y lo miré de nuevo, grave error. Ese cabello rubio desordenado, esos ojos azulados que a veces parecían grises, esos labios que besé varias veces y ese cuerpo que sentí junto al mío. Sin embargo, Heist para mí era mucho más que eso, más que esa atracción física. Heist... era *de verdad*. A pesar de las mentiras y de los juegos, Heist era lo único real que había tenido en mucho tiempo. Desde que él me vio, se había esmerado en agrietar mi máscara e ir quitando cada parte lentamente. Él había visto a la chica miserable, impulsiva y depresiva que se escondía detrás de tanta perfección.

«Son tus debilidades, no tus fortalezas, lo que me atrae tanto de ti.»

Y, honestamente, estar con él, discutir con él, ser yo misma en esos momentos que pasamos juntos fue como si pudiera respirar de nuevo, como si un corsé emocional me hubiera tenido aprisionada durante meses y él lo hubiera arrancado de mí, y de igual forma él deseó lo que se encontró detrás de todo, quiso a la verdadera Leigh, besó cada grieta, admiró cada cicatriz de dolor. Me hizo sentir que ser yo misma por un rato no estaba mal, que yo merecía tanto amor como cualquier otra persona. Lo observé unos segundos y ante su silencio, una sonrisa triste curvó mis labios.

Porque nadie entendía lo que yo había vivido y por eso no sentía la necesidad de decir la verdad; nadie lo entendía, excepto Heist. Este chico arrogante e insufrible que estaba frente a mí era probablemente la única persona que podía llegar a entenderme, ya que por desgracia acababa de perder a su madre y por culpa de la misma persona que tuvo que ver con la muerte de la mía. Inhalé con profundidad antes de exhalar porque él estaba ahí y verlo me desarmaba porque yo ya no tenía que mentir, ya no tenía que fingir, ya no tenía que sonreír.

«No estoy bien.»

«He pasado por mucho.»

«A veces me duermo y no quiero despertar.»

Torcí mis labios, mis ojos se llenaron de lágrimas que no dejé caer.

—Yo... —Mi voz se quebró porque recordé a su madre y cómo me había abrazado para consolarme cuando Heiner me atormentaba, y vi tanto de ella en él...—. No tuve tiempo de decirte que... siento mucho lo de tu madre.

Heist apartó la mirada sin decir nada.

«Necesito que ellos entiendan que no pudieron hacer nada, que no fue culpa suya, Leigh. Mis decisiones, mis acciones y lo que me ha llevado a esta situación es mi responsabilidad, no la de ellos. Y que estoy bien y estaré en paz, finalmente.»

Las palabras de Mila llegaron a mi mente y di un paso hacia Heist porque, aunque él no decía nada, su expresión ya no era fría, sus hombros decayeron y se recostó contra la pared de la cabaña, su mirada en el suelo.

—Heist —lo llamé—, nada de lo que pasó es culpa tuya.

—Solo he venido a disculparme por lo del aquel día, no debí decir todo eso, estaba...

—Sufriendo —terminé la frase por él—. No es una justificación, pero lo entiendo.

En medio del dolor y de la pérdida de alguien que amamos, Heist y yo nos entendíamos a la perfección y quizá por eso nuestra historia, aunque imposible, nos había hecho sentir tanto. Caminé hacia él y tomé su mejilla con mi mano, él cerró los ojos al contacto y le susurré:

—Puedes llorar.

Heist abrió los ojos y bufó, intentando que esa diversión llegara a sus ojos sin éxito alguno.

—¿De qué me serviría?

—Heist, soy yo —expliqué con una sonrisa triste—, aquí no hay nadie más, lo que hagas o digas no saldrá de aquí.

Él se me quedó mirando y se mordió el labio inferior. Sin embargo, sus ojos se enrojecieron.

—Cómo han cambiado los papeles —comentó burlón—, ¿qué me vas a decir ahora?, ¿que no tengo que fingir contigo?

No dije nada y bajé mi mano de su mejilla para echar a un lado el cuello de su sudadera, y ojear la venda que estaba en ese punto entre su hombro y su cuello.

—¿Estás bien?

Él me agarró la mano y la despegó de su cuello, pero no la soltó.

—Me lo merecía, asesiné a alguien inocente.

Su voz sonaba controlada, había algo que no me estaba diciendo.

—¿Por qué ahora? ¿Por qué has venido a verme ahora?

Lo miré a los ojos y lo que encontré en ellos no me gustó. Su silencio fue una respuesta y de alguna forma lo supe y lo dije:

—Porque te vas.

Di un paso atrás, él apretó mi mano y cuando no me corrigió, mi pecho se hundió.

—Nos iremos mañana —me confirmó—. Lo decidimos como familia.

Sentí como si me hubieran golpeado el estómago y me hubiera quedado sin aire. Y todo cobró sentido en mi mente, por eso él no había querido verme hasta ahora.

—Y pensaste que no verme durante todo este tiempo haría que la despedida fuera más llevadera para mí, ¿no?

—No para ti —dijo—, creí que lo haría más fácil para mí.

—¿Y lo es?

—No.

Silencio.

No podía mentir y decir que no había considerado esa posibilidad. Los Stein habían tenido motivos ocultos para ir a ese pueblo y ya no tenían razón alguna para estar aquí. Además de todo lo que habían pasado, incluyendo la muerte de Hayden y de Mila, tenía sentido que decidieran irse. Sin embargo, quise creer que quizá se quedarían, que quizá él se quedaría... por mí. Vaya, que lo que sentía por él me había vuelto egoísta.

—No sé qué decir —admití.

—Por fin te he dejado sin palabras, pensé que eso nunca pasaría.

—Eres un idiota —bromeé en un intento de aliviar el peso en mi pecho y la tensión entre nosotros. Él estiró de la mano que aún sostenía y me acercó a él.

—Insúltame un poco más, así puedo llevarme un recuerdo clásico de ti.

—No te daré ese honor, además, ya no eres tan especial. Acabo de revelarme frente a todos en la iglesia.

—¿Quieres decir que ya no seré el único que podrá ver todo el desastre emocional que es Leigh Fleming? Ya me siento reemplazado y ni siquiera me he ido.

—Y yo no seré la única que puede ver la única parte de ti que es real. Estamos en paz.

—Tú siempre serás una de las pocas personas que *me ha visto realmente*, Leigh. Nada va a cambiar eso.

—No digas cosas como esa.

—¿Por qué?

Dudé en responder esa pregunta, pero era la última vez que iba a hablar con él, podía ser honesta, podía ser vulnerable.

—Porque me haces querer aferrarme a ti.

Heist se quedó en silencio unos segundos.

—Lo que dijiste ese día... ¿lo decías en serio?

—¿Qué?

—¿Me quieres?

—Eso es irrelevante ahora, Heist.

—Tienes razón, supongo que fueron las emociones del momento. Te confundiste, ¿quién querría a un idiota como yo?

—No hagas eso, no intentes manipularme para que me sienta mal y te diga si te quiero o no.

—Eres demasiado inteligente para mi gusto.

—Y tú eres demasiado básico, tienes que actualizar tus técnicas de manipulación.

Él se inclinó hacia mí, su rostro a escasos centímetros del mío.

—¿Me quieres?

—¿Tú me quieres a mí?

—De nuevo respondiendo una pregunta con otra, ¿quién es la que tiene que mejorar sus técnicas?

Me puse de puntillas y deposité un beso suave sobre sus labios, el contacto me apretujó el pecho porque lo había extrañado mucho y esta podría ser la última vez que lo tuviera así contra mí, sus labios a mi alcance.

—¿Necesitas que te lo diga? —dije contra su boca.

—Sí.

Lamí mis labios y lo miré a los ojos.

—Te quiero, Heist Stein.

Un brillo se esparció por sus ojos y la comisura de su boca se curvó en una sonrisa torcida.

—*Ich liebe dich*, Leigh. —No necesitaba saber alemán para saber que eso significaba que me quería.

Heist me besó, pero no fue suave, su boca se movió con desesperación sobre la mía mientras envolvía sus brazos a mi alrededor para presionarme contra su cuerpo. La calidez que él emanaba, la sincronía de nuestro beso y la manera en la que mi corazón galopaba rápidamente me hicieron darme cuenta de lo perfecto que todo esto era, aun en la imperfección de toda la mierda que habíamos pasado para llegar aquí. Por unos segundos, me permití disfrutar este beso sin pensar en nada más, sin recordar.

Lamentablemente, en la pasión de nuestros labios, de nuestros movimientos, en cómo nos presionábamos el uno al otro como si no tuviéramos suficiente se notaba algo muy claro: un adiós. La perfección de ese momento, de ese beso, nacía de las emociones crudas y expuestas entre nosotros. No había máscaras ni mentiras, no había testigos ni falsedades. Éramos solo él y yo, dos adolescentes que se habían dejado llevar por sus hormonas, dos falsos que encontraron verdad entre ellos y aprendieron a quererse detrás de conversaciones sarcásticas y miradas burlonas.

Heist paró y puso su frente sobre la mía. No dijimos nada porque ya no había nada que decir. Éramos dos personas cargadas con pasados de sangre y muerte, nos queríamos con una pasión cegadora y peligrosa, pero eso no era suficiente. A veces el quererse no es suficiente.

—Supongo que este es el final. —Él besó mi frente y yo cerré mis ojos con fuerza, disfrutando de tenerlo pegado a mí por un segundo más.

—Nuestra historia nunca fue de amor, ¿eh?

—No, fue una tragedia, pero eso no la hace menos interesante, ni tampoco minimiza lo que sentimos.

—Heist...

Él se despegó de mí.

—Algún día volveremos a vernos, Leigh Fleming.

Por un segundo, quise pedirle que se quedara, que no se fuera, que sanáramos juntos, que sí podíamos..., pero estaría mintiendo, ambos terminaríamos hiriéndonos porque llegarían momentos de priorizar el dolor del otro. Además, Heist y su familia tenían mucho que sanar, tenían que acostumbrarse a una nueva vida sin Mila. Y eso era un proceso que tenían que vivir como familia, yo tenía mis propios asuntos que resolver con mi padre. Así que fingí una sonrisa y observé cada parte de él ahí parado en esa puerta.

Ambos habíamos sido parte de juegos, víctimas y perpetradores por igual de planes ajenos y propios y habíamos perdido mucho, porque enfrentarse a un monstruo no había sido la parte más difícil, lo más difícil era vivir con las consecuencias, con las heridas y el dolor. Y sobre todo con las distancias que teníamos que poner con aquellos que queríamos por su bien y por el propio.

—Adiós, Heist.

—Hasta luego, Leigh.

¿Alguna vez te has enfrentado a un monstruo, Leigh?

A varios, incluyéndome a mí misma. Y uno de esos monstruos, uno alto y de sonrisa burlona, se las ingenió para incrustarse en mis grietas y llegar hasta mí. Uno que, estaba segura, no podría sacar de mí tan fácilmente, cuyos ojos acompañarían mi mente en las noches más oscuras porque «una vez que entras en el juego de Heist, que caes en sus redes, la única salida es la muerte porque mientras vivas, Heist Stein siempre vivirá en ti».

Epílogo

LEIGH

31 de octubre

Mi cumpleaños.

Halloween.

El verano se había ido, las hojas habían comenzado a caer, la brisa helada comenzaba a pasearse por nuestro pueblo como el fantasma de todos esos recuerdos dolorosos. Todo había cambiado, la tragedia y la oscuridad habían fracturado el que solía ser un lugar sin mayor acontecimiento: Wilson.

Esta vez, el otoño y el invierno se sentirían diferentes porque con ellos venía la realidad, las imágenes vivas de esos momentos: la llegada de los Stein, los suicidios, la desaparición de Sophie y luego Natalia, sus muertes, el tiroteo en casa de los Stein, Heiner... Mila... aparté esos pensamientos. Pasamos de vivir una vida tranquila sin mayor problema a recibir golpe tras golpe, pérdida tras pérdida.

«¿Nos recuperaríamos algún día?»

El atardecer apenas comenzaba, su luz naranja acariciando los árboles a los lados de la acera. Metí las manos en los bolsillos de mi chaqueta oscura, y seguí caminando por la calle principal de Wilson. Mi padre y tía Lilia habían insistido en celebrar mi cumpleaños, pero me negué. ¿Para qué? No teníamos nada que celebrar. Habían pasado seis meses, y aún no encontraba la forma de emerger de la profunda depresión y el estrés postraumático que me dejó todo lo que pasó. Sin embargo, no iba a darme por vencida, como decía mi terapeuta: «Un día a la vez, Leigh, incluso, un respiro a la vez si es necesario».

Así que ahí estaba yo, paseando por la acera de la calle principal por primera vez en seis meses. No me gustaba salir de casa, aunque sabía que Heiner estaba muerto, cada vez que lo intentaba me encontraba mirando por encima del hombro, sin mencionar el pánico que me daba cuando veía alguien con capucha. Y como si eso no fuera suficiente, también estaba el duelo: la muerte de mamá, las chicas de la iglesia, de Natalia, de Mila. Y el hecho, de que me había quedado sin nadie, Mary intentaba con todo su corazón ayudar al igual que papá y tía Lilia. Lamentablemente, esa era una batalla que tenía que luchar sola porque ellos no lo entendían.

Nadie me entendía.

Solo él.

Heist.

Y se había ido.

Y no hablaba desde mis sentimientos por él porque sí se me había roto el corazón con su partida, pero eso no era la razón principal de mi agonía... sino el hecho de que él entendía mi dolor, él había pasado por lo mismo. Ya no tenía a Natalia, ni tampoco lo tenía a él. ¿A quién recurría en medio de la noche cuando tenía pesadillas? No había nadie.

Rhett se había recluido en una institución de salud mental hace semanas y lo felicité por eso, por su valentía de admitir que lo que estaba haciendo no funcionaba y necesitaba más apoyo. Yo también lo había considerado, pero no podía alejarme de casa, además, sentía que estaba teniendo progreso con mi terapeuta y la medicación. La prueba de ello era que había ido sola a caminar por el centro del pueblo esa tarde.

La brisa fría me acarició el rostro y envió mi largo cabello negro a volar en el aire, ya no lo trenzaba, era un pequeño grito de libertad para mí. Varias personas se me quedaron mirando y me dieron una sonrisa de boca cerrada. Todo el pueblo estaba decorado de otoño: calabazas, decoraciones de hojas café y rojas, luces colgadas fuera de los negocios. Wilson no celebraba Halloween así que en vez de eso se desataban con las decoraciones de otoño. Por eso también salí, porque de saber que habría disfraces de terror o cosas así, no habría puesto un pie fuera de mi casa. No podría manejarlo.

Llegué al semáforo que se cruzaba con otra calle que conocía bien y continué aunque sabía muy bien adónde me llevaría y sabía lo que me dolería. Me detuve frente al restaurante del pueblo y me permití recordar aquel día que estábamos en la búsqueda de Natalia, que vi a Rhett y a Cindy, que Heist manipuló a Mary para que nos dejara solos. Recordé su tono burlón, su diabólica sonrisa, ese brillo juguetón en sus ojos.

—¿Qué estás haciendo aquí?

—Sabes, creo que eres la primera chica que me ignora con tanta pasión después de besarla, suelo tener el efecto contrario.

—Y tú eres el primer chico que ignoro con tanta pasión que no entiende las señales claras.

Sacudí la cabeza porque una parte de mí estaba enojada con él, quizá para él las cosas fueron más fáciles, yo fui la que me quedé en este pueblo lleno de recuerdos, llenos de cada momento que compartimos juntos y lleno de toda la mierda que viví. Suspiré, era egoísta de mi parte pensar eso, porque no había nada fácil en perder a tu madre.

«¿Cómo estás, Heist? ¿También tienes pesadillas? ¿Te cuesta dormir por las noches? ¿Me extrañas?»

Los Stein se habían esfumado tan repentinamente como llegaron a Wilson aquel septiembre. No había nada de ellos en internet o redes sociales. Mary había intentado encontrarlos porque ella seguía a Kaia, que era la única de los Stein que tenía redes sociales y cuando se fueron, cerró todos sus perfiles. Y sí, Mary tenía celular. La comunidad de la iglesia había cambiado bastante, comenzando por el hecho de que nuestra líder era una mujer, la primera mujer líder en cincuenta años y había llegado para mejorarlo todo. Yo ya no asistía a la iglesia, pero por lo que escuché sus sermones eran maravillosos y había motivado a la comunidad a ser más abierta. No había nada malo en creer y usar las herramientas virtuales responsablemente, era lo que Mary me había dicho.

Yo usé el celular de papá para intentar buscarlos y tampoco encontré nada. Era lo mejor, ¿qué se suponía que haría si encontraba una forma de contactar a Heist? Ambos sabíamos que ir por caminos diferentes era lo necesario. Sin embargo, en mis noches más oscuras y en mis momentos más vulnerables, me encontré muchas veces deseando escuchar su voz, sentir su abrazo, sus besos, algo. Y lo odiaba por irse y me odiaba a mí por sentirme así aun cuando sabía que era lo más saludable para ambos.

Pasé el restaurante y me salí de la calle para adentrarme en el espeso de los árboles, sus hojas cafés cayendo con la brisa. Me frené por unos segundos porque, aunque no había nieve, no había oscuridad, el bosque seguía siendo un lugar donde perdí tanto. En la lejanía podía ver el reflejo del sol sobre el agua: el lago.

Crucé árboles altos y un par de rocas inmensas para llegar a esa área despejada frente al lago. La vista era tan diferente a aquel día cuando todo había sido melancolía y tristeza. Los árboles que habían sido solo ramas secas ahora estaban cubiertos de hojas coloridas. El lago que había estado congelado ahora contenía agua fresca que se movía con el viento. El cielo que había estado completamente nublado, ahora brillaba con un hermoso sol. Ojeé esa roca inmensa y casi pude ver a Heist sentarse ahí como lo hizo aquella vez.

Escalé y me senté en la roca, observando la vista, disfrutándola. Y por supuesto, ese fue el momento en el que él decidió hablar:

—Señorita Fleming.

Mi fantasía de estar sola llegó a su fin. Papá me había puesto un guardaespaldas, no podía culparlo, su sobreprotección estaba justificada después de lo que pasó, si le daba tranquilidad tener a alguien que me siguiera y me cuidara, yo no tenía problemas. Y el señor Hages, mi guardaespaldas, era bueno manteniendo su distancia, dándome mi privacidad así que me parecía extraño que me hablara en esos momentos.

—¿Sí? —pregunté y mantuve la mirada sobre el lago.

—Alguien quiere verla.

Me tensé y con el corazón acelerándose en mi pecho, me giré para ver al chico que estaba al lado del Sr. Hages. No podía ser Heist, él no...

—Rhett —susurré.

Me bajé de la roca para correr hacia él y abrazarlo. Rhett me recibió con una sonrisa y cuando nos separamos se la devolví. Rhett ya no llevaba sus piercings y sus ropas se veían formales, pero lo más importante, ya no tenía esas ojeras bajo sus ojos o ese semblante decaído de cuando se fue. Rhett se veía saludable y eso me alegró el corazón, siempre lo querría mucho, quizá ya no de forma romántica, pero él siempre sería alguien especial para mí.

—Te ves genial —le dije honestamente.

Rhett me acarició la mejilla con delicadeza.

—Tú también.

—No mientas —bufé y tomé su mano para que me siguiera a la roca—. Cuéntamelo todo, ¿cómo estás?

—Mentalmente estable.

Ambos nos sentamos, y observamos el lago por unos segundos mientras él me contaba algunas cosas que hizo para mejorar. Después de una larga charla, lo miré con cariño.

—Me alegra mucho verte, de verdad.

Rhett asintió y me sonrió.

—¿Tú cómo estás?

—Sobreviviendo, hoy por fin decidí salir.

Rhett metió la mano en su bolsillo y sacó una pequeña caja hermosa y me la dio.

—Feliz cumpleaños, Leigh.

—Oh, gracias, no tenías que... —Me detuve cuando abrí la caja y vi un par de aretes dorados preciosos.

—Dijiste que querías perforar tus orejas por primera vez, así que pensé que...

—Son perfectos —le dije. La calidez en mi corazón se expandió porque él recordaba ese detalle sobre mí. Lo miré a los ojos—. Gracias, Rhett.

Él solo me sonrió y nos quedamos observando la vista por un rato.

—¿Lo extrañas?

Su pregunta no me tomó desprevenida, sabía que se refería a Heist.

—Supongo.

Silencio.

—Ellos tenían que irse, Leigh.

—Lo sé.

—Él tenía que irse.

—Lo sé.

—Pero eso no quiere decir que él se haya olvidado de ti y que haya sido más fácil para él.

Era la primera vez que Rhett me hablaba de Heist sin decirme que me alejara de él o lo peligroso que era. Sonreí con tristeza.

—Hablas como si él te hubiera mandado a recordármelo.

Silencio, me giré y Rhett se lamió los labios.

—Rhett...

Dejé de respirar y apreté los puños ligeramente. Rhett se pasó la mano por el cabello.

—Ah, no puedo creer que esté haciendo esto.

—¿Qué?

Rhett me miró por unos segundos como si buscara la respuesta en mi expresión. Finalmente, suspiró, sacó algo de su otro bolsillo y me lo ofreció: un celular.

—Tiene guardado un solo número, llama.

Rhett se puso de pie, se inclinó para besar mi frente y se enderezó, me dio una última mirada antes de girarse e irse. Me quedé con el teléfono en la mano completamente sorprendida. Tragué con dificultad y deslicé mi dedo por la pantalla del celular. Efectivamente había un solo número guardado con la letra H. Mi respiración se agitó al igual que mi corazón. Ahí estaba... él... a un toque de mi dedo de distancia. Podría escuchar su voz de nuevo... podría... y dudé, ¿qué le diría? Hace unos minutos quería gritarle, decirle tantas cosas y ahora no sabía que decir.

Después de unos segundos, lo llamé. Él contestó, pero no dijo nada, el silencio al otro lado de línea me hizo tomar una respiración profunda. Él esperó, odiaba que me conociera tan bien, odiaba que supiera que tenía que desahogarme y por eso él se mantenía callado.

—Estoy aquí... frente al lago... —comencé, armándome de valor—. Recordándote como una idiota, todo este pueblo se ha convertido en un recordatorio constante de ti y lo odio. Te odio por irte y me odio por sentirme así. Aún no puedo creer que te hayas ido, así como si nada, que desaparecieras sin dejar rastro. Me hace sentir débil porque no creo que yo hubiera podido irme como tú. ¿Cómo pudiste...? Y... ha sido tan difícil... —Mi voz se quebró, pero me recuperé—. Y me he preocupado tanto por ti, espero que estés bien... que estés sanando... que...

—Leigh.

Su voz... mi nombre... eso fue todo lo que necesité para perder todo hilo de lo que decía. Había olvidado la profundidad de su voz, ese rastro áspero que él tenía del alemán por ser su primera lengua. Y lo recordé con una intensidad arrolladora que me dejó pasmada.

—¿Eso era todo? —preguntó—. Esperaba más de la mojigata grosera que conozco.

Bufé.

—Vete a la mierda, Heist.

—Eso, eso suena más como mi Leigh.

Mi Leigh. Quería llorar, quería gritar, pero las palabras se atoraban en mi garganta.

—¿Estás bien? —Tenía que saberlo.

—¿Lo estás tú?

—Pensé que lo de responder una pregunta con otra era lo mío.

—Ahora también es mío... —susurró— como tú.

Me lamí los labios y recuperé mi voz.

—¿Disculpa? Te fuiste, Heist, no voy a esperar por ti, yo...

—¿Tú qué...? Vamos, miente, intenta vociferar mentiras como siempre. —Casi podía verlo sonreír en una mueca torcida—. Disfruto desmantelando tus mentiras una por una.

—No voy a esperarte por siempre —afirmé con seguridad.

—Sí lo harás, quizá no por siempre, pero sí me esperarás hasta que vuelva a verte.

«¿Y cuándo será eso, Heist?», pensé, pero en su lugar dije:

—Tu arrogancia ya no me sorprende, sin embargo, no te confíes, podría conocer a alguien, pasar la página y...

—Puedes conocer a alguien, eso no lo dudo, pero en la parte más profunda de tu mente siempre recordarás: «No es Heist». —Él hizo una pausa—. Verás, Leigh, he dejado mi huella en cada parte de ti profundamente, y sí, lo he hecho a propósito para que no puedas sacarme de ti con tanta facilidad.

—¿Por qué? ¿Quieres agregar a otra chica obsesionada contigo a la lista?

—No.

—¿Entonces?

Él suspiró.

—Tú no eres la obsesionada aquí, Leigh.

—¿Tú lo eres?

Él no dijo nada por unos segundos y me sentí egoísta por solo preguntarle por nosotros cuando él tenía una familia que también había perdido a Mila y a Hayden. Con el corazón en la garganta, me obligué a calmarme un poco y preguntarle:

—¿Cómo están?

Heist se tomó su tiempo y su tono fue frío cuando respondió:

—Sobrellevándolo.

Algo estaba mal.

—Heist.

—Tuvimos que internar a Frey.

—Oh, tu madre dijo que si era lo necesario, estaba bien. —Intenté animarlo.

—Lo sé, lo que me preocupa es la razón por la que tuvimos que internarlo.

—¿Qué hizo?

—Sigues sin aprender, Leigh. La curiosidad es peligrosa.

—Sea lo que sea, espero que Frey esté bien en ese lugar.

—Oh, no es su bienestar lo que me preocupa. —Otra pausa—. Los que deberían cuidarse son aquellos internados con él.

—Frey no es peligroso, Heist, es un chico diferente, pero no es peligroso.

—Leigh, tú no has conocido ni la cuarta parte de mi hermano. Y después de la muerte de mamá... él... —Silencio, Heist no solía ser alguien que se quedara sin palabras, así que lo que sea que pasó, tuvo que ser muy malo—. Estará bien.

—¿Y tú?

—Yo ¿qué?

—¿Estás bien?

—No.

—Heist.

—Y por eso no estoy ahí en estos momentos. Por eso no estoy ahí teniendo una discusión contigo que terminaría en besos llenos de rabia y contigo gimiendo mi nombre y mojándote cada que vez que te susurro al oído en alemán lo duro que te follaré.

El calor que me invadió las mejillas se extendió por todo mi cuerpo. Me quedé sin palabras e inevitablemente recordé esa noche en la cabaña: su calor, sus besos, sus gruñidos. Lo extrañaba tanto y quería decirlo, pero la parte de mí que nunca quería demostrarle debilidad a Heist no me lo permitía, aunque me parecía ridículo, ya que ya me había puesto a llorar mientras me desahogaba al principio de esa llamada. Mi debilidad ya había salido a la superficie, así que me atreví:

—Cuando te conocí, jamás esperé estar en esta posición, jamás esperé estar en un simple lago, anhelándote, extrañándote. Ya no hay más juegos, ya no hay más peligro, así que puedo decirte lo que siento sin temer a que uses eso contra mí. Te extraño, Heist y en mis noches más duras, tu recuerdo es lo que me deja respirar de nuevo.

Lo escuché suspirar profundamente.

—Quiero dejar de sentir contigo, Leigh, justo como aquella noche en la cabaña. Quiero olvidar, pero... —una pausa—, sé que podría volver ahora y me recibirías, aunque no sea lo mejor para ambos, conozco tus sentimientos por mí, tu debilidad, y por primera vez en mi vida, no quiero usar las debilidades de alguien para mi beneficio.

Pude percibir la tristeza en su voz. Se escuchaba decaído, él siguió:

—Supongo que eso te convierte en la debilidad del egocéntrico y manipulador Heist Stein, ¿eh?

Eso me hizo sonreír porque recordé llamarlo así y de muchas otras formas.

—Estarás bien, Heist —le aseguré porque sentí que necesitaba escucharlo.

—Estaremos bien, Leigh.

Silencio y de la nada, él lo dijo:

—*Ich liebe dich*, Leigh.

—Yo también te quiero, Heist.

—No.

—¿No?

—Te amo, Leigh.

Dejé de respirar, y luché por encontrar mi voz:

—Hace tiempo, me dijiste que no creías en el amor que hay sensaciones mucho más profundas que un término sobrevalorado y manipulado por la humanidad a lo largo del tiempo.

—Sigo creyendo eso, pero tengo que ponerle un nombre a la profundidad de las cosas que siento por ti. No te confundas, Leigh, lo que siento por ti no es amor bonito con flores y no seré tu príncipe azul.

—Lo sé.

—Y ser amada por alguien como yo no es algo bueno.

—También lo sé. —Tenía que ser honesta.

—¿Y estás bien con eso?

—¿Para qué preguntas si ya lo sabes?

Él soltó una risa ronca que me aceleró el corazón.

—De acuerdo. —Otro suspiro—. Feliz cumpleaños, Leigh. —Observé el lago, sus aguas tranquilas y pude recordar con claridad cómo Heist me había hecho girar a su alrededor sobre el hielo, su sonrisa y mis ganas de retarlo.

—Sigamos sanando, Heist —susurré. Recordé aquella noche oscura cuando estaba en manos de Heiner, esa noche que mi imaginación creó a un Heist en la esquina de mi habitación para animarme, sentí que era mi turno de animarlo a él, porque el hilo de tristeza en su voz no había desaparecido ni un segundo durante toda la llamada—. Sigamos luchando juntos en la distancia con una ferocidad demente.

—*Fuchsteufelswild*, Leigh Fleming.

—*Fuchsteufelswild*, Heist Stein.

wattpad
by Montena

MÁS HISTORIAS ADICTIVAS

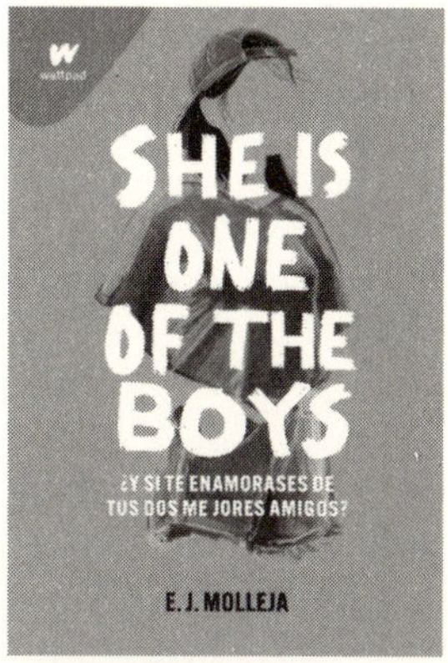

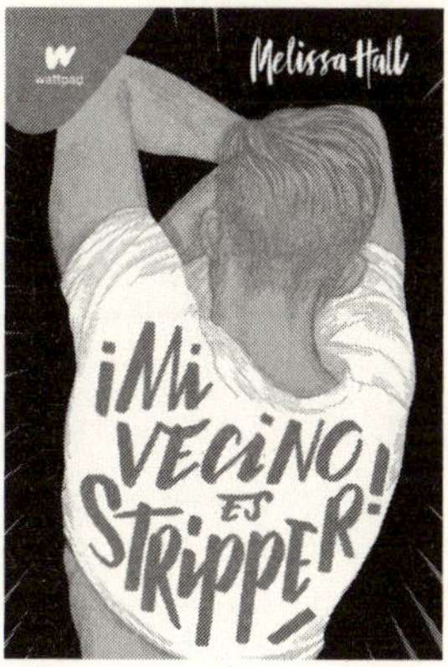